Kopfgefickt

Schockverliebt

Miro Lippoldt

IMPRESSUM

Umschlaggestaltung: inspirited books Grafikdesign: www.inspiritedbooks.at
Lektorat: Samantha Halama
Druck und Bindung: CPI books GmbH
ISBN: 978-3-00-076046-4

Miro Lippoldt
Heiligenstädter Moos 8
93333 Neustadt an der Donau

WIDMUNG

Für alle, die die Hoffnung verloren haben.
Für alle, die blind sind gegenüber den Farben des Lebens.
Für alle, die Sonnenschein in ihrem Leben brauchen.
Ihr schafft das.

Playlist

The Night We Met – Lord Huron
mess it up – gio.
Red bull dose – bellucciboi
right here – Lil Peep
i might not be happy – JonesJr
Lost – Tony Ann
Ticking – TIN
and i'd go a thousand miles – Montell Fish
Two Birds – Regina Spektor
Lights Are On – Tom Rosenthal
Never Felt So Alone – Labirinth
Je Te Laisserai Des Mots – Dario D'Avrersa
i'm yours – Isabel LaRossa
Solas x Interstellar – Gabriel Albuquerqüe
Turning Page – Sleeping At Last
Wir waren hier 2 – Cro
Falling For You – BoyWithUke
Chills (Dark Version) – Mickey Valen, Joey Myron
Fall in Love with You – Montell Fish
To Build A Home – The Cinematic Orchestra, Patrick Watson
The Beach (Instrumental) – The Neighbourhood
Guilded Lily – Cults
Sparks – Coldplay
Silver Soul – Beach House
Saturn – Sleeping At Last
Ein Teil –Cro
Atlantis – Seafret
Alone – SadBoyProlific
Never Felt So Alone – Labyrinth
Pain and Pleasure – M()RE, WOODJU
In The End – XXXTentation
Already Gone – Sleeping At Last
Burn – David Kushner
Wait – M83
Past lives – BORNS
How to never stop being sad – dandelion hands

1

Linus

Ausweg

›B*ring dich endlich um‹*, sagt Riot. *›Wie lange willst du das deiner Familie noch antun?‹* Ein höhnisches Lachen hallt durch meinen Kopf. Das Gesicht vergrabe ich in den Händen. Ich sitze an der Kante des Bahnsteigs. Die Beine baumeln hinab, unter mir liegt mein einziger Ausweg.

›Mach's dir bequem. Der Zug kommt gleich‹, sagt Riot. So habe ich die Stimme getauft, die mich seit Jahren terrorisiert. Ich höre ihn nicht nur, sondern sehe ihn auch in meinem Kopf. Umgeben von Schwärze sitzt er auf einem rissigen Ledersessel. Vor ihm liegen unzählige leere Bierflaschen.

Ich kneife die Augen zusammen und sehe ihn trotzdem. Weiße Lichtflecken tanzen umher – wenigstens ist das echt.

Verpiss dich, sage ich in meinem Kopf. Ich öffne die Augen, hole mein Handy heraus und werfe einen Blick darauf. In der Ferne kündigt sich der Schnellzug an, aus dem Timo und Leo gleich steigen. Ich raufe mir die Haare und stopfe mir Kopfhörer in die Ohren.

Ich kann das nicht. Gibt es keinen anderen Weg?, frage ich Riot verzweifelt.

Er verdreht die Augen und verschränkt die Arme. Ich warte nicht auf eine Antwort, sondern drehe die Musik lauter. *In The End* von XXXTentation trifft meine Ohren. Ich will die tratschenden Menschen hinter mir nicht mehr hören. Will das Rattern des Zugs und den Deutschrap, den eine Gruppe 14-Jähriger auf der anderen Seite des Gleises spielt, nicht mehr hören. Meinen Daumen presse ich auf den Knopf, bis alles ausgeblendet wird.

Vor allem aber will ich Riot nicht mehr hören. Hah. Er ist in meinem

Kopf. Ich kann ihn nicht übertönen. *Ablenkung. Ich brauche Ablenkung.* Hinter mir kommt eine Gruppe Menschen an.

Die Musik beschert mir einen stechenden Schmerz in meiner Schläfe. Hastig schalte ich sie aus und stopfe die Kopfhörer in meine Hosentasche. Die Fremden tratschen über das Wetter. Wie belanglos. Licht brennt auf der anderen Seite des Bahnhofs in einem Wohnhaus, welches jedem anderen gleicht. Viereckig, weiß, mit denselben Vorgärten und denselben Zäunen fristen die Leute ihr eintöniges Leben, das denen der Nachbarn gleicht, vermute ich. Der 23-Uhr-Zug rollt auf den Bahnhof zu. Ein Blick auf die Bahnhofsuhr verrät, dass er bereits 13 Minuten zu spät ist.

Zu meiner Linken befindet sich eine Wiese, die durch die Scheinwerfer des Zugs angestrahlt wird.

Das Licht gibt die Rinder frei, die auf der Weide grasen. Ich will zu ihnen rennen und das Gatter öffnen. Sie vor ihrem schlussendlichen Schicksal befreien. Aber mein Körper streikt. *Ich will nicht sterben, ohne etwas Nützliches getan zu haben.* Meine Finger schmerzen vor Kälte. Ich kratze über das Eis unter mir. Meine Fingernägel hinterlasse Furchen.

Die Gleise erzittern unter dem Gewicht der Bahn, trotzdem bin ich unfähig, mich zu rühren. Der Scheinwerfer blendet. Die Hupe dröhnt in meinen Ohren und überschattet die Rap-Musik der Jugendlichen. Ich zucke zusammen und ziehe meine Beine an.

›Mach keinen Rückzieher.‹

Riot übernimmt die Kontrolle, doch ich kämpfe dagegen an.

Ich bin noch nicht bereit.

In rasanter Geschwindigkeit pumpt mein Herz Blut durch meine Venen, doch als ich am Handgelenk nach meinem Puls taste, finde ich keinen. Der Schweiß auf meiner Haut kühlt innerhalb weniger Sekunden ab.

Quietschend verliert der Zug an Geschwindigkeit – wenn ich mich nicht bald in Bewegung setze, werde ich in Stücke gerissen. Erneutes Hupen. Es wirkt dringlich. Als interessiere es die Menschen, wenn ich unter dem Zug lande. Aber warum sollte es? Wenn ich ehrlich bin ist es mir auch scheißegal, wenn ein Fremder sich umbringt. *Sie wollen doch nur keine Blutflecken auf ihrer Kleidung oder dem Zug.* Ich kralle mich in die vereiste Kante des Betons.

›Na los‹, sagt Riot und wischt die Handflächen an seiner schwarzen Robe ab. Ich drücke mich nach hinten vom Untergrund ab und ziehe die Beine

zurück. Der Versuch scheitert. Ich rutsche ab. Meine nassen Handflächen machen mir einen Strich durch die Rechnung, das Eis hat sich in eine getaute Falle verwandelt.

Nur noch ein Moment, dann werden Timo und Leo mich in Fetzen sehen, traumatisiert für immer.

Niemals. Ich stoße mich erneut ab und drücke meinen Hintern von der Kante. *Das werde ich ihnen nicht antun.* Sie sind wie Brüder für mich und keine Fremden. Sie würden traurig sein, zumindest für eine Weile. Irgendwann würden sie darüber hinwegkommen und ihr Leben leben. Sicher werden sie ab und an von mir reden. Eine Welle der Trauer wird sie vielleicht erfassen. Sie wird schnell abklingen. Der Tag wird kommen, an dem ich mein Leben beende. Aber nicht heute. Denn heute wären sie gezwungen, es mit anzusehen.

Jemand packt mich am Oberarm und zerrt mich mit einem Ruck nach oben. Kein Blut gelingt mehr zu meinen Armen. Die Person zieht mich vom Bahngleis weg. Ich werde losgelassen, bevor ich stehe. Meine Knie knallen auf den eisigen Untergrund, die Ellenbogen folgen. Ich hasse Menschen. Erst helfen und mich dann fallenlassen. Das sieht ihnen ähnlich. Wie Dad. Erst hat er mir gemeinsam mit Opa *geholfen* und dann ist er abgehauen, weil er nicht ertragen hat, zu sehen, wie seine *Hilfe* nichts bringt.

»Sag mal, bist du …« Das Quietschen der Bremsen übertüncht das Geschrei. Eine wild gestikulierende Gestalt ragt über mir auf. Ich rapple mich auf, doch ehe ich mich bewegen kann, packen mich die Pranken erneut und wirbeln mich herum. Die Stirn des Fremden ist in Falten gelegt und die Augen weit aufgerissen. Seine Lippen bewegen sich, aber ich verstehe keinen Ton. In meinen Ohren rauscht es. Ich reiße mich los und renne am trostlosen Bahngebäude vorbei zu der Baumreihe neben dem Parkplatz. Im Schutz der Pflanzen verharre ich. Niemand kommt mir hinterher. Ich schnappe nach Luft. Timo und Leo steigen soeben aus dem Zug und werden mich jeden Moment ablenken.

Meine Glieder entspannen sich – bis ein Bild blitzartig durch meinen Kopf schießt. Ich bilde mir ein, das Rauschen des Wassers zu hören. Die Wellen preschen gegen die Klippe, auf dessen Rand ich stehe. *Es ist nicht echt,* sage ich mir.

»Du bist nicht mehr mein Sohn.« Der Klang meines Vaters echot durch meinen Kopf. »Ich habe alles darangesetzt, dass du nicht so wirst.« Mein Alter versetzt mir einen Stoß. Voller Panik suche ich Halt und finde ihn an dem Baumstamm neben mir – im echten Leben. In der Erde unter meinen Füßen. Ich presse die Handflächen in die raue Rinde des Baums.

Eine kühle Brise streift durch meine Haare. Ich konzentriere mich darauf. Unter mir entsteht Schwärze. Ich falle hinein und finde mich in der nächsten Vorstellung wieder – einer echten Erinnerung, dieses Mal.

Mit den Fingern zwischen den Zähnen kauerte ich auf dem Rücksitz. Die Erkenntnis, wo wir hinfahren, packte mich erst nach stundenlanger Fahrt. Opa saß am Steuer des Wagens, Dad auf dem Beifahrersitz. Sie redeten und lachten und schickten Zigarrenrauch direkt meinem 13-jährigen Ich. Ich presste die Hände auf die Ohren. Mein Herz drohte zu explodieren und versetzte mich in Panik.

Ich muss aus dieser Stadt raus, denke ich.

Riots Stöhnen reißt mich aus der Erinnerung. *›Glaubst du, wegrennen wird dein Problem lösen?‹* Ächzend erhebt er sich vom Sessel und kämmt die wenigen Haare, die seinen Eierkopf zieren, nach hinten.

Meine Faust schmettert gegen die Rinde des Baumstamms. Der Schmerz, der folgt, befreit mich von meinen Gedanken. Riot macht eine abwertende Handbewegung und verschwindet im endlosen Schwarz meines Gehirns.

»Holst du dir einen runter?«

Ich fahre herum. Timos schrilles Lachen lässt mich mit dem Gefühl der Scham zurück. »Oder warum stehst du allein im Dunkeln?«

Ein unechtes Lachen später trete ich auf den Parkplatz. Zwanzig Meter hinter uns beleuchten Laternen den Bahnhofsplatz, welche die Jungs anstrahlen. Sieben Autos stehen im dunkelsten Eck direkt neben der Straße. Ich trete auf den Parkplatz. Unter mir ist der Asphalt gerissen. Achtlos trete ich darauf. Timo hält mir die Faust hin. Meine prallt gegen seine und ich ignoriere das Brennen, das die Berührung verursacht. Meine Fingerknöchel schmerzen von dem Schlag gegen den Baum und der Oberarm sowie die Schulter fühlen sich an, als seien sie ausgerenkt.

»Hast du uns vermisst, Lutzi?« Timo blickt auf mich herab und schiebt sein rundes Zungenpiercing von links nach rechts über die Lippen. Ich halte Leo die Faust hin. Doch er schnalzt mit der Zunge und zwingt mich in seine Arme. Timo kommt dazu. Sie beide schlingen ihre Arme um mich und schützen mich vor dem kalten Wind, der meinen Schweiß blitzschnell abkühlt.

Langsam beruhigen sich meine Nerven. Als wir uns voneinander lösen, steckt Leo sich eine Zigarette zwischen die Lippen und bietet mir eine an. Mit zittrigen Fingern nehme ich sie an. Ich ziehe mein Feuerzeug aus der Hosentasche.

Mit dem Klicken des Feuerzeugs wird das Gift freigesetzt. Stöhnend nimmt Timo Leo die Zigarettenschachtel ab und begutachtet sie, als hätte er sie noch nie zu Gesicht bekommen.

»Rauchen schadet der Gesundheit«, liest er in Roboterstimme vor. Seine Hand landet im Schritt, die andere gestikuliert zum Auto, das verlassen auf dem Parkplatz steht. »Ich muss pinkeln. Dringend.«

Leo zuckt mit den Schultern und zieht mir die Kapuze vom Kopf. »Damit siehst du aus wie ein Drogendealer.«

Ich lege den Kopf in den Nacken und blase den Rauch in die Nachtluft. Dabei zähle ich die tausend weißen Punkte am Himmel, bis sie verschwimmen. Das Feuerzeug lasse ich zurück in die Tasche gleiten. Mein Blick gleitet zum Bahngleis. Von dem Fremden, der mich weggezerrt hat, ist nicht mehr zu sehen.

Ein paar Menschen verlassen das Bahngebäude und verschwinden in der Dunkelheit des Weges. Andere steigen in ihre Autos und brausen davon. Eine männliche Stimme ertönt vom Bahngleis aus und ich frage mich, ob das der Fremde ist.

Wird er mich sehen? Wird er mich beschimpfen? Was würden die Jungs dazu sagen?

»Wie war die Uni? Deine Karre nimmst du am Sonntag wieder mit, oder?«, sage ich, damit die Jungs nichts bemerken. Meine Stimme klingt monoton und freudlos, doch ich kann es nicht verhindern. In der Hosentasche drehe ich das Feuerzeug, mein Blick huscht zu den Gleisen. Mit einem Mal ist es still. Kein Getratsche mehr am Bahngleis, keine Autotüren, die auf und zufliegen und Motoren, die gestartet werden.

Der Fremde ist weg.

Alle sind weg. Nur die traurigen Häuser stehen noch da, der Müll ist noch da, die Rinder sind noch da. Timo und Leo kommen nur übers Wochenende zurück nach Hause, denn ihre Uni ist in Hochmarning – eine Stunde Fahrt mit dem Auto und fast zwei mit dem Zug. Dank unserem Alkoholkonsum am letzten Wochenende waren sie letzte Woche aber gezwungen, ihr Auto stehenzulassen und sich mit dem Zug begnügen.

»Ja. Uni war wie immer«, sagt Leo, kramt nach seinem Schlüssel und setzt sich in Bewegung.

»Wenn du keine Ehrenrunde drehen würdest, könnten wir längst Mitbewohner sein«, sagt Timo, seine Fingerspitzen gleiten über den Lack eines schwarzen Autos und hinterlassen einen Strich aus Sauberkeit. Timo wischt den Staub an seiner abgewetzten Jeans ab. Leo lehnt sich zu mir, stößt gegen meine Schulter und nickt in Timos Richtung.

Erst im Licht der Laternen kommt zum Vorschein, was er meint. Timos Haare leuchten eisblau. Ich schiebe meine Müdigkeit beiseite, stemme mich an seinen Schultern hoch und wuschelte über das kurzgeschorene Haar, das an einen Igel erinnert – an einen blauen Punk-Igel.

»Sieht gut aus, Igel.« Ich lache, als Timo sich von mir abstößt und eine Drehung vollführt. Mit weit aufgerissenen Augen und der Stirn in Falten gelegt sagt er: »Du brauchst neue Farbe, Bro.«

Ich schüttele den Kopf und fahre mir durchs Haar. Seit dem letzten Friseurtermin glänzen die Seiten wieder in meiner natürlichen Haarfarbe – Straßenköterbraun. Aber der Rest ist … naja, Straßenköterblond. Ich kicke Steinchen vor mir her, mit den Zähnen kaue ich auf meinen Fingernägeln. »Wie kommt's?«

»Sina hat rote Haare.« Das Metall von Timos Zungenpiercing schlägt gegen die Zähne und verursacht ein Klackern. »Und ich wollte was Neues ausprobieren.«

Wir lassen die Kippen auf den Boden fallen.

»Ich dachte, sie heißt Kiara?« Ich schaue zu Leo, welcher kopfschüttelnd alle Knöpfe seines Autoschlüssels drückt, bis die Tür sich öffnen lässt.

»Das war die von letzter Woche.« Stöhnend lässt er sich auf den Fahrersitz fallen und wischt sich übers Gesicht. »Du bist nicht mehr up to date, ey.« Der Motor springt schnurrend an, bevor Timo und ich überhaupt eingestiegen sind. Ich trete beide Zigarettenstummel aus und klettere auf den Rücksitz. Wir lassen den düsteren Parkplatz hinter uns. Die Fassade des Bahnhofhauses ist voll Graffiti, einige Scheiben sind zerbrochen.

»Hast du Gras dabei? Ich hab' nichts mehr.« Die Hosentaschen taste ich ab, als habe sich die Luft in Gras verwandelt.

Leo beobachtet mich über den Rückspiegel und schmunzelt, sein Blick bleibt einen langen Moment auf meine Finger gerichtet. Erst jetzt werde ich mir meiner Bewegung bewusst.

Schon die ganze Zeit zupfe ich am Stoff meines Hoodies, wende mich meiner Jeans zu und stochere in den Rissen herum. Diesen Vorgang wiederhole ich.

Leo nickt endlich und ich atme auf. Trotz allem lässt die Unruhe mich nicht los. Während der fünfminütigen Heimfahrt versuche ich, das Gefühl in meinem Inneren zu definieren. Vergeblich.

Also bezeichne ich es als Leere.

Alles, was ich fühle, ist nichts.

2

Linus

Schockverliebt

»Du bist vier Kilometer zum Bahnhof gelaufen, damit du mit uns zurückfahren kannst.«

Leo grunzt kopfschüttelnd, als sei es so abwegig, dass ich meine Freunde begrüßen will. Die beiden übernachten heute bei mir.

Die meiste Zeit verbringen wir bei mir, weil ich im Gegensatz zu ihnen in einem ruhigen Wohngebiet in der Nähe aller wichtigen Orte wie der Schule, dem Skatepark und dem See wohne. Außerdem sind es oft nur Mama und ich, weil Hannah bei ihrem Freund ist.

Leo hingegen hat noch eine kleine Schwester – die ich über alles liebe. Wir haben denselben dämlichen Humor und wir haben früher viel Zeit miteinander verbracht. Gerade, wenn Leos Eltern nach Italien gefahren sind und Leo auf seine Schwester aufpassen musste.

Er wohnt allerdings sehr abgeschieden, genau wie Timo mit seinen drei Brüdern und den Eltern.

Leo lässt seine löchrigen Vans mitten im Flur stehen. Sein Skateboard bleibt neben der Kommode zurück. Geschickt bewegt er sich über die Fliesen. Die Fugen vermeidet er dabei. Gleichzeitig summt er im Takt seiner Schritte.

Am Ende des Flurs lugt er ums Eck ins Wohnzimmer. Als Mama nicht dort ist, schaut er geradeaus zur Küche, doch auch die liegt im Dunkeln. Hinter dem Wohnzimmer liegt Mamas Zimmer.

Timos Finger verfolgen den grauen Strich, der sich an der Wand unter den Bildern entlang zieht, bis er vor mir stehenbleibt. Er wedelt mit seiner Hand vor meinem Gesicht herum. Seine Fingernägel sind schwarz lackiert.

»Mal was Neues«, sagt er mit einem stolzen Grinsen, als würde er seinen Stil nicht jede Woche ändern.

»Ich hab's kapiert. Du machst einen auf Emo. Schön.« Vielleicht eher Punk. Lackieren Punks ihre Nägel? Wie auch immer. Angesichts der blauen Haare und der vielen Ringe an seinen Fingern gehe ich von Emo aus.

Ich quetsche mich an ihm vorbei zur Treppe. Jede zweite Stufe überspringe ich.

»Ich? Emo? Du verschanzt dich doch tagelang in deinem Zimmer. Oder hat sich das mittlerweile geändert?«, sagt Timo, stoppt am Fuße der Treppe und murmelt noch etwas Unverständliches.

Ich husche durch den Flur in mein Zimmer und stoße die Tür mit so viel Schwung auf, dass sie am Schrank dahinter abprallt und zurückfedert, ohne sich vollkommen zu schließen.

Ich schmeiße eine leere Zigarettenschachtel auf den Schreibtisch zu meiner Rechten, verfehle ihn, ignoriere es und werfe mich aufs Bett. Ungeduldig warte ich auf die Jungs.

»Entspann dich.« Leos Stimme dringt gedämpft durch die angelehnte Tür.

»Nein, ich …«

»Kann euch hören.« Mein Mundwinkel zuckt. »Komm runter, Igel.«

Timo äfft mich nach und tritt die Tür auf. Leo stoppt sie, bevor sie erneut gegen den Holzschrank knallt. Anschließend sammelt er leere Flaschen und Müll vom Boden auf, während Timo auf den Schreibtischstuhl plumpst.

Er rollt damit über den Teppich, schiebt leere Flaschen vor sich her und fährt über Notizzettel und meine Mathehausaufgabe, die eigentlich im Mülleimer liegen sollte, weil sowieso alles falsch ist. Mit den Füßen schiebt er Klamotten auf einen Haufen.

An der Wand hinter dem Schreibtisch hängt eine Pinnwand, die ich mit Bildern gefüllt habe. Einige habe ich geschossen – von allem Möglichen, wie den Rindern am Bahnhof, dem Sonnenaufgang, während ich auf dem Schulweg bin und einem Hund, den ich mal gesehen habe. Natürlich habe ich die Besitzerin gefragt. Die Fotos schieße ich mit dem Handy, weil ich eine Kamera nicht überallhin mitschleppen will. Selfies von den Jungs und mir hängen ebenfalls an der Wand.

Auf der anderen Seite des Raums am Fenster stehen eine vertrocknete Pflanze und ein lebendiger Kaktus auf dem Fensterbrett.

›*Weißt du*‹, sagt Riot und plumpst auf den löchrigen Sessel. Er ist fleckig und ich will gar nicht wissen, woher die Flecken stammen. Eigentlich müsste ich es wissen, schließlich ist Riot eine Produktion meines kranken Gehirns – genau wie der ranzige Sessel.

›*Hättest du auf mich gehört, müssten wir einander nicht ertragen.*‹ Zischend öffnet er ein Bier und nimmt einen großen Schluck. ›*Und vor allem müsstest du den blauen Igel nicht ertragen. Er ist so unglaublich aufgedreht.*‹

Ich lache. Was soll ich sonst tun? Es vergeht mir schnell, als ich den Geruch des billigen Gesöffs wahrnehme. Es ist erstaunlich, was die Psyche einem vorgaukeln kann.

Ich rümpfe die Nase, verschränke die Arme hinter dem Kopf und nutze sie als Kissen. Timo und Leo sehen mich zwar verwirrt an, aber mittlerweile sind sie es gewohnt, dass ich scheinbar sinnlose Gefühlsausbrüche habe. Leo zieht seine Jacke aus und fährt sich durch die Haare.

Nach dem Abi hau ich ab, antworte ich. *Dann kannst du dich verpissen. Schließlich ist dieser ganze Scheiß in dieser Stadt geschehen. Ein neues Umfeld wird mir helfen. Und Timo und Leo müssen nicht mehr mit ansehen, wie ich kaputtgehe.*

›*Wegrennen funktioniert nicht. Wenn du aus der Stadt fliehst, folge ich dir. Ich bin in deinem kranken Kopf, schon vergessen?*‹

»Wie heißt deine neue Flamme nochmal? Habt ihr schon was miteinander?«, frage ich und schlucke meinen Frust herunter.

»Die viel wichtigere Frage ist doch, wann du endlich Interesse an Frauen zeigst.«

Ich verdrehe die Augen.

Der blaue Igel fällt auf den Boden und legt sein Kinn auf der Matratze ab. »Wann akzeptierst du eigentlich, dass du …?«

Vehement schüttele ich den Kopf. Seine Worte will ich nicht hören. Ich hasse das Wort, das er aussprechen will. Ich hasse den Fakt, dass es wahr ist. Aber ich kann mit Mädchen nichts anfangen und das wissen die Jungs. Ich will mir die Ohren zuhalten und ganz laut »Lalala« singen.

»Komm schon. Du musst irgen…«, versucht Timo es nochmal, aber ich unterbreche ihn.

»Wann hörst du endlich auf, so zu tun, als seist du etwas Besonderes?« Vom blauen Buzzcut bis zu den schwarzen Nägeln mustere ich ihn – ob er seine Zehennägel auch angemalt hat? Sein Äußeres ändert Timo regelmäßig, je nachdem, für welches Mädchen er sich in dieser Woche interessiert. So sah er die letzten Monate vergleichsweise normal aus, aber letztes Jahr hat er sich den Sportlerlook verpasst.

»Wenigstens muss ich nicht hinter dem Haus parken, weil es meinem Dad peinlich ist, was ich für einen Schrotthaufen fahre«, sage ich. Die Hitze, die in meinem Körper brodelt, versuche ich zu ignorieren.

»Ich würde sagen, wir dübeln uns jetzt einen rein und …«, meint Leo und steht auf, aber Timo unterbricht ihn. Mit den Füßen tippt er in seinem eigenen Takt.

»Erstens.« Timo streckt einen Finger nach oben. Der Nagellack ist schlampig aufgetragen und ziert mehr Haut als Nagel. »Wenigstens habe ich ein Auto. Zweitens …« Die Ringe an seinen Fingern verursachen ein kratzendes Geräusch, als er den zweiten hochnimmt. Es beschert mir Gänsehaut. »… ist mein Paps nicht wegen mir abgehauen.« Er steht auf und tritt einen Schritt aufs Bett zu. Die Schultern nimmt er zurück. Unbeeindruckt starre ich ihm entgegen.

Leo drängt sich zwischen uns und gibt Timo einen Tritt gegen das Schienbein, bevor er mich begutachtet. Dem Blick halte ich nicht stand, also starre ich an die Decke. Weiß und langweilig. Die Unebenheiten kenne ich bereits.

Mit der Hand wische ich durch die Luft, als verscheuche ich eine Fliege.

»Mir scheißegal, was mein Alter macht.«

Bitter lacht Timo. Seine Arme verschränkt er und dreht den Ring an seinem Mittelfinger. *Sehr subtil. Fick dich.* »Deshalb tust du ja immer noch so, als wärst du …«

»Jetzt reicht's.« Leo schiebt ihn mühelos aus dem Raum. Timo hat keine Chance gegen ihn, denn im Gegensatz zu ihm ist Leo ein *echter* Sportler. Ihre Diskussion verklingt im Gang, die in meinem Kopf ist so prominent wie immer.

Ich springe auf, schnappe mir den Joint aus Leos Jackentasche und schleiche aus dem Haus. Wohin die Jungs plötzlich verschwunden sind, weiß ich nicht.

Es ist mir auch egal.

Es ist 3:33 Uhr morgens, als meine Fingerspitzen den Umriss eines Baums in der Luft nachzeichnen. Der Weg zwischen den Baumreihen im Park ist endlos.

Nach einem weiteren Zug gibt der Joint mir endlich die gewünschte Wirkung. In meinem Kopf bildet sich dichter Nebel. Riots Stimme verblasst. Die Bäume drehen sich zueinander, als wollten sie sich umarmen, doch ihre Wurzeln halten sie an Ort und Stelle. Sie sind dazu verdammt, sich aus der Ferne zu lieben. Meine Vorstellung ist nicht echt und trotzdem bringt sie mich zum Lachen und ich weiß nicht einmal, warum ich lache.

Ich strecke die Arme aus, Musik dringt über Kopfhörer in meine Ohren und übertönt alles. Gerade bin ich ein leichter Fang für Mörder, die sich im Park herumtreiben. Vermutlich nicht die richtige Zielgruppe. Aber ein leichter Fang. So oder so, es wäre mir egal.

Eine dicke Schneeflocke landet auf meiner Nase. Mit dem Kopf im Nacken drehe ich mich um meine eigene Achse und merke erst, als es zu spät ist, dass ich etwas verloren habe: mein Gleichgewicht. Unsanft lande ich auf gefrorenem Schotter. Ein Ohrstöpsel fällt heraus. Hinter mir rennt etwas über den Schotter.

Eine tiefe Stimme ertönt hinter mir und beschert mir Gänsehaut. »Vanti.«

Weiches Fell streift mein Gesicht, Krallen drücken sich in meine Brust. Binnen weniger Sekunden brennt meine Haut dank der Zunge, die eine schleimige Speichelschicht hinterlässt. Ich öffne die Lider, als die Schleckattacke vorbei ist. Ein Engel in Schwarz-Weiß.

»O mein Gott«, stoße ich aus und reiße den zweiten Kopfhörer aus dem Ohr. Eisblaue Augen starren mir entgegen – der Hund, Vanti, hat den Farbjackpot gewonnen: Eine weiße Brust geht in graues Fell über. Es ist lang und übersät mit schwarzen Flecken. In meinem Inneren breitet sich Wärme aus.

Meine Gedanken schweifen zu Voltair, unserem damaligen Hund. Wobei ich noch immer davon überzeugt bin, dass er eine gigantische Ratte war. Grinsend vergrabe ich die Hände im Fell und als ich es durchwuschele, wirbeln Haare durch die Luft.

Der Hund wedelt so heftig mit der Rute, dass sein Hintern in die Bewegung gezogen wird. Eine Entschuldigung, so sachte, dass ich fürchte, Riot spielt mir wieder einen Streich. Es bringt mich dazu, mich umzuschauen.

Hinter mir steht eine schlanke Figur. Eine lange Strähne zwingt den

Fremden, ein Auge zu zukneifen, die Leine hält er in beiden Händen, als warte er darauf, dass sein Hund zu ihm kommt, damit er ihn anleinen kann. Er zieht einen Mundwinkel nach oben, sein Blick huscht hin und her. In seinen Augen flackert ein Leuchten. Entlang des Parks erhellen Straßenlaternen den Weg.

Sonnenschein. Das Wort schießt grundlos durch meinen Kopf.

Der Fremde wirft mir einen verwirrten Blick zu und macht einen Schritt auf mich zu. Zögerlich tritt er noch einen Schritt nach vorne und fixiert das Tier. »Vanti.«

Ich bin mir noch immer nicht sicher, ob die Worte wirklich durch die Luft rauschen oder ob der Typ sie telepathisch zu mir sendet. Der Hund lässt von mir ab und setzt sich hechelnd vor seinen Besitzer. Der Typ wischt sich die Strähne aus der Stirn und klemmt sie unter seine weinrote Mütze, hakt die Leine am Halsband ein und räuspert sich. Ich kenne ihn.

Wahrscheinlich aus der Schule. Im Nebel suche ich nach einem Namen, einer Erinnerung, irgendetwas. Erfolglos.

»Normalerweise hörst du«, sagt der Fremde mit überraschend kräftiger Stimme zu seinem Hund.

Der Fremde sieht mich an, ohne mir in die Augen zu schauen. Eine Entschuldigung rollt über seine Lippen, während er sich in Bewegung setzt. Ein Tanz zwischen ihnen beginnt: Der Vierbeiner springt am Typen hoch, der weicht aus, schubst das Tier vorsichtig von sich. Und dann startet alles von vorne, bis sie hinter sich-nicht-so-umarmenden Bäumen verschwinden.

Noch lange sitze ich auf dem Boden und denke an unseren damaligen Hund Voltair. Dad hat mich immerzu mit ihm rausgeschickt, selbst wenn es gewittert hat.

›Damit aus dir ein richtiger Mann wird‹, war stets seine Begründung.

Was auch immer das heißen sollte. Anscheinend hat das Spazierengehen bei schlechtem Wetter mich aber nicht zu einem *richtigen* Mann gemacht. Andernfalls hätte ich einen neuen Hund bekommen, als Voltair gestorben ist – hätte ein Hund mir Männlichkeit gegeben, hätte ich einen bekommen. Und dann wäre Dad sicherlich nicht abgehauen.

Noch immer sitze ich auf dem Schotterweg.

Mein Hintern ist eiskalt, aber das stört mich wenig. Ich starre in die Endlosigkeit des Wegs.

Irgendwann werden die Baumkronen zueinander finden, zeige ich mich optimistisch. Ein Blick aufs Handy zwingt mich zurück in die Realität, denn Timo und Leo haben mich bereits vierzehn Mal angerufen und mir dreiunddreißig Nachrichten geschrieben. Seufzend gebe ich mich geschlagen und kehre zu meinen Freunden zurück.

3

Ruben

Knack

»Die Schule ist die geilste Zeit im Leben«, hört man immer. Bullshit.

Es ist die schlimmste Zeit, die ich je erlebt habe.

Schauen sie mich an? Ich zwinge mich zu einem Lächeln und schlüpfe durch die Eingangstür der Schule. Die Gruppe halbwüchsiger Mitschüler am Raucherplatz lasse ich hinter mir. *Was starren sie an, lachen sie aus, verachten sie? Sehe ich seltsam aus? Verurteilen sie mich?*

Ich richte meine Aufmerksamkeit auf meine Umgebung, um die Gedanken loszuwerden. Die Weihnachtsdeko hängt noch immer in der winzigen Eingangshalle, obwohl die Weihnachtsferien seit zwei Wochen vorbei sind. Die meisten haben ihre Vorsätze fürs neue Jahr vermutlich schon vergessen.

Eine Gruppe Zehntklässler trägt noch Nikolausmützen und jemand hat einen Schneemann direkt vor der Eingangshalle gebaut, an dem sich jeder vorbeiquetschen muss. Langsam schmilzt er dahin und kreiert eine Pfütze.

Ich lächle. Es hilft. Ich stopfe Kopfhörer in meine Ohren. Ich schalte »Didn't You« von *Call Me Karizma* an. *Lieblingssong an. Welt aus.* Das würde ich aber nie aussprechen – schließlich liest man das in jeder zweiten Instagram-Story und ich schaffe es nur mit viel Kraft, Selfies nicht nach einem Tag wieder von meinem Account zu löschen.

John und seine Anhänger habe ich zwar blockiert, aber was, wenn sie einen neuen Account machen? Vor allem John hat oft fiese Kommentare hinterlassen. Ich schaue auf, geradeaus, zwinge mich dazu. *Mal sehen, wie lange ich es heute aushalte.*

Meine Mitschüler stehen dicht aneinander gedrängt in der Eingangshalle.

Niemand grüßt mich, keiner würdigt mich eines einzigen Blickes. Ich quetsche mich durch. Jemand sieht mich an. Ein kurzer Schock durchfährt mich.

Ich streiche mir die Strähnen in die Stirn. Es wirkt wie ein Vorhang. Ist er geschlossen, kann ich Ich selbst sein.

John ist nicht hier. Seine Anhänger auch nicht. Mit Bedacht laufe ich über den giftgrünen PVC-Boden. Meine Schuhe quietschen bei jedem Schritt.

Mit gesenktem Kopf laufe ich durch die Gänge. Treffe ich John, will ich ihn nicht kommen sehen. Entkommen kann ich ihm sowieso nicht, also verzichte ich gerne auf jede Sekunde der Panik.

Jemand drückt mich an der Schulter herunter. Die Kopfhörer reiße ich aus meinen Ohren. Hitze breitet sich in meinem Körper aus, gleichzeitig läuft ein kalter Schauer über meinen Rücken.

Mit klopfendem Herzen drehe ich mich um und mache mich bereit, gedemütigt zu werden. Ein Riese schaut auf mich herab. Keine Überraschung. Selten treffe ich Jungs, die kleiner sind als ich. Der Typ geht weiter, ohne etwas zu sagen. Ich blase die Luft aus meinen Nasenlöchern, bis meine Lunge leer ist. Am liebsten wäre ich unsichtbar – nicht tot, nur lieber woanders. Im Wald mit Vanti zum Beispiel. Überall. Hauptsache nicht hier.

Mein Klassenzimmer befindet sich am Ende des Gangs im zweiten Stock. Hin und wieder lacht jemand. *Wegen mir?* Es katapultiert mich zurück zu der ersten Schulwoche im letzten Schuljahr. Es war mein erstes Jahr an der Schule, als John mich als sein Opfer auserkoren hat.

Angefangen hat er mit Kommentaren, in denen er mich Zwerg genannt hat oder sich über meine »schwache Statur« ausgelassen hat.

Dabei habe ich ihm nie etwas getan, wir hatten nicht einmal etwas miteinander zu tun. Trotzdem hat er einen Zeitpunkt gefunden, harmlose Witze zu machen. Immer haben die anderen gelacht und getuschelt. Und mit der Zeit wurde es schlimmer.

Begrüßungen werden durch die Menge geschrien, aber keine einzige ist an mich gerichtet. Wie eine Kette hängt die Einsamkeit an mir und erschwert jeden Schritt. Ich brauche eine Pause von meinen Gedanken. Kaltes Wasser hilft immer, also mache ich mich auf den Weg zu den Toiletten.

Die Tür fällt tonlos hinter mir ins Schloss. Das grelle Licht brennt in meinen Augen. Ein ungutes Gefühl kommt in mir auf, welches nicht durch den beißenden Gestank von Urin hervorgerufen wird. Ich betrachte mich im Spiegel und werfe mir ein aufmunterndes Lächeln zu. *Bis hierher hast du es geschafft.*

Nur noch eine Tür weiter, dann kann ich mich in einer Kabine in Sicherheit wiegen. Ich umfasse den Türgriff. Ein vertrautes Lachen lähmt meine Bewegung.

»Hey, Kempilein!« Johns Stimme ist Gift in bunter Bonbonverpackung. Passend dazu hat er meinen Nachnamen verniedlicht. Er packt mich, zerrt den Rucksack von meinen Schultern und schleudert mich mit dem Rücken voran gegen die Wand. Die Wucht ist so enorm, dass mir die Luft wegbleibt. Er fletscht die gelben Zähne mit einem Grinsen. Seine Finger krallt er in meine Schultern und presst mich gegen die Mauer.

Johns Anhängsel, Bastian und Nico, schnappen sich den Rucksack.

Nico schüttelt seine schulterlangen Locken. Bastian dreht die Tasche auf den Kopf, der Inhalt landet auf den schwarzen Fliesen. Einige Seiten meines Blockes reißen aus. Devin, Bastians kleiner Bruder, taucht im Türrahmen auf und beobachtet stumm. Nico und Bastian spielen Fußball mit meinem Taschenrechner.

»Hallo? Ich rede mit dir, Schwuchtel.« Tausend Mal habe ich es schon gehört und trotzdem will ich ihm ins Gesicht spucken.

John ballt die Hand zur Faust und holt aus. Als er trifft, zieht sich ein stechender Schmerz durch meine Magengrube. Ich kneife die Augen zusammen, als die Panik überhandnimmt. Ich will es nicht kommen sehen. Vielleicht schaffe ich es dann, mir einzureden, dass es nur ein Traum ist?

Etwas schlittert über den Boden. Ich öffne die Augen. Ein Knacken ertönt, als er drauf springt.

Mich erinnert es an einen Knochenbruch. Vermutlich ist es nur Plastik. Mein Taschenrechner, vermutlich. Meine Nackenhaare stellen sich trotzdem auf, Gänsehaut überzieht jeden Millimeter meines Körpers.

Gleich bin ich dran.

Knack.

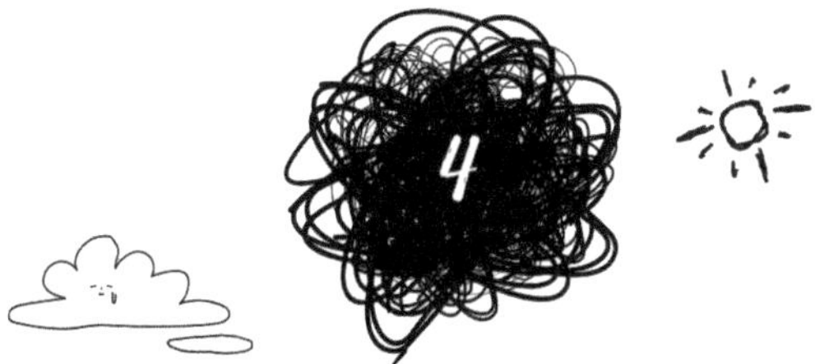

4

Linus

Wenn der Kopf gefickt ist

K*nack.*

Jeden einzelnen Finger lasse ich knacken, die Langeweile zwingt mich dazu.

Ich lungere auf meinem Stuhl im Klassenzimmer und denke an die Begegnung von Freitag. Über das Wochenende habe ich es zwischendurch als Halluzination deklariert. *War es echt? War es Riot? Oder doch nur der Rausch?* In letzter Zeit fühlt sich nichts mehr echt an. Aber dann finde ich ein weißes Haar auf meiner Jacke und kann das Grinsen nicht unterdrücken. *Schockverliebt in einen Hund?* Lautlos lache ich und befreie mich von einem weiteren Haar.

»Herr Schütz«, sagt Herr Henrichsen mit seiner hohen Stimme, die man wohl eher einer Frau zuordnen würde. Mein Kopf schießt in die Höhe. Der Lehrer zeigt auf mich. Lachen dringt durch die Reihen. In hoher Stimmlage äfft jemand hinter mir Herrn Henrichsen nach. Mit den Jungs in meiner Klasse komme ich gut klar. Wir sind keine Freunde, aber wir scherzen immer miteinander.

»Herr Schütz. Sie müssen aufpassen. Sonst fallen Sie wieder durch, Herr Schütz«, krakeelt Paul hinter mir. Die Mädels am Fenster kichern.

Der Lehrer ermahnt sie alle, bevor er sich mir wieder zuwendet und meinen Namen abermals sagt.

»Das bin ich.« Ich setze ein Grinsen auf und richte mich auf.

»Sie sind dran.« Seine langen Arme verschränkt er zu einem endlosen Knäuel.

»Die Frage?« Den Kugelschreiber zwischen meinen Fingern lasse ich auf dem Block auf und abhüpfen. Irgendwie hypnotisierend.

»Symptome von Depressionen. Das haben wir letztes Jahr besprochen. Wenn Sie das nicht wissen, brauchen Sie zur Prüfung gar nicht erscheinen.« Auf dem Absatz vollführt er eine Drehung und setzt die Kreide auf der Tafel an, bereit, die Antwort zu notieren. Mutig, zu glauben, dass ich die Antwort kenne. Aber das tue ich.

»Wenn der Kopf gefickt ist.« Ich schlage die flache Hand gegen meine Stirn und richte mich noch mehr auf. »Innere Leere, meine ich.«

Henrichsen setzt zum Reden an, doch das Lachen der anderen unterbricht ihn. Wortlos kritzelt er meine Antwort – die zweite – auf die Tafel, fällt auf seinen Stuhl und wendet sich seinen Notizen zu.

Das Holz knarzt, als ich tiefer in den Stuhl sinke und die Begegnung mit dem Hund weiter rekapituliere. Natürlich habe ich Leo und Timo davon erzählt – Timo hat so getan, als sei nichts geschehen.

»Alter, wer würde um drei Uhr nachts mit seinem Hund spazieren gehen?«, hat Leo gefragt.

Ein Klopfen an der Tür reißt mich abermals aus meinem Kopf. Jemand schlüpft durch die Tür. Und da steht er, der Sonnenschein der Nacht, der um 3:33 Uhr von einem Engel begleitet wurde. *Ruben Kemp*. Der Name flattert zurück in mein Gedächtnis, als hätte ich ihn nie vergessen. Lediglich vom Sportunterricht kennen wir uns. Wobei *kennen* übertrieben ist. Und »wir uns« ebenfalls. In Sport wähle ich ihn ab und an in mein Team, aber wir haben uns noch nie wirklich unterhalten. Meistens nickt er nur und ich erinnere mich nicht daran, dass er mir je in die Augen gesehen hat. Auf der anderen Seite erinnere ich mich kaum an seine Existenz. Als wäre er ein Geist. Das einzig Auffällige an ihm ist der Verband um sein Handgelenk. Jetzt ist der Verband versteckt unter seinem Pulli, aber in Sport ist er stets sichtbar.

Ich wollte ihn während des Sportunterrichts schon mehrfach fragen, was es damit auf sich hat, aber er war immer plötzlich weg. Der nicht-so-fremde Eindringling hält den Blick gesenkt, wie immer. Seine Lippen bewegen sich, – mal was Neues, aber dann wieder: Kein verständlicher Ton ist zu vernehmen, obwohl ich ihn von meinem Sitz in der zweiten Reihe eigentlich verstehen müsste.

Alles wie immer also. Außer dem Taschenrechner in seinen Händen. Mein Blick fällt auf Rubens schlaksige Finger, die den Taschenrechner so fest umklammern, dass er zu brechen droht. Es spielt keine Rolle, denn das Teil ist unbrauchbar: Völlig zerkratzt und mit gerissenem Bildschirm.

»Herr Ackert hat mich geschickt, weil wir jetzt Klausur schreiben«, stottert Ruben. Paul äfft ihn nach.

Ich verdrehe die Augen. Henrichsen erhebt sich von seinem Drehstuhl. Der rollt weiter und prallt mit leisem Klicken gegen die Wand.

»Leute«, sagt Henrichsen gedehnt. »Wer wäre so nett …« Er deutet auf Ruben.

Ich krame meinen Taschenrechner aus dem Rucksack und bin schneller als das Mädchen vor mir in der ersten Reihe am Fenster. Noch bevor Henrichsen ein weiteres Wort hervorbringt, springe ich auf. Der Stuhl rutscht quietschend über den Boden.

›Willst du wirklich mit der Schwuchtel interagieren? Nicht, dass du noch schwuler wirst‹, meint Riot.

Ich tue einen Schritt nach dem anderen und ignoriere seine Worte.

Halts Maul, sage ich in meinem Kopf. *Du gehst mir auf den Sack*. Ruben hebt den Kopf, als ich vor ihm zum Stehen komme, Augenkontakt ist trotz allem nicht drin. Scheinbar ist meine Brust interessanter.

Das Gerät halte ich ihm hin, doch ziehe es zurück, bevor er es erhascht. Ich beuge mich zu ihm herunter. Ruben ist ein wenig kleiner als ich, allerdings bin ich ebenfalls kein Riese.

»Passt du auf den besser auf?«, sage ich im Flüsterton, sodass ich meine Worte selbst kaum verstehe. Aber ich will ihn vor der Scham bewahren, wenn die anderen wieder lachen. Ruben nickt. Somit übergebe ich ihm den Rechner. Rubens Lippen formen ein »Danke«, glaube ich, und mit diesem Lufthauch verschwindet er aus dem Raum.

Nach dem Unterricht genieße ich meinen täglichen Spaziergang, der eigentlich nur meinen Nachhauseweg darstellt. Ich gehe an einem Café vorbei an einer mäßig befahrenen Straße entlang.

Einige meiner Mitschüler laufen vor und hinter mir, die meisten in Gruppen. In der Innenstadt duftet es nach Pizza und Rosen. An allem schlendere ich vorbei, bis ich im Wohngebiet ankomme. In vielen Gärten ragen gigantisch Eichen und Ahorne in die Höhe, die allesamt kahl dastehen. Auf der einen Hälfte des Bürgersteigs türmen sich die Schneemassen, welche die Räumfahrzeuge von der Straße geschoben haben.

Eine Meise zieht mich kurz vor meinem Haus in ihren Bann, weshalb ich zehn Minuten darauf verwende, das blau-gelbe Geschöpf zu fotografieren.

Zuhause stapfe ich durch den Flur, um in meiner Gruft den Rest des Tages zu verbringen. Noch bevor ich einen Fuß auf die Treppenstufe setze, schlägt mir der Duft von Mamas Spaghetti entgegen.

Die Tasche lasse ich im Gang fallen und mein kaffee-betriebener Körper führt mich geradeaus am Wohnzimmer vorbei in die Küche. Der Flur grenzt direkt am Wohnzimmer an, gegenüber liegt die Treppe.

»Linus«, sagt meine Schwester Hannah langgezogen und schmeißt einen Löffel auf die Tischplatte. Er schlittert geradewegs zur Tischkante.

»Der fliegt«, sage ich.

»Wird er nicht«, wettet Hannah dagegen.

»Wird er.«

»Wird er nicht.«

»Natürlich.« Ich verdrehe die Augen.

Sie knufft meine Schulter. Der Löffel stoppt halb über der Holzkante. *Zufällig* streift mein Fuß den Tisch, der Löffel landet klirrend auf den Fliesen und ich rutsche mit einem triumphierenden Grinsen auf die Bank.

Mama schüttelt den Kopf und murmelt etwas Unverständliches, aber ihr Lächeln kann sie nicht verbergen.

Ich hebe den Löffel auf, wische ihn am Hoodie ab und warte, bis Mama am Tisch sitzt, bevor ich mir als letzter aufnehme. Ich stopfe mir Spaghetti in den Mund und beobachte Hannah bei der gleichen Bewegung. Das Blau ihrer Augen erinnert mich an das Meer. Und an Dad. *Was er wohl treibt? Hat er 'ne Neue?* Hannah erzählt von einem ihrer Klienten, der Fliesenboden statt Parkett will.

»Wie kann er es wagen? Ist er Architekt oder du?«, sage ich und bin froh um die Monotonie in meiner Stimme, die sonst eher hinderlich ist.

Mit dem Löffel deutet Hannah auf mich und reißt die Augen auf. »Das dachte ich auch«, meint sie enthusiastisch. »Er hat einfach keine Ahnung, wie man ein Haus plant.«

Deshalb liebe ich sie: Egal, wie viel Blödsinn ich erzähle, sie spielt immer mit. Mama kapiert das aber nicht.

»Hört auf zu streiten«, fordert sie deshalb in ernstem Ton.

Hannah und ich werfen uns Blicke zu. Mamas Lächeln jedoch verrät, dass auch sie nur scherzt.

Sie erzählt so detailgetreu von ihrem Tag, dass ich fast denke, ich wäre dabei gewesen. Ich schalte auf Durchzug, was mich an Dad erinnert. Er hat mir nie zugehört, wenn ich von meinem Tag erzählt habe. Ich sollte Hannah zuhören – auch, wenn es verdammt langweilig ist. Aber jetzt kreisen meine Gedanken um Dad und aus dieser Gedankenspirale gibt es kein Entkommen.

Wäre er auch abgehauen, wenn ich mich nicht … Klatsch!

Hannah und Mama gackern los und ich begutachte die Sauerei, die ich nicht nur auf dem Tisch, sondern auch auf mir kreiert habe. Überall klebt rote Soße und Hackfleischstücke liegen in den Falten meiner Kleidung.

›Du bist zu nichts zu gebrauchen‹, sagt Riot und stützt seine Ellenbogen auf den Knien ab. *›Sag mal, warum hast du dem Typen deinen Taschenrechner gegeben?‹*

Mama reicht mir ein Papiertuch.

Warum nicht?

›Ach ja. Du willst ja ein besserer Mensch werden.‹ Riots Hamsterbacken schwabbeln, als er den Kopf schüttelt. *›Hast du darüber nachgedacht, normal zu sein? Das würde dich sicherlich zu einem besseren Menschen machen.‹*

Darauf fällt mir keine Antwort ein.

›Weißt du noch, als dein Dad mit dir Fußball gespielt hat?‹

Ein Lächeln huscht über meine Lippen, doch weitere Erinnerungen vertreiben es in Sekundenschnelle. Die ersten zwei Jahre, nachdem mein Vater die Familie verlassen hat, habe ich mich nach seiner Rückkehr gesehnt. Inzwischen verbanne ich jeden Gedanken an Dad und Opa in die hinterste Ecke meines Gehirns.

Ich hatte immer diese unrealistische Hoffnung, dass es wieder wie früher wird, als ich noch ein Kind war – obwohl meine Kindheit mit Opa und Dad nicht besonders positiv war.

Ich verstehe nicht, warum es überhaupt so lange gedauert hat, bis ich das kapiert habe. Leo war derjenige, der mir empfohlen hat, nicht mehr daran zu denken. Angeblich war ich eifersüchtig, weil er ein sehr enges Verhältnis mit seinem Dad hat. Zumindest hat Leo das behauptet.

Ich war so besoffen, dass ich mich daran nicht erinnere. Jedenfalls macht es mein Leben um einiges einfacher, nicht an sie zu denken. Zumindest versuche ich es, aber Riot stochert seit einigen Tagen wieder in der Wunde, weil ich »mit einem Schwulen interagiert habe«. Als ob es mich noch schwuler machen würde, einmal mit Ruben gesprochen zu haben.

Ein Kloß bildet sich in meiner Kehle, die Lunge brennt. Hannah ruft zum tausendsten Mal meinen Namen. Sie spritzt mir Soße ins Gesicht. Ich hebe den Kopf.

»Du hilfst mir heute, das Baumhaus auszuräumen.« Die Gabel lasse ich sinken, mein Blick gleitet von ihr zu Mama und zurück.

»Ihr wollt aber nicht unser Baumhaus abreißen, oder? Unsere Kindheit? Das Einzige, das von Dad übrig ist?« Ein bitterer Geschmack legt sich auf meine Zunge. Ich denke nicht mehr an ihn, versuche es zumindest, aber ihn komplett auslöschen? Dafür bin ich noch nicht bereit. Hannah schiebt sich stöhnend Nudeln in den Mund und kaut ewig darauf herum.

»Das ist doch alt und modrig«, sagt Mama. »In den letzten fünf Jahren war keiner von euch beiden da oben. Ein bisschen Ausräumen wird uns allen guttun.«

»Aber …« Kampflos gebe ich auf. Keine Kraft. »Meinetwegen. Aber nicht bei fünf Zentimeter Neuschnee.«

»Okidoki. Dann können wir ja heute die Garage aufräumen.« Sie streckt mir die Zunge entgegen und ich verziehe das Gesicht. Sie könnte wenigstens vorher schlucken. Manieren und so.

»Das wollte Dad machen.« Ich erhebe mich. »Vor fünf Jahren.«

Eine Woche später habe ich meinen Taschenrechner noch immer nicht zurückbekommen und jedes Mal, wenn ich Ruben darauf ansprechen will, verschwindet er oder ist von vornherein unauffindbar. Auch Baumhaus und Garage blieben diese Woche unberührt. Hannah hat nichts mehr gesagt.

Ehrlich gesagt kann ich mich nicht einmal daran erinnern, was ich die letzte Woche getrieben habe. *Ob* ich überhaupt irgendetwas gemacht habe, außer im Bett zu versauern.

›Wann beendest du es endlich?‹

Ich wollte etwas Nützliches tun, schon vergessen? Zählt es als nützlich, wenn ich jemandem meinen Taschenrechner geliehen habe? Ich gehe, sobald ich meinen Taschenrechner wiederhabe.

Riot scheint nicht zufrieden.

›Was hält dich zurück? Hast du Schiss? In der Hölle wirst du den Taschenrechner

sowieso nicht brauchen.‹

Ich schlendere zur Überdachung zwischen Haus und Garage. Erschöpft plumpse ich in den dreckigen Plastikstuhl und zünde eine Zigarette an – abermals frage ich mich, was mich so müde macht. Körperliche Betätigung ist es sicher nicht. Hah.

Riot wiederholt seine Frage.

Ich habe keine Antwort für ihn.

5

Linus

Eins zu Null

Um Mitternacht dröhnt der Bass in meinen Ohren. Wir sind in einer Bar am Stadtrand. Ich will meinen Dad vergessen. Die Schule vergessen. Alles. Also trinke ich noch mehr, bis es mir egal ist.

Timo und Leo haben mich überredet – sie wollen ›ihre bestandenen Prüfungen feiern‹. Aber letzte Woche haben sie gefeiert, weil sie zwei Stunden gelernt haben, und vorletzte Woche haben sie gefeiert, weil sie angefangen haben zu lernen und … genau.

Und jetzt sind sie unauffindbar. Timo sucht vermutlich schon nach der Nächsten, die ihr Bett mit ihm teilt. Durch die Menge aus Tanzenden quetsche ich mich mit viel Mühe. Ohne geschubst zu werden, erreiche ich das andere Ende der Tanzfläche, bewege mich zur Musik.

Meine Gedanken schweifen zu heute Nachmittag.

Bekomme ich meinen Taschenrechner zurück? habe ich auf einen Zettel geschrieben und in Rubens Klassenzimmer gelegt, als niemand da war. Ewigkeiten bin ich nach Schulschluss durch die Schule gewandert, habe die Sitzpläne auf dem Pult in jedem Klassenzimmer der 12. Klässler gesucht und seins schließlich gefunden.

Zum Glück liegt sein Sitzplatz in der zweiten Reihe direkt am Fenster, sodass ich den Zettel so zwischen Wand und Tisch klemmen konnte, dass er kaum auffällt.

Mit geschlossenen Augen gebe ich mich den Bewegungen der Fremden hin und lasse mich von ihnen leiten. Die flackernden Lichter schmerzen, obwohl ich meine Lider geschlossen halte.

Ich sollte weniger trinken. Dieser Gedanke kommt mir jede Woche. Der Kater danach ist es einfach nicht wert. Außerdem ist Mittwoch und ich kann nicht noch öfter fehlen, sonst brauche ich bei jedem weiteren Fehltag ein Attest.

Die unterschiedlichsten Menschen tummeln sich um mich herum. Ein kahler, mittelalter Mann beobachtet eine junge Dame mit gierigem Blick und ich rümpfe die Nase. Zwei Männer knutschen an der Bar, einer davon trägt eine enge Lederhose, der andere fummelt an besagter Hose herum.

Ja, wir sind in Bayern.

Nein, nicht die klassische Lederhose, sondern eine schwarze, gummiartige.

Ich wende mich ab und ignoriere das unwohle Gefühl in meinem Magen.

Der Kahlkopf packt die junge Frau an der Taille. Ihre roten Haare fliegen durch die Luft, als sie gegen seinen Körper prallt und ihre Hände auf seine legt. Ihr Blick ist gefüllt mit purem Horror. Sofort kommt mir Hannah in den Sinn. Meine Füße tragen mich in die Richtung der jungen Frau. Blickkontakt, mein aufrechter Gang und zurückgenommene Schultern reichen aus, um den Perversling in die Flucht zu schlagen.

Im nächsten Moment stehe ich auf der Tanzfläche und sie legt meine Hände an ihre Taille. Ich will mich entfernen, doch sie hält mich sanft fest und lächelt. Ich schließe die Augen und klammere mich an ihr fest, als habe *sie* mich gerettet.

Keine Ahnung, wie ich in diese Situation kam, mit einer Frau zu tanzen. Trinken, um zu vergessen und so. Hah. Das blitzende Licht und Anrempeln von allen Seiten bescheren mir Kopfschmerzen.

Nach dem Song schleift sie mich in den Gang, der zu den Toiletten führt. Ich lasse mich mitziehen. Was soll ich auch sonst tun? Neben uns liegt die Bar, gegenüber ist der Ausgang.

»Wie heißt du?«

Sie schüttelt den Kopf, lehnt sich zu mir und ich wiederhole die Frage noch lauter.

»Chanelle«, sagt sie und schlingt ihre Arme um meine Schultern, als kennen wir uns schon seit Jahren. Sie stellt sich auf die Zehenspitzen, was in mir ein kribbelndes Gefühl auslöst.

Sie sagt etwas, doch ich verstehe kein Wort und frage nicht nach, sondern lächele nur. Unwillkürlich sauge ich ihren Duft ein. Der Geruch erinnert mich an eine kühle Sommernacht mit Freunden – warum, kann ich mir nicht erklären.

Ich fahre mit den Fingern durch ihr endlos langes, glattes Haar und presse ihren Körper näher an mich. Die seidenweichen Strähnen kitzeln meine Finger.

Mache ich das richtig? Erwartet sie, dass ich noch etwas tue? Was würde Timo machen?

Tonlos lache ich. Er wäre längst mit ihr im Bett und würde … muss ich … mit ihr schlafen? Will sie das? Oder zumindest küssen? Wie funktioniert das überhaupt?

Riot watschelt zu seinem Sessel und plumpst darauf. *Was macht er denn hier? Normalerweise verschwindet er, wenn ich Alkohol trinke. Ich bin zu nüchtern.*

Riot jubelt mir zu.

›Fick sie endlich‹, fordert er ungeduldig. Er soll froh sein, dass ich überhaupt hier mit einem Mädchen stehe. *Das ist falsch. Ich sollte das hier nicht tun. Das ist ihr gegenüber nicht fair. Ich will das hier nicht tun.*

Ich will hier weg. Ins Bett, zum Beispiel.

»Ich muss gehen. Tut mir leid«, sagt Chanelle und löst sich von mir. Sie streckt mir ihr Handy vor die Nase, um durch eine Textnachricht ihrer Mutter zu beweisen, dass sie erwartet wird.

»Oh … Okay …« Ich weiche ihrem Blick aus.

Was soll ich jetzt tun? Handschlag? Kuss? Nichts?

›Nimm sie mit nach Hause und fick sie. Dass sie gehen muss, ist deine Aufforderung. Sie hat nicht gesagt, dass du nicht mitkommen sollst‹, sagt Riot mit einem widerwärtigen Grinsen. Er ist genau wie dieser Perversling. Nur hässlicher. Und viel, viel nerviger. Ich umarme sie.

Sie muss wirklich gehen, gebe ich Riot zu verstehen. *Sonst würde sie mich einladen.*

Während des Gehens winkt Chanelle mir lächelnd zu. Erst, als sie außer Sichtweite ist, stoße ich die Luft aus, schlendere zur Bar und bestelle Wodka.

Tschüss, Riot. Die Flüssigkeit brennt sich meinen Rachen hinab und lenkt mich vom Grummeln in meinem Inneren ab. Um das Rauschen in meinen Ohren loszuwerden, bestelle ich noch einen. Zum Glück bin ich schon 18 – vorher musste Timo mir immer Alkohol bestellen.

Andererseits konnte er mich da zumindest nicht zwingen, in Clubs zu gehen. Stattdessen sind wir zu dritt durch die Stadt gelaufen und haben getrunken. Ohne Mädchen oder diese schreckliche Musik und die Blinklichter.

Als ich das Glas anhebe, landet eine zierliche Hand auf meiner Schulter. Ein zerknitterter Papierfetzen schwebt vor meinem Gesicht. Ist sie nur deshalb zurückgekommen? Ich dachte, sie hat es eilig?

»Sehen wir uns wieder?« Chanelle legt den Zettel in meine Hand und schielt zum Eingang.

Ist sie nicht gerade gegangen? Ich dachte, sie muss so dringend weg? Perplex stimme ich zu und will mich wieder dem Alkohol widmen, als sie sich abermals auf die Zehenspitzen stellt und ihre Lippen auf meine presst.

Ich schmecke Kirschlikör – das widerlichste Gesöff, das ich je probieren musste. Mein Körper steht unter Strom. Bevor ich herausfinde, ob und wie ich meine Lippen bewegen muss, bin ich wieder frei.

»Tut mir leid«, sagt sie noch und dann ist sie schon verschwunden.

Das war mein erster Kuss, stelle ich ernüchtert fest und frage mich für die nächsten zehn Minuten, warum man einen solchen Hype um das Küssen macht. Beziehungen allgemein. Liebe. Das Leben.

»Alles klar?« Diesmal ist es Leo, der mich zurück in die Realität reißt. »Die war ja hübsch.«

Ich weiß nicht, ob Leo direkt in meine Seele starrt und es mir deshalb schwerfällt, zu lügen. Wie auch immer; Ich wende mich ab und bestelle drei Wodka. Und Timo will mich allen Ernstes überreden, Likör zu kaufen.

»Geht auf mich«, sage ich und bete innerlich: *Bitte sprecht mich nicht drauf an.* Ich schiele zu Timo, der einen Arm um mich legt.

Aber er scheint sich mit einem kostenlosen Getränk zufrieden zu geben, denn er sagt nur »Yes« und stützt sich auf mir ab, um auf den Barhocker zu klettern.

»Warum sind die Dinger so wackelig? Die sind für Leute, die nicht mehr geradestehen können.«

»Das glaube ich kaum.« Leo spielt an seiner Kette. Eine Diskussion entsteht zwischen den beiden.

Ich verfalle abermals meinen Gedanken. Meine Sicht verschwimmt mit jedem weiteren Schluck. Aber in dem Nebel, der meine Gedanken umhüllt, findet mich auch Riot nicht mehr.

Eins zu Null für mich.

6

Ruben

Geist

Mein Gemächt liegt locker in meiner Hand, als jemand die Tür aufreißt.

Ich zucke zusammen und springe zurück. Hastig schließe ich meine Hose und ducke mich.

Auf Johns Kommentare zu Aussehen und Größe kann ich verzichten. Schon schlimm genug, dass meine Mutter mich jedes Jahr für einen Check-Up zum Arzt schleift, wo die blonde Ärztin mein Gemächt untersucht. Sie nennt es natürlich bei den *medizinischen* Namen wie Penis oder Glied, aber allein der Gedanke an diese Wörter beschert mir Gänsehaut. Noch schlimmer sind jedoch Pimmel oder Schwanz.

Ich schüttele mich.

Jemand stürmt an mir vorbei in eine der Kabinen. Keuchen und Würgegeräusche sorgen dafür, dass sich auch mir der Magen umdreht. Der Typ schlittert auf Knien über die schwarzen Fliesen. Erst jetzt folgt auf das Würgen der saure Gestank von Erbrochenem.

Ist er *immer noch* betrunken oder *schon*? Schließlich ist es acht Uhr morgens an einem Donnerstag und wir sind in der Schule. Wer – außer meinem Vater – betrinkt sich unter der Woche?

Ich eile zur Tür und halte mir den Bauch mit der einen Hand. Die andere trifft die Türklinke.

Mit einem letzten Blick auf den Jungen ändere ich meine Meinung. Der Typ mit der grauen Jogginghose, die viel zu viel *Gemächt* zeigt, fleckigem Shirt und straßenköterblondem Haar ist kein anderer als der, der mir den Taschenrechner geliehen und somit meine Mathenote gerettet hat.

Linus Schütz.

Ich nehme einen tiefen Atemzug und halte die Luft an, bevor ich nähertrete. Das Handy liegt neben ihm auf dem Boden. Linus hält die Augen geschlossen und legt den Kopf auf dem Rand der Kloschüssel ab. Zitternd atmet er ein und aus.

Eine Hand presst er gegen den Bauch.

Zögerlich knie ich mich neben ihn auf den Boden, ohne Linus aus den Augen zu lassen. Er reagiert nicht. Das Telefon zeigt einen Gruppenchat mit zwei weiteren Personen.

Die letzte Nachricht kam erst vor zwei Minuten.

Teilzeit-Italiener: Schreib, wenn du was brauchst.

Ich muss ihn nicht ansehen, um die Antwort zu kennen. Linus würgt wieder und ich gebe mein Bestes, mich nicht auch zu übergeben. Lange halte ich es nicht mehr aus.

Ich sollte etwas sagen. Sofort zeigt mir mein Gehirn die Erinnerung an meinen Alten. Wenn er besoffen ist, sollte man ihn lieber nicht ansprechen. Ist Linus auch so?

Aber Linus hat nicht einmal bemerkt, dass ich neben ihm knie.

Bei dem Gedanken, tatsächlich etwas zu sagen, wird mir heiß. Keinen Ton bringe ich heraus. Genervt von mir selbst verdrehe ich die Augen. Wenn ich etwas sage, antwortet er vermutlich sowieso nicht.

Stöhnend hebt Linus den Kopf.

Vor Schreck plumpse ich auf den Hintern.

Linus' braune Augen durchbohren mich. Ohne etwas zu sagen, wendet er sich seinem Handy zu.

Er tippt darauf herum, während ich mich aufrappele. Hoffentlich schreibt er ihnen, dass sie ihn holen sollen. Ich habe nämlich keine Ahnung, was ich tun soll. Weder kann ich ihn zur Schulkrankenschwester bringen, weil er dann in Schwierigkeiten gerät, noch kann ich ihn nach Hause bringen.

Erstens weiß ich nicht, wo er wohnt, und zweitens hat der Unterricht schon angefangen.

Seine Freunde kommen sicher jeden Moment, versuche ich, mir einzureden. Was sonst soll er ihnen geschrieben haben? Sicher nicht »Hey, mir geht es super und ich brauche nichts«.

Wie lange ich dumm rumstehe und mit mir selbst kämpfe, weil ich es nicht schaffe, etwas zu sagen, obwohl ich etwas sagen *will,* weiß ich nicht.

Jedenfalls fällt Linus irgendwann auf den Hintern und ich werde zurückkatapultiert in die Nacht, in der Vanti ihn zu Boden gerissen hat.

Ein Typ reißt die Tür auf – ein Skater. Die abgewetzten Vans, die nur vom schleifpapierartigen Belag eines Skateboards stammen können, verraten es mir. Meine Schuhe sehen genauso aus. Von hinten schaut ihm ein Blauhaariger über die Schulter.

Ich kenne die beiden vom Sehen. Letztes Jahr gab es sie nur im Dreierpack. Die zwei haben ihr Fachabitur gemacht, während Linus die 12. wiederholt. Ich glaube, sie haben mich noch nie bemerkt – zumindest ihren Gesichtsausdrücken nach zu urteilen.

»Più scemo non potevi nascere.« Der Skater zupft seine schiefe Kappe zurecht – das muss der »Teilzeit-Italiener« sein. Ich verstehe kein Wort. Er krempelt die Ärmel hoch, zum Vorschein kommen tausend winzige Tattoos, die zusammengepuzzelt eine Geschichte zu erzählen scheinen.

Neben ihm schlägt der Blauhaarige sich die Hand gegen die Stirn und murmelt etwas. Die Augenbrauen zieht er zusammen, als er mich mustert. Seine blauen Haare stehen ihm wirr vom Kopf.

Ich senke den Kopf, trete zur Seite und gebe somit den Blick auf Linus frei.

»Lutzi, du Idiot«, sagt der Blauhaarige. Die zwei quetschen sich an mir vorbei. Der Skater vergräbt Mund und Nase in der Armbeuge und unterdrückt das Würgen.

»Fickt euch«, antwortet Linus verspätet, betätigt die Klospülung und wischt sich über den Mund. »Geht schon wieder.«

Der Blauhaarige durchbohrt mich mit seinem Blick. Er öffnet den Mund, aber ich will es nicht hören. Ich quetsche mich an ihm vorbei, sein Parfum sticht in meiner Nase.

»Ich hab' dir gesagt, du sollst zuhause bleiben«, sagt der Skater. »Ich bring dich ins Bettchen, dann geht's bald wieder, gell«, sagt er mit einer Baby-Stimme und tätschelt Linus.

Ich fühle mich wie ein Eindringling. Ich sollte gehen. Unsanft zieht er ihn hoch. Linus stöhnt. Röte schießt in meine Wangen.

Ich erlange die Kontrolle über meine Füße zurück und tapse in den Gang.

Die letzte Schulstunde beginnt. Sport mit den Jungs aus der 13.

Besser gesagt: Meine persönliche Hölle. John hat es geschafft, die Aufmerksamkeit aller anderen auf mich zu lenken.

Da die Schwimmhalle zu klein für eine ganze Klasse ist, hat eine Hälfte unserer und der Parallelklasse normalen Sportunterricht in der Halle, die andere Hälfte muss schwimmen. Jede Woche wechseln wir.

An sich ist das ja nicht schlimm. Wären da nicht John und seine Anhängsel, die uns *natürlich* freiwillig als Helfer unterstützen wollen.

Etwa 20 testosterongesteuerte Halbwüchsige starren mich an, weil die Klingel uns noch nicht erlöst hat. Alle stehen schon am Rand und warten auf Herr Laber, während ich als einer der Letzten noch im Wasser bin. Der ist im Geräteraum und wollte eigentlich nur sein Klemmbrett holen.

Mir rutscht das Herz in die Badehose, als John mich angrinst. Die Augenbrauen zieht er zusammen und hat damit einen teuflischen Ausdruck. Nico und Bastian haben meine Oberarme fest im Griff. Mit jeder Sekunde schießt mein Puls weiter in die Höhe.

Der einzige Ausgang, den wir nutzen dürfen, führt durch die Umkleiden zu meiner Rechten. Aber es spielt sowieso keine Rolle, denn Nico und Bastian sind nicht nur größer, sondern auch stärker als ich. Das Wasser steht mir bis zum Bauchnabel.

Ich versuche, mich loszureißen und strampele mit den Beinen. Nico treffe ich. Lautstark flucht er, umschlingt mein Bein mit seinem. Bastian tut dasselbe und verdreht meinen Arm.

John kommt näher, seine Lippen verzieht er zu einer Grimasse, die mich an *Jeff the Killer* erinnert. Ich rechne mit allem; Schlägen, Tritten, dem Versuch, mich vor allen zu ertränken.

All das wäre mir lieber. John watet durch das brusthohe Wasser und reißt meine Badehose mitsamt der Unterhose, die ich für solche Fälle trage, hinunter. Er taucht ab.

Erst packt er meinen rechten Fuß und streift das Hosenbein herunter. Als er mit dem rechten Bein fertig ist, hakt Bastian seins sofort wieder ein und hindert mich daran, nach John zu treten. Auf dieselbe Weise geht John auf der anderen Seite vor. Die Badehose schleudert er durch die Schwimmhalle. Klatschend landet sie im Eck. Ich würde kreischen, wenn das nicht so verdammt peinlich wäre. Die Zuschauer waren genau das: Publikum.

Ob sie am Ende von Johns Show applaudieren werden?

Ich versuche, mich loszureißen. Es ist lächerlich, weil ich bei drei gegen einen nicht gewinnen kann. Aber was soll ich sonst machen? Die Angst verschlingt mich in einem Bissen, wie ein Killerwal eine verletzte Robbe. Bastian und Nico zerren mich Richtung Beckenrand. Gleich wird jeder mich nackt sehen, alle werden lachen und noch Wochen später Witze reißen.

Und dieses Mal werde ich es mir nicht nur einbilden. Ich strampele, doch das Wasser bremst mich und ich bin nicht stark genug, mich aus ihren Fängen zu befreien.

»Schauen wir mal, ob jemand deinen Schwanz lutschen will«, sagt John und deutet zu seinen Anhängern. Die nicken sich zu und zerren mich weiter zum Beckenrand. Wie war das heute Morgen noch gleich? Johns Kommentare zu Aussehen und Größe?

Panisch fiepe ich und bettele sie an, mir Gnade zu gewähren. Die anderen sehen entweder belustigt oder angewidert zu.

Noch drei Meter zum Beckenrand.

Einige schauen erst gar nicht hin. Ich kann es ihnen nicht übelnehmen, würde dasselbe tun.

Ich gebe auf, als Bastian meinen Arm verdreht. Stechender Schmerz zieht sich durch meinen Ellenbogen bis zur Schulter. Ich lasse die Hoffnungslosigkeit regieren. Den Kopf lasse ich hängen.

Nico und Bastian werfen sich Witze zu.

Zwei Meter.

Abgehackt atme ich ein und hoffe auf ein Wunder. Doch die zwei zerren mich weiter zum Rand. Von Herr Laber ist nach wie vor keine Spur. Die Jungs draußen starren weiterhin. Und ich habe immer noch aufgegeben.

Ein Meter.

Mein Kopf dröhnt. Das Gelächter dringt nur noch gedämpft an meine Ohren. Der Chlor brennt in meinen Augen, der Geruch hängt in meiner Nase. Nie wieder werde ich ein Schwimmbad betreten können, ohne an diesen Tag zu denken. Hitze breitet sich in meinem Körper aus, als verbrenne ich innerlich.

Das Wasser schwappt gegen meinen Körper und mein Strampeln verursacht Wellen. Ich male mir die nächsten Minuten aus und bekomme keine Luft mehr. Bastian steigt aus dem Wasser und packt mich von draußen noch fester am Arm.

»Hört auf. Bitte.« Meine Stimme bricht. »*Bitte.*«

»Eins.« Bastian und Nico grinsen sich an. Voll Hass blitzen Johns Augen auf. Er wischt sich die Tropfen aus dem Gesicht und thront über mir. Sein kahlrasierter Kopf erinnert ans Militär. Seine Schultern nimmt er stets zurück und ich warte darauf, dass er salutiert oder mich zwingt, es zu tun. Ich verstehe nicht, warum niemand sich gegen ihn wehrt – jemand, der größer und stärker ist als ich, zum Beispiel. Oder zumindest mutiger. Aber was soll ich auch tun? Ich bin machtlos gegen ihn.

Seine Zehen ragen über den Beckenrand und ich kann sie fast schmecken. Seine Zehennägel sind viel zu lang und gelblich verfärbt. Auf dem großen Zeh wachsen drei lange, dicke Haare. Bis zu den Knöcheln sind seine Füße sind weiß, darüber erst hat er seine Haut gegenüber der Sonne entblößt.

Er tritt nach hinten und macht Platz für … mich.

»Zwei.« Ein letztes Mal schaue ich mich hilfesuchend um. Wie Statuen stehen meine Mitschüler außerhalb des Beckens. Linus ist nicht da und ich bin froh darum. So kann ich mich an der Vorstellung festklammern, dass er ein guter Mensch ist. Dass er mir helfen würde.

»Drei.« Ein Ruck in meinen Armen.

Ich werde nach oben gezogen. Jeder Gedanke weicht aus meinem Kopf. Gegen meinen Willen entweicht mir ein schriller Schrei. Ein ohrenbetäubender Pfiff durchschneidet die Luft und prallt an den Wänden der Halle ab. Als Nico und Bastian stocken ist meine Hüfte bereits an der Wasseroberfläche. Meine herausstehenden Hüftknochen kratzen am Beckenrand. Johns Kopf schießt in Herr Labers Richtung. Jetzt. Ich bin drauf und dran, meine Mobber mit einem kräftigen Ruck ins Wasser zu zwingen. Aber Herr Laber verdirbt mir, was ich sowieso nicht geschafft hätte.

»Wir ziehen keine Leute aus dem Wasser, wenn sie noch in der Lage sind, selbst rauszukommen«, sagt er und fährt fort: »Na los, geht duschen, ihr Versager.«

John schnaubt. Die anderen lassen mich achtlos fallen. Meine Brust knallt auf die Kante. Ein erstickter Schmerzenslaut entkommt meiner Kehle. Die Luft wird aus meinen Lungen gepresst – nicht nur für eine Sekunde, sondern länger. Lange genug, um in Panik zu verfallen. Ich bilde mir ein, das Knacken meiner Rippen zu hören. Trotz allem erfüllt mich Erleichterung. Die anderen wenden ihre Blicke ab und begeben sich zur Umkleide.

»Worauf wartest du?«, fragt Herr Laber und starrt auf mich hinab.

»Die haben … also …« Ich stoppe mich selbst, bevor ein Schluchzer aus meiner Kehle dringt. Der Alte lacht, als ich aus dem Becken husche. Meinen Schritt bedecke ich – auch von Herrn Laber kann ich auf Penis-Kommentare verzichten – und eile zu meiner Kleidung. Beschämt schlüpfe ich in die nasse Hose. Was-wäre-wenn-Fragen bedrängen mich.

Was, wenn sie da drinnen auf mich lauern? Der einzig zugängliche Ausweg führt durch die Umkleiden. Außerdem liegt dort meine Kleidung. Ich streiche mir die tropfend nassen Haare aus der Stirn und komme vor der blauen Metalltür zum Stehen. Die Klinke umklammere ich mit zittrigen Fingern.

Tief atme ich ein … *eins, zwei, drei* … und aus. Die Tür quietscht nicht, als ich sie öffne. Ich hasse die Aufmerksamkeit, die die anderen mir schenken. Die Blicke, das Lachen. Wenn jeder mich anstarrt, fühlt es sich an, als würden sie auf einen Fehler warten, eine falsche Bewegung, ein komisches Geräusch, zu lautes Atmen.

Egal was, Menschen brauchen keinen Grund, um jemanden zu hassen.

Ich habe Glück. John und seine Untertanen stehen unter der Dusche und beachten mich nicht, als haben sie ihr widerliches Spiel bereits vergessen. Halbwegs erleichtert schleppe ich mich zu meinem Platz. John geht grinsend an mir vorbei, sagt aber nichts.

Er ist nackt und ich versuche krampfhaft, meinen Blick nicht schweifen zu lassen – nicht, dass ich das sehen *will*. Es ist nun mal menschlich, zu gucken. Ich atme auf und mein Körper gefriert. Das Spiel geht weiter, war nie vorbei. All mein Besitz ist verschwunden. Was mache ich jetzt? Ich kann nicht halbnackt durch die Schule rennen.

Sicher ist das lediglich ein Ablenkungsmanöver, damit John mich hier entblößen kann. Verbarrikadieren. Ich muss mich irgendwo verstecken und meine Gedanken sortieren. Eilig tapse ich durch die Umkleide und komme vor den Duschen zum Stehen. Rechts von mir liegt die Tür zur Schwimmhalle, links eine Toilettenkabine. Das Grün der Anzeige neben dem

Schloss gibt mir Gewissheit, dass ich dort allein sein werde. Ich trete ein und verwandle das Grün in Rot.

Das laute Klicken versichert mir, dass ich hier sicher bin. Hier kann ich atmen. Bis Johns Stimme durch die Luft dröhnt.

»Kempilein!« Ich zucke zusammen. Ein Klopfen an der Tür. Rütteln an der Klinke. Lachen. »Holst du dir einen runter?« Tritte gegen die Tür. *Das überlebt die Tür nicht.* Hämmern am Metall. *Das überlebe ich nicht.*

Irgendwann verstummt Johns Geschrei und das Lachen der anderen. Eine Ewigkeit sitze ich noch auf dem eiskalten Fliesenboden vor dem Klo.

Keine Ahnung, wie lange, aber lang genug, um den beißenden Geruch von Pisse nicht mehr wahrzunehmen.

Türen öffnen und schließen sich immer wieder. Draußen reden und scherzen meine Mitschüler, als haben sie mein Leid bereits vergessen. Als wäre ich wirklich ein Geist.

Dann nichts mehr. Meine Finger kralle ich in die Oberarme und halte mich selbst. Vergeblich versuche ich, meinen Atem zu kontrollieren. Doch er wird abgehackter und schneller. Tief atme ich ein, zwinge mich dazu. Es bringt nichts. Vorsichtig rapple ich mich auf, meine Sicht verschwimmt. Der Schwindel verstärkt sich mit jeder Bewegung.

Am Waschbecken finde ich Halt. Es ist totenstill. Mein eigener Herzschlag rauscht in meinen Ohren. Weitere fünf Minuten ist es ruhig. Es klingelt. Schulschluss. Ein vorsichtiges Klopfen an der Tür. Ich halte die Luft an. Eine neue Welle der Panik schießt durch meine Venen.

»Ruben? Ich bin's, Marcel.«

Die Stimme kommt mir bekannt vor. Ein Gesicht blitzt vor meinem inneren Auge auf. Marcel ist in der Parallelklasse. Sein blondes, dünnes Haar hält er immer in derselben kurzen Länge, als würde er jede Woche zum Friseur gehen. Seine Augen sind eisblau und erinnern mich jedes Mal, wenn ich ihn sehe, an Vanti.

»Alles okay?«, sagt er, »sie sind weg.«

Ich rühre mich nicht.

7

Linus

Date

Filmriss.
16:00 Uhr.
Ich habe den ganzen Tag verpasst und bin froh darüber. Lautes Lachen dringt an meine Ohren und ich verfluche Timo und Leo dafür, als ein stechender Schmerz in meiner Schläfe pulsiert. Ich hoffe, ihre Semesterferien sind schnell vorbei.

Sie wissen, dass der Haustürschlüssel unter dem Blumentopf neben der Tür liegt, und laden sich deshalb regelmäßig selbst ein. Nicht, dass es mich stören würde. So muss ich wenigstens nicht jedes Mal aufstehen, wenn sie vorbeikommen.

Und da sie ständig übernachten, weil sie im Gegensatz zu mir ein Auto und einen Führerschein haben, ist es einfacher, wenn sie zu mir kommen. Ich habe sogar eine Matratze unter meinem Bett, damit ich nicht ständig eine Luftmatratze aufblasen muss. Die Jungs springen aufs Bett.

»Du lebst ja wieder!«

Das Gehopse verschlimmert meinen Zustand.

»Ich wünschte, ich würde es nicht.« Ich versuche, mir die Decke über den Kopf zu ziehen. Da die Jungs noch immer darauf knien, bewegt sich der Stoff keinen Millimeter.

»Fickt euch.«

»Fick Chanelle.« Timo wackelt mit den Augenbrauen.

Ich reiße die Augen auf. Sie brechen in schallendes Gelächter aus.

»Timo hat den Zettel mit ihrer Nummer *zufällig* gefunden«, beantwortet Leo die unausgesprochene Frage.

»Warum?« Ich stemme mich hoch. Das hat einen schmerzhaften Stich in meiner rechten Kopfhälfte zur Folge.

»Weil ich wusste, dass du es versauen würdest.« Timo nimmt ein Kissen und schleudert es auf mich. Bevor es in mein Gesicht fliegt, schlage ich es zur Seite. Das Polster landet einige Meter rechts vom Bett unter dem Schreibtisch.

»Ich werde ihr nicht schreiben«, sage ich und reibe mir die Schläfe.

›Du wolltest doch eine Freundin‹, sagt Riot mit genervtem Unterton.

»Das hast du schon«, bekundet der Igel und wedelte mit dem Handy.

»Du hast.« Ich deute auf ihn und greife nach der Wasserflasche vom Nachttisch zu meiner Linken. Als das kühle Nass meine Kehle hinabfließt, merke ich erst, wie ausgetrocknet mein Körper ist.

»Ihr trefft euch am Freitag. Gern geschehen.« Timo schnalzt mit der Zunge und wendet sich ab.

Ich durchbohre Leo mit meinem Blick. Er ist still und schaut mich nicht an.

»Kannst du vergessen.« Ich knirsche mit den Zähnen. Wie können sie mir das antun? Allein der Gedanke an ein Date bringt mein Herz zum Rasen. Wenn sie mich nach zehn Minuten küsst, was tut sie dann nach einer Stunde?

»Linus Joel Schütz, du wirst dich verlieben, sie heiraten, Kinder mit ihr kriegen und ein schönes Leben mit ihr führen. Oder zumindest eine Erfahrung reicher sein. Du wirst mir danken, weil ich dir das alles ermöglicht habe«, erklärt Timo mit erhobenem Kinn.

Ein Grinsen kann er sich nicht verkneifen. Ich schmunzele. Warum übertreibt er in allem immer so? Denkt er wirklich, ich könnte ihn ernstnehmen?

Eigentlich darf ich mich nicht beschweren. Schließlich habe ich sie gebeten, mir zu helfen, hetero zu sein. Und das ist besser als Timos Fragen zu meiner Selbstakzeptanz.

Timo klettert vom Bett, plumpst auf den Schreibtischstuhl und inspiziert den Krimskrams, der sich auf der Holzplatte ansammelt. *Warum hat Leo ihn nicht aufgehalten?*

Timo stößt sich vom Arbeitsplatte ab und bewegte sich mit dem Stuhl zum Bett. Mit vergnügtem und doch genervtem Blick beäugt er mich.

Leo klettert vom Bett und krabbelt auf die Matratze am Boden.

»Wir können nicht ständig Vorlesungen ausfallen lassen, um dich bei

Laune zu halten.

Du brauchst Freunde, die hier in der Stadt wohnen. Außerdem brauchen wir jemanden, der uns auf dem Laufenden hält, weil du es nicht tust«, sagt Leo, welcher auf der Matratze kauert, die am Fuße des Betts liegt. Und er denkt, Chanelle wird ihn auf dem Laufenden halten? Timo ist zwar so stur und würde sie mit Nachrichten bombardieren, bis sie antwortet, aber die Chance, dass sie ihn blockieren würde, ist hoch. Vor allem, weil ich ihn einfach für sie blockieren würde.

»Bis März haben wir noch Semesterferien, aber danach …«

Timo unterbricht Leo. »Außerdem hast du doch gesagt, dass du dir eine Freundin suchen willst, weil du …«

»Hab's kapiert. Aber ihr könnt nicht entscheiden, mit wem ich mich treffe.«

»Du magst sie doch«, sagt Leo.

»Ihr seid so dämlich.« Ich lache. »Verschiebt das Date auf Samstag, sonst könnt ihr euch das mit dem Heiraten sonst wohin stecken.«

Leo tippt grunzend auf meinem Handy herum. »Lies, was du offiziell über sie weißt.« Er überreicht es mir, ohne mir in die Augen zu sehen.

Ich könnte mich auch nicht ansehen, wenn ich Leo wäre – er weiß genau, dass es falsch ist, weil ich mit Mädchen nichts anfangen kann.

›Du hast sie doch damals gebeten, dir zu helfen, hetero zu sein‹, sagt Riot.

Wegen dir. Du hast mich dazu gezwungen.

Riot verdreht die Augen. *›Ja, ja. Es ist immer alles meine Schuld. Als würde ich bei dir die Fäden ziehen.‹* Er nimmt imaginäre Fäden in die Hand und zerrt daran herum, als führe er eine Puppe.

Tust du doch.

›Du weißt nicht, ob du nicht doch auf Frauen stehst. Schließlich hast du es nicht versucht.‹

Mit einem Mann hatte ich auch noch nichts, aber … Ich will darüber nicht mehr nachdenken. Riot öffnet den Mund – und ich hätte nie gedacht, dass dieser Tag mal kommen wird – *zum Glück* unterbricht Timo meine Gedanken.

»Er soll uns lieber Pfannkuchen machen«, sagt Timo und hüpft auf und ab. *Wäre ich doch mal lieber in der Schule geblieben und hätte meinen Körper durchs Wasser treiben lassen.*

8

Ruben

Dumm, dumm, dumm

»Du kannst rauskommen. Sie sind weg.«

Außerhalb des Sportunterrichts habe ich noch nie mit Marcel geredet. Bis jetzt. Was, wenn er lügt? Sicher lauern sie mir auf und …

»Ich habe deine Klamotten.«

Keinen Ton bringe ich heraus. *Lügner.* Sachtes Rascheln von draußen. Ein Schatten taucht unter der Tür auf. Marcel muss sich auf der anderen Seite niedergelassen haben.

»Sie haben darüber geredet, deine Sachen ins Klo zu werfen.«

Einige Minuten vergehen in Stille. Der Schatten auf der anderen Seite bewegt sich und verschwindet. Ein Seufzen. Ich kann nicht einordnen, ob es genervt klingt.

»Deine Sachen sind vor der Tür.«

Ich spitze die Ohren. *Ist noch jemand anderes hier?* Die Schritte entfernen sich. Eine Tür wird geöffnet und fällt ins Schloss. Nichts mehr. Ein paar Minuten warte ich noch. Einen Spalt breit drücke ich die Metalltür auf und bin bereit sie zu zuknallen, sollte John auf mich lauern.

Ich schaue mich um. Niemand. Vor meinen Füßen wartet meine Tasche genauso, wie ich sie zurückgelassen habe. Fix ziehe ich mich an. In trockenen Klamotten biege ich um die Ecke.

Um ein Haar entweicht meiner Kehle ein Schrei. Ich bin nicht allein.

Vor mir steht Marcel und starrt mir mit leerem Ausdruck ins Gesicht. Sofort weiche ich zurück und überprüfe die Umkleide.

Wie konnte ich so dämlich sein?

»Wir sind allein«, sagt Marcel und lächelt. Skeptisch mustere ich ihn und frage mich, was ihn zum Grinsen bringt.

»Tut mir leid, dass ich dir erst jetzt helfe, aber …«

Ich finde meine Stimme wieder. »Du wolltest nicht mit reingezogen werden. Verstehe ich. Danke.« Ich husche zur Tür. Marcel hält mich an der Schulter fest – jedoch ganz sanft und vorsichtig.

»Hier sind wir sicher.« Er deutet auf die Bank neben sich.

»Was habt ihr geplant?« Die Umkleide ist wie immer: Keine Kamera, kein Mensch, keine Unauffälligkeit. Keiner, der auf mich lauert.

Marcel lacht kaum hörbar. Gänsehaut überzieht meinen Körper.

»Wir?«

Ich lasse mich auf der Bank nieder. Wenn er zu John gehört, bin ich sowieso verloren. Marcel tut es mir gleich und verwickelt mich in ein Gespräch. *Warum redet er mit mir? Hat er Mitleid? Ein schlechtes Gewissen?*

Während des Redens wischt er sich häufig über seine krumme Nase. Blaue Augen starren mitten in meine Seele. Jeder Muskel in meinem Körper spannt sich an. Ich versuche dem Blickkontakt standzuhalten. Drei Sekunden halte ich es aus. Dann wende ich den Blick ab.

»… oder?«

Die Gedankenblase platzt. Hitze schießt in meine Wangen, als ich nachfrage.

»Du hast einen Hund, oder?«

Vanti, schießt durch meinen Kopf und ich kann das Lächeln nicht unterdrücken. Ich rede zögerlich und halte mich an allgemeine Fakten über Vanti. Marcel lächelt und nickt und fragt nach und erzählt. Mit der Zeit entspannen sich meine Muskeln. Ich finde heraus, dass er ebenfalls einen Hund besitzt und Marcel sagt, dass sein Hund Spielkameraden sucht.

Bei jedem kleinsten Geräusch zucke ich zusammen. Als die Klingel diesen Albtraum endgültig beendet, gehen wir gemeinsam raus. Ich denke zwar an John und was er tun könnte, aber ich zwinge mich, Marcel Vertrauen zu schenken.

Vielleicht werde ich das eines Tages bereuen. Oder ich habe die letzten Monate meiner so hochgepriesenen Schulzeit jemanden, mit dem ich mich unterhalten kann.

Marcel verabschiedet sich, als wir draußen ankommen.

Eine plötzliche Traurigkeit überkommt mich.

Am nächsten Tag hat Marcel mich in der Pause in der Schulbibliothek gefunden und mit mir geredet.

Nur über die Schule und John, dann war die Mittagspause schon wieder vorbei und er hat mich nicht mehr beachtet. In der Bibliothek verbringe ich meine Mittagspause in Sicherheit vor John.

Wobei ich mir nicht mehr sicher bin, ob das tatsächlich ein gutes Versteck ist. Wahrscheinlich hat Marcel mich am Freitag nur zufällig gesehen und beschlossen, sich mit mir zu unterhalten. Warum sollte er mich auch suchen?

Das Wochenende ist schnell vergangen und am Montag bin ich während der Pause in der Bibliothek, wie immer. Vertieft in mein Sudoku-Heft bekomme ich kaum etwas um mich herum mit. Bis zum Ende des Monats will ich jedes Sudoku lösen.

In mir schwirrt die Hoffnung, dass es meinen Eltern auffällt und sie mir zum Geburtstag ein neues Heft schenken werden, aber das wird nicht geschehen. Mein Alter schenkt mir seit Jahren nichts mehr und Mom legt mir lediglich Socken aufs Bett, backt einen super trockenen Kuchen und drückt mir das Telefon in die Hand, damit meine Oma mir gratulieren kann.

»Da kommt eine drei hin«, sagt jemand hinter mir.

Ich zucke zusammen. Der Kugelschreiber entgleitet mir und ich fahre herum.

Marcel blickt grinsend auf mich herab. Neben ihm landet der Stift auf dem Boden und kullert unter eins der Regale, die einen schmalen Gang bilden.

War er mir tatsächlich so nah, dass er sehen konnte, wo die drei hinkommt oder hat er es gesagt, um mich zu erschrecken? Beginnt man so Konversationen? Nicht, dass ich viel darüber wüsste, aber ich würde mit einem »Hey« anfangen.

»Tut mir leid. Ich wollte dich nicht erschrecken«, sagt er und lehnt sich gegen das Regal. Vier Bücher fallen zu Boden.

Die Bibliothekarin watschelt zu uns rüber und tadelt uns, bevor sie zu ihrem Tisch am Eingang zurückkehrt.

Marcel entschuldigt sich und hebt die Bücher auf. Vorsichtig stellt er sie zurück ins Regal und rückt sie zurecht.

Vielleicht hat er mich am Freitag doch absichtlich gesucht? Unmöglich kann er mich zwei Mal zufällig treffen. Auf der anderen Seite konnte er heute davon ausgehen, dass er mich hier finden wird. Was will er von mir? Gehört er doch zu John?

Er fällt in den Sitzsack neben mir, krallt sich daran fest und hopst mitsamt Sack näher. Eine Zeitlang macht er keinen Mucks und ich frage mich, was ich tun oder sagen soll. Erwartet er, dass ich weiter mein Sudoku löse? Soll ich reden? Ihm nochmal danken?

Ein Grinsen schleicht auf seine Lippen.

Ich greife nach dem Stift in meinem Schoß und merke, dass er nicht da ist. Auf allen Vieren krabbele ich über den Boden und hole ihn unter dem Regal hervor. Hitze strömt in meine Wangen. Das muss mir nicht peinlich sein. Jeder ist schonmal auf dem Boden gekrabbelt, um etwas aufzuheben.

Die Staubflusen puste ich weg. Ohne ihm in die Augen zu sehen, sinke ich wieder in den Sitzsack und drehe den Kugelschreiber zwischen meinen Fingern.

Marcel erlöst mich endlich, in dem er etwas sagt. Viel länger hätte ich diese Stille nicht mehr ausgehalten und dann hätte ich sicher nur wieder Blödsinn geredet.

Marcel schließt den Mund wieder, ohne etwas gesagt zu haben. Will er mich ärgern? Mit dem Zeigefinger deutet er mir, zu warten, während er auf seinem Handy herumtippt.

»Wie bereits erwähnt, sucht mein Hund einen Spielkameraden.« Den Bildschirm hält er mir vor die Nase. Das Bild zeigt Marcel mit einem Golden Retriever im Wald. Auf dem Foto zwickt Marcel die Augen zu, während der Hund sein Gesicht abschleckt. Seine Grübchen sind süß.

»Sie heißt Ella. Wie heißt dein Hund?«

»Avanti. Aber ich nenne ihn nur Vanti.«

Er starrt mich an, ohne etwas zu sagen. Was habe ich jetzt wieder falsch gemacht?

Ein breites Lächeln schleicht auf seine Lippen. Die Grübchen sind in echt noch schöner.

»Du redest nicht besonders viel«, stellt er fest, ohne das Lächeln zu verlieren.

Hitze strömt in mein Gesicht. »Ich weiß nicht, was ich sagen soll.«

»Erzäh…« Er unterbricht sich selbst, als er aufs Handy schaut. »Wir können Ella und Vanti zusammen spielen lassen. Dann kannst du mir von ihm erzählen.« Abermals wedelt er mit dem Handy vor meiner Nase herum. »Die Pause ist gleich vorbei.«

»Was soll ich dir denn über ihn erzählen?«

Marcel rappelt sich auf und hält mir die Hände hin. Zögerlich nehme ich sie an und lasse mich von ihm hochziehen. Dabei fliegen Stift und Sudoku-Heft aus meinem Schoß. Der Kugelschreiber rollt abermals unter das Regal.

»Alles. Wie alt er ist, wie lange du ihn schon hast. Ist doch völlig egal. Erzähl, was dir einfällt«, erklärt er.

Selbst, wenn es ihn nicht interessiert?

»Also. Hast du heute Lust? Hinter meinem Haus beginnt der Wald. Da gibt es schöne Wege. Ich muss mich um meine Tante kümmern, deshalb geht es erst ab sieben. Passt das?«

Überfordert nicke ich.

»Cool«. Erst jetzt lässt er meine Hände los. »Ich freu mich.« Auf dem Absatz dreht er sich, beugt sich hinunter und hebt mein Sudoku-Heft auf. Auch den Kugelschreiber holt er hervor. Bevor er mir beides übergibt, kritzelt er seine Adresse auf eine freie Stelle im Heft. Keine Sekunde hat er sein Lächeln verloren. Trotzdem ist etwas an ihm seltsam. Das Lächeln passt nicht zu ihm, irgendwie. Und seine Augen strahlen etwas aus, das ich nicht deuten kann. Es spielt keine Rolle. Sicherlich werde ich es noch herausfinden. Vielleicht ist er einfach so nervös wie ich, kann es aber besser überspielen?

Ein schlechtes Gewissen holt mich ein. Marcel ist so unglaublich nett und ich habe geglaubt, er gehört zu John.

Während dem Gehen dreht er sich um. Ohne zu stoppen, läuft er rückwärts weiter.

»Magst du Flugzeuge?«

Ohne auf meine Antwort zu warten, wendet er sich ab, hebt die Hand und meint: »Ich zeige dir meine Kollektion.«

Mit diesen Worten ist er verschwunden.

Am Donnerstag lasse ich nicht nur den Sportunterricht ausfallen.

›Wehe, ich sehe dich morgen in der Schule‹ hat John gestern gesagt. Seitdem schweben die Worte durch meinen Kopf.

Nachdem er es gesagt hat, habe ich sofort die Schule verlassen.

Mom hat mir nicht geglaubt, dass ich eine Erkältung habe, obwohl mein Fake-Husten *wirklich* echt klingt. Jetzt fährt sie mit mir in die Schule, weil sie mit der Schulleiterin sprechen will, um zu sehen, was los ist.

Sie wird nicht viel erfahren, denn niemand weiß von Johns Spielchen. Oder es interessiert niemanden.

Dass ich am Dienstag bei Marcel war, ist ihr nicht einmal aufgefallen, obwohl sie zuhause war. Gestern haben wir uns wieder getroffen und mir ist viel mehr zum Erzählen eingefallen, als ich je gedacht hätte.

Vor allem habe ich über Vanti und den Hof meines Onkels geredet. Immer, wenn mir nichts mehr eingefallen ist oder ich davon überzeugt war, dass ich ihn langweile, hat er mir zugelächelt und nach mehr Details gefragt.

Er selbst hat viel über Piloten gesprochen – das ist sein Traumberuf. Das konnte ich schon sehen, als ich sein Zimmer das erste Mal betreten habe: Überall hingen und standen Flugzeugmodelle. Jedes einzelne hat er mir vorgestellt und mir die Geschichte dazu erzählt. Die ganzen Infos konnte ich mir allerdings kaum merken.

Ich war spät zuhause. Und nicht einmal das ist Mom aufgefallen.

»Sind die Aufgaben zu schwer?«, fragt sie zum fünften Mal, seit wir uns ins Auto gesetzt haben.

Ich schaue aus dem Fenster, damit sie nicht sieht, wie ich meine Augen verdrehe. Währenddessen schnalle ich mich an.

Rückwärts fährt Mom aus unserer Einfahrt. Ihre Hand legt sie an den Beifahrersitz und berührt dabei meine Schulter. Unauffällig rutsche ich zur Seite. Ihre Hand rutscht nach.

»Oder machen die Lehrer dir Probleme?« Wir stehen endlich auf der Straße und sie legt den ersten Gang ein. Ihre Nase reckt sie nach oben, damit sie den Bordstein sieht. Trotzdem erkennt sie ihn nicht. Polternd fahren wir auf den Bürgersteig und keine Sekunde später wieder herunter.

»Du hättest mich ruhig warnen können«, tadelt sie mit genervtem Ton.

Ich beiße mir auf die Unterlippe und halte mich davon ab, einen Kommentar abzugeben.

Sie reißt die Augen auf, als hätte sie eine bahnbrechende Idee, auf die sie stolzer nicht sein könnte. Mit beiden Händen lehnt sie sich aufs Lenkrad.

»Oder machen dir die anderen Kinder das Leben schwer?«

Kinder? Ich schaue an mir herunter, bevor ich sie ansehe. In ein paar

Monaten werde ich 18. Sie sieht mich wohl immer noch als 14-Jährigen. Vermutlich hat sie gar nicht gemerkt, wie die Jahre seitdem ins Land gestrichen sind.

Sie beachtet mich ja kaum, wenn sie nicht gerade wieder ihre Supermutter-Phase hat. Warum kann sie nicht einfach normal sein?

»Rede bitte mit mir«, sagt sie mit brüchiger Stimme und schluchzt. Das Lenkrad reißt sie herum, als wir abbiegen und ich schlage mir den Ellenbogen an der Tür an. Das hat sie mit Absicht gemacht.

Sie schluchzt abermals. Bin ich so ein schlechter Sohn, dass ich meine eigene Mutter zum Weinen bringe? Ich öffne den Mund, um mich zu entschuldigen, doch sie kommt mir zuvor.

»Wenn du Probleme in der Schule hast, werden wir gemeinsam eine Lösung finden.«

Um ein Haar lache ich laut auf. Gemeinsam? Wenn ich es richtig in Erinnerung habe, hat ihre Supermutter-Phase letzte Woche begonnen. Heißt, sie sollte spätestens nächste Woche vorbei sein. So ist es seit Jahren.

»Es ist nichts, Mom.« Ich nehme ein Taschentuch aus der Packung, die im Fußraum liegt. Ohne sie anzusehen, halte ich es ihr hin.

Sie nimmt es nicht an, sondern schnieft merklich, bevor sie noch geräuschvoll schluchzt.

»Geht es um die Abschlussprüfungen? Hast du plötzlich Prüfungsangst?«

»Ich bin nervös«, sage ich. Es ist keine Lüge. Vielleicht etwas missverständlich aufgrund des Kontexts, aber keine Lüge.

Wir biegen in eine Allee. Die Bäume links und rechts beschatten den Radweg neben der Straße. Wir passieren den Skatepark, der um diese Uhrzeit von den Mittelschülern besiedelt ist. Ich würde jetzt auch gerne da sein. Auf der anderen Seite sind da viel zu viele Menschen.

Mom geht vom Gas, bis uns selbst kleine Kinder auf ihren Fahrrädern überholen. Sie lächelt.

»Geht doch. Die Schulleiterin – wie hieß sie noch gleich? – wird dir sicher helfen können.«

»Es ist alles in Ordnung.« Die Schulleiterin wird sowieso nichts unternehmen. Was auch? Sie weiß hoffentlich nichts von John und seinen Freunden. Falls doch wird sie mich lediglich zum Schulpsychologen schicken. Einmal musste ich da hin, weil ich die Pause immer allein auf dem Klo verbracht habe. Der Rat des Psychologen war es, ›*einfach* rauszugehen und sich mit den anderen zu unterhalten‹.

»Das werden wir gleich sehen, wenn wir mit der Schulleitung sprechen.«

»Wir?« Hastig richte ich mich auf. »Ich warte im Auto. Habe nichts zu sagen.«

Mom verdreht die Augen.

Ich verschränke die Arme.

Nun stellt sich die Frage, ob sie sturer ist oder ich ängstlicher. Aber ich weiß, dass nichts und niemand mich dazu bringt, mich mit der Schulleiterin und meiner Mutter in einen Raum zu begeben. Allein bei dem Gedanken daran beginnt mein Herz zu rasen. Sie würden mich sicher anstarren, bis ich alles zugäbe. Ändern würde das Johns Verhalten sowieso nicht. Es würde eher schlimmer werden. Vielleicht würde er mir sogar nach Hause folgen oder Vanti etwas antun? Mom reißt mich aus den Gedanken.

»Na schön.«

Was? So leicht gibt sie auf?

Sie wuschelt mir durchs Haar. Am liebsten würde ich den Kopf einziehen, doch ich lasse es. Nicht, dass sie wieder weint.

»Danach fahre ich dich zu Siggie. Ihr wolltet heute die Zehen der Bullen auffrischen, hat er gemeint.«

Wie schafft sie es, so viele Fehler in einen einzigen Satz zu basteln?

»Der Kühe«, verbessere ich. »Und es heißt Klauen. Und die werden ausgeschnitten, nicht aufgefrischt. Außerdem kommt jemand vorbei, der das macht. Siggie und ich helfen nur, die Kühe in den Stand zu treiben.«

Siggie ist mein Lieblingsonkel. Vielleicht liegt es daran, dass er mein einziger Verwandter ist, der hier in der Nähe lebt. Dadurch, dass ich ihm am Hof helfe, stehen wir uns nahe.

Wortlos steigt Mom aus dem Auto und schlägt die Tür zu. Das Knallen schmerzt in meinen Ohren. Erst jetzt bemerke ich, dass wir schon auf dem Schulparkplatz angekommen sind.

Hastig hüpfe ich aus dem Wagen und werfe die Tür so sanft zu, wie es mir möglich ist.

»Das ist kein Panzer«, meckert Mom, dreht sich um und geht schnellen Schrittes zu dem Gebäude.

»Komm jetzt. Du wartest vor dem Eingang, falls wir doch Fragen an dich haben.«

Mom geht Kompromisse ein? Ich wusste nicht, dass ich diesen Tag je erleben werde. Lächelnd schlendere ich hinter ihr her und lasse mich auf der Treppe vor der Tür nieder.

Das Lächeln vergeht mir, als ich auf die Uhr schaue. In ein paar Minuten ist Schulschluss. Abermals erinnere ich mich an Johns Worte. *»Wehe, ich sehe dich morgen in der Schule.«*

Hier auf der Treppe wird jeder mich sehen. Jeder wird sehen, wie John mich fertigmacht. Vielleicht sogar Mom …

Die Fingernägel kralle ich in die Oberarme.

John wird sicher durch den Seiteneingang gehen. Ich zähle die Sekunden, bis ich hier wegkann. Nicht nur aus dieser Situation, sondern auch aus dieser Schule.

Ich muss Linus noch seinen Taschenrechner geben. Das wollte ich schon vor Wochen tun, aber mein Herz fängt jedes Mal an zu rasen, wenn ich ihn sehe. Meine Lunge schnürt sich zu und ich habe das Gefühl, keine Luft mehr zu bekommen. Sicher ist er sauer. Ein paar Mal ist er schon auf mich zugekommen, aber ich konnte rechtzeitig fliehen. Ich weiß, dass Linus vermutlich nicht wirklich sauer ist und mich verhauen würde, aber die Angst regiert meinen Körper in solchen Momenten.

Das ist auch der Grund, warum ich zur Turnhalle flitze, mich in die Umkleiden schleiche und das Gerät zu Linus' Tasche legen. Dazu lege ich einen Fetzten Papier mit einer Entschuldigung, die ich ebenfalls seit Wochen mit mir herumschleppe.

Schon oft wollte ich den Taschenrechner ungesehen zurückgeben, wenn die Klassenzimmer in der Pause leer waren, doch die Angst, erwischt zu werden, hat mich immer zurückgehalten. Sicher hätte man gedacht, ich will etwas stehlen. Der Sportlehrer hält gerade seine Abschlussrede, in der er uns faule Luschen nennt.

Das heißt, er wird noch etwa zwei Minuten sprechen. Er lässt uns immer erst kurz vor dem Klingeln in die Umkleide. Ich hasse das, aber in diesem Moment kommt es mir ganz gelegen. Noch bevor es klingelt, sitze ich wieder vor dem Schulgebäude auf der Treppe. Mom müsste gleich kommen.

Fünf Minuten, nachdem es klingelt, halte ich es kaum noch aus. Immer wieder reißt jemand die Tür auf. Immer wieder zucke ich zusammen. Die ersten Jungs aus meiner und der Parallelklasse stürmen nach draußen. Ich drücke mich an die Seite des Treppengeländers in der Mitte. Gäbe es eine Versteckmöglichkeit, bei der es nicht offensichtlich ist, dass ich nicht gesehen werden will, wäre ich längst dort. Aber vor mir liegen nur der Raucherplatz, geschwungene Fahrradständer und ein paar Büsche, die sich entlang des Schulgebäudes erstrecken. John tippt mich an der Schulter an. Ein Schock durchfährt mich. Unbeabsichtigt fluche ich. Das bringt John zum Lachen. Halt.

Meine Muskeln entspannen sich und um ein Haar lache ich laut auf. Die Stimme ist tief und monoton, aber es ist nicht Johns. Es ist die eines guten Menschen.

»Danke für den Taschenrechner«, sagt Linus und ich frage mich, ob er müde ist oder desinteressiert. Vielleicht versucht er, sein Desinteresse zu überspielen? Oder lacht er, um sein Interesse zu zeigen, weil er die Monotonie nicht kontrollieren kann? Die dunklen Augenringe unter seinen Augen lassen mich darauf schließen, dass er einfach müde ist. Vielleicht ist er beides.

Es war risikoreich – wäre ich John begegnet, wäre ich tot. Aber ich habe den Taschenrechner seit Wochen nicht zurückgebracht, weil ich einfach nicht wusste, *wie*.

Was ich sagen soll. Wie ich es sagen soll. Wie ich ihn überhaupt ansprechen soll. Aber das schlechte Gewissen hat mich geplagt. Linus tippt mit den Fingern auf das Geländer und lehnt sich mit dem Ellenbogen darauf. Dabei muss er sich herunterbeugen und es sieht unbequem aus. Warum redet er überhaupt mit mir? Er hat seinen Taschenrechner zurück und hat sich sogar bedankt. Was will er noch? Die Erleichterung, dass es nicht John ist, der vor mir steht, zaubert ein Lächeln in mein Gesicht. Meine Mundwinkel schmerzen. Ich stoppe mich selbst. Kein Wunder, dass niemand mit mir reden will. Kein Wunder, dass alle denken, ich sei schwul, wenn ich jeden Typen anlächele, der nett zu mir ist.

Linus hat mir eine Frage gestellt. Zumindest glaube ich das. Ich habe die Frage nicht verstanden. Hat Linus nichts gesagt, ist er genauso seltsam wie ich, wenn er Leute einfach anstarrt. Er räuspert sich.

Ich habe keine Zeit mehr. Ich muss hier weg. Mom suchen und sie rauszerren, wenn ich muss. Aber ich kenne sie. Sie wird nicht gehen. Und ich muss hier weiter warten. Abermals schaue ich mich um. John ist noch nicht an mir vorbei. *Vielleicht …*

Linus wendet sich zum Gehen.

»Tut mir leid, dass es so lange gedauert hat.« Ich kratze mich im Nacken. »Das mit dem Taschenrechner, meine ich.«

»Alles gut.« Er winkt ab und grinst. »War eine gute Ausrede zu schwänzen.«

Seltsame Stille. Linus holt Luft, brabbelt eine Verabschiedung, tut einen Schritt und stoppt, als warte er auf eine Antwort.

»Ja.« Ich bemerkte die Sinnlosigkeit meiner Aussage und füge an: »Wie war Sport?« Mein Blick huscht von der Tür zu Linus und zurück. Alle paar Sekunden wiederhole ich diesen Ablauf. Linus folgt meinem Blick. Mit jedem Mal gerät sein Kopf mehr in Schieflage, bis er aussieht wie Vanti, wenn er nicht versteht, was ich von ihm will. Ich zwinge mich dazu, mich auf Linus zu konzentrieren. Er sagt nichts. Das heißt, ich muss etwas sagen, oder John wird mich sehen und …

Jeden Moment tritt John durch diese Tür und ich kann nur hoffen, dass er mich in Ruhe lässt, wenn Linus neben mir steht. Sonst wird es doppelt peinlich. Aber Linus ist die Art von Typ, der beliebt ist, ohne beliebt zu sein. Er hängt meistens allein ab, aber er *kann* wenigstens mit anderen reden. Und jeder scheint ihn zu mögen. Zumindest redet ständig jemand mit ihm und er hat immer Leute, mit denen er abhängen könnte, wenn er wollte.

Linus lacht. Wegen mir? Oder denkt er an etwas Lustiges? Seine Zähne sind gelblich verfärbt. Nicht überraschend, schließlich sehe ihn regelmäßig beim Qualmen, wenn wir uns beide allein draußen aufhalten und warten, bis die Pause vorbeigeht. Außerdem kann kein Parfum der Welt diesen Geruch überdecken. Ich entspanne mich. *Linus ist nicht perfekt. Ich muss es auch nicht sein.* Linus kratzt an seiner unreinen Haut. Auf den Wangen und am Kinn leuchten verblasste Akne-Narben, rote Pickel stechen hier und da heraus. Das alles sehe ich erst jetzt, weil ich ihn *anstarre*.

Ich schaue zu Boden. Auf dem Weg dahin streift mein Blick seine Körpermitte und ich will ihm sagen, dass er diese Hose nicht mehr anziehen soll, weil sie *viel zu viel* zeigt. *Okay. Sag etwas, das nicht mit Penissen zu tun hat, bevor er abhaut und dich mit John allein lässt,* sagt die vernünftige Stimme in mir. Linus kaut auf seinen Fingernägeln und wirkt gedankenverloren. Ich muss noch irgendetwas sagen, bevor er die Flucht ergreift.

»Ich hatte es eilig. Deshalb habe ich bei dem Zettel so geschmiert.«

Linus mustert mich verwirrt, als habe er meine Existenz bereits vergessen. »Alles gut«, sagt er nach einem Moment und lächelt wie zuvor. »Ich mag deine Handschrift.«

Wie bitte? Wie soll ich darauf reagieren? Linus schaut mich abwartend an, als wolle er einen Preis für sein Kompliment. Meine Wangen glühen. *Er erwartet, dass ich etwas sage. Jetzt. Keine Zeit nachzudenken. Na los.*

»Danke. Du bist cool … Also … deine Handschrift …« Zittrig atme ich ein. »… ist schön.«

Linus legt den Kopf schief.

»Was?«, sagt er, doch ich habe keine Antwort für ihn. Seine dunklen Augenbrauen berühren sich um ein Haar. Ein verwirrtes Grinsen liegt auf seinen Lippen.

Mein Körper entscheidet sich dazu, dem Blick auszuweichen. Ich verliere die Kontrolle. Panikmodus aktiviert. Weder kann ich meine Finger davon abhalten, miteinander zu spielen, noch meine Füße ruhig halten, die hin und her tapsen. Ich zucke mit den Schultern, wofür ich einen weiteren fragenden Blick kassiere.

»Geht's dir gut?«, fragt er.

Ich nicke nur, denn ich bekomme kein Wort heraus. Warum kann ich nicht einfach normal sein?

Du bist so dumm.

Dumm, dumm, dumm macht auch mein Herz und das in rasantem Tempo. So laut, dass Linus es hören *muss*. Ich erhasche einen weiteren Blick auf die Tür, doch von John ist nach wie vor keine Spur.

›Wehe, ich sehe dich morgen in der Schule‹, echot abermals in meinem Kopf. Während ich eine leichte Angstattacke erleide, begutachtet Linus die Tür, als wolle er herausfinden, was ich daran so interessant finde. Er räuspert sich und schielt zur Straße.

»Meine Schwester ist da.« Schwunglos setzt er sich in Bewegung. Die Tür öffnet sich. Bereits durch das Glas schaue ich dem Tyrannen entgegen.

»Warte.«

Linus stoppte und lehnt sich an das Treppengeländer. John stolziert wortlos an uns vorbei. Linus' Blick hängt für einen Moment an John, bevor er sich mir wieder zuwendet. Mit den Fingern tippt er auf das Metall.

»Egal.« Ich schlüpfe durch die Tür in die Eingangshalle und wische meine

Hände an der Hose ab. Gerade, als mein Atem sich normalisiert hat, wird mein Puls von Neuem in die Höhe getrieben.

Dunkelblaue Augen schauen in meine und der Blickkontakt fällt mir leicht – leichter als noch vor einer Woche, zumindest. Marcel hält mir die Faust hin und ich forme auch eine.

Niemand befindet sich mehr in der Eingangshalle. Bevor wir uns berühren, lässt Marcel seine Faust sinken und zieht mich in eine brüderliche Umarmung. Wärme schießt durch meinen Körper. Er bleibt nah an mir, als er spricht.

»Na, wie geht's? Heute wieder zusammen *lernen*?«

Damit meint er *abhängen,* denn ja, ich habe endlich einen Kumpel. In der Schule redet er zwar nur mit mir, wenn niemand um uns herum ist – also fast nie –, aber das spielt keine Rolle. Hauptsache, *jemand* redet mit mir.

Marcels Arm streift meinen. Dann streift seine Hand meine. Er schaut sich um, bevor er seine Arme um mich schlingt und mich an sich drückt.

Das Grinsen kann ich nicht unterdrücken. Er löst sich viel zu schnell. Ich spiele an dem Verband an meinem Handgelenk und bin froh, dass er nicht danach fragt.

9

Linus

Allergie

Chanelle ist schon zwanzig Minuten zu spät zu unserem Date. Während ich am Rande des Parks warte, suche ich im Schatten der Bäume Schutz. Im Schneidersitz lehne ich schließlich am Stamm eines Baums und zerrupfe Grashalme.

Die Begegnung mit Ruben heute Nachmittag war seltsam. Ich weiß schon aus dem Sportunterricht, dass er schüchtern ist, aber dass er so schüchtern ist, hätte ich nicht gedacht. Oder hat er Angst vor mir? Ich schüttele mich, um die Gedanken loszuwerden. Im Kopf gehe ich nochmal durch, was ich bereits über Chanelle weiß, um mich auf das heutige Treffen vorzubereiten.

Heute ist nämlich bereits unser zweites Date – letzte Woche haben wir uns im Café »Um die Ecke« getroffen. Sie hat von sich erzählt, ich von mir. Abgesehen davon, dass ich nicht gewusst habe, wie ich mich verhalten soll, war es ganz nett. Mehr aber auch nicht. Hat sich eher angefühlt, als würde ich mit Hannah im Café sitzen. Auf der anderen Seite ist es doch normal, dass man nach einem Treffen keine Gefühle für jemanden entwickelt, oder?

Vielleicht lag es aber auch an ihrem Bruder. Der saß zwei Tische weiter und hat mich im Blick behalten. Chanelle hat sich über den Tisch gebeugt, ohne mir *zu* nahe zu kommen.

»Er ist übermäßig beschützend«, hat sie mir zugeflüstert. Ach, echt? Hätte ich nicht gedacht. Sie hat sich für ihn entschuldigt und es war deutlich, dass es ihr wirklich unangenehm war. Zumindest danach zu urteilen, wie viele genervte Blicke sie ihm zugeworfen hat und wie oft sie sich im Laufe des

Gesprächs noch entschuldigt hat.

Zuerst dachte ich, der Bruder, Mark, ist ihr Vater. Er ist riesig und breit. Auf seiner Stirn könnte ein Flugzeug landen und seine Haut war so rot, dass ich dachte, sie würde sich gleich abschälen. Vielleicht spielt er in seiner Freizeit Türsteher, damit auch ja niemand mit Chanelle redet? Lächerlich. Sie ist 20 Jahre alt und kein Baby mehr. Auf der anderen Seite hat dieser Typ in der Bar sie auch begrabscht. Und Hannah hatte auch schon oft Erlebnisse mit Männern, die ihr nachts gefolgt sind. Irgendwann wurde es so schlimm, dass ich sie überall abholen musste – was ohne Auto ziemlich anstrengend ist.

Ich schaue auf die Uhr. Fünf weitere Minuten sind vergangen. Eine neue Nachricht taucht in unserem Chat auf.

Chanelle: Nur noch fünf Minuten, ich schwöre! Tut mir leid. Mark muss noch etwas erledigen und will mich nicht allein gehen lassen.

Dieser Mark ist seltsam. Bei unserem Date hat sie ihn einmal sogar »Paps« genannt. Ihr echter Dad ist kurz nach ihrer Geburt gestorben. Warum weiß ich nicht. Da Mark schon fast 40 ist, hat er die Vaterrolle übernommen. Nach dem, was für Männer Hannah in den Jahren mit nach Hause gebracht hat, kann ich Mark irgendwie verstehen. Vermutlich wäre ich genauso. Ich bin nur froh, dass Hannahs momentaner Freund, Phillip, kein Arsch ist – hoffe ich zumindest. Sie ist ständig bei ihm und deshalb kaum mehr zuhause. Wahrscheinlich plant sie schon, mit ihm zusammenzuziehen. Und das nach fünf Monaten. Apropos. Erwartet Chanelle, dass ich sie heute küsse? Oder zumindest ihre Hand halte? Würde Mark das zulassen?

Mein Blick schweift durch den Park. Eine Familie veranstaltet ein Picknick. Kinder rennen um die Decke und spielen Fangen. Ein Typ wirft einen Stock, sein schwarzer Hund rennt begeistert hinterher. Ein Griesgram mit Sonnenbrand läuft schnellen Schrittes.

Unter den Achseln scheint er Rasierklingen zu haben. Warum sonst streckt er die Arme so weg? Ist er ein Bodyguard, der … oh. Es ist Mark. Rote Haare schwingen hin und her, als Chanelle seitlich hinter ihm geht. Sie trägt ein weißes Kleid mit blauem Blumenmuster, das ihr bis über die Knie reicht. Würde sie das auch tragen, wenn Mark nicht hier wäre?

Ich rappele mich auf, winke ihr zu und schlendere ihr entgegen. Meine

Müdigkeit schiebe ich beiseite. Ein Lächeln schleicht sich auf ihre Lippen. Sie streicht über ihr Kleid und wirft die Haare zurück. Ist sie wegen mir nervös oder wegen Mark?

Wieder stelle ich mir die Frage, ob es angebracht ist, sie zu umarmen. Will sie das? Will Mark das? Will ich das? Ich setze ein Lächeln auf und komme vor ihnen zum Stehen.

Riot verdreht die Augen. *›Küss sie endlich.‹*

Ich ignoriere ihn.

Chanelle schlingt ihre Arme um mich und umarmt mich locker und für etwa fünf Sekunden. Ich habe kaum Zeit, meine Arme um sie zu legen. So umarme ich meine Oma auch.

Mit deutlich genervtem Unterton erklärt sie mir abermals, dass ihr Bruder für die Verspätung verantwortlich ist. Mark wirft mir einen Blick zu, der mich am Wahrheitsgehalt ihrer Worte zweifeln lässt. Ich schüttele Marks Hand. Er drück meine Hand fest, aber ich verziehe keine Miene. Mir macht er keine Angst.

Wir schlendern durch den Park und reden, Mark nur wenige Meter hinter uns. Ursprünglich wollten wir schwimmen, weil Chanelle Im Schwimmverein ist. Allerdings ist das Wasser im See schlichtweg noch zu kalt und das Schwimmbad kein Ort für ein Date.

Außerdem ist wohl keiner von uns beiden … uns dreien, wenn man Mark mitzählt, bereit, einander halbnackt zu sehen. Und – das würde ich ihr aber nie beichten – sie ist Wettkampfschwimmerin. Heißt: Ich besitze vermutlich einen Bruchteil ihrer Ausdauer und bin nur halb so schnell wie sie. Das wäre schlichtweg peinlich.

»Um fünf muss ich los«, sagt sie nach einigen Minuten der Stille.

Jetzt ist es vier. Ich glaube, sie kann mich nicht leiden.

»Was hast du noch vor?«, frage ich so beiläufig, wie möglich.

Ihre Hand streift meine.

›Halte sie‹, befiehlt Riot. *›Merkst du nicht, dass sie das absichtlich macht?‹*

»Ich kümmere mich um den Friedhof. Halte die Wege sauber, sammle welke Blumen ein und so weiter.« Sie lacht und klingt dabei wie eine kreischende Möwe. Knuffig.

Okay, Linus. Jetzt oder nie.

»Das ist schön«, sage ich und nehme ihre Hand.

Ihr Mundwinkel zuckt, bevor sich ein sachtes Lächeln auf ihre Lippen legt. Über die Schulter schaue ich zurück. Zu meiner Überraschung ist Mark zurückgefallen und starrt auf sein Handy. Als er erst meinen Blick und dann das Händchenhalten bemerkt, grinst er breit. Er zeigt mir einen Daumen nach oben und wendet sich wieder seinem Handy zu.

Entweder hat mein *männlicher* Händedruck ihn überzeugt oder Chanelle hat ihn gebeten, mitzukommen. Hat sie Angst vor mir? Falls ja, warum? Sehe ich aus wie ein Arschloch oder fühlt sie sich allein in der Nähe fremder Männer nicht wohl?

In der Bar war sie definitiv forscher. Allerdings war sie betrunken. Ich tippe auf Letzteres und meine Gedanken wandern abermals zu Hannah.

Sanft drücke ich Chanelles Hand. Ich nehme es ihr nicht übel. Als ich sie wieder ansehe, überkommt mich ein schlechtes Gewissen. Es ist unfair. Ich bin ein Arschloch.

Ich kann mit Mädchen nichts anfan…

›Das kannst du nicht wissen. Du hast es noch nie ausprobiert‹, unterbricht Riot.

Ich tue es jetzt gerade.

›Fühlt sich gut an, oder?‹

Um ein Haar hätte ich mit den Schultern gezuckt. *Es ist ganz nett. Das war's aber auch schon.*

›Du hast sie noch nicht gefickt, also kannst du es nicht einschätzen. Du verpasst etwas, wenn du jetzt aufgibst.‹

Es ist nicht aufgeben, wenn ich die Niederlage akzeptiere. Ich werde für immer Single sein.

»Alles okay? Du bist so still.« Chanelle blickt mich mit besorgtem Blick an. Das Braun ihrer Augen schimmert im Licht der Sonne. Unter unseren Füßen knirscht der Kies.

»Ja.« Ich kratze mich am Nacken. »Habe mich nur gefragt, wie es dazugekommen ist, dass du dich um den Friedhof kümmerst.«

»Aber hast vergessen, zu fragen?« Sie lacht. Ich grunze, weil sie immer noch wie eine Möwe klingt.

»Tut mir leid«, sage ich.

»Mir tut es leid«, sagt sie.

»Was tut dir leid?« Grinsend sehe ich sie von der Seite an.

Während Chanelle überlegt, ziehen sich auch ihre Mundwinkel in die

Höhe. Sie zuckt mit den Schultern. Statt eine Erklärung zu finden, beantwortet sie meine Frage.

Sie ist wohl eine dieser Menschen, die sich grundlos entschuldigen.

»Meine Oma hat sich um das Grab meiner Cousine gekümmert. Irgendwann hat sie sich um den Weg auch gekümmert. Und dann um alles. Allerdings wird sie nicht jünger und kann ohne Rollator nicht mehr aus dem Haus. Also habe ich das übernommen.«

»Cool.« Okay, das klingt desinteressiert. Gepaart mit meiner monotonen Stimme klinge ich wie ein Arsch. »Darf ich dich zum Friedhof begleiten?«, will ich wissen und drücke ihre Hand.

Chanelle drückt meine Hand so fest, dass es schmerzt. Sie hüpft in die Luft. Ihr endlos langes Haar peitscht durch die Luft, als sie begeistert zustimmt. Keine fünf Sekunden später entschuldigt sie sich.

»Warum entschuldigst du dich immer?«, frage ich.

Sie hat keine Antwort darauf.

Auf dem Weg zum Friedhof erklärt sie mir die Bedeutungen von Blumen und Farben. Zum Beispiel stehen rote Rosen für Liebe, können aber auch Anerkennung bedeuten.

»Sag mal, wie …«, sage ich sachte, werfe einen Blick hinter mich und spreche noch leiser, obwohl Mark abseits von uns geht. »Wie hast du Mark dazu gebracht, dich allein in die Bar zu lassen?«

Verlegen lächelt sie. »Er war unterwegs. Meine Mutter hat mir geschrieben, als er auf dem Heimweg war.«

Ergibt Sinn.

Wir gehen an einer riesigen Wiese vorbei. In der Mitte steht eine einsame Baumgruppe. Dahinter liegt der Friedhof direkt an der Straße. Gegenüber stehen unzählige Pflanzen vor einem Blumenladen. Chanelle deutet darauf. Wir überqueren die Straße. Ich lasse ihre Hand los und halte ihr die Tür auf. Als sie hineintritt, wische ich meine Hände an meiner Jeans ab, denn die Wärme unserer Hände in Kombination mit dem Sonnenschein bringt nicht nur meine Hände zum Schwitzen.

»Der Laden gehört meinem Opa. Ich werde ihn irgendwann übernehmen. Die unverkauften Blumen darf ich für die Gräber nehmen.« Chanelle bringt mich in den hinteren Teil des Ladens, wo unzählige bunte Blumen auf uns warten.

Süßer Duft schlägt mir entgegen. Hier drinnen ist es noch wärmer und extrem hell – die Wände bestehen zum Großteil aus Glas. Im Prinzip stehen wir in einem riesigen Gewächshaus. Die Luft ist so feucht, dass ich mir unsicher bin, ob das auf meiner Stirn Wasser oder Schweiß ist.

Wir zwängen uns vorbei an riesigen Tropenpflanzen, Mark bleibt am Eingang zurück. Zwei Tische bilden einen schmalen Gang. Darauf stehen winzige Kakteen und unzählige Rosen, Tulpen und Orchideen.

Die Namen der restlichen Blumen kenne ich nicht, deshalb zeige ich auf eine, die aussieht wie ein rosafarbenes, riesiges Gänseblümchen.

»Die ist schön. Wie nennt man die?«

»Gerbera.« Während sie sich umdreht und weitere Blumen in einen riesigen Korb legt, erzählt sie mir noch mehr über Gerberas, aber ich höre kaum zu.

Die rosafarbene reiße ich vorsichtig ab und schnüffele daran. Entweder habe ich mich bereits zu sehr an den Blumenduft gewöhnt oder diese ist geruchlos, denn ich rieche nichts. Zwischen meinen Fingern drehe ich den Stängel und sehe zu, wie die vielen Blätter schwingen.

Chanelle dreht sich um und stockt. Ihre Wangen nehmen denselben Ton wie die Gerbera in meiner Hand an. Lächelnd weicht sie meinem Blick aus, tritt einen Schritt auf mich zu und streckt die Hand aus.

Sofort überreiche ich ihr die Blume. Natürlich war das von Anfang an mein Plan. Hah.

Ich hoffe nur, sie bedeutet nichts Negatives.

»Danke«, haucht Chanelle und stellt sich auf die Zehenspitzen. Dieser Moment ist der erste, in der sie mein Herz höherschlagen lässt. Menschen, die ein wenig kleiner sind als ich, sind unglaublich knuffig. Trotzdem holt mich das schlechte Gewissen wieder ein.

›Küss sie.‹

Chanelle gibt mir einen Kuss auf die Wange.

Hitze schießt in meinen Kopf und ich weiß nicht, warum.

Ich werde sie nie lieben können.

›Aber ficken kannst du sie.‹

Das Gesicht verziehe ich zu einer Grimasse. Riot ist ein Teil von mir, was bedeutet, dass das meine Gedanken sind. Oder?

Chanelle wendet sich ab, packt den Korb mit den Blumen und quetscht sich an mir vorbei. Eine Entschuldigung rollt ihr über die Lippen.

»Da …«, brabble ich und renne ihr hinterher. »Ich dachte, ich muss niesen. Deshalb habe ich so geschaut«, rede ich mich heraus.

Ihre roten Haare schwingen hin und her.

Dieses Mal ist ihr Lachen kein Möwengeschrei, sondern lediglich ein amüsiertes Schnauben. Als ich fünf Minuten später aber tatsächlich niese, ist das Möwengeschrei zurück.

Und ich glaube, ich bin allergisch.

10

Linus

Auto ohne Bremsen

»Steh' endlich auf.«

Leo zieht mir die Decke weg, packt mich an den Knöcheln und zerrt mich zum Fußende des Bettes – mit zu viel Schwung. Meine Beine hängen links und rechts von Leo. Er ist nun gezwungen, mich an der Hüfte zu halten und vor Kontakt mit dem Boden zu bewahren.

Nach dem Date gestern mit Chanelle kamen die Jungs vorbei, weil Timo wieder Streit mit seinen Eltern hat – Verwandte kamen zu Besuch. Weil Timos Schrottkarre seinen Eltern peinlich ist, wollten sie, dass er das Auto woanders parkt und sich etwas *Ordentliches* anzieht.

Damit meinen sie einen Anzug. Würde meine Mutter mich zwingen, vor Familienmitgliedern rumzulaufen wie auf einer Hochzeit, würde ich auch abhauen.

Leo zwinkert mir grinsend zu. Ab und an macht Leo solche Dinge. Selten, aber manchmal. Keine Ahnung, was er damit bezwecken will. Scham bringt meine Wangen zum Brennen.

»Lass mich los.« Ich räuspere mich.

Timo liegt auf der Matratze neben dem Bett. Er schält sich aus der Decke, schiebt die Matratze unter das Bett und gibt Leo einen schmatzenden Kuss auf die Wange.

»Du weißt, er kommt damit nicht klar.« Er schlingt die Arme um Leos Schultern.

Der lässt – nach erneuter Aufforderung – meine Hüfte los und wischt Timos Sabber von seiner Wange. Ich knalle auf die Bettkante und rutsche fluchend zu Boden. In meinem Kopf äffe ich Timo nach, während Riot mich auslacht. Wichser.

»Los jetzt. Du musst zur Schule«, sagt Leo und schlüpft in ein willkürlich ausgewähltes T-Shirt vom Stuhl.

Ich werfe mir dieselbe Kleidung über, die ich gestern nach dem Date getragen habe: Eine graue Jogginghose, schwarzes Shirt und Hoodie. Somit bin ich bereit, außer Haus zu gehen.

Mama aber nicht.

»Hast du einen Moment?«, ruft sie mir aus der Küche zu. Seufzend deute ich den Jungs, zu warten. Timo folgt mir bis zur Küchentür. Zum Glück zwingt Leo ihn mit sich nach draußen, sodass er seine Neugier nicht befriedigen kann.

Mama nippt an stinkendem Grüntee, als ich auf die Bank falle und bis zur Mitte hineinrutsche. Ihre Stimmlage lässt mich vermuten, dass es Ärger gibt. Ihre in Falten gelegte Stirn bestätigt das.

»Ich habe gehört, du hattest gestern ein Date.«

»Ja. Und?« Den Drang, die Augen zu verdrehen, unterdrücke ich.

»Mit einem Mädchen.« Ihr Griff um die Tasse verstärkt sich.

Hastig erhebe ich mich.

Mama deutet mir, mich zu setzen.

Ich beiße mir auf die Lippe und tue, wie mir befohlen.

»Ich bin achtzehn. Ist das nicht, was Leute in meinem Alter tun?«

»Du bist nicht … so, Linus. Das weißt du.«

Kein Wort bringe ich heraus. Meine Lunge brennt. Zum ersten Mal in meinem Leben *will* ich in die Schule. Ich will nicht darüber reden. Ich will nicht einmal darüber nachdenken, verdammt.

»Du solltest mit einem Therapeuten sprechen. Was dein Vater dir damals angetan hat, ist nicht deine Schuld. Und an dir ist nichts falsch, nur weil du andere … Präferenzen hast, was Dating angeht.«

Verdammte Scheiße, sprich es nicht aus. Ich will es nicht hören. Ich will nicht so sein. Ich bin so nicht.

›Ach, plötzlich bist du keine Schwuchtel mehr? Warum hast du Chanelle dann nicht gefickt?‹

Ich … muss es nur länger versuchen. Nach zwei Dates verliebt man sich nicht. Außerdem dreht sich nicht alles um Sex.

»Ich war 13, Mama. Dinge ändern sich.« Beim Aufstehen schlage ich mein Knie am Tischbein an. Bevor ich in den Flur trete, erklingt ihre Stimme erneut.

»Meinst du, du bist bisexuell?« In ihrer Stimme schwingt Hoffnung mit.

Ich presse die Augenlider aufeinander, so fest ich kann. *Mama ist nicht so wie Dad,* versuche ich mir einzureden. Aber warum klingt sie dann so hoffnungsvoll, wenn sie denkt, dass ich auf Mädchen stehe?

»Die Jungs warten«, rufe ich von der Tür aus, bevor ich das Haus verlasse.

Auf dem Skateboard rollt Leo in Schrittgeschwindigkeit vorneweg, während Timo versucht, ihn mit Steinchen zu Fall zu bringen. Ich frage mich, warum sie mich in letzter Zeit so oft begleiten. Sie sind nicht meine Babysitter und haben Ferien. Klar, Timo hat keine Lust auf seine Familie und Leos Familie überlegt schon wieder, zurück nach Italien zu ziehen, aber darüber diskutieren sie schon seit unserer Kindheit und sie haben es nie durchgezogen. Außerdem ist er volljährig und kann machen, was er will.

Timos Worte schießen durch meinen Kopf wie eine Pistolenkugel. Er braucht jemanden, der sie up to date hält. Haben sie wirklich Angst, dass ich mich sonst in meinem Zimmer verschanze und nichts mehr unternehme, wenn sie wieder an der Uni sind? Selbst wenn, es kann ihnen egal sein.

»Wie lief dein Date mit Chanelle? Du hast immer noch nichts erzählt.«

Ich antworte nicht, weshalb Timo mir in die Rippen stößt und die Frage wiederholt. Ich will nicht darüber reden. Wollte ich gestern auch nicht, aber Timo wird keine Ruhe geben, bis ich es erzähle. Also fasse ich kurz zusammen, was geschehen ist. Aber Timo verhält sich, als gäbe es mehr. Er fragt weiter und weiter und weiter, bis er die Geschichte hat, die er hören will. Aber nicht heute. Als er zum dritten Mal fragt, ob wir uns *wirklich nicht* geküsst haben, wechsle ich das Thema.

»Ich habe meinen Taschenrechner wieder«, erkläre ich, denn das ist in letzter Zeit oft Thema, weil – sind wir mal ehrlich – mehr hat mein Leben nicht zu bieten. Ich sage es im Flüsterton, als sei es ein Geheimnis.

»Er hat mit dir geredet?«

Ich krame in meiner Hosentasche und befreie den zusammengefalteten Zettel.

Tut mir Leid, dass ich ihn dir erst jetzt bringe. – Ru

Die letzten Buchstaben des Namens verschwinden zusammen mit dem

Rest des abgerissenen Papierfetzens. Leo stoppt. Mit einem Tritt auf das Board fliegt es elegant in seine Hand.

»Ist er wirklich *so* schüchtern?« Er greift nach dem Papierfetzen. Im richtigen Moment schnippe ich es zur Seite und Leo greift daneben. Keine Sekunde später verschwindet es in meiner Tasche.

»Oder er kann dich nicht leiden.« Timo rubbelt über seinen Stachelkopf. Er holt sein Handy heraus und tippt darauf herum und hält mir ein Bild aus Instagram vor die Nase. Darauf zu sehen ist Ruben mit dem süßesten Hund der Welt.

»Das ist er, oder?« Er wendet sich an Leo und scrollt im Feed herunter. »Schau mal, der skatet auch.«

Das weckt Leos Interesse. Sie stalken das Profil und irgendwelche Skateboard-Trick-Namen fliegen durch die Luft, die in meinem Gehirn Bilder hervorrufen, aber alle sind verschwommen und vage. Leo hat jahrelang versucht, mich zum Skateboardfahren zu überreden. Aber nachdem ich einmal auf mein Steißbein geflogen bin, habe ich mich geweigert, auf dieses scheiß Brett zu steigen. Das ist sowieso viel zu anstrengend. Trotzdem will ich zu ihnen aufschließen und ebenfalls zugucken, aber die Müdigkeit hält mich davon ab. *Eigentlich interessiert es mich gar nicht.*

Schneller als gedacht betreten wir das Schulgelände – unsere eisigen Finger und eingefrorenen Wangen treiben uns an. Gestern war es ungewöhnlich warm, aber heute fegt ein kalter Wind durch die Straßen. Möglicherweise wird es sogar nochmal schneien, bevor der Frühling Einzug hält. Ich hoffe es. Dann kann ich wieder Schneemänner in der Eingangshalle verteilen. Hah. Timo saugt lautstark die Luft ein und zeigt zum Parkplatz. »Ist er das?«

Der Parkplatz-Typ, der sich tatsächlich als Ruben entpuppt, reißt den Kopf dank Timos Stimmorgan in unsere Richtung. Er starrt zu uns, rollt auf seinem Skateboard weiter über den vereisten Boden und Zack! Der Bordstein stoppt es und katapultiert es zurück.

Ruben knallt nach vorne und landet vor einem Auto im Grasstreifen. Zu seinem Glück ist der Schnee noch nicht geschmolzen, allerdings ist er so festgetreten, dass er den Sturz kaum abfedert. Timo prustet los und sprintet los, doch ich packe ihn am Arm und halte ihn zurück, damit Timo mein Image nicht noch weiter ruiniert.

Sonst wird er Ruben noch erzählen, dass wir ihn auf Instagram gestalkt und ich ihnen alles über den Taschenrechnerverleih erzählt habe. Leo macht sich auf den Weg, das wilde Rollbrett davor zu bewahren, auf die Straße zu entkommen.

»Du hast ihn verschreckt«, sage ich.

Timo reißt sich los, richtet seine Lederjacke und kommt Ruben zu Hilfe. Ich schlendere hinterher, werfe einen Blick auf die Uhr und zünde eine Zigarette an. Noch zwei Minuten, bis die Klingel den Unterricht einläutet.

»Du bist der Taschenrechner-Ausleiher, oder?«, posaunt Timo hinaus. Sofort brennen meine Wangen. Ich hab's gewusst. Ruben starrt mich an wie ein Reh im Fernlicht – und als fahre ich ein Auto ohne Bremse. Ich wende mich ab. Punkt acht Uhr. Zeit für die Schule – ein unbekannter Drang nach Pünktlichkeit erfasst mich.

Ich hebe die Hand und eile, ohne gehetzt auszusehen, zum Seiteneingang. Ruben tut mir zwar leid, weil Timo Körpersprache ungefähr so gut lesen kann wie ein Maulwurf, aber da muss Ruben jetzt allein durch. Wenn Timo ausplaudert, wie viel wir uns über ihn unterhalten haben, will ich nicht anwesend sein.

»Lutzi hat Sozialkontakt verlernt, seit wir studieren.« Timos Worte hallen durch die Luft und sein Lachen ist so laut, dass ich mich frage, ob Ruben taub ist. Spätestens jetzt ist er es wohl.

Bis ich vorm Klassenraum ankomme, hänge ich am Handy. Ich drücke die Klinke hinunter. Und lasse los.

Blauer Igel: Geh nicht rein, wir machen blau!

Ich mache kehrt, tue es erneut und renne dabei in meine Mitschüler. Einerseits habe ich keine Lust auf Timo, der Streit verweilt immer noch in meinem Gehirn und tritt hin und wieder in mein Gedächtnis. So auch jetzt – genau wie die nächtliche Begegnung mit Ruben.

Und das gestrige Gespräch mit ihm. Noch weniger Lust habe ich allerdings auf sechs Stunden Unterricht. Ich rufe im Sekretariat an und melde mich krank.

Das könnte zwar das letzte Mal sein, dass ich ohne Attest fehlen darf, weil ich schon so oft krankgemacht habe. Hoffentlich ruft die Sekretärin nicht wieder Mama an. Zum Halbjahr hat sie das einmal getan und Mama hat sich furchtbar aufgeregt. Aber was will sie machen? Mich in die Schule begleiten und Babysitter spielen?

Zum dritten Mal drehe ich also um. Und bereue es, als ich draußen ankomme. Ruben steht neben meinen Freunden. Timo lacht, Leo schenkt dem Neuen einen mitleidigen Blick, denn der lächelt mit hängenden Schultern.

Timos Worte schießen zurück in mein Gehirn.

»Wir brauchen jemanden, der uns up to date hält, weil du es nicht tust.« Ruben soll jetzt dieser *Jemand* werden? Mit Chanelle sind sie scheinbar nicht zufrieden. Das liegt wahrscheinlich daran, dass ich ihr geraten habe, auf Timos Nachrichten nicht zu reagieren.

Und jetzt denkt Timo, Ruben wird ihn up to date halten? Der Typ, der gestern nicht einmal einen geraden Satz herausgebracht hat? Ich meine das nicht böse. Im Gegenteil. Tausend Mal besser als jemand, der pausenlos quasselt. Timo, zum Beispiel.

Ruben schaut auf seine Schuhe und schiebt einen Stein hin und her. *Er will genauso wenig hier sein wie ich.* Timo muss ihn überredet haben. Ruben mustert meine ranzigen Sneaker und analysiert auch die der anderen. Ich tue es ihm gleich. Mit etwas Abstand komme ich vor ihm zum Stehen, um den Kreis zu schließen. Bauernhofgeruch schwebt in der Luft. Wo kommt der denn her? Erinnerungen meiner Kindheit blitzen durch mein Gehirn. Vor meinem inneren Auge tollen Hannah und ich über die Alpen und schauen Kühen beim Grasen zu. Die Glocken erklingen bei jedem Schritt der Tiere.

Keine fünf Minuten später sitzen wir zu viert in Leos Karre. Musik dröhnt aus den Boxen und Timo übergibt seinem Nebenmann, Ruben, mein Handy, denn das ist mit der Musikanlage verbunden.

»Auf was stehst du?«

Ich beobachte die vorbeiziehenden Bäume vom Beifahrersitz aus und genieße das wirre Gefühl, dass sie meinem Kopf bescheren. Ruben sitzt direkt hinter mir, Timo neben ihm. Den Arm strecke ich aus dem Fenster und schlage Luftwellen mit der Hand.

»Ihr mögt meine Musik nicht«, sagt Ruben und gibt das Handy zurück an Timo. Er weigert sich, es zu nehmen und beginnt zu diskutieren. Ich drehe den Oberkörper nach hinten. Ruben legt es einfach auf Timos Oberschenkel ab und lässt sich nicht darauf ein. Ich grinse. *Er lernt schnell.*

»Was hörst du denn so?«, will Leo wissen und wirft ihm einen Blick über den Rückspiegel zu.

»Lil Peep, Call Me Karizma. Sowas in die Richtung. Kennt ihr wahrscheinlich nicht.«

Ich verdrehe die Augen. *Ich bin hipp und höre Nischen-Musik,* sagt er damit quasi, als sei er etwas Besonderes. Und das stimmt nicht einmal – ich höre dieselbe Musik.

»Können wir Kaffee holen?«, frage ich, als wir ein Café hinter uns lassen und am Park vorbeifahren. Niemand antwortet mir. Meine Müdigkeit vergesse ich, als *Dead Body* von Call Me Karizma ertönt.

»Ihr müsst wegen mir nicht …«, sagt Ruben. Timo unterbricht ihn.

»Du hörst den auch, oder Lutzi?«

Als Antwort klopfe ich im Rhythmus auf meinen Oberschenkeln. Meine Lippen bewegen sich, aber ich singe nicht mit. Nach dem Lied spielt *Heute nicht* von Krijo. Hastig drehe ich den Oberkörper zur Rückbank.

»Gib her.« Ich strecke meine Hand nach hinten. Ruben will das Handy nehmen, aber Timo hält es außer Reichweite.

»Was hörst du denn für Depri-Musik?«

»Gib her«, zische ich. Ruben weicht meinem Blick aus und schaut aus dem Fenster.

»Timo«, warnt Leo. »Sei brav.«

Er verweigert sich. Sie diskutieren. Timos Argumente ergeben keinen Sinn, wie immer. Er faselt irgendetwas von »Wir sind beste Freunde und sollten alles teilen«. Was an Nein versteht er nicht?

Statt die Lautstärke runterzudrehen, gebe ich auf. Ruben aber nicht. Er entreißt Timo das Telefon, als er vorgebeugt mit Leo streitet. Mit einem schwachen Lächeln übergibt er es mir.

»Danke.« Ich schalte um. Dafür muss ich mehrfach weiter schalten, weil meine Playlist ein einziges Wirrwarr all meiner Lieblingssongs ist.

Die Diskussion löst sich auf, die Stimmung der anderen hebt sich aber erst, als wir nach einer Runde durch die Stadt beim Skatepark ankommen.

Ich brauche jetzt erstmal 'nen Kaffee, aber darauf werde ich wohl warten müssen, bis wir weiterziehen.

Erst als wir zwei Stunden später bei mir zuhause ankommen, bekomme ich meinen Kaffee. Den Rest des Tages vertreiben wir uns in meinem Wohnzimmer. Mama ist heute ziemlich lange im Büro, weshalb ich mir keine Sorgen machen muss, dass sie vom Schulschwänzen erfährt. Aber da wir bis nach Schulschluss unterwegs waren, wäre das sowieso nicht aufgefallen.

Wir spielen das Horror-Survival Spiel *Little Nightmares*. Na ja, eigentlich spielt immer nur einer, während die anderen zusehen, da es kein Multiplayer-Spiel ist. Timo hat zwar absolut keine Lust auf Horror, aber er wird von Leo und mir überstimmt – Ruben zuckt erst mit den Schultern und nickt anschließend, weshalb ich mir nicht sicher bin, wie diese Reaktion zu werten ist.

Timo muss Ruben überzeugen, den Controller in die Hand zu nehmen, als er dran ist. Erst dachte ich, Ruben schaut nur zu, weil er keine Lust hat, selbst zu spielen. Deshalb habe ich ihn auch nicht dazu gedrängt. Vielleicht ist er in solchen Spielen schlecht und er will sich nicht blamieren, dachte ich.

Aber ich bin froh, dass Timo ihn überredet hat, denn es stellte sich heraus, dass Ruben *Little Nightmares* schon zwei Mal durchgespielt hat und dementsprechend gut darin ist. Ich verstehe nur nicht, warum er uns seine Fähigkeiten nicht zeigen will. Wovor hat er Angst? Das werde ich wohl nie verstehen. Zumindest redet Ruben etwas mehr, als Leo dran ist. Er gibt ihm Tipps und grinst, wenn Leo verliert.

Später durchbrechen wir die Eisdecke am See mit Steinen. Ich frage mich, ob Rubens Leben genauso langweilig ist wie meins und er deshalb nichts zu erzählen hat, oder ob er wirklich so schüchtern ist.

Ich wünschte, er würde von seinem Hund erzählen. Fragen will ich ihn aber auch nicht, denn offensichtlich will er nicht reden. Oder vielleicht wartet er darauf, dass er gefragt wird? Als Timo ihm den Controller aufgezwungen hat, wurde Ruben etwas lebendiger.

Vielleicht braucht er einen kleinen Schubs?

Am Abend entfachen wir ein Lagerfeuer. Der See liegt direkt neben dem Park. Eine Wiese erstreckt sich bergauf bis zu der Baumreihe, die den Park abgrenzt. Um den See herum ragen Tannen in die Höhe und es wirkt, als würde die Stadt abrupt enden. Jedoch besteht der Wald aus einem winzigen Streifen an Bäumen und dahinter befinden sich Wohngebiete.

Es ist duster und unser Atem formt Wolken. Der Himmel ist klar und die

Sterne funkeln. Es ist schön, nicht der Einzige zu sein, der die Ruhe genießen kann.

Der Mond wirft eindrucksvolles Licht auf die Eisfläche. Wir sitzen auf einem nassen Baumstamm und frieren uns den Arsch ab, aber das Feuer wärmt unsere Hände. Die Jungs erzählen Ruben Geschichten aus unserer Jugend, als seien wir schon alte Opas – ich verspüre den Drang, einen alten Opa zu imitieren, der seinen Gehstock verloren hat, aber bisher hat nie jemand gelacht, wenn ich es getan habe, also lasse ich es. Hannah hat das früher gemacht, wenn ich traurig war.

»Einmal sind Lutz und ich einem Vogel gefolgt, der irgendwo im Wald gesungen hat. Wir haben uns verlaufen und hatten kein Handynetz, um uns nach Hause zu navigieren«, erzählt Timo und wendet sich an Leo. »Wo warst du da eigentlich?«

»Wahrscheinlich bei meinen Großeltern«, murrt Leo und dreht sich zu Ruben. »Seit ich denken kann, diskutieren meine Eltern, zurück nach Italien zu ziehen. Ich bin hier geboren und meine Schwester auch. Wir haben alles hier und wollen

nicht nach Italien. Außer den Besuchen bei meinen Großeltern in den Sommerferien haben wir kaum Berührungspunkte damit. Die Jungs haben mir immer Bilder geschickt und erzählt, wie viel Spaß sie gemeinsam haben, um mich neidisch zu machen. Als könnte ich etwas dafür, dass meine Eltern mich mitschleifen.« Als wir älter wurden durften er und seine Schwester glücklicherweise zuhause bleiben.

Ruben öffnet den Mund, doch Timo kommt ihm zuvor.

»Jedenfalls war es schon dunkel, bis wir wieder zuhause ankamen und Melissa hat uns eine einstündige Standpauke gehalten.«

Ich lehne mich zu Ruben und er erschrickt, als ich spreche. »Melissa ist meine Mutter.«

»Und Timos Eltern?«, fragt Ruben kaum hörbar, als wolle er nicht, dass die Jungs ihn verstehen.

»Die haben nicht mehr alle Tassen im Schrank.« Langsam lehne ich mich zurück. Habe ich das Recht, ihm Timos Lebensgeschichte zu erzählen?

»Für seine Eltern ist nichts, was Timo macht, gut genug. Seine Brüder haben ›bessere Noten, ziehen sich ordentlich an, trinken keinen Alkohol, studieren etwas Sinnvolles‹ und so weiter.« Während dem Reden zeichne ich

Gänsefüßchen in die Luft und verdrehe die Augen.

»Was studiert er?«

»Mediendesign.« Ich ziehe mein Handy aus der Tasche und suche nach dem Ordner, den ich extra für Timo angelegt hat. Immer, wenn er mir ein Bild seiner Zeichnungen schickt, speichere ich es hier ab. Ruben überreiche ich mein Handy, damit er die Bilder selbst ansehen kann. Zögerlich nimmt er es an und wischt erst weiter, als ich es ihm ausdrücklich erlaube.

»Er hat auch einige von Leos Tattoos designt.«

»Wow«, stößt Ruben aus.

Ich richte meine Aufmerksamkeit auf Leo, als der eine weitere Erinnerung teilt.

Viele Ereignisse überraschen mich, denn an die Hälfte kann ich mich nur vage erinnern, als wäre ich gar nicht dabei gewesen. Zum Beispiel die, als ich laut Leo mit zwölf ins Bett gemacht habe und die Jungs deshalb auf dem Boden geschlafen haben. Zumindest findet Ruben es lustig. Er sieht mich an. Dabei schaut er mir sogar in die Augen – das hat er bisher nicht gemacht. Seinem Blick nach zu urteilen, gehe ich davon aus, dass ihm das auch schon passiert ist.

Irgendwann legt Ruben mir mein Handy in den Schoß. Zwischendurch erkläre ich ihm Insiderwitze. Er nickt immer, sagt ansonsten aber nicht mehr viel. Und in die Augen schaut er mir auch nicht mehr.

Als Timo eine weitere Geschichte beendet, rutscht Ruben auf dem Baumstamm hin und her, bevor er den Mund öffnet. »Ich habe einm…«

»Wisst ihr noch, als wir eine ganze Runde um den See schwimmen wollten und …«, beginnt Timo. Ich blende ihn aus.

Ruben senkt den Blick und wippt mit dem Fuß auf und ab.

Sanft stupse ich seine Schulter an.

»Was hast du gesagt?«, frage ich und werfe ihm ein aufmunterndes Lächeln zu. Bei Timo zu Wort zu kommen, ist manchmal schwer. Jedem anderen würde ich sagen, Timo zu übertönen – am besten so laut wie möglich –, aber ich bin mir ziemlich sicher, dass Ruben das nicht tun wird. Seine Augen blitzen auf.

»Ich habe fast unser Haus in Flammen gesetzt, als ich als Kind eine Kerze umgeworfen habe.« Er lacht, hört jedoch auf, als ich nur belustigt die Luft ausstoße.

Kaum hörbar entschuldigt er sich. Sofort wandern meine Gedanken zu Chanelle.

Ruben ist schüchterner, als ich gedacht habe. Ein bisschen wie eine Katze in der Straße, der man sich nähern will. Eine falsche Bewegung und sie erstarrt oder rennt weg und man muss wieder von vorne beginnen, um sie anzulocken.

»Warum entschuldigst du dich?«

Timo und Leo unterhalten sich über Sternzeichen. Wie sind sie auf dieses Thema gekommen? Egal, ich konzentriere mich weiter auf Ruben.

Der zuckt mit den Schultern. Das macht er ganz schön oft. »Ich weiß nicht, was ich erzählen soll. Mir fällt nichts Interessantes ein.«

»Und dass ich, bis ich zwölf war, ins Bett gemacht habe, ist spannender? Erzähl einfach, was dir einfällt.«

»Ich habe ins Bett gemacht, bis ich 15 war. Aber nur selten«, gibt er zu und ich unterdrücke ein Lachen, um ihn nicht zu verschrecken.

Mir muss eine Antwort einfallen, damit er weiterspricht. Lange überlege ich, aber dann fällt ihm etwas Neues ein.

»Ich habe noch nie bei jemand anderem übernachtet. Meine damaligen Freunde aus der Grundschule haben früher direkt neben mir gewohnt, weshalb meine Eltern es als sinnlos angesehen und verboten haben.« Er grinst zwar, aber seine Augen strahlen Traurigkeit aus.

»Das heißt, du hast noch nie mit deinen Freunden bis vier Uhr morgens gezockt und dann Sandwiches gemacht?«

Stumm schüttelt er den Kopf.

»Pennst du hier? Dann kannst du das von deiner Bucket List streichen.«, frage ich eine Stunde später.

Ruben schlägt die Augen auf. Leichte Röte schießt in sein Gesicht. Er zuckt mit den Schultern.

Die Einsamkeit ist ein guter Freund geworden, seit die Jungs studieren und ich allein durch die Schulflure streife. Sie lassen zwar oft Vorlesungen ausfallen und kommen früher nach Hause und leben in den Semesterferien quasi bei mir, aber Leo hat bereits angekündigt, dass das Studium mit jedem Semester aufwendiger wird.

Ich will etwas Gutes tun, bevor ich sterbe, erinnere ich mich. *Und wenn ich ihm nur einmal Einsamkeit ersparen kann* … Mein Mundwinkel zuckt. *Dann sei es so.*

Ruben öffnet den Mund. Seinem Gesichtsausdruck nach zu urteilen, wird er ablehnen. Ich muss ihm noch einen Schubs geben. Ich bin mir sicher, dass er es will.

»Ich mache gute Pfannkuchen zum Frühstück. Deine Eltern werden ja nichts dagegen haben, wenn du übernachtest, oder?« »Mittlerweile ist es ihnen egal.« Er lächelt.

Ich lächele. Nach einiger Zeit schmerzen meine Mundwinkel, weil ich sie immer nach oben ziehe.

Ruben gähnt und schlägt die Hand über den Mund. Das Feuer spiegelt sich in seinen Augen, die mich an einen tiefgrünen Kiefernwald erinnern.

»Ich bin auch müde.« Auch ich lasse ein Gähnen zu.

»Lutz ist immer müde.« Jetzt reißt auch Leo den Mund auf.

Ruben lehnt sich zu mir.

»Warum nennt er dich Lutz?«, will er im Flüsterton wissen, als sei es ein Geheimnis.

»In der sechsten Klasse hat eine Lehrerin mich einmal so genannt. Sie war schon ziemlich alt und verwirrt. Seitdem nennt Timo mich auch so«, sage ich genauso leise.

Wir löschen das Feuer mit Schnee – Timo versucht uns mit Urin zu unterstützen – und kommen gegen Mitternacht in meinem Zimmer an. Dreckiges Geschirr und ein Berg aus leeren Flaschen begrüßen uns.

Scham kriecht in mir empor und ich bereue, ihn eingeladen zu haben. Leo kramt im Schrank nach einem meiner Shirts und schlüpfte hinein.

»Wer schläft bei mir im Bett?« Auch die Monotonie meiner Stimme rufe ich erst jetzt wieder in mein Gedächtnis. Seit Jahren erhalte ich Beschwerden diesbezüglich. Selbst laut Klassenkameraden wirke ich desinteressiert. Hah. Was nehmen die sich heraus? Mama und Hannah beschweren sich aber am meisten. Aber ich kann ja nicht Hannah nachmachen und wie ein schriller Wecker klingen.

Ich sinke in die Matratze. Leo und Timo werfen sich Blicke zu, Ruben steht stumm zwischen Schrank und Bett. Leo wirft sein Handy aufs Bett. Entscheidung getroffen.

Ruben und Timo teilen sich die Matratze am Boden. Spätestens jetzt bereut Ruben seine Entscheidung sicher ebenfalls. Zwei Stunden lang wälze ich mich im Bett. Erfolglos. Das Mondlicht ist die einzige Lichtquelle. Ab und zu schmatzt Timo, Leo schnarcht und Ruben liegt da wie eine Leiche und rührt sich gar nicht.

Daher zucke ich zusammen, als er sich plötzlich aufrichtet. Ein Seufzen verlässt seinen Mund. Die Decke schlägt er zur Seite. Als er den Raum verlässt, packt mich die Neugier.

11

Linus

Flamme

Ruben schaut sich im Gang um. Leises Fluchen erklingt. Meine Hand presse ich auf den Mund, um mein Lachen zu unterdrücken – Ruben verwendet kaum Schimpfwörter. Statt »Scheiße« sagt er »Mist«, statt »verdammt« nutzt er »verflixt«. Es ist knuffig, weil es so unschuldig ist.

Lautlos schleiche ich an der Wand entlang und umgehe die knarzenden Bretter neben der Kommode. Ruben dreht sich um. Habe ich doch einen Ton verursacht oder hat er Superkräfte?

Er starrt mich an. Meine Wangen flammen auf. Ich setze ein charmantes Lächeln auf und lehne mich mit der Schulter an die Wand.

Ruben trägt eine lockere, rot-schwarz karierte Unterhose und ein schwarzes T-Shirt, auf denen tausend Fussel und helle Haare kleben. Am Handgelenk trägt er einen Verband.

Darauf werde ich ihn niemals ansprechen. Ich kann ihm in alle Richtungen einen Schubs geben, um sich bei mir wohlzufühlen, aber wenn es um Verletzungen geht, halte ich mich zurück.

In der zehnten Klasse habe ich ein Mädchen aus meiner damaligen Klasse gefragt, wie sie sich ihr Handgelenk gebrochen hat. Sie wollte es mir nicht erzählen, also habe ich sie genervt, bis sie es zugegeben hat. Wie sie es geschafft hat, weiß ich nicht, aber es ist beim Sex geschehen. An diesem Tag habe ich mir geschworen, nie wieder zu nachzubohren, wenn es um Verletzungen geht.

›Du bist gruselig, wie du ihm auflauerst‹, flüstert Riot. *›Wie all diese Männer, die Hannah nachhause gefolgt sind.‹*

Ich bin nur neugierig. Vielleicht braucht er ja etwas.

›Dann soll er fragen und nicht umhergeistern. Ach, warte.‹ Theatralisch wirft Riot die Hände in die Luft. *›Er bekommt das Maul ja nicht auf.‹*

So ist er eben, antworte ich, bevor ich Riot ausblende und versuche, die passenden Worte zu finden. Ruben geht zurück zu meinem Zimmer am Ende des Gangs. Dort angekommen dreht er sich um.

»Ich wollte nur aufs Klo«, stottert er. Seine Finger ringen miteinander. *Warum ist er ständig so verdammt nervös?*

»Geh doch.« Ich gluckse.

Rubens Lippen sind zu einem dünnen Strich zusammengepresst. Sein Blick gleitet zu Boden. Die Finger biegt er in einem ungesunden Winkel. *Gleich brechen sie.* Ich schüttele meine Hand aus, damit ich den Pseudoschmerz nicht mehr ertragen muss.

»Wo ist das Klo?«

Es ist lediglich ein Wispern, doch darin liegt so viel Verletzlichkeit, dass ich mein Grinsen verliere. Ein schlechtes Gewissen breitet sich in meinem Körper aus wie ein Virus.

Ich räuspere mich und deute den Flur entlang. »Zweite Tür li… rechts«, informiere ich mit ernster Miene. Beschissene Rechts-Links-Schwäche.

»Von meinem Zimmer aus gesehen.« Ruben läuft den Gang zurück und bleibt bei der nächsten Tür stehen. Er biegt nach links ab, macht kehrt und steht wieder am Ausgangspunkt. Seine Arme angewinkelt, Daumen- und Zeigefinger ausgestreckt. Der Blick hängt an der rechten Hand, die ein spiegelverkehrtes »L«, formt.

Ruben geht zur Badezimmertür und wirft mir einen Blick über die Schulter zu, um zu sehen, ob es die richtige ist. Erst, als ich nicke, verschwindet er durch die Tür.

Ich kenne ihn kaum, aber ich verstehe ihn. Als Kind war ich genauso und dank Mamas Erzählungen kann ich noch dumpf nachempfinden, wie ich mich damals gefühlt habe.

Damals hatte ich das Glück, Timo kennenzulernen, der mich überall mitgeschleift hat, obwohl ich aufgrund meiner Schüchternheit nicht wollte. Ruben ist genauso. Er traut sich einfach nicht. Keine Ahnung, vor was er

Angst hat. Ich meine, selbst *wenn* ich ihn auslachen würde, warum kümmert es ihn?

Ruben tritt zurück in den Flur und zuckt zusammen, als er mich sieht. Ich räuspere mich.

»Ich wollte eine rauchen.« Meine Finger bewegen sich automatisch nach oben und gleiten durch meine Haare.

»Kommst du mit?« Ruben raucht nicht, aber Timo ebenfalls nicht. Trotzdem begleitet er mich oft nach draußen. Ich nehme ihm die Entscheidung ab und tapse zurück ins Zimmer. Er folgt mir und wir ziehen uns an. Die Jungs schlafen wie Babys, obwohl ich mein Knie beim Anziehen gegen den Schrank schlage und dabei eine Wasserflasche auf den Boden werfe.

Ruben schafft es, keinen Ton zu verursachen. Die Jungs schlafen weiter oder tun zumindest so. Das Licht aus dem Flur dient als einzige Lichtquelle. Leo liegt auf dem Rücken, die Hände hat er auf der Brust verschränkt, als liege er bereits im Grab. Timo hingegen ist unter der Decke vergraben. Sichtbar sind lediglich seine Zehen.

Wir schleichen nach draußen. Die Garage ist einige Meter entfernt und grenzt an den Zaun an.

Der Platz dazwischen ist gepflastert und überdacht. Früher stand Dads Auto hier, aber mittlerweile vergammeln hier eingestaubte Tische und Stühle. Von hier aus sehe ich nach hinten in den Garten. Der größere Teil des Gartens liegt vor dem Haus, weshalb dahinter nur noch Platz für Mamas Blumenbeete und ein paar Büsche bleibt.

Hannahs Fahrrad hängt, während meins an der Wand lehnt. Der Geruch von Lack hängt in der Luft. Staub kitzelt in meiner Nase. Ich plumpse auf meinen mittlerweile nicht mehr weißen Plastikstuhl.

Auch der Staub ist von diesem Stuhl gewichen, da ich immer darauf sitze. Auf dem Tisch neben uns steht mein Aschenbecher. Der ist so überfüllt, dass ich die Zigarettenstummel hineinstopfen muss. Einige liegen auf dem Tisch verteilt, denn sobald ich eine reinstecke, fällt eine andere heraus.

Ruben setzt sich schräg gegenüber von mir an die Tischkante auf einen Stuhl, begutachtet jeden einzelnen Stuhl, als bereue er seine Entscheidung. Als könne er sich nicht mehr umentscheiden. Ich gebe zu, die Stühle sollte ich waschen. Mit dem Stuhl rutsche ich zurück und erkläre ihm, warum ich es tue, damit ich keine falschen Gedanken in sein Gehirn pflanze.

»Nur weil …«, sage ich und deute auf den Rauch meiner Zigarette, »… wegen dem Rauch.« Den Kopf drehe ich weg, als ich den Giftstoff aus meiner Nase entkommen lasse. Ruben nickt und schaut sich weiter um. Ich erwarte nichts von ihm. Deshalb überrascht es mich umso mehr, als er den Mund öffnet.

»Hattest du mal einen Hund?« Er deutet auf Voltairs Halsband, das an der Wand angebracht ist.

»Ist zehn Jahre her.« Ich lehne mich zurück, lege den Kopf in den Nacken und erlaubte dem Rauch, meinen Lungen zu entfliehen. Grinsend starre ich an die Decke. »Sah aus wie eine fette Ratte.«

Und plötzlich lacht Ruben. So, als habe er seit Ewigkeiten nicht mehr gelacht. Als habe er es bitter nötig. In meinem Herzen entzündet sich immer eine Flamme, wenn ich jemanden zum Lachen bringe. Diesmal ist es anders.

Diesmal steht mein gesamter Körper in Flammen. Mein Kopf ist voller Nebel, während ich Ruben dabei zusehe, wie er sich lachend an der Tischkante festkrallt. Für einige Sekunden ist Riot verschwunden. Für einen Moment vergesse ich meine Sorgen. Und für einen winzigen, klitzekleinen Augenblick bin ich froh, ich selbst zu sein. Aber die Flamme verliert an Energie, als Ruben sich beruhigt. Gleich ist es vorbei. Gleich ist er wieder still.

Ruben steht auf und hält mir sein Handy vors Gesicht, statt in seine Schüchternheit zurückzufallen.

»Das ist mein Hund.« Blaue Augen strahlen in der Sonne, während die raushängende Zunge das Tier aussehen lässt, als sei es das glücklichste der Welt. »Avanti heißt er. Aber du kennst ihn ja schon.« Er wischt über den Bildschirm, zeigt ein Bild nach dem anderen und erzählt. Er redet wie ein Wasserfall. Ich habe ihn noch nie so schnell und viel sprechen hören.

Während er einen Teil seines Lebens preisgibt, komme ich aus dem Lächeln nicht mehr heraus. Irgendwann verhallt Rubens Stimme in der eisigen Nachtluft. Ruben entschuldigt sich für sein Gebrabbel und fällt zurück auf seinen Stuhl. Meine Kippe ist längst abgebrannt. Ich drücke sie in den überfüllten Aschenbecher, drei fallen heraus und rollen über den Tisch. Ich erhebe mich, Ruben tut es mir gleich. *Würde er wohl …* Statt zurück ins Haus zu gehen, mache ich mich auf den Weg zum Gartentor. Ruben folgt mir, ohne Fragen zu stellen. Gemeinsam schlendern wir den Bürgersteig entlang. *Ja, er würde.*

»Werde ich deinen Hund irgendwann kennenlernen? Also *richtig* kennenlernen?«

Ruben zuckt mit den Schultern. »Gern.«

»Darf ich dir etwas zeigen?«

Es dauert ewig, bis wir ankommen. Mit jedem Schritt werde ich nervöser und ich frage mich, ob ich das irgendwann bereuen werde. Trotzdem führe ich ihn weiter den Berg hinauf, der aus der Stadt hinausführt. Als wir an meinem Platz ankommen, starrt Ruben verblüfft auf die Stadt hinab.

Offensichtlich war er noch nie hier. Kaum jemand kennt diesen Ort. Zugegeben, es ist furchtbar anstrengend, herzukommen, wenn man kein Auto hat, und im Vorbeifahren sieht man die Bank nicht einmal.

Der Boden unter mir ist steinig und schief. Eine rostige, schlecht verankerte Leitplanke befindet sich am Rand. Direkt dahinter geht es im rechten Winkel hinab.

Der Wind trägt Kiefergeruch zu mir. Ich umfasse die Leitplanke, welche mir all meine Wärme raubt.

Von hier aus kann man tagsüber die ganze Stadt bewundern. Den Park in der Mitte, der Bahnhof am Stadtrand mit der Kuhweide direkt daneben und die Schule in der Nähe der Wohnsiedlungen. Viel mehr gibt es hier nicht.

Auf dem Berg auf der anderen Seite des Tals, gegenüber von unserem Standort, ruiniert eine riesige Baustelle die Aussicht. Angeblich soll hier ein Schlachthaus erbaut werden.

Ich erschaudere bei dem Gedanken daran, die Schreie der Tiere zu hören, wenn es fertig ist. Dafür ist es vermutlich zu weit weg, aber wenn der Wind richtig steht …

»Nachts ist es hier am schönsten«, sage ich, um mich abzulenken.

Wenn alles friedlich ist. Wenn zwei Jungs sich auf ihr erstes gemeinsames Abenteuer begeben. Der Mond verleiht den Blättern einen mysteriösen Glanz. Ruben rennt begeistert auf und ab, dreht sich ungläubig zu mir und streckt die Arme in die Luft. Seine Augen leuchten heller als der Mond.

Ich grinse breit. Riot schreit mich an und will mir weismachen, dass das hier ein Fehler ist, aber ich ignoriere ihn. Rubens Brust hebt sich, als sie sich mit frischer Luft füllt.

Als er den Geruch, den nur die Nacht kreieren kann, tief in seinen Körper saugt. Er starrt den Sternen entgegen und reckt seine Finger, als wolle er danach greifen.

Das ist der echte Ruben, realisiere ich.

Und plötzlich lodert die Flamme in meinem Körper wieder auf.

12

Ruben

Beichte

Seit unserem nächtlichen Abenteuer sind einige Tage vergangen und ich dachte, dass wir jetzt Freunde sind. Schließlich habe ich so viel über Linus erfahren und war sogar bei ihm zuhause.

Auf der anderen Seite sind wir nicht mehr in der Mittelstufe. Linus nickt mir zu, wenn wir uns in der Schule begegnen, wechselt aber kein Wort mit mir. Sind das Freundschaften in der Oberstufe?

Auch Marcel spricht nur ab und an mit mir – meistens nur dann, wenn niemand um uns herum ist. Wahrscheinlich hat er Angst, John zum Opfer zu fallen, wenn er mit mir gesehen wird. Verständlich. Als Devins Stimme in meine Ohren dringt, fahre ich herum.

»Sie kommen«, sagt er kaum hörbar. Johns Lachen hallt durch den Gang. Keinen Millimeter rühre ich mich. Devins Gesichtsausdruck kann ich nicht identifizieren. John und seine Anhänger biegen ums Eck.

»Ey, Schwuchtel!«, ruft Nico gespielt freundlich.

Meine Kehle schnürt sich zu, als würde jemand ein Seil darum wickeln und fest daran ziehen. Trotzdem, ich renne nicht weg.

»Halt ihn fest«, ruft Bastian seinem Bruder zu. Mein Blick gleitet zu Devin.

»Auf was wartest du?« Devin verharrt noch ein paar Sekunden, bevor er mich am Arm packt.

John, Nico und Bastian scherzen, während sie näherkommen, als wären sie nicht drauf und dran, mich zu verprügeln. Devin starrt an mir vorbei an die Wand und drückt mich dagegen. Zum ersten Mal mustere ich ihn. Devin ist nicht viel größer als ich. Seine Wangen gleichen denen eines Hamsters. Seine Ohren erinnern mich an eine Elfe. Die Haare hängen ihm bis zu den

Schultern. Vorne sind sie kürzer und rahmen sein Gesicht ein. Seine Finger sind mit Tattoos verziert und ich stelle mir vor, dass Bastian sie ihm aufgezwungen hat. Seine Hände presst er gegen meine Brust. Sicher spürt er meinen trommelnden Herzschlag.

»Hau doch ab«, zischt Devin. Sein Griff ist locker. Ich könnte fliehen.

In gewisser Weise ist er wie ich. Aus Angst macht er nicht das, was er will, sondern das, was andere ihm sagen. In seinem Falle sein Bruder.

»Kempilein.« John lächelt höhnisch, als er vor mir zum Stehen kommt. Er löst Devin ab, der nun zur Seite tritt und den Blick abwendet. Links und rechts von John stehen Nico und Bastian. Als er seine Hand zu einer Faust formt und ausholt, kneife ich die Lider aufeinander, so fest mein Körper es zulässt. Ich hoffe auf Rettung, während ich auf den Schmerz warte.

Nicos kratzige Stimme bringt John zum Innehalten. »Heute bin ich mal wieder dran.«

John stöhnt. »Ich würde sagen, heute ist mal Devin dran.«

Ich schlage die Augen auf und beobachte, wie Bastian seinen Bruder grob nach vorne stößt.

»Na los. Du stehst immer nur rum.« Bastian knallt seine Hand auf Devins Schulter.

Der zuckt zusammen, doch sein Blick bleibt eiskalt. »Was soll ich denn machen?«

»Lass dir etwas einfallen«, erwidert Bastian.

Zögerlich lässt Devin den Rucksack von den Schultern gleiten und kramt in der Tasche. Nico schnaubte verächtlich, als Devin meinen Arm greift und die Spitze eines schwarzen Eddings auf meiner Haut ansetzt. Es kitzelt.

»Schwuchtel« steht kurze Zeit später auf meiner Haut.

»Ist das alles?« John nimmt ihm den Stift ab und malt etwas in mein Gesicht. Ich drehe den Kopf zur Seite, habe jedoch keine Chance gegen John. Am liebsten würde ich ihn treten, aber ich bin in der Unterzahl. Bastian packt mich am Nacken und presst meinen Kopf gegen die Wand. Mein Zimmer werde ich die nächsten Tage sicherlich nicht verlassen.

»So.« John verschränkt die Arme. »Und jetzt haust du ihm eine rein.«

Devin tut, wie ihm befohlen. John presst meine linke Schulter gegen die Wand, Bastian die rechte. Nico filmt das Ganze. Devin schlägt nicht annähernd so fest wie die anderen. John sieht das wohl genauso, denn er schubst Devin beiseite und beschimpft ihn.

»Wenn du es nicht kannst, musst du wenigstens da hinschlagen, wo er empfindlich ist. Ins Gesicht, zum Beispiel.«

Das schelmische Grinsen kehrt zurück. Er holt aus. Laute Schritte erklingen. Sie näheren sich schnell. Noch bevor wer-auch-immer Zeuge der Gewalttat wird, lassen sie von mir ab.

»Glück gehabt, Schwuchtel«, sagt John. Einen Schlag in die Magengrube verpasst er mir trotzdem. Ich werde losgelassen und gleite an der Wand hinab. Bevor der fast-Zeuge ums Eck biegt, verlasse ich das Schulgebäude. Natürlich treffe ich genau jetzt auf Marcel. Und natürlich nimmt er sich ausgerechnet heute Zeit für mich.

»Was ist denn mit dir passiert?« Besorgnis schwingt in seiner Stimme mit. Er zieht mich in eine feste Umarmung. Ein unbekanntes Gefühl drängt sich mir auf. Ich sinke gegen ihn.

»Komm. Wir machen das erstmal weg, okay?« Er löst sich lächelnd. Wir gehen zu den Fahrradständern und schaut sich um, als hätte er Angst, ebenfalls attackiert zu werden.

Marcel senkt die Stimme und kommt näher. »Ich muss dir sowieso noch etwas beichten.«

Ich lachte verbittert. Ein schlampig gemalter Penis zeichnet sich auf meiner Wange ab. Das Wort »Loser« steht auf meiner Stirn. Sehr kreativ. Marcels Badezimmer ist winzig und schimmelt. Aber den Spiegel hat er extra für mich geputzt. Davon gehe ich nicht aus, weil er bei meinem letzten Besuch mit Zahnpasta-Spritzern besudelt war, sondern Marcel weist mich darauf hin und klingt stolz dabei.

Das Haus ist uralt und in jeder Ecke besiedelt von Weberknechten. Zum Glück habe ich keine Angst vor Spinnen. Der Holzboden ist rau und staubig. Lediglich ein schmaler Pfad in der Mitte ist nicht verstaubt.

Siggies Haus sieht ähnlich aus, wobei ich mich kaum darin aufhalte, weil ich seine Frau nicht leiden kann. Sie hilft nicht einmal bei den Stallarbeiten, obwohl sie weder Kinder noch einen Job hat. Ich glaube, ich habe sie noch nie außerhalb des Hauses gesehen.

Er hat mir einen frisch gewaschenen Lappen gegeben, der aber löchrig und mehr grau als weiß ist.

Es spielt keine Rolle.

Der Edding ist wasserdicht und egal, wie viel ich schrubbe, der Penis ziert weiterhin meine Haut. Mein Handy leuchtet auf. Eine mir unbekannte Nummer ruft mich an, gleichzeitig bekomme ich eine Nachricht von derselben Person. Drei weitere Male ruft die Person an und ich lehne jedes Mal ab.

Unbekannt: Geh ans Telefon!! Ich bins, Timo :D

Was will der denn von mir? Und woher hat er meine Nummer? Vermutlich hat Linus sie in der Jahrgangsgruppe gefunden.

»Ich muss kurz telefonieren«, lasse ich Marcel wissen, gehe nach draußen und hebe ab.

»Hast du Lust, mit den Jungs und mir feiern zu gehen?«, fragt Timo. »Vorher können wir zum Skatepark. Ich wollte dich nämlich fragen, ob du mir neue Tricks beibringen kannst. Leo weigert sich zwar immer, aber das liegt daran, dass er ein schlechter Lehrer ist …« Ohne Punkt und Komma redet er weiter.

Das ist eine Lüge. Er hat keine Ahnung vom Skateboardfahren und hat nicht einmal ein Skateboard. Letztens ist er lediglich mit Leos Board hin und hergefahren und konnte kaum das Gleichgewicht halten. Wen will er beeindrucken?

Eine Misere.

Entweder, jeder ignoriert mich oder jeder will Zeit mit mir verbringen. Und obwohl ich das Angebot annehmen will, lehne ich ab. Marcel wartet auf mich.

Das ganze Wochenende werden wir gemeinsam verbringen. Auf dem Weg hierher hat er darauf bestanden.

Da Moms Supermutterphase schon wieder abgeklungen ist, hat eine kurze Textnachricht an sie genügt und meinem Alten ist sowieso egal, was ich treibe. Ich platze fast vor Neugier, denn ich habe keine Ahnung, was Marcel mir beichten will.

13

Linus

Ach, fuck

12:13 Uhr.

Vor einer Stunde bin ich aufgewacht, aber erst vor wenigen Minuten aufgestanden.

Endlich sind Osterferien. Ewig habe ich mich darauf gefreut, aber ich denke jetzt schon darüber nach, wie ich diese zwei Wochen überstehen soll, denn die Jungs sind vor ein paar Wochen ins neue Semester gestartet.

Zum Glück konnte ich Mama davon abbringen, eine Ostereiersuche zu veranstalten. Dafür sind Hannah und ich zu alt, und wir sind Atheisten, weshalb es keinen Grund gibt zu feiern.

Das einzige Fest, das wir neben Geburtstagen feiern, ist Weihnachten. Aber dabei geht es sowieso schon lange nicht mehr um Jesus Christus und wir feiern es nur der Geschenke wegen.

Riot ist unerträglich und ich will, dass er im Nebel verschwindet. Seit Ruben vor zwei Wochen bei mir war, hat Riot etwas gegen ihn. Immer, wenn ich mit Ruben in der Schule reden will, bringt er mich davon ab, weil Ruben angeblich schwul ist. Wenn ich mit ihm abhänge, würden mich alle anderen auch für schwul halten.

›Für schwul halten? Du bist es doch‹, sagt Riot.

Halt die Klappe.

›Warum hast du Chanelle gestern nicht geküsst?‹

Erinnere mich nicht daran. Fast jede Woche treffen Chanelle und ich uns. Ich kann nicht einschätzen, ob wir Freunde sind oder mehr. Wir halten Händchen und sie umarmt mich immer ziemlich lange. Aber wie fühlt es sich überhaupt an, verliebt zu sein? Gestern, als wir wieder Blumen für den Friedhof gesammelt haben, war es sehr deutlich, dass sie mich küssen wollte – ständig hat sie auf meine Lippen gestarrt und einmal hat sie mich sogar gefragt, ob sie so weich sind, wie sie aussehen. Ich habe nur mit den Schultern gezuckt und ihr eine Blume vor die Nase gehalten.

›Wenn du sie nicht bald küsst, wird sie die Geduld verlieren. Und dann wirst du für immer allein und schwul bleiben.‹

Riots Worte ergeben keinen Sinn. Ein Mädchen zu küssen, verwandelt mich nicht in einen Heterosexuellen.

›Hast du deiner Mutter nicht gesagt, du bist bi?‹

Darauf ist sie selbst gekommen. Ich habe gar nichts gesagt.

›Weißt du‹, sagt Riot und sinkt tiefer in seinen Sessel, *›ob du nur auf Männer stehst oder auch auf Frauen, spielt keine Rolle. So oder so bist du widerlich und man sollte dir den Schwanz abschneiden.‹*

So fest ich kann, beiße ich mir auf die Lippe, doch der Schmerz verdrängt nicht den Druck in meiner Brust, den Riots Worte auslösen.

›Küss Chanelle, werde mit ihr glücklich. Was ist daran so schwer?‹

Ich liebe sie nicht.

›Aber du magst sie. Genügt das nicht?‹

Nein.

Kein weiteres Wort will ich von Riot hören. Also zünde ich mir eine Lunte an. Hannah habe ich eine Lüge aufgetischt, die sie mir wohl kaum geglaubt hat – dass ich lerne. Würde ich mir auch nicht glauben. Trotzdem hat sie mich zum Glück in Ruhe gelassen. Ich war sowieso überrascht, dass sie da war. Meistens ist sie entweder bei ihrem Freund oder an der Arbeit. Mama ist Programmiererin und kann deshalb oft von zuhause aus arbeiten.

Ein weiterer Zug am Joint verschafft mir Raum zum Atmen. Mein Zimmer ist nur matt beleuchtet, denn ich habe mir nicht die Mühe gemacht, die Rollos hochzuziehen oder den Lichtschalter anzurühren. Rauch breitet sich in meinem Zimmer aus, als es an der Haustür klingelt. Lediglich Joints rauche ich in meinem Zimmer, weil ich das sowieso recht selten mache. Einen Rauchmelder besitzt mein Zimmer nicht, weil nie einer eingebaut wurde.

Ich nehme noch einen Zug und lehne den Kopf an die Wand.

Hannah ruft vom Erdgeschoss aus nach mir. Ich reagiere nicht. Kurz darauf klopft es.

»Wenn der wieder pennt …« Sie schreit meinen Namen noch lauter und klopft abermals. Ich werfe einen Blick auf die Uhr.

12:17 Uhr.

Warum vergeht die Zeit so verdammt langsam? Mühsam setze ich mich in Bewegung, aber Hannah steht schon im Türrahmen und grinst mich an.

»Ja?« Ein charmantes Lächeln umspielt meine Lippen. »Ich habe doch verlauten lassen, dass ich lerne.«

Um sie zu nerven, rede ich manchmal so. Es bringt mich immer zum Lachen, wenn sie einige Sekunden braucht, um meine Worte zu verarbeiten.

Hannahs Blick gleitet auf den Joint zwischen meinen Fingern. Sie verdreht die Augen. »Was denn? Wie man Gras anbaut, damit man es nicht für fünfzehn Euro pro Gramm illegal kaufen muss?« Sie verschränkt die Arme vor der Brust.

»Wenn ich es selbst anbaue, ist es auch illegal«, erwidere ich trocken.

Hannah dreht sich um. »Da ist jemand an der Tür.«

»Und?«

»Es ist für dich.« Hannah schlendert den Gang entlang.

»Chanelle?«

»Irgendein Typ.« Sie hebt die Hand ein wenig über ihren Kopf. »Etwa so groß, braune Haare un…«

»Ruben?« Ich reiße die Augen auf.

»Kann sein.«

Den Joint werfe ich in den Aschenbecher und renne los. Was will der denn hier? Vor der Treppe mache ich kehrt und sprinte ins Badezimmer. Hannah beobachtet mich gackernd.

»Sag ihm, dass ich gleich da bin.«

Kichernd spaziert sie die Treppe hinunter. Ich stelle mich vor den Spiegel, wasche mein Gesicht und rieche an mir. Angewidert verziehe ich das Gesicht. Würgend nehme ich wahllos ein Parfum von der Ablage über dem Waschbecken. Gleichzeitig versuche ich mich daran zu erinnern, wann ich zuletzt geduscht habe. *Vor drei Tagen? Vor einer Woche?*

»Ach, fuck.« Ich fahre mir durch die Haare und sie hinterlassen einen Fettfilm auf meinen Fingern. Ich gebe mich geschlagen und gehe runter.

Cool bleiben, sage ich mir und drehe mich nach rechts Richtung Haustür. Der Flur ist leer. Kichern dringt aus der anderen Richtung. Hannah steht neben Ruben im angrenzenden Wohnzimmer.

Mit brennenden Wangen hebe ich die Hand. Ruben rümpft die Nase und ich stoppe in meiner Bewegung. Er schielt zur Treppe.

»Komme ich ungelegen? Hast du Besuch?«

Ich lege den Kopf schief.

»Er musste sich noch hübsch machen«, sagt Hannah. Mit einem Mal nehme ich meinen blumigen Duft wahr, den Hannahs Parfum mir beschert hat.

»Was machst du hier? Ich meine, cool, dass du da bist …« Ich breche ab und halte ihm die Faust hin. Federleicht tippt er seine Faust gegen meine. Ich trete zurück. Die Mischung aus meinem Schweiß und Lavendel ist unerträglich.

»Du hast mir doch gestern geschrieben«, erinnert Ruben mich verunsichert und biegt seine Finger. »Du wolltest heute Vanti kennenlernen. Ich hab' dir auch nochmal geschrieben, aber du warst … beschäftigt.«

Masturbation ist mein erster Gedanke, als er die Worte ausspricht.

»Ja, also, nein«, stammele ich. »Also, ich meine, ähm … ich habe geschlafen.« Ich kann mich nicht daran erinnern, ihm geschrieben zu haben. Es muss wohl im Halbschlaf passiert sein.

»Alles gut. Ich wusste nur nicht, ob ich trotzdem herkommen soll. Dann dachte ich aber, dass du vielleicht einfach nicht aufs Handy geschaut hast. Aber …« Er zuckt mit den Schultern, als wisse er selbst nicht, worauf er hinauswill. Ich habe mein Handy heute tatsächlich kaum beachtet.

»Ich kann ein andermal wiederkommen«, murmelt er und wendet sich zum Gehen.

»Bleib ruhig. Ich gehe kurz duschen, okay?«

»Du kannst schon mal in mein … ins Wohnzimmer. Hannah unterhält sich gerne mit dir.« Ich werfe ihr einen warnenden Blick zu.

Sie nimmt Ruben mit aufs Sofa, bevor ich dusche. Zehn Minuten später sehen meine Haare genauso zerzaust aus, allerdings rieche ich nun *männlich.* Eilig ziehe ich mir frische Sachen an und gehe zurück ins Wohnzimmer.

»… gesagt, dass er lernt. Stattdessen hat er bis zwölf gepennt und sich zugekifft.«

Ich bleibe hinter dem Sofa stehen und verschränke die Arme. »Ich habe mich nicht zugekifft.« Ich schnaube. Hannah rappelt sich auf und grinst mich an, bevor sie uns allein lässt. Ruben steht auf und bleibt unschlüssig vor mir stehen.

»Vanti müssen wir noch abholen, der ist gerade auf einem Spieldate«, erklärt er, als ich nichts sage. »Das können wir aber frühestens in einer Stunde machen. Das hat sie mir gerade erst geschrieben.« Er entschuldigt sich und zeigt mir den Chat, als fürchte er, ich würde ihm nicht glauben. Sein abwartender Blick liegt auf mir, aber ich starre auf den Verband an seinem Arm und frage mich abermals, was es damit auf sich hat.

Mama hat mich gut erzogen, also hake ich nicht nach. Rubens Aussage verarbeite ich erst jetzt. Ich bin drauf und dran, endlich zu antworten, als er mit den Schultern zuckt. Diese Geste wirft mich erneut aus der Bahn. Warum macht er das immer? Ist es ein nervöser Tick, mit den Schultern zu zucken? Oder hat er aufgegeben, auf meine Antwort zu warten?

»Sollen wir bis dahin in dein Zimmer?«, fragt er zögerlich.

»Ich hab' nicht aufgeräumt.«

Ruben lässt die Schultern hängen. Stille legt sich um uns, sodass sein Schlucken so laut klingt, dass mir ein kalter Schauer über den Rücken kriecht. Warum ist er wieder so still?

Riot lacht. *›Hast du wirklich keine Antwort darauf?‹*

Doch. Ich gebe ihm das Gefühl, er sollte nicht hier sein. Aber letztes Mal war er so cool. Ich dachte, er würde so bleiben.

Wir gehen trotzdem in mein Zimmer. Er hat es sowieso schon gesehen, als wir blaugemacht haben. Trotzdem sammele ich Unterhosen vom Boden und schiebe leere Flaschen zusammen.

»Das ist echt peinlich«, sage ich, um die Stille zu bekämpfen.

Die Erleichterung muss mir anzusehen sein, als Ruben anbietet, das Haus zu verlassen. Er zupft am Stoff seines grauen T-Shirts, als wir draußen sind. Wir spazieren ziellos durch die Straßen. *Du bist doch sonst nicht so still. Na los, sag etwas,* schlägt eine Stimme in meinem Kopf vor, während die andere – Riot – mir befiehlt, mich wieder in meinem Zimmer zu verschanzen.

Stattdessen verwickele ich Ruben in ein Gespräch, angefangen bei dem Wetter. Wenn ich immer auf Riot hören würde, würde ich nur noch in meinem Zimmer versauern. Außerdem kann ich nichts dagegen tun, dass er Ruben nicht leiden kann.

Die Sonne kämpft sich durch die Wolkenmauer und scheint auf uns herab. Vögel singen ihre Lieder, während die Autos an uns vorbeirasen. Allmählich löst sich die Anspannung auf und ich merke, dass es immer so ist: Ruben braucht immer ein bisschen Zeit, um aufzutauen.

Wahrscheinlich redet er in der Schule deshalb nicht mit mir. Vielleicht liegt es aber auch daran, dass ich die Pause für mich haben will. Und ich sehe ja, wie er eigentlich nach jemand anderem Ausschau hält.

Wir vertreiben uns die Zeit, bis wir Avanti abholen können, indem wir uns unterhalten.

»Deine Schwester scheint nett zu sein«, sagt Ruben und klingt nicht besonders überzeugt dabei.

»Manchmal ist sie das. Meistens nervt sie. Aber wenn es darauf ankommt, sind wir füreinander da. Hast du Geschwister?«

Sofort verliert er sein Lächeln und sieht seinen Füßen bei der Arbeit zu. Stumm schüttelt er den Kopf.

Muss sicher beschissen sein. Klar, Hannah nervt die meiste Zeit, aber wenigstens habe ich jemanden, dem ich auf den Sack gehen kann, wenn mir langweilig ist. Und zugegeben, man hat jemanden, der Familienprobleme versteht. Egal, wie detailliert ich Timo und Leo von irgendwelchen bedeutungslosen Streitereien erzähle, sie werden es nie vollkommen verstehen.

»Tut mir leid, dass ich unser Treffen vergessen habe«, lenke ich ab. »Ich habe gestern im Halbschlaf an dich gedach…« Schlagartig breche ich ab, als ich bemerke, wie das klingt.

Rubens Wangen färben sich rot, die Mundwinkel zieht er in die Höhe.

»Weil …, also …, ich habe …« Den Satz lasse ich in der Luft hängen.

Ruben kramt in seiner Hosentasche, zieht Kaugummi heraus und hält ihn mir hin.

»Kaugummi?«, fragt er mit einem unschuldigen Grinsen, als sei absolut nichts Peinliches geschehen.

Dankend nehme ich ihn an und würde ihn am liebsten sofort wieder ausspucken, weil er nach Zitrone schmeckt.

Eine Weile ist es still. Deshalb bin ich umso überraschter, als Ruben mir noch mehr über Avanti erzählt und mir während des Laufens neue -Bilder und Videos zeigt.

Nachdem ich zum dritten Mal stolpere, weil ich in sein Handy vertieft bin, schlägt er vor, ins Café zu gehen. Nach fünfzehn Minuten erreichen wir das

Café »Ums Eck«.

Es liegt in einem alten Gebäude am Rande der Innenstadt an der Ecke des Gebäudeblocks und ist klein und gemütlich. An den Wänden hängen schwarz-weiße Bilder an grau-weißen Tapeten.

Direkt beim Eingang ist Gebäck in einer Vitrine ausgestellt, doch ich bestelle nur einen Milchkaffee und Ruben tut es mir gleich – ich bin mir ziemlich sicher, dass er keine Ahnung hat, was der Unterschied zwischen Espresso und Cappuccino ist.

Wir quetschen uns in das hinterste Eck.

Ich will ihn fragen, was es mit ihm und Marcel auf sich hat. Letzte Woche habe ich sie gemeinsam in der Bibliothek gesehen, als ich ein Buch über Goethe und seine Gedichte zurückgebracht habe. Wie kam ich überhaupt auf die Idee, dass ich es tatsächlich lesen würde? Ich weiß nicht, wie lange Ruben und Marcel schon Freunde sind, allerdings habe ich sie noch nie zusammen gesehen.

Auf der anderen Seite höre ich meistens Musik und verbringe die Pausen draußen, deshalb bekomme ich kaum mit, was in der Schule abgeht. Was meine Mitschüler zu sagen haben, ist mir schlichtweg egal.

›Dir ist doch alles egal‹, meint Riot plötzlich. *›Warum triffst du dich mit der Schwuchtel, statt mit deiner Freundin?‹*

Tief atme ich durch. Ruben ist sowieso gerade dabei, dem Milchschaum dabei zuzusehen, wie er in sich zusammenfällt.

Ruben ist nicht schwul. Irgendein Arschloch hat das Gerücht in die Welt gesetzt. Außerdem ist Chanelle nicht meine Freundin und wir treffen uns doch heute Abend noch.

›Machst du sie dann endlich zu deiner Freundin?‹ Die Augen verengt Riot zu Schlitzen. Ein widerliches Grinsen umspielt seine Lippen.

Meine Aufmerksamkeit richte ich zurück auf Ruben. Nur einmal habe ich gehört, wie jemand ihn nach dem Sportunterricht in der Umkleide als Schwuchtel bezeichnet hat – obwohl er da nicht einmal anwesend war. Ansonsten habe ich nie etwas mitbekommen.

»Du wolltest mir noch mehr Videos zeigen«, fällt mir ein.

Ruben hebt den Kopf, ein Lächeln umspielt seine Lippen und er zieht das Handy heraus.

Und dann ist es auch schon Zeit, Avanti abzuholen. Ist eine Stunde wirklich schon rum?

Als wir bei dem Haus von Rubens Nachbarin ankommen, freut sich Avanti so sehr, seinen Besitzer wiederzuhaben, dass er mich gar nicht bemerkt. Strahlend vergräbt Ruben die Hände in seinem Fell und redet mit ihm – ich höre die Ansätze einer Babystimme, aber er traut sich wohl noch nicht, so mit seinem Hund zu reden, wie er es sonst tut. Erst danach begrüßt Avanti auch mich und er scheint sich an mich zu erinnern.

Ein bisschen Anspannung spüre ich noch zwischen Ruben und mir. Keine Ahnung, wo sie plötzlich herkommt. Ein alter Mann geht im Schneckentempo vor uns, ein Gehstock dient als Hilfe. Ich will so tun, als kicke ich den Stock weg, um Ruben zum Lachen zu bringen, aber das scheint nicht sein Humor zu sein. Den Opa nachzumachen, wirkt in diesem Kontext auch eher wie Mobbing, also überholen wir den Opa und setzen unseren Weg fort.

»Ganz schön großer Ständer«, murmelt Ruben und blickt über die Schulter zurück.

Ich grinse. Er grinst. *Ständer*. Wir brechen in schallendes Gelächter aus. Vor Schreck fällt dem Opa der Gehstock aus der Hand. Klackernd fällt er zu Boden. Ruben eilt zurück und hebt ihn auf. Der Mann freut sich über die Aufmerksamkeit und kaut uns fünf Minuten das Ohr ab. Ich frage mich, ob Ruben nickt, weil es ihn wirklich interessiert oder ob er nur so tut.

Als ich spätabends mein Zimmer betrete, beweist die Uhr, dass es tatsächlich bereits kurz nach zehn ist. Warum vergeht die Zeit so verdammt schnell?

Chanelle musste ich noch absagen, was Riot nicht gefallen hat. Irgendwie habe ich den Gedanken an sie verdrängt und ich wollte Zeit mit Ruben verbringen. Vor allem, da ich ihm ja schonmal das Gefühl gegeben habe, ich will keine Zeit mit ihm verbringen. Dafür treffe ich sie morgen Vormittag. Müde sinke ich aufs Bett. Nachmittags wollen Ruben und ich mit Avanti zum See. Das Wetter ist zwar durchwachsen, aber der Wetterbericht behauptet, es wird warm. Auf dem Handy schaue ich mir die Bilder an, die ich heute von Ruben und Avanti geschossen habe. Rubens grünen Augen leuchten im goldenen Licht der untergehenden Sonne, die Finger verschwinden in Avantis Fell, Haarsträhnen hängen ihm wie immer in die Stirn. Auf dem Foto hat Ruben ein breites Lächeln im Gesicht. In meinem Bauch kribbelt es.

›Bleib morgen Nachmittag Zuhause‹, sagt Riot. *›Oder bleib den ganzen Tag bei Chanelle.‹* Die Begründung: Ich habe schon etwas Nützliches getan, indem ich Ruben meine Zeit geschenkt habe. *›Du kannst jetzt gehen. Oder hast du den Plan schon vergessen?‹* Unwohlsein ersetzt das Kribbeln. Ein Blitz durchzuckt meine Brust und bringt mein Herz zum Rasen, als Chanelle in mein Gedächtnis tritt. Vor einer halben Stunde hat sie mir noch eine Nachricht geschrieben, in der sie gebeichtet hat, dass sie mich *mag*. Ich habe zurückgeschrieben, dass ich sie auch *mag*. Das heißt, ich muss sie morgen küssen. Was auch heißt, dass ich in naher Zukunft mit ihr schlafen muss.

Die nahe Zukunft ist näher, als ich dachte. Chanelle drückt ihre Lippen auf meine, als wir in ihrem Zimmer auf dem Bett sitzen. Chanelle wohnt über einem Dönerladen am Rand der Innenstadt. Direkt um die Ecke liegt der Park. Dort treffe ich mich in einer halben Stunde mit Ruben.

Ihr Zimmer ist winzig. Gruselige, blasse Puppen sitzen auf der Kommode unter dem Fenster. Einer fehlt ein Auge, sodass lediglich ein dunkles Loch zurückbleibt. Die anderen sehen zwar alt aus, sind aber intakt. Das macht sie nicht weniger gruselig. Neben den Puppen reihen sich Pferde- sowie Autofiguren auf. An der Wand hängen Bilder von Chanelle auf Pferden, das Fensterbrett ist gefüllt mit Pflanzen.

Als ich den Kuss nicht erwidere, springt sie auf und entschuldigt sich.

›Versau es nicht‹, warnt Riot in scharfem Ton und kickt eine leere Bierflasche. Sie rollt über den Boden. Riot sitzt in seinem Sessel, beugt sich vor und stützt die Ellenbogen auf die Knie.

Hastig rappele auch ich mich auf.

»Ich war nur überrascht, tut mir leid«, sage ich, doch Chanelle reagiert nicht auf mich.

Sanft nehme ich ihre Hand. Die andere lege ich an ihren Rücken und ziehe sie zu mir. Ein Lächeln umspielt ihre Lippen, als sie sich auf mich einlässt. Unsere Oberkörper sind aneinandergepresst. Ihre Brüste werden nach oben gequetscht und ich frage mich, ob es schmerzt. Nachdem Hannah mich schon oft viel zu fest umarmt hat, gehe ich nicht davon aus.

»Tut mir leid. Ich dachte, du bist noch nicht bereit um …«, platzt es aus ihr heraus.

»Wir können alles machen, für das du bereit bist.«

Vorsichtig schiebt sie mich zum Bett, bis meine Kniekehlen gegen den Bettrahmen stoßen. Ich lasse mich darauf nieder und zu meiner Überraschung setzt sie sich auf meinen Schoß, ihre Knie liegen rechts und links von mir auf der Matratze. Mit beiden Händen umfasst sie mein Gesicht und drückt mir einen Kuss auf den Mund.

Ich halte sie an der Taille. Ihre Haut ist heiß. Sie trägt lediglich ein weißes Crop-Top und eine schwarze Hose, die gerade so über ihren Hintern reicht.

Der Versuch, meine Lippen im Rhythmus zu ihrer Bewegung zu bewegen, missglückt mir. Meine Nase stößt gegen ihre, sie saugt an meiner Unterlippe und ich habe keine Ahnung, was ich mit meiner Zunge tun soll, als sie ihre in meinen Mund steckt. Sie schmeckt nach Kirsche und duftet nach Lavendel. Ihre endlos langen Haare kitzeln meinen Hals.

Um Luft zu schnappen, drehe ich den Kopf weg, was sie als Einladung sieht, sich meinem Hals zuzuwenden. Erst saugt sie sanft an meiner Haut, doch irgendwann beginnt es, wehzutun. Gänsehaut überzieht meinen Körper. Warum hat sie es so eilig? Oder ist das normal?

Timo und Leo hatten schon Beziehungen. Wie war es bei denen? Eine Minute lang zerbreche ich mir den Kopf darüber.

Leo hatte bisher nur eine Beziehung – seine Ex, Kelly, war damals 19, während er 15 war. Ich hatte nie das Gefühl, dass er es wirklich *will*. Kelly hat ihn zu vielen Dingen überredet, für die er noch nicht bereit war.

Ich erinnere mich genau daran, als er uns erzählt hat, dass er sein erstes Mal mit ihr hatte. Er sah überhaupt nicht glücklich aus.

Timo und ich mussten ihn überzeugen, sich von ihr zu trennen. Jahre später hat er erst zugegeben, dass sie ihn dazu gedrängt hat – das hat er nur mir erzählt, weil Timo der Meinung ist, Männer können nicht von Frauen belästigt oder vergewaltigt werden. Schwachsinn.

Als Kelly und Leo sich kennengelernt haben, ist damals auch alles ganz schnell gegangen. Warum habe ich Leo nicht vorher um Rat gefragt? Ach ja. Er will nicht drüber reden. Das Einzige, das er zum Thema Beziehung sagt, ist, dass Kelly ihm zwei Jahre seines Lebens und viele erste Male geraubt hat.

Timo hingegen hat nur schnelllebige Beziehungen, wenn man sie überhaupt so nennen kann. Er springt mit gefühlt jedem Mädchen ins Bett. Muss ich mich jetzt wirklich auf meine Intuition verlassen?

Chanelle saugt immer noch an meinem Hals und ich bin froh, als sie auf der anderen Seite meines Halses weitermacht.

Am liebsten würde ich mir über den Hals reiben. Soll das so wehtun? Stattdessen lasse ich die Finger über ihre Taille gleiten – bis zum Stoff ihres Crop-Tops und dann zurück bis zu ihrem Bauchnabel. Daraufhin wandert ihre Hand von meinem Gesicht zu den Schultern und dann zu meiner Brust.

Wo will sie mit ihrer Hand hin? *Noch fünf Zentimeter tiefer und ich drücke sie weg.*

Riot verdreht die Augen. *›Sie will vögeln. Versuch es doch. Mehr als peinlich kann es nicht werden.‹*

Vielleicht kann ich mir vorstellen, dass sie ein Junge ist. Allein bei dem Gedanken daran dreht sich mein Magen. *Das ist falsch,* schießt mir durch den Kopf. *Widerlich.*

Nein. Ich stehe auf Mädchen. Ich stehe auf Chanelle. Ich will mit ihr schlafen, rede ich mir ein.

Aber wir können es jetzt nicht tun. Ich könnte sie schwängern. Keine Ahnung, ob sie Kondome hat, aber ich habe keine. Außerdem weiß ich nicht, welche Größe ich brauche – mein Penis ist weder riesig noch winzig, deshalb brauche ich vermutlich Standardkondome. Aber ich will kein Risiko eingehen.

Chanelles Hand rutscht tiefer und stoppt bei meinem Bauchnabel.

Vorsichtig drücke ich sie weg.

›Du hast noch nicht einmal eine Ausrede vorbereitet.‹ Amüsiert schnaubt Riot.

Ich brauche keine, antworte ich innerlich. Ich ziehe das Handy aus der Tasche und werfe einen Blick darauf. Ich reiße die Augen auf. In fünf Minuten muss ich im Park sein, um mich mit Ruben zu treffen.

»Ich muss los.«

Ihren Blick kann ich nicht deuten. Die Stirn legt sie in Falten, die Mundwinkel zieht sie herunter.

»Bleib noch.«

Wortlos schüttele ich den Kopf und gebe ihr einen entschuldigenden Blick.

Sie steigt von mir herunter. Sie starrt auf meine Körpermitte und zieht die Augenbrauen zusammen. Ich folge dem Blick, sehe jedoch nichts Auffälliges.

»Ich treffe mich doch zum Lernen mit einem Kumpel.« Das ist eine Lüge. Bisher habe ich kaum fürs Abi gelernt und ich bin mir ziemlich sicher, dass ich mindestens zwei Prüfungen verhauen werde – Deutsch und Englisch sollten kein Problem sein. Mathe werde ich versauen, da bringt Lernen nichts. Und Psychologie … schaffe ich mit etwas Glück.

»Willst du keine Zeit mit mir verbringen?«

»Doch, aber ic…«

Sie schneidet mir das Wort ab. »Ich wollte nicht mit dir schlafen.« Ihre Stimme klingt schrill und laut. Der nächste Satz rollt im Flüsterton über ihre Zunge. »Sag doch, dass du mich nicht küssen willst.« Die Arme verschränkt sie.

»Will ich doch.« Hastig stehe ich auf, doch sie dreht sich von mir weg zum Fenster.

»Wenn Mark hier ist, müssen wir aufpassen. Jetzt war er gerade mal nicht da und …« Den Satz lässt sie in der Luft hängen.

Jetzt verstehe ich nichts mehr. Ich dachte, Mark hat unsere Dates nur begleitet, weil sie Angst hatte? Oder dass er mich zumindest für gut befunden hat, nachdem er mir einen Daumen nach oben gezeigt hat. Aber vielleicht hat er damit gemeint, dass ich ihre Hand halten darf. Soll ich um Erlaubnis fragen, wenn ich sie küssen will? Kaum hörbar stoße ich die Luft aus.

Eine Nachricht von Ruben trudelt ein.

Ruben: Vanti freut sich schon auf dich :)

Darunter hat er ein Bild von Avanti geschickt. Der sieht tatsächlich begeistert aus, aber ich wette, dass Ruben einen Ball in der Hand hat und Avanti darauf aus ist. Trotzdem, Ruben ist schon im Park und ich habe keine Zeit für Chanelles Drama.

Ich lehne mich um sie herum und drücke ihr einen Kuss auf die Wange, weil sie sich noch immer nicht zu mir dreht.

»Es wird auch noch andere Tage geben, an denen er nicht da ist.«

Genervt schnaubt sie. Ich husche zur Tür.

»Du willst mich nicht küssen. Gib es zu.«

Wir … haben uns doch gerade geküsst? Augenverdrehend drücke ich die Türklinke hinunter. Ich bin ein Arschloch, weil ich sie stehenlasse, aber wenn ich Ruben länger warten lasse, bin ich auch eins.

»Ich muss jetzt los. Wir reden später.«

Mit diesen Worten verlasse ich ihr Zimmer und hetze durch den Flur zur

Wohnungstür. Hätte sie mit mir geschlafen, wenn …

»Du lässt mich ernsthaft für irgendeinen Freund stehen?«, schreit sie, mit einem Mal schrill und laut. »Willst du überha…«

Ich schlüpfe ins Treppenhaus. Die Tür knalle ich zu.

›Sie hat recht. Ruben ist dir wichtiger als deine Freundin. Das hat alles keinen Sinn. Bring dich einfach um. Damit tust du allen einen Gefallen.‹

Ich antworte ihm nicht.

14

Ruben

Lügner

»Ich steh auf dich.«
Das war Marcels Beichte.
Es fühlt sich seltsam an.

Zu wissen, dass jemand mich *mag*, meine ich. Mein Bauch kribbelt bei dem Gedanken daran. Mein Herz rast.

Er hat mir einen Kuss auf die Wange gegeben und meine Hand gehalten. In meinem Bauch sind Schmetterlinge geflogen und sie haben mich fast zum Kotzen gebracht. Vielleicht war es auch Nervosität. Keine Ahnung, wie sich Verliebtsein anfühlt, aber ich glaube, das war es, was ich fühle. Zumindest muss ich lächeln, wenn ich an Marcel denke. Das schlechte Gewissen holt mich ein, wenn ich mich daran erinnere, dass ich dachte, dass Marcel zu John gehört.

Linus lächelt mir entgegen und ich werfe ihm den Ball zu. Er ist zehn Minuten zu spät zu unserem Treffen. Aber wenigstens hat er mich nicht wieder vergessen. Das war wirklich peinlich. Es war das erste Mal, dass ich meine Unsicherheit ignoriert und mir eingeredet habe, dass er noch mit etwas beschäftigt ist, bevor wir uns treffen.

Wir haben beschlossen, uns doch schon früher zu treffen. Da ich gerade mit Vanti im Park bin, hat er angeboten, sofort herzukommen. Allerdings dauert es von ihm aus eigentlich zwanzig Minuten zu Fuß. Linus hat einige deutlich sichtbare Knutschflecken. Ich wusste nicht, dass er eine Freundin hat.

Ein Anflug von Traurigkeit holt mich ein, weil er davon nichts erzählt hat.

Wer ist sie? Wie lange sind sie schon zusammen? Sind wir doch keine Freunde? Schließlich würde man ihnen das doch erzählen, oder? Auf der anderen Seite erzähle ich ihm nicht einmal, dass ich mit Marcel befreundet bin.

Das ist etwas anderes. Marcel ist nicht geoutet und ist noch nicht bereit dazu.

Technisch gesehen bin ich auch nicht geoutet – John hat das Gerücht in die Welt gesetzt, dass ich schwul sei und hatte zufällig recht bei dem Gedanken, dass ich auf Jungs stehe.

Linus ist verschwitzt und sein Gesicht ist rot wie eine Tomate, obwohl es heute nicht besonders warm ist.

Er empfängt mich mit einer Umarmung – das haben wir noch nie gemacht. Er drückt mich fest an sich, mein Gesicht wird zwischen seinen Armen und seiner Brust eingequetscht. Mein Herz beruhigt sich und ich sinke gegen ihn, weil er nicht loslässt. Will ich auch nicht. Aber es ist ungewohnt, innerhalb so kurzer Zeit gleich zwei Freunde gefunden zu haben. Ich grinse. Marcel und ich sind mehr als *Freunde*. Zusammen sind wir zwar nicht, glaube ich, aber ich bin mir sicher, dass sich das bald ändern wird.

Linus tippt seine Finger in seinem eigenen Rhythmus auf meinen Rücken. Er riecht nach Rauch und Schweiß, gemischt mit seinem Eigengeruch und Rosenduft – mein Alter riecht auch immer nach Schweiß und Kippen, aber bei Linus stört es mich nicht. Liegt vielleicht an seinem Lächeln. Oder daran, dass er im Gegensatz zu meinem Vater ein *guter* Mensch ist und nicht wegen jeder Kleinigkeit ausrastet.

Vanti versucht, Linus dazu zu bringen, den Ball zu werfen. Für Linus ist das wohl ein Signal, denn er löst sich von mir, plumpst auf den Boden und vergräbt seine Hände im Fell. Vantis ganzer Körper wackelt, so sehr wedelt er mit dem Schwanz.

Linus wirft den Ball etwa doppelt so weit, wie ich es kann. Das Gras wurde erst kürzlich frisch gemäht, weshalb der Duft noch in der Luft liegt. Bienen summen um uns herum und die Natur beginnt mehr und mehr aufzuwachen. Tief sauge ich Luft in meine Lungen. Zu unserer Rechten wachsen einige wilde Blumen und Büsche. Entlang des Weges daneben ragen Eichen in den Himmel.

Ein rothaariges Mädchen stapft auf uns zu. Ich kenne ihren Namen nicht, aber ich sehe sie oft auf dem Friedhof. Soweit ich weiß, hält sie die Gräber und Wege sauber. Sie kommt direkt auf uns zu. Ihre Stirn ist in Falten gelegt. Linus' Freundin? Jedenfalls trägt sie keine Liebesbeweise auf dem Hals. Sie ruft seinen Namen. Laut und ziemlich wütend. Er fährt herum. Ich weiche zurück. *Soll ich gehen?*

»Gib doch einfach zu, dass du nicht ...« Ihr Blick streift mich. Sie lässt den Satz in der Luft hängen. »Du bist so kindisch.«

»Was hätte ich sonst tun sollen? Ich hab' doch gesagt, dass ich lernen muss und dass wir später reden.« Er bleibt erstaunlich ruhig. Desinteressiert, vielleicht.

Oder er ist einer dieser Menschen, die ganz ruhig werden, wenn sie sauer sind – solche Leute machen mir Angst.

Vanti kommt zu mir und sieht mich fragend an. Ich zucke mit den Schultern. Woher soll ich wissen, was los ist? Ich werfe den Ball für ihn. Hauptsache, ich sehe beschäftigt aus. Ich gehe so weit weg, dass sie sich ungestört fühlen, aber nicht weit genug, um nichts mehr zu hören.

»Das nennst du lernen?«, zischt sie.

»Wir müssen uns trotzdem um den Hund kümmern.« Meine Beine gleichen Pudding. Ich muss an meinen Alten denken. Mit einem Mal zittere ich, als würde ich nackt in Alaska stehen. Mein Alter schreit oft, wenn er besoffen ist, und das ist er fast jeden Tag.

Wegen jeder Kleinigkeit rastet er aus – wenn ich ihm nicht schnell genug ein Bier bringe, wenn ich im falschen Ton antworte, wenn ich gar nicht antworte, wenn ich etwas sage, wenn er Ruhe will ...

Ich kann es ihm nie recht machen. Meine Kehle ist ausgetrocknet. Egal, wer schreit und egal, aus welchen Gründen, mein Herz beginnt jedes Mal zu rasen. Selbst, wenn es nicht auf mich bezogen ist.

Tränen formen sich in ihren Augen. »Lügner«, wispert sie. Sie wirbelt so energisch herum, dass ihr Haar in Linus' Gesicht peitscht.

Er dreht sich zu mir und murmelt eine halbe Entschuldigung, bricht aber ab, als er mich sieht. Meine Wangen sind nass von den Tränen. Er reißt die Augen auf und steht einfach da.

Ich hebe den Ball auf und werfe ihn. Vanti bringt ihn mir.

Ich werfe ihn erneut. Vanti bringt ihn mir.

Ich hebe ihn auf und ... eine heiße Hand landet auf meiner Schulter. Alles in mir spannt sich an. Linus' Lippen sind dicht an meinem Ohr, als er eine

Entschuldigung flüstert. Plötzlich ist seine Stimme wieder leise, aber von der Monotonie ist keine Spur. Seine Worte *fühle* ich regelrecht. Ich zucke mit den Schultern, weil ich nicht weiß, was ich sonst tun soll.

Linus scheint es nicht zu stören.

»Komm.« Er löst sich, umfasst mein Handgelenk und zieht mich mit sich. »Avanti will doch spielen.«

Das Handgelenk lässt er los, hebt den Ball auf und übergibt ihn mir. In meinem Bauch breitet sich Wärme aus. Nie hätte ich gedacht, dass Linus die Art von Mensch ist, die so etwas versteht. Aber er ist schon seit dem Schulschwänzen so – wenn Timo mich unterbricht, bleibt Linus' Aufmerksamkeit bei mir und wenn niemand mir zuzuhören scheint und ich aufhöre, zu sprechen, fordert er mich auf, weiter zu reden.

Es ist seltsam, dass ihm das alles überhaupt auffällt, weil er immer so desinteressiert wirkt. Vielleicht versteht er mich deshalb und stellt sicher, dass ich mich gehört und gesehen fühle. Er kann nichts gegen seine monotone Stimme tun und wird deshalb sicher oft als desinteressiert abgestempelt.

Ich werfe den Ball, soweit ich kann. Linus beobachtet mich von der Seite und ich sehe zu, wie Vanti dem Ball hinterherjagt und ihn zurückbringt.

Den Ball hebe ich auf, werfe ihn Linus zu, ohne ihn anzusehen und schaue abermals zu, wie Vanti losrennt.

Plötzlich tritt Linus näher an mich und stupst mich an der Schulter an.

»Alles wieder okay?«, fragt er und ich halte mich davon ab, mit den Schultern zu zucken. »Tut mir wirklich leid. Ich wollte nicht, dass du das siehst.«

»Alles gut«, sage ich, aber nichts ist gut. Er hat mir nicht von seiner Freundin erzählt. In der Schule hängen wir nicht zusammen rum, als wäre ich ihm peinlich. Wir sind keine Freunde. Oder bin ich zu dramatisch? Jedenfalls fühlt es sich nicht an, als seien wir Freunde.

Ich mag ihn und ich glaube, er mag mich auch. Warum sonst sollte er mit mir herumhängen?

Aber bei ihm fühle ich mich weder wie bei meinen besten Freunden aus der Realschule, mit denen ich mich auseinandergelebt habe, noch fühlt es sich an wie mit Marcel. Ich kann es mir nicht erklären.

Den Gedanken verdränge ich in die hinterste Ecke meines Gehirns, als Linus mich in die Seite piekst und besorgt mustert.

»Willst du drüber reden oder Ablenkung?«

»Ablenkung.« Ich zwinge mich zu einem Lächeln.

Er kramt in seiner Hosentasche und zieht eine bunte Verpackung heraus. »Kaugummi?«, fragt er und grinst erst, als ich es tue.

Wir beide brechen in schallendes Gelächter aus – es ist unser eigener kleiner Insider-Witz.

Wann immer etwas Peinliches oder Unangenehmes geschieht, bieten wir einander Kaugummi an, um zu sagen ›Tun wir so, als wäre es nicht passiert‹.

Vielleicht sind wir ja doch Freunde.

15

Linus

Hör auf, mich zu beissen

Schüler starren auf ihre Handys, hier und da lacht jemand, dieselben Cliquen wie jeden Tag stehen im Kreis. Alles sieht normal aus. Aber es fühlt sich anders an. Es lenkt mich von meiner Recherche ab. Rubens Panikattacke im Park ist ein paar Wochen her, aber ich war so überfordert, dass ich diese Situation nie wieder erleben wollte.

Nicht, wenn ich so hilflos bin. Also habe ich recherchiert. In den letzten Wochen haben wir uns gar nicht gesehen, weil er keine Zeit hatte. Er hat mir zwar jeden Tag geschrieben, aber hat behauptet, er müsste lernen. Ich weiß, dass wir bald Prüfungen haben und dass es Leute gibt, die tatsächlich dafür lernen.

Aber irgendwie hat es sich wie eine Lüge angefühlt. Einmal habe ich ihm angeboten, nur kurz vorbeizukommen, aber das hat er ohne vernünftige Begründung abgelehnt.

Zugegeben, ich bin froh darum. Vielleicht liegt es daran, dass Timo und Leo bisher meine einzigen Freunde sind und sie wie Brüder für mich sind. Aber mit Ruben fühlt es sich anders an. Vielleicht liegt es daran, dass er so schüchtern ist und mich nie zu etwas überredet, auf das ich keine Lust habe. Und obwohl er jetzt von Chanelle weiß, hat er mich kein einziges Mal ausgefragt. Das Gefühl, das er mir gibt, kann ich nicht einordnen. Mein Inneres füllt sich mit Wärme, wenn ich ihn ansehe und ich muss lächeln, wenn er es tut. Es ist seltsam.

Deshalb hänge ich in der Schule nicht mit ihm ab. Es ist beängstigend. Ich sollte das nicht fühlen. Bei Chanelle sollte ich mich so fühlen. Und in der Schule kann ich das erst recht nicht gebrauchen. Sieht man mir meine Gefühle an? Was, wenn das jemand bemerkt? Außerdem habe ich mich daran gewöhnt, allein zu sein und Riot ist sich sicher, dass alle denken werden, ich sei schwul, weil Ruben angeblich schwul ist.

›Denken? Du meinst, sie wissen dann, dass du schwul bist.‹

Ich habe eine Freundin.

Daraufhin lacht Riot nur.

Ich nehme die Kopfhörer aus den Ohren und lasse sie am Hoodie baumeln. Ich hatte Recht. Etwas ist komisch. Alle starren eine Person an und tuscheln. Einige Lachen. Manche sehen mitleidig aus.

Die Zeit bleibt stehen. Ruben taucht in meinem Sichtfeld auf. Braun trifft Grün, eine Ewigkeit, die aus wenigen Sekunden besteht. Rubens Augen sind glasig. Alle starren ihn an. *Was ist gerade verdammt nochmal passiert? Warum starren ihn alle an?*

Wir stehen uns gegenüber. Einen Moment. Dann läuft die Zeit weiter. Ruben stürmt an mir vorbei. Die Tür stößt er auf, rennt hinaus und schon ist er außer Sichtweite. Kein Geist zu sein, ausnahmsweise mal gesehen zu werden, ist schon überfordernd genug. Und jetzt reden alle über ihn, starren ihn an, lachen ihn aus. Ich würde genauso reagieren.

»Schwul«, echot durch die Eingangshalle. Immer und immer wieder. Riots Stimme hallt durch meinen Kopf.

›*Sie meinen dich.*‹ Ich packe den Stoff meines Hoodies an der Stelle, an der Riot das Messer in mein Herz rammt.

»Schwul.« Ich haste zum Ausgang.

›Willst du ihm wirklich hinterher?‹ Riot lacht höhnisch. Er dreht das Messer in der Wunde. Meine Kehle schnürt sich zu.

›Dann wissen alle, dass du genauso bist wie die Schwuchtel.‹

Ich stoppe und raufe mir die Haare. Für einen Moment stehe ich einfach in der Eingangshalle.

In den Ecken stehen Tische und Stühle, an denen mehr Schüler stehen und sitzen als gewöhnlich. Einige schauen über den Sitzenden über die Schulter, wohl aufs Handy. Links führen die Flure zum Lehrerzimmer und dem Sekretariat. Rechts geht es zu den Klassenzimmern, geradeaus führen die Treppen nach oben. Eine Lehrerin kommt gerade die Treppe herunter. Sie wirkt überfordert, schaut nach links und rechts. Sie redet, doch ich verstehe kein Wort. Wie es scheint, erhält sie sowieso keine Antwort.

»Glaubst du, er ist wirklich schwul?«, flüstert ein Mädchen.

»Wer ist der in dem Video?«, meint jemand anderes.

Ich will schreien. Dass sie die Fresse halten sollen, wenn sie sich nicht einmal trauen, es laut auszusprechen. Als Riot weiter auf mich einredet, stopfe ich die Kopfhörer wieder in meine Ohren und drehte die Musik auf. Die Lautstärke halte ich nur wenige Sekunden aus, also reiße ich die Kopfhörer wieder aus meinen Ohren.

»Hast du das Video gesehen?«, höre ich und stütze mich an der Wand ab, meine Sicht verschwimmt. In meinem Kopf entsteht so viel Druck, dass er vermutlich gleich platzt. Mir wird schlecht.

›Du willst es sehen, oder? Ich weiß, dass du es willst‹, sagt Riot.

»Halt die Fresse«, zische ich leise. Um mich herrscht ein solches Wirrwarr, dass niemand mich beachtet. Meine Faust trifft die weiße Fassade, der Schmerz kann mich jedoch nicht aus der Situation holen.

Auf dem Absatz mache ich kehrt und gehe zurück zum Haupteingang.

›Wenn du ihm folgst, denken alle, dass du der im Video bist‹, sagt Riot, bevor ich nach draußen gehe.

Trotzdem schlüpfe ich durch die Tür. *Vielleicht ist es ein peinliches Video. Niemand hat behauptet, dass es ein Sexvideo ist.*

Riot seufzt. *›Was soll es sonst sein, außer ein Sexvideo? Es ist zu spät. Du bist rausgegangen. Jetzt wissen es alle. Bring's doch einfach hinter dich. Der nächste Zug kommt sicher bald. Oder willst du lieber ein Messer nehmen?‹*

Ich fliehe. Den Bürgersteig entlang. Über die Straße, ohne nach links und rechts zu blicken. Dass die Ampel rot leuchtet, ignoriere ich, als ich eine weitere Straße überquere. Egal, wie schnell ich renne, Riot ist immer an meiner Seite.

Ruben geht es sicher gut. Sicher hat ihn nur jemand gefilmt, wie er mit einem Jungen Händchen hält, rede ich mir ein.

Ich renne schneller, doch entkomme Riot nicht. Das werde ich wohl nie.

›Das glaubst du wohl selbst nicht. Ruben ist eine Schwuchtel, wie du. Die können nicht lieben. Es muss ein Sexvideo sein.‹

Dass Schwule nicht lieben können, hat Dad auch immer gesagt. Wegen der AIDS-Pandemie meinte er, Schwule würden sich nur für Sex interessieren. Als hätten Heteros keinen Sex. Aber irgendwie ist etwas dran, schließlich war es verbreitet bei Homosexuellen. Oder?

Umso lauter ich die Musik drehe, umso lauter schreit Riot.

›Ihr solltet euch gemeinsam vor den Zug schmeißen‹, brüllt er.

Ziellos presche ich durch die Stadt, bis meine Lungen drohen, zu explodieren und meine Beine aufzugeben. Schlussendlich sitze ich am Fuße einer Eiche auf einer Wiese neben dem Friedhof. Ruben hat mir diesen Ort erst vor kurzem gezeigt. *Ruben.*

Ich muss …

›Du musst gar nichts, außer dich von ihm fernhalten. Hast du ihre Blicke nicht gesehen? Sie wissen, dass …‹

Meine Hände presse ich auf die Ohren. »Lalala« singe ich, so laut ich kann. Und wünsche mir, einige hundert Meter weiter unter der Erde zu liegen.

Wer ist Ruben überhaupt? Er kann kaum mit Menschen reden, aber hat einen Freund. Und mit Marcel hängt er auch rum, obwohl er behauptet hat, keine Freunde zu haben. Vor einer Weile habe ich Marcel vor Rubens Haus gesehen, als ich vorbeigelaufen bin. Wir haben keine Schulprojekte mehr und in der Schule hängen sie nicht zusammen herum. Sie müssen also befreundet sein.

Oder … ist Marcel schwul? Sind sie zusammen? Wären sie nur Freunde, hätte er es mir sicher erzählt. Mit einem Mal bereue ich, Ruben nie danach gefragt zu haben. Werde ich wohl auch nie. Zumindest jetzt nicht. Aber egal, ob er gelogen hat oder nicht, ich muss mit ihm sprechen.

Letzten Endes war ich auch unehrlich, weil ich ihm nichts von Chanelle erzählt habe und theoretisch ist es keine Lüge, eine Information nicht zu teilen, oder?

Ich stehe vor einem Bungalow. Die Fassade ist grau und bröckelt. Wir sind Freunde. Ich bekomme nichts hin in meinem Leben – nicht, Leo damals rechtzeitig aus dieser toxischen Beziehung mit Kelly zu retten. Oder Chanelle, *meine Freundin,* besser zu behandeln. Oder endlich das beschissene Baumhaus mit Hannah auszuräumen.

Ich wollte etwas Nützliches machen und das ist, jetzt für Ruben da zu sein. Außerdem halte ich das Wissen nicht aus, dass er allein damit fertigwerden muss, so wie ich mit Riot. Zumindest scheinen sich seine Eltern nicht besonders für ihn zu interessieren, nachdem er ihnen nicht einmal Bescheid gibt, wenn wir uns treffen und erst spät abends nach Hause kommen.

Die Pflanzen im Garten sind überwuchert und die Fensterscheiben dreckig. Das Einzige, das gepflegt wirkt, ist der Briefkasten und die Hecke, die das Grundstück umgibt.

Efeu verschlingt die Fassade. Zum Teil bedeckt es sogar die Fenster. Wenige Sekunden, nachdem ich geklingelt habe, werde ich von einer älteren Dame hereingebeten. Scheinbar hat Ruben ihr bereits von mir erzählt, denn sie begrüßt mich bei meinem Namen.

»Helena«, sagt sie und streckt mir die Hand entgegen. Ich schüttele ihre Hand. »Ich bin Rubens Mutter – nicht seine Schwester.« Sie gackert los, als hätte sie den lustigsten Witz der Welt gerissen.

Ich zwinge mich zu einem Lachen. Die Info, dass sie seine Mutter ist, ist allerdings hilfreich, denn sie könnte auch seine Oma sein. Das liegt nicht nur an dem grauen Haar und den Falten, sondern auch an der Oma-Frisur. Bis zur Schulter hängen die Locken, sind aber dünn und kräuseln sich an den Spitzen.

Sie trägt eine rot-weiß gestreifte Schlaghose und eine Küchenschürze über einer blauen Bluse.

Unzählige Leinen hängen auf den Jackenständern oder liegen auf dem Boden. Eine getrocknete Matschschicht überzieht die Fliesen im Eingangsbereich, neben dem Schuhregal häufen sich zerfetzte Sneakers und Gummistiefel. Der unverwechselbare Geruch von Hund versetzt mich zurück in meine Kindheit.

»Er wird sich freuen, dich jetzt zu sehen.« Die Mundwinkel zieht sie übertrieben weit herunter, sodass sie wie ein Clown wirkt, der einen unlustigen Witz reißt. »Weißt du etwas über das Video?«, will sie wissen, als sie mich hereinbittet.

Stumm schüttele ich den Kopf und folge ihr. Der Geruch von frisch gebackenen Keksen kommt immer näher.

»Sein Zimmer ist das erste rechts.« Sie streckt den Arm in den Flur, der nach links abgeht, bevor sie geradeaus in der Küche verschwindet. Ich gehe zu Rubens Zimmer.

An besagter Tür kleben matschige Pfotenabdrücke. Stöhnen. Ein quietschendes Bett. Lachen. Riot rammt das Messer tiefer in meine Brust. *›Eifersüchtig?‹*

Warum sollte ich eifersüchtig sein? Ist Marcel hier? Mein Herz hämmert gegen meine Brust.

»Sei vorsichtig.« Ruben gluckst. Ich mache kehrt.

»Gehst du schon?« Helena taucht hinter mir auf und hält einen Teller voll duftender, dampfender Cookies.

»Ich wollte …, also … Ruben hat Besuch.« *Scheiße.*

»Das wüsste ich.«

»Aber …«

Sie deutet mir, zu folgen. *Fuck. Ich bin der Grund, dass Ruben von seiner Mom beim Sex erwischt wird.* Sie drückt ihr Ohr an die Zimmertür.

»Hör auf, mich zu beißen«, tönt aus dem Raum.

»Rubi, Besuch«, ruft sie, als ich mich weigere zu klopfen. Sie öffnet die Tür einen Spalt weit, drückt mir den Teller in die Hand und verschwindet abermals. Wie angewurzelt verharre ich vor der angelehnten Tür.

»Hallo? Du kannst reinkommen.«

Zögerlich stoße ich die Tür auf. Avanti springt vom Bett und begrüßt mich.

›Er hat mit dem Hund gespielt.‹ Riot prustet los. Rubens Augen sind gerötet, seine Wangen zu Hamsterbacken geworden. Trotzdem umspielt ein Lächeln seine Lippen. Als hätte er lediglich eine schlechte Note bekommen. *Vorhin dachte ich, er will sich umbringen.* Sein Name ist heute nicht nur einmal gefallen.

»Alles okay?«, will ich wissen.

Avanti interessiert sich nicht mehr für mich, sondern nur noch für die Cookies.

Ruben senkt den Blick und sieht augenblicklich wieder traurig aus. Nur für einen Moment. *An was denkt er?*

»Schön, dass du da bist. Ich könnte Ablenkung gebrauchen. Avanti hat langsam keine Lust mehr.« Er schmeißt sich zurück aufs Bett und starrt an die Decke.

»Ich dachte, du fickst, als ich hergekommen bin«, sage ich, statt zu fragen, was passiert ist.

Ruben legt die Stirn in Falten. Sein Mundwinkel zuckt. »Warum?«

»›Hör auf mich zu beißen‹«, äffe ich nach, woraufhin Rubens Wangen einen rötlichen Farbton annehmen.

Lautlos lacht er.

»Schönes Haus hast du.«

Keine Antwort. Rubens Finger verschwinden in Avantis Fell, sein Blick hängt an dem Fellknäuel. »Warum hast du mich ignoriert?«

»Oh … habe ich das?«

»Hast du.«

Ich schweige. Habe ich ihn wirklich ignoriert? In meinen Erinnerungen tauchen ein paar Momente auf, in denen ich Rubens Nachrichten nicht beantwortet habe. Nun suche ich Erklärungen. *Ich wollte niemanden sehen. Ich habe mich mit meiner Freundin getroffen, auf die ich keinen Bock habe. In deiner Nähe bin ich glücklich und das macht mir Angst.*

Mein Mund öffnet sich, aber kein Ton kommt heraus. ›*Wenn du irgendetwas davon sagst, sorge ich dafür, dass du überfahren wirst.*‹

Ich unterdrücke ein Grinsen. *Jetzt erpresst du mich?*

Riot antwortet darauf nicht. Schlussendlich sind es nur leere Worte, die über meine Zunge rollen. »Tut mir leid.«

Ruben sagt lange Zeit nichts. Aber dann: »Du hast vorhin so seltsam geschaut. Ich dachte, du hasst mich.«

»Gibt es einen Grund, dich zu hassen?«

»Theoretisch gibt es sicher mehrere.« Er schmunzelt.

»Glaube ich nicht. Du bist cool.« Ich widerstehe dem Drang, wegzuschauen. Stattdessen grinse ich, als Ruben es tut.

›*Das ist so schwuk,* kommentiert Riot, während er in seiner Robe auf dem Sessel sitzt, Bier in der einen Hand, Popcorn in der anderen.

Rubens Zimmer ist im Gegensatz zum Eingangsbereich des Bungalows sauber und aufgeräumt. Die Wände sind behangen mit Bildern von Avanti und Postern von Musikern, von denen ich die meisten erkenne. Ein Regal voll Bücher und CDs steht gegenüber von seinem Bett. *Oldschool.* Eine Gitarre im Eck, daneben liegen Drumsticks, aber kein Schlagzeug.

»Spielst du etwas für mich?«

Das wird ihn sicher ablenken. Und mich auch. Außerdem will ich wissen, wie gut er spielen kann.

Ruben folgt meinem Blick und schüttelt heftig den Kopf. »Auf gar keinen Fall.«

»Bitte.«

»Nein.«

»Doch.«

»Niemals.« Ruben lässt sich auf den Rücken fallen.

»Niemals«, sage ich im gleichen Ton wie er.

»Doch.« Das Kopfschütteln stoppt. Er richtet sich auf und verdreht die Augen.

Ich habe gewonnen. Hastig springe ich auf und schlurfe zur Gitarre. Ich nehme sie, gehe zurück zum Bett und halte sie ihm hin. Sichtlich nervös nimmt er das Instrument entgegen und ich lasse mich auf den Boden fallen.

»Normalerweise lasse ich das niemanden hören«, sagt er und noch bevor ich mich besonders fühlen kann, weil ich *der Erste* bin, zupft er an den Saiten und spielt verschiedene Takte. Seine Hand rutscht über das Griffbrett, mit der anderen Hand klopft er ab und an gegen den Korpus.

Ich drifte in meine eigene Welt ab. In ein Paralleluniversum, in dem wir ganz allein am Strand sitzen. Möwenschreie übertönen das Knistern des Lagerfeuers. Der Horizont ist unendlich, die Wellen streicheln das Ufer. Eine Traumwelt, in der das Wort ›schwul‹ keinen negativen Klang hat.

»Ich will mit dir an den Strand.« Stille. *Wo ist Riot?*

»Mh?« Ruben legt den Kopf schief.

Ein Lächeln ziert meine Lippen und ich kann nichts dagegen tun. »Das stelle ich mir vor, wenn du spielst. Als würdest du eine Geschichte erzählen.«

Ruben öffnet den Mund und schließt ihn wieder. Amüsiert beobachte ich, wie er das Kompliment verarbeitet. Er sagt weder »Danke« noch gibt er mir ein Kompliment zurück – das ist ein Fortschritt, oder?

»Ich habe dich irgendwie vermisst.« Er starrt auf seine Finger.

Nun ist es an mir, blöd dreinzuschauen. »Irgendwie?«

»Irgendwie.« Er lächelt.

Mit einem kühlen Bier plumpst Riot zurück in seinen Sessel. Er zupft seine fleckige Robe zurecht.

›*Was habe ich verpasst?*‹

16

Linus

Rotes Licht

›*Rede bloß nicht mit ihm*‹, sagt Riot.

Ich stoße die Luft aus.

Meine Schulter prallt gegen den Spind, als ich mich dagegen fallen lasse. Ruben kramt in seinem Spind einige Meter neben mir und hat mich noch nicht bemerkt.

Ich will ihn fragen, wie es ihm geht.

Das Video wurde vor einer Woche rumgeschickt. Ich habe es nicht angesehen und werde es auch nicht. Mit Ruben darüber zu reden, habe ich nicht über mich gebracht. Werde ich vermutlich nie.

Die Leute reden immer noch darüber und Ruben wirkt so verdammt nervös. Die ganze Zeit.

›Wir hatten diese Diskussion die letzten Tage. Redest du mit ihm, hält jeder dich für schwul.‹

Die Kapuze ziehe ich auf den Kopf. Die ganze Woche habe ich jeglichen Kontakt mit Ruben vermieden. Jedes Mal, wenn ich jemanden über ihn reden höre oder ihm im Flur begegne, überkommt mich Panik und ich starre zu Boden und tue so, als sehe ich ihn nicht.

Was, wenn sie auch über mich reden, weil ich mit ihm abhänge?

Was, wenn sie mich widerlich finden? Normalerweise ist es mir egal, was andere von mir denken.

Aber allein die Vorstellung, dass sie mich so angewidert ansehen und es nicht einmal verstecken, bereitet mir Gänsehaut.

Das Schulgebäude verlasse ich über den Seiteneingang. Endlich Schulschluss. Draußen mache ich auf dem kleinen Grasflecken neben den

Parkplätzen halt und zünde eine Zigarette an. In der Scheibe eines Autos betrachte ich mein Spiegelbild. Meine Haare lugen wirr aus der Kapuze hervor, den Pullover trage ich seit einer Woche. Ab und an steigt mir mein eigener Schweißgeruch in meine Nase. Jogginghose, zerfetzte Sneakers und Augenringe, die aussehen, als seien sie für ein Musikvideo aufgemalt worden.

›Mann, siehst du scheiße aus.‹ Riot lacht.

Lass mich nachts schlafen, dann sehe ich nicht so aus.

Ich nehme einen Zug von der Zigarette und starre auf mein Handy. Rubens Nachrichten lese ich zum tausendsten Mal. Geantwortet habe ich auf keine.

Was soll ich denn auch schreiben? Wenn ich mich mit ihm treffe, fühle ich wieder diese seltsame Wärme in meinem Inneren. Seit dem Vorfall mit dem Video ist es schlimmer geworden.

Ich weiß nicht, ob es an dem Video liegt oder daran, dass sein Gitarrenspiel etwas in mir ausgelöst hat. Wahrscheinlich liegt es jedoch daran, dass ich jetzt *weiß,* dass er auf Jungs steht.

Vorher war das Gerücht nur das – eine Behauptung. Über jeden hört man so etwas und nur die wenigsten sind wahr. Über Leo gab es vor Jahren ein Gerücht, er sei in Wahrheit schon 22.

Über Timo wurde gesagt, er habe jemanden für Sex bezahlt und mir wurde nachgesagt, ich kiffte jeden Tag fünf Joints. Das alles entwickelte sich über Scherze, die jemand aufgegriffen und als Wahrheiten verbreitet hatte.

Und wenn ich mit Ruben spreche, dann ist das alles ein bisschen mehr Realität. Selbst, wenn wir nur Small-Talk halten, flüstert Riot mir zu, dass Ruben schwul ist und dass er widerlich ist und dass ich nie wieder mit ihm reden sollte. Das Problem ist, ich *will* Ruben zurückschreiben.

Ich *will* Zeit mit ihm verbringen und mit ihm befreundet sein. Aber wie soll ich das schaffen, wenn Riot mich deshalb konstant fertigmacht? Und das Video hat sein Verhalten nur verschlimmert.

Keine Ahnung, was auf dem Video zu sehen ist, aber es ist definitiv etwas *Schwules.* Inzwischen hat Ruben aufgegeben, mir zu schreiben. Ist wahrscheinlich besser so.

Ich hätte ihn nur mit runtergezogen, das will ich ihm nicht antun. Er ist immer so ein Sonnenschein. Zumindest, wenn kein Sexvideo rumgeschickt wird. Jemand hat das Video in der Klassengruppe geteilt. Ich öffne meine Galerie und suche es.

Das Startbild bringt mich fast zum Kotzen. Nackte Haut ist verschwommen zu sehen. Mein Finger schwebt über Löschen. Eine Nachricht von Chanelle taucht auf dem Bildschirm auf.

Nicht schon wieder …

Chanelle: Ich weiß, der Abschluss ist stressig, aber wir haben uns seit zwei Wochen nicht mehr gesehen.

Ich lasse mir eine Ausrede einfallen. Das Sex-Thema schweigen wir glücklicherweise tot – unser Streit vor Ruben ist zum Glück vergessen. Später hat sie gebeichtet, dass sie verunsichert war, als ich weder einen Ständer hatte noch mit ihr schlafen wollte. Ihre Exfreunde haben laut ihr ziemlich früh Sex gefordert. Sie hat immer abgelehnt, aber da sie mich ›sehr mag‹, wie sie meinte, wollte sie mich nicht verlieren. Sie hat etwas Besseres verdient.

Aber nach so vielen schlimmen Erfahrungen mit Männern kann ich nicht der nächste sein, der ihr das Herz bricht. Außerdem mag ich sie ja. Wenn ich mich genug anstrenge, werde ich mich in sie verlieben. Ganz sicher.

Abermals lese ich Rubens Nachrichten. Mein Handy stecke ich in die Tasche. Grüne Augen starren mir entgegen, als Ruben durch die Tür schlüpft. Für eine Sekunde sieht er mich an und wird langsamer.

Plötzlich vernehme ich meinen rasenden Herzschlag deutlich.

Ruben huscht an der Gebäudemauer entlang ums Eck zu den Mülltonnen, wo die Leute aus der Dreizehnten immer stehen.

»Hey Kempilein!«, höre ich einen Typen rufen. Mein Kopf schießt in ihre Richtung. Automatisch bewegen sich meine Beine. Ohne nach links und rechts zu sehen, überquere ich die schmale Straße, die zum Parkplatz führt.

»Was willst du?«, zischt Ruben.

Ich kann nicht anders, als zu lauschen. Keinen von beiden sehe ich. Ein paar Jungs lachen.

Ich stocke. Der Wind trägt Rauch in meine Nase, der nach Kirsche riecht. Ich rümpfe die Nase. Mein Magen dreht sich. Lautes Lachen ertönt. Die Stimme kenne ich, aber ich kann sie nicht zuordnen. Wie eingefroren stehe ich da. Einerseits, weil Riot es mir befiehlt. Auf der anderen Seite lähmt mich Rubens plötzliche Selbstsicherheit.

»Vermisst du deinen Lover? Er würde dich jetzt am liebsten hier vor allen ficken«, quiekt die Stimme gespielt freundlich. *Es ist auf jeden Fall jemand aus der 13.*

»Er lügt«, sagt jemand, den ich definitiv kenne. Marcel.

Achtlos lasse ich den Zigarettenstummel fallen.

»Sag mal, was wolltest du damit erreichen? Wolltest du, dass ich mich umbringe?«, zischt Ruben.

Stechender Schmerz befördert meine Hand zur Brust.

»Ich wollte, dass du dich verpisst. Die Schule wechselst, umziehst, sonst was. Jemanden wie dich will hier niemand haben«, sagt John.

Jemanden wie dich. Ruben lacht bitter auf. Seine Stimme zittert, als er spricht. Meine Finger zittern. Ich bin drauf und dran, doch einzugreifen.

»Und was ist mit ihm?«, fragt Ruben.

»Ich habe ihm Geld gegeben, damit er es macht.«

Autsch.

Für eine Ewigkeit ist es still. Als Ruben erneut spricht, ist die Selbstsicherheit verschwunden, Schmerz und Scham sind deutlich rauszuhören. »Fick dich.«

Gerumpel. Etwas oder jemand wird gegen die Tonnen gestoßen. Lautes Brüllen. Quietschende Schuhe. Wie angewurzelt stehe ich da, als wäre ich ein Baum.

»Pack ihn.« Fluchen. Beleidigungen. Drohungen. Alles fliegt durch die Luft wie Pistolenkugeln. Und wieder dieses Wort, Schwuchtel, das Tränen in meine Augen treibt, mir in der Seele wehtut und mich wütend macht. Riot nennt mich so oft so und es schmerzt jedes Mal ein bisschen mehr.

Ruben rennt. Er schießt ums Eck, an mir vorbei, die Straße entlang. Sein Blick klebt am Boden. Ich reiße mich aus meiner Starre und sprinte hinterher. Ich habe nicht annähernd so viel Ausdauer, weshalb es mir unmöglich ist, ihn einzuholen. Mein Kopf pocht, als ich stehenbleibe.

Ich habe ihn aus den Augen verloren. Er ist weg. Die Arme stütze ich auf die Knie und hole tief Luft. Mein Herz rast, als wäre ich einen Marathon gelaufen.

Zu meiner Überraschung ist von Riot keine Spur. Mein Atem beruhigt sich, mein Herz jedoch nicht. Ich balle die Hand zur Faust, donnere sie gegen den nächstbesten Baum, den ich finde. Erst jetzt merke ich, dass ich im Park gelandet bin.

Wenn ich rausfinde, wer die sind … bringe ich die Wichser um.

Jeden Ort, an dem ich Ruben vermute, klappere ich ab. Es war ein Fehler, ihn in dieser Situation allein zu lassen. Aber in dem Moment konnte ich mich nicht bewegen und ich habe keine Ahnung warum, denn wenn Hannahs Exfreund sie beleidigt hat, bin ich immer sofort dazwischen gegangen, ohne darüber nachzudenken. Was ist jetzt anders?

Ich muss aufhören, immer nur an mich zu denken.

Was ist mit Ruben?

Wie viele Panikattacken hatte er, während ich nicht da war? Wie oft hat er geweint und sich einsam gefühlt?

Am letzten Ort, an dem ich ihn erwartet habe, finde ich ihn. Auf der Wiese neben dem Friedhof habe ich ihn vermutet. Dort war er nicht, also wollte ich nachsehen, ob Chanelle auf dem Friedhof ist. Sie hätte mir sicher geholfen, ihn zu finden.

Überraschenderweise sitzt Ruben auf dem Boden des Friedhofs an eine Bank gelehnt vor einigen Gräbern und redet mit sich selbst. Ich stehe auf der anderen Seite des Steins, aber er hat mich noch nicht gesehen.

Als er es tut, bereue ich, mir keine Worte zurecht gelegt zu haben. Er reißt die Augen auf. Seine Wangen sind feuerrot, ebenso die Augen. Die nassen Haare kleben an seiner Stirn. Ein beißender Geruch steigt in meine Nase, als ich nähertrete. Eine Mischung aus Rubens und meinem eigenen Schweiß.

»Ruben.«

Er springt auf und flieht. *Sehe ich so aus, als hätte ich die Ausdauer dafür?* Trotzdem sause ich hinterher, rufe nach ihm. *Nein, deshalb rennt er ja.*

»Ruben!«

Er rennt schneller.

»Ruben!«

Keine Antwort.

»*Ruben!*«

Schlitternd komme ich zum Stehen, als er endlich stoppt. Dann erst fällt mir die rote Fußgängerampel auf. Ich hole Luft, um etwas zu sagen, aber er kommt mir zuvor.

»Fick dich, Linus.« Seine Stimme ist lediglich ein Flüstern.

Nimm es nicht persönlich. Hastig wische ich mir die Strähnen aus der Stirn.

Ruben zuckt zusammen. Voller Rage spricht er weiter, wird mit jedem Wort lauter, schneller. »Ich dachte, du wärst nicht so einer. Dass es dir egal ist, welche Sexualität jemand hat. Dass wir Freunde sind. Aber ich lag falsch. Arschloch.« Die Arme verschränkt er wie ein trotziges Kind.

Wie soll ich das bitte nicht persönlich nehmen?

Als die Ampel grün aufleuchtet, lässt Ruben mich stehen.

›Er hat dich nie gebraucht‹, flüstert Riot mir zu. Der hat mir gerade noch gefehlt. *›Marcel war wohl besser als du.‹* Ein widerliches Grinsen ziert seine Lippen. Ich gebe auf und lasse Ruben in Ruhe.

›Ich dachte, ich müsste den Job übernehmen und ihn vergraulen, aber das hast du allein geschafft.‹ Mein Gesicht vergrabe ich in den Händen. Ich erinnere mich an das Gefühl, das Ruben mir immer gegeben hat. Das Gefühl, dass ich etwas Besonderes bin. Dass nur ich es schaffe, ihn aus seiner Schüchternheit zu holen. Aber anscheinend hat Marcel das auch geschafft.

»Verdammte Scheiße.« Meine Faust fliegt gegen den Pfosten. Der Schmerz zischt von meinen Fingerknöcheln bis zum Handgelenk. Ich schüttele die Hand, meine Haut nimmt einen dunklen Rotton an. Aber nicht einmal das lenkt mich von dem schlechten Gewissen ab.

Riot lacht.

»Lass mich in Ruhe«, sage ich laut.

›Redest du mit mir?‹

»Halt deine Fresse. Verpiss dich, lass mich einfach in Ruhe.« Ich knirsche mit den Zähnen und trete gegen den Pfosten, raufe mir die Haare und lasse alle Schimpfwörter raus, die mir bekannt sind.

Riot zeigt sich unbeeindruckt. Stattdessen lehnt er sich in seinem Sessel zurück und grinst breit. Ich will es nicht hören, will wegrennen, doch ich werde ihn nicht los. Eine Dame gibt mir einen angewiderten Seitenblick und schiebt ihr kleines Kind hinter sich.

»Hier sind Kinder anwesend«, murmelt sie. Auf der gegenüberliegenden Straßenseite stehen drei Jungs, die geschätzt etwa 13 sind. Sie lachen und tuscheln. Der Mann neben ihnen starrt mich mit leerem Ausdruck an. Sie alle blende ich aus.

Die Ampel wird grün und die Leute überqueren die Straße. Ich bleibe stehen, denn ich brauche einen Moment, um mich zu sammeln. Jemand rast mit dem Fahrrad an mir vorbei über die Straße.

›Du weißt, was du tun musst, um mich loszuwerden.‹
Ich trete auf die Straße, als die Ampel auf Rot schaltet.

17

Ruben

Sprunghaft

»Ich verstehe ihn nicht.«

Das modrige Holz der Bank ist eiskalt. Ich rutsche mit dem Hintern hin und her und quetsche meine Hände darunter, um mich zu wärmen. Der Wind saust über den Friedhof und lässt die Äste der Trauerweiden zittern.

»Erst kommt er zu mir und tut so, als wäre ihm das Video egal. Dann ignoriert er mich. Und dann rennt er mir hinterher und was? Will sich entschuldigen? Damit er mich dann wieder ignoriert?« Seit vier Tagen hat Linus kein Wort mehr mit mir gesprochen. In der Schule verhält er sich, als kennen wir uns nicht.

Lautstark stoße ich die Luft aus. »Dabei bin ich nicht einmal schwul, sondern … keine Ahnung. Ohne Label.« Regentropfen prasseln auf mich nieder, wie Nadeln, die sich in meine Haut bohren. Es bringt Ruhe in meinen Kopf. Keine Menschenseele ist hier. Ich bin allein mit den Hunderten von Toten, die unter der Erde ruhen.

Jedes Mal, wenn ich herkomme, zieren Rosen und Tulpen nur ein paar der zahllosen Grabstätten – das einzig Bunte hier.

Ich hoffe, jemand wird meinen Grabstein pflegen, wenn ich mal nicht mehr bin.

Die Namen der verwahrlosten Stätten lese ich mit Bedacht – zumindest die, die ich von meinem Platz aus entziffern kann. Ein beunruhigendes Gefühl drängt sich mir auf, als ich über den Tod nachdenke.

Mein Blick gleitet zurück zu dem Stein vor mir, die Gedanken schweifen zurück zu Linus.

»Was soll ich tun? Akzeptieren, dass wir keine Freunde mehr sind? Mit ihm reden?«

Niemand antwortet mir. Ich umfasse mein Handgelenk und schaue in den Himmel. Brennender Schmerz zieht sich dadurch, als der Verband über meine Haut reibt. Die Lider kneife ich zusammen, als ein Tropfen in meinem Auge landet.

»Vielleicht redet er nicht mit mir, weil etwas passiert ist.« Es klingt mehr wie eine Frage als eine Aussage.

Vanti schlummert auf meinen Füßen und spendet Wärme. Ein Schwall vom Hundegestank steigt in meine Nase. Ich rümpfe die Nase. Der Hundegeruch schenkt mir Sicherheit, aber wenn Vanti nass ist, verwandelt er sich in eine Stinkbombe. Ich mustere ihn, dann den Grabstein vor mir.

»Hallo? Ich habe dich etwas gefragt.« Tief atme ich durch. »Bald sind es vier Jahre, Jan.« Meine Finger suchen nach dem Handy, ohne den Blick vom Grabstein zu nehmen. Als würde er aus dem Grab kriechen und abhauen, weil ich ihn ständig vollquassele.

Als Linus mich gefragt hat, ob ich Geschwister habe, hatte ich sofort ein schlechtes Gewissen. Aus irgendeinem Grund konnte ich ihm nicht sagen, dass ich keinen Bruder *mehr* habe. Dass ich gar keine Geschwister habe, war keine Lüge. Trotzdem hat es sich wie eine Lüge angefühlt. Jannik wäre jetzt 21.

Ich werfe einen Blick aufs Handy. Überrascht bin ich nicht, als keine neuen Nachrichten erscheinen. Enttäuschung breitet sich trotzdem in mir aus. Aus Traurigkeit wird Frust und aus Frust entwickelt sich Wut.

»Nach dem Vorfall hat Linus so getan, als sei ich ihm wichtig. Dann sieht er das Video und das ändert alles?« Jeder hat das Video gesehen. Nachdem Linus zuerst noch zu mir kam, um für mich da zu sein, *muss* er es gesehen haben.

Alles andere ergibt keinen Sinn.

Ich stehe auf und greife nach meinem Rucksack, der neben mir auf der Bank liegt. Abwartend starre ich zurück zum Denkmal.

»Du bist gesprächig wie immer.« *Was ist so schlimm daran, als Junge einen Jungen toll zu finden?*

»Du lachst mich sicher aus, weil ich etwas mit Marcel hatte, obwohl ich mich in seiner Nähe nie wohlgefühlt habe. Ich weiß nicht, was ich mir dabei gedacht habe. Ich war nicht einmal in ihn verliebt.« Ich knie mich auf den

Boden und streichele Vanti. *Ich war verliebt in die Idee von Marcel. Er war wie ein Ritter, der mich – zugegebenermaßen etwas spät – gerettet hat.* Jetzt verstehe ich, dass ich keine Schmetterlinge im Bauch hatte, sondern nervös war. Jedes Mal, wenn er mich ansah, hatte er diesen Ausdruck im Gesicht, den ich nicht deuten konnte. Es war wohl ein schlechtes Gewissen. So kaltherzig, mein Leben zu ruinieren *und* sich dabei gut zu fühlen, ist er nicht.

Die *Schmetterlinge* haben mir Bauchschmerzen bereitet und inzwischen bezweifle ich, dass Liebe sich so anfühlen soll. Wenn ich mich mit Linus treffe, bin ich zwar auch etwas nervös, aber nicht bis zu dem Punkt, an dem ich Bauchschmerzen bekomme. Bei ihm fühlte ich mich akzeptiert und sicher. Aber er hat mich ja auch fallengelassen.

Einen letzten Blick werfe ich aufs Handy, zerre die Kapuze über meinen Kopf und stapfe davon. Währenddessen drehe ich mich um und winke, ohne stehenzubleiben.

»Wir seh'n uns.«

Der Kies knirscht unter meinen Füßen. Ich beobachtete, wie meine Schuhe den Platz einfordern, den die einzelnen Steinchen für sich beanspruchen wollen. Eine bekannte Figur kommt auf mich zu und ich zupfe an der Leine. Meine Tritte vergrößere ich.

»Ruben!«

Lauf einfach weiter. Ein Seufzen dringt aus meinem Mund und wird vom Regen verschluckt. *Unhöflich.* Ich stoppe. Die Rothaarige kommt vor mir zum Stehen, beugt sich zu Vanti und begrüßt ihn. In der Hand hält sie einen blauen Regenschirm. Der Streit zwischen ihr und Linus flattert in mein Gedächtnis. Er hat mich so seltsam angesehen, weil ich gezittert habe. Als hätte er Angst. Vielleicht redet er deshalb nicht mehr mit mir.

»Weißt du, was mit Linus los ist? Er meldet sich kaum. Ich mache mir Sorgen.«

Ich zucke mit den Schultern und stopfe die Hände in die Hosentaschen meiner durchnässten Jogginghose. Ein Schwall der Sorge schwappt durch mein System. Vielleicht ist doch etwas Privates geschehen? Oder sie haben sich wieder gestritten?

»Kannst du mit ihm reden?«

Bitter lache ich auf. Ihr Gesicht zeigt einen verwirrten Ausdruck. Sie wirft ihr Haar nach hinten über ihre Schulter und pustet eine hartnäckige Strähne aus der Stirn.

»Ne. Sorry.« Vanti und ich flüchten. Ein schlechtes Gewissen, plagt mich. *Das war unhöflich.*

»Ich habe in ein paar Wochen Geburtstag. Willst du auch kommen?« Als ich nichts sage, fährt sie fort: »Du bist der einzige Freund von Linus, den ich kenne und ich will, dass er auf der Party jemanden zum Reden hat.« Bevor ich antworten kann, drückt sie mir eine Einladung in die Hand, auf der Adresse sowie Datum und Uhrzeit steht.

Ich zucke mit den Schultern und sage ihr, dass ich in meinen Kalender schauen muss, bevor ich sie allein zurücklasse. Ich frage mich, warum ich nicht sauer auf Linus sein kann, finde aber keine Antwort.

Der Regen wächst innerhalb weniger Minuten von winzigen Strichen zu fetten Tropfen. Vanti rennt immer weiter voraus, je näher wir unserem Haus kommen. Ich ziehe die Leine von meinen Schultern, um ihn anzuleinen.

Aber mit einem Mal flitzt er den Bürgersteig entlang, die Nase klebt am Boden. Ich mache mir nicht die Mühe, ihn zu rufen. Meine Finger streifen die Hecke.

Blitzartig stoppe ich. Mit einem weißen Umschlag in der Hand steht Linus vor dem Briefkasten. Langsam stopft er ihn in den Schlitz. Erschrocken fährt er herum, als Vanti ihn mit wackelndem Hintern begrüßt. Unsere Blicke treffen sich. Im letzten Moment zieht er den Umschlag zurück.

»Was machst du da?« Mit aller Kraft versuche ich, die Neugier aus meiner Stimme zu verbannen.

»Hi.« Hastig stopft er den Umschlag unter seinen Pulli. »Schönes Wetter heute, oder?«

Den Kopf lege ich in den Nacken. In Sekundenschnelle benetzt der Regen meine Wangen. Angespannt öffne und schließe ich den Karabinerhaken der Leine und wiederhole den Vorgang immer wieder. Als ich Linus wieder ansehe, zuckt sein Mundwinkel.

»Du siehst gut aus. Also … Avanti. Der sieht gut aus«, sagt Linus und tritt von einem Fuß auf den anderen. »Du aber auch. Ich meine … also … dein Pulli. Ich mag deinen Pulli.« Er stottert weiter vor sich hin. Ich hake den Karabiner am Halsband ein, ohne den Blick von Linus zu nehmen. »Der Brief …« Linus zieht ihn hervor und schützt ihn mit dem Arm vor dem Regen. »Ich wollte …«

Ich hebe die Hand. Linus verstummt. Am liebsten will ich ihm in die Arme fallen, denn die eine Umarmung, die er mir im Park gegeben hat, hat sich *so* gut angefühlt. So sicher. Gleichzeitig brodelt Wut in mir, sobald ich seinen Welpenblick sehe. Meine Brust zieht sich zusammen. Wortlos mache ich mich auf den Weg zur Haustür und lasse ihn allein. Die Tür knallt hinter mir ins Schloss. Ich nehme ein dreckiges Handtuch, aber Vanti ist schon auf den Weg zur Küche und hinterlässt braune Pfotenabdrücke auf den weißen Fliesen. Das Tuch pfeffere ich auf den Schuhhaufen.

»Was soll der Scheiß?«, sagt mein Alter. Das Herz rutscht mir in die Hose. Ein eiskalter Schauer läuft über meinen Rücken. »Ruben.«

Ich hetze in die Küche. »Ich mache es weg …«

Der Alte lehnt mit Bier in der Hand am Kühlschrank neben dem Eingang, Matschflecken auf dem weißen Shirt.

»Das wäschst du. Jetzt. Und danach wischst du den Flur.«

Er rülpst und wischt sich die Hände am Shirt ab. »Wenn du schon dabei bist, kannst du auch gleich die Küche putzen, und zwar dalli. Kapische?«

Ich nicke. Er kommt auf mich zu, Gestank von Bier und Zigarren foltert meine Nase. Meine Nackenhaare stellen sich auf. Ich ducke mich, als er seine schwere Pranke hebt. Keine Sekunde später zischt leichter Schmerz durch meinen Hinterkopf. Mein Blick klebte am Boden.

»Kapische?«

»Ja.«

Mein Alter murrt etwas Unverständliches, während er die Küche verlässt, um sich auf das Sofa plumpsen zu lassen.

»Ach ja«, sagt er von da aus. »Wenn der ganze Hundekram bis morgen nicht aufgeräumt ist, schmeiß ich es in den Müll. Den Köter gleich mit.«

Nun verliere ich die Beherrschung. »Lass Vanti aus dem Spiel.«

Mein Alter gibt keinen Kommentar dazu ab. Vermutlich hat er schon gar nicht mehr zugehört.

Während ich innerhalb der nächsten zwei Stunden die Aufträge erledige, unterdrücke ich meine Gefühle. Als ich fertig bin, schnappe ich mir eine der tausend Leinen mitsamt Vanti. Ein wenig Überzeugungsarbeit muss ich leisten, damit er in den Regen tritt, aber dann hüpft er glücklich um mich herum.

Abermals kommt mir die Party in den Sinn und ich denke tatsächlich darüber nach, hinzugehen. Wenn Linus gezwungen ist, mit mir in einem Raum zu sein, wird er vielleicht …

Den Gedanken schüttele ich ab. Er scheint seine Meinung zu mir sowieso schon wieder geändert zu haben und ich frage mich, was in dem Brief steht. Linus ist so sprunghaft wie mein Alter, wenn er zu viel gesoffen hat.

Millionen Regentropfen begrüßen mich, als ich auf die Willkommensmatte vor der Tür steige.

Die Tropfen verschlucken jeden Ton, den ich wage, in die Welt zu bringen.

18

Ruben

Vollbremsung

Laute Musik, Unmengen an Menschen und penetranter Geruch nach Alkohol. Ich kämpfe mich durch das Gedränge, als sei ich im Dschungel. Um mich aufzumuntern, hat Mom mich auf das Farbfestival geschickt, das jedes Jahr stattfindet.

Seit einiger Zeit habe ich kein Wort mehr mit Linus gewechselt. Auch Timo hat mir seit einer Weile nicht mehr geschrieben. Zuvor hat er mich ständig gefragt, was ich mache.

Habe ich Linus in meinem Tagesablauf nicht erwähnt, hat er mich nach ihm gefragt, was seltsam war, denn er könnte ihn ja selbst fragen, wie sein Tag war. Erst dachte ich, die beiden haben Streit, aber einmal hat Timo Linus angerufen, während wir wieder *Little Nightmares* gespielt haben. Linus hat das Handy auf Lautsprecher gestellt und es klang nicht so, als streiten sie.

Die Menschen um mich herum scheinen allesamt betrunken zu sein. Zumindest verhalten sie sich, als wären sie es. Tanzend und singend nehmen sie keine Rücksicht auf mich. Seit ich hier stehe, wurde ich angerempelt und um ein Haar hätte jemand mir Bier auf die Brust gekippt.

Bis ich mich mental auf den Trubel hier eingestimmt habe, brauche ich einen ruhigeren Ort. Ich suche mir einen freien Platz am Zaun. Das Fest findet auf einer riesigen Wiese statt. Mit einem Bauzaun ist sie eingezäunt. An den Seiten stehen Verkaufsstände. Vorne in der Mitte steht eine Bühne.

Bald sind schon Abschlussprüfungen. Ich bin froh, wenn ich endlich von John wegkomme und der Lernstress vorbei ist. Wobei John mich in den vergangenen Wochen abgesehen von Beleidigungen in Ruhe gelassen hat. Vielleicht war das Video eine Art Abschluss für seine Spielchen.

Im Oktober beginnt schon mein Agrarwirtschaftsstudium. Ich weiß nicht, ob ich mich darauf freue. Siggie redet schon mein ganzes Leben darüber, dass ich den Hof übernehmen werde, und ich liebe die Tiere. Aber das ist das Problem. Zu sehen, wie die Rinder geboren werden, aufwachsen und dann wie die Produkte, die sie sind, auf einen Anhänger geladen und zum Schlachthaus gebracht werden, ist unerträglich. Es ist mir unmöglich, keine emotionale Bindung zu ihnen aufzubauen. Wie schafft Siggie das? Aber den Hof deshalb nicht zu übernehmen ist Unsinn. Oder?

Ich will nicht hier sein. Viel lieber wäre ich mit Vanti im Wald. *Danke, Mom.* Ein gut gemeinter Trost wegen der Sache mit dem Video. Sie hat die Information aus mir herausgepresst, als wäre ich eine Luftmatratze, die sie nicht mehr braucht. Zum Glück hat sie es nicht angesehen. Es war anstrengend, sie davon abzuhalten, mit dem Schuldirektor zu sprechen oder Anzeige zu erstatten. Aber nicht unmöglich, weil ihre Supermutter-Phase inzwischen vorbei ist und ihr die Arbeit daher wichtiger ist.

Um mich herum sind beste Freunde, Geschwisterpaare und Verliebte. Jetzt fühle ich mich besser. Da lassen sich all meine Probleme vergessen. Hah Stündlich wird ein Countdown gezählt und mit Farbpulver geworfen. Ich quetsche mich an einer Gruppe Frauen vorbei zu einem leeren Fleck. Am Zaun und bei den Ständen sind die einzigen Schattenplätze. Alles belegt. Unschlüssig stehe ich herum und beschließe, mich bei den Ständen umzuschauen.

Souvenirs, Kleidung, Essen … da: Alkohol. Das brauche ich jetzt. Die Sonne knallt auf mich herunter und brät mich bei lebendigem Leib. Die Schlange vor dem Stand ist unendlich lang und ich bin mir nicht einmal sicher, ob ich richtig stehe. Als ich endlich drankomme, bin ich fertig gebraten. Der Verkäufer mustert mich skeptisch. Seine breiten Schultern wirken noch angsteinflößender, als er sich auf den Tresen lehnt.

»Du bist noch keine achtzehn.« Er tippt auf seine Hand. »Sonst hättest du einen Stempel bekommen. Bier kannst du haben.«

Du hast doch auch keinen Stempel, obwohl du ein alter Sack bist. Im Weggehen verdrehe ich die Augen. *Du bist noch keine achtzehn,* äffe ich ihn innerlich nach. Ich kann ohne Alkohol Spaß haben. Lieber bin ich nüchtern, als Bier zu trinken. Die gigantische Uhr am Gestell der Bühne zeigt 14:45 Uhr. Noch fünfzehn Minuten bis zum Countdown. Mama hatte mir im Vorfeld online so viele Farbbeutel gekauft, dass ich nicht weiß, wie ich sie alle verbrauchen soll.

Ein Blondschopf rempelt gegen mich und entschuldigt sich beiläufig, bevor er in der Menge verschwindet. *Linus ist blond.* Grinsend verdrehe ich die Augen und ignoriere das unwohle Gefühl in meinem Magen. *Ach was.* Jemand stupst meine Schulter. Braune Augen, ausgewaschenes Blond, charmantes Lächeln. Linus streckt mir einen Shot entgegen. Sein Blick zuckt hin und her.

»Hey. Ich habe gesehen, dass der dir keinen Alkohol verkauft hat.« Er nickt in Richtung des Barkeepers. »Bist du allein hier?« Einen der Shots drängt er mir auf und fährt sich mit der nun freien Hand durch die Haare. Er blinzelt übermäßig häufig und zupft sein Shirt zurecht. Wo ist der entspannte, selbstbewusste Typ hin? *Vielleicht ist doch etwas passiert?* Linus bewegt das Shotglas noch ein Stückchen näher zu mir, bis unsere Fingerknöchel sich berühren. Erst jetzt werde ich aus meiner Starre gerissen. Eilig stoße ich mit ihm an.

»Danke«, sage ich, bevor ich das widerliche Gesöff in meinen Mund kippe. O Gott. Ich dachte, das riecht nur so ekelhaft. Die Grimasse, die ich ziehe, bringt Linus zum Lachen. Seine Augenringe sind dunkler geworden. Er nimmt mir den leeren Becher ab.

»Wie viel bekommst du?« Der Rucksack gleitet von meinen Schultern. Geschickt halte ich den Stoff davon ab, den Boden zu berühren, der mit Farbpulver zugekleistert ist.

»Ist egal.« Linus schaut über die Schulter nach hinten. Ich folge seinem Blick. Leo und Timo unterhalten sich angeregt. Timo schielt immer wieder zu uns. Ein strahlendes Lächeln formt sich auf seinen Lippen und er winkt mir. Ich erwidere das Lächeln, bis Linus meine Aufmerksamkeit einfordert.

»Willst du mit zu uns? Wir haben noch mehr Alkohol.«

Er setzt sich bereits in Bewegung – in Zeitlupe – für den Fall, dass ich ablehne. Natürlich folge ich ihm. Schließlich weiß ich nicht, was in seinem Leben gerade abgeht. Ihn zu verurteilen und sauer zu sein, erscheint mir ungerecht. Außerdem ist er jetzt hier und redet mit mir.

»Ich habe genug Geld dabei«, sage ich.

Linus winkt ab.

»Darf ich mit Farbbeuteln bezahlen?«

Sein Blick fällt auf meine Tasche.

»Wie viele hast du denn? Wir haben keine.«

Ich zerre den Reißverschluss auf. Lautstark stößt Linus die Luft aus.

»Meine Mom hat übertrieben.«

Als wir bei Timo und Leo ankommen, begrüßen sie mich mit einer brüderlichen Umarmung. Leo verwickelt mich in ein Gespräch. Das Herz rutscht mir in die Hose. *Wissen sie von dem Video?*

»Es geht los«, sagt Linus, packt mein Handgelenk und zieht mich mit sich.

»Ich bin froh, dass du da bist.« Linus' Knie drückt gegen meins. Wir haben uns im Schatten niedergelassen und schauen seinen Freunden bei ihrer Farbschlacht zu. Timo hat uns mit seinen Überredungskünsten einen Schattenplatz beschafft und ich bin noch immer beeindruckt, wie er es geschafft hat.

»Ich hatte sowieso keine Idee, was ich mit den tausend Farbbeuteln angestellt hätte.«

Aus dem Augenwinkel bemerke ich, wie Linus mich ansieht, aber ich erwidere den Blick nicht. Ich spiele mit meinen Fingern.

»Nicht deshalb.«

Das Farbpulver steckt in jeder Falte meines Körpers. Hätte nie gedacht, dass mein Hintern einmal pink sein würde, aber hier sind wir. Zum Glück hat Leo mich subtil darauf hingewiesen, bevor Timo es bemerkt hat. Der hätte es sicher an die große Glocke gehangen.

Linus reißt mich aus meinen Gedanken. Sein Tonfall hält mich davon ab, an meiner Hose zu zupfen. »Hör mal, Ru. Ich wollte mich bei dir entschuldigen, weil ich in der letzten Woche keine Zeit für dich hatte.«

»Du hattest nicht 'keine Zeit'. Du bist mir aus dem Weg gegangen.« Ich will ihn nicht verurteilen, aber es ist offensichtlich, dass er mir aus dem Weg gegangen ist. Seine Reaktion ist die Bestätigung.

Linus starrt auf das vertrocknete, braune Gras vor sich. *Es scheint, als würde es ihm wirklich leidtun.* Und schon kommt das schlechte Gewissen zurück und ich will ihm verzeihen. Jetzt ist er da. Es spielt keine Rolle, was letzte Woche war. Ich weiß, dass das eine dumme Denkweise ist. Aber lieber habe ich einen schlechten Freund, als weiter allein zu sein. Und jeder macht doch Fehler, oder?

»Ich bin nicht sauer, okay? Ich verstehe es nur nicht.« Ich rapple mich auf und halte ihm die Hand hin. »Kommst du?« Den pinken Farbbeutel schmeiße ich in seinen Schoß. Er blinzelt gegen die Sonne an und lässt sich von mir hochziehen.

»Jetzt sind sie abgelenkt. Ich schleiche mich an Timo an und du übernimmst Leo, okay?«

Wir reißen die Farbbeutel auf. Lautstark stößt er die Luft aus. Er senkt die Schultern. Ich konzentrierte mich auf Timo, der noch immer mit Leo kämpft und von uns nichts mitbekommt. Bevor ich angreifen kann, werde ich an der Taille gepackt und zur Seite gezogen. Linus steht vor mir und schlingt seine Arme um meine Schultern und legt das Kinn auf meiner Schulter ab. Der Stoff seines Tanktops ist weich an meiner Wange. Sein rasender Herzschlag dröhnt in meinen Ohren wie eine tickende Zeitbombe.

Ihm ist wohl doch nicht alles egal. Ich drücke mich näher an ihn und schlinge meine Arme um seinen Oberkörper. Die Finger verschränke ich hinter seinem Rücken und halte ihn somit gefangen. Plötzlich werden wir eine Wolke aus regenbogenfarbenem Staub getaucht. Leo und Timo kreischen wild.

Ich schaue auf zu Linus. Schützend hält er mich, ein Lächeln umspielt seine Lippen. Er bedeckt meine Augen mit seiner schweißnassen Hand. Keine Sekunde später landet eine Pulverbombe auf meinem Kopf und dann sind da Finger, die mir vorsichtig durchs Haar fahren.

Die Berührung setzt mich unter Strom, dennoch entspannt sich mein ganzer Körper mit einem Mal. So etwas habe ich noch nie gefühlt.

Meine Gedanken hören auf zu rasen.

Vollbremsung.

19

Linus

Nummer 16

Schwankend krallt Ruben seine Finger in den Stoff meines Tank Tops.

Wir stehen am Bahnhof und warten auf Mama. Ruben verträgt nicht viel Alkohol und ich musste ihn den ganzen Abend abhalten, noch mehr zu trinken.

Es sind zwar nur vier Kilometer bis nach Hause, aber keiner von uns ist nur ansatzweise nüchtern. Sprich: Mama spielt Taxifahrerin. Ich habe sie vorgewarnt, dass ich nicht versprechen kann, nüchtern zurückzukommen. Sie hat zwar die Augen verdreht, aber dabei gegrinst. Sie kennt uns.

»Willst du heute bei mir schlafen?«, hauche ich gegen Rubens Ohr. Wir warten abseits der Gleise, weil der Geruch von Pisse und Kotze mich fast zum Würgen bringt.

Die jämmerlichen Neonröhren erhellen nur wenige Ecken des Bahnhofs, der von Bäumen und Büschen eingerahmt wird. Ruben lässt von mir ab, verzieht das Gesicht und greift sich in den Schritt.

»Ich muss schon wieder pullern.«

»Warst du nicht im Zug?« Leo schmunzelt.

»Ja eben«, stöhnt Ruben und schaut sich erfolglos nach einer Toilette um.

»Ich muss auch.« Ich ziehe Ruben mit mir zu der Wand aus Bäumen und öffne den Hosenstall. Leo gesellt sich zu uns.

»Gruppenpissen!« Timo reißt jubelnd seine Jeans herunter, bis sie bei seinen Knöcheln hängt. In der Ferne rauscht ein Zug über die Gleise. Ruben kichert. Gleißendes Licht strahlt durch die Äste, die einfahrende Bahn übertönt Timos Gebrabbel.

»Der hält hier.« Leo zieht den Stoff wieder an den richtigen Platz und entfernt sich. Wir folgen in Kürze. Der Drang nach Nikotin packt mich, als ich Leo mit einer Kippe sehe.

Fluppe zwischen die Lippen, Feuerzeug an und …

Leo schnappt sich die Zigarette und dreht sie zwischen seinen Fingern. Richtig herum gibt er sie mir wieder.

»Filter anzünden ist nicht so geil, was?« Lachend schaut er mir zu, wie ich mit dem Wind kämpfe. Erst, als Leo die kühle Brise mit seinem Körper abwehrt, schenkt das Feuerzeug mir eine Flamme. Ich beobachte die Tiere auf der Weide, was Rubens Aufmerksamkeit darauf lenkt.

»Ich liebe Kühe«, schwärmt er.

»Ich auch«, stimmt Timo überschwänglich zu. Viel zu überzeugend erzählt er Fakten über Rinder, die keine Fakten, sondern Unsinn sind – ich weiß nicht viel über Kühe, aber sie laufen sicher nicht von hinten voll, wenn sie in einem See stehen. Ich laufe Richtung Weide und drehe mich nach wenigen Metern um.

»Komm«, sage ich an Ruben gewandt.

»Was hast du vor?« Lachend saust er zu mir, streckt dabei die Arme nach hinten und beugt sich vor. Er lacht viel, wenn er betrunken ist.

»Wir besuchen die Kühe.«

Ruben hat fast zu mir aufgeschlossen, als er über einen Stein stolpert. Ich packe ihn am Arm und bewahre ihn vor Bodenkontakt. Um ein Haar wären wir beide gefallen.

Der Mond leuchtet uns den Weg.

»Du hast noch nie Alkohol getrunken, oder?« Warum frage ich überhaupt? Ich halte noch immer sein Handgelenk – das linke, an dem kein Verband ist. Warum trägt er den immer noch? Hätte er eine Sehnenverletzung, wäre die längst verheilt und er würde eher eine Bandage tragen.

»Ist mein erstes Mal.« Verlegen schaut er weg, ein Grinsen schleicht auf seine Lippen.

»Süß.« Meine Hand gleitet von seinem Handgelenk hinunter. Wir verschränken unsere Finger miteinander. Nur wenige Meter später entzieht Ruben mir seine Hand. Hastig wischt er sie an seiner Hose ab und überreicht sie mir wieder.

»Schwitzige Hände, sorry.«

»Kein Ding.« Zufriedenheit macht sich in meinem Körper gemütlich und ich realisiere erst jetzt, dass ich dieses Gefühl für eine lange Zeit vermisst habe.

Mit Chanelle fühlt es sich nicht annähernd so gut an. Eher wiegt konstanter Druck auf meine Brust, wenn ich bei Chanelle bin. Jedes Mal, wenn sie mit mir schlafen will, erhöht er sich. Zudem fühlt sie sich so unglaublich leicht angegriffen und verletzt, egal, was ich mache. Mit Ruben hingegen ist alles … leicht.

Ruben streckt die Hand über den Zaun, als wir bei der Weide ankommen. Ein Großteil der Vierbeiner beobachtet uns mit riesigen Glubschaugen und halten mehr als genug Abstand. Eine ist mutig und kommt vorsichtig auf uns zu. Die Neugier ist ihr anzusehen. Ihr kugelrunder Bauch schwabbelt hin und her, als sie sich einige Schritte nach vorne tastet.

»Muh«, macht Ruben und klingt dabei gar nicht wie eine Kuh. Das Tier sieht das wohl genauso, denn sie bleibt stehen und richtet die Ohren nach vorne. Den Kopf dreht sie zur Seite, als wäge sie ihre Fluchtmöglichkeiten ab. Dabei kommt das gelbe Plastikhalsband zum Vorschein. Nummer 16.

Normalerweise tragen die Tiere so etwas doch nur im Stall, oder nicht?

»Muh«, ruft Ruben noch lauter, als wolle er Nummer 16 befehlen, endlich herzukommen. Er ist im Begriff, nach vorne in den Holzzaun zu kippen, weshalb ich meine Hand an seine Brust lege und ihn zurückdrücke, denn unter den Brettern spannen sich etwa drei Zentimeter breite Weidezaunbänder, durch welche Strom fließt.

»Hör auf. Du vergraulst sie.« Glucksend stelle ich mich dem Tier vor, was Ruben unglaublich lustig findet.

»Wie heißt du?«, frage ich die Kuh und schiele zu Ruben.

»Muh«, blökt das cremefarbene Vieh. Ruben prustet los und es steckt mich an. Ich liebe sein Lachen. »Esme?« Ich pruste los und kann erst weiterreden, als ich mich beruhigt habe. Der Name steht auf ihrer Ohrmarke. »Schöner Name.«

Ruben schubst mich zur Seite und stolpert dabei selbst. »Sie heißt Muh. Hörst du denn nicht zu?«

Beschwichtigend hebe ich die Hände. »Tut mir leid.« Mit aller Kraft versuche ich, mein Lachen zu kontrollieren. Mein Bauch schmerzt schon. Ruben ergreift meine Hände und zerrt mich zu sich. Der Moment dauert ewig. Es scheint, als wären wir kilometerweit voneinander entfernt. Zu lange dauert es, bis wir uns so nahe sind, dass kaum ein Blatt zwischen uns passt.

Die Uhr hört auf zu ticken. Wir – Muh eingeschlossen – können ewig leben. Niemand kann sich zwischen uns drängen. Wir kommen uns noch näher.

Ich weiß nicht, wer von uns die Bewegung initiiert hat. Aber es spielt keine Rolle. Ich will ihm noch näher sein. Rubens Atem kitzelt auf meinen Lippen. Er riecht nach Alkohol und Kaugummi. Sein Körper versprüht Hitze. In unseren Handflächen könnte man ein Ei braten, so heiß fühlen sie sich an.

Langsam, aber sicher, treibt der Schweiß sie auseinander, aber ich festige meinen Griff und er tut dasselbe. Auf meinen Lippen breitet sich ein angenehmes Kribbeln aus, als Rubens Mund nur noch ein paar Zentimeter entfernt ist.

Mein Kopf ist leer. Meine Hand wandert zu seiner Taille und ich ziehe Ruben noch näher an mich heran, presse meinen Körper an seinen.

Meine Oberlippe teilt sich von der unteren. Rauschen in meinem Kopf, wie am Meer.

Mein erster Kuss mit einem Jungen? Ruben atmet so leise und doch so laut, als er sich weiter nähert.

Wenige Millimeter trennen unsere Lippen.

»Hat die Kuh euch gefressen?«

Wir schrecken auseinander. Die stockartige Silhouette trabt auf die Weide zu.

Tick. Tack. Tick. Tack …

Die Zeiger der Uhr springen ein Stückchen weiter – wie jede Minute. Ein verpasster Moment, etwas zu langsam. Wieder eine Minute weniger auf dieser Erde. Und das alles wegen Timo.

Kurzer Schock, erst danach nehme ich meine Umwelt wahr: Zugrollen, Autos auf der Landstraße, Timos Stimme, die mich noch nie so genervt hat wie jetzt.

Mein Herz rast schneller als der Zug und es fühlt sich an, als würde auch mein Blut mit 1000 Kilometer pro Stunde durch meinen Körper gejagt werden. Meine Haut steht in Flammen, die Finger kribbeln.

»Was macht ihr?« Timos Blick klebt an Ruben. Seine Stimme klingt bedächtig. Überforderung nimmt mich ein, doch glücklicherweise ist Ruben mit Schlagfertigkeit gesegnet – zumindest, wenn er betrunken ist.

»Linus passt auf, dass ich nicht elektroschockisiert werde.« Er bewegt sich auf den Störenfried zu, während ich unfähig bin, auch nur einen Schritt zu tun. Ich schaue zu, wie er mit Timo zurückgeht. Enttäuscht bleibe ich beim Zaun stehen. Plötzlich trifft mich heißer Atem einer Kuh. Als sie ausatmet, klingt sie wie ein Drache. Geruch von erbrochenem Gras steigt in meine Nase. Ruben bleibt ruckartig stehen, macht kehrt und rennt zurück.

»Muh.« Der cremefarbene Vierbeiner blickt angespannt zu dem Schreihals, bereit zu flüchten. Ruben tritt vorsichtig zum Zaun. Die Kuh bleibt stehen, aber lässt sich nicht von ihm streicheln, sondern dreht den Kopf weg.

»Melissa ist da«, brüllt Leo vom Bahnhof aus. Timo ist bereits zu ihm zurückgekehrt.

»Wir müssen los.« Sanft umfasse ich seine Hand und ziehe ihn mit mir. Die anderen können von oben unmöglich erkennen, was wir hier treiben. Oder? Wir verschränken unsere Finger wieder miteinander. Ruben dreht sich während des Laufens immer wieder zurück. Nach einer Weile gibt er auf und stößt enttäuscht die Luft aus. Ich drücke seine Hand. »Wir besuchen sie, okay?«

Strahlend schlingt Ruben seine Arme um mich. »Versprochen?«

»Versprochen.«

Ein letztes Mal schaut er zurück und winkt ihr. »Wir sehen uns, Muh.«

»Sie heißt Esme.« Ich wuschele durch seine dunklen Haare und versuche, den mit aufgewirbelten Farbstaub nicht einzuatmen. Als wir, ohne Händchen zu halten, oben ankommen, gibt es keine Spur von Mama.

»Falscher Alarm. Alter, wo bleibt sie?«, fragt Leo.

Ich ziehe mein Handy aus der Hosentasche.

»Ups.« Verlegen kratze ich mich im Nacken. »Ich habe die Nachricht nicht abgeschickt.«

Ich will duschen, ins Bett fallen und die Müdigkeit regieren lassen. Die Farbe klebt an meiner Haut und wird von Minute zu Minute unangenehmer. Zuhause angekommen steige ich als erster in die Badewanne – eine Duschkabine besitzen wir nicht. Kurz darauf klopft es an der Tür. Es ist Ruben. Natürlich ist es Ruben.

»Kann ich ganz kurz reinkommen? Ich muss dringend pullern.«

Ich breche in schallendes Gelächter aus. Wie oft muss er noch pinkeln?

»Ist offen.«

Das Wasser hat meinen Kopf zwar freigemacht, aber ich bin noch zu betrunken, um ihn zu hören.

Viele Optionen habe ich nicht: Entweder zeige ich ihm meinen Hintern oder mein bestes Stück. Einen Duschvorhang besitzen wir nämlich auch nicht. Ich drehe mich zur Wand.

Die Tür öffnet sich und fällt ins Schloss. Schritte, ein Reißverschluss wird aufgezogen.

»Danke«, sagt Ruben, während er sich erleichtert.

Was er wohl denkt? Hat er mich angesehen oder den Boden im Blick behalten? Das laute Plätschern unterbricht meine Gedanken. »Du bist am Rücken noch voller Farbe.« Er betätigt die Spülung.

Fluchend schrubbe ich an meinem Rücken herum. »Das geht nicht weg.«

»Versuchs mal mit Seife.« Ruben gluckst. »Brauchst du Hilfe?«

»Ja«, murre ich.

»Sicher?«

»Es war dein Angebot, nicht meins.« Aus Hilflosigkeit lache ich. Will ich wirklich, dass er mir hilft? Über die Schulter hinweg schaue ich ihn an. Ruben zuckt mit den Schultern. Mein Mundwinkel zieht sich ganz von selbst nach oben. Keine Ahnung, was dieses ständige Schulterzucken zu bedeuten hat, aber es ist knuffig. Voll bekleidet will er in die Wanne steigen.

Im Gegensatz zu sonst habe ich nur einen Gedanken in meinem Kopf: *Ich bin nackt.*

»Warte.« Hastig drehe ich mich um. Rubens Blick gleitet an meinem Körper hinab. Keine Sekunde später bewegen meine Hände sich in dieselbe Richtung und verdecken meinen Schritt. »Ich bin nackt.« Ich male mir einige Szenarien aus, von welchen eines in den nächsten Sekunden eintreten wird:

A) Ruben wird den Raum wortlos verlassen.

B) Ruben wird sich entschuldigen und den Raum mit feuerroten Wangen verlassen.

C) Ruben wird sich ausziehen, in die Wanne steigen und …

Letzteres ist reines Wunschdenken. Was tatsächlich geschieht:

D) Ruben mustert mich abermals von oben bis unten, ein verschmitztes Grinsen schleicht auf seine Lippen. »Ja, bist du.«

Ruben schlendert durch die Tür. Mit offenem Mund bleibe ich zurück, Hände über dem Schritt und Farbflecken auf der Haut.

Er hat mich nackt gesehen und … es hat ihm gefallen?

20

Linus

Fick dich

›Da liegt ein Typ in deinem Arm.‹

Ich reiße die Augen auf.

›Spürst du seinen harten Schwanz an deinem Oberschenkel?‹ Mit einem Mal bin ich mir jeder Berührung bewusst und spüre Rubens Körperwärme deutlich. Ich lasse die letzte Nacht Revue passieren, doch finde nichts Besonderes.

Allerdings fällt mir ein, dass uns ein paar Leute aus der Schule auf dem Fest begegnet sind. Sie haben sich mit den Jungs über das Studium unterhalten. Timo kennt gefühlt jeden aus der Schule.

Weder mich noch Ruben haben sie seltsam angesehen. Ich habe überreagiert. Wie kam ich darauf, dass alle denken würden, ich sei schwul, wenn sie mich mit Ruben sehen? Riot hat übertrieben.

Nach dem Duschen waren die anderen dran. Ich bin ins Bett gegangen. Ruben kam als Letzter zurück ins Zimmer und neben mir war der einzig freie Schlafplatz. Wir haben hier nie eine feste Schlafordnung – abgesehen davon, dass ich immer in meinem Bett schlafe. Er ist ins Bett gekrabbelt, aber bis an den Rand von mir weggerutscht.

Es rauscht in meinem Kopf, als sei ich am Meer. Es erinnert mich an den letzten Urlaub, den wir als Familie erlebt haben. Mama hat es mit der Kamera festgehalten: Dad hat einen Arm um meine Schulter gelegt – falsches Lächeln, falsche Vater–Sohn-Beziehung.

Zusammen mit der Erinnerung ist das Foto der einzige Beweis dafür, dass ich je eine Vaterfigur in meinem Leben hatte, denn im Hause Schütz wird dieses Thema totgeschwiegen.

Warum war ich so dumm und habe ich ihm damals gesagt, dass ich mit Mädchen nichts anfangen kann? Eine Bewegung neben mir. Rubens Intimbereich drückt fester gegen meinen Oberschenkel. Sein Bein liegt auf meiner Körpermitte und löst ein unangenehm angenehmes Gefühl in mir aus.

›*Ekelhaft. Er träumt sicher von Marcel*‹, sagt Riot.

Er kann doch nichts dafür, entgegne ich in meinem Kopf. Rubens Arm ist wie im Klammergriff um mich geschlungen, sein Kopf liegt auf meiner Brust.

Ungewollt schießen mir Bilder in den Kopf. Blut wird Richtung Süden geleitet.

›*Nicht dein Ernst*‹, kommentiert Riot. ›*Aber bei deiner Kleinen klappt's nicht?*‹

Ich schiele zu Ruben und verspüre eine plötzliche Sehnsucht, meine Finger durch sein Haar gleiten zu lassen. Gestern hätten wir uns fast geküsst. Verdammte Scheiße.

Wo warst du gestern, als ich dich gebraucht habe? Warum hast du mir nicht gesagt, dass ich es lassen soll?, wende ich mich an Riot, doch der bleibt stumm. Timo rührt sich noch vor den anderen. Mit einem Stechen im Herzen gleitet mein Blick abermals zu Ruben. Ich sollte ihn wegdrücken, aber bringe es nicht übers Herz. Also starre ich auf mein Handy, um etwas Ablenkung zu genießen. 10:56 Uhr. Eine Nachricht, die bereits gestern Abend auf mich wartet.

Chanelle: Wie geht's dir, Schatz? Wir haben uns ein Weilchen nicht mehr gesehen. Hast du morgen Zeit? Du weißt, ich fliege nach meinem Geburtstag nach Amerika …

Ich: Muss ausnüchtern. Sorry.

Timo wischt sich über das Gesicht und gähnt. Er hat neben Leo auf einer Luftmatratze geschlafen.

Er richtet sich auf und schaut sich im Raum um, als sei er nie zuvor hier gewesen, als hätte er nicht seine halbe Kindheit hier verbracht. Als er mich sieht, lege ich gerade mein Handy beiseite, denn nun brauche ich Ablenkung von Chanelles Nachricht.

Timo legt den Kopf schief. Zwischen mir und Ruben schielt er hin und her. Hitze breitet sich in meinem Körper aus und wenn in meiner Unterhose keine deutliche Beule entstanden wäre, würde ich die Decke umschlagen und einen sachten Luftzug begrüßen.

Timo stupst Leo an, welcher sich murrend wegdreht. Als der blaue Igel Leo endlich wachbekommt, deutet er zum Bett.

Riot lehnt sich im Sessel zurück.

Sag mir doch, was ich tun soll, flehe ich.

›Ist das nicht offensichtlich?‹

Das Publikum ist zu viel für mich. Vorsichtig drücke ich Ruben weg. Der brummt erst nur, zieht seine Hand dann jedoch hastig zurück.

»Ich mache Frühstück. Kommst du mit, *Timo*?« Leo boxt ihm in die Seite und wirft mir einen mitleidigen Blick zu.

Ruben hat sich inzwischen umgedreht, sein Gesicht in einem Meer aus Kissen vergraben, eins davon verdeckt seinen Schritt. Timo macht sich nicht die Mühe, sich anzuziehen, und wandert halbnackt umher. Die Jungs verlassen den Raum und ich bin überrascht, dass Timo keine perversen Handzeichen für mich übrighat.

›Wann checkst du endlich, dass Ruben dir nicht guttut? Wenn du weiter mit ihm abhängst, wirst du es nie schaffen, dir ein Leben mit Chanelle aufzubauen. Denkst du nicht, er wird dir einreden, dass du ›in Ordnung bist, so wie du bist‹, nur weil er selbst eine Schwuchtel ist?‹

Er hat Recht. Ich habe eine Freundin, die ich liebe und nicht betrügen will. Zumindest rede ich mir das ein.

Ich versuche, das Ziehen in meinem Lendenbereich auszublenden. Ignoriere, dass es stärker wird, sobald ich Ruben ansehe. Tue so, als gebe es das Kribbeln in meinem Bauch nicht, wenn ich ihn zu lange anschaue. Als wäre es nur das erste Anzeichen einer Grippe. Einer Krankheit.

›Schau an dir runter, schau wie hart dein Schwanz ist. Glaubst du, das ist normal? Du weißt selbst, dass das abartig ist.‹

Und da ist er.

Dieser plötzliche Ausbruch von Wut, den ich ab und an verspüre. Die Wut auf mich selbst, auf Mama, weil sie mich so geboren hat, auf Ruben, weil er der Grund ist, warum Riot mich immer öfter fertigmacht und zu guter Letzt auf Dad.

›Warum kannst du nicht einfach normal sein?‹, sagt Riot.

Mein Herz sinkt – so tief, dass ich fürchte, es wird verschwinden, unauffindbar, für immer verloren. Ich drehe mich auf die Seite, packe Rubens

Taille und ziehe den schmächtigen Körper zu mir. Mit einem Ruck stößt meine Körpermitte gegen seinen Hintern. Uns beiden entweicht ein Keuchen.

Fick dich, Riot. Und während es sich, abgesehen von dem leichten Schmerz, gut anfühlt, fühle ich mich miserabel. Trotzdem schlinge ich die Arme um Rubens Bauch, als sei er meine letzte Hoffnung.

Du hast mir nichts zu sagen, Riot. Rubens unverwechselbarer Eigengeruch hängt in meiner Nase. Dazu kommt ein Hauch von Schweiß. Ruben zieht eins der tausend Kissen zu sich und drückt es sich ins Gesicht. Verdammte Scheiße. Was tue ich hier? Das ungute Gefühl nimmt überhand. Mein Becken schiebe ich zurück, den Griff lockere ich.

»Tut mir leid. Morgenlatte und so.« Lächerlicher Vertuschungsversuch, eine Lüge. Eine von vielen. Ruben dreht sich in meinen Armen, schlingt seine Arme um mich und presst die Wange gegen meine Brust. Er öffnet die Augen und schaut in meine. Es ist seltsam. So intim und intensiv.

Oft hat er mir noch nicht in die Augen gesehen. Und in so einer Situation schafft er es? Ich verliere mich in dem endlos tiefen Grün. Ein schüchternes Lächeln ziert Rubens Lippen, die Wangen nehmen einen rosa Ton an. Mein Blick klebt an seinen Lippen.

Niemand würde uns jetzt unterbrechen.

Für einige Minuten denke ich an nichts anderes. Sind sie so weich, wie sie aussehen? Schmecken sie so gut, wie Ruben riecht? Ich will es herausfinden. Mir fehlt es an Mut.

Gestern hätte ich es getan. Heute ist alles anders. Heute sind wir nüchtern. Heute ist Riot zurück. Heute erinnere ich mich daran, dass ich eine Freundin habe. Also drücke ich Ruben von mir, ziehe mich an. Er tut es mir gleich. Der fehlende Augenkontakt und seine zusammengefallene Haltung zeigen mir, dass er nicht mehr hier sein will. Ich bin froh darum.

Wir gehen die Treppe hinunter, wechseln kein Wort, keinen Blick. Für den Fall, dass er doch hierbleiben will, lasse ich ihm den Vortritt. Wie vermutet biegt er am Fuße der Treppe nach rechts ab Richtung Haustür. Innerlich suche ich bereits nach einer Ausrede, die ich den Jungs erzählen kann.

›Ruben muss sich um seinen Hund kümmern ‹, werde ich sagen. Oder vielleicht muss er seiner Mutter helfen. Keine Ahnung.

Ruben sieht mir noch immer nicht in die Augen, als er aus der Tür tritt. Nur das Gefühl von Scham verbindet uns in diesem Moment.

Und der Fakt, dass wir beide eine Erektion haben.

Und so verabschieden wir uns auch.

Ohne Worte, ohne Umarmung, ohne Blickkontakt.

Ein Faustschlag und ein deprimiertes Lächeln, das ist das Einzige, das wir noch füreinander übrighaben.

21

Linus

Wie fühlt sich Liebe an?

Ich muss mit jemandem darüber reden. Einige Wochen sind vergangen und Ruben und ich sind fast jeden Tag zusammen rumgehangen. Oft muss er am späten Nachmittag gehen oder ist früh morgens weg, wenn er bei mir übernachtet.

Er behauptet, dass seine Eltern ihn nachhause zitieren, aber das glaube ich nicht – schließlich hat er selbst erzählt, dass seine Eltern das kaum interessiert.

Ich bin froh, dass er lügt. Es ist lächerlich, aber dadurch fühle ich mich mit meinen eigenen Lügen besser. Ich hoffe nur, dass er nicht noch mit Marcel rumhängt. Mann, ich will den Kerl verprügeln. Werde ich auch.

Irgendwann.

Über den Vorfall bei der ersten Übernachtungsparty haben wir kein Wort verloren.

Ruben wirkt erleichtert, dass ich ihn nicht mehr ignoriere. Seit Monaten habe ich am Wochenende kaum Energie, mich aus dem Bett zu rollen und den Tag zu beginnen und unter der Woche möchte ich nach dem Unterricht sofort zurück ins Bett.

Ich gehe nur für Mama in die Schule, obwohl ich meinen Abschluss wahrscheinlich nicht schaffen werde.

Meine Noten sind zwar ganz in Ordnung, aber ich schaffe es nicht, mich zum Lernen aufzuraffen. Warum auch? Was bringt mir ein Abschluss, wenn ich sowieso nicht mehr lange leben werde? Bald muss ich es hinter mich bringen.

Es ist längst überfällig.

Das einzig Hilfreiche in meinem Leben ist Ruben im Moment. Wir hängen oft ab. Meistens gibt er mir Energie, als sei er eine Batterie, die mich auflädt. Oft bemerkt er meine Müdigkeit aber und wir verbringen Zeit in meinem Zimmer, reden über alles und nichts, zocken und schauen Horrorfilme.

Anfangs hat er wieder sehr zurückhaltend gewirkt, was ich verstehe. Doch in den letzten Tagen hatte ich das Gefühl, dass er die Schüchternheit wieder verloren hat.

Ich habe mit niemandem über meine Probleme gesprochen. Nicht einmal mit Timo und Leo.

Die Jungs würden mir zuhören. Aber sie wissen zu viel, haben zu viele Ratschläge parat und ich bringe schlichtweg kein Wort heraus, wenn ich mit ihnen darüber reden will.

Wenn sie vorschlagen, ich soll mit meiner Mutter oder einem Therapeuten darüber sprechen, bekomme ich Herzrasen. Aber es wird nichts bringen, mit einem Therapeuten darüber zu reden und ich will nicht in die Klapse – da würde ich sicher landen, sobald ich ehrlich bin.

Ich möchte nur jemanden, der mir zuhört, ohne mir irgendwelche Ratschläge zu geben. Ruben wäre bestimmt *einfach* da, ohne viel zu reden.

Zögerlich krame ich ein Fotoalbum heraus und puste den Staub von den Seiten. Kindheitsbilder von Dad und mir, Mama, Hannah, Timo und Leo … Und dann taucht ein Bild auf, das ich am liebsten verbrennen würde. Mein vierzehnjähriges Ich steht mit stolzem Grinsen und einem Regenbogen auf der Wange im Wohnzimmer. Die Flagge hat Hannah mehr schlecht als recht gemalt.

Warum habe ich gedacht, dass Dad es akzeptieren würde? Die Erinnerung lungert in meinem Gehirn und ich lasse sie verweilen. Vielleicht fühle ich mich dann besser, wenn sie irgendwann weiterzieht. Ich irre mich. Sie verweilt lange. Den Kopf lehne ich an die Wand und starre an die Decke.

Wie lange ist es her, dass ich geweint habe? Zwei Jahre? Drei?

Die Müdigkeit in meinen Knochen ist prominenter als je zuvor. Stimmen dröhnten durch den Gang.

Schlaf ist wie eine Droge. Nur dann bin ich frei. Bitter lache ich auf. *Jedes Mal denke ich, es wird mir besser gehen, wenn ich penne.* Jemand stampft durch den Flur.

Aber diese scheiß Stimme wird sich nie verpissen.

»Ich räume Linus' Wäsche weg. Er macht das eh nicht«, sagt Mama draußen.

»Räum ihm nicht immer hinterher«, dringt Hannahs Stimme durch den Flur. Sie kommen näher.

Ich reiße das Fenster auf und schnappe nach Luft. Mama soll mich nicht so sehen. Also schaue ich aus dem Fenster.

Ein überraschter Laut entkommt Hannahs Kehle. »Ich dachte, du bist bei Ruben.«

Ich zucke mit den Schultern und werfe einen Blick hinter mich.

Hannah betritt den Raum unaufgefordert. Sie umarmt mich von der Seite. Ich setze ein Lächeln auf.

»Wann räumen wir endlich das Baumhaus aus?«

»Nach den Prüfungen.«

Hannah stöhnt. Ich will zum Bett gehen, aber sie packt mich am Arm und zieht mich zurück.

»Hast du wieder gekifft?«, flüstert sie in mein Ohr. »Mom, du kannst später aufräumen. Geschwistergespräch.«

Mama presst ihre Lippen zu einem dünnen Strich zusammen, verlässt den Raum aber ohne Widerworte.

»Glaubst du wirklich, das macht es besser?«, zischt Hannah.

Sie hat wieder diesen enttäuschten, vorwurfsvollen Blick, also starre ich auf meine Füße und lehne mich gegen das Fensterbrett. »Es macht's erträglicher.«

»Was ist los mit dir? Du hockst nur noch in deinem Zimmer und lässt dich volllaufen, anstatt irgendetwas Produktives zu machen.«

»Ich bin einfach gestresst.«

»Ich weiß. Abitur ist anstrengend. Du musst trotzdem endlich anfangen zu lernen. Ich habe Monate vorher angefangen und du noch gar nicht. Also reiß dich zusammen, lern die letzten Tage und dann hast du es hinter dir. Denk daran, dass du mit Chanelle zum Ball gehen wirst.«

Chanelle will mit mir zum Abiball, obwohl ich keine Lust habe, und sie muss es gegenüber meiner neugierigen Schwester hinausposaunt haben. Zugegeben, als sie mich gefragt hat, habe ich zugestimmt, weil ich ihre Gefühle nicht verletzen wollte. Aber ohne Timo und Leo ist es nicht dasselbe. Letztes Jahr war ich auf ihrem Abiball, aber da ich durchgefallen bin, konnte ich die Feier nicht genießen.

Timo und Leo können zwar trotzdem als Besucher kommen, weil sie genügend Kontakte haben, um als ehemalige Schüler hereingelassen zu werden. Aber dieses Jahr fehlt ihnen die Erleichterung des Abschlusses, weil sie es schon vor einem Jahr hinter sich gebracht haben. Zumindest habe ich das als Begründung genommen, als ich sie gebeten habe, nicht zu kommen.

Hannah lacht. »Mama wird euch nicht gehen lassen, bevor sie kein Bild gemacht hat. Und wenn Papa nicht weggerannt wäre, weil sein Sohn nicht seinen Vorstellungen entspric…«

»Fang nicht von Dad an. Und rede nicht über den scheiß Ball oder über meine verdammte Freundin oder die scheiß verkackte Schule.«

»*Was ist denn los mit dir?*«

Ihr Brüllen lässt mich erschaudern. In meinem Kopf bilden sich Worte und Sätze, doch wenn ich sie ausspreche, kann ich sie nicht mehr zurücknehmen. Also bleibe ich stumm und sammele den Mut, sie anzusehen. Ich bereue es, denn in ihrem Blick liegt Wut und Mitleid und ich weiß, dass sie es sowieso nicht verstehen würde.

»Mich fuckt einfach alles ab«, sage ich deshalb nur.

Hannah lacht verbittert. Sie geht zur Tür. »Schluck's runter, so wie alle anderen auch.«

Ich sage nichts, sondern schlucke es herunter und es bleibt mir im Hals stecken. Mit lautem Knallen fliegt die Tür ins Schloss. Ich knirsche mit den Zähnen, der Kiefer schmerzt von all dem Druck. Ich dresche auf die Wand ein. So lange, bis meine Fingerknöchel einen dunkelroten Farbton annehmen.

Ich schaue aufs Handy, um mich abzulenken, habe jedoch keine neuen Nachrichten. Ich habe Ruben geschrieben, doch es ist nicht angekommen.

Er hat erwähnt, dass er oft bei seinem Onkel ist, erinnere ich mich. *Und dass er da schlechtes bis gar kein Internet hat.*

Die Nachricht, in der Ruben die Adresse erwähnt hat, finde ich schnell. Es hat sich sehr aufdringlich angefühlt, ihn danach zu fragen, aber ich war neugierig.

Okay, ich wollte wissen, ob er mir eine Lüge auftischt, um sich nicht mit mir treffen zu müssen, wenn er mal keine Lust hat. Aber nach wenigen Sekunden kam schon die Adresse. So schnell kann er sich keine Adresse ausdenken, oder?

Meine Hoffnung, ungesehen aus dem Haus zu entkommen, zerschlägt sich, als Mamas Stimme mich aufhält. »Hast du einen Moment?«

Seufzend folge ich ihr ins Wohnzimmer und sinke auf das Sofa.

»Wie läuft es mit Chanelle? Du hast sie mir noch gar nicht vorgestellt. Sie war noch nie hier oder hast du sie reingeschmuggelt, als ich im Büro war?« Sie lächelt, doch es erreicht ihre Augen nicht. Fake.

»Alles super.« Ich zwinge mich zu einem Lächeln.

»Macht sie dich glücklich?«

Stumm nicke ich.

Mama legt ihren Arm über die Rücklehne des Sofas und dreht sich zu mir. Die Beine zieht sie an.

»Bist du wirklich bi oder redest du dir das nur ein, weil dein Vater dich in dies…«

»Mama«, stöhne ich langgezogen und weiche ihrem Blick aus. Damals hat sie mir versprochen, dass wir nie wieder darüber reden. Die Jungs haben das auch und haben zugestimmt, mir zu helfen, hetero zu sein.

Beschwichtigend hebt sie die Hände.

»Ich mag Chanelle«, sage ich, weil mir sonst nichts einfällt.

»Aber liebst du sie auch?«

Ich zucke mit den Schultern. »Wie fühlt sich Liebe überhaupt an?«

Als Mama schief lächelt, ziehe auch ich meine Mundwinkel hoch.

»Wenn man es fühlt, weiß man es«, meint sie gedankenverloren, bevor sie mich endlich gehen lässt.

Mein Herz macht einen Satz, als ich zur Bushaltestelle eile und auf den nächsten Bus warte. Bald sehe ich Ruben, denke ich und muss lächeln.

›Du hältst es wirklich keinen Tag ohne die Schwuchtel aus, mh?‹ Herablassend lächelt Riot. *›Dein Vater hätte härtere Maßnahmen ergreifen sollen. Vielleicht hättest du es dann begriffen.‹*

Trotz Riots Worte steige ich in den Bus, der eine halbe Stunde später kommt. Doch eine Frage schwirrt ununterbrochen in meinem Kopf herum.

Warum bin ich so verrückt nach Ruben?

22

Linus

Hah

Hah.

Es ist amüsant, wie wenig ich über Ruben weiß.

So vieles finde ich erst jetzt heraus.

Dass sein Onkel mitten im Nirgendwo wohnt, zum Beispiel. Ich habe mir den Weg im Navi zwar grob angesehen, aber ich dachte, das sieht nur so abgelegen aus.

Mein Fehler.

Ich bin zwar im richtigen Dorf ausgestiegen, habe mich aber wohl verirrt.

Mein Navi hat aufgegeben, weil dieses Dorf vom Wald umrandet und somit das reinste Funkloch ist. An irgendeinem Haus habe ich geklingelt und nach der Adresse gefragt, weil ich dachte, Ruben hat mich verarscht.

Es hat sich herausgestellt, dass der Hof zwar zum Dorf gehört, aber etwa drei Kilometer entfernt liegt. Der dürre Mann hat mir den Weg beschrieben.

»Einfach immer geradeaus geht am schnellsten«, hat er versichert und als ich ihm nicht geglaubt habe, hat er mir eine Karte ausgedruckt und den Weg eingezeichnet.

Wir haben uns eine halbe Stunde lang unterhalten und er hat mir sogar Kaffee angeboten. Den habe ich abgelehnt, schließlich wollte ich nur eine Wegbeschreibung und keine neuen Freunde. Sind Dorfbewohner alle so?

Seit einer halben Stunde marschiere ich also durch den Wald, über Feldwege und Nebenstraßen, sogar über einen scheiß Bach bin ich gehüpft. Gerade, als ich glaube, ich sei vom Weg abgekommen, tauchen umzäunte Wiesen, Rinder und einige hundert Meter weiter ein Bauernhof in meinem Sichtfeld auf.

Plötzlich ergibt alles Sinn. Der Landduft dringt in meine Nase und katapultiert mich zurück in meine Kindheit. Familientrips zu Bauernhöfen in den Alpen haben damals jährlich stattgefunden. Deshalb erinnert Ruben mich an meine Kindheit.

Mit glänzendem Fell grasen die Rinder und interessieren sich kein bisschen für mich. Um den Hof herum liegen riesige Felder und Wiesen, bevor der Wald beginnt.

Bei der Hofeinfahrt entdecke ich eine Scheune, die hinter kahlen Bäumen versteckt liegt. Einige Bretter fehlen an den Wänden. Die vorhandenen weisen Kratzspuren auf, die aussehen, als sei jemand dagegen gefahren.

Das Hof-Logo ist an der Seite des Eingangs angebracht, zusammen mit einem »Herzlich Willkommen« Schriftzug. Das Logo habe ich schon mal gesehen, fällt mir auf. Schwalben brausen durch die Luft. Verschiedene Vögel singen ihre Lieder.

Mit einem Mal fühle ich mich besser, kann mein Lächeln kaum unterdrücken. Jeden Moment treffe ich – hoffentlich – Ruben, kann wieder ich selbst sein und bin weit weg von zuhause.

Von alledem, was mich an die Vergangenheit erinnert.

Auf dem Weg lasse ich Stallungen und unscheinbare Hallen hinter mir. Traktorlärm kommt aus nicht allzu weiter Entfernung. Aus einem der Ställe dringt Gelächter.

Ein mittelalter Mann schlendert aus dem Stall und über den Hof. Seine Jacke spannt um den dicken Bierbauch, die Arbeitshose wird von verkrustetem Schmutz verfärbt.

Er trägt ein strahlendes Lächeln im Gesicht und fummelt an seinem Bart. Als er mich sieht, hebt er die Hand, den verwirrten Blick ersetzt er durch ein Grinsen.

»Am Hofladen bist du schon vorbei«, brüllt er über den ganzen Hof. Er spaziert weiter und kratzt sich wieder am Bart.

»Deshalb bin ich nicht hier.« Schnellen Schrittes versuche ich ihn einzuholen. »Ist Ruben da?«

Der Mann stoppt. Sein verwirrter Blick liegt auf mir. Meine Schultern sinken. *Ich bin wohl doch falsch.* Enttäuschung macht sich in mir breit. *›Willst du ihn wirklich so dringend sehen?‹* Riot verschränkt die Arme.

»Woher kennst du Ruben?« Der Alte ist inzwischen stehengeblieben und kommt auf mich zu.

»Aus der Schule. Ist er da?«

»Ach so! Du bist also der, der meinen fleißigen Arbeiter geklaut hat.« Vor mir kommt er zum Stehen und schüttelt mir die Hand.

»Was?«

»Er ›muss für die Schule lernen‹«, sagt er und zeichnet Gänsefüßchen in die Luft, »aber ich bin ja nicht blöd.«

»Sonst ist er öfter hier?«

»Jeden Tag. Ohne ihn wäre ich hier aufgeschmissen.«

»Oh«, stoße ich aus. Also habe ich Ruben vom Arbeiten abgehalten? »Tut mir leid, das habe ich nicht gewusst.« So oft war ich zwar nicht der Grund, dass Ruben nicht hier war – die Hälfte der Zeit hat er vermutlich *wirklich* gelernt –, aber trotzdem überkommt mich ein schlechtes Gewissen.

Apropos … Hannah will immer noch das Baumhaus abbauen. Seit Monaten warte ich darauf, dass sie mich in den Garten schleift, denn von selbst werde ich es definitiv nicht machen.

»Er treibt sich hier irgendwo rum, du findest ihn sicher.« Der Alte klopft mir auf die Schulter und verschwindet hinter der nächsten Ecke.

Mit großen Augen starren die Rinder mich an, als ich den Stall betrete. Der Boden ist übersäht mit Futterresten, an der Stallwand lehnen Werkzeuge.

Zerbrochene Besenstiele liegen auf leeren Säcken und halten sie an Ort und Stelle, damit der Wind sie nicht davontragen kann.

Ein graues Fellknäuel schießt auf mich zu. Weit kann Ruben nicht mehr sein. Ausgiebig streichele ich Avanti und befehle ihm, mich zu seinem Herrchen zu bringen. Er bringt mir seinen Ball.

»Bloß kein Stress, ich finde ihn selbst.« Einmal werfe ich den Ball, bevor ich in die Richtung gehe, aus der Avanti gekommen ist. Der Stall besteht aus mehreren Boxen, in denen Kälber verschiedener Größen auf Stroh stehen. Dahinter liegt ein weiteres Abteil, an dem einige Kühe an Ketten angebunden in einer Reihe stehen.

Ins Auge sticht mir ein Haufen Rinder, die alle zum Eck ihrer Box blicken. Ausgewachsen sind sie noch nicht, jedoch reichen sie mir etwa bis zum Bauchnabel und haben kleine Hörner. Drei Stück stehen direkt im Eck.

Ich stocke. Mein Herz macht einen Satz. Ruben hockt vor den Tieren im Stroh auf dem Boden. Ein weiteres Tier läuft vorbei und versperrt mir für einen Augenblick die Sicht, doch verschwindet dann in einen anderen Teil des

Stalls.

Rubens Lider sind geschlossen und er zerrupft Strohhalme. Nicht nur seine Klamotten, sondern auch seine Haare sind nass und stehen wirr ab. Einige der Tiere schlecken ihn von oben bis unten ab, andere schnüffeln an ihm und eins kaut sogar auf dem Stoff seines Pullovers.

Ruben lässt die Kleinteile des Strohhalms fallen und streichelt eines der Tiere.

Ein zufriedenes Seufzen verlässt seinen Mund, nachdem er seine Lippen auf das nasse Näschen des Rinds gedrückt hat. Seine Wange schmiegt er an das braun–weiße Fell.

Mein Bauch kribbelt.

Ich will von Ruben gestreichelt werden. Was zum …

Habe ich das wirklich gerade gedacht? So etwas denkt man nicht, wenn man an seine Freunde denkt. Meine Brust zieht sich zusammen. Hitze steigt in mir auf.

Ich habe Gefühle für Ruben. Die Hand balle ich zur Faust und will wieder auf die Wand eindreschen. Nachdem diese aber noch immer gerötet ist und schmerzt, lasse ich es. Die Augenlider presse ich aufeinander, in meinem Kopf entsteht Druck. Vogelgezwitscher, Kuhgeräusche, Traktorenlärm. Alles wird ersetzt durch das altbekannte Rauschen in meinen Ohren.

›Das ist widerlich‹, höre ich Dads Stimme. Das hat er zu meinem 13–jährigen Ich gesagt, als ich ihm gebeichtet habe, dass ich mit Mädchen nichts anfangen kann. Ich warte auf mehr Stimmen, die mir sagen, dass es falsch und widerlich ist. Stattdessen bilde ich mir Mamas Stimme ein.

»An Liebe ist nichts falsch.« Das hat sie auf Dads Aussage geantwortet. Es folgte ein heftiger Streit, woraufhin sie ihn vorübergehend aus dem Haus geworfen hat. Diesen Teil der Erinnerung ignoriere ich allerdings und klammere mich an das Positive. Mama, die mir gut zugeredet hat und Hannah, die sofort ihr Schminkset geholt hat.

Viel zu lange höre ich schon auf Dads Worte. Aber seine Meinung fühlt sich realistischer an. Mama will, dass ich mich nicht beschissen fühle, weil sie sich sonst schlecht fühlt.

Währenddessen teilt Dad die Meinung, die der Rest der Welt teilt. Um mich herum oder in den sozialen Medien finde ich kaum Positives. Falls doch, stehen unter jedem Pro-LGBTQA+-Post fünf Anti-LGBT-Posts und

Kommentare. Wenn die ganze Welt gegen dich ist, bringt eine Handvoll Menschen, die zu dir halten, nichts. Und trotzdem, gerade deswegen klammere ich an Mamas Worte. Ich habe sie und Hannah, die Jungs und Ruben.

Ich lächele, als Riot zu reden beginnt.

Halt die Klappe, sage ich innerlich und schenke ihm keine Aufmerksamkeit mehr. *An Liebe ist nichts falsch.* Ich öffne die Augen, will es glauben und fühlen und leben. Für einen Moment tue ich das. Ruben sitzt noch da wie zuvor.

Was soll ich sagen?

»Das sieht aber nicht nach Arbeit aus«?

Nein … Ich huste gekünstelt. Rubens Körper verspannt sich, mit den Augen sucht er nach dem Störenfried.

Ihm ist der Schock anzusehen. Die Freude ebenso. Alles scheint wie immer. Wir sind gut darin, seltsame Situationen zu ignorieren. Wer weiß, vielleicht können wir irgendwann sogar darüber scherzen, wie über den Opa, der seinen *Ständer* verloren hat. Hah.

»Was machst du denn hier?« Er springt auf und quetscht sich durch die Herde.

»Ich wollte dich sehen.«

Mach es nicht offensichtlich. Ich räuspere mich. »Also, ich meine, ich wollte mit dir reden.«

Ruben klettert über das Tor. Ich ziehe ihn in eine Umarmung, die viel zu lange dauert, um freundschaftlich zu sein. Es scheint Ruben nicht zu stören.

»Knuffig, wie du mit ihnen kuschelst.« Mein Kinn ruht auf seiner Schulter.

›Klappt ja super‹, sagt Riot. *›Ist überhaupt nicht offensichtlich, dass du auf ihn stehst.‹*

Die negativen Kommentare versuche ich durch Mamas Stimme zu ersetzen. Es funktioniert nicht.

Glücklicherweise ist Ruben der Retter in der Not, denn er verwickelt mich in ein Gespräch. Er gibt mir eine Hoftour. Worte verschluckt er, so hastig will er all die Geschichten mit mir teilen. *Wie lange hat er gewartet, diese Geschichten endlich jemandem zu erzählen?*

»Die Kälber sind niedlich«, sage ich, als wir abermals bei ihnen vorbeikommen.

»Du solltest sie im Winter sehen, da sind sie extrem fluffig.« Er wuschelt einem Kälbchen über den Kopf.

Ich freue mich schon auf den Winter.

So sehr, dass Ruben mir sogar versprechen muss, keinen Schneemann ohne mich zu bauen. Die aufkommenden Fragen schlucke ich hinunter.

Stattdessen genieße ich Rubens Redeschwall. Jedes Tier kennt er beim Namen und anscheinend will er, dass auch ich sie mir merke. Krampfhaft versuche ich, mir jeden zu merken, während der gleiche Gedanke mich stets verfolgt.

Ich muss ihm beichten, dass ich in ihn verknallt bin.

23

Linus

Sag es. Sag es nicht. Sag es. Sag es nicht…

»Können wir reden?«

Ruben sitzt mir im Schneidersitz auf einem Strohballen gegenüber. Avanti schlummert in seinem Schoß und seine Finger hat Ruben im Fell vergraben. Avanti streckt den Bauch in die Höhe und verleitet mich, ihn ebenfalls zu streicheln. Dabei streife ich die dünne Schweißschicht meiner Handflächen an ihm ab.

»Sicher. Um was geht's?«

Ich traue mich nicht, ihn anzuschauen. In seiner Richtung allgemein.

»Hast du Höhenangst?«

Perplex verneine ich. Avanti erhebt sich und streckt sich gähnend, als wir uns aufrappeln. Ruben führt mich über den Hof. Die Verwirrung nimmt meine Gedanken ein, bis wir vor einer unscheinbaren Scheune nahe der Hofeinfahrt stehen. Eine Wand aus viereckigen Strohballen ragt vor uns in die Höhe. Ruben klettert zwischen Wand und Ballen nach oben. Nach einigen Metern stoppt er und schaute auf mich herab.

»Kommst du?« Sein aufmunterndes Lächeln schenkt mir Mut.

Ich ignoriere meine zittrigen Finger und erklimme die Wand mit viel Mühe.

Irgendwie lustig, dass er keine Angst hat. Kann Fremden nicht in die Augen schauen, aber so etwas bereitet ihm keine Sorgen? Manchmal verstehe ich ihn nicht. Das Klettern ist es nicht, was mich so verdammt nervös macht. Es ist das, was danach kommt.

Der Geruch von modrigem Holz liegt in der Luft, als ich mich an den

Brettern festkralle. Oben angekommen leitet Ruben mich zur Ecke der Scheune. Er deutet auf einen Schlitz zwischen zwei Ballen und warnt mich, nicht darauf zu treten. Ich stopfe meinen Arm hinein und tatsächlich: Der dünne Schlitz wird verdeckt von den Halmen und ist eigentlich viel breiter. Bis zum Boden reicht der Schlitz. Als ich mich aufrichte, ist Ruben verschwunden. Sein Kopf lugt aus einem dunklen Loch aus fehlenden Brettern. Licht blitzt auf und erleuchtet die Höhle.

Ich quetsche mich durch den Spalt in den winzigen Raum. Die Decke ist so niedrig, dass ich meinen Kopf einziehen muss, um stehen zu können. Staub schwebt in der Luft und bringt mich zum Niesen. In Kombination mit der stickigen Luft trocknet meine Kehle in Sekundenschnelle aus.

Ich huste in meine Armbeuge. Ausgeleuchtet wird das Kämmerchen durch eine Lichterkette, die sich an der Wand entlangschlängelt. Im Eck sammelt ein Schrank seit Jahren Staub und ich frage mich, wie zur Hölle er den hier hochbekommen hat.

»Ich habe den Heuboden beim Aufräumen vor ein paar Jahren entdeckt. Mein Onkel war noch nie hier oben. Keine Ahnung, ob er überhaupt davon weiß«, erzählt Ruben.

Auf dem Boden liegen Unmengen von losem Heu, in der Mitte eine lange Mulde, daneben eine kleinere. Ruben öffnet den Schrank und holt Wolldecken heraus, die voller Halme sind. Ich strecke die Arme aus, um sie entgegenzunehmen, doch Ruben hat sie bereits fallen gelassen.

»Schau nicht in die Schublade.«

Gleißendes Licht blendet mich, als Ruben eine Klappe am Boden öffnet. Er klettert eine steile Holztreppe hinunter, die unter dem Loch nach unten führt. Mit Avanti im Arm kommt wieder nach oben. Die Stufen knarzen unter seinen Tritten und ich fürchte, sie werden brechen. Knallend rastet die Falltür ein und verschwindet unter dem Heu, das Ruben darüber kickt.

»Warum sind wir …« Den Satz lasse ich in der staubigen Luft hängen.

»Klettern macht Spaß.« Er zuckt mit den Schultern.

Ich schmunzele. Ruben breitet die Decken aus, lässt sich in die Delle fallen und Avanti nimmt seinen Stammplatz in der kleinen Mulde daneben ein. Ich plumpse neben ihn und kreiere meine eigene Vertiefung.

»Über was willst du reden?« Ruben faltet die Hände, als bete er. Mit den Fingern fährt er unter den dünnen Pullover und ich wundere mich, dass er noch keinen Hitzschlag bekommen hat. Ich habe ihm angeboten, mein Shirt anzuziehen, weil er keins drunter hat, aber er hat sich geweigert.

Ich schüttele den Kopf und weiche seinem Blick aus. *Das war eine dumme Idee.*

»Egal. Ein andermal, okay?« Ich zwinge mich zu einem Lächeln.

»Sicher? Du siehst aus, als würdest du es jetzt loswerden wollen.«

Das Chaos in mir bekomme ich nicht geordnet. Riot ist auch keine Hilfe. *Sag einfach, was du denkst,* befehle ich mir selbst. Welchen der tausend Gedanken soll ich aussprechen?

›Keinen. Die sind alle beschissen‹, findet Riot.

»Kennst du das, wenn du ein neues Lied findest und sofort weißt, dass es dein Lieblingslied ist?«

Ruben legt sich hin und starrt an die Decke. Ich lasse mich neben ihm nieder und drehe mich auf die Seite, um ihn anzusehen.

Ein Grinsen liegt auf seinen Lippen. Er wirkt nachdenklich.

»So ging es mir mit dir«, beende ich meinen Satz. Riot hält sich den Finger in den Mund und würgt. Fast bringt es mich zum Lachen. Selbst von hier dringt der Gesang der Vögel an meine Ohren. Ein Kribbeln breitet sich in meinem Körper aus, angefangen in meinem Bauch.

›Schwuchtel‹, sagt Riot. *›Was würde Dad dazu sagen?‹*

Ich stoppe die Gedankenkette, bevor sie noch mehr Unheil anrichtet. Was würde Mama dazu sagen? *Kribbeln im Bauch ist ein schönes Gefühl. Und es ist egal, durch was oder wen es ausgelöst wird.*

Ich will nicht mehr darüber reden. Will nicht, dass mir seine Antwort dieses Gefühl wegnimmt.

»Können wir morgen drüber reden?«

»Ja. Ich muss dir dann auch etwas sagen.« Ruben verbiegt seine Finger – wie immer, wenn er extrem nervös ist. Er dreht sich zu mir und ist mir plötzlich ganz nah.

Die Neugier packt mich. Sein heißer Atem kitzelt meinen Hals und stellt meine Nackenhaare auf.

Mit jeder Minute wird die Luft stickiger. Ich versinke in meiner eigenen Gedankenwelt und verliere jegliches Zeitgefühl.

Für eine Ewigkeit sagt keiner von uns etwas. Rubens grüne Augen wirken schwarz in dem gedimmten Licht, verlieren jedoch in keiner Weise die

Vertrauenswürdigkeit, die sie ausstrahlen.

Sag es, befehle ich mir selbst.

›Sag es nicht‹, sagt Riot.

Sag es.

›Sag es nicht.‹

Sag es.

›Sag es nicht.‹

Ich sage es nicht.

Stattdessen wechsle ich das Thema.

Die stickige Luft bringt mein Hirn zum Aussetzen.

»Kannst du mir die Umgebung hier zeigen?«

Ruben erhebt sich schleppend. Ich öffne die Falltür und luge hinab, als eine Hand auf meiner Schulter landet.

Sein Kinn liegt auf meiner Schulter und er lehnt sich auf mich, sodass ich fast durch das Loch in die Tiefe stürze.

»Danke.« Er schlingt die Arme um meinen Bauch und das Kribbeln verstärkt sich.

Mama hat früher immer gesagt, dass die Schmetterlinge zu Bauchschmerzen führen. Aber es tut gar nicht weh. Es ist eher wie eine warme Suppe, die einen von innen wärmt. »Irgendwie kann ich bei dir einfach Ich sein.«

Bevor ich reagieren kann, löst er sich und schlüpft unter mir durch. Avanti steht schon bereit und wartet schwanzwedelnd. Ruben hält ihn auf einem Arm und Avanti klammert sich an Rubens Hals fest. Mit der anderen Hand hält Ruben sich an der Strebe fest und trägt ihn herunter. Unten wartet er auf mich.

Ich schalte die Lichterkette aus, werfe einen letzten Blick in das Versteck und schließe die Klappe. Dann erst realisiere ich, dass ich vermutlich der Einzige bin, dem die Ehre gebührt, diesen Ort betreten zu dürfen.

Und ich gebe ihm das Gefühl, dass ich nicht hier sein will.

Ruben

Im Wald gebe ich einen weiteren Teil meines Lebens preis, indem ich Linus noch mehr Geschichten erzähle – dieses Mal Wald-Erlebnisse mit Vanti.

Zum Beispiel das, als wir einem Wildschwein begegnet sind – Linus unterbricht mich, weil er Angst vor den Viechern hat, also verbessere ich mich und sage, dass es ein Reh war. Und ich erzähle ihm, wie Vanti mir die Leine unter den Füßen weggezogen und mich auf den Hintern verfrachtet hat, als er besagtes Wildsch… Reh gesehen hat.

Er hört gespannt zu oder ist zumindest gut darin, so zu tun, als sei er interessiert. Jedenfalls hüpft mein Herz jedes Mal, wenn er nachhakt und am liebsten würde ich selbst auch einen Hüpfer machen, aber … aber was eigentlich?

Linus wird mich nicht verurteilen.

Ich hüpfe.

Linus lacht.

Aber er lacht mich nicht aus. Er lacht mit mir und es dauert zwar eine Weile, aber dann hopsen wir beide wie Häschen im Kreis.

Irgendwann hängen wir beide unseren eigenen Gedanken nach. Der Geruch von Kiefern stoppt mich in meiner Bewegung.

Ich schließe die Augen und recke meine Nase in die Höhe. Den Kopf lege ich in den Nacken, eine sachte Brise durchfährt mein Haar und fährt unter meinen Pullover.

Der blaue Himmel wird zum größten Teil von grauen Wolken überlagert. Die Baumkronen wiegen sich im Wind und knarzen. Der Weg nimmt kein Ende und verschafft uns ein kleines bisschen Unendlichkeit. Neben uns wachsen Reihe um Reihe an Bäumen in verschiedenen Lebensphasen in den Himmel.

»Nach was suchst du?« Ich öffne die Augen. Linus verlagert sein Gewicht von einem Bein aufs andere und schaut sich um. Die Stirn ist in Falten gelegt und er dreht sich mehrmals im Kreis, als fürchte er sich vor etwas. Einem Wildschwein, zum Beispiel.

»Ich suche nicht.« Erst jetzt huscht mein Blick zu ihm. »Ich fühle nur.« *Das ist so cheesy*. Ich zucke mit den Schultern.

Das Zwitschern der Vögel beweist, dass wieder ein Jahr rum ist. Wieder ein Winter überstanden, wieder ein kommender Sommer und Herbst. Es wirkt beruhigend auf mich. Das alles. Die Natur. Als wäre alles Schlechte ganz weit weg.

Mir fällt eine blasse Narbe auf Linus' Handgelenk auf – ein Beweis, dass auch er wie jeder ein eigenes Leben führt. Es ist so banal und trotzdem fühle ich so viel dabei.

Wir kennen uns ein paar Monate und trotzdem fällt es mir erst jetzt auf. Ein Schwall von Traurigkeit durchfährt mich. *Ich werde niemals alles über ihn erfahren. Unmöglich.*

Ich schaue in trübe Augen.

Nicht einmal er weiß alles über sich. Als Linus sich umschaut und tief durchatmet, entspanne ich mich noch mehr.

Er findet es nicht unsinnig. Linus zeigt auf einen einzelnen Ast. Kahl und verlassen hängt er am Stamm eines toten Baumes.

Wir treten näher und ich spüre die Wärme, die von Linus ausgeht, auf meiner Haut. Überall eigentlich. Ein zweiter Ast hängt genauso an einem nebenliegenden Baum.

Fast berühren sich die Zweige. Linus greift nach meiner Hand, zieht sie auf Brusthöhe und lässt los.

Er streckt den Zeigefinger aus. Ich tue es ihm gleich. Um ein Haar berühren sich unsere Fingerspitzen. Linus überbrückt den letzten Abstand und unsere Haut berührt sich. Es ist lächerlich, wie gut sich das anfühlt.

Die Erde hört auf sich zu drehen, alles bleibt plötzlich stehen. Mein Finger kribbelt, meine Gedanken huschen kurz zu Marcel.

Er hat mir nie so ein Gefühl gegeben. Nach alldem, was mit Linus geschehen ist, dachte ich eine ganze Zeitlang, dass er auch von John angeheuert wurde. Ein Teil von mir glaubt das wohl immer noch. Aber der größere Teil will Zeit mit Linus verbringen. In den letzten Wochen hat er bewiesen, dass es ihm wirklich leidtut – er antwortet immer auf meine Nachrichten und ist verständnisvoll, wenn ich gehen muss. Das schlechte Gewissen plagt mich, weil ich ihn angelogen habe.

Aber ich konnte ihm nicht sagen, dass mein Onkel einen Bauernhof hat und ich helfen muss, obwohl Linus das vermutlich längst wusste, nachdem ich ihm die Adresse gegeben habe. Aber irgendwann hätte er es sowieso herausgefunden.

Mein Alter behauptet stets, niemand wolle mit »stinkenden Bauern« Zeit verbringen. Das hat sich in meinem Gehirn eingebrannt. Entweder ist Linus dieser »Niemand« und eine Ausnahme oder mein Alter redet Unsinn. Wahrscheinlich trifft Letzteres zu. Im Hintergrund gräbt Vanti grunzend ein Loch.

»Ich will mit dir ans Meer.« Es ist lediglich ein Flüstern. »Da war ich noch nie.« Meine Stimme ist genauso leise. Vom Wind wird sie davongetragen, als hätten die Worte meinen Mund nie verlassen. Als hätte es die Traurigkeit nie gegeben, die dahinter liegt. Linus greift nach meiner Hand und wir gehen weiter.

Er lässt meine Hand nicht wieder los. Marcel war nie so … gefühlvoll. Wenn ich ihn mit Linus vergleiche, wirkt Marcel wie eine Puppe, die weder Emotionen noch eigene Entscheidungen treffen kann. John zieht als Puppenspieler an den Fäden.

Ja, vielleicht bin ich naiv, weil ich Linus vertraue.

Aber er macht mich glücklich.

Zum ersten Mal seit langer Zeit habe ich das Gefühl, ich selbst sein zu können. Das konnte ich weder bei Marcel noch zuhause und selbst bei Siggie kann ich es nicht, weil der von mir erwartet, dass ich den Hof übernehme.

Vanti signalisiere ich mit einem lauten Pfiff, dass die Ausgrabung beendet ist.

Und dann geht das Leben weiter.

24

Ruben

Deep Talk

Donnernde Fußschritte verraten, dass mein Alter schlecht gelaunt ist. Die Küche vermeide ich und schleiche direkt zur Haustür. Gestank von Bier hängt in der Luft. Atem anhalten, dem Zigarrenrauch ausweichen, ungesehen aus dem Haus fliehen. Das ist die erste Mission des Tages.

Das Wochenende ist viel zu schnell vorbeigegangen und wir haben immer noch nicht über das gesprochen, was Linus mir erzählen wollte. Mom hat uns abgeholt und zu Linus nach Hause gefahren. Es hat zehn Minuten gedauert, um sie zu überzeugen, dass ich das Wochenende bei Linus verbringen darf. Sogar seine Mutter musste rauskommen und Überzeugungsarbeit leisten. Mom hat wohl schon wieder ihre Supermutter-Phase.

Die erste Nacht habe ich auf der Matratze geschlafen, die Linus unter dem Bett aufbewahrt. Am Samstag haben wir jedoch bis vier Uhr morgens Filme angesehen und ich bin in seinem Bett eingeschlafen. Am nächsten Morgen, gestern, haben wir nicht darüber gesprochen.

Als ich in der Schule ankomme, startet Mission Nummer zwei: Ungesehen ins Klassenzimmer schleichen.

Den Haupteingang umgehe ich. Linus sehe ich durch das Glas der Tür beim Seiteneingang. Er steht vor dem Automaten und wartet auf seinen Kaffee. Das Lächeln erreicht seine Augen, als er mich sieht. Ich hatte Angst, dass er mich zumindest in der Schule wieder ignorieren würde. Aber er zieht mich in eine feste Umarmung, als hätten wir uns monatelang nicht gesehen. Das hat er noch nie gemacht.

Normalerweise hebt er nur kurz die Hand und lässt so viel Abstand zwischen uns, dass wir wie Bekannte aussehen.

Er zieht eine Schachtel aus seiner Hosentasche und legt die Zigarette noch im Gebäude zwischen seine Lippen. Während wir rausgehen, werfe ich meinen Plan, ungesehen ins Klassenzimmer zu kommen, über den Haufen. Jetzt bin ich nicht allein. *John wird mich in Ruhe lassen, wenn er mich mit Linus sieht,* rede ich mir ein. Draußen hält er mir die offene Packung hin, zieht sie aber sofort wieder zurück.

»Nicht, dass du noch anfängst zu rauchen.«

»Ist sowieso ungesund. Das bringt dich um.«

Linus entfernt sich einige Meter. Zapp. Das Gift dringt in seine Lungen, kurz darauf in die Luft.

»Das ist der Sinn dabei.«

Hah. Du hattest schon bessere Witze auf Lager.

Linus kommt näher, boxt mir sanft gegen die Schulter und weicht abermals zurück. »Scherz.« Er zieht die Kapuze über seinen Kopf. Die fettigen Strähnen lugen wirr heraus. Er sieht süß aus. »Ich habe wieder nicht geduscht, Mann. Ich sollte mein Leben in den Griff kriegen.«

»Ja. Du stinkst«, sage ich mit fester Stimme.

»Vom Gemobbten zum Mobber.« Er betrachtet die Kippe, bevor er sie erneut zwischen seine Lippen legt. Ich hasse es, dass er raucht. Es erinnert mich an meinen Alten. Gleichzeitig erinnert mich der Geruch von Rauch dank ihm nun nicht mehr nur an meinen Alten. Und … irgendwie ist es heiß, wenn er es macht. Linus, meine ich natürlich. Das würde ich ihm aber nie sagen.

»War nur Spaß, du riechst gut«, sage ich, als er mich mit schiefgelegtem Kopf und diesem süßen Welpenblick anschaut.

»Du siehst auch gut.« Seine Hand landet auf der Stirn. »… aus. Du riechst gut und du siehst gut aus. Verdammt.«

»Danke für das Kompliment?«

Linus lässt seinen Kopf in den Nacken fallen und stöhnt. »Du bringst mich aus der Fassung, Mann.«

»Ist das auch ein Kompliment?«

»Kannst du dir aussuchen.«

Ich schlucke. *Flirtet er mit mir?* Es klingelt zur ersten Stunde, weshalb ich Anstalten mache, die Schule zu betreten. Linus hingegen bleibt seelenruhig stehen, also drehe ich mich zurück zu ihm.

»Kein Bock auf Schule«, jammert er. »Hat doch sowieso keinen Sinn.«

»Was meinst du?«

»Schaffs Abi eh nicht.« Er zuckt mit den Schultern.

In mir kommt Hitze auf. Bekomme ich jetzt eine Panikattacke *für* ihn?

»Die Prüfungen sind übernächste Woche. Bitte sag mir, du hast angefangen zu lernen.«

Ein Seufzer rollt über seine Lippen.

»Ich helfe dir beim Lernen.«

»Ich bin ein hoffnungslo…«

»Das war kein Angebot.« Den Rucksack werfe ich über meine Schulter, als Linus den Zigarettenstummel auf den Boden wirft, austritt und aufhebt. Die Kippe landet im Aschenbecher. Linus starrt nach oben in den Himmel, wo der Wind die Wolken eilig Richtung Osten trägt. Dann zieht er die schwere Tür zu sich, will hindurchschlüpfen und rennt dagegen.

»Wo gehst du hin?«

»Schule?« Er grinst. Welpenblick. Ich will schreien, weil er so süß ist. Wie damals, als ich Vanti das erste Mal gesehen habe.

»Scheiß drauf.« Ich nehme mein Handy zur Hand und tippe darauf herum. »Ich bin jetzt dein Lehrer.« Mit diesen Worten drücke ich mir das Handy ans Ohr und setze eine ernste Miene auf.

Eine lasche Ausrede gepaart mit schlecht gespieltem Husten später lege ich auf. Wir machen uns auf den Weg, nachdem Linus denselben Anruf getätigt hatte; ohne Erklärung, warum er denn heute leider nicht zur Schule kommen kann.

Linus piekt mir in die Seite. »Den Fake-Husten musst du noch gewaltig üben.«

»Ach was.« Ich schubse ihn zur Seite, als er nicht damit rechnet. Linus lässt diesen Angriff nicht auf sich sitzen. »Na warte!«, brüllt er und rennt auf mich zu. Wir spielen fangen, als wären wir keine jungen Erwachsenen, sondern Kinder.

Wann habe ich das letzte Mal gespielt? Ich verliere an Tempo. Durch eine Berührung an meiner Schulter verpufft der Gedanke, als sei er nie dagewesen. Ich wirbele herum. Nun ist es an mir, Linus zu jagen. Wir treiben uns gegenseitig durch die Straßen und landen im Park.

Wir sind auf dem Spielplatz, als Linus mich an der Taille packt, hochhebt.

Wir drehen uns im Kreis und ich lache und schreie und kralle mich an ihm fest.

Meine Augen füllen sich mit Lachtränen. Als ich festen Boden unter den Füßen habe, stelle ich fest, dass ich nicht der Einzige bin, der vor Lachen heult. Das Spiel ist beendet und trotzdem – gerade deshalb – tippe ich Linus an und rase davon.

»Ich kann nicht mehr«, keucht Linus und schiebt die Kapuze vom Kopf. Ich bin schon längst in meinem Versteck.

»Das kommt vom Rauchen.«

Linus macht sich auf die Suche. *Falsche Richtung.*

»Kleines Mäuschen mach mal Piep!«

Ich piepe und Linus schaut sich verwirrt um, bevor er zum Ursprungsort zurückkehrt. Die Leiter zur Burg klettere ich nach oben. Lachend winke ich ihm.

»Mann, bist du blöd.« Ich beuge mich über das Holzgeländer.

Wie ein Sack lässt Linus sich niederplumpsen, als er die Burg erklommen hat.

»Ich bin zu alt für die Scheiße.« Der Rucksack gleitet von seinem Arm. Er holt eine Flasche Wodka heraus und reicht sie mir. *Bitte nicht schon wieder.* Er scheint meine *Begeisterung* zu bemerken, denn er drängt mir die Flasche auf und kippt sie.

»Wenn wir so ein tiefgründiges Gespräch führen wollen, muss Alkohol im Spiel sein.«

Ich packe die Flasche und setzte sie ab. »Von deiner Seite aus vielleicht.« Das Gesicht verziehe ich zu einer angewiderten Grimasse. »Daran gewöhne ich mich nie.«

»Gut, dann kann ich immer sehen, wie du die Fresse verziehst.«

»Ha–ha.« Ich strecke die Zunge heraus.

»Mach dir nichts draus«, sagt Linus, ohne mich anzusehen. Er greift nach der Flasche, lässt die Flüssigkeit seinen Hals hinabfließen und bemüht sich, einen neutralen Gesichtsausdruck zu bewahren. »Es gibt Leute, die finden das süß.«

»Und wer wäre das, bitte schön?« Mein Herz trommelt in schnellem Rhythmus gegen meine Brust, Adrenalin fließt durch meine Venen. Plötzliche Wärme erfüllt mein System. *Bin ich nervös? Positiv aufgeregt? Oder liegt es am*

Alkohol? Oder …

»Ich zum Beispiel?«, sagt Linus.

Japp. Es liegt definitiv an ihm.

25

Linus

Lust, keine Liebe

Wie soll ich es sagen?
Was wollte ich sagen?
Wir wollten vermeiden, dass unsere Alten von dem Schulschwänzen erfahren.
Deshalb verstecken wir uns in Rubens Puff – zumindest stelle ich mir vor, dass es in einem Bordell genauso stickig und warm ist. Nur riecht es hier nicht nach Sex, sondern nach Heu und Staub.
Denk nicht an Sex. Stell dir nicht vor, wie – Fuck.

Ruben wartet geduldig darauf, dass ich die richtigen Worte zusammensuche. Aber ich bin immer noch damit beschäftigt, meine Gedanken zu sortieren.

›Alter‹, sagt Riot nur und schüttelt den Kopf. Ich höre nicht auf ihn, sondern nehme einen Heuhalm und zerrupfe ihn. *Tief durchatmen,* sage ich mir selbst. Ruben schmunzelt. *Warum schmunzelt er?* Ich hatte es fast und jetzt wirft er mich wieder aus der Bahn. *Okay, konzentrier dich. Ernst bleiben.* Aber wie soll ich das schaffen, wenn er so verdammt knuffig aussieht?

»Mir fällt nichts ein. Kein Plan, wo ich anfangen soll«, sage ich also. Liegt vielleicht auch daran, dass ich meine Entscheidung schon wieder bereue.

»Vielleicht am Anfang?« Er lächelt schief.

Ich kann mich nicht zu einem Lächeln durchringen. Ein neuer Heuhalm landet zwischen meinen Fingern. Durch die Schlitze zwischen den Brettern dringt Sonnenlicht, die den Staub in der Luft zum Leben erwecken. »Manchmal fühle ich mich nutzlos. Bekomme nichts auf die Reihe. Hab' keine Ahnung, was ich nach der Schule mache …«

… weil ich nichts machen werde. Wir sitzen uns im Schneidersitz gegenüber,

was für meine Konzentration nicht gerade förderlich ist. Ruben zupft am Stoff seines Hoodies.

Sag doch einfach, was du fühlst, sage ich mir selbst.

›Halt deine Klappe und verschwinde von hier. Er wird dich ruinieren. Wann kapierst du das endlich?‹ Riots Worte dringen nicht zu mir durch. Ein weiterer Halm ist zerstört, nun ist der nächste dran.

»Seit mein Dad abgehauen ist, ist alles scheiße. Aber du gibst mir irgendwie das Gefühl, dass ich kein Loser bin.«

Weiß er, was ich meine?

Ruben schiebt die Hand unter seinen Ärmel.

Ich ziehe meine Jacke aus, als sich Hitze in meinem Körper ausbreitet. Ich habe ihn gebeten, mir keine Ratschläge zu geben und ich hoffe, dass er sich daran hält.

Bin mir nicht sicher, ob ich das wirklich sagen *musste,* aber wenn er sich nicht daran hält, hätte ich genauso gut mit jedem anderen reden können. Die stickige Luft füllt sich mit Stille und lässt keinen Raum zum Atmen.

Warum sagt er nichts?

›Weil du widerlich bist.‹

Eine halbe Minute.

Bin ich zu offensichtlich?

›Da fragst du noch?‹

Eine Minute.

Weiß er, dass ich Gefühle für ihn habe?

›Das ist Lust, keine Liebe. Seit wann können Schwuchteln lieben?‹

Drei.

Ist er doch nicht schwul?

›Dann wäre er ja doch nicht so widerlich wie du.‹

Vier.

Hasst er mich jetzt?

›Sollte er.‹

Fünf Minuten.

Vielleicht hat er das mit dem ›keine Ratschläge‹ zu ernst genommen. Ruben atmet durch, der Griff um sein Handgelenk verstärkt sich abermals. Dann lässt er los.

»Ich muss dir auch etwas beichten.« Er vermeidet jeglichen Augenkontakt.

»Mir geht's manchmal genauso.« Kaum hörbar trägt die Luft die Worte durch den Raum.

Wie ein Speer durchbohrt der Satz mein Herz. Abermals senkt Ruben den Blick und blinzelt ein paar Mal. Den linken Ärmel krempelt er nach oben. Tiefrote Striche ziehen sich über die Haut. In der Dunkelheit wirken sie fast schwarz, wohingegen die verblassten Narben herausstechen.

Es ist unmöglich, die unendlich vielen Linien zu zählen. Ruben starrt an die Wand, als ich den Mund öffne.

»Scheiße.« Ich lehne mich vor, meine Arme finden ihren Weg um seinen Körper. Fest umschließe ich ihn.

Wie konnte ich das nicht merken? Erinnerungen rauschen durch meinen Kopf wie in einen Film. Keine einzige Szene, in der Ruben keinen Verband getragen hat. Nicht einmal beim Schwimmen.

Es war so offensichtlich. Und ich habe es nicht gesehen. Ich habe ihn mit Verband kennengelernt. Wir haben nie drüber geredet; allein sein Handgelenk anzuschauen, hat ihm Unbehagen bereitet. Der Verband war einfach ein Teil von Ruben. Ist er immer noch.

Ich presse meinen Körper noch fester an ihn, doch im Gegensatz zu sonst spendet die Wärme mir keinen Trost.

»Selbstverletzen ist keine Lösung.«

Als er lacht, löse ich mich verwirrt. »Du machst es doch selbst.« Ruben greift nach meiner Hand und tippt auf die geröteten Fingerknöchel. Oh. Hah.

»Seit wann machst du das?«

»Ich mache es nicht mehr.« Er streicht über seine Haut.

Ich glaube ihm. Die roten Striche sehen alt aus. Er macht es aber noch nicht lange *nicht mehr*.

»Tut das weh?« Vorsichtig ziehe ich seinen Arm zu mir und streiche über die vernarbten Stellen.

»Wenn du es anfasst? Nein.« Ein traurig klingendes Lachen entweicht seiner Kehle.

»Dass es weh tut, wenn du es machst, ist mir klar.«

Was hat ihn dazu gebracht, sich zu ritzen? Das Wort verbanne ich sofort aus meinem Vokabular, denn ich erinnere mich an einen Artikel, der behauptet hat, dass Selbstverletzende dieses Wort nicht mögen. *Ich habe ihn nie gefragt, wie es ihm geht.*

»War das alles fake? Hast du nur so getan, als wärst du gut drauf?«

Ohne zu zögern, schüttelt er den Kopf. »Ich kann meine Emotionen nicht verstecken, weißt du?« Sein Lächeln ist zurück. »Es ist nur so, dass …« Der Satz hängt in der Luft und droht, mich zu ersticken. Rubens Finger streichen über seinen eigenen Arm, als er geräuschvoll die Luft ausstößt. Unsere Finger berühren sich. »Ich erzähle es dir nur, damit du es verstehst und weil ich dir vertraue.« Seine Finger umfassen die Wodka-Flasche, die zwischen uns im Heu darauf wartet, geleert zu werden.

»Eigentlich weißt du es. Jemand hat einen Typen bezahlt, um etwas mit mir anzufangen. Daraus ist das Video entstanden, indem ich …« Er seufzt. »Du hast es ja gesehen.«

Ich wende den Blick ab. Seinen Gesichtsausdruck halte ich nicht aus.

»Du willst dich nicht umbringen …« Der zerstörte Halm entgleitet meinen Fingern. Ich nehme einen neuen. »… oder?«

Ruben richtet sich auf. »Nein. Dafür hat das Leben zu viele gute Seiten.« Ein Lächeln schleicht sich auf seine Lippen. »Findest du nicht?«, hakt er nach, als ich nicht antworte.

»So geil war mein Leben bis jetzt noch nicht.«

»Aber schau mal …« Ruben kniet sich hin und beugt sich nach vorne. »Du hast erst einen winzigen Teil deines Lebens hinter dir. Was, wenn das nur ein Test ist und der Rest geil wird?« Er wischt die Hände an den Oberschenkeln ab und lässt sie dort verweilen. »Es kann nicht für immer so Scheiße bleiben, oder?« *Sein Enthusiasmus ist knuffig.* Sekunden später hallt Riots Stimme durch meinen Kopf, so laut, dass ich es kaum noch verdrängen kann.

»Für mich hat das Leben keinen Sinn. Wenn du eine Weile glücklich bist, wird alles danach noch beschissener. Manchmal denke ich, ich will gar nicht glücklich sein.« Ich springe auf. »Ich rede Unsinn.«

Auch Ruben rappelt sich auf, nimmt meine Hand und führt zwei Finger zu meiner Halsschlagader.

»Dein Körper kümmert sich um Sauerstoff, atmet selbstständig und du musst nicht darüber nachdenken, zu blinzeln. Alles nur, damit du am Leben bleibst. Der Sinn des Lebens ist leben. Wenn du das vergisst, dann such nach deinem Herzschlag.«

Ich spüre nicht, wie das Blut durch meinen Körper gepumpt wird, sondern nur meine Fingerspitzen auf der Halsschlagader.

Da ist nichts. Ich schüttele den Kopf. Ruben tastet an meinem Hals und korrigiert meine Finger um einige Millimeter.

Immer noch kein Puls. Ich gebe auf. *Weder finde ich meinen Puls noch den Sinn in meinem Leben.*

Ich richte den Blick auf den zerfledderten Heuhaufen vor meiner Sitzkuhle. Avanti springt an mir hoch und bettelt nach einer Streicheleinheit. Ich gebe nach, falle auf die Knie und vergrabe mein Gesicht im Fell. Ein blitzendes Licht lenkt meine Aufmerksamkeit zurück zu Ruben, der die Handykamera auf mich richtet.

»Damit du dich auf die schönen Erinnerungen konzentrieren kannst.« Er krabbelt zum Schrank und nimmt einen Edding aus einer der Schubladen. Mein Handgelenk packt er, dreht die Innenseite zu sich und beugt sich darüber, sodass ich nichts sehen kann.

Meine Haut kribbelt. Der beißende Edding-Geruch kitzelt in meiner Nase. Was ich schlussendlich sehe, zaubert ein Lächeln auf meine Lippen. Ein Smiley, der glücklich und zugleich traurig aussieht: Zwei Augen, ein Mund und auf der gegenüberliegenden Seite nochmal Augen.

»Es kommt auf die Sichtweise an.« Aus meiner Perspektive lächelt der Smiley, trotzdem kommt mir der traurige Anblick prominenter vor. »Kann glücklich und unglücklich sein. Vielleicht sogar zur gleichen Zeit, was weiß ich schon. So ist das Leben, verstehst du?« Nachdenklich mustere ich die schwarze Farbe. Die Zeichnung wird bald verblassen. Ich nehme mir vor, es nie so weit kommen zu lassen.

»Kapier ich nicht. Egal, wie ich auf mein Leben schaue, es ist und bleibt sinnlos.«

»Hast du überhaupt schon angefangen zu leben?« Rubens Augen strahlen. Er lehnt sich vor. »Hast du überhaupt schon die kleinen Dinge im Leben angesehen? Ich meine, guck doch«, sagt er und deutet in den Raum.

Ich konzentriere mich und versuche das zu sehen, was er sieht – so wie im Wald. Staubkörner tanzen im Licht, Avanti schläft grunzend – Ich bin neidisch, dass er so schnell einschläft – und der Geruch von Heu beweist die Vorzüge des Landlebens.

»Wenn du nur das Negative sehen willst, dann wundere dich nicht, wenn du auch nur das fühlst.« Ruben zuckt mit den Schultern, seine Lippen formen eine Entschuldigung, als bereue er seine Worte.

Als wolle er sagen ›Jetzt habe ich dir doch einen Ratschlag gegeben‹.

Das ergibt keinen Sinn. Außer Ruben gibt es nichts Positives in meinem Leben. Abgesehen natürlich von den Jungs und meiner Familie, aber selbst da überwiegt das Negative. Meine Familie versteht mich nicht und die Jungs sind hundert Kilometer weg und bauen sich ihr eigenes Leben auf. Wer weiß, vielleicht kommen sie nach ihrem Studium nie wieder und wir leben uns immer weiter auseinander, bis wir uns nicht einmal mehr zum Geburtstag gratulieren.

Trotz alldem formt sich ein Lächeln auf meinen Lippen, das ich nicht unterdrücken kann. Ich imitiere ihn und zucke mit den Schultern.

Am späten Nachmittag entscheiden wir, uns auf den Nachhauseweg zu machen. Wir schlendern den Bürgersteig entlang. Gleich trennen sich unsere Wege – in der Mitte der Strecke unserer Häuser treffen wir uns immer, damit es fair bleibt.

»Du kannst mir alles sagen, das weißt du«, sagt Ruben aus dem Nichts. Ich stoppe in meiner Bewegung, er tut es mir gleich.

›Wenn du das sagst, bring ich dich um‹, warnt Riot.

Tief atme ich durch. *Versuchs doch.* Einen Schritt trete ich näher. All meinen Mut kratze ich zusammen, ziehe ihn an der Taille zu mir und komme ihm noch näher. Gänsehaut überzieht seinen Körper. Vielleicht können wir doch gemeinsam glücklich werden? Ich muss es versuchen. Wenn es nicht klappt, kann ich mein Leben immer noch beenden.

»Ich bin dabei, mich in dich zu verlieben.«

Das stimmt nicht einmal. Ich *habe* mich schon in ihn verliebt. Und daran kann meine Freundin nichts ändern und ich auch nicht. Riot ebenso nicht. Ich muss mich dringend von Chanelle trennen.

Ruben reißt die Augen auf, als hätte ich ihm gesagt, dass ich ihm AIDS gegeben habe. Ich tippe auf seine Taille, als sei er ein Roboter, den ich erst aktivieren muss. Vielleicht ist er tatsächlich einer, denn er wacht aus seiner Starre aus. Drei Schritte weicht er zurück.

Scheiße. Er schaut auf, all das Glück ist aus seinem Ausdruck gewichen, als wolle er sagen: »Du hast alles ruiniert.«

Meine Brust schnürt sich zu, als sei ich in einer Zwangsjacke gefangen, die mit jedem Atemzug enger wird. *Verdammte Scheiße.* Ruben tritt einen weiteren Schritt zurück. Er dreht sich um. Ich bin unfähig, mich zu bewegen. Schritt für Schritt entfernt er sich und wird mit jeder Sekunde schneller, ohne je zu rennen. Riot bricht in schallendes Gelächter aus.

›*Ich hab's dir gesagt. Ich hab's dir gesagt. Ich hab's dir gesagt*‹, singt er und hüpft im Kreis.

Ich schlage gegen meine Brust, damit der Schmerz aufhört.

›*Hast du gedacht, er würde jemanden wie dich mögen?*‹

Die Hände schiebe ich in die Hosentaschen.

Wie soll ich ihm je wieder in die Augen schauen?

Riot verdreht die Augen. ›*Heul doch. Du weißt, was du …*‹

Jaja. Einen Kieselstein kicke ich vor mir her, bis er in den Gulli purzelt und für immer verloren ist. *Ich soll mich umbringen, meine Freundin ficken, mich in meinem Zimmer verschanzen und nie wieder duschen. Sonst noch was?*

›*Hör auf, schwul zu sein.*‹

26

Linus

Erstes Mal

Ein Teppich bestehend aus umgefallenen Flaschen und Pfützen aus – hoffentlich – Alkohol liegt auf dem Boden. Heute ist Chanelles Geburtstagsparty. Eine Woche ist es nun her, dass ich Ruben meine Gefühle gestanden habe.

Seit Wochen werden Chanelles Annährungsversuche intensiver und ich bringe es nicht über mich, ihr zu beichten, dass ich nicht mit ihr schlafen will. Es hat sich herausgestellt, dass die Mark-Sache tatsächlich wahr ist – er hat darauf bestanden, uns auf den Dates zu begleiten.

Allerdings hat er laut Chanelle schnell gemerkt, dass ich ein »guter Mensch« bin. Da kann ich nicht zustimmen. Eher im Gegenteil. Sie war so erleichtert, als sie herausgefunden hat, dass ich keiner von den Typen bin, die nur auf Sex aus sind. Wenn sie den Grund erfährt, wird sie nicht nur mich hassen, sondern jeden Mann, den sie jemals kennenlernt.

Nie mehr wird sie jemandem vertrauen können. Ich bin ein schlechter Mensch.

Ich nippe an einem warmen Bier. Um mich herum unterhalten sich Fremde. Der Wohnzimmertisch ist verschoben, auf dem Sofa kann ein Paar die Finger nicht voneinander lassen. Discolicht blitzt durch das Wohnzimmer und dient als einzige Lichtquelle. Das Blinken blendet mich, während die Lautstärke mir Kopfschmerzen beschert.

Seit ich Ruben kenne, gehe ich seltener feiern, fällt mir auf. Chanelles Geburtstagsparty ist chaotisch. Der einzige Lichtblick: Der Wirrwarr lenkt mich von meinem Liebesgeständnis ab.

Ruben ist die ganze Woche trotz des Geständnisses bei mir aufgetaucht, um für die Prüfungen zu lernen. Als ich an die seltsame Stille zurückdenke, überzieht sich jeder Millimeter meines Rückens mit Gänsehaut. Ein Seufzen verlässt meine Kehle, als ich auf die Uhr schaue.

22:32 Uhr.

Die Erinnerung zieht meine Stimmung weiter hinunter.

Sie hat sich gewünscht, vor ihrem Achtzehnten entjungfert zu werden. Also noch knapp anderthalb Stunden. *Wenn ich genug trinke …*

Ich unterbinde den Gedankengang. Chanelle lächelt mir von der anderen Seite des Raums zu, während sie sich mit einem Mädchen unterhält, das ich noch nie zu Gesicht bekommen habe. Ich kenne keinen dieser Menschen. Mein Magen dreht sich, aber der Alkohol ist nicht der Auslöser. Immer wieder mustert sie mich von oben bis unten. *In ihrem Kopf fickt sie mich schon.*

Im Raum suche ich nach Ablenkung. Nichts Interessantes ist meiner Aufmerksamkeit würdig. Bis sich die Tür öffnet. Meine Haut steht in Flammen, die Kehle schnürt sich zu. Ruben schlüpft mit gesenktem Kopf durch die Tür. *Ich brauch 'ne Kippe.* Ich halte Augenkontakt mit dem Boden und mache mich auf zum Balkon. Zierliche Finger krallen sich in mein Handgelenk .

»Ich muss Jenny mit ihrem Kleid helfen. Danach können wir in mein Zimmer gehen«, sagt Chanelle in *diesem* Ton. Ein Kloß bildet sich in meinem Hals, doch ich schlucke ihn hinunter. Ich stimme zu, während ich das Zimmer mit den Augen absuche.

»Du hast Ruben eingeladen?«, frage ich so beiläufig wie möglich.

»Er ist gekommen?« Sie schaut sich um. »Manchmal treffe ich ihn beim Friedhof. Ich wollte, dass du außer mir jemanden hast, mit dem du dich unterhalten kannst.«

Warum hat Ruben mir das nie erzählt?

›Vielleicht, weil du das Thema Freundin vehement vermieden hast?‹

Seufzend begebe ich mich auf den Balkon und zünde mir eine Zigarette an. Ich lehne mich ans Geländer und starre durch die Glastür. Grüne Augen begegnen meinen und verursachen eine Hitzewelle in mir. Ein Speer durchbohrt sein Herz. *Ein gebrochenes Herz tut weh, aber ich wusste nicht, dass es tatsächlich physisch wehtut.*

Der Party kehre ich den Rücken zu. Meine Finger kralle ich am kalten Metall des Geländers fest. *Wenn ich mich da runter schmeiße, sterbe ich dann?*

Riot schnaubt. *›Da musst du dich schon mehr anstrengen.‹*

Zehn Minuten später drückt Chanelle ihre Lippen auf meinen Nacken. Sie klammert sich an mich, als sei heute unser letzter Tag. Gewissermaßen ist es das, zumindest für eine Weile, denn übermorgen fliegt sie mit ihren Eltern nach Amerika.

Und da möchte sie als Achtzehnjährige keine Jungfrau mehr sein.

»Wollen wir in mein Zimmer gehen?« Sie drückt einen Kuss hinter mein Ohr.

Wir haben das besprochen. Sie hat es sich gewünscht. Hilflos lasse ich meinen Blick ein letztes Mal durch den Raum schweifen. Sie leitet mich durch den angrenzenden Flur.

Ich kann sie nicht ewig warten lassen. Die Tür am Ende des Ganges ist geschmückt mit ihrem Namensschild.

›Es wird dir gefallen‹, versichert Riot in ungewohnt freundlichem Ton.

Chanelle drückt mich aufs Bett, ihre Zunge erkundet meinen Mund. Ich versuche, die Zweifel auszublenden und mich darauf einzulassen.

›Es ist ihr erstes Mal. Versau es nicht‹, erinnert Riot.

Es ist auch mein erstes Mal, verdammt. Ich sollte das nicht tun. Weiß, dass es falsch ist. Dass es nicht fair ist. Und trotzdem bin ich hier, aber will nach Hause. Mein Shirt zieht Chanelle mir über den Kopf.

Ich liege auf dem Rücken, sie über mir. *Ich kann das nicht.* Ihre Haut ist seidenweich.

Meine Finger fahren ihre Taille entlang und verweilen dort. Ihre Lippen schmecken nach Kirsche, ihr Haar erfrischt die Luft mit Minze.

Müsste ich schon einen Ständer haben?

Der Zeitdruck zerquetscht mich. 23:21 Uhr. Noch 40 Minuten. *Warum hat sie es so eilig?* Sie führt meine Hände zu ihren Brüsten.

Mein Herz rast, das Gewicht der Panik drückt mit jeder Sekunde schwerer auf meine Schultern.

Es sollte schön sein, ich sollte erregt sein. Ich sollte das wollen. Ich kann das nicht. Chanelle hält inne.

»Alles okay?«

»Bin nur aufgeregt.« Ich ringe mich zu einem Lächeln durch.

»Ich auch. Du bist der Erste, mit dem ich es wirklich tun *will*«, flüstert sie. Sie zieht meine Jeans mitsamt Unterwäsche von meinem Körper und entblößt meine Körpermitte. Weder sieht sie genervt noch verunsichert aus. Stattdessen umschließt sie meinen schlaffen Schwanz mit ihren zierlichen Fingern. Meine Lippen treffen ihre, dann ihren Hals, die Brüste, den Bauch …

Mit jedem Zentimeter, den ich mich hinabküsse und mit jedem Millimeter, den meine Finger wandern, holt mich die Panik schneller ein. Und das schlechte Gewissen auch.

Ein Klopfen. Erleichterung löst die Fesseln. Um ein Haar hätte ich laut aufgelacht. Ich springe auf, ziehe meine Hose hoch und werfe eine Decke über Chanelles entblößten Körper. Ich haste zur Tür, sperre sie auf und luge hinaus. Grüne Augen mustern mich. Die Strähnen streiche ich aus meiner Stirn.

»Können wir kurz reden?« Ruben schielt zu Chanelle. »Es ist wichtig.«

»Japp.« Einen Fuß setze ich über die Türschwelle, als sie uns aufhält.

»Könnt ihr das nicht später machen? Wir sind beschäftigt.« Ein Lächeln huscht über ihre Lippen.

»Es ist wichtig.« Ich trete in den dunklen Gang.

»Du hast noch eine halbe Stunde«, ruft sie hinterher, als die Tür im Schloss einrastet.

»Brauchst du Hilfe …«

»Du musst mich hier rausholen. Bitte, Ru. Bitte.«

»Deshalb bin ich hier. Du hast vorhin so verzweifelt geschaut, da dachte ich …«

»Danke!« Riots Einwände ignoriere ich. »Tisch' ihr eine Lüge auf, egal was. Es ist mir scheißegal. Hauptsache, ich muss da nicht mehr reingehen.« Chanelle tut mir leid. Das hat sie nicht verdient. Und wenn sie einen Freund hätte, der sie wirklich liebt, dann wäre sie lange keine Jungfrau mehr.

Ruben schlüpft durch die Tür. Allmählich normalisiert sich mein Puls. Ich gleite an der Wand hinab, ziehe die Knie an und stütze die Ellenbogen darauf ab. Eine Ausrede und darauffolgende Entschuldigung dringen gedämpft durch die Tür. Beschämt versenke ich den Kopf in dem Hohlraum zwischen Beinen und Oberkörper. Ein sachter Windstoß erreicht mich, als Ruben die Tür öffnet, genügt jedoch nicht, um meinen aufgeheizten Körper abzukühlen.

»War es so schlimm?«

»Ich kann mit Mädchen nichts anfangen«, sage ich und klinge dabei genervter als geplant.

Ruben packt meinen Oberarm sanft.

»Komm, wir verpissen uns.« Er hilft mir hoch und drückt mir mein T-Shirt in die Hand.

Bevor ich einen einzigen Schritt tue, reißt Chanelle die Tür auf.

»Wenn du jetzt gehst … Du kannst dir überlegen, ob du das mit uns ernst meinst, bis ich aus Amerika zurückkomme. Ansonsten ist es aus.«

»Das heißt …« Den Satz lasse ich in der Luft hängen.

»Wir machen eine Pause. Mach, was du willst, mit wem du willst.« Verbittert lacht sie. »Aber anscheinend bist du dafür ja sowieso nicht bereit. Hättest du ruhig sagen können.«

Mit diesen Worten knallt sie die Tür zu. Ruben blickt mich mitleidig an, doch ich lächele ihm zu. Erleichtert atme ich aus. Eine Pause. Heißt das, wir haben uns getrennt? Und wenn sie wiederkommt, könnten wir wieder zusammenkommen? Sagt sie das nur, weil sie sich in Amerika entjungfern lassen will?

Ruben stupst mich an, als wir durch die Wohnung laufen und ich lasse die Gedanken an Chanelle auf der Party zurück.

Jetzt zählt nur Ruben.

Fünf Minuten später saugen wir die kühle Nachtluft in unsere Lungen. Sauerstoff war noch nie so erfrischend.

»Ich mache bald Schluss«, sage ich, während ich meinem Retter auf Schritt und Tritt folge. Es wird ihr das Herz brechen und vielleicht wird Mark mich verprügeln.

Warten wird das aber nicht verhindern.

Mit jedem Meter, den wir uns von der Party entfernen, fällt ein wenig Anspannung von mir ab. Mit hochgeworfenen Armen hüpfe ich durch die Gegend. Ruben läuft rückwärts, sein Blick klebt an mir und er hat diesen seltsamen Blick in seinem Gesicht, den ich nicht deuten kann.

Ich sause zu ihm, schlinge meine Arme von hinten um ihn und hebe ihn hoch. Dabei presse ich all die Luft aus seinem Körper und er keucht.

»Danke. Danke. Danke. Danke. Danke …«

Mit einem Schlag fliegt mir die letzte Woche um die Ohren. *Ich habe ihm ein Liebesgeständnis gemacht.*

Ich löse mich. Stumm schlurfe ich Ruben hinterher und lege mir Worte zurecht.

»Wegen letztens … Ich hoffe, wir können Freunde bleiben. Ich weiß, dass du nicht …«

Ruben wirbelt herum, packt mich am Shirt und zerrt mich zu sich. Sein Geruch kriecht in meine Nase und ich hoffe, er verschwindet niemals.

Ich verliere mich in seinen Augen. In meinem Kopf herrscht Stille. Ruben stellt sich auf die Zehenspitzen, streckt das Kinn nach oben, die Mundwinkel deuten ein Lächeln an.

Sein Blick huscht zwischen meinen Augen hin und her, dann nach unten zu meinem Mund. Rubens schweißnasse Hand hält meinen Nacken.

Ein eiskalter Schauer läuft mir über den Rücken, im selben Moment erfüllt mich eine unbekannte Wärme. Meine Knie gleichen Pudding.

Mit Bedacht, aber voller Sehnsucht, vereint Ruben unsere Lippen. Sofort erwidere ich den Kuss.

Unsere Lippen tanzen in perfektem Rhythmus, als hätten wir es schon tausend Mal gemacht. Ich gebe dem Trieb nach, meine Finger durch seine Strähnen gleiten zu lassen.

Ruben unterbricht den Kuss, bleibt jedoch so nah, dass ich seinen heißen Atem auf meiner Haut spüren kann.

Er lässt sich zurück auf die Fußballen sinken.

Sein Gesicht presst gegen meine Brust. Fest umklammert er meinen Oberkörper.

»Vergiss bitte, dass ich am Wochenende abgehauen bin.«

Als Antwort drücke ich ihn fester an mich und hoffe, dass er fühlt, was er in mir auslöst.

Mein erster bedeutungsvoller Kuss.

27

Linus

Verraten

Stimmen reißen mich aus der Traumwelt zurück ins Zimmer. Jemand krabbelt ins Bett und schmuggelt sich unter die Decke. Eine Mischung aus Nervosität und Freude kriecht in meinem Körper empor. Automatisch hebe ich den Arm – eine Einladung, die Ruben ohne zu zögern annimmt. *Das war kein Traum.* Einen Moment warte ich darauf, dass Riot seinen Senf dazu gibt, doch er ist unauffindbar. Zurück bleiben Fragen.

Sind wir jetzt zusammen? Oder trotzdem nur Freunde? Soll ich ihn küssen? Vielleicht sollte ich abwarten, was er macht. Aber er ist schüchtern … Was, wenn er gar nichts macht?

Avanti liegt am Fuße des Bettes, Musikposter an den Wänden, ein Spiegel gegenüber von uns. Ich wage es nicht, den Blick von der Wand zu nehmen, als mein Kuschelpartner sich in meinen Armen dreht. Stattdessen analysiere ich weiter die Details des Raums. Ein Skateboard lehnt an der Wand, während ein Haufen Leinen im Eck darauf wartet, entknotet zu werden.

»Was grinst du so blöd?« Ruben mustert mich belustigt.

Ich erschrecke mich, doch fange mich schnell wieder und will ihm meine Lippen aufdrücken, aber heute ist nicht gestern, also lasse ich es.

»Weiß nicht. Gestern hat irgend so ein Typ mich geküsst.«

»Echt?« Er macht große Augen. »Und dann?«

»Dann sind wir zu ihm …«

»Und dann?«

Einige Sekunden warte ich. Mein Grinsen verfliegt, ein ernüchterter Blick bleibt zurück. »Dann sind wir eingeschlafen. Aber am nächsten Morgen habe ich mich gefragt, ob der Typ vielleicht Lust auf noch einen Kuss hat.«

Unsere Lippen treffen sich und tanzen in einem Rhythmus – *unserem* Rhythmus. Avanti krabbelt über uns und drängt sich dazwischen. Wir ignorieren ihn und küssen uns weiter, meine Hand umrahmt Rubens Gesicht. Er weicht zurück.

»Hat er.« Er packt Avanti, dreht sich auf den Rücken und nimmt den Hund mit sich. Sein Gesicht vergräbt er im Fell und umarmt das Tier.

»Jaja. Dich hab' ich auch lieb.« Ruben wuschelt ihm durchs Fell, während Avanti versucht, von ihm loszukommen.

Einzelne Haare wirbeln durch die Luft. Sachtes Sonnenlicht erreicht uns durchs Fenster. Draußen hängt Efeu ins Fenster und wiegt sich im Wind. Ruben lässt von Avanti ab, als sich Schritte im Flur nähern.

Hastig spring er auf, stoppt jedoch vor der Tür. Ich werfe ihm einen Pullover zu und halte ihn abermals auf. Grinsend tippe ich auf meinen Hals und deute zu ihm. Ruben legt den Kopf schief.

Ich tippe aggressiver. Er kapiert es nicht, also rappele ich mich auf. Ruben betrachtet sich mittlerweile im Spiegel und rubbelt über die blauen Flecken an seinem Hals, als hätten wir gestern lediglich ein Schminkspiel gespielt.

Die Schritte im Flur verhallen. Ich gehe hinter ihn und schlinge meine Arme um ihn. Ruben legt seine Hände auf meine und verschränkt unsere Finger. Meine Lippen landen auf dem bereits vorhandenen Knutschfleck. Ruben sinkt gegen mich. Mein Kinn lege ich auf seiner Schulter ab. Durch den Spiegel schauen wir uns an.

Er befreit sich aus meinen Armen, was in einem Kampf resultiert. Ich packe ihn und zwinge ihn zu mir, woraufhin Ruben sich erneut aus meinen Fängen windet.

Das Katz–und–Mausspiel dauert an, bis Avanti mitspielen will und uns fast zu Boden reißt. Vielleicht muss er auch einfach aufs Klo. Ruben zieht eine Leine vom Haufen und geht mit Avanti raus.

Das war einfacher als gedacht.

Ich schlurfe zurück zum Bett, aber bin hellwach.

Nach dem Frühstück ist es Zeit, nach Hause zu gehen. Zum Glück haben seine Eltern nichts gesagt. Keine Ahnung, was ich gemacht hätte, wenn er ihnen verraten hätte, dass etwas zwischen uns läuft. Wir schlendern den

Bürgersteig entlang. Jeder hängt seinen eigenen Gedanken nach. Nur fünfzehn Minuten Fußmarsch trennen unsere Häuser. Etwa in der Mitte setzen wir unsere Wege allein fort.

»Also … wir sehen uns morgen?« Unschlüssig steht Ruben da, seine Finger kämpfen miteinander und er sieht so verdammt knuffig aus, dass ich ihn beißen möchte.

»Auf keinen Fall«, sage ich grinsend und Ruben verdreht die Augen lächelnd. Die Umgebung suche ich mit den Augen ab und trete einen Schritt nach vorne, als niemand in Sichtweite ist.

Darf ich dich küssen? will ich fragen, doch Ruben drückt mir bereits seine Lippen auf. Wenige Sekunden dauert der Kuss, trotzdem kribbeln meine Lippen.

»Wir sehen uns.« Er dreht sich um und setzt sich in Bewegung.

»Warte.«

Ruben macht kehrt.

»Warum hast du mich letzte Woche abserviert?« Nun ist es an mir, nervös mit den Fingern zu spielen. Nicht, dass er sich jetzt doch umentscheidet und mir nochmal einen Korb gibt. Hah.

»Du hattest eine Freundin.« Einen Mundwinkel zieht er nach oben.

»Nein, nein.« Ich lege den Kopf schief. »Wir machen eine Pause. Sind quasi getrennt.«

»Ich hoffe, aus der Pause kommt ihr nicht zurück, sonst …« Der Satz bleibt unbeendet.

Er gibt mir einen sehr lauten, sehr feuchten Schmatzer auf die Wange, dreht sich um und hopst im Pferdchen-Galopp davon.

Gähnend komme ich zuhause an. Mamas Stimme dringt aus der Küche.

»Na? Wie war die Party? Hat Chanelle dich zum Aufräumen verdonnert?«, will Hannah wissen und gluckst.

»Ja«, sage ich nur.

Abwartend starrt sie mich an und schlingt die Arme um mich, als keine weitere Erklärung kommt.

»Okidoki.« Sie presst die Luft aus mir heraus. »Gesprächig wie immer.«

Gezwungenermaßen erzähle ich von der Party. Nicht besonders viel, schließlich bin ich nicht lange geblieben.

»Also dann.« Winkend entfliehe ich den Fragen und entziehe mich. Hannah folgt mir in mein Zimmer.

»Wie geht's Ruben?«

Ich schlucke. »Gut geht's ihm.«

»Hast gar nicht erzählt, dass er auch da war.« Grinsend lehnt sie sich gegen den Türrahmen.

»Woher weißt du, dass er da war?« Mein Puls steigt an. Sie zieht ihr bauchfreies Top herunter, das eigentlich nur ein BH ist.

»Chanelle kam letztens vorbei, aber du warst lieber mit deinem neuen *Freund* unterwegs.«

War klar, dass sie uns verraten hat.

»Okidoki«, sagt Hannah langgezogen, als ich nicht antworte. »Was habt ihr gestern getrieben?« Sie sagt es in diesem seltsamen Ton. Den hat sie auch, wenn sie etwas von mir will und mir droht, Mama zu erzählen, dass ich kiffe. Ein eiskalter Schauer schüttelt mich. *Woher weiß sie das?* Hannah hebt ihr Handy in die Höhe und wedelt damit herum.

»Ein Vögelchen hat mir gezwitschert, dass du die Nacht nicht mit ihr verbracht hast.«

Ich hebe Klamotten vom Boden auf und lege sie zusammen.

»Also?« Sie grinst breiter. Mein Kopf rattert, bis mir eine Antwort einfällt. Ich lehne mich gegen den Schreibtisch.

»Wir haben eine Bank ausgeraubt und mussten untertauchen. Die Bullen hätten uns fast erwischt, aber wir sind todesmutig durch den See geschwommen, um zu entkommen. Und dann …«

»Und woher ist der Knutschfleck?«

Ich greife mir an den Hals. »Von meiner Freundin«, sage ich in fragendem Ton. Eine alte Socke schmeiße ich in ihre Richtung. Kreischend springt sie zur Seite.

»Genug Fragen. Ich muss aufräumen und du nervst.« Ich scheuche sie zur Tür.

»Ich bin etwas ganz Heißem auf der Spur.« Sie reckt den Finger in die Höhe.

Aus der Holzdose auf dem Schreibtisch nehme ich einen Joint. Allein der Geruch, der mir entgegenschlägt, beruhigt meine Nerven schon. Ich klemme das Teil zwischen meine Finger und ziehe ein Feuerzeug aus meiner

Hosentasche. Ich stocke. Das Feuer gleitet zurück in die Tasche. Die Droge verschwindet in der Holzbox. *Heute nicht.* Stattdessen sammele ich weiter Kleidung, dreckiges Geschirr und leere Flaschen auf. Meine Gedanken kreisen um Ruben, woraufhin Riot sich zu Wort meldet. Meine gute Laune verfliegt.

Jegliche Motivation ist verschwunden. Ich werfe mich aufs Bett. Und diskutiere mit Riot.

28

Ruben

Nicht ganz hetero

»Sie kommen.«

Die Tür knallt ins Schloss, als Linus schnellen Schrittes zum Bett läuft. Er drückt mir einen Kuss auf. »Sie wissen nicht, dass du da bist.« Sein Knie sinkt in die Matratze, als er sich über mich beugt. Das Bett knarzt unter unserem Gewicht.

Endlich haben wir die Abschlussprüfungen hinter uns. Zur Feier kommen Timo und Leo und bleiben das ganze Wochenende. Laut Linus hat es bei Leo etwas Überzeugungsarbeit gebraucht, da er seine Familie kaum noch sieht, weil er entweder in der Studentenbude oder hier rumhängt.

Seine Schwester Sirena vermisst er dabei wohl am meisten.

»Wissen sie, dass …« Der Satz hängt in der Luft wie der Staub in meiner Geheimkammer. Nach langer Zeit veranstalten wir mal wieder eine Übernachtungsparty mit seinen Freunden. Linus nennt es zwar lieber »Chillabend«, weil er *cool* sein will, aber es ist eine Übernachtungsparty.

»Sie wissen es nicht.« Er schiebt die raue Wolldecke zur Seite. »Deshalb will ich dich noch so lange küssen, wie es geht.« Abermals presst er seine Lippen auf meine. Er schmeckt nach Rauch, Gurke und Maggie, was eine furchtbar seltsame Kombination ist. Aber ich mag es. Er schmeckt gut.

»Kein Plan, wie sie reagieren würden.« Abermals schielt Linus zur Tür. »Wo bleiben die denn?« Sein Ellenbogen dient als Stütze, als er meine Kinnpartie umrahmt. *Schämt er sich für mich?* wundere ich mich. Schritte hallen durch den Flur. *Mögen Timo und Leo mich überhaupt?* Ich spiele mit Linus' Shirt. Gelächter außerhalb des Raums. Ein weiterer Kuss. Die Türklinke wird hinuntergedrückt. Linus springt auf.

Posierend zeigt er auf mich. So verharrt er, bis die anderen eingetreten sind und mich sehen. Vanti trottet schwanzwedelnd hinterher. Der hat vorher auf der Couch geschlummert.

Timo fährt sich durch die Haare und zupft an seinem Shirt.

»Ey!« Leo streckt die Arme nach vorne. Eine Gruppenumarmung später begutachtet er uns amüsiert. »Wow. Bei euch geht's aber ab.«

»Was?« Linus' Blick huscht zu mir.

»Das bedeutet, du und Chanelle haben endlich …« Leo deutet es mit den Händen an.

»Knick–Knack gemacht«, beendet Timo den Satz jubelnd. Er fällt auf den Schreibtischstuhl und rollt durch den Raum zum Fenster. »Unser Lutzi ist endlich keine Jungfrau mehr.«

»Ach so.« Sein Handy benutzt Linus als Spiegel, um seinen stellenweise lila verfärbten Hals zu mustern.

»Und du hattest wohl auch deinen Spaß.« Leo wendet sich an mich, aber ich schaue zu Boden. Linus' Zimmer ist überraschend sauber.

»Darf er das nicht, oder was?«, faucht Linus.

Unangenehme Stille legt sich um uns wie eiskalter Wind.

»Okay …« Timo klatscht in die Hände. »Auf was habt ihr Bock?«

Als niemand antwortet, rattert er Vorschläge herunter: Skatepark, See, Saufen, Kiffen, Puff … *Puff?* Ich schiele zu Linus, doch er verdreht nur seufzend die Augen und schenkt mir ein Lächeln.

»Das machen wir doch immer.« Er holt eine Wodka Flasche aus dem Schrank und nun ist es an mir, die Augen zu verdrehen.

»Wie wär's mit Monopoly?«, schlage ich vor.

Die anderen starren mich stumm an. Hitze steigt in mir auf. Linus hingegen hüpft um mich herum und hebt mich hoch.

»Geile Idee. Das machen wir.« Er drückt sich dicht an mich, bevor seine Lippen *unauffällig* meinen Nacken treffen.

»Warum bist du heute so aufgekratzt?« Timo schmunzelt.

»Wieso fragt mich das jeder?«

»Du bist sonst nie so«, murmelt Leo.

»Also …«, sagt Linus und stellt die Flasche neben uns ab, bevor er sich achtlos auf den Boden plumpsen lässt. »… spielen wir Monopoly.«

Nach kurzer Zeit sitzen wir um das Brett herum. Nach einer Stunde gehören mir alle Bahnhöfe, Leo ein Hotel und vier Häuser, Timo einige Straßen und Linus die Werke und einzelne Straßen.

»Also, Lutzi. Erzähl von deinem ersten Mal.« Timo würfelt und bewegt die Flugzeugfigur drei Felder weiter.

»Lass ihn in Ruhe, Timo«, sagt Leo.

»Warum?«, entgegnet Timo. »Ihr habt mich damals auch gefragt. Und wir dich.«

Leo wirft ihm einen weiteren Blick zu und bewegt seine Spielfigur vier Felder weiter. Er sammelt sein Geld zusammen und überreicht es der Bank, also mir. Ich gebe ihm eine Karte.

»Erzähl du von deinem ersten Mal«, sagt Timo an mich gerichtet. *Warum will er das wissen? Wir kennen uns kaum.*

»Ich hatte noch nie Sex.« Ich streiche eine Strähne aus der Stirn. Mein Ärmel rutscht zum Ellenbogen. Linus zieht den Stoff wieder nach unten.

»Aber in dem Video …«

Linus fährt herum.

Hat er es ihnen erzählt? Mein Körper füllt sich mit Hitze, als hätte ich Benzin und danach ein brennendes Streichholz geschluckt. Hilfesuchend schaue ich zu Linus. Vermutlich ist das Video auch in den Gruppenchats der vergangenen Jahrgänge gelandet.

»Timo«, ermahnt Linus gleichzeitig mit Leo.

»Was denn? Ich habe auch schon Videos von mir rumgeschickt.«

»Manche schicken Videos aber nicht selbst herum«, zischt Linus. Er dreht die Würfel zwischen seinen Fingern. Die Berührungsstellen nehmen einen weißen Farbton an.

»Oh«, stößt Timo aus.

Das Schamgefühl lässt mich nicht los und die Erinnerungen an Marcel erdrücken mich.

Wie konnte er mir das antun? Wie konnte ich so dumm sein?

Braune Augen durchbohren mich.

Hat Linus ihnen das Video gezeigt? Er verarscht mich sicher auch.

Mein Herz rast.

Das ist doch alles gespielt.

Ich will aufspringen, im Erdboden versinken, mit Vanti im Wald verschwinden und nie wiederkommen.

Bestimmt steht er nicht mal auf Jungs. Seine besten Freunde wüssten es doch, wenn er schwul wäre … oder?

Meine Hände zittern und ich kann nichts dagegen tun.

Er ist sicher angewidert, wenn wir uns küssen. War Marcel das auch?

In dieser Hinsicht sind Marcel und Linus sich gleich – sie beide verstecken mich.

Wir leben in einer Welt, in der zwei Jungs zusammen für zu viele Menschen widerlich sind, also verstehe ich es. Trotzdem stärkt es mein Vertrauen in Linus in diesem Moment kein bisschen.

Eine raue Stimme reißt mich aus meinen Gedanken. »Ich habe nicht mit Chanelle geschlafen.« Er lacht, doch es klingt deprimiert. »Hab' den Schwanz eingezogen. Wortwörtlich.« Die Würfel purzeln klackernd über das Brett. Er rückt seine Burger-Figur zwei Felder weiter und lehnt sich zu mir. »Soll ich das kaufen?«

Perplex starre ich von ihm zum Feld und wieder zurück. Timo nimmt die Würfel. Sie tanzen erneut über das Feld.

»Egal«, murmelt Linus und legt seine Hand an meinen Rücken. In Kreisbewegungen streicht er darüber.

»Du hast Ruben ausgelassen«, murmelt Leo.

Nachdenklich kaut Linus auf seinen Fingernägeln herum. Timo klackert abwechselnd mit seinen Ringen und Leo lutscht an seiner Kette.

Das hat er nur meinetwegen gesagt. Das heißt, er wird sich bald für mich outen, oder? Linus verarscht mich nicht. Ob ich das wirklich glaube, weiß ich nicht. Aber ich will es glauben.

Timo schaut mich schon seit einigen Sekunden an. Ein kalter Schauer läuft über meinen Rücken. *Bin ich zu offensichtlich?*

Linus ist wieder dran. Er würfelt und rückt die Figur einige Felder weiter.

Ich muss die Stimmung auflockern. Ich lehne mich zu Linus. *Das ist alles meine Schuld.*

»Kauf das, dann kann Timo kein Haus drauf bauen«, flüstere ich ihm ins Ohr. Am liebsten würde ich ihm so nahe bleiben.

»Kauf ich«, sagt er hastig, aber die Freude ist aus seiner Stimme gewichen und klingt noch monotoner als sonst.

»Mann.« Timo lässt die Würfel aus der Hand gleiten. »Das ist unfair, du sagst ihm ein.«

Ruben tausche das Spielgeld gegen ein Haus. Meine Haut kribbelt, als unsere Finger sich berühren.

»Das ist Sozialhilfe«, verteidige ich uns.

»Arsch.« Schnaubend stößt Linus mir in die Seite. Ein schlechtes Gewissen macht sich in mir breit.

»Ich glaube, er hat Hunger.« Timo rückt seine Flugzeugfigur weiter nach vorne und macht ein entsprechendes Geräusch.

»Ich hole etwas zu essen für ihn.« Ich wuschele Linus durch die Haare, aber er weicht aus und zieht sich die Kapuze über den Kopf. »Kannst du mir tragen helfen, Linus?«

Sein Ausdruck hellt sich auf. Er kommt auf die Beine und trottet hinterher. Lautstark fliegt die Tür ins Schloss. Ich will ihn pieken, als er mich gegen die Wand drängt und stürmisch küsst.

Ist hier irgendwo eine Kamera? Ich erinnere mich an den Abend mit Marcel und hasse mich dafür. Ich sollte den Moment genießen und nicht mehr in der Vergangenheit hängen. Dieser Gedanke bringt mir ein noch schlechteres Gewissen. Aus dem Inneren des Zimmers ertönt Lachen. Eine Tür im Flur schwingt auf und Hannah tritt heraus. Linus löst sich stöhnend. Unschuldig lächelt er Hannah an, als wir an ihr vorbei zur Treppe gehen. *Was, wenn er schon Videos von mir gemacht hat?* Tief atme ich durch. *Hör auf. Sowas würde er nie tun.*

»Glaubst du, irgendjemand hätte ein Problem damit, dass du schwul bist?«

»Ne.« Linus wirft einen Blick über die Schulter nach hinten. »Aber ich brauche noch Zeit.«

»Kein Stress.« Unsere Hände streifen sich. »Ich dränge dich zu nichts.« Ich werfe einen Blick über die Schulter nach hinten. Einige Meter hinter uns tanzt Hannah durch den Flur. Trotz ihrer Kopfhörer dringt die Musik in meine Ohren.

»Wissen es deine Eltern?«, fragt Linus.

»Meine Mom hat es durch das Video erfahren.« Das Video hat ihre ganze Aufmerksamkeit eingenommen, weshalb sie sich kaum dafür interessiert hat, dass ich auf Jungs stehe. Danach hat sie es entweder vergessen oder es ist ihr egal, denn sie hat es seitdem nicht mehr angesprochen.

»Scheiße.« Er mustert mich von der Seite, aber ich bleibe stumm. Wortlos führen wir unseren Weg fort.

In der Küche hat Linus' Mutter uns belegte Brote vorbereitet – ich liebe sie. Nicht wegen der Brote, sondern allgemein. Sie behandelt mich wie eines ihrer Kinder, was seltsam ist, weil ich mit ihrem Sohn zusammen bin. Mehrfach hat sie schon betont, dass ich hier immer willkommen bin. Ständig fragt sie, ob ich etwas brauche und ob ich mich hier wohlfühle.

Ich trage die Brotplatte, während Linus einige Wasserflaschen schleppt. Oben angekommen küssen wir uns wieder. Linus drängt mich gegen die Wand und lässt dabei eine Wasserflasche fallen, ignoriert es jedoch vollkommen.

Ich stelle die Brotplatte auf der Kommode neben uns ab, nehme ihm die restlichen Flaschen ab und stelle auch diese ab, ohne mich von ihm zu lösen. Immer wieder schaut Linus Richtung Treppe, während ich die Tür im Auge behalte. Er packt mich an der Taille und zieht mich noch näher zu sich. Um ein Haar fällt mir die Platte herunter. Uns beiden entfährt ein Lachen. Die Türklinke wird hinuntergedrückt. Hastig drücke ich Linus weg. Leo steht in der Tür und wirf uns einen Blick zu. Ich schlüpfe an ihm vorbei ins Zimmer. Leo packt Linus am Handgelenk und zwingt ihn mit sich zur Treppe.

»Komm mit. Wir gehen eine rauchen.«

Ist etwas passiert? Irritiert beobachte ich sie, bevor die Tür im Schloss einrastet. Timo macht sich an den Broten zu schaffen.

»Endlich Sommer, Mann. Bist froh, dass du nicht mehr in die Schule musst, mh?« Ich habe mit einem Notendurchschnitt von 2,5 bestanden und Linus hat mit einem Durchschnitt von 3,3 ebenfalls bestanden. Sein geschockter Ausdruck war süß. Er hat mich hochgehoben und mir gedankt, als hätte meine Hilfe ihn durchgebracht. Ohne mich hätte er es auch geschafft.

Zustimmend brumme ich.

»Wusstest du, dass der Typ ein Video macht?« Er beißt von seinem Käsebrot ab.

Stumm schüttele ich den Kopf.

»Mies. Ist der dein Freund?«

Kopfschütteln.

»Aber er hat dich nicht dazu gezwungen?«

Ein weiteres Mal verneine ich und nehme ein Wurstbrot.

»Also bist du schwul?« Grinsend hält er mir die Wodka Flasche hin.

»Ne.«

»Aber hetero auch nicht?« Er drängt mir die Flasche auf.

Ich gebe nach und nehme die Flasche, trinke aber nichts.

»Ne«. Den Alkohol stelle ich beiseite.

Linus marschiert durch die Tür, zum Schreibtisch und holt einen Joint aus einer unscheinbaren Holzdose. Er nimmt ihn in den Mund und schließt die Augen, atmet den Duft des Grases ein.

Ich schnappe mir den Joint. Braune Augen starren in meine Seele. Den Joint schmeiße ich zurück in die Box und klappe sie zu. »Das brauchst du nicht.«

Über was denkt er nach? Ich halte ihm ein Käsebrot vor die Nase. *Egal, was es ist. Es ist nichts Gutes.*

Dankend nimmt er es an. *Ich kann ihn nicht vor seinen Gedanken retten, aber zumindest kann ich ihn ablenken.*

»Willst du am Montag mit mir Traktor fahren?«, frage ich ihn und seine Augen strahlen. Er nickt begeistert und lächelt endlich wieder.

Eigentlich wollte ich ihn wegen des Abschlussballs fragen, aber das würde seine Stimmung sicher wieder drücken. Ich erwarte nicht, dass wir als Paar hingehen, aber es wäre schön, diesen Lebensabschnitt mit ihm zu beenden. Irgendwann muss ich ihn fragen, auch wenn ich Angst habe.

Ich hoffe, er trennt sich bald von Chanelle – schließlich hat er es mir schon vor einer Weile versprochen. Sie machen schließlich nur eine Pause, was auch immer das bedeutet. Warum hat sie sich nicht direkt getrennt?

Vor der Feier sollte er es schaffen, denn sie ist erst in einigen Wochen. Ich weiß gar nicht, ob Chanelle bis dahin überhaupt wieder da ist. Vielleicht mache ich mir also umsonst Gedanken. Falls er jedoch mit ihr beim Ball auftaucht, weiß ich nicht, was ich machen werde. Weinen vermutlich. Hah.

Immerhin muss ich meine Mitschüler bis dahin nicht mehr sehen.

Wir spielen weiter.

Ohne Alkohol, ohne Marihuana, ohne Küsse – aber dafür mit neuen Insider–Witzen, die auch ich verstehe.

29

Linus

Kaffee

Ich bin drauf und dran, den Wecker gegen die Wand zu schleudern. Seit drei Minuten bimmelt er in schrillem Ton.

Ich hämmere auf den Knopf und das Piepen erstirbt. Stöhnend schlage ich die Decke um und rappele mich auf. Doch dann flattert die Erinnerung zurück in mein Gedächtnis. Es ist sechs Uhr morgens, aber ich bin plötzlich hellwach. Mein Handy schnappe ich mir, obwohl es mir auf dem Feld nicht viel bringen wird.

Obwohl es etwa fünf Stunden zu früh ist für mich, bin ich energiegeladen und würde am liebsten im Pferdchengalopp zu Rubens Haus laufen. Aber ich bin kein Morgenmensch, also lasse ich es. Ich gehe nur, aber schnell mit großen Schritten. Meine Finger streifen die Zäune der Nachbarn. Raue Holzbretter, kantiger Stein, vertrocknete Hecke.

Das Wochenende verging viel zu schnell. Zum Glück haben die Jungs in drei Wochen Semesterferien. Erstmal müssen sie durch die Prüfungsphase kommen. Leo wird danach Zeit mit seiner kleinen Schwester Sirena verbringen. Obwohl sie erst vierzehn ist, verstehen die beiden sich super und er hat sie sogar zu einigen unserer Treffen mitgenommen.

Als sie drei Jahre alt war, haben Leos Eltern ihn als Babysitter benutzt, also hat er sie mit in den Skatepark genommen und sie daraufgestellt. Mittlerweile skaten sie viel zusammen. Dass er Sirena als seine eigene Skatepartnerin großzieht, habe ich damals als Scherz vorgeschlagen, damit er mich nicht mehr anbettelt, mit ihm zu fahren.

Mann, ich liebe dieses Kind. Von ihrer Mutter hat Sirena viel über alle möglichen Fahrzeuge gelernt. Unendlich oft hat sie mein Fahrrad repariert.

Seit die Jungs studieren, hat sich so viel verändert. Nachdem die Jungs kaum hier sind, sitze ich nur zuhause und die beiden besuchen mich, statt ich sie, weil sie Autos und Führerscheine besitzen. Noch nie war ich Teil eines Autounfalls, trotzdem drücke ich mich davor, den Führerschein zu machen.

›Wäre Geldverschwendung‹, sagt Riot. *›Oder hast du den Plan vergessen? Apropos … hast du deiner Kleinen schon geschrieben?‹*

Augenverdrehend ziehe ich mein Handy aus der Tasche. *Sie hat mir nicht geschrie…*

Chanelle: Kurz vor Mitternacht bin ich am Flughafen.

Während ihrer Amerikareise hat sie mir geschrieben, als machten wir keine Pause. Ich habe ihr geantwortet wie immer, nur ohne Herzen. Hoffentlich erinnert sie sich an unsere Pause.

Chanelle: Ich komm morgen zu dir, ja?
Ich freu mich, dich zu sehen <3

O Gott. Was, wenn sie sich an unsere Pause nicht erinnert, weil sie betrunken war? Sie hatte zu diesem Zeitpunkt zwar noch nicht so viel getrunken, aber ich weiß ja nicht, was danach geschehen ist. Oder verhält sie sich mit Absicht so, als sei nichts passiert? Hofft sie, dass *ich* unsere Pause vergessen habe?

Ich schalte das Telefon aus und versuche, nicht daran zu denken, dass sie schon aus Amerika zurückkehrt.

Rubens Mutter empfängt mich überrascht.

»Ruben hat gesagt, dass ich beim Dreschen helfen kann.« Soweit ich es richtig verstanden habe, ist Dreschen das Ernten von Getreide. *Mitfahren. Er hat mitfahren gesagt.*

»Der schläft noch, aber du kannst ihn gern wecken«, sagt sie und bittet mich herein. Ich klopfe an Rubens Zimmertür, bevor ich eintrete – für den Fall, dass er doch schon wach ist. Avanti trampelt über sein Herrchen und begrüßt mich schwanzwedelnd. Danach setzt er sich vor mich und gibt mir diesen Blick, bei dem seine Augen riesengroß sind. *Mittlerweile kenne ich den.* Zusammen gehen wir in den Garten und er verrichtet sein Geschäft.

Als wir zurückkehren, schlummert Ruben noch immer tief eingemummelt in Decken und Kissen. *Soll ich ihn wecken? Oder mich zu ihm legen?* Einige Minuten stehe ich reglos da. *Ne, das ist creepy.*

Avanti macht es sich wieder auf seinem Herrchen bequem. Murrend dreht Ruben sich von ihm weg.

Herumstehen und starren ist auch seltsam.

Ruben schiebt den Hund beiseite und murmelt etwas Unverständliches.

»Hi, Sonnenschein.«

Ruben blinzelt ein paar Mal, Röte schießt in seine Wangen. Mein Bauch kribbelt, als sein Blick meinen trifft. Ich verliere mich darin und sehe eine Zukunft mit ihm.

›Das wird nicht geschehen‹, kommentiert Riot. *›Genieß die Zeit, die du noch mit ihm hast.‹*

Ich reagiere nicht darauf, weil es nichts zu sagen gibt. Egal, wie ich es drehe, er hat recht. Das, was ich mir nie erträumt hätte, ist geschehen. Ich habe einen Freund, während ich mir eine Zukunft mit einer Frau aufbauen oder das Leben beenden wollte. Und wie deprimierend wäre es bitte, für immer Single zu bleiben? Gerade als ich merke, dass das hier auf Dauer nicht funktionieren kann, öffnet mein Sonnenschein die Augen und verteilt mit nur einem Wort seine Wärme.

»Hi«, raunt er mit überraschend tiefer Stimme. Er richtet sich auf und schaut auf die Uhr. »Was machst du hier?« Den Schlaf wischt er sich aus den Augen, danach finden seine Hände Avantis Fell.

Ich grinse. Riot redet noch immer, aber ich blende ihn aus. Es fühlt sich zu gut an, um nicht für das *Für immer* gemacht *zu sein.* Warum sollte ich mir Gedanken um die Zukunft machen, wenn dieser Moment sich so unglaublich gut anfühlt? *Weil er eine hat. Mein eigenes Leben kann ich zerstören, aber seins ist schon schwer genug.* Trotzdem, in diesem Augenblick sieht auch er glücklich aus.

»Feini«, flüstert Ruben an Avanti gerichtet.

»Was bedeutet das?« *Er nennt ihn ständig so.*

»Du bist süß und ich will dich knuddeln und ich würde für dich sterben.« Er zuckt mit den Schultern. »Kurzgesagt: Ich liebe dich.«

Knuffig.

»Du hast gesagt, ich darf heute mitfahren.«

»Ja und?« Ruben gähnt.

»Ja und hier bin ich.« Meine Füße tragen mich zum Bett.

»Aber …« Glucksend nimmt er meine Hände. »Das Getreide ist um die Uhrzeit viel zu nass. Wir fangen erst mittags an.«

»Oh.«

Brummend zieht er mich aufs Bett und drückt seine Lippen auf meine. Ein Ziehen in meiner Lendengegend bringt Riot dazu, mich anzubrüllen.

›Widerliche Schwuchtel‹, wiederholt er wieder und wieder. Normalerweise hat er in solchen Situationen Würgegeräusche von sich gegeben. Trotzdem ignoriere ich ihn.

Ruben kuschelt sich an mich. *Warum habe ich jetzt einen Ständer?* Ich lege meinen Arm um ihn. *Sag es nicht. Sag es nicht. Sag es nicht.*

»Bock, rumzumachen?« *Idiot.*

Ruben dreht sich auf den Rücken, nimmt ein Kissen und holt aus.

»Ich mein's ernst.« Die bereits erwartete Attacke blocke ich ab.

»Schlaf noch 'ne Runde, Mann.«

Ich rutsche näher. Erleichterung erfüllt mein Inneres.

Was, wenn er ja gesagt hätte? Hätte das zu Sex geführt?

›Dass du dich nicht schämst‹, murmelt Riot, der scheinbar aufgegeben hat.

Ekel kriecht durch mein System und dreht meinen Magen. *›Du beweist, dass Schwuchteln sich nur fürs Vögeln interessieren.‹*

Ich kann nichts dagegen tun.

Ruben umschlingt meinen Arm lachend.

»Du bist so dämlich«, sagt er in liebevollem Ton.

Bin ich bereit für Sex? Meine Lippen drücke ich auf Rubens Haaransatz, die Wange, Nase und schlussendlich auf seine Lippen.

›Schlimm genug, dass du ihn küsst.‹ Riot lacht verblüfft. *›Jetzt auch noch Sex? Glaubst du wirklich, ich lasse das zu?‹*

Mein Gähnen beweist, dass es auch für mich noch zu früh ist. Riots Worte lassen mein Herz rasen. Gleichzeitig beruhigt Rubens gleichmäßiger Atem mich. Seine Wärme siegt. Langsam drifte ich in den Schlaf.

Ich muss mit dem Plastiksitz Vorlieb nehmen, während Ruben auf dem gefederten Fahrersitz thront. Seine Hand ruht auf dem Lenkrad, die andere auf dem langen Schaltknüppel. Die Finger sind übersät mit einer Mischung aus Staub und Öl. Schweiß lässt seine Haut glänzen, einzelne Strähnen kleben an der Stirn. Der Motorenlärm übertönt die Musik im Radio. Ich schaue durch die Glastür ins Freie und blinzle gegen die Sonne an.

»Wenn …« Ruben unterbricht sich selbst, greift nach hinten und lässt die Heckscheibe im Schloss einrasten. Mit einem Mal ist der Lärm nur noch halb so laut, dafür entwickelt sich innerhalb kurzer Zeit heiße Luft. »Wenn wir Zeit haben, kannst du fahren.«

Ich habe nicht einmal einen Führerschein. Dankend lehne ich ab.

»Warum nicht?«

Was ist das für eine Frage? Fluchend kralle ich mich am Sitz fest, als Ruben zum dritten Mal durch dasselbe Schlagloch rast, statt auszuweichen oder zu bremsen.

»Du siehst knuffig aus, wenn du fährst.« Ich zupfe an meinem Shirt.

»Du bestimmt auch.« Er grinst breit, sein Blick huscht zum Seitenspiegel.

»Ich sehe eher überfordert aus.« Mit den Schuhen schiebe ich den Dreck im Fußraum umher.

»Das sieht bestimmt auch süß aus.« Er wirft mir einen Blick zu, der wohl unschuldig wirken soll. Ruben nimmt meine Hand. Ich entziehe sie ihm und lege sie auf meinem Oberschenkel ab.

»Als ob uns hier jemand sieht«, murmelt Ruben. »Tut mir leid.«

Ein schlechtes Gewissen macht sich in mir breit, als er seine Hand auf seinen eigenen Oberschenkel legt. Ich will seine Hand halten. Ich will, dass es mir egal ist, wenn uns jemand sieht. Aber Riot bringt mich dazu, meine Griffel bei mir zu lassen. Ruben trägt wieder einen Pullover.

Ist ihm nicht heiß?

»Doch.«

Was?

»Ab und zu denkst du laut.« Sein Fuß verlässt das Gaspedal, der andere wandert von der Bremse zur Kupplung. Der Traktor verliert an Tempo, der Schaltknüppel rastet im dritten Gang ein.

Wann habe ich sonst laut gedacht? Denke ich jetzt gerade laut?

Ruben zeigt keine Reaktion. Er setzt den Blinker und deutet mir, mich festzuhalten. Wir hüpfen in unseren Sitzen auf und ab, als wir auf den Feldweg biegen und schließlich auf dem Getreidefeld ankommen. Im Schneckentempo kriechen wir neben dem Mähdrescher her. Die Getreidekörner werden in den Anhänger gepustet.

»Hast du dich wieder selbstverletzt?« Ich deute auf sein Handgelenk.

Ruben schüttelt den Kopf.

»Wenn du den Drang hast, es zu tun, sag Bescheid. Egal, wie spät es ist.«

Ein Lächeln schleicht sich auf Rubens Lippen. Er wischt sich übers Gesicht.

»Wann hast du damit angefangen?« Ich beuge mich vor und wische den Staub vom Armaturenbrett.

Ruben bleibt stumm, also lasse ich es gut sein und beobachte die springende Geschwindigkeitsanzeige. Als das Feld mit jedem Meter schiefer wird, rutscht ein Hammer über den grauen Gummiboden an meinen Füßen vorbei. Eine angenehme Stille legt sich um uns, bis der Wagen voll ist und wir uns auf den Rückweg zum Hof machen.

»Morgen ist die Abifeier«, sagt Ruben, als wir mit vollem Wagen zurück zur Straße fahren.

Nachdenklich brumme ich. Erst nachdem wir auf dem Hof angekommen sind und die Fracht abgeladen haben, sprechen wir erneut.

»Gehst du mit Chanelle zur Abifeier oder willst du dich endlich endgültig trennen?« Er greift nach hinten und wirft einen Thermobecher in meinen Schoß. »Ich hab' dir übrigens Kaffee gemacht.«

»Danke.« Den Becher klemme ich zwischen die Oberschenkel, bevor ich Halt am Sitz suche. »Ich hab's ihr versprochen.« *Ich will da nicht hin.*

Gestern hat Chanelle mich per Videochat angerufen und mich wissen lassen, dass sie sich sehr auf den Ball morgen freut. Sie verhält sich, als seien wir noch zusammen. Als ich wohl verwirrt aussah, wirkte sie so traurig, dass ich sie zum Ball eingeladen habe. Sie hat zurückgerudert und mir damit ein schlechtes Gewissen bereitet. Also habe ich ihr versprochen, mit ihr hinzugehen.

»Wann kommt sie aus Amerika zurück? Was machst du dann?«, fragt Ruben und reißt mich somit zurück ins Hier und Jetzt.

»Heute Nacht. Keine Ahnung.« *Am liebsten würde ich einfach abhauen …*

»Was machst du, wenn sie Sex will? Wolltest du nicht längst endgültig Schlussmachen?« *… und nie zurückkommen.*

Mit den Fingern umwickele ich eine meiner Haarsträhnen. *Wie es wohl wäre, wenn ich nie existiert hätte?*

»Hörst du mir überhaupt zu?«

»Mh.« Ich verfestige den Griff an der Armlehne von Rubens Sitz, als wir dem bekannten Schlagloch näherkommen. Schrill schreit der Blinker, als wir kurz darauf abbiegen. Ich schütte mir den Kaffee in den Mund und verziehe das Gesicht, als die Flüssigkeit auf meine Zunge trifft.

Das soll Kaffee sein?

»Schmeckt gut.« Ich zwinge mich zu einem Lächeln. »Hast du da Kondensmilch rein?«

»Wir hatten keine normale Milch mehr.« Verlegen kratzt er sich am Nacken und wischt sich die Haare aus der Stirn.

Du arbeitest auf einem Bauernhof.

»Ich weiß«, sagt Ruben leise.

Habe ich schon wieder …

»Ja, hast du.« Nun schmunzelt er.

Und ich habe keine Ahnung, ob er sauer auf mich ist oder nur konzentriert.

30

Ruben

Nein. Oder? Arschloch.

»Lass uns einfach abhauen.« Linus schlingt seine Arme fester um mich. Die Decke zieht er höher. Die Sonne spiegelt sich am Fernseher, der auf einer Kommode am Fuße des Bettes steht. »Und nie wiederkommen.«

»Ich muss pullern.« *Warum will er abhauen? Wohin denn?* Ich scheitere bei dem Versuch, mich aus seinen Armen zu winden. »Und Vanti auch.«

»Ich geh mit ihm raus.« Er lässt mich frei. »Und du gehst pissen.«

Nach der Arbeit sind wir gestern zu Linus und eigentlich sollte ich nach Hause – ich war schon zuhause und bin eine Runde mit Vanti gegangen, als Linus mich entführt hat.

Zufällig hat er mich in der Nähe meines Hauses gesehen und mit zu sich geschleift. Zum Glück hat es meine Eltern nicht gestört.

»Soll ich dir 'nen Kaffee machen?«

Linus' Augen weiten sich. Überschwänglich lehnt er ab. *Kaffee mit Kondensmilch schmeckt ihm nicht,* notiere ich gedanklich.

Ich überlasse ihm Vanti, während ich mich auf der Toilette erleichtere. Als ich meine Hände wasche, fällt mir Jans Parfum auf. Es ist verstaubt. Ursprünglich habe ich es stehenlassen, weil die Flasche so schön ist. Sie hat die Form einer Rose und ist pink gefärbt. Jan hat mich früher glauben lassen, dass es sein Liebesparfum ist und dass sich dadurch jeder in ihn verliebt. *Ich muss Linus von Jan erzählen. Früher oder später wird er es sowieso herausfinden.*

Im Zimmer starre ich aus dem Fenster. Linus steht im Garten und schaut Vanti dabei zu, wie er sein Geschäft verrichtet. Und dann tollen sie durch den Garten. Vanti rast wie ein Irrer Linus hinterher. Ich sitze auf dem Bett, als die zwei völlig außer Atem wieder reinkommen. *Ich sage es ihm jetzt.* Tief atme ich ein und aus. *Du schaffst das.*

»Ich muss dir et…«

»Moment.« Linus greift sich in den Schritt. »Ich muss auch.«

Laut stoße ich die Luft aus und deute ihm, sich zu beeilen. Linus sprintet aus dem Raum. Minuten später sitzt er wieder neben mir.

»Geht es ums Selbstverletzen?« Sein Blick fällt auf meinen Arm.

»Ne, es geht um …«

»Du weißt nicht, wie man Kaffee macht? Das habe ich schon gemerkt. Ist nicht schlimm, wirklich nicht.«

Lachend verneine ich.

Noch bevor ich den Mund öffne, sagt er: »Ist es wegen meinem Outing? Ich hab' gesagt …«

»Linus. Nein. Lass mich doch ausreden.«

»Klar. Stimmt. Tut mir leid.« Die Hände legt er in den Schoß.

»Also … Ich habe dir …«

Es klopft an der Tür. Schwungvoll wird sie geöffnet und stößt gegen den Schrank dahinter. Mein Kiefer verspannt sich und ich knirsche mit den Zähnen.

»Linus«, ruft Chanelle. »Ich habe das perfekte Kleid für den Ball gefunden. Wir gehen ja gemeinsam hin, oder?« Ihr Lächeln verschwindet für eine Sekunde, als sie mich sieht.

»Hi, Ruben.«

Mein Herz sinkt. Ein Teil davon zerbricht, als Chanelle ihren Freund küsst – meinen Freund. Haben sie die Pause bereits beendet?

Mach Schluss, flehe ich innerlich. *Oder schick sie zumindest weg, küss sie nicht. Tu irgendwas. Hauptsache nicht das.* Ich erhebe mich, als Chanelle Linus' Hand nimmt. *Verarscht er mich doch nur?*

»Küss mich nicht … ich bin erkältet«, murmelt Linus und schielt zu mir. Chanelle löste sich.

»Mir egal«, haucht sie gegen seine Lippen und küsst ihn abermals. Eine Welle der Eifersucht schwappt durch meinen Körper, gefolgt von purer Wut sowie Reue. *Ich hätte mich nie auf ihn einlassen sollen.* Linus erwidert den Kuss und verstärkt den Griff um ihre Hand. Ich will schreien, sie wegschicken, ein Kissen in sein Gesicht schleudern. Stattdessen kralle ich die Finger in mein Handgelenk und presse die Lippen aufeinander.

»In Amerika war es so schön. Nachher zeige ich dir alle Bilder. Aber ich habe dich vermisst«, betont sie.

Ich verschränke die Arme vor der Brust. *Wenn ich gehe, dann nur, wenn er mich dazu auffordert. Kann er vergessen, dass ich einfach so gehe.* Mein Bein hüpft in rasantem Tempo auf und ab.

»Wegen der Pause …«

Chanelle unterbricht ihn und wendet sich an mich.

»Ach ja. Könnten wir ein bisschen Zeit allein haben? Linus
und ich haben gestern schon besprochen, dass ich vorbeikomme.«

Linus' Blick gleitet zu mir.

Nein.

Er bleibt stumm.

Oder?

Ein entschuldigender Ausdruck ziert sein Gesicht.

Arschloch.

Wortlos verlasse ich das Zimmer, das Haus, das Grundstück. Vanti und ich streifen ziellos durch die Straßen, vorbei am Spielplatz Richtung Friedhof.

Tut mir leid, aber ich besuche dich heute nicht. Will dich ja nicht mit meinem Rumgeheule nerven, sage ich innerlich und lege den Kopf in den Nacken. *Ich habe ihm einen Korb gegeben, weil er eine Freundin hat. Ich dachte, er würde mit ihr Schluss machen. Was, wenn es doch kein Cover-Up ist? Was, wenn er sie wirklich liebt? Oder bin ich wieder auf einen Typen reingefallen, der mich nur verarscht? Warum macht er nicht einfach Schluss mit ihr?*

Im Park lasse ich mich auf eine Bank fallen und beobachte die Menschen. Es beruhigt mich irgendwie, weil niemand mich ansieht, als wäre ich ein Geist. Ich will gerade von niemandem gesehen werden. Ein Paar schlendert händchenhaltend an mir vorbei.

Der Schotter knirscht unter ihrem Gewicht. Ein alter Mann spielt mit einem kleinen Jungen Fußball im Gras. Im Schatten des Baumes liest eine junge Frau ein Buch. Zu meiner Linken spendet mir eine riesige Buche Schatten.

Das alles macht mich traurig. Diese Menschen sehen alle so glücklich aus. Ich senke den Blick. Die Kieselsteine schiebe ich mit den Füßen hin und her, Vanti schnüffelt an einem Busch einige Meter weiter.

Jemand läuft den Weg entlang. Vanti rennt zu der Person und ich pfeife ihn ausnahmsweise nicht zurück. Er begrüßt gerne Menschen, um gestreichelt zu werden.

Linus lässt sich neben mir auf der Bank nieder.

Ach, jetzt hat er sich doch umentschieden?

»Hi, Ruben.«

Eiskalt läuft es mir den Rücken hinunter. Das ist nicht Linus. Ich springe auf, rufe Vanti zu mir und hetze den Weg entlang.

»Warte. Es tut mir leid, okay?«

Geh einfach weiter. Marcel meint es nicht so. Trotzdem wirbele ich herum. *Er bedeutet dir nichts und du bist ihm egal.* Seine Lippen bewegen sich, aber es sind leere Worte, die er in diese Welt bringt.

»Ich habe das Geld gebraucht. Es tut mir leid.«

Es tut dir leid? Leid? Was? Dass du mich vor allen bloßgestellt hast? Dass jeder gesehen hat, wie ich …? Oder dass ich gedacht habe, dass das Liebe ist?

»Fick dich.« Handflächen schweißnass, mein ganzer Körper steht in Flammen. »Stalkst du mich?«

»Ich habe dich zufällig gesehen.« Marcel tritt zwei Schritte auf mich zu. Drei Schritte weiche ich zurück.

»Verpiss dich. Sind deine Freunde auch hier? Wollt ihr mich verprügeln? Ertränken? Meinem Hund den Kopf abschneiden und mir in einer Box vors Haus legen?« Bei der Vorstellung stellen sich meine Nackenhaare auf. Das ist etwas dramatisch, aber mein Herz sieht diese Reaktion als völlig legitim an. Es rast, als würde mir jemand eine Knarre an den Kopf halten.

Als Marcels Blick auf den Vierbeiner fällt, stelle ich mich schützend vor ihn. »Nur über meine Leiche.« Abermals schaue ich mich um.

Nur Fremde sind in Sichtweite.

Eine alte Dame hält ein Kleinkind an der Hand. Ein Paar sitzt Arm in Arm auf einer Bank. Gleichaltrige spielen fünfzig Meter weiter Fußball. Ich knie mich zu Vanti und umschlinge ihn fest. *Er ist alles, was ich habe. Der Einzige, der loyal ist.* Das Gesicht vergrabe ich im Fell. Bei dem Gedanken, meinen einzigen Begleiter zu verlieren, dreht sich mein Magen. Ich beiße mir auf die Zunge. Das Stechen in meinem Herzen erinnert mich an Jans Todestag. Es ist schon drei Jahre her.

Meine Augen finden Jan, aber ich sehe lediglich helles Blau, graue Wolken und einen gelben Feuerball.

»Falls du dich dann besser fühlst: Du bist ein guter Küsser. Und du kannst gut …«

»Fick dich.« Ich will ihm eine reinhauen, ihn schubsen, ihm die Schuld dafür geben, dass Linus gerade seine Freundin küsst. Wut verdrängt die Angst. Ich will nicht mehr weglaufen. Ich schleppe mich zurück zur Bank und lasse mich darauf fallen.

»Ich hasse dich.« Mein Flüstern ist so sachte, dass ich anzweifele, es überhaupt ausgesprochen zu haben. Nein. Ich muss nicht flüstern. Ich sollte schreien. »Wie konntest du mir das antun? Hast du mir nur deshalb ›geholfen‹? War das Teil des Plans?«, sage ich in normaler Lautstärke. Schreien ist vielleicht etwas übertrieben, sonst starren mich die Leute an.

Marcel setzt sich neben mich. »Kann ich es wieder gutmachen?«

»Wie denn? Du hast mir meinen ersten Kuss genommen. Du hast mich bloßgestellt, für ein bisschen Geld.«

»Es war nur …«

»Sag's mir nicht. Ich will nicht wissen, wie wenig Geld ich wert bin.«

Für einen Moment herrscht Stille.

»Hat Linus sein Abi geschafft?«, fragt Marcel.

Ein weiterer Stich in meinem Herzen.

Haben die beiden gerade Sex? Was, wenn er meine Hilfe braucht? Ich nehme mein Handy aus der Tasche. Keine Nachricht. Die Traurigkeit nimmt überhand, als ich Marcel ansehe. »Wieso interessiert dich das?«

»Linus hat mir in der Schule früher Deutsch-Nachhilfe gegeben. Wie kam es dazu, dass ihr Freunde geworden seid?«

»Lass mich in Ruhe. Ich habe keinen Bock auf deinen Smalltalk.«

Marcel bleibt sitzen, als ich aufstehe und mich in Bewegung setze. Nach wenigen Metern stoppe ich.

»Würdest du es wieder tun?« Ich drehe mich nicht um.

Sag nein. Mir egal, ob du lügst. Sag einfach, dass du es bereust.

Marcel schweigt. Die Hand balle ich zur Faust. Die Leine umfasse ich fester und sprinte los – weg vom See, von Marcel, von allem. Und lande schlussendlich doch beim Friedhof.

Ich wische mir über die Augen. »Und ich wollte ihm von dir erzählen. Hab' gedacht, er würde mir zuhören.« Bitter lache ich auf und schniefe. »Stattdessen fickt er seine Freundin.«

31

Ruben

Auf Knien

Die Abschlussfeier rollt schneller herbei, als mir lieb ist.

Zur Zeugnisvergabe ist Linus nicht gekommen, aber ich habe sowieso keine Lust, ihn mit seiner Freundin tanzen zu sehen.

Gestern habe ich übertrieben.

Ich glaube nicht, dass sie miteinander geschlafen haben. Warum sollte Linus? Nachdem, was ich bei der Geburtstagsfeier mitbekommen habe, würde er das wohl nie tun. Er ist gar nicht bereit dafür und will es offensichtlich auch nicht.

Oder falle ich wieder auf ihn und seine tausend »Tut mir leid«-Nachrichten herein?

Eine Stunde sitze ich abends an einem der Tische beim Eingang und frage mich, warum ich mir das antue. Der Ball findet in der riesigen Turnhalle statt. Goldene Girlanden und Ballons hängen an den Wänden. Aus den Lautsprechern dröhnt Techno-Musik und ich hoffe, dass die Playlist nicht nur aus solchen Songs besteht. Am Rande stehen Tresen. Eine lange Schlange bildet sich schon jetzt vor der Getränkeausgabe.

Meine Mitschüler scheinen das Video vergessen zu haben. John habe ich bisher noch nicht zu Gesicht bekommen. Ebenso wenig habe ich seine Anhänger oder Marcel gesehen.

Was, wenn Linus etwas passiert ist? Er hat auf meine Nachrichten auch nicht reagiert. Jan taucht in meinen Gedanken auf. *Scheiße. Vielleicht wurde Linus überfahren oder …*

Bekannte Gesichter tauchen in meinem Sichtfeld auf und lenken mich ab. Timo und Leo schlendern auf mich zu.

»Wo ist Linus? Ist ihm etwas passiert?«

Timo schließt mich in seine Arme. »Entspann dich, Kleiner. Linus geht's gut«, versichert er. Ich atme auf.

»Warum ist er nicht da?«

Leo zuckt mit den Schultern. »Er hat keine Lust. Hat gesagt, hier wartet nichts auf ihn.« Das heißt wenigstens, dass er nicht mit Chanelle hergekommen ist. Da sie aufs Gymnasium geht, wird sie ohne ihn vermutlich gar nicht reinkommen. Was würde sie ohne Linus überhaupt hier wollen? *Vielleicht hat er sich ja doch von ihr getrennt*, hoffe ich.

»Du hast auf ihn gewartet, oder?« Timo zieht sein Handy heraus und tippt darauf herum. »Wieso hat er dir nicht Bescheid gesagt?«

»Komm, wir besorgen dir Alkohol«, schlägt Leo vor und bringt mich somit zum Lächeln. Danach wird der Abend besser. Timos Scherze lenken mich ab. Ab einem gewissen Alkoholgehalt im Blut tanzen wir und grölen falsche Verse zu bekannten Songs und zum ersten Mal ist es mir egal, was meine Mitschüler denken.

Um drei Uhr morgens machen wir uns gemeinsam auf den Nachhauseweg.

»Willst du bei Lutz pennen? Wir schlafen da und er hat sicher nichts dagegen«, schlägt Timo vor. Zögerlich lehne ich ab. Auf der einen Seite will ich mit Linus darüber reden, um ihn zu verstehen. Gleichzeitig will ich ihn gerade nicht sehen.

»Ich kann nicht mehr gerade laufen.«

Er nimmt meine Hand. Mein Herz rast. Der Wunsch, mich zu entfernen, wächst mit jeder Sekunde. Hilfesuchend schaue ich zu Leo, doch der läuft einige Meter vor uns.

»Warte mal.« Timo stoppt.

Mit der freien Hand zupfe ich am Stoff meines Hemds. Timos Ringe sind kalt an meinen Fingern. *Ich will nach Hause.*

»Du bist heiß«, haucht er.

»Ich … also …«

»Kein Grund, zu stottern.« Er drückt seine Lippen auf meine, nimmt mir die Luft zum Atmen, gibt mir das Gefühl, ich sei kein Stück besser als Linus. *Betrüger,* echot es durch meinen Kopf. Ich drücke ihn weg, wende mich ab und wische unauffällig über meinen Mund.

»Ich …« Die Lippen presse ich zu einem schmalen Strich zusammen. Urplötzlich verstehe ich die Misere, in der Linus feststeckt.

Wie sagt man jemanden, dass man lieber jemand anderen küssen möchte? Wie bricht man jemandem das Herz, ohne dabei Gefühle zu verletzen? Das ist unmöglich.

»Ich bin vergeben. Tut mir leid.«

»Scheiße, sorry. Ich … bin betrunken. Das war nur ein Spaß. Wahrheit oder Pflicht, weißt du?« Er schluckt laut, die Schultern lässt er sinken. »Das ist 'ne Lüge. Ich finde dich heiß. So, jetzt ist es raus. Aber ich kann mich kontrollieren, versprochen.«

Ich unterdrücke ein Lachen. *Yay, du bist kein Vergewaltiger.*

»Du hast es nicht gewusst«, sage ich und lasse mir nichts anmerken.

»Kommt ihr?«, ruft Leo von vorne zu uns. Wir schließen auf. Timo verwickelt Leo in ein Gespräch.

Wut macht sich in mir breit. Immerzu schiebe ich meine Gefühle beiseite. *Hätte Linus ihnen von uns erzählt, dann wäre das nicht passiert. Oder wäre er einfach hier aufgetaucht. Ich kann Timo nie wieder in die Augen schauen. Linus ist so ein Idiot. Ist mit einer Frau zusammen, obwohl er auf Schwänze steht und kann es nicht mal seinen besten Freunden beichten. Ich versuche, ihn zu verstehen und ihm Zeit zu geben, aber … ich pack das nicht mehr.* Ich checke mein Handy. Auf dem Bildschirm erscheint eine Nachricht:

Linus: Leo hat mir ein Bild von dir geschickt. Du siehst wunderschön aus, Sonnenschein <3

Einen ganzen Absatz schreibe ich, lösche ihn, blockiere die Nummer, gebe sie wieder frei. Das Kribbeln in meinem Bauch zwingt mich, Linus nicht zu hassen. Mein endloses Empathievermögen bringt den Gedanken zurück, der jedes Mal aufs Neue aufkommt: *Er kann nichts dafür, dass manche Leute etwas gegen Liebe haben.* Timo lässt sich nichts anmerken und scherzt mit Leo, als sei nichts gewesen. Seit wann steht Timo auf mich? Weiß Leo davon? Die Anspannung in der Luft muss auch er spüren.

Das schlechte Gewissen bringt meinen Kopf zurück zu Linus. *Er kann mich nicht für immer verstecken.* Wir kommen bei der Hauptstraße an. *Ich gebe ihm noch zwei Wochen. Oder vielleicht drei, weil … Nein. Zwei. Das reicht.*

»Ich muss hier weiter«, sage ich. Sichtlich verwirrt starren die zwei mich an, wissend, dass es eine Lüge ist. Unsere Wege trennen sich trotzdem und sie beschweren sich nicht.

Warum sollte ich ihm Zeit geben? Mir stockt der Atem. *Es ist doch offensichtlich, dass er bezahlt wird.* Wie er sich verhält, der Fakt, dass er eine Freundin hat und dass er mich versteckt …, das sagt genug. Ein Kloß bildet sich in meinem Hals. *Oder? Ich muss es herausfinden.* In meinem Gehirn krame ich nach Hinweisen. *Hat er jemals Videos von mir gemacht?* Ein Lachen entfährt meiner Kehle. *Ständig. Aber nie, wenn wir uns küssen.* Meine Glieder entspannen sich. *Er wollte nie Sex. Und warum sollte er so viel Zeit mit mir verbringen, wenn er einen einzigen Beweis braucht? Mal ganz abgesehen davon, dass John schon einen hat. Warum sollte John noch mehr Geld an mich verschwenden?*

Auf dem Absatz mache ich kehrt. Mit jedem Schritt tragen mich meine Füße schneller durch die Straßen, bis ich eine halbe Stunde später vor dem gelben Haus zum Stehen komme, in dem dieses verdammte Video entstanden ist. Die Schultern drücke ich zurück und widerstehe dem Drang, sie sinken zu lassen. Ich hebe Kieselsteine auf und steuere auf das Fenster am Eck des Hauses zu. Die Steinchen treffen klappernd auf das Glas. Einer nach dem anderen. Bis das Licht angeht und das Fenster sich öffnet.

»Was machst du denn hier?« Marcel blickt über die Schulter hinter sich in den Raum. »Komm rein.« Mit seiner Hilfe klettere ich durch das Fenster und plumpse auf den Teppich in der Mitte des Raums. Er ist orange und man sieht ihn sogar im Video. Jeder, der schon einmal hier war, wird erkennen, dass das Video hier aufgenommen wurde. Müdigkeit sitzt in meinen Knochen und hält mich am Boden.

»Ist Linus auch Teil des Plans?«

Verwirrt legt Marcel den Kopf schief. Ich schlage die Hände vor den Mund. Er reißt die Augen auf.

O Gott. Ich bin so ein Idiot. Seine Lippen entfernen sich voneinander, doch kein Ton dringt in die Luft.

Ich habe den Einzigen, dem ich wichtig bin, geoutet. Mir ist speiübel.

»Linus ist schwul?« Drei Worte, der Beweis, dass ich ein schlechter Mensch bin. Kein Stückchen besser als die Arschlöcher aus der Schule.

»Sag es bitte keinem«, flehe ich und sinke auf die Knie, als würde das helfen. Nie hätte ich gedacht, dass ich je wieder vor Marcel auf Knien bin.

Tja, hier sind wir. Ein Schluchzen entweicht meiner Kehle. Marcels Knie knallen vor mir auf den Teppich.

»Linus benutzt dich nicht. Warum sollte er? Er hat Besseres zu tun und keine Geldsorgen.« Seine Hand schwebt über meiner Schulter. Kurz bevor er mich berührt, zieht er sie weg.

»Er ist kein schlechter Mensch.« Er verhält sich nur so, weil er ein schlechtes Gewissen hat. Eine Weile sitzen wir so da. Entweder muss ich Linus vertrauen oder mich von ihm trennen. Anders hat es keinen Sinn. Ich brauche Zeit, darüber nachzudenken.

Mühsam erhebe ich mich. Müdigkeit sitzt in meinen Knochen. Ich kann nur hoffen, dass Marcel es niemandem erzählt. Jetzt, da er von John nicht mehr bezahlt wird, hat er aber keinen Grund dazu. Außerdem kann er Linus scheinbar gut leiden.

Das würde er nicht machen. Allerdings habe ich auch nicht gedacht, dass er ein Video von einem sehr intimen Moment aufnehmen würde. Ich klettere aus dem Fenster und klammere die Finger ums Handgelenk.

Abermals entschuldigt Marcel sich und verspricht, dass er es niemandem verraten wird.

Mit einem Klicken sperrt Marcel mich aus.

Und lässt mich mit meinem Gedankenwirrwarr allein.

32

Linus

Algenwasser

Schwarze Farbe füllt jede kleine Hautfalte, als ich die Stiftspitze auf meiner Haut ansetze. Ich hebe den Stift, drücke ihn wieder auf meinen Handrücken, ziehe ihn darüber.
Es kitzelt.
Die Chemikalien des Eddings brennen in meiner Nase. Meine Sicht verschwimmt, mein Blick klebt auf der Zeichnung.
Ich male ein Herz. Ins Innere schreibe ich ein »R«, ein trauriges Lächeln schleicht sich auf meine Lippen. Ich streiche den Buchstaben durch, male das Herz schwarz aus.

Zum fünften Mal in den letzten fünf Minuten hole ich mein Handy aus der Tasche und checke Rubens und meinen Chat. Blaue Haken verraten, dass er mich ignoriert. Seit drei Tagen. Ich schreibe eine Nachricht. Im Grunde dieselbe wie gestern.

Ich: Tut mir leid. Ich konnte sie nicht wegschicken. Ich will dich sehen.

Ein Haken. *Blockiert? Flugmodus? Kein Internet?* Mein Herz macht einen Satz als eine Nachricht eintrifft, gefolgt von Enttäuschung. Nur irgendeine Nummer, nicht einmal eingespeichert, unwichtig.

Unbekannt: Morgen 22 Uhr?

Ich: Jo. Bis dann.

Unbekannt: Achte darauf, dass keiner dich sieht.

Ich schnappe Kippen und Feuerzeug und mache mich auf den Weg nach draußen. *Ich muss mit ihm reden. Aber was soll ich sagen?* Ich sinke auf den Stuhl bei meiner Raucherecke. *Ich muss es endlich beenden.*

›Das schiebst du schon viel zu lange vor dir her‹, sagt Riot. Die Zigarette drücke ich halb abgebrannt aus. *Das ist niemandem gegenüber fair.* Ich hole mein Fahrrad, das zwischen Haus und Garage an der Wand lehnt. Es quietscht, als ich das Grundstück verlasse.

Hinter mir ertönt Mamas Stimme, als sie mich wieder einmal aufhält. Beobachtet sie mich durchs Fenster oder warum erwischt sie mich jedes Mal, während ich gehe?

»Kommst du bitte kurz? Wir müssen kurz reden.«

Ich will schreien, dass ich es eilig habe, doch sie wird nicht nachgeben. Ihrem Ton nach zu urteilen will sie wieder über mein Lieblingsthema sprechen. Hastig lege ich das Fahrrad ab, trabe nach drinnen und setze mich aufs Sofa, wo Mama bereits wartet.

»Bist du glücklich mit Chanelle?«

Schwer schlucke ich. Mama sieht traurig aus, versucht aber, es hinter einem Lächeln zu verstecken.

Kein einziges Wort bringe ich heraus. Langsam schwindet ihr Lächeln.

»Dann solltest du dich von ihr trennen. Du findest sicher jemanden, der dich glücklich macht.«

»Ich bin nicht bi«, bringe ich erstickt hervor. Mamas Augen blitzen auf, ihr Lächeln verschwindet und sie sieht nachdenklich aus.

»Wusstest du das schon vor Chanelle?«

Ich nicke.

»Das ist nicht gut, Linus. Gar nicht gut. Denkst du nicht, es ist unfair, ein … ein was? Was war sie für dich? Ein Experiment? Ein Weg, deine … Präferenzen zu verstecken?«

Ich schüttele den Kopf, zucke mit den Schultern und nicke. Alles und nichts. Keine Ahnung. Ich weiß gar nichts mehr. Meine Schläfe pocht und ich will in ein Loch kriechen und nie wieder herauskommen.

»Du solltest dich von ihr trennen.«

»Deshalb war ich gerade auf dem Weg zu ihr.«

Mama nickt nur.

Ich warte noch einige Sekunden, bevor ich aufstehe. Sie sieht mich nicht an, sondern starrt auf den leeren Platz, an dem ich eben noch saß.

Zögerlich wende ich mich ab. Erst, als ich an der Haustür ankomme, erklingt ihre Stimme erneut.

»In diesem Haus musst du dich nicht verstecken, Linus. Ich verstehe, warum du Angst hast. Aber hier bist du immer sicher und willkommen.«

Ihre Stimme klingt, als rede sie mit sich selbst. Ich habe nichts zu sagen. In meinem Inneren breitet sich Wärme aus, gleichzeitig legt sich Druck auf meine Brust. Es fällt mir schwer zu atmen. Tonlos trete ich aus der Tür und schließe die Tür. Ich packe das Fahrrad, schiebe es auf den Bürgersteig und schließe das Gartentor. Ich springe auf das Rad und radele los.

Rasend schnell und doch zu spät komme ich vor Chanelles Haus zum Stehen. Überrascht empfängt sie mich mit einem Kuss und einer langen Umarmung. *Es tut mir leid*, schießt mir durch den Kopf. Mein Kinn lege ich auf ihrer Schulter ab und muss mich dafür ein wenig herunterbeugen.

›Fick sie endlich‹, fordert Riot und tippt ungeduldig mit dem Fuß. *›Sei endlich normal.‹*

Ich folge Chanelle in ihr Zimmer. Die Tür schließt sich, gibt uns Privatsphäre, die ich nicht ertrage. Enge, die mir die Luft zum Atmen raubt. Chanelle küsst mich, doch ich drücke sie weg und eile mit großen Schritten zum Fenster. Hastig reiße ich es auf und ringe nach Luft. Chanelle umarmt mich von hinten.

»Was ist los?«, fragt sie besorgt.

›Mir ist übel‹, will ich lügen. Damit ist Schluss. Keine Lügen mehr. Ich drehte mich in ihren Armen, öffne den Mund, aber ihre Lippen verschlucken meine Worte. Sie drängt mich zum Bett. Meine Kniekehlen treffen den Bettrahmen. Sie schubst mich aufs Bett und setzt sich auf meinen Schoß, küsst mich sehnsüchtig und fummelt an meinem Hoodie. Ich löse mich.

»Chanelle, ich muss …«

»Ich liebe dich.«

Ein Stich in meinem Herzen. Drei Worte, die diese Aufgabe von schwer zu schier unmöglich anheben. Sie drückt mir einen kurzen Kuss auf. Ich bin wie eingefroren. Keinen Muskel bewege ich, den Atem halte ich an. Mein Kopf ist leer.

›Perfekt! Erwidere es.‹ Riot reibt sich die Hände.

»Liebst … du mich auch?«

Mein Kinn bewegt sich nach oben und wieder hinunter. Die Bewegung kann ich nicht kontrollieren. Eine weitere Lüge auf der seitenlangen Liste. Sie strahlt mir entgegen, schlüpft aus ihrem Top, zieht mir mein Shirt aus. Mein Herz rast und ich fürchte, einen Herzinfarkt zu erleiden.

Ich weiß, sie will mit mir schlafen, weil ich der Erste bin, dem es nicht nur darum geht. Mittlerweile vertraut sie mir, gibt sich mit dem beschissenen Freund zufrieden, der ich bin. Sie hat so, so, so viel mehr verdient.

»Du hast mich so lange warten lassen«, haucht sie und nimmt meine Hand. »Es muss nicht perfekt sein, okay? Ich bin so froh, dass wir das mit der Pause vergessen konnten. Du weißt ja, ich habe das nicht ernst gemeint.« Ihre grazilen Finger passen nicht zu meinen. Rubens sind die einzigen, die perfekt passen. Nicht ernst gemeint? Gewusst? Ich habe nichts gewusst. Sie meinte, ich könne machen, was ich will, mit wem ich will.

Das meinte sie nicht ernst? Warum hat sie es nicht zurückgenommen? Warum habe ich nicht nachgefragt? Das heißt, ich habe sie betrogen? Ich bin nun also einer dieser Menschen? Vermutlich macht es keinen Unterschied. Von vornherein habe ich sie nicht geliebt. Vom ersten Tag an war das alles falsch und sie hat etwas so, so, so viel Besseres verdient als mich.

Sie entledigt sich ihrer Hose, BH, der Unterhose. Ungeduldig knöpft sie meine Jeans auf. Sie zerrt den Reißverschluss hinunter und lässt ihre Hand unter den Stoff gleiten. Ihre kalten Finger treffen auf meiner Haut, meine Finger leitet sie zu ihrem Intimbereich. Die Berührung katapultiert mich zurück in die Realität.

»Ich bin schwul.«

Sie stoppt in ihrer Bewegung. Mit Kulleraugen starrt sie mich an, die Schultern lässt sie sinken, der offene Mund zeigt ihren Schock.

»Tut mir leid«, stoße ich aus und atme durch. Ich ziehe meine Hand zurück, vermeide jeglichen Augenkontakt. Sanft drücke ich sie zur Seite und stehe auf.

»Linus …« Chanelle erhebt sich ebenfalls, tritt einen Schritt auf mich zu, ich einen zurück und stolpere. Ich reiße die Hose nach oben und zurre den Reißverschluss mit zittrigen Fingern nach oben. Das Rasseln des Gürtels erfüllt den Raum.

»Ich bin so richtig scheiß–schwul und du warst ein Cover–Up und eigentlich habe ich einen Freund, aber ich hatte Angst, dass jemand herausfindet, dass ich mit Mädchen nichts anfangen kann, und meine Freunde haben dich angeschrieben, weil sie mir helfen wollten, und ich dachte, wir machen wirklich eine Pause und …« Ich unterbreche den Redefluss. »Du hast etwas Besseres verdient. Es tut mir leid.«

Sie spielt mit den Fingern. Eine Geste, die meine Gedanken zu Ruben bringen.

»Es tut mir wirklich leid«, wiederhole ich, mehr für mich selbst als für sie, denn ich weiß, dass es nichts ändert. Mich nicht zu einem besseren Menschen macht.

Chanelles Herz nicht ungebrochen macht.

Sie schlüpft in ihr Top. Vorsichtig lege ich die Decke über ihre Schultern, aber sie schlägt meine Hand weg. Abermals entschuldige ich mich. Tonlos lasse ich sie zurück. Die Tür fällt ins Schloss, ohne einen Mucks zu machen, und ich stürme los.

Meine Gedanken sind bei Ruben und ich fühle mich miserabel deshalb – schließlich habe ich mich gerade eben von meiner Freundin getrennt, die ich nie hätte haben sollen.

Noch während ich die Treppe hinunter renne, tippe ich auf dem Handy. Mein Herz klopft wie verrückt.

Ich drücke mir das Telefon ans Ohr. Es klingelt und klingelt und klingelt. Doch niemand hebt ab.

Drei Mal versuche ich es, bevor ich aufgebe und eine Nachricht verfasse. Zwei Haken beweisen, dass die Nachricht diesmal ankam.

Ich: Melde dich bitte. Wir müssen reden. Es ist dringend.

Auf dem Nachhauseweg lege ich mir Sätze zurecht und versuche, mein Inneres in Worte zu fassen. Der Zwischenstopp bei Rubens Haus erweist sich als sinnlos – er sei nicht da, lässt Rubens Vater mich wissen. Der Typ ist mir unsympathisch. Er wirkt stets desinteressiert und genervt. Und ich habe ihn bisher nur einmal getroffen und da hat er mir nur einen skeptischen Blick gegeben und kein Wort gesagt.

Ist er bei seinem Onkel? Hastig mache ich mich auf den Nachhauseweg.

Mama wird mich sicher fahren.

Das Gartentor steht sperrangelweit offen. *Ich sollte ihm Zeit geben.* Das Fahrrad lehne ich gegen den Zaun. Fünf normalgroße Schritte auf dem Steinweg, dann ein großer. Ich schaue meinen Füßen bei der Arbeit zu. Bis zerfledderte Sneakers in meinem Sichtfeld auftauchen. Mein Blick wandert nach oben. Graue Jogginghose, schwarzes Shirt, Pflaster auf dem Handgelenk. Grüne Augen treffen meine, dunkle Augenringe zieren das Gesicht. Die Wangen und Augen sind gerötet.

»Du bist dämlich.« Ruben lacht traurig. Mein Herz sinkt. Ich strecke die Hand aus, doch er weicht zurück. Also drücke ich mich an ihm vorbei und schließe die Tür auf. Zu meiner Überraschung tritt er ein, als ich ihm die Tür aufhalte. Im Flur begrüßt Mama uns, während sie schwungvoll den Besen über die Fliesen schiebt.

»Darf ich dich umarmen?«, frage ich vorsichtig.

Ruben zögert, nickt jedoch schließlich. Meine Arme lege ich um ihn und drücke mich fest an ihn.

»Kannst du mir verzeihen?« *Sag Nein. Verzeih mir nicht. Ich habe das alles nicht verdient, sollte mich vor den Zug schmeißen. Ohne mich sind alle besser dran.* Ich presse mich fester an ihn, doch er drückt mich weg und starrt an mir vorbei gegen die Wand.

»Manchmal gibst du mir das Gefühl, dass ich nur ein Spielzeug bin.« Er stopft die Hände in die Hosentaschen. »So eins, für das du dich schämst.« Kaum hörbar dringt seine Stimme durch den Flur. Er wirft einen Blick hinter sich, um sicherzugehen, dass Mama seine Worte nicht mitbekommt. Sie bemerkt es und schenkt uns ein Lächeln.

»Ich hab' mit Chanelle Schluss gemacht«, sage ich leise, aber laut genug, dass Mama es hört.

Der Schock ist Ruben anzusehen, trotzdem heben sich seine Mundwinkel nach oben. Die Anspannung fällt von mir ab, mein Kiefer lockert sich und ich merke erst jetzt, wie angespannt ich war. Ich packe ihn an der Hüfte und drücke ihn gegen die Wand. Sein Mund steht offen, der Blick huscht abermals zu Mama.

Okay, locker die Stimmung auf. Sag irgend etwas Dummes, das kannst du.

»Wenn du ficken willst, lächele einfach kurz.« Nervös sehe ich zu, wie die Nervosität von Belustigung abgelöst wird. Rasch verliert er das Lächeln, als er begreift.

»Küssen passt auch«, flüstere ich.

Ruben versucht, sein Lächeln zu unterdrücken, doch die Mundwinkel zucken und er gibt augenrollend auf. Meine Hand gleitet zu seinem Nacken, die andere umfasst das Gesicht. Ich drücke ihm einen federleichten Kuss auf, versuche, ihm all meine Gefühle mitzuteilen. Es vor Chanelle endlich auszusprechen war befreiend. Sie ist vermutlich die Letzte, die das von ihrem Freund hören will. Aber es ist nichts Dramatisches geschehen – abgesehen davon, dass ich ihr Herz gebrochen habe, aber das wäre so oder so geschehen und sie hat die Wahrheit verdient.

Und Ruben verdient es, wie mein Freund behandelt zu werden, statt wie ein geheimer Lover.

›Deine arme Mutter. Schämst du dich nicht?‹ Ich reagiere nicht auf Riots Worte, trotzdem spüre ich Druck in meiner Brust. Ich fühle Mamas Blick auf mir. Als ich sie anschaue, senkt sie den Blick. Energisch gleitet der Besen über die Fliesen, ein Lächeln ziert ihre Lippen. Sie beginnt, zu summen. Ein Lied aus meiner Kindheit. Ich krame nach der Erinnerung, nach dem Liednamen, nach dem Klang des Originals, doch finde nichts. Trotz allem erfüllt das Gefühl der Sicherheit mein System. Strahlend umfasse ich Rubens Hand und führe ihn mit nach draußen.

»Ich will dir mein Baumhaus zeigen.«

Ruben übt Druck auf meine Hand aus und folgt mir zu dem alten Apfelbaum im Eck des Gartens. Wir erklimmen die morsche Leiter, die lediglich aus an den Stamm genagelten Brettern besteht. Oben angekommen schlägt uns der modrige Geruch von verwittertem Holz entgegen. Spinnenweben und Staub finden sich in jeder Ecke, Insekten haben es sich an den Wänden bequem gemacht und Hinterlassenschaften von irgendwelchen Viechern verpesten die Luft. *Ich hätte vorher nachsehen sollen, wie schlimm es hier aussieht.*

»Sollen wir wieder …« Ich breche ab, als Ruben sich auf den staubigen Boden fallen lässt und Spinnenweben zerstört. Mit den Füßen kickt er eine vergammelte Puppe weg, aus deren Mund Käfer purzeln. In Sekundenschnelle verstecken sie sich wieder unter der Puppe. Vorsichtig setze ich mich daneben. Dabei knarzt das stellenweise grün verfärbte Holz, weshalb ich mich zwei weitere Male versichere, dass es uns auch wirklich hält.

Ruben zieht die Knie an und legt seine Ellenbogen darauf ab. Der traurige Gesichtsausdruck ist verschwunden, ersetzt durch einen zufriedenen.

Die Vögel singen ein Lied, das nur sie kennen. In der Nachbarschaft schreit ein Rasenmäher.

»Was hat es damit auf sich?« Er zeigt auf eine mit Beleidigungen vollgekritzelte Puppe, die mit einem Stock aufgespießt an der Wand lehnt. Die Erinnerungen schlagen mir ins Gesicht. Ich pruste los. Ich erzähle die Geschichte zu dem Kleinkrieg, den ich mit Hannah jahrelang geführt habe und allem, was mir noch einfällt. Rubens Lachen hallt durch das kleine Häuschen, er wischt sich eine Lachträne weg.

»Hannah wollte das schon vor Monaten abbauen.« Ich lache auf.

»Aber?« Ruben legt den Kopf auf seinen Knien ab und lächelt mich schief an. Trotzdem hat die Traurigkeit seinen Ausdruck noch nicht verlassen. Am liebsten würde ich es ihm aus dem Gesicht wischen, gemeinsam mit all dem Leid, dass ich ihm angetan habe. *Ich bin echt ein beschissener Freund. Hah. Warum bleibt er trotzdem bei mir? Was hat er erlebt, dass er so leicht verzeiht?*

»Wir haben's immer aufgeschoben.«

Mir sticht ein alter, mit Namen beschrifteter Schuh ins Auge. Die Worte sprudeln aus mir heraus. Ruben nickt immer wieder, fragt weiter nach oder reißt einen Witz. Stundenlang sitzen wir da, reden, inspizieren das Baumhaus, verabschieden uns davon. Langsam weicht die Traurigkeit aus seinem Gesicht.

Irgendwann schließt Ruben die Augen und fragt nach Chanelle, also schildere ich auch diese Geschichte.

Ruben schlingt die Arme um mich und presst mich an sich. Die untergehende Sonne blendet, also schließe auch ich die Lider, trotzdem tanzen Lichtflecken in der Schwärze. Die Sonne wärmt mich, trotzdem friere ich.

Im Eck liegt ein Ball. Ohne Luft, unbrauchbar, mit Staub und Matsch überdeckt. Ein ungutes Gefühl macht sich in meinem Bauch breit. Der Rückblick bringt mich fast zum Kotzen, als hätte mir jemand einen Schlag in die Magengrube versetzt.

Den hat Dad mir geschenkt. Würde Ruben meine Hand nicht halten, würde ich sie gegen die Wand donnern.

›Dein Dad würde einen Herzinfarkt bekommen, wenn er wüsste, was du hier treibst.‹

Zischend öffnet Riot eine Bierdose. Der dunkle Raum in meinem Kopf ist voll leerer Flaschen. Der Sessel, auf dem er lungert, steht alt und fleckig in der Mitte.

Halt die Klappe. Bitte. Lass mich einfach in Ruhe. Was ist so falsch daran, zu lieben? Ich kann doch nichts dafür … Meine Finger sind eiskalt, als hätte Riot mich all des Lebens beraubt. Gänsehaut überzieht jeden Millimeter meines Körpers.

Warum kannst du dich nicht einfach verpissen?

Riot grinst. *›Warum kannst du es nicht einfach lassen, Ruben anzutatschen?‹*

Zitternd atme ein. *Weil ich ihn liebe. Ich wünschte, ich könnte es ändern.* Das Gesicht vergrabe ich in den Händen. Riot lacht höhnisch. Meine Lunge brennt. *Ich halte das nicht mehr aus. Ich muss …*

Nässe befreit mich von der Stimme in meinem Kopf. Kaltes Wasser bahnt sich seinen Weg von meinen Haaren über die Stirn hinunter zum Kinn. Es durchnässt meine Wangen, läuft an den Fingern entlang meinen Arm herunter.

Als Algengeruch in meine Nase steigt, wische ich mir übers Gesicht. Ruben starrt mich mit besorgtem Gesichtsausdruck an, stellt den uralten Plastikbecher ab und sammelt Algenreste aus meinen Strähnen.

Seit Jahren hat der Becher Regenwasser gesammelt. Jenes, das mich aus dem Kreislauf gerissen hat, der mich sonst nur nachts einholt.

»Tut mir leid, aber …«, platzt es aus Ruben heraus.

Ich drücke meine Lippen auf seine, will keine Worte hören, keine sagen müssen. Mein Knie landet zwischen Rubens Beinen. Riot ist verschwunden, mein Kopf ist plötzlich wieder leer. Ich bringe ein wenig Abstand zwischen unsere Lippen.

»Danke«, hauche ich dagegen.

Und küsse ihn erneut.

33

Ruben

Gummi

Die stickige Luft im Heubodenversteck stört mich, während Linus sich bereits mehrmals beschwert hat.

Vanti döst in seiner Mulde vor sich hin. Linus und ich liegen gemeinsam in einer großen Kuhle. Der Vorfall im Baumhaus ist eine Woche her und Linus verhält sich, als sei nichts geschehen.

Den Becher zu nehmen und über seinem Kopf zu entleeren war das Erste, was mir eingefallen ist. Mir hilft es oft bei Panikattacken, wenn ich mir kaltes Wasser ins Gesicht spritze.

Linus hat mir nicht erzählt, was genau ihn getriggert hat, aber mich triggert manchmal sogar Jans Parfum, das ich jeden Tag sehe, also verstehe ich, warum das Baumhaus zu viel für ihn war.

Vorsichtig habe ich versucht, ihn darauf anzusprechen, doch er hat sich geweigert, sich darauf einzulassen. Seine Mutter ist ein Engel. Sie wirkt so glücklich, dass wir zusammen sind.

Ich frage mich, warum sie nicht überrascht gewirkt hat, als Linus mich vor ihr geküsst hat.

Allgemein verhält er sich seltsam. Mal ist er der schlechteste Freund der Welt und ignoriert mich, belügt mich und hat eine verdammte Freundin. Andere Male ist er der süßeste – vorgestern hat er mir Rosen geschenkt und mich einen Kilometer nach Hause getragen, nachdem ich umgeknickt bin, obwohl mein Fuß nicht einmal wehtat.

Mein Herz schlägt so langsam, dass ich fürchte, nicht mehr aufzuwachen, wenn ich jetzt einschlafe. Denn Linus' Finger gleiten durch mein Haar, seine Lippen verteilen Küsse auf meinem Gesicht.

Tief in mir drinnen schlummert noch immer Wut wegen der Sache mit

Chanelle, aber wütend zu sein würde nichts an unserer Situation ändern. Seit langem bin ich glücklich und nicht mehr allein. Das kann ich nicht aufgeben. Ich will auch nicht. Dafür mag ich Linus viel zu sehr. Mein Herz macht einen Satz, als Linus' Finger meinen Hals hinabgleiten zu meiner Brust. Er schiebt den Stoff hoch und streicht über die nackte Haut. Ziehen in meiner Lendengegend. Jegliche Müdigkeit ist wie weggeblasen. Ich greife nach losem Heu und lege es über meinen Hüftbereich.

Linus starrt gedankenverloren auf meinen Bauch. Die Fingerspitzen umrunden den Bauchnabel, folgen dem Haarstreifen und stoppen beim Gürtel. Merkt er überhaupt, was seine Berührung mit mir anstellt?

Ich drehe mich zu ihm und fahre mit den Fingern durch seine ausgewaschenen Strähnen. Nervosität fließt durch meine Venen, wird aber von positiver Anspannung verdrängt.

Linus zupft an den Haaren unter meinem Bauchnabel. Ich schrecke auf, meine Hände finden seine. Linus grinst und beginnt, mich zu kitzeln. Schreiend versuche ich, ihn von mir herunterzubekommen. Strampelnd werfe ich mit Heu um mich, doch Linus gibt nicht auf. Stattdessen setzt er sich auf meine Beine, nachdem ich ihn zwei Mal versehentlich getreten habe.

Ein Schweißfilm benetzt meine Handflächen. Heu kitzelt meine Nase und allein bei dem Gedanken, jeden einzelnen Halm aus den Haaren klauben zu müssen, bekomme ich Gänsehaut. Mein ganzer Körper juckt. Abermals werfe ich mit dem getrockneten Gras. Auch das bringt keinen Frieden.

Es gibt nur noch eine Lösung: Mitleid erregen.

»Hör auf«, bettele ich lachend. Linus hört nicht darauf. »Stopp«, fordere ich mit ernster Miene und wechsele schnell zu einem Hundeblick. »Bitte.« Ich packe nach seinen Händen, um ihn endgültig zu stoppen. Endlich herrscht Frieden.

Lautstark peitschen Äste gegen die Scheune. Durch die Schlitze zwischen den Brettern dringt erfrischend kühle Luft. Wir starren uns entgegen, Linus' Blick huscht nach unten und wieder zurück. Er lässt von mir ab und zieht sich sein Shirt über den Kopf. Achtlos lässt er es fallen. Seine Rippen stechen heraus, die Brustwarzen sind in dem sachten Licht dunkle Kreise. Der Hügel aus Speck verschwindet vollkommen, als Linus sich streckt. Sein Schlucken erfüllt den ganzen Raum. Unser Schweiß vermischt sich und kreiert einen Duft, dem ich nicht widerstehen kann. Linus mustert meine Körpermitte. Er lässt sich neben mich fallen und räuspert sich.

»Das wollte ich damit nicht erreichen.«

»Sorry.« Auch ich räuspere mich. Hastig setze ich mich auf und fummele an meiner Hose. Als das nichts hilft, überdeckte ich mich abermals mit Heu. *Das ist so peinlich.*

»Ganz schön heiß hier. Also du. Du bist heiß.«

Jetzt verstehe ich gar nichts mehr. Will er Sex oder nicht?

Ein Grinsen liegt auf seinen Lippen. Er drückt mir einen Kuss auf, seine Hand landet auf der Innenseite meines Oberschenkels, während er den Knutschfleck an meinem Hals inspiziert, den er mir gestern verpasst hat.

»Ich bin noch nicht so weit. Ich hoffe, du verzeihst mir«, gibt er zu.

Belustigt schüttele ich den Kopf und drehe mich zu ihm. Dank der Bewegung streift Linus' Hand meinen Schritt, das Heu rutscht von meinem Körper.

»Da gibt es nichts zu verzeihen. Ich dränge dich zu nichts.« Sanft liebkose ich seinen Arm.

Er schaut nach unten, als er antwortet. »Aber der da.« Er deutet auf die Beule in dem gespannten Stoff. Ein Grinsen ziert seine Lippen. »Er starrt so.«

Grummelnd fummele ich an der Hose herum und schalte schließlich kurzerhand das Licht aus.

»Ich will dich sehen«, protestiert er. Es dauert einen Moment, bis meine Augen sich an die Dunkelheit gewöhnen. Lichtkegel von draußen, die zwischen den Brettern auftauchen, dienen nun als einzige Lichtquelle.

»Du kannst mich ja spüren.« Mit einem Klatschen schlage ich mir die Hand vor den Mund. Linus prustet los und auch ich kann mich nicht mehr zusammenreißen. Die Hitze in meinem Körper lässt erst Minuten später nach. Ein seltsames Gefühl holt mich ein.

Es ist peinlich, aber irgendwie finde ich es nicht schlimm. Die Erkenntnis bringt mich zum Lächeln. *Ist es, weil ich mich bei ihm sicher fühle? Weil er mich nie verurteilt?*

»Falls du dich dann besser fühlst«, sagt Linus und rutscht näher an mich, »Ich hab auch 'nen Ständer.«

Ja, ich weiß, weil ich es *spüre.*

Die Fantasien verbanne ich in die hinterste Ecke meines Gehirns, versuche es zumindest. Mein Kopf bringt die Bilder trotzdem in meinen Kopf und ich kann nur zuschauen und hoffen, dass sie verschwinden, bevor sie mich um den Verstand bringen.

Ich will, dass Linus mich berührt, so sanft, wie er immer meinen Arm streichelt. Gleichzeitig will ich, dass er mich so fest anfasst, dass mir die Luft wegbleibt.

Seine Zunge soll meinen Körper erkunden und ich will ihn schmecken. Verdammt, ich will mit ihm schlafen. Aber er ist noch nicht bereit dafür und das akzeptiere ich.

Ich rolle auf den Rücken. Linus rutscht näher. Er greift nach meinem mit Pflastern bedeckten Arm.

»Darüber wollte ich mit dir noch reden.« Behutsam streicht er über die Haut. »Ist jetzt ein guter Zeitpunkt?«

Hauptsache, ich muss nicht mehr an Sex denken.

»Warum hast du dich nicht gemeldet, als du den Drang dazu hattest?«

»Du warst bei deiner Freundin.«

»Ex-Freundin«, verbessert Linus, ein langgezogener Seufzer entweicht meiner Kehle. »Du hast es wegen mir gemacht.«

Ich bleibe stumm.

»Weil ich dir wehgetan habe, hast du dich selbst verletzt? Weil du das Gefühl hattest, dass ich dich nicht …, dass du mir egal bist?«

Meine Lippen bleiben versiegelt. Ein Kuss dient als Schlüssel.

»Es tut mir leid«, flüstere ich, als Linus Abstand zwischen unsere Lippen bringt. »Ich wollte dich nicht enttäuschen.«

»Du wolltest wieder mit T–Shirt rausgehen, schon vergessen?«

Er findet es ekelig. Dieser Gedanke ist unbegründet. Linus hat nichts dergleichen gesagt oder gezeigt. Aber meine Angst ist oft unbegründet. *Wegen mir ist er traurig. Ich habe ihm versprochen, aufzuhören.* Das schlechte Gewissen verschwindet, als Schmerz meine Haut durchzuckt. Ein rotes Gummiband baumelt an meinem Handgelenk.

»Ich habe gelesen, dass das hilft.« Er legt den Kopf auf meiner Brust ab. »Wenn das nicht hilft, habe ich noch ein paar andere Methoden gefunden.«

Linus verteilt Küsse auf den blassen Strichen – einen pro Narbe. Ich schaue auf die Uhr. Stöhnend entferne ich mich und überreiche Linus das Shirt.

»Ich muss jetzt in den Stall.«

»Ich helfe dir, wenn ich darf.«

Linus versucht sein Bestes, mir eine Hilfe zu sein.

Gemeinsam kämpfen wir uns durch die brühende Hitze, vor der es kein Entkommen gibt. Das einzig Erfrischende ist der Wind, aber der ist so stark, dass selbst das keine Erlösung darstellt. Mein Haar gleicht einem Vogelnest. Bis abends hilft Linus mir. Als wir uns später verabschieden, will ich ihn nicht gehen lassen.

Aber irgendwann tue ich es und Linus beobachtet mich, während ich weggehe.

Gestank nach Bier und Kippen begrüßen mich, als Vanti und ich zuhause ankommen. Ich halte den Atem an und will in mein Zimmer verschwinden. Mein knurrender Magen macht mir einen Strich durch die Rechnung und schickt mich auf Nahrungssuche.

Es ist dunkel in der Küche, trotzdem zögere ich.

Wenn Papa mich erwischt, bin ich tot. Ich verstehe nicht, was er dagegen hat, wenn man spät abends etwas isst. Ich horche in die Küche, bevor ich eintrete. Der Kühlschrank summt, während der Toaster in altbekanntem Rhythmus ein elektrisches Knacken von sich gibt, welches ich bereits vor Jahren analysiert habe.

Eine Maus rast unter dem Tisch durch und schlüpft in eine Lücke zwischen den Leisten.

Als ich merke, dass ich noch immer den Atem anhalte, schnappe ich nach Luft. Der Gestank von Alkohol kriecht intensiver in meine Nase. Raues Atmen, ausgelöst durch die vergiftete Lunge, beschert mir Gänsehaut am ganzen Körper.

Fauliger Geruch kommt dazu. Mein Herz rast, als hätte ich einen Sprint hingelegt. Brummen, das nicht vom Kühlschrank kommt, lässt meinen Körper gefrieren. Eine schwere Pranke landet auf meiner Schulter und drückt mich runter.

Panik steigt in mir auf und ich weiß, dass es falsch ist. Ich weiß, dass es nicht so sein sollte. Dass ein Sohn keine Angst vor seinem Vater haben sollte und dass mein Alter ein guter Mann ist, der zu viel trinkt und sich zu wenig für mich interessiert.

Aber ich weiß auch, dass Janniks Tod vor drei Jahren ihn verändert hat, genau wie es mich verändert hat.

»Wo hast du dich den ganzen Tag rumgetrieben?« Mein Alter stemmt die Hände in die Hüften. »Du bist nur noch unterwegs.«

Klickend legt er den Lichtschalter um. Ein Surren ertönt, es dauert fast eine halbe Minute, bis der Raum erleuchtet.

»Bei einem Freund.« *Lass mich in Ruhe.*

»Welchem?« Mit einem Klicken zündet er eine Zigarette an und lacht spöttisch. »Du hast doch gar keine Freunde.«

Ein Funken Freude huscht durch meinen Körper, denn das Klicken des Feuerzeugs, als er sich eine Zigarette anzündet, erinnert mich an jemanden, den ich mag, statt wie zuvor, an den Kettenraucher, der sich mein Vater nennt.

»Jemand aus der Schule.«

»Dieser Blonde, den du mal mitgebracht hast? Warum hast du nichts erzählt, wenn ihr doch so viel Zeit miteinander verbringt?«

Wir haben längst Ferien. Nicht einmal das ist ihm aufgefallen. Warum sollte ich nach dem Abitur noch weiter in der Schule versauern? Hat er überhaupt bemerkt, dass ich fast 18 bin und mein Abitur gemacht habe?

Er ist nicht sauer. Kein Grund, Panik zu schieben. Er ist nur neugierig und interessiert sich für dein Leben.

Das glaubst du doch selbst nicht, oder?, sagt der vernünftige Teil in mir.

»Du hast ihn nie erwähnt.«

Wir reden ja auch nicht miteinander. Wann hätte ich ihn erwähnen sollen? Selbst wenn ich es getan hätte, hätte er mir nicht zugehört. Will er mir die Schuld dafür geben, dass wir keine Beziehung zueinander haben?

Ich zucke mit den Schultern. *Er hasst es, wenn ich ihn ignoriere.* Ich suche nach einer Antwort, die weder besserwisserisch noch frech klingt.

»Du hast nie gefragt.«

Laut ächzt mein Alter und kratzt sich am Kinn. Seine Hand reibt über seinen Bart und verursacht ein widerliches Geräusch.

»Wo warst du wirklich? Du bekommst keinen Ärger.«

Er drängt mich zur Seite und schaltet den Wasserkocher an. »Ich möchte nur wissen, bei wem du warst.« Er lächelt, doch es sieht aus wie eine Fassade; eine Maske, die ein Clown vor seiner Show aufträgt.

»Bei dem Freund aus der Schule.«

»Warum lügst du?« Er greift nach der Zeitung. Ich zucke zusammen, fange mich jedoch schnell wieder und lehne mich gegen die Küchenzeile.

»Ich war wirklich bei ihm«, sage ich mit genervtem Unterton. Mein Herz rast. Ich verschränke die Arme vor der Brust.

»Und wer war noch da?«

»Nur er und ich.«

Er deutet mir, eine Tasse aus dem Schrank zu holen. Ich nehme einen Stuhl, vermeide, ihn am Boden schleifen zu lassen und steige darauf, um die Tasse zu erreichen.

»Ach. Also doch der Blonde. Der mit der komischen Stimme«, sagt mein Alter und fährt in monotoner Stimmlage fort: »Ich dachte, der hilft dir nur bei einem Projekt. Wer würde auch sonst freiwillig mit dir Zeit verbringen?«

Mein Mundwinkel zuckt. Die Imitation hat er gut hinbekommen.

Allerdings ist Linus' Stimme weitaus attraktiver.

Das hat er sich also gemerkt? Linus hat nicht einmal mit ihm gesprochen … Gänsehaut überzieht meinen Körper, als ich mich frage, was mein Alter wohl mitgehört haben muss. Oder hat er uns sogar belauscht? So sehr interessiert er sich dann doch nicht für mich.

»Und wen gibt es noch?«

»Niemanden.«

»Und woher kommen die Knutschflecken?«, sagt mein Alter trocken. Er klingt weder sauer noch neugierig. Trotzdem läuft ein eiskalter Schauer meinen Rücken hinunter. Er mustert meinen Hals. Ich überreiche die Tasse und gehe zum Tisch. Langsam, aber sicher beginnt mein Blut zu kochen. *Sonst interessiert ihn auch nicht, was ich treibe.* Meine Hüfte prallt gegen die Tischplatte. Die Arme verschränke ich vor der Brust.

»Ist es so schwer zu kapieren, dass die von einem Typen sind?« Ich stoße mich ab und stürme zur Tür, als ich merke, dass ich mich im Ton vergriffen habe.

»Jetzt habe ich auch noch einen schwulen Sohn …«, murmelt er zu sich selbst.

Ich wirbele herum.

»Ich bin nicht schwul«, brülle ich. *Ist mir egal, was er mit mir anstellt. An Liebe ist nichts falsch.* Ich sehe Linus vor mir, beschämt wegen seiner Sexualität mit einer Freundin, um die Wahrheit zu verstecken. *Ich liebe einen Jungen und das fühlt sich schön an und keiner auf der Welt wird mir das kaputt machen.*

Ein stutziger Ausdruck ziert das Gesicht meines Alten.

»Ich hasse Labels. Ist doch egal, ob Mädchen, Junge, beides oder keins.« Meine Hand gleitet am Türrahmen nach oben und ich lehne mich dagegen.

Er starrt wortlos in meine Richtung, aber an mir vorbei; in die Ferne, an die Wand, sonst wohin. Ein ungutes Gefühl fließt durch meine Venen. Ich will abhauen und nie wiederkommen. So, wie Linus immer sagt.

»Okay«, sagt er in einem Ton, den ich nicht deuten kann. Abermals kommt er auf mich zu, drückt die Zigarette im Aschenbecher auf der Küchenzeile aus und zerrt mich in eine Umarmung. Sie währt nicht lange, doch seine Pranken klopfen meinen Rücken mit solch einer Wucht, dass mir die Luft wegbleibt.

»Weiß deine Mom davon?« Grinsend löst er sich und hebt die Hand, als ich bejahe.

»Mist. Nie bin ich der Erste. Ach ja, geh duschen. Du stinkst.«

Ich wünsche eine gute Nacht und verschwinde in den Flur.

»Lost du deine Partner aus oder wie suchst du dir das Geschlecht aus?«, ruft er mir hinterher.

Ich zwinge mich zu einem Lachen. »Ja«, murmele ich, nur, um etwas gesagt zu haben.

In der Sicherheit meines Zimmers atme ich auf.

Das kam … unerwartet. Erleichterung durchflutet meine Venen, doch in der Ecke meines Gehirns lauert das schlechte Gewissen auf mich. Zum zweiten Mal habe ich Linus geoutet.

Vanti springt aufs Bett und verlangt Streicheleinheiten. Ich gebe nach und vergrabe meine Hände im Fell. Die freie Hand landet auf der Matratze und schiebt das Handy zu mir. Ich öffne den Chat mit Linus.

Ich: Ich habe keine Lust zu duschen

Linus: Dann lass es.

Ich: Ich stinke.

Linus: Na und?

Ich: Meine Eltern mögen das nicht.

Linus: Ich finde, du riechst gut.

Ich: Du bist ja auch komisch. Ich geh jetzt duschen.

Linus: Viel Spaß ;)

Ich: Ich habe keine Lust zu duschen.

Linus: Du wiederholst dich. Komm zu mir, ich ertrage auch deinen Stinkekörper.

Ich: Ich dachte, ich rieche gut? Außerdem bin ich erst seit zehn Minuten zuhause.

Als Antwort bekomme ich ein Selfie. Linus' Haare sind genauso zerzaust wie meine, dunkle Augenringe lassen das Braun in seinen Augen noch dunkler wirken. Die Augen sind weit aufgerissen, ein Lächeln auf den Lippen. Die Hand angehoben, zwischen den Fingern eine halbabgebrannte Zigarette.

Linus: Noch da? Oder hat dich meine Schönheit umgehauen?

Ich schicke ein Selfie zurück, setze ein Kuss Smiley dahinter und lege das Handy weg. Trotz meines Unmutes wasche ich mir den Tag vom Körper. Auch danach werde ich das unwohle

Gefühl in meinem Inneren nicht los.

34

Linus

Sex Talk

»Können wir reden?«

Mama dreht ihren Oberkörper in meine Richtung und lässt sich neben mir auf dem Sofa nieder.

Ich ahne Böses. Mein Puls steigt an, trotzdem stimme ich zu. Sie bombardiert mich mit Fragen bezüglich meiner Beziehung mit Ruben.

Wie lange schon, wie kam es dazu, wer hat den ersten Schritt gemacht …

Angespannt erzähle ich und atme auf, als ihr Lächeln mit jedem Satz breiter wird.

»Eine Schwangerschaft ist zwar ausgeschlossen, aber …«

Lautstark protestiere ich gegen ein Aufklärungsgespräch und drücke mir ein Kissen ins Gesicht. Meine Wangen stehen in Flammen. Gackernd gibt sie nach. Gemeinsam lachen wir. Allmählich fällt die Anspannung von mir ab. Das Lachen verklingt. Zurück bleibt die Stimme im Fernsehen, die das Wetter verkündet. Neben uns verbreitet eine Kerze Vanilleduft.

»Ich bin froh, dass du endlich zu dir stehst.«

Ich umarme das Kissen, suche nach einer Antwort, doch finde keine, also ziehe ich die Knie an und lege den Kopf darauf ab. Nichts zu sagen zählt nicht als Lüge, oder? In meinem Kopf spielt das Lied meiner Kindheit. *Das fühlt sich seltsam an.*

»Hannah hat mich wochenlang ausgequetscht, warum du plötzlich eine Freundin hast.« Sie positioniert sich um, sodass sie wie ein Teenager im Schneidersitz auf dem Sofa hockt. »Und ob du auf einmal bisexuell bist.«

»Trotzdem hat sie es geschafft, die Klappe zu halten?« Ich beuge mich vor. Normalerweise ist sie so neugierig, dass sie jeglichen Respekt für Privatsphäre aus dem Fenster katapultiert. Aber selbst *sie* weiß, dass das ein sensibles

Thema ist.

»Das hat mich auch gewundert. Natürlich habe ich ihr nichts von deiner Lüge erzählt.« Seufzend schüttelt sie den Kopf, doch sie wirkt nicht sauer, sondern lächelt.

Ich schüttele den Kopf und zucke mit den Schultern. »Ich hab' versucht, mir einzureden, ich wäre bi, als ich Chanelle kennengelernt habe.«

Sie schaut zum Fernseher, ihr Gesichtsausdruck wird zu einer ernsten Miene.

»Du bleibst morgen bitte zuhause.«

Ich folge ihrem Blick. Die Wetterkarte ist voller Rot und Lila, hohe Windgeschwindigkeiten und Gewitter werden vorausgesagt.

»Darf Ruben hier übernachten? Dann können wir zusammen zuhause bleiben.«

»Sonst fragst du doch auch nicht, ob jemand hier schlafen darf.« Lachend schnappt sie sich eine Wolldecke und zieht sie über die Beine.

»Aber jetzt weißt du *es*.«

»Wen du liebst, ändert nichts«, sagt sie mit festem Ton und schlingt die Arme um mich. Prompt erwidere ich die Umarmung. So verharren wir eine Weile.

»Habt ihr schon miteinander geschlafen?«

»Mama!« Ich drücke sie von mir und presse mir ein Kissen ins Gesicht. Hitze strömt in meine Wangen. *Wahrscheinlich sehe ich aus wie eine Tomate.* »Wir haben's noch nicht getan.« Mein Handy vibriert.

»Du weißt ja, Kondo…«

»Jaja, ich weiß.« Ich springe auf und wedele mit dem Telefon. »Leo ruft an.«

Mit diesen Worten sprinte ich die Treppen hinauf in mein Zimmer. Als ich ankomme, hat das Vibrieren bereits aufgehört. Mit dem Laptop rufe ich Leo per Videochat zurück. Kurze Zeit später füllt sein Gesicht den Bildschirm. Er lehnt sich im Stuhl zurück. Wir werfen Smalltalk–Fragen hin und her.

»Machst du auch ein freiwilliges soziales Jahr?«

»Keine Ahnung.« Mein Hintern trifft die Matratze, ich lehne mich an das Bettgestell. *Warum soll ich mir Gedanken über die Zukunft machen?*

»Wo ist Timo?« Mit den Augen suche ich den Bildschirm ab.

»Der wurde abserviert.« Leo zuckt mit den Schultern.

»Schon wieder?« Ich lasse eine Wasserflasche in meinen Schoß fallen. »Das hat er doch morgen schon vergessen.«

Leo grinst. »Wahrscheinlich. Gestern hat er schon von irgendeiner Jasmin geschwärmt.«

Ich spiele mit meinen Haaren und glotze auf mein Handy, das ein Selfie von Ruben und mir zeigt. Seine geröteten Narben stechen heraus. Ein strahlendes Lächeln ziert unsere Lippen, als wir vor Rubens Lieblingskuh Ashika posieren. Avantis Ohr lugt im Eck des Bildes herein. Rubens Haar hängt ihm in die Stirn und verdeckt die buschigen Augenbrauen.

»Tun sie dir nicht manchmal leid?«, habe ich gefragt und mein Sonnenschein hat sein Lächeln verloren. »Dass sie benutzt und dann getötet werden, meine ich.« Es war eine gewagte Frage, schließlich verdient sein Onkel damit sein Geld und er irgendwann auch. Aber wenn er über die Tiere spricht, klingt es nicht, als sehe er sie als Nutztiere. Als er mir erzählt hat, dass er den Hof übernehmen soll – *soll* und nicht *will* –, hat er so traurig ausgesehen, dass ich ihn am liebsten umarmt und nie wieder losgelassen hätte.

Trotzdem hat er nur mit den Schultern gezuckt, zu Ashika geschaut und dann zu Boden. Das war Antwort genug.

»Was soll die emotionale Gesichtsexplosion?«

Ich hebe den Kopf, Leo grinst mir entgegen. Ich zeige das Bild in die Laptop Kamera. Leos Lächeln verschwindet, mit zusammenkniffen Augen beugt er sich vor.

»Er ritzt sich?«, fragt er zögerlich.

»Es heißt selbstverletzen«, verbessere ich. »Er hat mir versprochen, aufzuhören un…«

Ich stoppe mich selbst. Das schlechte Gewissen verschlingt mich. *Ruben hat es immer versteckt und ich Idiot zeige es allen.*

»Wie geht's dir?« Leo schaut besorgt drein. »Wenn du ehrlich bist.« Er wischt über die Kamera des Computers.

»Keine Ahnung.« Ich lächele, um dem Mitleid zu entgehen. »Man lebt halt. Und wenn's doch nicht geht, dann …« Grinsend lege ich Daumen– und Zeigefinger zusammen und führe sie zum Mund. Den Laptop lege ich in meinen Schoß.

Ding, ertönt mein Handy und verlangt meine Aufmerksamkeit – besser gesagt: Ruben. Ohne zu zögern, öffne ich den Chat, in welchem mich ein weiteres Selfie zum Lächeln bringt. Die Unterschrift bringt mein Herz zum Höherschlagen: *»Danke, dass du mir heute bei der Arbeit geholfen hast. Hat echt Spaß gemacht, mit dir und Vanti im Stroh zu toben.«* Das Bild zeigt Ruben oberkörperfrei. Er grinst in die Kamera. Die pitschnassen Haare und der Hintergrund verraten, dass das Bild im Badezimmer nach dem Duschen aufgenommen wurde.

Ich: Du hast es geschafft! Gibt es aus dieser Serie mehr Bilder?

Ruben: Nicht für dich ;)

Ich: Willst du bei mir schlafen? Morgen wird es stürmisch. Mama will, dass ich zuhause bleibe.

Ich ignoriere Riot, wie ich auch das Blut ignoriere, das in Richtung Körpermitte schießt. Zwei blaue Haken, aber keine Antwort. Riot fordert dasselbe wie immer: Ich soll mich von Ruben trennen und mich vor den nächsten Zug schmeißen.

»Hallo?« Leo wedelt mit der Hand herum. Er schnappt ein Bier und öffnet es zischend. Während er trinkt, kippelt er mit dem Stuhl und kracht um ein Haar nach hinten.

Meine Wangen flammen auf. *Ich hoffe, ich habe nicht wieder laut gedacht.* Ich suche nach einer Reaktion in seinem Ausdruck und finde keine. Glück gehabt.

»Sorry. Was hast du gesagt?«, sage ich.

»Tut mir leid, dass wir dir das eingebrockt haben.«

»Was?«

»Chanelle. Ich hatte die ganze Zeit Bedenken.«

»Wie kommst du da jetzt drauf?«

Ding. Ich zwinge mich, meine Aufmerksamkeit bei Leo zu lassen.

»Hast genug Knutschflecken.« Seine Mundwinkel ziehen sich nach oben, dann kehrt die Trauermiene zurück. »Aber du kannst mir nicht erzählen, dass du sie liebst.«

Soll ich es ihm sagen? Ich will es ihm sagen, doch mein Mund bleibt geschlossen. Er würde sich für Ruben und mich freuen, doch vielleicht wird er auch etwas dagegen haben. Nicht, dass wir zwei Jungs sind. Aber vielleicht, dass Rubens und meine Zukunft nicht zusammenpassen, weil er irgendwann den Hof übernehmen wird. Oder weil Rubens Persönlichkeit nicht zu meiner passt, weil er so schüchtern ist. Leo denkt immer so unglaublich weit in die Zukunft, was ich verstehen kann, nachdem Kelly ihn manipuliert hat. Sie hat ihm damals, nachdem er sich endlich von ihr getrennt hat, eingeredet, dass er niemals jemand anderen fände. Dass ihre Persönlichkeiten und Zukunftsvorstellungen perfekt zusammenpassen würden. Dass sie deshalb füreinander bestimmt wären. Diese Bitch hat seinen Kopf ganz schön gefickt und seitdem ist er sehr zögerlich, was Frauen angeht.

Ich schaue aufs Handy, um Zeit zu schinden. Mein Herz macht einen riesengroßen Satz.

Ruben: Mach die Tür auf. Bitte.

Achtlos stelle ich den Laptop auf der Matratze ab. Ich rapple mich auf, die Flasche landet auf dem Boden und kullert unters Bett. Die Tür knallt gegen den Schrank. Um ein Haar falle ich die Treppe hinunter, fange mich aber und reiße die Haustür auf. Voller Freude mache ich einen kleinen Hüpfer. Avanti trottet ins Haus und lässt einen Stock im Flur fallen.

»Warum hast du nicht geklingelt?«

Verlegen fährt Ruben sich durchs Haar. »Du kennst mich doch.«

Nach kurzer Diskussion nehme ich ihn Huckepack und wir drehen Kreise ums Sofa. Nach der dritten Runde trage ich ihn nach oben. Im Gang stoppe ich, als mir ein neues Bild an der Wand auffällt. Ruben klammert sich fest, da der plötzliche Halt ihn aus dem Gleichgewicht bringt. Ich deute auf das neue Bild, auf dem Ruben und ich zu sehen sind. Es hängt neben einem Bild von Hannah und ihrem Freund. Ruben klammert seine Arme fester um meine Schultern und gibt mir einen Kuss auf die Haare.

Deshalb hat Mama letztens nach einem Bild gefragt.

»Das ist echt süß«, sagt er und stößt einen Freudenlaut aus.

Ein paar Sekunden bleiben wir stehen und schauen das Bild weiter an, doch keiner von uns beiden hat etwas hinzuzufügen, also betreten wir schließlich mein Zimmer.

Er springt ab, drückt mich gegen die Tür und zupft an meinem Shirt.

Verwirrt schlüpfe ich hinaus und lege es in Rubens bereits ausgestreckte Hand. *Er hat gesagt, er drängt mich zu nichts. Oder denkt er, dass ich ihn deshalb eingeladen habe? Ich meine, es ist schon nach zehn …*

Ruben entledigt sich seines Oberteils und schlüpft in meins.

»Ich will in deinem schlafen. Das riecht gut.«

Ich vereine unsere Lippen, akzeptiere meine Erektion und blende Riot aus, der mir die immer gleichen Worte entgegenschleudert. *Schwuchtel. Widerlich. Falsch. Bla, bla, bla.* Das flaue Gefühl in meinem Magen ignoriere ich. Die Worte schmerzen, aber Ruben ist da und schenkt mir Komfort, ohne es zu wissen. Allein seine Existenz hilft. Ironischerweise ist er auch der Grund, dass Riot mir die Worte überhaupt entgegenschleudert. Ich will Ruben etwas schenken. Er ist immer für mich da und verdient es. Apropos …

»Was machen wir an deinem Geburtstag?«

Ruben zuckt mit den Schultern.

Der Laptop springt mir ins Auge. Sanft schubse ich Ruben weg und haste zum Bett.

Anruf beendet, zeigt der Computer.

Verbindung weg? Habe ich aufgelegt? Oder er? Ich checke mein Handy. Eine Nachricht bestätigt meinen Verdacht.

Teilzeit-Italiener: Ihr passt gut zusammen. Viel Spaß euch noch :)

»Ich habe uns gerade geoutet«, stoße ich aus. Keine Sekunde später spüre ich Rubens Präsenz neben mir. Ich zeige ihm die Nachricht.

»Wie fühlst du dich jetzt?« Besorgt mustert er mich und legt seine Hand an meine Stirn, als hätte das Outing plötzlich Fieber ausgelöst.

Ich sinke aufs Bett und lasse mich nach hinten kippen. *Warum fragt mich das heute jeder?*

»Keine Ahnung.« Tief atme ich ein. Ruben beugt sich über mich, sodass ich seinem Blick nicht entkommen kann. Die Müdigkeit sitzt in meinen Knochen und zerrt mich in die Tiefe. Das Gefühl der Taubheit holt mich ein, wie jede Nacht, und Rubens Dasein kann mir plötzlich nicht mehr helfen. Alles ist so verdammt anstrengend. Ich zwinge mich zu einem Lächeln.

»Mir geht's gut.«

35

Ruben

Ein kleines Stückchen näher

Ich vermisse dich.

Eine Figur sitzt einige hundert Meter weiter unter der Baumgruppe. Blonde Strähnen lugen aus der Kapuze hervor. Ich hocke auf der Bank, Vanti liegt neben mir, und beobachte die Figur nachdenklich.

In den vergangenen zwei Wochen gehörte Linus der Kategorie süßester Freund an – mit Leo haben wir stundenlang per Videoanruf gequatscht. Es war seltsam: Grob hat Linus ihm geschildert, wie das zwischen uns seinen Lauf genommen hat, doch er wirkte nicht glücklich darüber. Leo hat zwar gelächelt, aber auch er wirkte angespannt.

Als Timo das Zimmer betreten hat, haben Linus und Leo einen Blick ausgetauscht und das Gespräch schnell beendet.

Das habe ich überhaupt nicht verstanden. Die beiden wohnen gemeinsam in einem winzigen Raum in einem Studentenwohnheim. Erst dachte ich, dass Linus es auch weiß, aber Leo hat mir später eine Nachricht geschickt und mir mitgeteilt, dass er es ihm nicht erzählt hat. Scheinbar weiß Linus nicht einmal, dass Timo bi ist, was mich noch mehr verwirrt.

Sie sind beste Freunde und Linus ist schwul. Weiß Timo es auch? Leo wirkte nicht gerade überrascht, als er es herausgefunden hat. Trotz allem verstehe ich Linus' Reaktion. Timo kennt das Wort Privatsphäre nicht und würde wahrscheinlich eine Million Fragen zu unserem nicht vorhandenen Sexleben stellen.

»Ist das Linus?«

Ich fahre herum. Chanelle entschuldigt sich und wiederholt die Frage. Zustimmend brumme ich.

»Seid ihr verabredet? Ich habe ihn nämlich gebeten, herzukommen, damit wir reden können.«

»Geh ruhig.«

Was will sie von ihm? Ich starre geradeaus auf den Grabstein vor mir. *Gespräch beendet,* heißt das für mich. Sie versteht und verschwindet. Das Knirschen des Kieses wird leiser. *Hat er sich doch nicht von ihr getrennt?* fragt die hinterlistige Stimme, von der ich mir ausmale, dass jeder sie hat. Ich höre nicht auf sie. *Hat er ihr den Ort gezeigt, den ich als meinen Lieblingsort deklariert habe?*

Als Linus und ich gerade erst Freunde geworden sind, habe ich ihn zufällig getroffen, als ich Jans Grab besuchen wollte. »Hier ist mein Lieblingsplatz«, habe ich gelogen und ihn zu der Baumgruppe gebracht. Seitdem ist es tatsächlich zu einem meiner Lieblingsorte geworden.

Ich verstehe nicht, warum es mir so schwerfällt, ihm zu beichten, dass ich einst einen Bruder hatte. In meiner Vorstellung wird er mir sagen, dass es schon *so* lange her ist, dass ich darüber hinwegkommen muss, dass er mir Mitleid schenken will, das ich nicht ertrage. All diese Gedanken sind unsinnig, Linus ist nicht so. Trotzdem fürchte ich mich.

Beschissene Angststörung. Seit ich ihn kenne, fluche ich viel mehr. Aus irgendeinem Grund bringt mich diese Erkenntnis zum Lächeln.

Der Wind wirbelt mein Haar auf und meine Hände wandern zur Kapuze. Ich greife ins Leere, denn ich trage lediglich ein graues T–Shirt, obwohl der kühle Wind mir Gänsehaut beschert. *»Ich bin stolz auf dich«,* hallt Linus' Stimme in meinem Kopf wider. *»Endlich kannst du mit T–Shirt rumlaufen.«* Die neugewonnene Freiheit will ich auskosten, bevor die Hoodie-Diebstahl-Zeit, aka der Winter beginnt. Bei dem Gedanken, mich in Linus' Kleidung zu kuscheln, wird mir warm.

Ich schaue aufs Handy. Überraschenderweise habe ich eine Nachricht von Leo.

Leo: Hey. Ich freue mich für dich und Linus. Dass ich bei unserem Videoanruf letztens so komisch drauf war, liegt nicht an euch. Habe mit Beziehungen schlechte Erfahrungen gemacht, deshalb bin ich da eher vorsichtig und kann nicht anders, als mir Sorgen um euch zu machen. Ich weiß, dass es dafür keinen Grund gibt. Manchmal haben Ängste keinen Sinn, denke ich. PS: Meine kleine Schwester findet es cool, dass du Traktor fahren kannst, und will dich kennenlernen :D

Wow. Ein schlechtes Gewissen holt mich ein, obwohl es keinen Grund dafür gibt. *Ich bin nicht verantwortlich für die Gefühle anderer.* Das hat Jan mir früher versichert, wenn Mom geweint hat, weil ich die *Frechheit* besaß, für die Schule zu lernen, statt mit ihr einen Krimi anzusehen, dessen Ende ich schon kannte, bevor er angefangen hat.

Dein Tod hat wirklich viel verändert, Jan.

Mom und unser Alter sind lediglich Hüllen ihrer selbst, seit er tot ist. Sie mochten ihn schon immer lieber als mich. Während er bei einer guten Note gelobt wurde, haben sie mir gesagt, ich hätte auch eine noch bessere Note bekommen können. Außerdem haben sie Jans Auto und die Schutzkleidung für sein Motorrad bezahlt.

An seinem Achtzehnten hat er die Karre bekommen. Ich bezweifle, dass ich auch eins geschenkt bekomme. Und das sind nur ein paar Beispiele. Seit er weg ist, vergessen sie manchmal sogar, dass ich existiere. Oft fahren sie allein zu meinen Großeltern oder bestellen Pizza, ohne mir etwas abzugeben.

Meine Aufmerksamkeit richte ich zurück aufs Handy. Was soll ich darauf antworten? Erst einmal schreibe ich gar nichts. Mir wird später schon etwas einfallen.

Dass Leos Schwester mich kennenlernen will, beschert mir Gänsehaut – vielleicht ist es auch der eisige Wind. Das bedeutet, Leo redet von mir. Bisher bin ich davon ausgegangen, dass er nur mit mir abhängt, weil ich mit Linus zusammen bin. Schließlich haben wir noch nie allein Zeit miteinander verbracht. Und das mit seiner Ex-Freundin macht mich einfach traurig.

Ohne Details zu kennen, kann ich mir vorstellen, wie er sich fühlt. Und ich kann nichts dagegen tun. Dreck und Moos bedecken die eingravierten Buchstaben des Grabsteins und färben ihn grünlich. Meine Gedanken schweifen zum Hier und Jetzt und ich wünschte, ich könnte einfach mal an *nichts* denken.

»Was glaubst du, warum er keinen Sex mit mir will?«

Er hat nie angedeutet, dass es an mir liegt.

»Ich hab' ihn angelogen. Wegen dir. Hab' ihm gesagt, dass ich meinem Onkel heute helfen muss und dass wir uns deshalb nicht treffen können.«

Ich zupfe an dem Gummiband, das an meinem Handgelenk baumelt. Wie ein Stromschlag durchfährt der Schmerz mich – nur für einen Moment. Ein weiteres Mal spanne ich es und lasse es zurückschnalzen.

»Wie oft habe ich dich nicht besucht, weil ich mit ihm unterwegs war? Ist das okay für dich? Wie hast du mal gesagt?« Ich grinse. »›Sobald du verknallt bist, lässt du mich bestimmt linksliegen.‹« Ich genieße den Klang von Jans Stimme in meinem Kopf und sehe sein Lächeln vor mir.

»Aber ich gehe dir bestimmt auf den Sack, wenn ich hier ständig rumhänge, oder?«

Die Realität holt mich ein, als ich auf eine Antwort warte, aber keine erhalte. Eine Biene schwirrt vor meinem Gesicht. Ich scheuche sie davon und schaue zu, wie sie immer kleiner wird, bis ihr kleiner Körper mit dem dunklen Baum im Hintergrund verschmilzt. Ich kann nicht anders, als neugierig zur Wiese zu glotzen.

Chanelle und Linus nehmen sich in den Arm. Aus Sekunden wird eine Minute. Sein Kopf ruht auf ihrer Schulter, die Arme fest um sie geschlungen. Ein Funken Eifersucht befeuert mein Inneres. Ich schüttele es ab, kein Platz dafür, zu viele andere Gefühle.

Es gibt keinen Grund dafür. Linus ist schwul.

Ich streiche über meine Haut. Jede einzelne Narbe sticht ein wenig heraus. Gerade genug, um sie spüren zu können. Ich schreibe ihm eine Nachricht.

Ich: Ich hab' dich angelogen. Muss heute nicht arbeiten. Kommst du zum Friedhof, wenn ihr fertig seid?

Das Gummiband schnappt gegen mein Handgelenk. Das Handy gleitet zurück in die Hosentasche. Vanti stupst mich mit der Nase an.

»Einmal hab' ich versucht, ihm von dir zu erzählen, aber Chanelle kam dazwischen.«

Linus marschiert über die Wiese Richtung Straße.

»Keine Ahnung, wie ich es ihm sagen soll.« Meine Augen fixieren den Stein, als würden die Überreste darunter mir Rede und Antwort stehen. Ich vergrabe Hände und Gesicht in Vantis Fell. Er dämpft den Seufzer ab. Kies knirscht unter schnellen Schritten. In der Nähe summen Bienen und inspizieren die Rosen, die ich mitgebracht habe.

Vanti hebt den Kopf und springt schwanzwedelnd von der Bank. Schweiß tränkt meine Handflächen. Ich schiele zu der Präsenz neben mir. Linus steht neben der Bank und betrachtet den Stein. Die Schultern lässt er sinken, der

Mund steht offen. Als er ihn schließt, verspannt sich sein Kiefer.

»Scheiße«, stößt er aus – in diesem merkwürdigen Ton, den seine Stimme stets annimmt, wenn er laut denkt. Für eine Sekunde schmunzele ich, aber die Trauer holt mich schnell ein. Linus lässt sich auf der Bank nieder und legt einen Arm um meine Schultern. Ich suche Halt, indem ich meine Finger in den Stoff kralle und mein Gesicht gegen seine Brust presse.

»Es tut mir leid.« Er gibt mir einen Kuss auf das Haar.

Vier Worte, die mein Herz herausreißen und mich zum Tag der Beerdigung katapultieren. Leere Worte, die mich nerven, die ich damals tausend Mal gehört habe.

Auch Linus hat sie bereits mehrmals ausgesprochen und auch von ihm will ich sie nicht hören, doch etwas an der Tonlage beruhigt mich. Etwas bringt mich dazu, die Worte zu glauben. Ich zerbreche mir den Kopf über den Grund, denn es lenkt mich ab. Ich kralle mich in seinen Rücken und es schmerzt bestimmt, aber er beschwert sich nicht.

Seine Stimme, fällt mir ein. *Sie klang wieder so. Er hat laut gedacht.* Ein Lächeln schleicht sich auf meine Lippen. *Du würdest ihn für gut befinden,* stelle ich fest und hebe den Kopf. Statt in den Himmel zu starren, schaue ich in Linus' braune Augen.

»Ich hab' dich angelogen.«

»Macht nichts.« Linus fährt mir durchs Haar. Wenn es sich für Vanti genauso anfühlt, wenn ich ihn streichele, dann will ich im nächsten Leben ein Hund sein. Ich atme zitternd ein und begrüße die Trauer. Ich löse mich. Den Finger hake ich um den Gummi. Keine Sekunde später erfüllt mich der Schmerz. Linus' Lippen deuten ein Lächeln an. Ich imitiere ihn. Es ist alles, was mein Körper zulässt.

Ja, es hilft, bestätige ich, ohne den Mund zu öffnen.

Das Summen der Bienen leistet uns Gesellschaft, bis die Sonne sich Stunden später verabschiedet. Der Gesang der Vögel begleitet uns, bis der Mond uns begrüßt. Das Zirpen der Grillen erklingt überall um uns herum. Es ist ein schöner Spaziergang zu Linus' Platz am Berg, wie er es nennt.

»Möchtest du ihm noch etwas näher sein?«, haucht er, als fürchte er sich vor seiner eigenen Stimme.

Was meint er? wundere ich mich, stimme aber zu. Hand in Hand wandern wir den Berg hinauf. Hier sind wir den Sternen näher, aber nicht nah genug. Nie wieder werde ich Jan nochmal so nah sein, dass ich ihn umarmen oder seine Stimme hören kann. Aber für diesen Moment ist etwas näher nah genug. Ich strecke die Hände in die Luft.

Noch ein Stück näher, bete ich.

Arme schlingen sich um meinen Oberkörper, Linus' Kinn drückt gegen meinen Rücken.

Vielleicht hat er meine Gedanken gehört. Vielleicht sind wir füreinander bestimmt – ›Seelenverwandte‹ würdest du jetzt sagen, und Seelenverwandte verstehen sich ohne Worte. Meine Füße verlassen den Boden und ich recke meine Finger so weit ich kann. Ein Stern leuchtet heller als alle anderen.

Guck mal, Jan, ich fliege! lache ich innerlich. *So wie du.* Ich lasse die Erinnerungen wie einen Film abspielen und versinke in der Melancholie. Irgendwann entscheide ich, die Vergangenheit zu verlassen und zum Hier und Jetzt zurückzukehren. Meine Hände lasse ich auf Linus' Arme sinken.

Er versteht und setzt mich ab, ich drehe mich in seinen Armen, die Wange presse ich gegen die Brust. Sanft streiche ich ihm über den Kopf. Ich sauge seinen Duft in meine Lungen, die ungewaschenen Strähnen hinterlässt einen Fettfilm auf meinen Händen. Wir setzen uns auf die Bank, unsere Hände finden einander.

Unsere Hände sind wie füreinander geschaffen. Als wäre meine nur dafür gemacht, seine zu halten.

»Ich würde Jan gerne kennenlernen«, sagt Linus und drückt meine Hand. »Darf ich ihn so nennen? Erzählst du mir von ihm?«

»Klar darfst du.« Ich erwidere den Druck. »Er war der beste Bruder der Welt.«

Und dann erzähle ich. Von der ersten Erinnerung bis hin zur letzten und Linus fragt nach und gemeinsam lachen und weinen wir.

»Wenn wir ein Stückchen gehen, kommen wir noch höher.«

Also gehen wir weiter. Der Mond leuchtet uns mit seinem Strahlen den Weg. Die Bäume rauben allerdings das meiste davon. Wir müssen erraten, wo Stolperfallen und Pfützen auf uns lauern, aber wir halten einander und stolpern und lachen gemeinsam.

So bahnen wir uns den Weg durch die Nacht, einen Schritt nach dem anderen, bis zur nächsten Aussichtsplattform.

So nah war ich dir lange nicht mehr.
Linus hebt mich hoch, noch höher und ich strecke mich noch weiter.
Noch ein kleines Stückchen näher.

36

Linus

Ollie

Es ist ihm offensichtlich sehr wichtig. Sonst würde er nicht ständig davon reden. Rubens Instagram–Feed besteht lediglich aus Skatevideos und Hundefotografie.

»Bringst du mir Skateboardfahren bei?«

»Was?« Rubens Mundwinkel ziehen sich in die Vertikale. »Ach so. Ja!« Er springt im Zimmer umher und faselt von Dingen, von denen ich keine Ahnung habe. Das Wetter ist seltsam. Gestern, als wir am Friedhof waren, war es ziemlich kalt. Heute hingegen ist es brühend heiß und schwül.

Die Müdigkeit ist heute prominenter als sonst und die Hitze, die in Rubens Zimmer brütet, beschert mir das Bedürfnis, eine Wasserschlacht zu veranstalten.

Dann würde ich ihn halbnackt sehen …

Kribbeln breitet sich in meinem Körper aus. Ich schüttele mich.

Themawechsel.

»Da …« Ich zeige an die Wand, wo ein altes Skateboard angebracht ist. »… würde perfekt ein Straßenschild hinpassen. Die Jungs und ich haben vor ein paar Jahren eins geklaut, als wir besoffen auf dem Heimweg waren.« Ich erzähle die Geschichte – zumindest den Teil, an den ich mich erinnere.

Wir waren auf irgendeiner Party und ich kam auf die glorreiche Idee, ein Schild als Deko zu entwenden. Allerdings hat Hannah es mir gestohlen und verwahrt es an einem mir unbekannten Ort.

»Das würde ich auch gerne machen«, sagt Ruben und sieht dabei traurig aus.

Avanti hüpft aufs Bett. Ruben legt sich zu ihm und streichelt ihn ausgiebig.

»Feini«, flüstert er ihm zu, bevor er wieder aufsteht. Meine Venen transportieren ein warmes Gefühl durch meinen Körper. *Er hat gesagt, das bedeutet ›Ich liebe dich‹.*

»Was wollte Chanelle gestern von dir?«

»Nur kurz reden. Ich hab' mich bei ihr entschuldigt und sie hat gesagt, dass sie mir verzeiht, nachdem sie mir eine gepfeffert hat.« Symbolisch reibe ich mir die Wange.

»Verdient.« Kichernd reißt er eine Leine vom Haufen.

Ich nehme seinen Zeige- und Mittelfinger. »Ich würde jetzt gerne mit dir …« Der Satz bleibt unbeendet. Ich räuspere mich und stoße die Tür auf.

Ruben leckt sich die Lippen. Meine Wangen flammen auf. Er wirft mir einen Blick zu, der sagt *›Kein Stress, ich lasse dir Zeit.‹*

Wie soll ich mich da nicht unter Druck gesetzt fühlen?

›Da fragst du noch?‹ Riot klingt spöttisch wie immer. *›Du hast angefangen.‹* An meinem Shirt zu zupfen ist ein jämmerlicher Versuch, meinen Körper abzukühlen.

Riot hat Recht. Doch in einem Moment fühlen sich diese *schwulen* Gedanken und Gefühle in Ordnung an, weil Ruben sie so unbeschwert annimmt. Dann jedoch redet Riot, und ich denke an meinen Dad und Opa und alles fühlt sich plötzlich wieder ekelig an. Wäre ich ein Mädchen, würden wohl alle denken, ich sei schwanger, weil ich so krasse Gefühlsschwankungen habe. Sie verstehen es einfach nicht.

Ruben würde es vielleicht verstehen, aber sobald ich darüber reden will, bekomme ich kein Wort heraus. Außerdem kann ich es dann nicht mehr zurücknehmen. Dann wird es zur Realität und ich kann ihm gegenüber nicht mehr so tun, als wäre alles in Ordnung. Er ist der Einzige, mit dem ich das kann, denn alle anderen wissen, was Dad damals getan hat.

Ruben schnappt sein Skateboard aus dem Eck und holt das alte von der Wand. Er wirft mir meine löchrige Lederjacke zu und ich frage mich, was ich damit soll.

Draußen hat es über 30 Grad. Und eigentlich habe ich nicht gemeint, dass wir *jetzt* Skateboardfahren. Aber er freut sich so, also schiebe ich meine Müdigkeit beiseite. Hand in Hand machen wir uns auf den Weg nach draußen.

Dort angekommen greife ich an meine Hosentasche und schlage meine flache Hand gegen die Stirn. »Scheiße. Handy vergessen.«

Ich werfe ihm einen entschuldigenden Blick zu und husche zurück ins Haus. Ich klopfe an die offene Küchentür.

»Entschuldigung, ich hab' 'ne Frage.«

Rubens Eltern schauen mich an. Sein Vater verschränkt die Arme vor der Brust, während die Mutter breit lächelt.

»Ich wollte Ruben zu seinem Geburtstag mit einem Ausflug überraschen.« Ihr Lächeln verschwindet mit jedem weiteren Wort. Nachdenklich starrt sie mich an. Ich frage mich, wie sie reagieren würden, wenn sie wüssten, dass Ruben und ich ein Paar sind. Ein plötzlicher Kälteschub schüttelt mich. Ich will es nicht herausfinden. »Er muss nächste Woche nicht auf dem Hof arbeiten und wir wären nur ein paar Tage unterwegs.«

»Nein«, sagt der Alte und zieht den Blick seiner Gattin auf sich. Hoffnungsvoll schiele ich zu ihr. *Bitte, stimm' ihn um.*

Ein entschuldigender Ausdruck bildet sich auf ihrem Gesicht. *Scheiße.* Ich wende mich zum Gehen und mache zwei Schritte später kehrt. *So leicht gebe ich nicht auf.*

»Warum nicht?« Ich mache Rubens Dad nach und verschränke die Arme.

»Wir kennen dich kaum und Ruben ist noch keine Achtzehn.«

Ernsthaft?

»Und ihr könntet da ja sonst was treiben«, fügt die Mutter hinzu, als dem Vater keine Argumente mehr einfallen. Bei unserem ersten Treffen war sie so freundlich … Ruben hat erwähnt, dass seine Mutter seltsam ist und ›mal so, mal so‹. Meint er das? Oder … Hitze breitet sich in meinem Körper aus.

Hat er mich geoutet? Ich schüttele den Kopf und konzentriere mich auf die Mission. *Das würde er nie tun.*

»Okay. Dann fahren wir nächste Woche nach seinem Achtzehnten.«

»Solange er unter meinem Dach wohnt, hört er auf mich«, sagt der Griesgram. Zischend öffnet er ein Bier, wofür er einen Seitenblick von seiner Frau kassiert. Ich bin zu müde, um zu diskutieren.

Deshalb nimmt Ruben mich kaum mit zu sich.

Schnellen Schrittes bewege ich mich auf die Haustür zu. *Seine Eltern sind unerträglich.* Ruben hat zum Glück nichts mitbekommen – oder ist sehr gut darin, sich nichts anmerken zu lassen. Wir bringen Avanti ins Haus und machen uns auf den Weg.

»Wer ist Ollie? Ich habe mir Videos abgeschaut, aber …«

Ruben bricht in schallendes Gelächter aus. Es ist ein wundervoller Klang. Und ich muss zugeben, dass ich das absichtlich sage. Er ist knuffig, wenn ich so tue, als hätte ich keine Ahnung und er mir kichernd durch die Haare wuschelt. Wenn er mir dieses ganze Zeug erklärt und wie ein Wasserfall redet, über seine eigenen Worte stolpert und die Schüchternheit vergisst. Ich liebe das.

»Kein wer. Was.« Ruben strahlt bis über beide Ohren. »Es ist ein Trick.«

Ich öffne den Mund und schließe ihn wieder, als er mit der Hand wedelt. »Ich zeig's dir gleich.«

Ich fange an, meine Anfrage zu bereuen, denn jetzt darf ich echt nicht mehr verkacken. Keine Ahnung zu haben ist eine Sache, aber es nicht hinzubekommen, nachdem er es mir erklärt? Die Nervosität ignoriere ich.

»Bekomme ich dann eine Teilnehmerurkunde?«

»Nein«, gluckst er und knufft meine Schulter. »Du kriegst eine Siegerurkunde.«

Ich darf also wirklich nicht verkacken. Ich werfe ihm einen skeptischen Seitenblick zu und versuche herauszufinden, ob er es ernst meint. Erfolglos.

Wir biegen um eine Hausecke und landen an einem überwucherten Trampelpfad, den ich noch nie gesehen habe. Der Rest der Bevölkerung ebenso nicht, denn er ist so stark zugewachsen, dass wir uns bücken müssen, um unter den ineinander verwachsenen Ästen hindurchzukommen. Er liegt zwischen einem Haus und einer hohen Mauer. Die Fassade des Hauses ist bröckelig und es sind keine Fenster auf unserer Höhe, weil das Fundament extrem hoch ist. Nach einigen Metern lichten sich die Büsche und wir haben mehr Platz.

Ich nehme Rubens Hand, bleibe stehen und dränge ihn gegen den Teil der Hauswand, der nicht von Efeu eingenommen ist. Das Skateboard lehne ich gegen die Wand, Ruben lässt seins achtlos fallen. Unsere Lippen treffen sich.

Meine Hände finden ihren Weg unter Rubens Oberteil und erkunden seinen Oberkörper, bevor sie an der Taille zum Liegen kommen. Ruben rührt sich keinen Millimeter.

›*Männer denken nur mit dem Schwanz*‹ echot Hannahs Stimme durch meinen Kopf. Vor einigen Jahren habe ich ein Gespräch zwischen ihr und Mama belauscht. Hannah hat sich über ihren toxischen Ex ausgeheult, der sie ständig, ohne zu fragen angefasst hat. Anscheinend hat er ihr auch eingeredet, sie würde ihn nicht lieben, wenn sie nicht immer Sex will, wenn er Lust hat.

Ich habe mir geschworen, nie so zu werden. Die Hände ziehe ich zurück und löse mich. Rubens Blick wandert zu meiner Körpermitte, meiner folgt.

Ich weiche zurück, zupfe an meiner Hose und wende mich ab. Lautstark räuspere ich mich und krame in meiner Hosentasche. Ruben steht mit knallroten Wangen reglos da, seine Finger rangeln miteinander und er sieht aus wie Avanti, wenn Ruben ihn tadelt.

»Gummi?« Klatschend schlage ich mir die Hand über den Mund. »*Kau*gummi?« Ich halte ihm einen Streifen hin. Ruben hebt den Kopf, ein Grinsen schleicht auf sein Gesicht. Er nimmt das Angebot an. Unsere Hände finden einander, unsere Hände verschmelzen zu einer schwitzigen Kugel. Wir schnappen uns die Skateboards.

Der »Kaugummi-Trick« ist mein Lieblings-Insider: Schon seit wir uns kennen bieten wir einander Kaugummi an, um von peinlichen Erlebnissen abzulenken oder um einander zu verstehen zu geben, dass man nicht darüber reden will.

Ein unwohles Gefühl lauert mir auf, als wir am Ende des Pfads ins Freie treten und mit einem Mal im Park stehen. Mein Blick huscht von links nach rechts. Ich wische mir eine Strähne aus der Stirn, kneife die Augen zusammen und starre der Sonne entgegen. Rubens Haar ist so voluminös, dass sie dem halben Gesicht Schatten spenden. Ich ignoriere das Ziehen in meiner Lendengegend.

Was ist denn los mit mir? Ich schnaube. Rubens verwirrter Blick verrät, dass ich dieses Mal nicht laut gedacht habe. Ich befreie meine Hand aus unserem Schweißbündel.

»Sorry. Zu heiß.«

»Ich?« Ruben grinst unschuldig. »Ich weiß.«

Meine eigenen Füße bringen mich ins Wanken, doch Ruben packt meinen Arm und rettet mich vor drohendem Bodenkontakt. Er lässt mich los und wir setzen unseren Weg fort. Ab und an streifen sich unsere Hände.

Um zum Skatepark zu gelangen, müssen wir nur noch durch den Park und über die Straße.

Als wir kurze Zeit später dort ankommen, legt er sofort los. »So stellst du dich hin … nein, der Fuß muss weiter hinter … nicht so weit. Ja, so.« Zufrieden lächelt er, als ich *endlich* richtig auf dem Board stehe.

Ich greife seine Hände und lasse mich ziehen. Er hält mich fest, als ich mich das erste Mal selbst anschiebe und dabei um ein Haar stürze. Eine Stunde später schießt das Rollbrett über den Beton, die Rampe hinauf und wieder hinab. Mein Hintern landet unsanft auf dem Boden und ich fluche.

Ruben bewahrt mich vor einem Zusammenstoß mit dem Skateboard, das auf mich zurast, und hilft mir hoch – im Gegensatz zu den bisherigen Malen kann er sich ein Lachen nun nicht mehr verdrücken. Ich wische mir den Staub von den Klamotten, Ruben hilft mir dabei.

Ich widerstehe dem Drang, die Augen zu verdrehen, als seine Hände an meinem Körper eine Reaktion in mir auslösen.

Denk an Frauen, denk an Frauen … was machst du? Nicht hart werden … verdammt.

Genervt stoße ich die Luft aus. Mein Körper hört nicht auf mich.

›*Alter.*‹ Riot verschränkt die Arme. ›*Würde Gott das wollen?*‹

Warum hat Gott mich so erschaffen, wenn es ihn gibt? Ich dachte, er liebt jede seiner Kreationen und macht keine Fehler. Warum sollte er etwas erschaffen, das er hasst? Ganz davon abgesehen, dass Gott eine Erfindung ist, um Unerklärliches zu verstehen.

Genervt von Riot packe ich Rubens Hand, ziehe ihn mit mir und wische mit der freien Hand den Schweiß von meiner Stirn.

37

Ruben

Feini

»Weißt du, was ich jetzt gerne tun würde?«, sagt Linus und kaut auf seinen Fingernägeln. Er nimmt die Hand herunter, als ich ihm einen warnenden Seitenblick gebe. »Egal.«

»Was denn?« Die Sonne ist am Horizont verschwunden und taucht den Himmel in dunkles Lila. Das Fahrrad, das wir bei einem Zwischenstopp bei ihm gegen die Skateboards ausgewechselt haben, lehnt am Fuße des Klettergerüsts auf dem Spielplatz.

Wir haben es uns oben gemütlich gemacht und bewundern den Sonnenuntergang. Meine Haare stellen sich auf, als kalter Wind auf meine Haut trifft. Genau deshalb habe ich ihn gezwungen, eine Jacke mitzunehmen. Hätte aber auch eine mitnehmen sollen.

»Ich werd's nicht sagen.« Den Reißverschluss seiner Lederjacke zieht er von oben nach unten und wieder zurück.

Er wedelt mit der Hand. »Du weißt es sowieso.«

»Das tue ich nicht.«

»Tust du.«

»Tue ich nicht.« *Sprich es aus.*

»Doch.«

Einige Minuten werfen wir die gleichen Phrasen hin und her.

»Du willst vögeln? Das habe ich gemerkt«, sage ich schließlich.

»Sag nicht *vögeln*«, murmelt er und zerkaut seine Unterlippe. »Wir können das nicht machen, wir haben ja noch nicht mal …«

»Was?« *Sag es.*

»Du weißt schon.« Er zieht seine Jacke aus und überreicht sie mir. *›Ich liebe dich‹ gesagt?* Dankend nehme ich das Kleidungsstück an. Linus' Geruch hängt im Stoff und bringt meinen Bauch zum Kribbeln, gleichzeitig entspannen sich meine Nerven und die Anspannung, die ich stets in mir trage, fällt von mir ab. Ich weiß nicht, warum ich immer so angespannt bin – egal, wo ich bin und was ich mache, in mir wütet stets eine unerklärliche Unruhe. Aber wenn er da ist, verschwindet sie manchmal.

»Komm.« Er springt vom Geländer und verschwindet in die Rutsche. »Ich hab' eine Idee.«

Ungeduldig nimmt er mich an der Hand, als ich am Ende der Rutsche auftauche. Mit mir auf dem Gepäckträger radeln wir ziellos durch die Straßen.

»Fahrradfahren. Das ist deine grandiose Idee?« Ich schlinge die Arme um Linus' Oberkörper.

»Spaßhaben.« Lachend reißt er den Lenker von links nach rechts. Das Rad bewegt sich in unregelmäßigen Kurven. Ich kralle mich fester an ihn. Die Jacke flattert im Wind und der Reißverschluss klackert in regelmäßigem Takt gegen das Metall. »Hast du Spaß?«

Als Antwort drücke ich ihm einen Kuss auf den Nacken und presse die Wange gegen seine Schulter. Belustigt schnaube ich, als sich Gänsehaut auf Linus' Haut ausbreitet.

Den ersten Stopp machen wir auf dem Schulparkplatz, wo Timo mich damals überredet hat, mit ihnen blauzumachen. Der Mond erleuchtet den Himmel. Der Geruch von Regen liegt in der Luft, obwohl die Nacht sternenklar ist. Ich folge Linus.

»Früher haben die Jungs und ich in der Pause hier gechillt.« Er nimmt Anlauf. Seine Hände landen auf dem Metall der gebogenen Fahrradständer.

Er stößt sich ab und fliegt darüber wie ein Balletttänzer, der über die Bühne schwebt. Auf der anderen Seite hopst er weiter bis zum Ende der Reihe.

Irgendwas ist anders an ihm. Ich zücke mein Handy und mache ein Video, als würde es die Veränderung deutlich machen. Linus macht eine Grimasse in die Kamera und nimmt mir das Telefon ab. Er deutet auf die Fahrradständer. Ich überquere die Metallbögen vorsichtiger als er, doch gewinne mit jedem Sprung mehr Sicherheit. Linus' Lob hilft auch. Linus übergibt mir mein Handy, als ich bei ihm ankomme, und marschiert schnurstracks zur Eingangstür der Schule.

»Fick dich.« Er zeigt dem Gebäude den Mittelfinger und rüttelt an der

Klinke. »Offen« stellt er überrascht fest und drückt die Tür auf.

Idiot. Ich packe Linus' Handgelenk und stemme die Beine in den Boden.

»Komm schon. Nur kurz. Es ist sowieso keiner mehr da.«

»Die Putzfrauen sind da.« *Wir sind keine Kriminellen. Wir können auch so Spaß haben.*

Linus reißt mich mit sich und ich merke erst jetzt, dass er nur so getan hat, als könne ich ihn wirklich zurückhalten.

»Das können wir nicht machen.« Der Versuch, ihn aufzuhalten, scheitert kläglich. Aber eigentlich versuche ich es auch nicht ernsthaft. *Bin ich langweilig?*

Linus stoppt abrupt. »Regel Nummer eins: Wenn du etwas Illegales treibst: Kapuze hoch.« Er drückt mir einen Kuss aufs Haar und setzt mir zwinkernd die Kapuze auf.

»Ich muss pissen«, rechtfertigt er und schleift mich in unsere alte Schule. *Die Hölle. Das kann nicht gut enden.* Schritte hallen durch den Gang.

»Hallo? Ist da jemand?« Herr Grundls Stimme klingen noch eiliger als seine Schritte.

Wir müssen abhauen. Bekommen wir Ärger? Wie sollen wir ungesehen rauskommen?

Rasch verschwinden wir in den Toiletten. Ich sorge dafür, dass die Tür fast tonlos im Schloss einrastet. Auch die zweite Tür, die zu den Kabinen führt, macht dank mir keinen Mucks. Der Mond dient als einzige Lichtquelle und ich kann kaum etwas sehen, doch Linus hält noch immer meine Hand und weist mir den Weg.

»Linus«, wispere ich. In der Stille des Raums klingt es, als würde ich schreien.

Er drängt mich in eine der Kabinen und dreht das Schloss so sachte wie möglich. *Wir sind gefangen.* Mein Herz droht mir aus der Brust zu springen, das Rauschen in meinen Ohren wird lauter und lauter. Und dann hört es auf. Ein Lichtkegel erleuchtet den Boden.

»Komm raus, sonst rufe ich die Polizei«, dringt die Stimme durch den Raum.

Während ich mein Leben an mir vorbeiziehen sehe, legt Linus seine Hand über den Mund und kreiert ein abartig klingendes Furzgeräusch.

»Tschuldigung, ich hab' Durchfall.« Er unterdrückt ein Lachen. »Bitte nicht die Polizei rufen. Bin gleich wieder weg.«

Das ist so dämlich, das kann nicht funktionieren. Ich reibe über meine pochende

Schläfe. Erst als Linus Druck auf meine Hand ausübt, merke ich, dass ich das Gleiche tue. Langsam, aber sicher gleiten meine schweißnassen Finger ab. Linus packt mich fester, führt sie zu seinem Mund und drückt einen Kuss auf meinen Handrücken.

Wie kann er entspannt bleiben? Hat er sowas schon öfter gemacht? Ist er ein Krimineller? Schamlos lächelt er. *Als wäre es ein Spiel. Wir könnten im Knast landen.* Trotzdem entspanne ich mich, als Linus mir ohne Ton zu verstehen gibt, dass es okay ist. Ich zwinge mich, ihm Glauben zu schenken.

»Nur, weil du es bist. Mach danach das Klo sauber«, sagt Herr Grundl. »Die armen Putzfrauen.« Die erste Tür fällt ins Schloss, kurz darauf die zweite. Die Schritte verhallen im Gang und ich habe wieder Raum zum Atmen.

Linus klappt den Klodeckel runter, lässt sich darauf fallen und zieht mich auf seinen Schoß.

»Bist du ein Elektroschocker? Weil …« Vorsichtig spielt er am Reißverschluss seiner Lederjacke, die lose an mir hängt.

Behutsam gleiten Linus' Hände an meiner Hüfte hinab. »… wenn ich bei dir bin, stehe ich unter Strom. Darf ich?« Für eine Sekunde wandert sein Blick nach unten.

Hier? Jetzt? War das der Plan? Trotz der Bedenken bejahe ich. Warme Hände streichen über meinen Hintern. Ich kralle mich fester an seinen Schultern fest.

»Du darfst … ihn anfassen …«, haucht Linus und atmet lautlos aus. »… wenn du willst.«

Ich dachte, er ist noch nicht bereit dafür?

Soll ich? Mein Herz rast. *Will ich?* Ein Lächeln schleicht auf meine Lippen, das Ziehen in meinem Lendenbereich kann ich nicht verleugnen. Ich streiche an Linus' Hals entlang, über den Stoff des T-Shirts hinab zum Gürtel und noch weiter. Viel spüre ich durch den Stoff nicht. Aber genug. Unsere Lippen finden einander. Fußschritte im Gang. Unsere Lippen bewegen sich im Rhythmus, den nur wir kennen, ohne ihn wirklich zu kennen. Abermals öffnen sich die Türen. Wir lösen uns. Mein Herz droht zu explodieren, der Kopf pocht. Dieses Mal aber nicht wegen Herr Grundl. *Badum. Badum. Badum.*

»Jetzt aber ab, Herr Schütz.«

Linus hebt mich von sich hinunter und sperrt die Tür auf.

»Sollen wir?«, frage er mit seinem Blick. *Aber dann* … Ich nicke verunsichert.

Linus quetscht sich an mir vorbei, betätigt die Klospülung und zieht sein Shirt nach unten, bevor er die Kabine verlässt.

»Sind schon weg«, sagt er und klingt dabei so entspannt, dass ich mich abermals frage, wie oft er solche Dinge macht.

Mit gesenktem Haupt folge ich. Nichts und niemand wird mich dazu bringen, Herrn Grundl in die Augen zu schauen.

Schäme ich mich, weil es verboten ist, zu dieser Zeit hier zu sein? frage ich mich und sprinte hinter Linus durch den Flur. *Oder weil wir zwei Jungs sind?*

»Im Gang wird nicht gerannt«, ruft Herr Grundl uns lachend hinterher. Herr Grundl war Linus' Klassenlehrer. Anscheinend kann er ihn gut leiden, sonst würden wir jetzt sicher Ärger bekommen. Auch ich kann mir ein Lachen nicht verkneifen. *Das war aufregend.*

Draußen angekommen halten wir nicht an. Das Fahrrad lassen wir zurück, stromern durch die Nacht und reden über alles und nichts.

Auf dem Nachhauseweg zwängen wir uns durch eine Lücke im Baustellenzaun.

»Endlich. Das wollte ich schon den ganzen Tag machen«, sagt Linus und deutet auf ein Einfahrtsverbotsschild, das lose an der Absperrung befestigt ist. Er werkelt daran herum, bis es fast abfällt.

»Halt.« Er dreht sich zu mir und grinst. »Du wolltest das ja machen.«

Er und seine Ideen. Ich gebe dem roten Kreis den Rest, wissend, dass eine Handykamera alles einfängt. *Das ist die beste Nacht meines Lebens.* Als ich mich umdrehe, hält Linus zwei Eddings und überreicht mir einen davon. Wir machen es uns auf dem kalten Boden gemütlich und kritzeln auf das Schild.

Die Nervosität schießt durch meine Venen und hält mich wach. Trotzdem schaue ich mich ständig um und blicke hilfesuchend zu Linus, wann immer ein Auto in der Nähe ist, doch er winkt immer nur ab, als habe er keine Angst.

Mit unseren Unterschriften beweisen wir, dass das Stück Blech den Besitzer gewechselt hat. Die Smileys und Schimpfwörter dienen als Zierde. Auf den weißen Strich in der Mitte schreibt Linus: *Ich bin schwul und das ist cool :(:*

Kurz darauf landet unser Symbol auf unseren Handgelenken. Auch das halten wir in Form von Bildern und Videos fest und machen es zu einer Erinnerung, die dazu verdammt ist, ewig zu leben.

Mit dem Schild unterm Arm schlendern wir gegen Mitternacht am See vorbei und kommen auf die grandiose Idee, zu schwimmen. Die sachten Wellen transportieren das Mondlicht in unsere Richtung und machen es unmöglich, nicht in ihren Bann gezogen zu werden.

Wir ziehen Schuhe und Socken aus.

Linus' Jacke lasse ich ebenso zurück. Die Wertsachen warten auf dem Steg, während wir Hand in Hand springen. Beim ersten Kontakt mit dem Wasser bereue ich die Entscheidung. Linus scheint es genauso zu gehen, denn er flucht.

Er zieht immer so viel Aufmerksamkeit auf sich und somit auch auf mich. Macht er das mit Absicht? Ich kann nicht anders, als mich umzuschauen, obwohl niemand weit und breit in Sicht war, als wir hergekommen sind. Und auch jetzt nicht. Wir schwimmen zum Ufer.

Ich konzentriere mich darauf, nicht unterzugehen und lasse die negativen Gedanken ertrinken.

»Ich kann nicht gut schwimmen«, gebe ich peinlich berührt zu, doch Linus lächelt nur. Hat er mich nicht gehört? Denkt, es sei ein Witz?

Die Sorge verfliegt, als er mich an den Achseln hält und mich mit zum Ufer zieht. Frierend rennen wir auf der Suche nach Wärme über die Wiese.

»Wir hätten uns ausziehen sollen«, murrt Linus zitternd, holt unsere Sachen vom Steg und legt sie über mich, als wir eine Verschnaufpause machen. *Er ist so süß.* Ich kann nicht aufhören zu grinsen.

Wir rennen weiter durch die Nacht, ziellos über die Wiese, am Ufer entlang. Matsch und Grashalme hängen zwischen unseren Zehen, die Kälte in unseren Körpern zwingt uns dazu, schneller zu rennen. Eine unerwartete Mulde stoppt mich. Ich purzele ins Gras und lache laut auf. Geschockt blicke ich zurück. Schlitternd kommt Linus neben mir zum Liegen, doch im Gegensatz zu meinem Stunt ist seiner beabsichtigt – und es sieht cool aus.

»Alles okay?«

Ich lächele nur. Seine Augen glitzern. Die Augen zieht er zusammen, aber die Falten in seiner Stirn glätten sich.

»Du siehst schön aus.« Mit kalten Fingern wische ich mir die Strähnen aus der Stirn. Ein sanfter Kuss vereinigt unsere Lippen. Die Nacht scheint endlos und vergeht doch viel zu schnell.

Wie spät ist es? frage ich mich, als die Müdigkeit sich bemerkbar macht. Ich gähne.

»Feini«, flüstert Linus unter seinem Atem. Mir bleibt die Luft weg, mein Herz setzt aus und trotz der Kälte bilde ich mir ein, zu schwitzen.

»Feini«, sage ich.

Linus schließt die Augen, seine Gesichtsmuskeln entspannen sich und er legt den Kopf auf meiner Brust ab.

»Jetzt kann ich glücklich sterben«, denkt er – wie so oft – laut. Linus macht oft diese Art von Scherzen, aber ich fühle mich unwohl dabei. Wahrscheinlich, weil es meine Gedanken zu Jan bringt. Ich muss aufhören, vor allem Angst zu haben. Dieser Moment ist perfekt. Das will ich nicht ruinieren.

Ich versuche, meine Ängste beiseitezuschieben. Vergeblich.

Aber dann nimmt Linus meine Hand und damit meine Angst.

Und ich lasse es zu.

38

Linus

Heiss

Die Plastikverpackung in meiner Hosentasche knistert, als ich sie zwischen meinen Fingern drehe. Vorsichtig luge ich um eine Ecke des Stalls und beobachte den leeren Hof.

Es ist schön, ›Ich liebe dich‹ zu sagen.

Auch, wenn wir es nicht direkt aussprechen. Ein paar Wochen ist es her, dass wir es uns auf der Wiese beim See zugeflüstert haben. Seitdem schreiben wir es uns vor dem Schlafengehen, wenn wir nicht im selben Bett pennen. Ab und an kritzele ich es auf Zettel, die ich in Rubens Zimmer verstecke, bevor ich nach Hause gehe.

Er nimmt mich selten mit zu sich, deshalb habe ich nur ab und zu die Chance. Oft lasse ich die Zettel deshalb in seine Hosentasche gleiten, wenn er abgelenkt ist.

Ruben zeichnet es auf meinen Arm, wann immer er einen Edding findet. Und wenn wir die Nacht zusammen verbringen, flüstern wir es einander zu. Jedes Mal kribbelt mein gesamter Körper, während Riot sich tierisch aufregt. Es wird schwerer, ihn zu ignorieren, weil Riot lauter schreit und sich nun direkt auf meine *schwulen Schandtaten* mit Ruben beziehen kann. Aber ich gebe mein Bestes.

Ruben ist dabei, eine Schubkarre voll Stroh über den Hof zu schieben. Heute ist sein Geburtstag und ich habe viel geplant für ihn. Es ist erstaunlich, wie schnell die Zeit vergeht. Seit unserem ersten Gespräch sind schon sieben Monate vergangen. In ein paar Monaten beginnt Rubens Studium. Wann immer er mich fragt, was ich machen will, zucke ich mit den Schultern. Er runzelt dann stets die Stirn, als sei das so abwegig. Okay, ist es wohl.

Ich umfasse die Zettel fester und sprinte zu dem Stall, aus dem er gekommen ist.

Nur noch drei Stück. Ich platziere das Papier auf dem Heuballen und lese es erneut, um sicherzugehen, dass es das Richtige ist.

›*Avanti ist der Gegner dieses Levels. Um ihn zu besiegen, musst du zu deiner Lieblingskuh gehen*‹, steht darauf. *Hoffentlich* hat Ruben den Zettel bei den Kälbern gefunden, der ihm befiehlt, seinen Hund genauer zu untersuchen. Ansonsten ist die ganze Schnitzeljagd umsonst. Fußschritte ertönen in der Nähe und werden mit jeder Sekunde lauter. Die Schubkarre klappert. Zum Glück habe ich den nächsten Zettel bereits bei Ashika versteckt. Ich suche nach einem guten Versteck.

Ich muss Vantis Aufmerksamkeit bekommen. Ich erspähe ein dunkles Eck zwischen zwei Ballen auf dem Futtertisch. Das Stroh drückt sich in meine Knie. Vielleicht hätte ich heute keine kurze Hose anziehen sollen.

»Noch ist kein Zettel an dir gespawnt«, sagt Ruben zu Avanti. Unter ihm knacken Strohhalme. Auf allen Vieren krabbele ich in die Lücke und bedecke mich mit dem getrockneten Gras. Etwas zischt außerhalb meines Verstecks durch den Stall und prallt an der Wand ab. Es kostet mich all meine Kraft, nicht vor Schreck aufzuspringen.

»Such«, sagt Ruben.

Er hat mich. Einen Halm nach dem anderen zerstöre ich.

Keine Sekunde später rast ein dunkles Fellknäuel an mir vorbei. Kurz herrscht Stille, bevor die Schritte sich weiter nähern. Avanti schnüffelt am Boden und quetscht sich schnurstracks in die Lücke. Seine Rute kreiert einen dumpfen Ton, als sie gegen die Ballen prallt.

Er schleckt mein Gesicht ab, doch ich kann mich weder wehren noch fluchen. Ich packe ihn und befestige den Zettel blind am Hundegeschirr. Ruben lacht und so wie es klingt, schießt er Steinchen umher, während er sich entfernt. Avanti folgt wenig später.

Ich krieche ins Freie. Vorsichtig spähe ich hinaus. Nichts. Den mittlerweile zerknitterten Zettel streiche ich glatt.

›*Fast geschafft. Letztes Level: Die Geheimkammer. (Aber gib Ashika vorher ein Küsschen. Ich werde auch nicht eifersüchtig, versprochen) :)*:‹

Tiefes Lachen dröhnt durch die Luft. Dunkles Haar wippt vor dem Fenster auf und ab. Meine Füße führen mich aus dem Stall, als mein Kopf mir eine Abkürzung mitteilt. Ich folge dem Weg, den Ruben mir vor einer Weile gezeigt hat und kämpfe mich dabei vorbei an Spinnenweben, schimmligen Futterresten sowie leeren Futtersäcken.

»Noch eins?«, erklingt Rubens Stimme. »Wo schickt er uns diesmal hin?«

Ich hoffe, er hat das Richtige. Als er weg ist, mache ich mich auf den Weg zur Scheune. Einige dieser Zettel schicken Ruben seit einer halben Stunde quer über den Hof, wo er mit einem Rätsel stets zum nächsten Ort geschickt wird. Zum Beispiel zum Lader, aus dem ich ständig halb herausfalle, weil Ruben die Schlaglöcher einfach durchfährt. Oder zum Misthaufen, weil ich mich frage, wann wir genug müffeln, bis Mama endlich zugibt, dass wir stinken, wenn wir hier waren.

Ich erklimme die modrige Leiter in der Scheune. Als ich die Luke zum Versteck öffne, fliegt Staub in meine Nase.

Das Niesen unterdrücke ich und schließe den Zugang, ohne einen Ton zu verursachen. Ich kauere mich ins Heu und drehe das Plastik in meiner Hosentasche zwischen den Fingern. Nervös knicke ich die Ecken.

Wir brauchen die Decke, erinnere ich mich und wage mich zum Schrank. Der Staub auf dem Türknauf vermischt sich mit dem Schweiß auf meinen Handflächen und formt eine schmierige Masse. Ich nehme meine Hand zurück und lasse mich wieder auf dem Boden nieder.

Mit jedem Moment, in dem die Stille mich umgibt, wächst meine Neugier und der Drang, die Schublade zu öffnen. Ich wische über mein Gesicht. Die Müdigkeit verschwindet jedoch erst, als Rubens liebliche Stimme an meine Ohren trifft.

»Wusstest du davon?«, fragt er Avanti und lacht.

Die Luke öffnet sich und lässt einen Lichtkegel in den kleinen Raum. Avantis Kopf kommt zum Vorschein, dann Rubens. Grinsend empfängt er mich. Avanti freut sich, mich zu sehen, als hätte er mich nicht vor zehn Minuten erst begrüßt.

»Du bist so blöd«, sagt Ruben liebevoll und begrüßt mich mit einer Umarmung. »Aber auch süß.«

Ein Kuss bestätigt die Worte, es folgen eintausend Fragen über den Sinn und Zweck dieses Spiels. Ich beantworte keine davon.

Ruben macht es sich bequem und legt den Kopf in meinen Schoß. Ich starre in seine grünen Augen und hänge meinen eigenen Gedanken nach, während ich seine Augenbrauen entlangstreiche.

»Was?«

»Nichts.«

»Was?«

»Nichts.«

»Was?«

Kopfschüttelnd wuschele ich ihm durch das Haar und ignoriere mein rasendes Herz. *Wie sage ich es ihm? Einfach so? Oder fange ich langsam an?* Ich kaue auf meinen Nägeln.

»Ganz schön heiß.«

Ruben brummt nur und umarmt meinen Arm.

»Willst du … dich … ähm … ausziehen?«

›*Spinnst du?*‹ fragt Riot.

Ruben fühlt sich wohl genauso, denn er setzt sich auf und schaut mich mit großen Augen an.

»Jetzt? Hier? Bist du dir sicher?« Seine Stimme rutscht gegen Ende seiner Frage eine Oktave nach oben und mein Mundwinkel zieht sich fast nach oben.

›*Es war nur ein Scherz. Na los. Sag es und du bist aus der Nummer raus.*‹

Ich ignoriere ihn und schluckte schwer, doch der Kloß in meinem Hals verschwindet nicht, also hole ich wortlos das Kondom aus meiner Hosentasche und weiche Rubens Blick aus.

»Alles Gute zum Geburtstag.«

Ruben macht keinen Mucks, krabbelt zu mir und drückt mein Kinn nach oben. »Nur, wenn du es wirklich willst.«

Will ich? frage ich mich, bejahe innerlich und nicke.

›*Das ist schon der erste Fehler*‹, unterbricht Riot. ›*Der zweite ist, dass du es tust, obwohl du weißt, dass es falsch ist.*‹ Mein Kiefer verspannt sich. Ich kaue auf meinen Wangen, bis Ruben es mir verbietet. Eine warme Hand berührt die Innenseite meines Oberschenkels und treibt Hitze in meine Wangen.

Das Ziehen in meiner Lendengegend bringt mich dazu, lautstark zu schlucken. Ruben stößt belustigt die Luft aus, ehe er seine Lippen auf meinen Nacken drückt. Seine Hand verweilt auf meinem Oberschenkel nahe dem

Knie.

»Was soll ich tun?«, haucht er gegen meine heiße Haut, seine Finger gleiten langsam unter meine kurze Sporthose. Ich frage mich, ob er das macht, um mich zu ärgern oder ob er mir Zeit geben will, mich umzuentscheiden.

»Mach …«, mit dem nächsten Aufatmen lege ich den Kopf in den Nacken, »… einfach weiter so.«

Grinsend kommt Ruben der Aufforderung nach.

»Ich glaub, ich muss kotzen.«

Ruben stoppt in seiner Bewegung und wirft das Kondom, welches er gerade ausgepackt hat, beiseite. Ich halte mir den Bauch. Meine Brust bebt, als ich lache. »Und das Heu ist pieksig.«

»Wegen der Aufregung?« Ruben sucht in der Dunkelheit nach seiner Kleidung.

Peinlich berührt nicke ich und rappele mich auf. Hastig sammele ich mein Shirt, meine Hose und meine Unterhose zusammen. Wir beschließen, an die frische Luft zu gehen. Wir verlassen den Hof und ich atmete auf. Aber meine Innereien fressen mich noch immer auf. Als ich zu Ruben schiele und die Beweise für unser Abenteuer sich zeigen, dreht sich mein Magen weiter. Vermutlich ist er inzwischen schon wieder in der Ausgangsposition. Ich bleibe stehen und zögere, Heuhalme aus Rubens Haar zu klauben.

Knutschflecken zieren seinen Hals, als seien sie eine Trophäe, eine Bescheinigung, dass er mir gehört. Scham durchflutet mein System und verdrängt das schlechte Gewissen. Riot redet auf mich ein und ich will mir die Ohren zuhalten und schreien.

Ruben scheint es ähnlich zu gehen: Sein Blick klebt am Boden, als folgen wir einer Spur, auf dem Weg zu einem geheimen Schatz. In Wahrheit bewegen wir uns auf den Wald zu, den wir jedes Mal neu entdecken. Heute trägt Ruben ein T–Shirt, keinen Pullover und keine Bandage. Nichts, das seine Narben vor verurteilenden Blicken versteckt. Ich bin stolz auf ihn. Dieser Gedanke beruhigt meinen Magen. *Ich helfe ihm. Tue etwas Nützliches.*

Wortlos spazieren wir den Weg entlang, bis wir im Wald ankommen und eine neue interessante Stelle entdecken. Ein umgefallener Baum liegt mit Moos bewachsen auf einer Lichtung.

Wir lassen uns nieder, Ruben starrt noch immer auf seine Finger und ist still wie damals, als wir uns das erste Mal begegnet sind. *Und jetzt haben wir …* Abermals dreht sich mein Magen. *Nächste Runde.* Mein schlechtes Gewissen kehrt zurück. *Meinetwegen fühlt er sich schlecht.*

›Das ist jetzt dein kleinstes Problem.‹ Riot lacht gehässig.

Augenverdrehend seufze ich, woraufhin Ruben aufschaut. Er nimmt ein blaues Heftpflaster aus seiner Hosentasche. Mit flinken Fingern klebt er es auf mein Handgelenk. Mit schiefgelegtem Kopf entweicht mir ein Lachen. Bedruckt ist das Pflaster mit einem Stegosaurus, gezeichnet im Comic-Stil.

»Jeder hat Wunden. Manchmal kann man sie nicht sehen, aber das bedeutet nicht, dass sie keinen Verband brauchen«, sagt Ruben. »Und jede Wunde heilt irgendwann.«

Ich bitte um ein weiteres Pflaster und klebe es auf Rubens vernarbte Haut.

»Ich bin stolz auf dich.« Ich rutsche auf dem Holz näher und streiche über die Narben. Mit jedem Tag verblassen sie ein kleines bisschen mehr.

Wir lächeln uns an, ehe sich die penetrante Stille wieder um uns legt, wie dichter Nebel, der uns voneinander trennt. Nach fünf Minuten wird es mir zu viel. Lautstark stoße ich die Luft aus, greife nach den zierlichen Fingern und schaue ihn an, ohne Augenkontakt aufzubauen. Stattdessen starre ich auf seinen Hals.

»Ich will nicht, dass es zwischen uns komisch ist.«

›Das ist es doch schon‹, entgegnet Riot. *›Verschwinde. Das macht es für alle einfacher.‹*

Halt die Fresse. Ich schlage mir die Hand über den Mund und reiße den Kopf herum.

Hab ich das gerade laut gesagt?

»Ja, hast du.« Rubens Blick huscht von seinen Fingern zu meinen. »Meinst du mich?«

»Nein, nein, nein. Nur … mich selbst.«

›Du willst ihm nicht von mir erzählen?‹, fragt Riot gespielt traurig und reibt seine Augen, als weine er. Zu dieser Vorstellung macht er passende Geräusche, die mich fast zum Lachen bringen. Aber dann würde Ruben denken, dass ich bekloppt bin.

»Ich muss dir noch etwas beichten. Ich hatte eigentlich eine Überraschung für dich.« Ich beiße mir auf die Unterlippe, um mich selbst davon abzuhalten, Beleidigungen auszusprechen. »Aber deine Eltern haben es nicht erlaubt.«

»Was war denn dein Plan?« Ruben steht auf, hebt einen Tannenzapfen vom Boden auf und macht sich auf den Weg zurück zum Trampelpfad, von dem wir gekommen sind. Ich folge.

»Ein Ausflug zu einem coolen Ort.«

Ruben schlingt seine Arme um mich und stellt sich auf die Zehenspitzen, um sein Kinn auf der Schulter ablegen zu können. Es ist seltsam. Wie schnell es wieder normal ist zwischen uns. *Es ist nur komisch, wenn wir es komisch sein lassen.*

»Lass uns abhauen.«

»Und deine Eltern?«

»Scheißegal.«

»Und dein Studium?«

»Auch egal. Du hast ja auch keine Pläne.« Ich weiß nicht, wie er den letzten Teil meint. Ist er enttäuscht oder belustigt?

Auf dem Rückweg diskutieren wir, ob er vom Zielort erfahren soll oder nicht – ich halte es geheim. Erst, als alles gesagt ist und die Stille uns erneut umgibt, kann ich den Ekel vor mir selbst nicht mehr ignorieren.

39

Linus

Lutzi-Wutz

»Wann sollen wir los?«

Ich falle auf mein Bett und verdecke die Augen mit einem Arm.

Ein Stich im Herzen bringt mich dazu, mich aufzusetzen.

Erst vor wenigen Tagen habe ich unseren Urlaub organisiert und Ruben ist seitdem hibbelig.

Seine Eltern werden sauer sein, wenn sie herausfinden, dass er die nächsten Tage nicht bei mir zuhause übernachtet, sondern wir wegfahren. Nachdem seine Eltern sich jedoch nicht für ihn interessieren, lebt in mir die Hoffnung, dass sie es gar nicht merken.

Er hat mir einen geblasen. Dieser Gedanke ploppt grundlos in meinen Kopf. Ein kalter Schauer schüttelt mich. Warum fühle ich mich so? Ich wollte es und es hat sich verdammt gut angefühlt. Trotzdem komme ich mir vor wie ein Widerling. *Ich brauche Ablenkung.* Mit den Augen suche ich im Raum nach einem Gesprächsthema, doch mein vibrierendes Handy nimmt mir die Suche ab.

Hannah: Du hast mit Chanelle Schluss gemacht?

Seufzend schmeiße ich das Telefon aufs Bett. Sie hat immer noch Kontakt mit Chanelle? Wann haben sie überhaupt Nummern ausgetauscht? *Ich brauche Ablenkung von der Ablenkung.*

Riot lacht. ›*Renn weg, so wie sonst auch.*‹ Zuerst verspüre ich den Drang, mich in meinem Zimmer zu verschanzen, Ruben rauszuwerfen und für die nächsten Wochen mit niemandem zu sprechen. Dann macht es Klick. Ich richte mich auf, nehme das Telefon und lasse es in der Hosentasche verschwinden. *Das ist genau das, was du willst, oder?*

›Du hast es erfasst‹, sagt Riot und lehnt sich in seinem Sessel zurück. Im Gang ertönen Fußschritte, die keiner anderen gehören als meiner neugierigen Schwester. Sie ruft mich. Ich komme auf die Beine, packe Rubens Hand und reiße die Tür auf. Hannah steht vor uns. Erschrocken springt sie einen Meter zurück. Ruben und ich stürmen an ihr vorbei. Sie versucht, mich festzuhalten. Erfolglos.

»Warum hast du …«

Fick dich, Riot. Fick dich, Opa. Fick dich, Dad.

Fickt euch alle. Ich liebe Ruben und ich will es nicht mehr verstecken. Und wenn es mich umbringt … es spielt keine Rolle.

»Weil ich schwul bin«, rufe ich, ohne stehenzubleiben. Ein erleichtertes Gefühl beflügelt mich und es fühlt sich richtig an, aber gleichzeitig holt mich die Dunkelheit ein und Riot lacht höhnisch. Und während ich mit Ruben an der Hand abhebe und die Stufen nach unten springe, wünsche ich mir, dass der Aufprall mich in ein Koma katapultiert, von dem ich erst erwache, wenn all die Probleme verschwunden sind.

Zu meiner Enttäuschung lande ich auf den Füßen. Ruben strauchelt, doch ich zerre ihn mit und bewahre ihn davor, den Boden zu küssen. Wir sprinten aus dem Haus in den Garten. Meine Hand droht, Rubens zu verlieren, als der Schweiß uns immer weiter auseinandertreibt.

»Wir haben keine Schuhe an«, sagt Ruben lachend, als ich ihn Richtung Gartentor schleppe. Schwer atmend komme ich zum Stehen, um das Tor zu öffnen. Ruben nutzt die Gelegenheit, um mich an der Taille zu packen und zurückzuziehen. Da ich mit solch einer Aktion nicht rechne und Ruben unerwartet stark ist, landen wir nebeneinander im Gras. Meine Brust hebt und senkt sich in schnellem Tempo, die Lunge brennt.

Das Verlangen nach Nikotin wächst mit jeder Sekunde, als ein Husten mich schüttelt. Der Geruch von frischem Gras liegt in der Luft und die Gespräche der Nachbarn hallen über die Straße. Mit dem Handrücken wische ich mir den Schweiß von der Stirn.

Hannah liebt Hunde und war überglücklich, als wir sie gefragt haben, ob sie sich um Avanti kümmern will.

»Wie geht's dir, Sonnenschein?«

Röte schießt in Rubens Wangen. Ich mustere den Gesichtsausdruck und stoppe bei den schmalen Lippen.

»Was ist los, Sonnenschein?«

Ein stilles Lächeln umspielt seine Lippen.

»Soll ich dich nicht ›Sonnenschein‹ nennen, Sonnenschein?«

Grinsend wehrt Ruben meinen Versuch ab, seine Wange zu berühren.

»Du bist eben die Art von Person, die Licht in jeden Raum bringt. Du erfüllst mich mit Wärme. Ein richtiger Sonnenschein eben.« Nun flammen meine Wangen auf. »Gott, war das cheesy.«

Daraufhin lacht er. Ich falle auf den Rücken. Eine frische Brise trägt die Sorgen davon und nimmt meine Anspannung mit sich. Ruben zieht mein Handgelenk zu sich. Mein Arm kitzelt. Ich mache mir nicht die Mühe, die Augen zu öffnen.

Ruben wird mich sowieso nicht zugucken lassen. Schwarze Farbe fließt in jede kleinste Ritze meiner Haut und als die Chemie meine Schleimhäute angreift, rümpfe ich die Nase und öffne die Augen.

Ruben wedelt mit der Hand und wehrt eine Hummel ab. Kurz darauf ist es mir erlaubt, das Kunstwerk – den typischen, traurig–glücklichen Smiley – zu begutachten.

Der Mund ist geschwungen, als sei der Künstler abgerutscht – oder von einem Insekt attackiert worden. Meine Mundwinkel schmerzen und ich merke erst jetzt, dass ich das Lächeln seit einigen Minuten nicht verloren habe. Im Gegenteil sogar - es ist stetig gewachsen.

Sogar Glücklichsein schmerzt, stelle ich fest, bevor mein Handy mir mit schrillen Piepen verrät, dass es bald Zeit ist.

»Pack deine Sachen. In einer Stunde wieder hier?«

Als Antwort bekomme ich einen Kuss, woraufhin mein Körper aufflammt. Mein Blick gleitet über die Straße zu einem tratschenden Ehepaar. Als Hannah vor der Tür auftaucht, zerquetscht Ruben meine Hand, murmelt eine Entschuldigung und verschwindet vom Grundstück, nachdem er drinnen seine Schuhe geholt hat.

Ich rappele mich auf und fahre mir durch die Haare, während ich Hannahs Grinsen zu ignorieren versuche.

»Sag nicht, du akzeptierst plötzlich, dass du auf Schwänze stehst?«, platzt es aus ihr heraus. Sie folgt mir bis zu meinem Zimmer. *Auf Schwänze … ich stehe nicht auf Ruben, weil ich seinen Penis gut finde.*

Riot schnaubt. *›Natürlich. Wenn er ein Mädchen wäre, wärst du dann mit ihm zusammen?‹*

Nein, weil ich auf Männer stehe. Ich kaue auf meinen Nägeln.

›Also doch auf Schwänze.‹

Ich schlage Hannah die Tür vor der Nase zu. Noch bevor ich abschließen kann, reißt sie die Tür auf und schiebt mich beiseite.

»Wie kommt's?«, fragt Hannah und lässt sich auf die Matratze fallen. »Warte«, stößt sie aus und begutachtet den Deckenhaufen. »Ihr habt hier nichts Ekeliges gemacht, oder?«

Nichts Ekeliges, hallt es in meinem Kopf wider. Traurigkeit überkommt mich und hält sich an mir fest wie eine Klette. *Würde sie das auch sagen, wenn ich eine Freundin hätte?* Wahrscheinlich schon. Trotzdem hebt es meine Stimmung kaum. Hannah wiederholt die Frage und erst jetzt verneine ich.

»Ich wusste, dass etwas zwischen euch läuft.« Ihr Grinsen ist zurück. Es folgen weitere Fragen, von denen ich keine einzige beantworte. Stattdessen wundere ich mich, ob wir zu offensichtlich waren und wer noch etwas gemerkt hat. *Jemand in der Schule?* Ich hole Klamotten aus dem Schrank und packe sie in meinen Koffer.

»Verrat's keinem.«

»Okidoki«, sagt sie, steht auf und schaut sich um. »Er hat einen guten Einfluss auf dich. Dein Zimmer war noch nie so aufgeräumt.«

Bitter lache ich auf und werfe Handyladekabel und Sonnencreme in den Koffer.

»Wie lange seid ihr schon zusammen?«

»Paar Monate.« Ein lautes Seufzen bringt sie zum Grinsen. Augenverdrehend und quälend langsam, geht sie Richtung Ausgang.

»Sag ihm, er soll Hundefutter mitbringen. Um halb fahre ich euch zum Bahnhof, später kann ich nicht.«

Die Tür steht weit offen, als ich endlich allein bin. Also knalle ich sie zu – schwungvoller als geplant – und packe weiter.

Mama habe ich noch nicht gebeichtet, dass wir in den Urlaub fahren. Was, wenn sie es nicht erlaubt? Klar, mit den Jungs bin ich schon auf unendlich viele Trips gefahren mit deren Eltern.

Aber Ruben ist nicht *einer der Jungs,* sondern *mein Junge.* Mein Freund. Und er hat mir einen geblasen.

Mit einem Mal verstehe ich Ruben ein bisschen besser – seine Sorgen, die eigentlich unbegründet sind.

Er selbst weiß auch, dass er sich über vieles keine Sorgen machen muss, wie zum Beispiel, was die Leute von uns denken, wenn ich durch den ganzen Supermarkt schreie, um ihn zu finden.

Aber er kann nicht anders, als eine Welle der Angst zu spüren und sich Was-Wäre-Wenn-Fragen zu stellen. Zumindest hat er es so beschrieben. In diesem Moment empfinde ich dasselbe.

Was, wenn Mama etwas dagegen hat? frage ich mich also abermals, obwohl ich weiß, dass dies nicht der Fall sein wird.

Mein Blick fällt auf eine Schachtel im Schrank.

Soll ich …? Zögerlich öffne ich die Box und nehme das Gleitgel. *Ich kann ihn nicht ewig warten lassen. Und da wird uns zumindest keiner stören.* Mein Bauch kribbelt, die Haut prickelt. Ich erinnere mich an den Tag, an dem ich das Gleitgel gekauft habe und die Scham packt mich abermals. Mit der Kapuze so tief ins Gesicht gezogen, dass mich hoffentlich niemand erkannt hat, habe ich das Zeug aufs Kassenband gelegt.

Ohne den Blick zu heben, bezahlt und genauso schnell, wie ich den Laden betreten habe, bin ich verschwunden. Seitdem verstaubt es gemeinsam mit Kondomen in der Kiste. Beides landet im Koffer.

Ein Räuspern reißt mich aus der Erinnerung. Ich wirbele herum. »Machst du einen Ausflug mit Ruben?«, fragt Mama.

Etwas in ihrem Gesichtsausdruck bringt mich fast zum Kotzen. Mein Bauch grummelt. Ich schaue sie nicht an. Hastig werfe ich ein Shirt über die Utensilien.

»Nur ein paar Tage.« Ich räuspere mich, doch egal, wie oft ich es tue, der Kloß in meinem Hals engt mich mit jeder Sekunde mehr ein. »Ich muss packen.« Mit diesen Worten schiebe ich sie aus dem Raum.

»Brauchst du Geld? Fährt Hannah euch zum Bahnhof?« Sie stemmt sich gegen mich, doch ich dränge sie mühelos weiter. »Kommt Ruben hierher? Wo fahrt ihr hin? Hast du alles organisiert?«

Ich versichere ihr, dass ich an alles gedacht habe.

»Wir sind alt genug«, betone ich, mein Blick huscht erneut zum Koffer. *Sie hat es gesehen, oder?*

»Brauchst du mehr Kondome?«

»Geh«, rufe ich langgezogen und gebe ihr einen letzten Schubs. Das Klicken des Schlosses lässt mich aufatmen. *Endlich Ruhe.* Und dann meldet Riot sich abermals zu Wort.

›Du merkst, dass du sein Leben ruinierst, oder? Gesteh dir ein, dass du das nicht mehr lange mitmachst. Du hältst es nicht aus, bist schwach. Kannst deine Finger nicht von Ruben lassen. Gib es zu. Bald wirst du diese Erde verlassen, weil du nicht einfach hetero sein kannst. Gleichzeitig erträgst du es nicht, mit Ruben zusammen zu sein. Zumindest nicht auf Dauer. Auf was wartest du noch?‹

Ich finde keine Antwort darauf, denn Riot hat Recht. Ich bin fürs Leben nicht gemacht, werde es niemals schaffen, mir mit Ruben eine glückliche Zukunft aufzubauen. Nicht mit Riot an meiner Seite. Aber um ihn loszuwerden, muss ich auch mich loswerden.

Mit zittrigen Fingern streicht Ruben sich eine Strähne aus der Stirn und tapst hin und her. Der Automat spuckt das Geld bereits zum dritten Mal aus.

»Was machen wir denn jetzt?« Er biegt seine Finger so stark, dass sie zu brechen drohen, und schielt zu den Bahngleisen, wo der Zug bereits auf uns zurollt.

»Entspann dich. Wir steigen einfach ein und fragen einen Mitarbeiter.«

»Das ist Schwarzfahren. Nicht erlaubt. Dann können wir den Trip vergessen. Und du hast mir immer noch nicht gesagt, wo wir hinfahren und …«

»Ich kaufe die Tickets über die App«, unterbreche ich und versuche, den genervten Unterton zu unterdrücken. Vergeblich. Ruben senkt den Blick und entschuldigt sich. *Er heult jetzt aber nicht, oder?* Ich beiße mir auf die Unterlippe und führe eine Diskussion mit mir selbst, doch schlussendlich ergreife ich seine Hände und drücke sie sanft.

»Entspann dich. Dein Lutzi–Wutzi regelt das.« Das Gesicht verziehe ich zu einer ernsten Miene.

Ruben prustet los, schlägt die Hand über den Mund und schaut sich empört über sich selbst um. Er lacht, bis ihm Tränen in die Augen schießen. Stolz grinse ich. *Mich zum Deppen machen hilft also. Merk ich mir.* Unsere Hände treffen sich am Henkel von Rubens Koffer und wir lächeln einander an, als haben wir nicht schon intimere Momente geteilt. Ich hebe das Gepäck in den

Zug und will eintreten, als er mich zurückhält.

»Was ist mit den Tickets? Die App …«

Ich presse meine Lippen aufeinander und zwinge mich zu einem Lächeln. Frust verschwunden. *Er ist süß. Er ist süß. Er ist süß.* Erst jetzt drehe ich mich um und schaue ihn an. Mein Finger landet auf meiner Brust. Den Kopf lege ich schief.

»Lutzi–Wutzi regelt das. Schon vergessen?« Eine alte Lady gibt uns einen Seitenblick und ich biete ihr überfreundlich meine Hilfe an. Genervt lehnt sie ab und befiehlt uns, aus dem Weg zu gehen. Sie kehrt uns den Rücken zu. Ich äffe sie tonlos nach.

Wir finden einen Mitarbeiter und kaufen problemlos Tickets. Ruben wirkt erleichtert, aber noch immer nervös. Einige Minuten später plumpsen wir auf die ranzigen blauen Sitze in der Bahn. Es ist ein Vierersitz. Ruben sitzt gegenüber von mir. Sein Bein hüpft auf und ab und ich widerstehe dem Drang, es festzuhalten und an Ort und Stelle zu halten.

»Du verbringst zu viel Zeit in deinem Kopf«, sage ich. »Über was denkst du nach?«

Ruben zuckt mit den Schultern und starrt aus dem Fenster.

»Ich frage mich, ob das hier eine gute Idee war. Ob wir das bereuen werden. Warum ich so bin, wie ich bin. Ob du genervt von mir bist. Wann ich nicht mehr so nervös sein werde. Warum …«

Ich lege meine Hand auf sein Knie. Das Gehopse stoppe ich nicht, sondern lasse mich mitnehmen.

»Das Leben ist zu kompliziert, um Antworten zu finden. Und zu kurz, um welche zu suchen.«

Ein Lächeln formt sich auf Rubens Lippen. »Da hast du recht«, sagt er, wendet sich ab, und legt seine Hand auf meine – bis jemand sich im Gang an uns vorbei quetscht und uns einen seltsamen Blick zuwirft. Ich will Ruben in den Arm nehmen, um ihn zu beruhigen, entscheide mich jedoch dagegen. Es würde sowieso nichts bringen. 25. Juli, verrät die Bahnanzeige.

Bald bin ich weg. Ich muss es hinter mich bringen, hätte es längst tun sollen. Statt etwas Nützliches zu tun, ruiniere ich Rubens Leben. Das hat er nicht verdient. Mit diesem Gedanken und der nächsten Bahnansage kippt meine Stimmung.

Bis ich es beende, gebe ich ihm alles, was ich habe.

›Ist dir egal, dass er dich zerstört?‹, fragt Riot.

Du bist der, der mich kaputtmacht. Ich lege die Hand über den Mund, um mein Grinsen zu verstecken. *Ich werde ihn ficken, nur um dir auf den Sack zu gehen. Oder soll er mich ficken?*

Ich ignoriere Riots Proteste und erwidere Rubens Blick.

»Warum lachst du?«, will er mit schiefgelegtem Kopf wissen.

Stumm schüttele ich den Kopf und versuche, mich zusammenzureißen. Ich verliere mich in dem grünen Meer, den dunklen Strähnen, dem dünnen Körper, den ich niemals missen will, doch ich weiß, dass ich keine andere Wahl habe. Die Narben spiegeln Rubens verwundete Seele wider und egal, wie viele Pflaster ich auf seine Haut klebe, es wird ihn nicht heilen. Ich denke an den Ticketkauf gerade eben.

Vielleicht sollte ich doch nicht gehen? Er hat Angst vor allem … wie soll er das Leben ohne mich schaffen?

›Wie willst du das Leben mit ihm schaffen? So wichtig bist du ihm nicht. Eine Woche, dann wird er dich vergessen haben.‹

Meine erste Reaktion ist ein Kopfschütteln. Das negative Gefühl zu verdrängen, hilft jedoch nicht, also lasse ich den Gedanken zu. Marcel erscheint in meinem Kopf.

Wäre Ruben jetzt mit ihm zusammen, wenn er ihn nicht verarscht hätte? Mein Sonnenschein schaut aus dem Fenster und scheint sich langsam zu entspannen. Die Finger rangeln miteinander, das Bein hüpft noch immer auf und ab und zieht mich in seinen Bann.

›Was, wenn er nur nicht einsam sein will?‹ Erleichterung durchflutet mich. Das schlechte Gewissen kommt rasant zurück, verschwindet jedoch genauso schnell wieder. Ich will Ruben hier und jetzt küssen, zur Toilette zerren, ausziehen und …

›Widerlich‹, sagt Riot und ich spüre Druck auf meinem Puls, auf einmal fällt es mir schwer zu atmen. Ich schaue aus dem Fenster, aber entkomme den Bildern in meinem Kopf nicht.

Opas Stimme echot durch meinen Kopf, das unverwechselbare Knattern des alten Audis, pausenlos, bis der Wagen zum Stehen kommt. Dad, der mir befiehlt, auszusteigen. Gestank nach verbranntem Gummi, der mir auch jetzt noch Gänsehaut beschert.

Ich höre Opas Worte klar, als sei es gestern geschehen: *›Irgendwann wirst du uns dafür danken.‹*

Etwas piekt mich in die Seite. Ich reiße den Kopf herum und schaue in besorgte Augen, versteckt hinter einem Lächeln.

Ruben hat sich neben mich gesetzt. Ich imitiere den Ausdruck und schließe die Augen.

Mein Herz droht zu explodieren, und ich wünsche mir, es würde endlich passieren und mich aus der Misere holen.

Oder mich zumindest betäuben, bis der Schmerz verschwindet. Keine Medizin kann mich heilen, niemand kann mich aus dem tiefen Loch ziehen. Aber Ruben tut sein Bestes, mich mit Pflastern zusammenzuhalten.

40

Ruben

Und du was?

»Timo verhält sich in letzter Zeit seltsam«, sagt Linus und hält mir sein Handy vors Gesicht. Timo hat ein Bild geschickt, auf welchem er sein gesamtes Gesicht mit hoffentlich abwaschbarer Farbe bemalt hat.
Um seine Augen hat er Kreise gezogen und auf seinen Wangen sind Drei- und Vierecke.

Nach langer Fahrt sind wir endlich in unserem Ferienhaus angekommen und ich will gar nicht wissen, wie viel das alles gekostet hat. Die Wohnung besteht aus einer Küche, die direkt neben der Eingangstür liegt.

Daran grenzt ein winziger Wohnbereich an. Dahinter liegt eine riesige Terrasse, die bis rüber zum Schlafzimmer reicht.

»Er redet auch gar nicht mehr von seinen Lovern.« Linus wirkt nachdenklich, doch zuckt schließlich mit den Schultern und kramt in seinem Rucksack.

Ich will nicht über Timo nachdenken, geschweige denn über ihn sprechen. Ich bilde mir ein, seine Lippen auf meinen zu spüren.

Ich muss es ihm beichten.

Das schlechte Gewissen verpasst mir einen Stich ins Herz.

»Ich habe dir etwas mitgebracht.« Er zieht ein Oval aus Plastik hervor, das die Größe eines Schlüssels besitzt.

»Damit kannst du dich beschäftigen, wenn du Angst hast.« Er lächelt schief und überreicht mir sein Geschenk. An der langen Seite befinden sich drei Knöpfe. Auf der anderen Seite ein Rad und an der flachen Seite ist eine Art Gelschicht, die ich eindrücken kann.

Ich bedanke mich, drücke auf den Knöpfen und auf dem Gelkissen herum, während ich das Rad mit der anderen Hand drehe.

»Ich hüpfe unter die Dusche«, lässt Linus mich wissen, drückt mir einen Kuss auf und verschwindet aus dem winzigen Wohnbereich. Ich bleibe auf dem Sofa zurück.

Er tut so viel für mich. Ich gebe dem Rad einen kräftigen Stoß und es dreht sich surrend.

Sein bester Freund hat mich geküsst. Was geschieht mit ihrer Freundschaft, wenn ich es Linus sage? Ich kann es ihm nicht länger verheimlichen. Für die nächsten zehn Minuten zerbreche ich mir den Kopf darüber, wann und wie ich ihm den Kuss beichte.

Die Tür knallt ins Schloss und katapultiert mich zurück in die Realität.

Linus kommt mit einem Handtuch um die Hüfte gewickelt aus dem Bad. *Nur* mit einem Handtuch umwickelt, glaube ich.

»Ich hoffe das Zimmer gefällt dir«, sagt er und stützt sich an mir ab, um die Haarbürste zu erreichen. Das kleine Ferienhaus ist hell und geräumig mit einem riesigen Bett als Mittelpunkt des Raums. Weiße Seidenvorhänge wiegen sich im Wind und bieten einen Blick aufs Meer.

Wie Linus sich das leisten kann, ist mir ein Rätsel. Ich werde ihm auf jeden Fall Geld geben, Geburtstag hin oder her. Vielleicht hat er von seinen Großeltern Geld bek… hat er überhaupt noch welche? Und was ist überhaupt mit seinem Dad? Warum spricht er darüber nie? Soll ich ihn fragen? Aber dann …

»Hallo?« Er wuschelt mir durch die Haare und kämmt seine eigenen, bis sie flach am Kopf gepresst sind. Er fingert so lange darin herum, bis sie wieder aussehen, wie zu Beginn.

»Mir gefällt es. Wann gehen wir zum Strand?« Ich folge Linus durch den angrenzenden Flur ins Badezimmer. Vor dem Spiegel stoppen wir, Linus nimmt sein Handy vom Waschbeckenrand und richtet die Kamera auf den Spiegel. Er küsst mich und hinterlässt einen Geschmack von Kaugummi und Zigarette, den ich zu Beginn unserer Beziehung gehasst habe. Inzwischen bekomme ich kaum genug davon. Während die Kamera uns in Video– und Fotoform einfängt, drücke ich mich noch enger an ihn.

»In letzter Zeit machst du ziemlich viele Beweisfotos«, fällt mir auf. Ich stelle mich auf die Zehenspitzen, um auf Augenhöhe zu kommen.

»Warum nicht?« Er zieht mich grinsend Richtung Tür.

»Du bist halbnackt.« Ich stoppe ihn und suche Klamotten für ihn aus. Dabei entscheide ich mich für eine graue Badehose und ein weißes Tank–Top. Die Aufschrift »MIAMI« ziert den Stoff in leuchtend grüner Farbe.

»Wie viel Geld bekommst du von mir?« Unsere Hände trennen sich, als wir das Ferienhaus hinter uns lassen.

Seine blonden Strähnen wackeln, als er den Kopf schüttelte. »Das ist dein Geburtstagsgeschenk.«

»Du legst die Latte für deinen Geburtstag ganz schön hoch.«

Wir tauschen einen Blick aus und lachen. *Latte.*

Der Strand ist nur ein paar Minuten Fußweg von unserem Ferienhaus entfernt. Die untergehende Sonne spiegelt sich in den Wellen und blendet uns. Wir sind erst vor einer Stunde angekommen, denn die Fahrt hat den ganzen Tag gedauert.

Unsere Schuhe lassen wir stehen. Die Körnchen, die zwischen unseren Zehen hervorquellen, bringen mich zum Lächeln. *Mein erster richtiger Urlaub. Und dann auch noch mit Linus.* Unsere Hände streifen sich und er zögert, doch schlussendlich verschwinden seine Hände in den Hosentaschen.

»Warst du schon oft im Urlaub?«, frage ich. *Darüber haben wir noch nie geredet.*

»Wir sind früher oft ins Allgäu gefahren.« Er schubst mich sanft und rennt weg. *Nicht hier,* jammere ich innerlich und schaue mich um. Um uns herum bauen Kinder Sandburgen, drei Männer bräunen sich auf Liegen und tratschen mit zwei jungen Frauen. Viele weitere laufen und liegen, lachen und leben. Aber ich habe keine Zeit, sie zu begutachten.

Zieh nicht so viel Aufmerksamkeit auf uns. Jeder schaut uns an. Ich kneife mich selbst. *Niemand schaut uns an. Wir sind nur irgendwelche Typen. Außerdem kennt uns hier keiner,* rede ich mir gut zu und trabe los. Ein Mann sieht mich tatsächlich an. *Er verurteilt dich nicht. Und wenn doch, kann es dir egal sein,* versichert die vernünftige Stimme in mir.

Schnell hole ich Linus ein, denn er wartet bereits auf mich. Als ich ihn erreiche, sprintet er wieder los und setzt das Spiel fort. Schnell bin ich wieder bei ihm und halte mich davon ab, ihn an der Hüfte zu packen und zu Boden zu reißen. *Das wäre ihm bestimmt peinlich, oder?*

Linus fällt auf die Knie und schaufelt mit den Händen Sand auf einen Haufen. *Zumindest wäre es ihm zu schwul. Schließlich würde ein Typ ihn dann anfassen und das zeigt jedem, dass er schwul ist – in seinem Kopf zumindest.* Ich plumpse ebenfalls zu Boden und helfe bei den Bauarbeiten. Linus erzählt von all seinen Urlauben.

»Mit den Jungs war ich oft campen, weil Timos Eltern vie… weil sie uns gerne mitnehmen. Mit Leo war ich ein paar Mal bei seinen Großeltern in Italien, aber das ist schon ewig her. Ansonsten waren wir oft auf kleineren Wochenendtrips in Deutschland unterwegs.« Er erzählt weiter und redet bestimmt fünf Minuten, bevor er fragt, wo ich bereits gewesen bin.

Mein Lächeln verschwindet. Ich hebe die Schultern, bevor ich sie hängen lasse. »Meine Eltern sind mit mir kaum in den Urlaub gefahren.« Ich beneide ihn um die Erfahrungen, die er sammeln durfte.

Linus zieht die Augenbrauen zusammen, die Stirn legt sich in Falten und er schiebt die Sonnenbrille nach oben über seine Haare. »Nicht dein Ernst? Solche Wichser … tut mir leid.«

Ich winke ab.

»Alles gut«, murmele ich, ohne aufzuschauen. *Er hat recht. Solche Wichser …*

»Als Jan noch da war, sind wir ab und zu in die Berge gefahren.« *Noch da* klingt, als sei er lediglich umgezogen. Manchmal stelle ich mir vor, dass das der Fall ist. Dass ich ihn nur anrufen muss, um seine Stimme zu hören.

Linus stoppt in seiner Bewegung und plumpst auf den Hintern. Den Sand wischt er von seinen Knien und faltet die Hände. Verwirrt beobachte ich die Aktion.

»Erzähl weiter.«

Am liebsten will ich im Kreis springen. Wann war das letzte Mal, als jemand nach Jan gefragt hat? Normalerweise schauen sie mich nur mitleidig an oder tänzeln um das Thema herum – wobei ich ja sowieso kaum mit jemandem rede. Manchmal fragt mich die Nachbarin, ob unsere Hunde spielen können, wenn ich sie treffe. Irgendwann hat sie mich gefragt, wo Jannik ist. Diesen Blick, den sie mir gegeben hat, als ich ihr die Wahrheit gesagt habe, will ich nie wieder zu Gesicht bekommen.

»Einmal waren wir wandern und Jan und ich sind vorneweg und haben uns verlaufen.« Ich gluckse. »Ich habe Panik bekommen, aber er blieb gelassen und hat es mir als Survival-Training verkauft. Das Schlimmste: Ich habe es ihm abgekauft.«

Als Linus neugierig nachfragt, löst sich die Anspannung in mir und ich rede wie ein Wasserfall von Jan, bis meine Kehle austrocknet und mir nichts mehr einfällt.

Stunden später funkeln die Sterne am Himmel. Eine eisige Brise beschert mir Gänsehaut. Ich wollte schon immer mal an die Ostsee. Wir sind die Letzten hier. Die Burg haben wir vor einer Weile zerstört und sind beim Wiederaufbau – damit wir sie anschließend erneut in Ruinen verwandeln können. Zwischendurch haben wir eine Wasserschlacht im Meer veranstaltet, um unsere Körper abzukühlen, doch das wird uns jetzt zum Verhängnis, denn es ist ganz schön kalt geworden.

»Hast du Höhenangst?« Linus zupft sein Tank–Top zurecht und legt sich auf das Handtuch.

»Warum?«

»Bungee–Jumping.« Seine Mundwinkel ziehen sich noch weiter nach oben und seine Grübchen zeigen sich. »Eine halbe Stunde von hier kann man von einem Damm springen. Ich habe noch nichts gebucht, aber es sind noch Plätze frei.«

Ich rutschte näher zu ihm. »Nur, wenn du meine Hand hältst.«

Linus willigt ein und legt meinen Arm um seinen eigenen Körper, wobei ich mir nicht sicher bin, ob wir tatsächlich zu zweit springen können. Es ergibt absolut keinen Sinn, dass ich mich darauf freue, von einem Damm zu springen, aber ich mich fürchte, wenn jemand mich *anstarrt* – wie können Fremde es auch wagen, funktionstüchtige Augen zu haben und mich anzusehen?

Meinen Kopf lege ich auf seine Brust. Linus drückt mir einen Kuss auf die Haare. Ich rutsche näher an ihn und wünsche mir eine Decke.

»Ich vermisse ihn.« Die Worte verpuffen in der Luft, als hätte ich sie nie ausgesprochen. »Ich habe ihm gesagt, er soll nicht fahren und dass ein Sturm kommt. Aber er ist trotzdem gefahren. Mit dem Motorrad hatte er keine Chance gegen das Auto. Er ist einem Ast auf der Straße ausgewichen und da war ein Auto und …« Ein seltsames Gefühl fließt durch meine Venen. Mit einem Mal fühle ich mich freier. Leichter, als hätte jemand Gewichte von meinen Schultern genommen.

Sanfter Druck auf meiner Hand erlaubt mir, meinen Mund zu öffnen. Vorher wage ich es nicht. »Seit seinem Tod haben unsere Eltern sich verändert. Sie vergleichen mich mit ihm. Sie hören mir nie zu. Haben mich zur Therapie geschickt, die nichts gebracht hat – weil sie mich nicht fahren wollten, haben sie mich aber auch nur zum Schulpsychologen geschickt. Das war wohl genug, um Mom in ihrer Supermutter-Phase zu befriedigen. Statt professioneller Hilfe haben sie mir Vanti geschenkt. Als wäre das ein Ersatz.« Während dem Reden streiche ich über meine Narben.

»Ich verurteile dich nicht für den Weg, den du gewählt hast, um mit deinen Problemen klarzukommen«, sagt Linus gegen meine dunklen Strähnen, ergreift meine Finger und streicht mit ihnen gemeinsam über die blassen Striche auf meinem Handgelenk. Ein Kuss landet auf meinem Haaransatz, doch dieses Mal verweilen die Lippen dort.

Ich berühre Linus' aufgeschürfte Fingerknöchel vorsichtig. »Ich verurteile deinen Weg auch nicht.«

Stille legt sich um uns wie eine Decke, die uns Schutz bietet. Ich konzentriere mich auf das gleichmäßige Heben und Senken meines lebendigen Kissens, der langsame Herzschlag klingt wie eine Melodie, die nur für mich spielt.

Linus zeigt nach rechts zur Straße, wo eine – ziemlich deplatzierte – Werbeanzeige hohe Berge und Klippen zeigt. Ein Lachen dringt aus seiner Kehle und es beschert mir ein unwohles Gefühl. Ein ähnliches wie das, das mich einholt, wenn Gewitter aufzieht.

»Manchmal träume ich, dass mein Dad mich von einer Klippe stößt. Keine Ahnung, warum. Er ist ein Arschloch und ich hoffe, ich werde ihn nie wiedersehen, aber gleichzeitig will ich ihm gegenüberstehen und ihn verprügeln.« Zitternd saugt er Luft in seine Lunge. »Und auf eine verkorkste Weise vermisse ich ihn und will wieder mit ihm Fußball spielen, obwohl er mir den Ball absichtlich in die Fresse geschossen hat und …«

Ich richte mich auf und umklammere seinen Arm. Auch er setzt sich auf, sein Bein presst sich gegen meins. Ein Schluchzen schüttelt ihn und es versetzt mir einen Stich ins Herz. Es erinnert mich an all die Schläge in die Magengrube, die ich kassiert habe. Aber das hier ist tausend Mal schlimmer. Linus wischt sich über die Augen und schnieft. Ich wage es nicht, aufzuschauen.

»Und …« Er schnieft abermals. »… du machst mich so glücklich, aber nachts holt mich dieses Gefühl wieder ein und ich wünschte, ich wäre nicht schwul.«

Was für ein Gefühl?

Keine Ahnung, was ich tun soll. Doch anscheinend ist es das Richtige, denn Linus presst sich an mich und vergräbt das Gesicht in meiner Brust.

»Es tut mir leid. Aber es würde alles so viel einfacher machen. Wir können nicht mal in der Öffentlichkeit Händchenhalten, verdammt. Das Leben ist scheiße und ich …« Er unterbricht sich, krallt sich in den Stoff meines Shirts und unterbindet die Schluchzer. Zumindest versucht er es.

Und du was? Ich streiche ihm über den Rücken und halte ihn so fest ich kann. *Frag nach,* fordere ich mich selbst auf, bringe aber keinen Ton heraus. *Später. Wir haben noch Zeit.*

Panik verschluckt meine Gedanken. *Oder doch nicht?* Die letzten Wochen fliegen vor meinem inneren Auge vorbei. Am liebsten will ich aufspringen und losrennen, niemals stehenbleiben oder zurückblicken. Jemanden zu verlassen ist einfacher, als verlassen zu werden. *Er will nicht schwul sein.* Bilder von Jannik schießen durch meinen Kopf. Ich starre den größten Stern am Himmel an und stelle mir vor, wie Jan mich beruhigt.

»Alles wird gut«, würde er sagen. »Mach dir keine Sorgen.«

Doch in diesem Moment hilft die Vorstellung nichts. In diesem Moment nimmt die Panik überhand.

Werde ich ihn auch noch verlieren? frage ich die Sterne. *Wird er Schluss machen und wieder so tun, als wäre er hetero?*

Egal, wie oft ich frage und wie lange ich warte, ich erhalte keine Antwort. Jans Stimme verhallt in meinem Kopf, zurück bleiben Linus' Schluchzer. Ein letztes Mal stelle ich die Frage in den Himmel.

Doch wieder bleibt eine Antwort aus.

47

Ruben

Gefühle?

»Echt schön hier«, meint Linus.

Die Straße ist menschenleer und die Laternen werfen punktuell warmes Licht auf den Asphalt. Nachdem wir am Strand zusammen geweint haben, beschlossen wir, spazieren zu gehen, obwohl es schon lange nach Mitternacht ist. Vorher waren wir zurück in der Wohnung und ich habe warm geduscht, während Linus auf der Terrasse saß.

Er scheint diesen Ort zu mögen, denn er hat mittlerweile schon fünf Mal gesagt, dass es hier schön ist. Wahrscheinlich ist Linus schon ziemlich müde, denn er lacht ständig und wirkt allgemein neben der Spur. Wir hätten schlafen sollen.

»Wir sind in einer Straße, die genauso aussieht wie zuhause«, sage ich monoton und setze alles daran, nicht in schallendes Gelächter auszubrechen. Linus versucht, nach meinen Fingern zu greifen, doch lediglich meine Fingerkuppen lugen aus dem Ärmel. Sein schwarzer Hoodie hängt lose an mir, weshalb ich mir noch winziger vorkomme als ich bin.

Trotzdem will ich das Kleidungsstück nicht aufgeben. Linus packt mein Handgelenk, zerrt mich daran zu sich und schiebt den Ärmel energisch nach oben, bevor er unsere Finger miteinander verschränkt und sie sinken lässt.

Die Wolken rauben uns die Sicht auf den Mond und die Sterne. Der Einkaufswagen, der auf dem Pullover aufgedruckt ist, bringt Linus scheinbar auf eine Idee, denn er zückt sein Handy und dreht sich um. Ich frage nach, bekomme jedoch keine Antwort.

»Ich verstehe nicht, warum diese Schilder nachts leuchten«, sagt er und begutachtet das grelle Schild, das jeden im Umkreis von 500 Metern auf die

Nase bindet, dass sich hier ein Lebensmittelladen befindet.

»Und jetzt? Willst du wieder einbrechen?« Ich lasse mein Skateboard fallen und springe drauf. Die Hände schiebe ich unter den Stoff von Linus' Lederjacke und presse meine Wange gegen seinen Rücken. Die Wärmequelle bewegt sich und ich stöhne, wehre mich aber nicht und rolle hinterher, ohne loszulassen.

Linus geht mit mir im Schlepptau zu den Einkaufswagen neben dem Eingang. Den Geruch, der in meine Nase steigt, genieße ich. Als mich eine unbekannte Brise attackiert, rümpfe ich die Nase.

»Du stinkst«, sage ich und warte vergeblich auf eine Reaktion. *Raucht er neuerdings andere Kippen?* Schulterzuckend verabschiede ich die Verwirrung, löse mich von Linus und analysiere, was zur Hölle er treibt.

»Was hast du vor? Es ist zwei Uhr morgens«, sage ich, doch Linus rüttelt stumm an dem Metall, als hätte er das Konzept von Einkaufswagenketten nie verstanden. Er werkelt an der Reihe wie ein Handwerker und verursacht Krach.

Ich will ihn wegzuzerren, um zu vermeiden, dass er die ganze Nachbarschaft aufweckt, aber die Müdigkeit übermannt mich und ich schließe die Lider. Ich schaue dem Film in meinem Kopf zu, den die Vorstellung mir bringt. Irgendwann langweilt mich die Langeweile, also stoße ich mich von Linus ab und brause davon.

Gähnend lege ich den Kopf in den Nacken, um vielleicht doch einen Blick auf die Sterne werfen zu können, doch die lassen sich noch immer nicht blicken. Unmotiviert schwebt mein Fuß über dem Boden. Als ich fast ausgerollt bin, stoße ich mich ab und fahre einen Bogen zurück zu Linus, der mit einem Einkaufswagen inzwischen mitten auf dem Parkplatz steht und versucht, hineinzusteigen.

Ich nutze die Zeit, einige Tricks zu üben. Mit dem Skateboard springe ich, ziehe es mit dem Fuß mit nach oben und kicke es seitlich nach vorne. Ein Grinsen schleicht sich auf meine Lippen und mein Blick huscht zu Linus, doch der ist noch immer mit dem Wagen beschäftigt und reißt den Kopf herum, als ich mit dem Board klackernd auf dem Asphalt lande.

»Zu langsam.« Abrupt stoppe ich, indem ich den Griff des Einkaufswagens packe und ihm einen Stoß versetze. Linus, der im Wagen sitzt, flucht erschrocken. Gemeinsam rollen wir über den Parkplatz.

»Lass uns Bilder machen«, sagt Linus, springt aus dem Wagen und torkelt einige Meter, fängt sich jedoch und hilft mir hinein. Zu posieren fühlt sich komisch an, trotzdem versuche ich mein Bestes.

»Lass den Arm noch etwas mehr hängen … Ja, so.« Linus legt sich auf den Boden und ich fingere in meinen Haaren, bis sie noch fluffiger sind. Seit wann ist er so verrückt nach Fotos?

»Nicht bewegen«, beschwert Linus sich und gibt mir weitere Anweisungen.

Ich hebe das Kinn, drehe den Kopf, Kapuze hoch, Kapuze runter, Bein etwas mehr anwinkeln, ausharren. Nur nicht bewegen. Perfektes Bild?

»Perfektes Bild.« Linus lächelt und wir tauschen Plätze. Ich schieße eintausend Mal das gleiche Bild mit Linus' Handy und schicke es sofort auf meins.

Das wird mein neuer Hintergrund. Sorry, Vanti. Ich bin froh, dass Hannah auf ihn aufpasst. Er bleibt bei Linus zuhause und Hannah hat versprochen, dass sie sich gut um ihn kümmert.

Nach dem Shooting suche ich das schönste der identischen Bilder und Linus schaut mir zu und empört sich über den neuen Hintergrund.

»Anti–Vanti? Wie kannst du nur? Bin ich so süß wie dein Doggo?«

»Ne«, sage ich und weiche der Schubs-Attacke aus. »Noch süßer.«

Wir machen uns auf den Rückweg und sind bereits einige hundert Meter gelaufen, als mir das Klackern der Räder auffällt.

»Spinnst du?« Meine Hand landet auf dem Griff des Einkaufswagens. »Du kannst den doch nicht mitnehmen.«

»Warum nicht?« Linus grinst. Seine Augen sind gerötet und glänzen im Mondschein – *hey, der Mond ist endlich sichtbar!*

»Wir sollten schlafen«, murmele ich und gähne abermals.

»Ach was.« Er winkt ab und kramt in seiner Hosentasche. »Wir brauchen nur Musik.« Keine Minute später dringt »Sex« von *BEVN* aus den Handylautsprecher. Tanzend bahnen wir uns unseren Weg. Bis mir wieder einfällt, warum wir angehalten haben.

»Wir sind keine Kriminellen.« Ich nehme den Einkaufswagen und drehe um. Fünf Schritte. So weit komme ich, bis sich Arme um meine Hüfte schlingen und mich an Ort und Stelle halten.

»Ich dachte, du stehst auf Bad–Boys?«, raunt Linus in mein Ohr und küsst die Stelle dahinter.

»Wann hab' ich das denn gesagt?« Ich kichere, doch verschlucke den Ton, als er sich gegen mich presst. *Ich will ewig so stehenbleiben … hah. Das ist nicht das Einzige, das steht.*

»Komm schon. Wir nehmen ihn einfach mit.«

»Nein, das ist Diebstahl.« Ich versuche, mich aus seinen Fängen zu reißen. Ohne Erfolg.

»Wir bringen ihn morgen zurück.« Sein Griff verfestigt sich und er hebt mich mühelos hoch. »Oder hast du Schiss?« Er schnaubt und beschert mir damit Gänsehaut. *Findet er das lustig?*

»Ich will einfach nicht.« Es ist unmöglich, die Wut hinunterzuschlucken.

»Schisser.« Er lacht, als ich ihm einen Tritt verpasse. Trotzdem lässt er mich hinunter. Mit verschränkten Armen drehe ich mich um. Wortlos bringe ich den Einkaufswagen zurück und Linus folgt mir glucksend. *Vollidiot.*

Den Großteil des Wegs zum Apartment legen wir wortlos zurück – ohne Einkaufswagen.

»Glaubst du nicht, es wäre gut, wenn du deine Ängste mal überwinden würdest?«, fragt Linus. Ein Windstoß weht die Strähnen aus meiner Stirn.

»Glaubst du nicht, es wäre gut, wenn du mal über deine Gefühle reden würdest?«, feuere ich zurück. Klackernd fällt mein Skateboard zu Boden und ich hopse drauf, schiebe mich an und fahre vorneweg – ein paar Meter zumindest, denn ich habe keine Ahnung, wo wir lang müssen. Als ich zurückschaue, mache ich auf der Stelle kehrt. Linus starrt mit offenem Mund in meine Richtung. Sofort drängt sich mir ein schlechtes Gewissen auf. Den Drang, mich zu entschuldigen ignoriere ich.

»Du solltest deine Gedanken aussprechen und nicht immer nur denken. Du bist so cool und schlagfertig, aber ich habe das Gefühl – Gefühl, merkste? –, dass du dich immer zurückhältst.«

Linus lacht, als hätte er den lustigsten Witz auf Erden gemacht. Ich schmunzle. Der Ärmel verdeckt meinen Mund – diesen Triumph gönne ich ihm nicht.

Halbherzig wehre ich mich, als Linus mich zu sich zwingt. Und wieder presst er seinen Körper gegen meinen und jagt eine Menge Blut durch mein System und eine Welle von Aufregung durch meinen Kopf. Dasselbe Lied schallt noch immer in Dauerschleife in unseren Ohren. *Okay, du bist sauer.*

Konzentrier dich. Nicht …

»Ich will Sex mit dir«, haucht Linus in mein Ohr.

So viel dazu. Die Wut verfliegt. Ich drücke mein Becken gegen ihn.

»Ich auch«, wispere ich.

»Ich bin der Schisser.« Schnellen Schrittes setzen wir uns in Bewegung. »Weil ich dich nicht enttäuschen will, obwohl ich weiß, dass du keinen Fick gibst.« Er streicht über meinen Handrücken. »Aber ich will es trotzdem tun, und zwar jetzt. Weil ich dich liebe.«

Sein Ausdruck trieft vor Stolz, als wolle er sagen: ›*Ich rede über meine Gefühle, siehst du? Und ich habe dir gesagt, dass ich dich liebe.*‹

Schmunzelnd spreche auch ich die Worte aus, die wir uns zum ersten Mal sagen, ohne sie zum ersten Mal zu sagen. Mein Bauch kribbelt und das Gefühl von Sicherheit und Aufregung erfüllt meinen Körper und die Müdigkeit zerrt an meinen Kräften, aber gleichzeitig stehe ich unter Strom. Es fühlt sich an, als würden wir rennen und alles ist plötzlich so einfach, als wäre alles perfekt. Als gäbe es keine Schwierigkeiten.

»Diesmal werde ich auch nicht fast kotzen.«

Ich schnaube. Linus gluckst.

»Versprochen.«

Im Zimmer landen wir innerhalb kürzester Zeit im Bett. Die Klamotten flattern zu Boden und ich starre an die Decke, als Linus' Lippen meine Haut liebkosen und mit den Fingern meinen nackten Oberkörper erkunden. Irgendwie ist es mir peinlich und ich spiele mit meinen Fingern, aber ich will das. Ich bin bereit dafür. Und dann fällt mir wieder ein, was ich getan habe.

»Warte.« Ich drücke ihn weg. Hastig setze ich mich auf, das schlechte Gewissen kommt mit einem Mal zurück und meine Brust schnürt sich zu. »Ich muss dir etwas beichten, bevor wir weitermachen. Ängste überwinden und so.« Ein Lächeln versteckt die Unsicherheit. *Ich ruiniere die Stimmung.* »Ich habe dich aus Versehen vor meinem Dad geoutet. Es tut mir leid.« Meine Lippen formen einen dünnen Strich.

Linus lacht. »Na und?«, fragt er und macht da weiter, wo er aufgehört hat. Ich falle zurück in die Matratze und konzentriere mich auf die Berührungen, während ich versuche, die Unsicherheit zu ignorieren. Meine Finger verschwinden in den blonden Strähnen. Vorsichtig ziehe ich daran. Die

Anspannung fällt langsam von mir ab. Bis Linus zu kichern beginnt.

Ich stütze mich mit den Ellenbogen ab und stemme mich hoch. »Was?«

»Nichts.« Lachend wischt er sich übers Gesicht. »Nichts. Chillig mit dir. Gefällt mir.« Er nimmt meine Knöchel und streckt meine Beine, bevor er sich dazwischendrängt und seine Wange gegen meinen Bauch presst.

»Feini.« Seine Fingerspitzen brennen auf meiner Haut und bringen mich um den Verstand, denn sie bewegen sich nur quälend langsam nach unten. Linus' Handy leuchtet auf und er greift danach. Ohne darüber nachzudenken, verdecke ich die Kamera und drücke das Handy hinunter.

»Keine Bilder.« Ich setze einen Hundeblick auf. »Bitte.« *Ist das Manipulation?* frage ich mich und stoße die Luft aus. *Bin ich ein schlechter Mensch? Er würde nie Bilder von mir machen, während wir nackt sind.*

Linus starrt mich an und legt den Kopf schief. Sein Grinsen wächst mit jeder Sekunde. Abermals kichert er. Sein Gesicht presst er gegen meinen Bauch, drückt einen Kuss darauf. Seine Wangen verfärben sich pink.

»Du starrst so«, sagt er, legt das Handy in meine Hand und spielt mit dem Gummiband meiner schwarzen Unterhose. »Deine Blicke sind unschuldig. Als dürften wir so etwas Schmutziges gar nicht machen, weil du dann … deine Unschuld verlierst.«

Was redet er? Ich lege das Telefon beiseite. *Das ist doch der Sinn des ersten Mals: Die Unschuld zu verlieren.*

Linus stemmt sich hoch und gibt die Beule in meiner Hose preis. »Vertraust du mir?« Die braunen Augen funkeln voll Lust, während er an der Innenseite meines Oberschenkels entlangstreicht.

Perplex stimme ich zu, woraufhin Linus zufrieden nickt. Während er aufsteht, streift seine Hand über meinen Körper, den Stoff, die Beule. *Hör nicht auf,* bettele ich wortlos und schließe die Lider wie automatisiert. Als ich sie wieder öffnete, steht Linus mit einer Augenbinde am Fuße des Bettes.

»Blind?«

42

Linus

Interesse am Ungewohnten

»Bin froh, dass ich einen hochbekommen habe.«

Ich sauge den Rauch der Zigarette in meine Lungen und rubbele mir über die Arme. Ich würde gerne mit Ruben weiter im Bett liegen und mich an ihn kuscheln, aber ich brauche eine Zigarette, deshalb sind wir auf der Terrasse. Das Meer versinkt in der Schwärze der Nacht. Nur ein paar Äste vom Sanddorn hängen über das Geländer.

»Ich hab' dir gesagt, es ist kalt«, sagt Ruben und gähnt. Mittlerweile ist es drei Uhr morgens. Er will sich auf meinen Schoß setzen, doch ich verbiete es ihm. Will ihn dem Giftstoff nicht aussetzen, begründe ich. Von hinten massiert er meine Schultern. Stöhnend lehne ich mich in den Stuhl.

Nachdem ich die Zigarette kurze Zeit später ausdrücke, kehren wir zu dem Chaos zurück, das wir hinterlassen haben. Während Ruben das Bett macht, räume ich die Utensilien auf und habe prompt wieder schmierige Hände. Angewidert verziehe ich das Gesicht, tapse ins Bad und wasche mich. Hitze steigt in meine Wangen, als ich mich im Spiegel betrachte.

Ich bin keine Jungfrau mehr. Ich grinse.

›*Ekelhaft*‹, kommentiert Riot. ›*Du bist stolz darauf?*‹

»Shh«, zische ich und hebe die Hand. »Lass mir diesen Moment.«

»Was?«, ruft Ruben vom Schlafzimmer aus und noch mehr Hitze erfüllt meinen Körper.

Wir hatten Sex.

Ruben taucht halbnackt im Spiegel auf, knetet meine Schultern und gibt mir einen Kuss auf die Wange. »Ich weiß.«

Augenverdrehend lächelt er, als ich die Stirn runzele. *Ich habe wieder laut gedacht.*

Als wir endlich im Bett liegen, ist es vier Uhr morgens. Ruben schläft sofort ein, während das Adrenalin mir keine Ruhe lässt. Schutzlos bin ich Riot ausgeliefert, als sich der Nebel in meinem Kopf lichtet. Ich hetze zu meiner Tasche, schnappe die Dose und verlasse das Haus. Das Klicken des Feuerzeugs kündigt die Rettung an, aber erst, als ich an dem Joint ziehe, kehrt der Nebel zurück. Meine Glieder entspannen sich. Ich kichere.

Ich will für immer mit ihm zusammen sein.

Ich lache Riot aus, der vom Nebel verschlungen wird. Seine Stimme ist weit, weit weg. Die Zeit während des Rauchens nutze ich, um über meine Gedanken zu lachen und als ich im Bett darauf warte, dass mein Körper sich ausschaltet, male ich mir eine Zukunft mit Ruben aus. Und dann bekomme ich Hunger.

Verschwitzt schlage ich die Augen auf, sehe jedoch nichts außer Dunkelheit. Meine Finger zittern so stark, dass ich fürchte, nicht einmal eine Kippe halten zu können. Ein Lied dringt in meine Ohren und ich suche nach der Erinnerung, finde jedoch keine. Lediglich das Gefühl der Sicherheit legt sich um mich wie eine warme Umarmung von Mama. Rubens Stimme klingt weit entfernt und doch so klar. Es ist mein Kindheitslied, das Mama immer summt. Mama hat es auch gesummt, als ich ihn das erste Mal vor ihr geküsst habe. Ruben streicht über meine Stirn. Der Schweiß auf meiner Haut ist eiskalt.

»Sonnenschein«. Ich lege meine Hand über Rubens.

Erleichtert atmet er auf. »Du hast im Schlaf geredet.«

›Hast du ihm von mir erzählt?‹

»Was habe ich gesagt?« Ich kralle die Finger in die Decke und kaue auf meiner Lippe.

»Irgendwas von deinem Opa.« Die Worte versetzen mir einen Stoß und ich falle in ein tiefes Loch. Rubens Worte halten mich an Ort und Stelle, ziehen mich aber nicht zurück nach oben. »Hab's nicht verstanden.« Langgezogen seufzt er. »Wir hätten nicht miteinander schlafen sollen.«

Die Worte lassen mich fallen. *Ruben weiß mehr, als ich wahrhaben wollte.* Panik raubt mir die Luft zum Atmen. Die Finger kralle ich in meine Brust. Als das nichts hilft, balle ich die Hand zur Faust und schlage dagegen wie bei einem Auto, dessen Motor nicht startet. Doch statt anzuspringen, versetzt der Schlag dem Motor den Rest und das Leben verschwindet aus ihm, wie der Nebel, der schon wieder weg ist. Ich presse die Lider aufeinander. Und lasse die Dunkelheit regieren.

»Kann ich dir irgendwie helfen?«, fragt Ruben gegen die Schwärze der Nacht. Ich schüttele den Kopf und bin mir dessen bewusst, dass ich unsichtbar bin.

»Ich geh eine rauchen.«

»Ich komme mit.«

»Ne, alles gut.« Ich schlüpfe in meine Jacke. Das kalte Leder kühlt meine Haut. »Bleib liegen.« Hektisch drücke ich ihn zurück in die Matratze und decke ihn zu.

Mit zittrigen Fingern zünde ich draußen eine Zigarette an.

›Widerliche Schwuchtel‹, sagt Riot ungläubig. *›Du hast es wirklich getan. Man sollte dir den Schwanz abschneiden.‹* Mit dem Gift zwischen den Lippen raufe ich mir die Haare. In der Hosentasche krame ich nach Kopfhörern. Die Musik schallt durch meinen Kopf und rettet mich mit der beruhigenden Melodie vor dem Fall.

Ich muss hier weg. Der Rauch entkommt durch meine Nase und verpufft im Himmel. Es dämmert bereits. Wir waren fast die ganze Nacht wach.

Worauf warte ich eigentlich? Vergeblich versuche ich, meine zitternden Beine unter Kontrolle zu bringen.

Warum musste ich ihn kennenlernen? Ohne ihn könnte ich längst meinen Frieden haben. Wie kann er mich so glücklich machen und mir gleichzeitig so ein beschissenes Gefühl geben? Die Müdigkeit setzt sich in meine Knochen wie eine Kalkablagerung. Die Kippe schmeiße ich in den Aschenbecher und lehne mich über das Geländer der Terrasse. Endlich geben die Wolken den Mond frei, der trotz der steigenden Sonne noch zu sehen ist. Ich zähle die Sterne.

Eins, zwei, drei, vier, fünf …

Erst, als ich beinahe vergessen habe, warum ich zähle, tapse ich zurück ins Haus. Im Gang bleibe ich stehen und verfluche meinen Herzschlag.

Ich kann ihm nie wieder in die Augen schauen. Ich habe meinen Schwanz in seinen …

Ich schüttele den Gedanken ab.

Wo warst du, als wir uns ausgezogen haben? frage ich Riot.

Raues Lachen echot in meinem Kopf.

›Du hast mich vertrieben. Durch den Nebel konntest du mich nicht hören.‹

Ich will schreien, als gelbes Licht den Raum erhellt und mir die Sicherheit nimmt. Plötzlich bin ich wieder hier, kein Geist mehr, kein Schatten, der nicht wirklich existiert. Ich bin zurück in der Realität, außerhalb meines Kopfes. Und ich kann nicht vergessen, dass ich einen Freund habe, denn der sitzt mit geknicktem Ausdruck auf dem Bett. Und ich kann nicht verdrängen, dass wir miteinander geschlafen haben, denn die aufgerissene Kondompackung neben dem Mülleimer behauptet etwas anderes. Und selbst, wenn ich weg wäre, Ruben würde sich für immer daran erinnern.

Wie kann ich ihm das nur antun? Erst wird er von diesem Wichser ausgenutzt und jetzt von mir? Ich will gegen die Wand schlagen und abhauen, nie wiederkommen, die Vergangenheit löschen und die Zukunft verhindern. Stattdessen mache ich einen Schritt nach dem anderen, sinke auf die Matratze und bringe es nicht über mich, in die grünen Augen zu blicken, in denen ich mich sonst verliere.

»Meine Eltern haben gemerkt, dass ich nicht bei dir bin.«

»Scheiße«, sage ich. Mit einem Schlag sind meine Gefühle unwichtig und wenn ich ehrlich bin, bin ich froh darum.

Endlich Ablenkung.

»Sollen wir nach Hause?«

Mein Herz sinkt und das schlechte Gewissen treibt Tränen in meine Augen. Ich blinzele sie weg, lege meine Hand auf Rubens Oberschenkel und zwinge sie dazu, auch dort zu verweilen. Und so sitzen wir da, bis die Sonne den Raum erleuchtet, bis draußen Trubel herrscht, bis wir unsere Augen kaum noch offenhalten können.

Irgendwann schlafen wir ein und als wir wieder aufwachen, lächele ich und Ruben steckt sein Handy weg und wir schlendern zum Buffet, das zu dem Hotel gehört, das auch unsere Ferienwohnung betreibt.

Der Hotelkomplex liegt nur hundert Meter hinter unserem Ferienhaus.

Eigentlich dürfen beim Buffet nur Gäste aus den Hotelzimmern essen, aber niemand hat uns kontrolliert. Wir reden über unsere heutigen Pläne, als sei letzte Nacht nie geschehen. Ich frage mich, ob das alles nur hinter dem

Nebel geschehen ist, in einem Traum, dem Rausch, den ich mir selbst verpasst habe.

Dem jämmerlichen Versuch, vor mir selbst zu fliehen. Doch dann schaue ich – das erste Mal seit Stunden – in Rubens Augen und sehe wieder diesen geknickten Ausdruck. Minutenlang suche ich nach dem Leuchten, doch finde es nicht, und Ruben weigert sich, meinen Blick zu erwidern.

Jetzt reiß dich verdammt nochmal zusammen. Zieh es durch, solange du noch kannst, sage ich mir und tue das Einzige, das mir in den Sinn kommt: Die Menschen um uns herum ignoriere ich, als ich Rubens Hand nehme. Er hebt den Kopf, Augenkontakt ist trotz allem nicht drin, also krame ich in meiner Hosentasche, quetsche einen Kopfhörer in meine Ohren und gebe ihm den anderen.

Die Musik drehe ich auf. *Sparks* von Coldplay tönt aus den Kopfhörern. Mit ihm an der Hand dränge ich mich durch die Menschenmenge. Vor dem Buffet, vor all den Menschen, die sich nicht für uns interessieren, bleiben wir stehen. Rubens Hüfte prallt gegen meine, als ich ihn zu mir ziehe. Für einen Moment schauen wir uns in die Augen, kurz bevor unsere Lippen sich treffen.

Tut mir leid, dass ich so bin, wie ich bin, sage ich in meinem Kopf zu ihm. *Ich hasse mich auch dafür.* Und plötzlich, so bilde ich es mir ein, liegen alle Blicke auf uns, den Jungs, die sich küssen, für die sich keiner interessiert, aber gleichzeitig auch jeder. Denn Menschen finden Interesse an Ungewohntem.

Ich presse die Augenlider fest aufeinander, will die Scham nicht zeigen, die angewiderten Blicke nicht sehen. Ich drücke Rubens Hand und er gibt den Druck zurück und ich bin mir sicher, dass wir in diesem Moment das gleiche denken: *Das hier sollte sich nicht anfühlen, wie es sich anfühlt. Liebe sollte nichts Ungewohntes sein, die Leute sollten uns wie Geister behandeln, so, als wären wir ein Mädchen und ein Junge. So, als wäre es etwas Normales.*

Zurück am Tisch leuchtet Rubens Handy auf und vibriert. Es ist seine Mutter.

»Geh ran«, fordere ich in strengem Ton.

Ruben nimmt das Telefon und ist drauf und dran, es auszuschalten.

Wir hätten einfach nach Hause fahren sollen. Riots Lachen zwingt mich, die Hand zur Faust zu ballen und auf den Tisch zu knallen.

Und plötzlich ist alles still.

43

Ruben

Mathe

»Sag mir doch, was ich falsch gemacht habe«, schreit Linus mir hinterher.

Immer soll ich über alles reden, aber er muss nie ehrlich sein, schießt durch meinen Kopf. Ich erhöhe meine Laufgeschwindigkeit. Nachdem er gerade auf den Tisch geschlagen hat, haben uns einige Leute angesehen und es wurde mir zu viel. Nicht nur die Blicke. Das alles. Vor allem aber der Schlag auf den Tisch. War das wirklich notwendig? Er hat mich so verwirrt angesehen, als sei es keine große Sache. Aber das ist es.

Wenn man in einem Haushalt wohnt, in dem ein Schlag auf den Tisch bedeutet, als nächstes ist man selbst dran, dann ist es das. Ich fühle mich so dumm, weil ich ein schlechtes Gewissen habe, weil ich gegangen bin.

Warum habe ich immer und wegen allem ein schlechtes Gewissen? Warum kann ich nicht einfach tun und lassen, was ich will, ohne mich so zu fühlen, als müsste ich auf die Emotionen anderer Rücksicht nehmen? Wann kann ich mich ohne schlechtes Gewissen um *mich* kümmern?

Schwer schlucke ich, als ich mich an heute Nacht erinnere. *Ich bin so dämlich.* Der Geruch von gestern kehrt in meine Nase zurück, obwohl er nicht in der Luft liegt. *Ich hätte es merken sollen.* Ich renne die Treppen hinunter, die zum Strand führen.

»Erst lässt du mich beim Essen stehen und jetzt haust du ab?«, ruft Linus.

Ohne stehen zu bleiben, entledige ich mich meines Oberteils. Die Hose folgt in einer umständlichen Bewegung, die sich aus Hüpfen, Stolpern und Laufen zusammensetzt.

»Du gehst mir auf den Sack«, sage ich und stoppe, um Schuhe und Socken auszuziehen.

»Warum?« Er tut es mir gleich.

»Ich kann nicht mit dir Händchen halten, aber dann küsse ich dich vor allen und ich rede nicht über meine Gefühle, verlange es aber von dir«, verhöhne ich Linus.

Der steht stumm da und verschränkt die Arme. Ein Grinsen umspielt seine Lippen. »So rede ich nicht«, sagt er trocken.

Ein Laut des Frusts verlässt meine Kehle. Ich raufe mir die Haare. »Du kannst nie ernst bleiben. Nie!« Ich gehe ins Meer. Linus folgt.

»Kann ich.« Er packt mein Handgelenk. »Schwimmen ist nicht so deins, also bleib bei mir.«

Fick dich. Ich schüttele die Hand ab und wate durchs Wasser, bis ich kaum noch stehen kann.

»Ich halte deinen ewigen Scheiß nicht mehr aus«, sage ich, als Linus mich erneut festhält. Abermals reiße ich mich los und schwimme. Die Nervosität, die in mir aufkommt, ignoriere ich gekonnt.

»Warum bist du dann mit mir zusammen? Wenn ich so ein Vollidiot bin, dann verpiss dich. Als ich dich noch nicht kannte, war mein Leben beschissen, aber wenigstens war es da noch einfach.«

Ohne mich war sein Leben einfacher? Ich tauche ab, unfreiwillig. Das Salzwasser brennt sich in meine Nase und irritiert mich so sehr, dass ich erneut untergehe. Linus' Fluchen dringt nur gefiltert in meine Ohren, bevor ich unter den Achseln gepackt und nach oben gezogen werde.

»Ich hab's dir gesagt.« Linus zieht mich Richtung Strand. Der Griff um meinen Oberarm verstärkt sich, als ich den Sand unter meinen Füßen spüre. *Er hat kein Recht darauf, sauer zu sein.* Widerwillig stolpere ich ihm hinterher. Als Linus nicht aufpasst, reiße ich mich los. Sofort wirbelt er herum, bereit, mich wieder zu packen. Ich schlinge die Arme um seinen Oberkörper und reiße ihn ins hüfthohe Wasser.

In der Sekunde, in der wir wieder an der Oberfläche sind, setze ich die Attacke fort. Meine Handflächen transportieren das kühle Nass katapultartig in Linus' Gesicht. Das hysterische Lachen kann ich nicht unterdrücken. Linus' Ausdruck ist kalt wie Eis, die Arme verschränkt und der Kopf geneigt.

»Da will ich mich verpissen und du lässt mich nicht. Wohl lieber ein schweres Leben als ein beschissenes, mh?«, brülle ich. Es ist mir egal, was die

Fremden um uns herum über mich denken. Schelmisch lache ich und setze erneut zum Angriff an. Linus packt mich beim ersten Kontakt und zwingt mich in eine feste Umarmung.

»Ich rede Scheiße, wenn ich sauer bin«, murmelt er und drückt seine Lippen auf meine nassen Locken.

»Du redest immer Scheiße«, entgegne ich und presse mich fester an seinen nassen Körper.

»Wir müssen jetzt los«, sagt Linus, löst sich und trottet Richtung Strand. »Bungee–Jumping. Schon vergessen?«

Ich wische den Schweiß von meiner Stirn. Aus dem Lautsprecher von Linus' Handy dröhnen meine Schreie, als er den Videobeweis von unserem Sprung zum dritten Mal anschaut. Dass die Mitarbeiter ein Video vom Sprung aufnehmen, kostet fünf Euro. Ich stoße ihm in die Seite.

»Ha–ha. Du hast auch geschrien.« Ich nehme ihm sein Handy weg.

»Aus Freude.« Bei dem Versuch, sein Telefon zurückzuerobern scheitert er, also stiehlt er meins. Er stockt. »23 verpasste Anrufe? Sonnenschein, warum …«

Ihn anzuschauen macht mich wütend. Deshalb tue ich es nicht. »Ich habe meiner Mom gesagt, dass wir schon auf dem Heimweg sind.«

Linus' reißt die Augen auf. »Was?« Er eilt Richtung Ferienhaus und zieht mich mit sich. »Warum hast du das nicht gleich gesagt?«

»Ich dachte, du kannst eins und eins zusammenzählen.« Genervt stöhne ich, als Linus das Tempo abermals erhöht.

»Seh' ich so aus, als könnte ich Mathe?«

Nein, tust du nicht. Aber du siehst auch nicht aus, als würdest du auf Schwänze stehen.

Linus übt Druck auf meine Hand aus und deutet auf das Handy.

»Ruf zuhause an.«

»Kannst du vergessen. Meine Eltern bringen uns um.«

»Werden sie nicht …«

»Dann dürfen wir uns nie wieder sehen.«

Linus stockt, was ich schamlos ausnutzte. Endgültig entkomme ich seinen Fängen, stemme die Beine in den Boden und lasse mich nicht mehr bewegen, wie Ashika, wenn sie noch nicht zurück in den Stall will.

»Aber dann ist dein Leben wenigstens wieder einfach.« Er verschränkt die

Arme.

Linus drückt sich sein Handy ans Ohr. Eine quietschend hohe Stimme schallt durch die Luft und ich wünschte, ich wäre taub. Linus' Gesichtsausdruck verändert sich kaum, jedoch öffnet und schließt er den Mund, ohne zu Wort zu kommen.

»Ja«, stöhnt er schlussendlich langgezogen und legt auf. »Meine Mom ist angepisst, weil wir deinen nichts gesagt haben. Scheinbar hat deine Mutter wieder ihre … wie nennst du es? Supermutter-Phase?« Er grinst diabolisch. »Aber ich habe die beste Mutter der Welt, deshalb haben wir schon einen Plan. Unser Zug fällt aus.« Linus zeichnet Gänsefüßchen in die Luft. »Deshalb müssen wir *leider* noch eine Nacht bleiben. Die Jungs holen uns vom Bahnhof ab. Wir können eine Nacht bei Leo bleiben. Deine Eltern beruhigen sich bis morgen sicher.«

Wir packen unsere Sachen und checken bei der Hotelrezeption aus, bevor wir uns auf den Weg zur Bushaltestelle machen.

Dort angekommen studiert Linus den Fahrplan und durchsucht gleichzeitig das Internet nach Zugverbindungen.

Ich will mit Vanti in den Wald. Hauptsache, ich muss Linus nicht mehr sehen. Noch während sich der Gedanke in mir breitmacht, kommt ein schlechtes Gewissen auf, welches prompt durch einen Schwall Wut ersetzt wird, als Linus mir ein unschuldiges Lächeln zuwirft.

Seine Augenringe sind dunkler als sonst. Er zündet die dritte Kippe in dieser Stunde an und entfernt sich einige Meter, ohne Blickkontakt abzubrechen. Ich wende mich ab und starre zurück zu dem Damm, von dem wir gesprungen sind. Ein kalter Schauer läuft über meinen Rücken, als ich daran zurückdenke.

»Was …«

Erschrocken springe ich zur Seite, als Linus' raue Stimme direkt neben meinem Ohr in die Luft dringt. Tiefes Lachen folgt. Schnell drückt er mir einen Kuss aufs Ohr, was einen schmatzenden Ton zur Folge hat.

»Was würdest du tun, wenn ich gehen würde?« Sein Lächeln ist undefinierbar.

Wie kommt er denn jetzt darauf? Ich frage nach einer Begründung.

»Nur so.«

Will er woanders studieren? Für eine Ausbildung umziehen? Ins Ausland? Was will er überhaupt in Zukunft machen? Immer, wenn ich ihn danach frage, sagt er, er weiß es noch nicht und wird es sehen, wenn es so weit ist. Aber es ist schon so weit, er hätte sich längst um einen Studien- oder Ausbildungsplatz kümmern müssen.

»Willst du …«

»Der Bus ist da«, unterbricht er, nimmt meine Tasche und steigt in das Fahrzeug. Auf dem Platz weigert er sich, eine Erklärung abzugeben.

»Lass uns das Thema wechseln.« Er fingert im Loch des Stoffs herum, das jemand in den Sitz vor uns geschnitten hat.

»Okay.« Ich lehne mich rüber und flüstere: »Nur bekifft erträgst du es, mit mir Sex zu haben?«

Und schon sind die riesengroßen Augen zurück.

44

Linus

Erneut versuchen

»Ich … ähm …«, stammele ich.

Ruben schüttelt den Kopf und stopft sich Kopfhörer in die Ohren.

»Sonnenschein, ich dachte …«

Er presst die Finger auf den Lautstärke-Knopf und starrt geradeaus. Die Leiste schießt nach oben, bis selbst ich die Musik höre. Das Handy nehme ich ihm weg, regele die Lautstärke herunter und beuge mich zu ihm. »Das ist nicht gesund.« Ich wende mich ab und schaue aus dem Fenster.

Meinetwegen. Die Glasscheibe kühlt meine Stirn. *Ich wüsste sowieso nicht, was ich sagen soll.*

Blind wandert meine Hand nach rechts. Die Finger tapsen wie Beine über Rubens Oberschenkel und suchen nach den zierlichen Fingern. Als ich sie finde, will ich unsere Finger miteinander verschränken, doch sie werden mir entzogen. Schnaubend wirft Ruben mir einen Todesblick zu: Die buschigen Augenbrauen zusammengezogen, die Strähnen kleben in der Stirn und die Augen sind lediglich Schlitze. Ich halte mich davon ab, mein Entzücken kundzutun und ›Aww‹ zu sagen.

Eine Stunde später steigen wir am Bahnhof aus und warten auf den Zug. In dieser Zeit wehrt Ruben alle Small–Talk Versuche ab, also gebe ich auf und höre ebenfalls Musik. Erst am Bahnhof schenkt er mir Aufmerksamkeit, aber nur, um nach dem Gleis zu fragen. *Meine Chance.*

»Sonnenschein … bist du noch sauer auf mich?« Ich lege den Arm um seine Schulter. Er tritt zur Seite und ich strauchle. »Du bist so anstrengend.«

»Ich?«, empört Ruben sich.

Soll ich mich freuen, dass er wieder mit mir redet? Auf diesen Gedanken hin lacht

Riot. *›Klar‹,* stößt er sarkastisch aus, nippt an seinem Bier und zappt durch die verschiedenen Fernsehkanäle – *wo kommt der verdammte Fernseher plötzlich her?* Am liebsten will ich in meinen Kopf greifen und das alles rausreißen, Riot unter den Zug werfen und ein friedliches Leben mit Ruben genießen.

Ich verdrehe die Augen, woraufhin Ruben seine Nägel in die Arme krallt und auf seiner Lippe kaut. Schließlich öffnet er den Mund, doch das Poltern des einfahrenden Zugs übertönt seine Worte.

»Wie bitte?«, frage ich überfreundlich, als der Zug zum Stehen kommt und eine Menschenmasse sich an uns vorbeidrängt.

»Timo hat mich geküsst.« Er schnappt seine Tasche und mischt sich unter die Fahrgäste. Ich habe eine Millionen Fragen und der Versuch, Ruben zu packen, scheitert. *Wann? Warum? Timo steht auf Männer?* Reglos stehe ich da, bis das Gleis leer ist und der Schaffner pfeift. *Ich bleibe hier.* Trotzig verschränke ich die Arme. *Soll er doch …* Ein genervtes Seufzen entflieht meiner Kehle. Ich hämmere gegen den Türknopf. *Ich hab' sein Ticket.* Die Zugtür öffnet sich piepsend und ich husche ins Innere. Statt Ruben zu suchen, setze ich mich auf einen freien Platz.

›So viel zu Treue. Ich hab' doch gesagt, er nimmt, was er kriegen kann.‹ Ich beachte ihn nicht, sondern konzentriere mich auf meine pulsierende Schläfe und das Gefühl der Strähnen, die an meiner Stirn kleben und von Minute zu Minute unangenehmer werden.

Bin ich nicht gut genug? Ich begutachte meine Spiegelung im Fenster, fahre mir durch Strähnen und komme zu dem Schluss, dass es nicht an meinem Aussehen liegt. Mein Lachen vibriert durch meine Brust.

Ich hab' ihn nicht verdient, stelle ich fest und nehme mir vor, mich zu bessern, bevor die nächsten Gedanken durch mein Gehirn rauschen.

Soll ich mein Leben wirklich beenden? Wen hat er dann noch? Aber offensichtlich ist er unglücklich mit mir.

Ich lasse den Blick durch die Reihen schweifen. Ein Zugbegleiter steht vorne im Abteil und kontrolliert die Fahrgäste. Ich krame im Rucksack nach der Fahrkarte, hole Rubens mit heraus und starre abermals die vorbei rauschenden Bäume an. *Ich brauche ein Zeichen.*

Riot lacht. *›Tu es. Geh. Ich bin dein Zeichen. Keiner wird dich vermissen.‹* Eine Gestalt setzt sich wortlos neben mich und ich überreiche ihm ebenso ruhig eins der Tickets. Ohne ihn weiter zu beachten, verfalle ich dem Krieg in meinem Kopf, in der Annahme, mein Sitznachbar wird wieder verschwinden.

Werden die Jungs sich um ihn kümmern?

Mein Herzschlag beruhigt sich und die Anspannung fällt von mir ab. *Sicher werden sie das.*

»Tut mir leid«, flüstert Ruben und drückt meine Hand. Ein Herr mittleren Alters bittet uns um die Fahrkarten und wirft uns einen skeptischen Blick zu.

Ja, wir halten Händchen. Na und? Ich zeige die Tickets. Nickend wünscht er uns eine angenehme Reise, bevor er zu den nächsten Gästen schlendert.

»Ich wollte nicht, dass er mich küsst«, sagt Ruben sachte und erzählt die ganze Geschichte. Mit gemischten Gefühlen höre ich zu.

›Er lügt‹, sagt Riot und ich will ihm Glauben schenken. *Das würde einiges einfacher machen.* Enttäuschung fließt durch meine Venen.

»Verzeihst du mir?«, fragt Ruben mit traurigem Blick.

»Du hast nichts falsch gemacht«, murmele ich, presse Kopfhörer in meine Ohren und schalte irgendeine Playlist an. Als Finger sich sanft in meine Seite bohren, reagiere ich nicht. Erst beim dritten Mal greife ich nach der Hand und halte sie fest, starre jedoch weiterhin aus dem Fenster.

Es ist schon spät, als wir das erste Mal wieder sprechen. Nicht miteinander, sondern mit Leo, der uns grinsend am Bahnhof empfängt. Bis wir aus dem Hotel ausgecheckt hatten war es schon spät, weshalb wir die ganze Nacht im Zug saßen. Zum Glück konnten wir beide schlafen. Trotzdem ist es mittlerweile acht Uhr, was immer noch zu früh für mich ist. Auf der Heimfahrt tue ich mein Bestes, normal zu wirken. Aber Leo ist mein bester Freund und kennt mich seit der Sandkastenzeit. Nach einigen knappen Antworten wird also auch er ruhig.

»Ihr seid bestimmt müde«, brummt er und schielt zu mir. Die letzten Minuten Fahrt verbringen wir in völliger Stille, bis wir vor Leos Garage zum Halten kommen und aussteigen. Timo trabt oberkörperfrei auf uns zu. Mit den Armen in der Höhe jubelt er uns entgegen und quasselt los, bevor wir das Haus betreten. Ich beobachte Ruben, der von Timo mit Fragen bombardiert wird, jedoch auf keine reagiert und sich stattdessen im Haus umsieht.

Er war noch nie hier, fällt mir ein. Auch ich schaue mich um, als sei ich noch nie hier gewesen.

Was er wohl denkt? Grinsend begutachte ich die eingerahmten Kunstwerke im Flur, als Ruben es tut.

Ich wette, er findet die genau so dämlich wie wir. Ich tausche einen Blick mit Leo, der wissend schmunzelt.

Wir gehen auf den Dachboden, Leos Zimmer, wo ich mir müde einen der Sitzsäcke schnappe und darauf falle. Timo und Ruben lassen sich auf dem Bett nieder, das an vier Seiten mit massiven Seilen an Deckenbalken befestigt ist. Es kostet mich all meine Kraft, Timo nicht sofort auf den Kuss anzusprechen. Er hat nicht gewusst, dass Ruben und ich zusammen sind, als er ihn geküsst hat. Aber er hätte Ruben von vornherein nie küssen dürfen, weil wir Freunde sind und nachdem Timo wahrscheinlich nur Sex wollte, wäre das keine gute Idee. Zumindest bezweifele ich, dass Timo plötzlich Interesse an einer ernsten Beziehung hat. Hätte er meinen Sonnenschein wirklich genutzt, um seine Lust zu befriedigen? Ich schüttele den Gedanken ab. *Weder er noch Ruben konnten etwas dafür*, rede ich mir ein. *Wenn, dann ist es meine Schuld, weil ich den Jungs nicht gesagt hatte, dass Ruben und ich ein Paar sind.*

Leo macht es sich im Hängesessel neben mir bequem und schaltet die Spielkonsole an, bevor er Controller verteilt.

»Hast du Chanelle schon gefickt?«, will Timo unvermittelt wissen und reißt eine Chipstüte auf.

Da war ja was. Im Videospiel fahre ich gegen einen Baum.

»Hab' Schluss gemacht.«

Timo drückt auf PAUSE und mustert mich.

»Warum?« Eine Handvoll Chips landet in seinem Mund, der Rest auf seinem Oberkörper.

Ich setze ein Grinsen auf und verspüre den Wunsch nach Nikotin.

»Weil ich schwul bin.« Mein Herz schlägt schneller.

Warum bin ich aufgeregt?

WEITER.

Ablenkung.

PAUSE. Ein Laut der Freude erfüllt den Raum, Timo springt auf, verteilt die halbe Chipstüte dabei auf dem Boden und hüpft auf mich. Dank dem Gewicht und der festen Umarmung bleibt mir die Luft weg. Ich hasse es, dass er eine große Sache daraus macht, gleichzeitig erfüllt es mich mit Freude.

Es ist eine große Sache, zumindest für mich. Und er ist der Einzige, der dementsprechend reagiert. Mühsam befreie ich meine Arme und drücke ihn von mir. Nun stürze ich mich auf Timo und wir landen aufeinander am Boden und verwandeln die Chips in winzige Krümel.

»Ich bin froh, dass du dich endlich akzeptierst«, sagt Timo. Als Antwort drücke ich ihn fester an mich und atme tief durch.

»Wurde auch Zeit. Schließlich ist es schon Jahre her, dass …«

»Okay!« Ich richte mich auf. »Weiter geht's.« Mein Blick gleitet durch den Raum, fragende und mitleidige Augenpaare kleben an mir. Zurück im Sitzsack fokussiere ich mich wieder auf das Auto im Fernseher.

WEITER.

»Linus!«

PAUSE.

Ich springe auf und bin drauf und dran, die treppenartige Leiter hinunterzurasen, doch Sira steht bereits oben. Sie wirft sich an mich und schlingt ihre Arme um meine Schultern. Ihre Haare kitzeln meinen Nacken, während der Geruch von Motoröl meine Nase belästigt.

»Kind, du stinkst«, sage ich mit gerümpfter Nase, denke aber nicht daran, sie loszulassen.

»Das ist meine Schwester«, sagt Leo an Ruben gewandt. Sie eilt zu Ruben und macht einen Knicks, bevor sie seine Hand schüttelt.

»Ich bin Sira. Ruben, richtig?«

Er mustert die fleckige Arbeitshose und graue Kappe.

»Du kennst dich sicher mit Mechatronik aus, oder?«

Perplex nickt Ruben, bevor er mit den Schultern zuckt.

»Super, dann kannst du mir ja helfen.«

Hilfesuchend schaut er zu seinen Kumpanen und lässt mich dabei aus. Von Leo bekommt er lediglich einen Da–musst–du–jetzt–durch–Blick, während Timo sich vor Lachen auf dem Chips–verseuchten Holzdielen kugelt.

»Sie steht auf ihn«, sagt er glucksend und verschluckt sich an seinem eigenen Speichel.

»Sirena ist vierzehn«, stoße ich aus und nehme den Controller.

WEITER.

»Du stehst also auf Ruben?«, presse ich hervor, ohne die Augen vom Fernseher zu nehmen.

PAUSE. »Was?«

»Ich weiß, dass du ihn geküsst hast. Ruben und ich sind zusammen.«

WEITER.

Die schwarze Karre aus Pixeln landet nach einem beeindruckenden, unfreiwilligen Flugmanöver am Fuße der Klippe und steht Sekunden später in Flammen.

ERNEUT VERSUCHEN.

45

Ruben

Keine Diskussion

»Wo sind die anderen?«, frage ich.

»Bier holen. Seit 'ner halben Stunde«, sagt Leo.

»Scheiße.« Die Figur stürzt in den Abgrund und landet am Strand. Kurz darauf wird sie von einem Velociraptor attackiert. Das Licht erlischt und der Controller fliegt aufs Bett. Leo erhebt sich, richtet seine Kappe und fummelt an seinem regenbogenfarbenen Armband.

»Hast du schonmal …?« Er legt die Spitze von Daumen– und Zeigefinger zusammen und führt sie zu seinem Mund.

Ich schüttele den Kopf.

»Interesse?«

Unsicher zucke ich mit den Schultern und nicke. Mit kribbelndem Bauch folge ich ihm. Unser Weg führt uns nach draußen. Sira werkelt noch immer an der uralten Karre, ihre Mutter steht daneben. Ich konnte ihr nicht wirklich helfen, weil sie mehr über Autos weiß als ich. Also habe ich ihr nur Werkzeuge gereicht und versucht zu verstehen, wo überhaupt das Problem liegt. Ich kapiere es immer noch nicht.

Klappt's jetzt? will ich fragen, doch über meine Zunge rollt kein Ton.

Sag doch einfach, was du denkst. Was ist daran so schwer?

Mit diesem Gedanken bringe ich mich selbst zum Lachen, wofür ich einen amüsierten Blick von Leo ernte. Neben der Hecke führt ein schmaler Trampelpfad hinters Haus. Hinter dem Gemüsebeet, in dem Leos Vater Pflanzen gießt, erstreckt sich ein Wald. Am Rande scheint die Sonne durch die Äste der Birken. Sie formen eine Allee und lösen sich in einer Gruppe von Eichen auf, bevor der Wald beginnt.

»Vanti würde es hier lieben.«

»Bring ihn gern mal mit«, sagt Leo, der geduldig an der Wand lehnt und wartet. Seine Füße treffen das Metall einer wackeligen Leiter, die an einem kahlen, windschiefen Baum lehnt.

»Es sieht gefährlicher aus, als es ist.«

Er würde mein Versteck lieben. Ich winke ab und erklimme die Leiter schneller als er. Sie endet in einer Bruchstelle, an der das Metall spitze Kanten hervorbringt. Ich kralle mich in die Rinde des Astes, auf dem Leo wartet. Ich bin drauf und dran, mich hochzustemmen, als ein lautes Knarzen mich abhält.

»Warte. Das hält der nicht aus«, meint Leo, tritt auf einen herausstehenden Ziegelstein, hält sich an der Ecke der Mauer fest und drückt sich ab. Er stemmt sich hoch und landet auf dem Flachdach der Garage. An der Kante kralle ich mich fest und stemme mich nach oben.

»Leandro«, ruft sein Vater mit italienischem Akzent und blinzelt gegen die untergehende Sonne zu uns hinauf. Die pinken Gartenhandschuhe liegen eng um seine Hände und der Strohhut hängt schief auf dem langen Kopf. Er deutet zu dem roten Backsteinhaus.

»Ich habe doch gesagt, ich habe eine neue Leiter besorgt.«

Leo kratzt sich im Nacken.

»Ach ja«, sagt er, zeigt seinem Alten einen Daumen nach oben und wendet sich mit ernstem Ton an mich. »Nenn mich niemals so.«

Er schlendert zu einem Tisch an der Kante, zeigt nach hinten und äfft seinen Vater nach, der im selben Moment sagt: »Kein Alkohol da oben.« Er plumpst in einen Liegestuhl. Ein modriger Holzzaun sichert die Kanten ab. In der Ecke liegen leere Blumentöpfe, ein alter Reifen und ungefähr zwanzig Bälle aus allen möglichen Sportarten.

Das einzig Saubere ist eine Glasscheibe im hinteren Bereich des Dachs, hinter der sich die Fassade des Hauses nach oben zieht. Unter der Scheibe liegt das Innere der Garage im Dunkeln. Leos Grunzen lenkt meine Aufmerksamkeit auf ihn. Abwehrend hebt er die Hände.

»Meine Eltern wollten das so. Drei Mal darfst du raten, wer den Dreck immer putzen darf. Und falls du fragst, warum wir nicht da hoch sind …«

»So macht es mehr Spaß«, unterbreche ich und falle auf den Liegestuhl gegenüber von ihm.

Eine Weile vergleichen wir unsere Playlists, um herauszufinden, welchem Genre wir lauschen wollen.

»Du hast ihm gesagt, dass Timo dich geküsst hat? Oder warum habt ihr euch gezofft?«

»Wegen allem.« *Ich will nicht über ihn nachdenken.*

»Timo steht nicht auf dich. Er flirtet mit allem, was attraktiv ist.« Er fischt eine Schachtel aus seiner Hosentasche.

Leo murmelt noch etwas, das ich nicht verstehe. Mit einem Klicken verwandelt sich das Gift in Rauch. Der Geruch katapultiert mich in der Zeit zurück. Nackte Haut, Linus' Geruch in meiner Nase und sein Stöhnen im Ohr. Ich schüttele mich, denn das Ziehen in meinem Lendenbereich macht mich wahnsinnig.

Zwei Finger schnippen vor meinen Augen. Hastig nehme ich den Joint entgegen. Ich schiele zu Leo, als ich den Rauch in die Luft entlasse.

»Bis in die Lunge«, sagt er. »Wenn du nicht husten musst, machst du es nicht richtig.«

Also wiederhole ich den Vorgang, bis der gewünschte Effekt auftaucht und ich nicht aufhören kann, zu husten.

»Wird nicht ewig so sein.« Leo zwinkert. Wir reden über Gott und die Welt, während wir der Sonne beim Sinken zuschauen und die Sterne begrüßen. Erst als die Anspannung von mir abfällt und meine Glieder sich entspannen, merke ich, wie gestresst ich die letzten Stunden war.

»Ich hab' niemanden zum Reden … darf ich dir erzählen, wie toll Linus ist, wenn er kein Arsch ist?« Ich lache und weiß nicht, warum. Aber ich kann auch nicht aufhören.

Leo zieht einen Mundwinkel nach oben. Den Ellenbogen stützt er auf die Armlehne und lässt den Unterarm achtlos hängen.

»Nur keine detaillierten Sexgeschichten, bitte.«

Jemand drückt die Glasscheibe auf. Zerzauste Haare lugen hinaus, dunkle Augen und zwei Arme voller Schmuck.

»Hier seid ihr«, stößt Timo aus und klettert aufs Dach. Linus folgt. Ich kann auf ihn nicht sauer sein. Er ist viel zu süß, um ihn zu hassen. Alte Weihnachtsbeleuchtung an der Holzabsperrung, die seit Jahren hier hängt und ein Teelicht in der Mitte des Tischs dienen als einzige Lichtquelle. Ich springe auf und falle Linus um den Hals, als auch er mit beiden Füßen auf dem Dach steht.

»Shit, ich wollte grade springen«, sagt Linus in monotonem Ton und legt seine Arme um mich. Ich dränge ihn gegen die Hauswand. So verweilen wir lange. Irgendwann rutschen wir nach unten, bis unsere Hintern auf dem Boden aufkommen. In meinem Kopf dreht sich alles. Ich drehe mich und nutze Linus' Schoß als Kissen. Timo legt eine Decke um uns und formt zwinkernd eine deutliche Geste mit seiner Hand, die auf einen Blowjob hinweist. Die Sterne über uns wandern, ohne sich vom Fleck zu bewegen.

»Sie tanzen«, sage ich. Linus' Augen funkeln schwarz in der Dunkelheit. Die Ringe unter seinen Augen ähneln Eyeliner. Ich lache. Als ich mich vor Lachen kugele, wuschelt Linus mir gähnend durch die Haare. Er beugt sich zu mir hinunter, so gut er kann, und drückt mir einen Kuss auf die Stirn.

»Du riechst wie Musik«, flüstert er, verrenkt sich noch mehr und drückt einen Kuss auf meine Nase. »Wie die Art, zu der man tanzt.« Angenehme Wärme fließt durch meine Venen und mein Bauch kribbelt. Ich lecke mir die Lippen und umarme Linus' Arm.

»Wie die Sterne.«

Sein Augenrollen quittiere ich mit einem Kichern.

Meine Wärmequelle bewegt sich, also öffne ich die Augen. Wir liegen in Leos Gästezimmer im Bett. Ein plötzlicher Anstieg meiner Herzschlagrate verrät, dass mich die Angst wieder eingeholt hat. Deshalb hat Linus wohl gekifft; um seine Nervosität in den Griff zu bekommen. Unser Trip ist vorbei – wortwörtlich. Sofort schaue ich auf mein Handy. Wie erwartet habe ich eine Nachricht.

Mom: Ich finde es sehr schade, dass du uns so hintergangen hast. Darüber sprechen wir nachher noch. Wann bist du am Bahnhof? Mit Linus' Mutter habe ich ausgemacht, dass ihr euch die nächsten zwei Wochen nicht seht. Keine Diskussion.

Ich öffne den Mund, doch meine Wärmequelle kommt mir zuvor. »Zwei Wochen, mh?«

Wie soll ich das aushalten? Ich pieke ihm in die Seite und drehe mich auf den Bauch. Meine Ellenbogen stemme ich in die Matratze, das Kinn ruht in den Händen.

»Dann ist dein Leben ja endlich wieder einfach«, sage ich mit einem unschuldigen Lächeln.

Stöhnend drückt er mein Gesicht zur Seite. Ich rolle mich auf den Rücken. Ein Fehler, denn Linus thront binnen eines Augenblicks auf meinen Hüften, packt meine Handgelenke und drückt sie gegen die Bettkante.

Dem Drang, meine Hände an seine Taille zu legen, kann ich nicht nachgehen, also stoße ich die Hüfte nach oben. Linus' Wangen ähneln einer Tomate. Räuspernd steigt er ab, legt sich neben mich und nimmt sein Handy.

Belustigt drehe ich mich wieder auf den Bauch, lege den Kopf auf seiner Brust ab und schaue mit ins Handy, ohne die Nachrichten zu lesen.

»Fuck«, wispert Linus unter seinem Atem. Ich suche den Auslöser und finde ihn in der Nachricht. Ein schmerzhafter Stich zieht sich durch mein Herz.

Mir stockt der Atem, als Linus sich anspannt. Das Telefon lässt er sinken. Mit dem Arm verdeckt er sein Gesicht und schnaubt langgezogen.

Mama: Opa Hans liegt im Krankenhaus.

Er schiebt mich von sich, kommt auf die Beine und verlässt wortlos den Raum.

46

Linus

Lalalala…

Als es an der Tür klopft, reagiere ich nicht. Mein Zimmer liegt im Dunkeln, denn die Jalousien habe ich seit Tagen nicht geöffnet. Das Licht aus dem Flur blendet mich. Die zwei Wochen sind um, aber ich freue mich nicht.

Erst jetzt merke ich, wie schön es doch ist, den ganzen Tag im Bett zu liegen und all die Gedanken mit Videospielen zu verdrängen. Mit Ruben etwas zu unternehmen war zwar immer schön, aber auch unglaublich anstrengend. Irgendetwas zu machen ist anstrengend. An manchen Tagen schaffe ich es kaum, Kaffee zu kochen oder meine Zähne zu putzen. Wie ich es geschafft habe, so viel mit Ruben zu unternehmen, ist mir unerklärlich.

Mama schiebt die Tür ein wenig auf und steckt ihren Kopf durch die Lücke.

»Ruben ist da«, flüstert sie, als sei es verboten, seinen Namen auszusprechen.

Ich wische mir übers Gesicht. Sie betätigt den Lichtschalter und ich kneife die Lider zusammen, bis ich mich an die plötzliche Helligkeit gewöhne. Es gibt preis, wie viele Flaschen und Klamotten auf dem Boden vergammeln, zeigt unzählige leere Zigarettenschachteln und dreckiges Geschirr.

Mama rümpft die Nase, schlüpft durch die Tür und nimmt so viel Geschirr wie möglich mit. Die Tür schiebt sie hinter sich mit dem Fuß zu, sodass nur ein kleiner Spalt übrigbleibt.

Wenn ich zum Essen nicht in die Küche kam, hat sie mir in den letzten zwei Wochen etwas hochgebracht. Hannah ist seit drei Wochen bei ihrem Freund und kommt gar nicht mehr. Auch darum bin ich froh. Sonst hätte sie mich vielleicht tatsächlich endlich gezwungen, das Baumhaus mit ihr auszuräumen.

»Warum geht ihr nicht zusammen spazieren?« Aufmunternd lächelt sie.

Ich reibe mir die Augen, aber die Müdigkeit verschwindet nicht. Vor einer Weile hat sie sich in meinen Knochen festgesetzt.

»Er kann hochkommen.«

Mama zögert. Mit dem Oberarm wischt sie über ihre Wange und tritt zur Seite. »Du kannst reingehen.«

Mit Geschirr auf den Armen stapft sie davon und gewährt Ruben Eintritt. Er stand schon vor der Tür?

»Hi.« Stumm kämpft er sich durch das Meer aus Müll und Klamotten zum Bett und umarmt mich so vorsichtig, als liege ich mit 20 gebrochenen Knochen im Krankenhaus. »Ich hab' dich vermisst.«

»Ich dich auch«, sage ich und erwidere die Umarmung halbherzig.

Verschwinde bitte. Wenn ich ihn ansehe, muss ich an Opa denken. Er war es, der Dad zu dem gemacht hat, der er ist. Er ist es, der ihren Plan angestoßen hat.

›Kannst du bitte verschwinden?‹, bittet Riot und legt lächelnd den Kopf schief.

»Wollen wir spazieren gehen? Ich muss noch mit Vanti raus.«

Ich hebe die Hand. »Geh ruhig, alles gut.«

Ein schlechtes Gewissen klopft an meiner Tür, doch ich mache nicht auf. Er lässt die Schultern sinken und gibt sich geschlagen.

Das schlechte Gewissen klopft erneut.

Ruben verabschiedet sich kaum hörbar. Das Schloss rastet fast tonlos ein. Ich schleppe mich durchs Haus, bis ich ihn einhole. Ruben steht bereits am Gartentor. Ich setze ein Lächeln auf und rufe ihn. Diese kleine Geste kostet mich etwa zwanzig Prozent meiner Kraft, sodass ich lediglich dreißig Prozent übrighabe.

»Nur ein Scherz«, lüge ich, vereine unsere Finger und drücke ihm einen Kuss auf die Stirn. »Ich bin nur verdammt müde.« Der Ton meiner Stimme ist der Beweis, es ist unmöglich zu fälschen.

Trotzdem scheint Ruben nicht überzeugt. Ich nehme mir vor, dies zu ändern.

»Ich bin froh, dass deine Eltern dich mit Vanti rausgelassen haben. Aber arbeiten durftest du nicht, oder?«

»Doch. Hab ich dir doch geschrieben.«

»Kann sein.« Ich kicke einen Stein vor mir umher. Die letzten zwei Wochen sind zu einer einzigen Masse zusammengeschmolzen und ich weiß nicht mehr, welcher Tag heute ist oder was in den zwei Wochen geschehen ist.

Die Sonne fühlt sich gut an auf meiner Haut und ich bereue es, das gute Wetter nicht ausgenutzt zu haben.

»Du hast kaum geschrieben. Alles okay?«

Zustimmend brumme ich. *Hauptsache, ich bekomme etwas Ablenkung.*

Gackernd rückt Riot seine Robe zurecht. *›Er ist doch der Grund, warum du dich ablenkst.‹*

Jaja. In vier Tagen. Da fliegen die Sternschnuppen, habe ich im Internet gelesen. Der perfekte Zeitpunkt. Ich halte es nicht mehr aus. Seit Opa gestorben ist, bekomme ich ihn nicht mehr aus meinem Kopf. Die Erinnerung daran, was er mir angetan hat, ist so prominent wie nie zuvor. Dad hat ihm dabei geholfen und hat mich angelogen, damit ich ins Auto steige. Stundenlang sind wir gefahren.

Mama hat geglaubt, wir fahren ins Sommercamp. Niemals werde ich mir mit Ruben eine Zukunft aufbauen können. Das lässt Riot nicht zu. Gänsehaut überzieht meinen Körper.

In vier Tagen werde ich mir das Leben nehmen und das alles beenden. Eigentlich wollte ich es bereits machen, als ich die Nachricht wegen Opa bekommen habe. Aber ich habe im Internet gelesen, dass in vier Tagen viele Sternschnuppen fliegen sollen.

Das scheint mir ein schöner Abgang zu sein.

Und es ist der einzige Weg, Riot loszuwerden. Es spielt keine Rolle, dass ich davon dann nichts mehr habe. Mit diesen Erinnerungen ist das Leben wertlos.

In den nächsten vier Tagen habe ich noch einiges zu erledigen. Ich muss mein Zimmer aufräumen, muss einen Spieleabend mit Mama veranstalten, damit sie nicht ganz so hoffnungslos zurückbleibt und muss mich von den Jungs sowie Ruben verabschieden. Und Marcel muss noch für das bezahlen, was er meinem Sonnenschein angetan hat. Lange Zeit habe ich den Gedanken daran verdrängt, aber Marcel verdient es. Und so mache ich mich wenigstens ein letztes Mal nützlich.

Unser Spaziergang verläuft in Stille. Dunkle Wolken verdrängen die Sonne. Stumm spielen wir mit Avanti im Park. Wortlos quittieren wir das Streifen unserer Hände als Zufall. Ohne einen Mucks zu machen, stehen wir mitten auf der Wiese und liegen uns in den Armen, als es beginnt zu regnen. Minutenlang wärmen wir einander, lauschen dem Herzschlag und genießen den Duft des jeweils anderen.

Wow, schießt es mir durch den Kopf, als eine Welle der Trauer in mir empor kriecht. *Ich werde das echt vermissen.* Ich will ewig so stehenbleiben, gleichzeitig will ich meine Gefühle ausschalten, Rubens Hand loslassen und wegrennen, ohne jemals zurückzublicken.

Bald, rede ich mir gut zu. *Nur noch vier Tage.*

Erleichterung beflügelt mich. Ich sinke zu Boden und nehme Ruben mit mir. Regentropfen küssen meine Haut. Ruben keucht und ich öffne verwirrt die Augen.

Auch ich lasse lautstark die Luft aus, als Avanti über uns krabbelt und sich auf uns beiden niederlässt. Die kalte Nase stupst mein Kinn und er schleckt darüber. Lachend drücke ich ihn weg und vergrabe meine Finger im Fell, wo ich Rubens treffe. Die Nässe drückt sich durch unsere Klamotten. Als unsere Finger sich erneut streifen, schiebe ich Avanti von mir und rappele mich auf. Ruben tut es mir gleich. Unsere Hände verwandeln sich in ein eiskaltes Bündel, das ich mühsam in meine Jackentasche stopfe.

Daran ist nichts schwul. Ich wärme nur seine Hand, damit er nicht krank wird, sage ich mir selbst – besser gesagt den Leuten um uns herum, die uns kaum Beachtung schenken. Diese Gedanken sind lächerlich. Ruben und ich haben schon so viel mehr getan als händchengehalten. Aber jetzt sind wir hier in der Öffentlichkeit. Oder mein krankes Gehirn wird mit jedem weiteren Atemzug schneller gefickt. Meine Lederjacke ziehe ich aus und dränge Ruben, sie anzuziehen. Vor seinem Haus kommen wir zum Stehen.

»Mach dir 'nen Kakao und kuschle dich unter die Decke«, sage ich und drücke einen Kuss auf seine Stirn. Ich knie mich zu Avanti und wuschele ihm durch das Fell, woraufhin es in alle Richtungen absteht

»Pass auf ihn auf«, flüstere ich und drücke auch Avanti einen Kuss auf.

»Mach ich«, sagt Ruben genau so leise mit geröteten Wangen, als ich grinsend den Kopf hebe. Ich winke ein letztes Mal, bevor ich rückwärts vom Grundstück gehe.

»Du siehst müde aus«, sagt Ruben und spielt mit der Leine. »Schlaf dich aus.«

Ich wende mich ab und schließe das Gartentor hinter.

»Und kiff nicht so viel«, ruft Ruben mir hinterher.

Schmunzelnd hebe ich die Hand, ohne mich umzudrehen. »Feini.« Ich rubbele mir über die Arme, bevor ich die Hände in die Hosentaschen schiebe.

Vielleicht muss ich doch nicht gehen? Diese Frage beschäftigt mich den gesamten Nachhauseweg und startet eine hitzige Diskussion mit Riot.

Als ich ankomme, habe ich noch immer keine Antwort gefunden. Statt weiter darüber nachzudenken, packe ich Bilder in eine Kiste, ignoriere dabei ein altes Fotoalbum und räume mein Zimmer auf. Als ich das dreckige Geschirr nach unten bringe treffe ich auf Mama und Hannah. Wow. Hannah ist mal wieder zuhause. Die letzten Wochen war sie bei ihrem Freund. Andernfalls wäre sie mir jeden Tag auf die Nerven gegangen. Als ich den Raum betrete, verstummen sie.

»Ist was?« Ich lehne mich gegen die Küchenzeile und stelle einige Teller ab.

»Wir bauen nächste Woche das Baumhaus ab«, sagt Hannah.

»Das wolltet ihr schon vor Monaten machen.« Mama nippt an einem stinkenden Grüntee.

»Du weißt doch: Die Vergangenheit muss man ruhen lassen und so.« Hannahs Mundwinkel zuckt.

Mama wischt eine Locke hinters Ohr und umfasst die Tasse mit beiden Händen. »Wegen dem, was damals passiert ist …«, beginnt sie. Das restliche Geschirr stelle ich ab und stoße mich von der Arbeitsplatte ab.

»Wir sollten …«, sagt Mama. Hastig kramte ich Kopfhörer heraus und presse sie in die Ohren – als würde Musik das Zittern stoppen, als würde meine Lunge aufhören, zu brennen, als würde es die Vergangenheit ungeschehen machen. Aber ich schalte sowieso keine Musik an.

»Nein.« Ich stütze mich auf dem Fensterbrett ab und fixiere einen Regentropfen an der Scheibe. Der bahnt sich seinen Weg so schnell nach unten, dass ich mir einen Neuen suchen muss.

»Linus, wir …«, ruft Mama.

Ich stürme aus der Küche. Sie folgt mir und packt mich.

»Dein Opa ist gestorben«, presst sie hervor. Zögerlich lässt sie los. Hannah taucht im Türrahmen auf. Auch sie wagt es nicht, mir in die Augen zu sehen.

»Er ist tot. Du musst keine …«, murmelt Hannah.

Ich quetsche die Hände gegen die Ohren, drücke die Lider so fest aufeinander, dass es schmerzt und sperre ihr Stimmen aus. Der Geruch von verbranntem Gummi drängt sich in meine Nase, als wäre ich wieder 13 Jahre alt.

Ich bin ihn los. Ich muss mich nicht mehr verstecken. Vor niemandem.

›Das glaubst du doch wohl selbst nicht.‹

Ich zwinge die Hände noch fester auf meine Ohren, doch Riot redet unbeirrt weiter.

›Versuchs ruhig.‹ Er lehnt sich im Sessel zurück und grinst. »Lalalalalalala«, singe ich und kneife die Lider zu, bis weiße Lichtflecken in der Schwärze schwirren.

›Mich …‹

»Lalala …«

›… wirst du …‹

»Lalala …«

›… nicht …‹

»Lalala …«

›… los.‹

Ich sprinte die Treppe hinauf, knalle die Tür zu und drehe den Schlüssel um. *Nur noch vier Tage. Nur noch vier Tage. Nur noch vier Tage.*

›Und dann?‹ Riot wird ernst. *›In vier Tagen wird dich weder dein Dad lieben noch dein Opa stolz auf dich sein.‹*

Meine Schultern beben. Jeder Versuch, das Schluchzen zu verhindern, scheitert. Meine Füße tragen mich zum Fotoalbum im Schrank. Mit zittrigen Fingern schlage ich es auf.

Das erste Bild bereitet mir Kopfschmerzen: Dad und ich spielen im Garten Fußball.

Das Zweite bringt mich fast zum Kotzen: Dad und ich Arm in Arm. Unser Grinsen ist fake. Mama hat uns dreimal aufgefordert, uns näher zusammenzustellen.

Das Dritte raubt mir den Atem: Hannah steht grinsend neben meinem 13-jährigen Ich. Eine aufgemalte Regenbogenflagge ziert meine Wange, ebenso ein stolzes Grinsen. Meine Augen leuchten. So hätte mein Leben verlaufen können, sollen, müssen – hätten Dad und Opa nicht …

Es ist das vierte Bild, das mich dazu bringt, das Album gegen die Wand zu schleudern: Mein 13-jähriges Ich sitzt auf dem Rücksitz des alten Audis, Dad und Opa stehen davor. Bereit für die Sommerferien wartet der Koffer neben mir. Ich sinke auf die Knie und gebe mich geschlagen, kämpfe nicht mehr dagegen an. Gegen die Erinnerung an das Sommercamp, das keins war.

47

Linus

Selbstschutz

5 Jahre zuvor

Ein Hämmern an der Tür weckt mich.

Ich reibe mir die Augen und lasse den Blick schweifen. Einige meiner Mitstreiter setzen sich auf, andere ziehen sich bereits an. Noch immer schlaftrunken tue ich es ihnen gleich. In vier Wochen sind die Sommerferien vorbei. Wie lange muss ich noch hierbleiben? Ich will Mama anrufen, aber mir wurde das Handy abgenommen.

Mama und Hannah waren so stolz, als ich mich geoutet habe. Die anderen Jungs wuseln durch den Schlafsaal und ziehen sich an. *Was haben Papa und Opa dagegen, dass ich nichts mit Mädchen anfangen kann?* Ein Rothaariger erwidert meinen Blick. Ich lächele ihm zu. Es verschwindet einen Moment später, als Dads Worte in meinem Kopf echoen.

›Wenn du jemals einen Jungen mit nach Hause bringst, bist du nicht mehr mein Sohn.‹ Die Zeitung hat er auf den Tisch geklatscht. Mama hat ihn rausgeworfen und ihm zu verstehen gegeben, dass er erst wiederkommen soll, wenn er sich beruhigt hat. Ruhig war er, als er wiederkam. Zu ruhig. Ich hätte es wissen müssen. Scheinbar war er bei meinem Opa, der ein paar Stunden entfernt wohnt. Zusammen haben sie den Plan ausgeheckt, mir *Hilfe* zu holen und es als Sommercamp zu verkaufen. Wie konnte ich so dumm sein, ihnen Glauben zu schenken?

Das ist erst vor ein paar Wochen geschehen. Und jetzt stehe ich hier mit etwa vierzig anderen Jungs, die das gleiche Problem haben – besser gesagt, deren Eltern das gleiche Problem haben.

»Mich werden sie nicht umpolen«, habe ich dem Rothaarigen in der ersten Woche versprochen.

Mark, einer der Aufseher, stürmt in unseren Schlafsaal und scheucht uns nach draußen. Minuten später stehen wir in Reih und Glied und müssen wie jeden Morgen das Mantra nachsprechen. Noch am ersten Tag mussten wir es eine Stunde lang, bis jeder einzelne es auswendig kannte.

Das Mantra handelt von Gott und der Sünde der gleichgeschlechtlichen Liebe. Ich spreche nicht mit. Das tue ich nie. Stattdessen presse ich die Lippen zu einem schmalen Strich und spiele hinter dem Rücken mit den Fingern. *Ihr polt mich nicht um*, bin ich mir sicher. Bis Mark mich aus der Reihe zerrt. Die anderen starren mich an. Mitleidig, verängstigt, spöttisch. Die Campleiter beobachten mich mit hochroten Köpfen.

Der Oberchef, ein uralter Pfarrer, macht eine abwertende Handbewegung und schüttelt den Kopf. Seine lockere Robe wackelt, als seine kurzen Stummelbeine den dicken Körper davontragen. *Mich bekommt ihr nicht rum. Niemals.*

»Warum sprichst du nicht mit?«, fragt Mark in harschem Ton und packt mich am Oberarm. Mein Herz rast wie verrückt. Meine Lippen bleiben versiegelt. Mark verfestigt seinen Griff und es beginnt wehzutun.

»Ich … äh … ich glaube nicht daran, was da geredet wird.«

Mark zieht die Augenbrauen zusammen und runzelt die Stirn. »Sprich deutlich, damit alle dich hören können.« Er deutet in die Reihen.

Tief atme ich durch und wiederhole meine Aussage. Spöttisch schnaubt Mark. »Denkt noch jemand so?«

Keiner der Jungs rührt sich. Meine Augen finden den Rothaarigen, doch der starrt fest geradeaus. *Komm schon. Du hast mir zugestimmt.*

»Du denkst, dass es in Ordnung ist, einen Mann zu küssen?«

Zögerlich nicke ich.

Klatsch! Der Ton schallt durch die Luft. Schmerz zieht sich durch meine rechte Wange, als Marks Pranke mich trifft. Die Angst, mich zu rühren, metzelt den Instinkt, über die schmerzende Stelle zu reiben, nieder. Unkontrolliert fließen Tränen. Ich unterdrücke jeglichen Ton.

»Ist es immer noch in Ordnung, einen Mann zu küssen? Will Gott, dass du mit einem Mann Geschlechtsverkehr hast?«

Lange zögere ich, doch schlussendlich bejahe ich. Obwohl ich es erwarte, schmerzt der zweite Schlag noch mehr.

»Immer noch?«

Wieder nicke ich. *Ihr polt mich nicht um. Mama hat gesagt –*

Klatsch! Ein drittes Mal klatscht die flache Hand gegen meine Wange. Dazu bekomme ich einen Tritt in die Kniekehlen. Mark hält mich noch immer fest und bewahrt mich somit vor Kontakt mit dem Boden.

»Dein Opa, dein Vater, deine Mutter … sie haben mich angefleht, dir zu helfen.«

Mama würde das nie wollen. Spöttisch lache ich. Irgendwo in mir drinnen habe ich mein Selbstbewusstsein wiedergefunden. »Ich brauche keine Hilfe.«

Klatsch! Noch ein Schlag. Aus dem Augenwinkel sehe ich den Oberchef in der schwarzen Robe, welche an einen Richter erinnert. Abermals hebt er den Arm.

Mark führt mich ab. Der Oberchef richtet sein Gewand und wartet, bis ich vor ihm stehe.

Er kratzt sich an seinem Bart und schüttelt den eierförmigen Kopf. In einem dunklen, modrigen Raum hält er eine lange Standpauke, gefolgt von Filmen, Büchern und Bibelversen.

»Nimm unsere Hilfe an«, sagt er zuletzt. »Lass dich heilen.« Mit diesen Worten tritt er aus der Tür und lässt mich hilflos zurück. Mein Blut gefriert, als der Schlüssel ins Schloss klickt. Der Film im Fernseher beginnt von Neuem.

»Ab sofort steht er jeden Morgen vorne und du stellst sicher, dass er mitspricht«, sagt der Pfarrer.

Jeden folgenden Tag werde ich gezwungen, vor allen anderen zu stehen und die Phrasen nachzusprechen. Jeden Tag, bis ich aufhöre, meine Meinung kundzutun.

An Tag 36 beginne ich zu glauben, was ich zunächst nur zum Selbstschutz gesagt habe.

Jetzt

Ablenkung.

Hastig schnappe ich Stift und Papier. Die Miene des Kugelschreibers fliegt über das Weiß und zaubert Wort um Wort. Das Blatt falte ich sorgsam, stopfe es in meine Hosentasche und sprinte in die Küche.

Auf Nachfrage fährt Mama mich zum Bahnhof und ich springe in den Zug. Zwei Stunden später holen Timo und Leo mich vom Bahnhof ab und wir landen in ihrer Studentenbude.

»Du warst noch nie hier, oder?«, fragt Timo und schließt die Tür zu dem winzigen Zimmer im Wohnheim auf.

Wortlos schüttele ich den Kopf. Die Jungs führen mich herum – es dauert etwa zwei Minuten, denn die Wohnung besteht lediglich aus einem Raum mit mickrigem Balkon, einem Badezimmer, zwei Betten und einem Schreibtisch, den sie sich teilen. Nach der üblichen Small-Talk Runde und dem Kampf um das Aux-Kabel machen wir es uns auf Timos Bett bequem und starren an die Decke.

»Bist du sauer auf uns?«, fragt Leo nach einigen Minuten der Stille.

»Warum sollte ich?«

»Wir haben dir das mit Chanelle eingebrockt.«

Ein kalter Schauer schüttelt mich. Ich verschränkte die Arme hinter dem Kopf. »Ich habe euch gebeten, mir zu helfen.« Direkt über mir an der Decke wiegt sich eine Spinnwebe hin und her. Ich puste fest, woraufhin die Spinne im Kreis tanzt. Ich schmunzle.

»Dir helfen, hetero zu sein, war ein dämlicher Auftrag.« Timo nimmt einen Papierfetzen, knüllt ihn zusammen und wirft ihn nach oben. Ich verkrampfe, als die Papierkugel im Netz hängenbleibt und die Spinne um ein Haar nach unten reißt.

»Ich wollte dir helfen, glücklich zu sein«, stellt Leo klar und drückt den Zeigefinger auf die Brust. »Ich hatte gehofft, du wärst vielleicht doch bisexuell.«

»Außerdem hast *du* Chanelle angetanzt«, fügt Timo hinzu.

Ich entreiße ihm das Papier und richte mich auf. »Egal. Ich hab' Hunger.«

Augenverdrehend lacht Leo, Timo hopst vom Bett und ich rolle mich vom Bett und werfe das Papier in das Netz. Die Spinne plumpst hinunter und landet an der Stelle, an der wir zuvor lagen. Timo kreischt panisch, während Leo mir eine Standpauke hält. Während die zwei einen Weg suchen, die Spinne loszuwerden und sich nicht zwischen Staubsauger und Glas entscheiden können, spaziere ich auf den Balkon und zünde eine Kippe an.

»Wenn ich umziehen würde …«, rufe ich in den Raum und lehne mich gegen den Türrahmen. »… würdet ihr trotzdem mit Ruben abhängen, oder?«

Die Jungs stoppen in ihrer Bewegung.

»Warum?«, fragt Leo und spielt an den Schnüren seines Hoodies. »Willst du doch eine Ausbildung machen? Wo denn?« Er bindet eine Schleife, zieht sie auf und wiederholt den Vorgang. Als Kinder haben wir immer davon geträumt, gemeinsam in einem Haus zu leben.

Wir haben einander versprochen, nie allein wegzuziehen. Aber die beiden haben mich zuerst verlassen. Sie konnten nichts dafür und ihnen blieb keine andere Wahl.

Sie hätten nicht ein Jahr lang warten können, bis ich mit der Schule fertig bin. Trotzdem schmerzt es.

»Ich dachte, du willst mit uns studieren?« Enttäuscht lässt Timo das Staubsaugerrohr sinken. Seine Finger fahren über die Rillen des Schlauchs und kreieren ein klackerndes Geräusch.

»Also?« Meine Finger landen im Mund.

Leo taucht neben mir auf. »Klar bleiben wir Freunde. Ruben ist chillig.« Mit zusammengezogenen Augenbrauen und einem Hör-auf-Blick packt er mein Handgelenk und zieht es nach unten. Erst jetzt merke ich, dass ich auf meinen Fingernägeln gekaut habe.

Gut. Der Staubsauger schreit auf und übertönt meinen knurrenden Magen. *Mein Sonnenschein bleibt nicht allein.*

»Also?« Leo mustert mich genauestens.

»Ich erzähle es euch später.« *Lügner.*

»Alles gut? Was ist los?« Er tätschelt meine Schulter.

»Müde.« Ich drücke die Zigarette in den überfüllten Aschenbecher.

Leos Hand gleitet von meinem Körper. »Müde von was?«

Vom Leben. Ich zwinge mich zu einem Grinsen.

»Zu viel gefickt.« Ich reibe mir den Bauch. »Können wir jetzt was essen?«

Grunzend stimmt Timo zu, schnappt sich seine Schlüssel und schlüpft in seine löchrigen Vans.

Stunden später schaue ich auf die Uhr. Die Jungs schnarchen abwechselnd und geben mir einen Grund, keinen Schlaf zu finden. 3:33 projiziert der Wecker in Rot an die Decke. Ich warte, bis eine neue Zahl erscheint, bevor ich die Augen schließe. Meine Glieder entspannen sich.

Nur noch drei Tage.

48

Linus

So ist das Leben

S*cheiße.*

Der Wagen kommt auf dem Parkplatz zu einem Stopp. Der Bahnhof ist wie leergefegt, lediglich der Müll am Eingang bestätigt, dass ab und zu Menschen ein- und ausgehen. *Scheiße.* Ich fische den Brief aus meiner Hosentasche.

Wie konnte ich vergessen, ihn im Zimmer zu verstecken?

»Sodala.« Timo stellt den Motor ab. Ich ziehe meinen Finger aus dem Loch im Sitz und kurbele das Fenster hoch. Dabei quietscht die Scheibe, während die Kurbel rattert, weil sie locker ist.

Ich werde nicht mehr erleben, wie sie abfällt. Auch nicht, wie Timo sich von dieser heißgeliebten Karre »Nelli« heulend verabschieden muss. Wir hüpfen aus dem Wagen und ich schließe die Tür mit Bedacht. Andernfalls würde die Rostlaube auseinanderfallen.

Wortlos falle ich den Jungs in die Arme und klammere mich an sie, als sei ich kurz vor dem Ertrinken und sie mein Rettungsreifen. *Fuck.* Mein Hals brennt heftiger als sonst. Ich kämpfe gegen die Tränen.

Das ist schwerer, als ich dachte. Ich sauge den Duft von Timos Parfum tief in mich ein, als hindere es mich daran, den sonst so verhassten Geruch zu vergessen.

»Ich liebe euch«, sage ich und schniefe. Die Jungs versuchen, sich zu lösen, doch ich weigere mich, loslassen. »Danke für alles.«

›Das ist so schwul.‹ Riot lacht.

Wut kocht über und brodelt aus mir heraus. Ich drücke mich fester an Timo und Leo. *Ja, verdammt. Ich bin schwul. Was soll ich denn dagegen tun?* Während ich mich löse, präge ich mich ihre Gesichter ein letztes Mal ein. Timos beneidenswert glänzendes Haar, Leos entspannte Ausstrahlung, den besorgten Ausdruck …

Schaut nicht so.

Timos Schmunzeln beweist, dass ich abermals laut gedacht haben muss. Wie viele geheime Gedanken haben sie seit dem ersten Spiel im Sandkasten mitgehört? Wie viele peinliche Details kennen sie? Wie viele intime, lustige und einzigartige Momente haben wir zu dritt erlebt? Wann wird der Kalender den letzten Tag zählen, an dem sie jemals an mich denken werden? Wann wird der Herzschmerz abklingen?

»Hier.« Ich krame den Zettel aus der Tasche und halte ihn erst Timo hin, entscheide mich jedoch in letzter Sekunde um und überreiche ihn Leo.

»Versprecht mir, ihn erst am Sonntag zu lesen«, fordere ich und lasse das Papier erst los, als beide es akzeptieren. »Ist für euch beide.«

Sie werfen sich besorgte Blicke zu.

»Was ist das? Ein Abschiedsbrief?« Timo gluckst verunsichert und schielt zu dem Brief. Augenverdrehend versetze ich ihm einen Stoß. *Selbst seine dämliche Art werde ich vermissen.*

»Versprecht ihr's?«

»Wenn du uns verrätst, wofür der ist.« Leo streicht über seinen Namen, der mit Kugelschreiber geschrieben neben Timos steht und steckt den Brief sorgfältig in seine Tasche.

»Ich muss hier weg. Kein Plan, wie lange.« Mein Herz rast.

Timo zerrt mich in seine Arme, Leo folgt keine Sekunde später.

»Tu, was du tun musst, Bruder«, flüstert Timo und verfestigt seinen Griff.

»Wir sind immer für dich da«, fügt Leo genauso leise hinzu. »Wir können ja telefonieren.« Ich drücke mich fester an sie, warte noch einen Moment. Auf einen Grund, sie loszulassen.

»Ansonsten ist wirklich alles in Ordnung? Was ist mit Ruben?«, will Leo wissen. Wir lösen uns. Ich nicke, bevor ich mit den Schultern zucke. Ich will etwas sagen, irgendwas, eine weitere Lüge, aber die Worte bleiben mir im Hals stecken. Also wende ich mich ab, Tränen schwellen in meine Augen. Unauffällig wische ich sie weg. Ich sehe meinen Füßen bei der Arbeit zu. Meine Schritte verwandeln sich in eine verschwommene Bewegung, ein Fuß vor den anderen. Schritt für Schritt entferne ich mich, hebe die Hand, das Haupt gesenkt.

»Liebe euch. Lest es erst am Sonntag«, erinnere ich, ohne zurückzublicken. Ich wage es nicht, sie anzusehen, als sie die Liebesbotschaft erwidern. Also biege ich links um die Ecke, obwohl der Bahnhof zu meiner Rechten liegt.

Und ich beginne, schneller zu werden und zu joggen und zu rennen, bis ich einen Sprint hinlege, bis meine Lunge versagt und meine Wangen pitschnass sind. Tränen suchen ihren Weg zu meinem Kinn und tropfen auf den Asphalt. Die Jungs schreiben mir abermals besorgte Nachrichten, aber sie folgen mir nicht. Mit zittrigen Fingern schreibe ich, dass ich herausfinden will, was ich in Zukunft beruflich machen will. Eine weitere Lüge.

Ich bin weit weg vom Bahnhof und verpasse den Zug. Erst, als meine Tränen getrocknet sind und das Zittern meiner Hände vergeht, traue ich mich, zurückzukehren. Von Timos rostigem Audi ist keine Spur. Sie sind längst wieder auf der Straße und leben ihr Leben, das mich ab sofort nicht mehr beinhaltet.

Während der Zugfahrt male ich mir aus, wie sie reagieren werden, wenn sie realisieren, dass dies unser letztes Treffen sein sollte. Traurigkeit verwandelt sich in Unsicherheit, die auch Riot mir nicht nehmen kann.

Soll ich es wirklich tun? Bist du dir sicher? frage ich ihn, doch Riot stellt lediglich eine Gegenfrage: *›Würdest du es tatsächlich ertragen, den Rest deines Lebens mit dir selbst zu verbringen?‹* Das hilft keineswegs.

Irgendwer muss mir ein Zeichen geben.

Die Hand balle ich zur Faust und schlage gegen den Sitz vor mir. *Ich war mir so sicher, verdammt. Seit Monaten plane ich es, dann kam Ruben und jetzt bekomme ich Eierflattern?*

Schon bevor ich Ruben kennengelernt habe, wollte ich es tun. Nachdem ich ihm meinen Taschenrechner geliehen habe, wollte ich es tun. Aber etwas hat mich immer davon abgehalten. *Was will das Universum mir sagen?* Es spielt keine Rolle. Jetzt bin ich bereit. Ich brauche nur ein Zeichen, denn wenn es ein Fehler ist, kann ich ihn nicht rückgängig machen.

Draußen rauschen Bäume in Form von verzerrtem Grün vorbei. Rinder grasen auf der Weide. Die Bahn hält an. Meine Haltestelle. Ich bin der Einzige, der nach draußen tritt und trotzdem ist es laut um mich herum: Das Summen des Zugs, das Piepen der elektrischen Tür und Traktorenlärm in der Ferne, der mir sofort Rubens Bild in den Kopf pflanzt. Nur der Lautsprecher bleibt stumm, denn nicht einmal Bahnansagen kann sich dieses Kaff leisten.

Zu unwichtig für Pflege oder Aufmerksamkeit, schließlich ist es nur einer von vielen Bahnhöfen in der Welt und Waldenstädten ist eine winzige Stadt mitten im Nirgendwo. Wen kümmert es, wie es im Bahnhof aussieht? Wen kümmert es, wie es mir geht?

Ohne mich sind sie alle besser dran. Timo und Leo müssen sich keine Sorgen mehr machen, Mama und Hannah ebenfalls nicht. Und Ruben … ich schüttele den Kopf.

Statt Mama anzurufen, ziehen die Tiere auf der Weide mich in ihren Bann. Meine Füße tragen mich dort hin. An der Stelle vorbei, an dem ich Ruben beinahe geküsst habe zu dem Punkt, an dem ich Kuh Nummer 16 in mein Herz geschlossen habe. Auf Rubens Hof habe ich viele Kühe gestreichelt, gefüttert und gemolken. Und doch hat Esme einen besonderen Platz in meinem Herzen. Vielleicht liegt es daran, dass sie die Erste war. Vielleicht liegt es daran, dass ich betrunken war. Und vielleicht, nur vielleicht, liegt es daran, dass ich diesen Moment mit meinem Sonnenschein geteilt habe. Vergeblich suche ich die cremefarbene Kuh. Über den Feldweg brettert ein altes Auto mit Anhänger auf mich zu. Einige Meter vor mir kommt der Wagen abrupt zum Stehen. Ein dürrer, grauhaariger Mann torkelt hinaus und humpelt auf das Tor der Weide zu. Ich kann mich nicht bremsen und stelle mich vor, aber der Bauer beachtet mich nicht. Er kramt einen Schlüssel aus der Bauchtasche seiner Latzhose.

Mit zittrigen Fingern versucht er, den Schlüssel in das Schloss zu stecken, das die Tiere vor Diebstahl schützt. Als er scheitert, spricht er Schimpfwörter aus, die ich noch nie gehört habe. Das Metall landet im Gras. Der Alte hält sich den Rücken und beugt sich hinunter. Ich komme ihm zuvor. Mit flinken Fingern heb ich das Teil auf, stecke es in das Schloss und trete einen Schritt zurück. Erst jetzt schenkt der Fremde mir seine Zeit.

»Wo ist Esme? Sie hatte die Nummer …«

»16. Ich weiß.« Er ächzt, seine Stirn legt sich in Falten und der Blick schweift ab. Der Landduft liegt in der Luft. Ich atme tief ein und warte geduldig auf eine Antwort. Der Bauer zupft an seinem Bart, die Jahre haben die Säcke unter seinen Augen heruntergezogen und sie so dunkel gefärbt, dass sie wie Schminke wirken. Er mustert mich von oben bis unten, als wäge er ab, ob ich es wert bin, seinen Atem zu verschwenden. Er scheint überzeugt.

»Sie hatte Schwierigkeiten beim Kalben.«

Scheiße. Ein unwohles Gefühl breitet sich in meinem Magen aus.

»Komm mit, wenn du es sehen willst«, bietet er an und öffnet das Tor einen Spalt weit.

Das heißt, sie lebt noch. Ich folge. Erleichterung gepaart mit Vorfreude treibt mich an. Nur so schaffe ich es, meine Müdigkeit zu ignorieren und dem Fremden zu folgen.

»Es gibt nicht viele, die so etwas freiwillig anschauen«, sagt der Bauer mit rauer Stimme. »Nur deshalb zeige ich es dir.« Und schon ist das unwohle Gefühl zurück. Auf dem Weg über die Weide weiche ich den Hinterlassenschaften der Rinder aus. Umzingelt von den neugierigen Vierbeinern steigt die Nervosität mit jedem Schritt. Als wir nach einer halben Wanderung hinter eine Mauer aus Bäumen treten, gibt das Grün endlich frei, was ich so dringlich zu Gesicht bekommen wollte: Kuh Nummer 16. Esme. Ich erstarre zu Eis, mein Herz rutscht mir in die Hose.

Die unverwechselbare Fellfarbe glänzt nicht. Stumpf und matt und dreckig ist sie. Esmes Augen starren glanzlos in die Ferne. Leblos.

»Ich musste sie erlösen«, sagt der Bauer mit gesenkter Stimme, faltet die dreckverschmierten Hände und schaut auf das Tier hinab. Seine Hand landet auf dem Fell und hinterlässt eine Dreckspur. *Fass sie nicht an, du machst sie dreckig.* Ich folge ihm um den Kadaver herum. Ein ebenso lebloses Kalb liegt eng an die Mutter gekuschelt. Esmes Hals ziert ein Loch, das den Ursprung für eine Blutlache darstellt. Die Pfütze besteht aus unendlich viel schwarzem, getrocknetem Blut. Auch im Kopf befindet sich eine Wunde und verunstaltet so ihr Haar. Ich verdränge den Gedanken an Ruben.

Das ist ein Traum, oder? Letztens war sie noch da und jetzt …

»So ist das Leben«, sagt der Bauer. Die grausame Realität, welche aus dem Anfang und Ende von Dingen besteht. Freundschaften, Beziehungen, Leben.

So schnell kann es vorbei sein.

»Wenigstens hat ihr Kalb überlebt.«

Ist er bekloppt? Genau da, neben Esme liegt es doch! Leblos, kalt, ohne Herzschlag, genau wie seine Mutter. Der Bauer geht zu einer anderen Kuh. Daneben kauert ein Neugeborenes im Gras. Es zeigt eine deutliche Ähnlichkeit mit Nummer 16: Der Kleine sieht aus wie Milchkaffee, aufgewirbelter Sand, ein Wolkenschleier während des Sonnenuntergangs.

»Zwillinge. Dieser Prachtkerl ist übriggeblieben. Unsere Sabine hat sich ihm frohen Mutes angenommen.«

»Wie heißt er?«

»Kein Name. In zwei Jahren geht er zum Metzger. Eigentlich schade, er hat sehr gute Gene, aber was will man machen? So ist das in der Landwirtschaft: Man kann es sich nicht leisten.« In der Tasche vibriert mein Handy. Ein Anruf von Mama.

»Ich muss leider los. Danke, dass ich das sehen durfte«, sage ich und verabschiede mich. Es bereitet mir Unbehagen, mich allein, umzingelt von Kühen, auf den Weg zum Tor zu machen. Die Tiere folgen mir auf Schritt und Tritt, einige hüpfen um mich herum, andere schnüffeln nur. Rubens Worte hallen durch meinen Kopf. *Renn nicht los, sonst wollen sie spielen,* hat er geraten.

Im Auto erzähle ich Mama von dem Erlebten, ohne Details preiszugeben, bevor ich wieder der Stille verfalle.

Ruben wird sich noch schlimmer fühlen, wenn ich gehe. Vielleicht fällt es ihm leichter, wenn ich mich vorher von ihm trenne? Etwas schnürt meine Brust ein.

»Frag Ruben, ob er einen Bullen braucht. Auf einem Hof braucht man doch alle paar Jahre einen neuen Deckbullen«, sagt sie.

Ich zupfe am Anschnallgurt und präge mir Mamas Locken ein. Jede Falte und jedes Muttermal soll in meinem Gedächtnis verankert werden. Die Art, wie sie spricht, isst und lacht.

Irgendwann würde Ruben sowieso merken, was für ein Idiot ich bin und sich von mir trennen. Die Stirn presse ich gegen das Fenster, während ich auf den Fingernägeln kaue. *Das will ich nicht erleben. Liebe verwandelt sich irgendwann zu Schmerz. Spätestens, wenn einer geht. Aber auch schon vorher.* Timos Eltern zum Beispiel sind nur noch wegen dem Haus zusammen. Leos Eltern verstehen sich zwar, aber Liebe entdecke ich zwischen ihnen auch nicht. Und meine Eltern … vielleicht wären sie noch glücklich zusammen, wenn ich nicht existieren würde. Ich bezweifle es, weil Dad ein Arschloch ist. Ich schließe die Lider und genieße die Lichtflecken, die vor der Schwärze tanzen und mir mit der Zeit Kopfschmerzen bereiten.

Ich konnte mich nicht einmal von Esme verabschieden. Ruben verdient die Möglichkeit, sich von mir zu verabschieden. Erleichterung durchflutet meinen Körper. Ich überlasse der Müdigkeit endlich die Kontrolle. Während ich langsam einschlafe, sehe ich meine Kindheit vor mir wie ein Film. Endlos viele Trips zum Eisessen und zu Freunden. Selbst langweilige Ausflüge zum Supermarkt hat Mama in Abenteuer verwandelt.

Hier im Auto bin ich sicher. Hier finde ich ein kleines bisschen Frieden. Und doch werde ich das Gefühl nicht los, dass ich am Ende angelangt bin. Diese Stadt wird mir nichts mehr bieten, von nun an wird es nur noch bergab gehen. Das ist das Zeichen, meine Realität.

Als ich in den Schlaf drifte, weiß ich, was ich zu tun habe.

49

Ruben

Drei. Zwei. Eins

Als Linus lächelnd auf dem Grundstück auftaucht, lasse ich den Ball achtlos fallen und renne die Einfahrt hinauf.

Endlich lächelt er wieder.

Endlich sind die zwei Wochen um und wir dürfen uns wiedersehen. Linus hat sich kaum bei mir gemeldet und schien meine Nachrichten nicht wirklich zu lesen. Wenn ich ihn angerufen habe, hat er desinteressiert gewirkt.

Um ein Haar stolpere ich über Vanti, der glücklich vor mir herrennt. Linus breitet die Arme aus und ich schmiege mich an ihn. Ich schiele zu ihm hoch, die Wange klebt an seiner Brust. Seine Augen scheinen trüb, wie ein ausgetrockneter Sumpf.

Die Augenringe sind noch ein bisschen dunkler als gestern und die fettigen Strähnen stehen in alle Richtungen ab.

Wird er mir erzählen, was los war? Schließlich hat er sich in den zwei Wochen, in denen wir uns nicht sehen durften, kaum gemeldet. Mein Bauch kribbelt, als er meine Hand nimmt und mich zurück in den Garten führt. Linus hebt den Ball auf, streckt den Arm nach hinten und wirft. Der Ball landet am Ende des Grundstücks.

Vanti sprintet los und bringt ihn binnen kurzer Zeit zurück. Anfangs wirkt Linus energiegeladen und aufmerksam. Er interagiert, redet und spielt mit Vanti, doch nach einiger Zeit starrt er gedankenverloren in die Ferne, hebt den Ball auf, wirft ihn, hebt ihn auf, wirft ihn …

Das geht so lange, bis Vanti keine Lust mehr hat und lieber ein Loch buddelt. Wie ein Zombie tragen Linus' Füße ihn zu dem Ball. Er hebt ihn auf und holt aus. Ich nehme ihn ihm ab und schleudere ihn Richtung Haustür, verfehle jedoch und treffe beinahe das Fenster. Eine Welle der Besorgnis durchflutet mich. Linus sinkt auf den Boden. Im Schneidersitz sitzt er da und zerrupft Gras.

Der Tod seines Opas nimmt ihn ganz schön mit, realisiere ich und setze mich neben ihn. Ich kitzele eine Reaktion aus ihm, denn ein Augenpaar trifft meins und ein Lächeln huscht über seine Lippen. Sachte lässt er sich nach hinten kippen. Ich tue es ihm gleich und suche nach einer Antwort.

Wie soll ich ihn darauf ansprechen? Diese Frage bleibt hängen und beißt sich fest. Ohne Lösungsweg verliere ich mich in meinen Gedanken. Dem Himmel entweicht mit der Zeit die Farbe. Die Bienen ziehen sich zurück und Mücken beginnen, um uns herum zu schwirren. Klatschgeräusche hallen durch die Luft, ein semi-erfolgreicher Versuch, die Viecher loszuwerden. Eine setzt sich auf meinen Oberschenkel, also lauere ich ihr auf, nähere mich und Klatsch!

Nicht erwischt.

Ich gebe auf und lausche dem Vogelgesang, der hin und wieder von Motorenlärm übertönt wird. In einem Monat beginnt schon mein Studium. Wann immer ich Linus frage, was er geplant hat, zuckt er mit den Schultern. Es ist schon September, trotzdem ist es noch ziemlich warm.

Ein Grunzen reißt mich zurück in die Realität.

»Guck mal.« Er zeigt auf eine Wolke. »Sieht aus wie ein Drache, der mit einem Hund kämpft.«

Hat er wieder gekifft? Mein Blick huscht von Linus zu dem weißen Schleier. Die Augen kneife ich zusammen und konzentriere mich. *Ein Drache und ein Hund … Da!* Aus einem Drachen-Hund-Kampf wird eine Abenteuergeschichte.

Wir ergänzen uns gegenseitig, bis der Wind die Vorstellung auseinanderreißt und die Figuren im Himmel sich in Wolkenfetzen verwandeln. Und ich merke wieder, wie sehr ich *diesen* Linus vermisst habe.

Er rappelt sich auf und entledigt sich seiner Schuhe sowie Socken. Einzelne Grashalme lugen zwischen seinen Zehen hervor. Anspannung, die für mich zum Normalzustand geworden ist, fällt von mir ab. Auch ich ziehe Schuhe und Socken aus. Die Halme kitzeln meine Füße. Ich zucke, will jedoch das erfrischende Gefühl und die Nostalgie nicht missen. Mit den Zehen drücke ich das Grünzeug hin und her und versuche, Grashalme festzuhalten und abzureißen.

Linus leckt sich über die Lippen, aber sie bleiben trocken und rissig.

Wann hat er mich das letzte Mal geküsst?, versuche ich mich zu erinnern und komme zu dem Schluss, dass es schon verdammt lang her ist. Seit unserem Ausflug, um genau zu sein.

Ich lege die Hände an Linus' Hüfte und drücke ihm einen Kuss auf. Linus' Lider flattern auf und ich bilde mir ein, das Braun kurz aufblitzen zu sehen. Ich lächele, als Linus es tut, und lehne mich erneut zu ihm.

Er weicht zurück und schlüpft wortlos in seine Socken und die alten Sneaker. Und dann läuft er davon.

Was hat er denn? Mit einem Mal ist die Anspannung zurück. Eilig steige ich in meine Schuhe und folge ihm, während ich ihn immer wieder rufe. Linus hastet den Bürgersteig entlang und ignoriert mich vollkommen, als sei ich wieder nur ein Geist, wie damals in der Schule. Panik verwandelt sich in Wut.

Was fällt ihm ein, mich hier stehenzulassen? Ich bin doch kein Spielzeug! Ich sprinte los und als ich endlich vor ihm stehe, stemme ich die Beine in den Boden und blinzele gegen die Sonne an.

»Was soll der Scheiß?« Ich packe seine Handgelenke. Den genervten Blick ersetze ich durch einen besorgten. Wut bringt mich nicht weiter. »Was ist los?«, flüstere ich.

Zu meiner Überraschung werde ich in die Arme geschlossen. Für einen Moment bleibt mir die Luft weg, so fest hält Linus mich. Als sei ich der Anker zu einem Schiff auf See, das von Blitzen geplagt gegen die Wellen ankämpfen muss. Etwas an dieser Umarmung bereitet mir ein unwohles Gefühl. Etwas sagt mir, ich darf nicht loslassen. Seine Stimmungsschwankungen sind schlimmer als die meiner Mutter.

»Ich kann das nicht mehr«, flüstert Linus mit zittriger Stimme und drückt mir einen Kuss auf den Haaransatz. *Er kann was nicht mehr?* Ich kämpfe mich aus seinen Fängen, damit ich ihn ansehen kann.

»Wie meinst du das?«

»Genauso wie ich es gesagt habe.« Das Braun in seinen Augen schimmert, seine Wangen erröten. Mit diesen Worten drückt er sich an mir vorbei, stopft die Hände in die Hosentaschen und entfernt sich abermals. *Das ist nicht besonders aussagekräftig.* Ich schließe auf und begleite ihn. Mein Hals brennt.

»Das kannst du nicht machen.«

»Ich bin wie ein Stein, der die Klippe runterfällt.« Linus bringt nicht den

Mut auf, mich anzusehen. »Halt dich nicht an etwas fest, das dich runterzieht.«

Warum spricht er in Rätseln? »Was meinst du?«

Als Antwort bekomme ich ein Schulterzucken.

Hat er sich gerade von mir getrennt? Habe ich etwas falsch gemacht?

»Ich dachte, du liebst mich.« Ich bleibe stehen und verschränke die Arme.

Wenn er jetzt weiter geht, habe ich meine Antwort.

Linus tut noch wenige Schritte, bevor er stehenbleibt, sich aber nicht umdreht. »Das tue ich. Sehr sogar.« Er schnieft, räuspert sich und setzt sich in Bewegung. »Mach's gut, Sonnenschein.«

»Nein.« Panik erhöht meinen Puls, und Wut bringt mich zum Schwitzen, doch es ist die Verzweiflung, die die Kontrolle übernimmt.

»Du kannst nicht einfach Schluss machen, ohne mir eine Erklärung abzuliefern. Ist es wegen deinem Opa? Willst du eine Pause? Habe ich etwas falsch gemacht? Wir können doch …«

Linus wirbelt herum und schüttelt vehement den Kopf. Seine Wangen glänzen und eine Träne bahnt sich ihren Weg über die rissigen Lippen bis zu seinem Kinn.

Er wischt sich die Haare aus der Stirn. Die Träne trifft den Boden und verschwindet im grauen Asphalt, als hätte es sie nie gegeben.

»Ich bin froh, dass mein Opa tot ist. Zur Hölle mit ihm.« Seine Hände gleiten zurück in die Hosentaschen. *Was ist mit meinem Freund passiert?* Ich mustere den Fremden vor mir. *Das ist nicht der echte Linus. Der Echte ist lustig und sanftmütig. Vielleicht auch etwas müde, aber nicht … so.*

»Was ist los?« Die Verzweiflung kann ich aus meiner eigenen Stimme heraushören. Aber es ist meine letzte Hoffnung. Vielleicht kann Verzweiflung uns retten. Ich will nicht wieder allein sein. Was für ein selbstsüchtiger Gedanke.

Linus kickt Steinchen umher und schüttelt den Kopf.

»Rede doch mit mir.«

Keine Reaktion.

»Soll ich dir zuerst etwas erzählen?« Meine Stimme hallt laut durch die Straßen, bis hin zu den Häusern der Nachbarn. Gegenüber stoppt selbst eine gebrechliche Oma im Garten und lugt über den Zaun. Dieses Mal ist es mir egal.

Ich streiche über meine vernarbte Haut. So lange habe ich es ausgehalten, doch gestern, als ich Linus wieder geschrieben habe, die Haken blau wurden und unbeantwortet blieben, hat der Drang mich überrannt und ich habe nachgegeben.

Nicht einmal eine Gute-Nacht-Nachricht bin ich ihm mehr wert, habe ich gedacht und mir die Rasierklinge geschnappt. Ich habe sie angesetzt und meinem Spiegelbild entgegengestarrt.

Ich habe ihm versprochen, damit aufzuhören, habe ich gedacht. Und trotzdem habe ich es getan und jetzt gibt der Schnitt rotglänzend frei, wie ich mich fühle. Für alle bin ich sichtbar, ob Nachbarin, Eltern oder Kassierer im Supermarkt.

Und das ist gut so. Ich will nicht mehr unsichtbar sein. Trotzdem, jeder Einzelne kann die Wunde sehen und ich erinnere mich zu gut an die Blicke voll Mitleid und Ekel. Jeder sieht mich so an. Jeder außer Linus. Der mustert mein Handgelenk nun und sieht traurig aus.

»Ich hab' damit angefangen, weil ich in der Schule gemobbt wurde. Die Typen haben mich beleidigt und zusammengeschlagen. Sie haben Marcel bezahlt, mir Liebe vorzuspielen und dieses verdammte Video zu machen.« Linus lässt die Schultern sinken.

»Aber das hat dich ja sowieso nie interessiert.«

Er reißt die Augen auf und zupft an seinem Shirt, die freie Hand ballt er zur Faust. Nur langsam gleiten die dunklen Augenbrauen in ihre Ausgangsposition zurück. Ein trauriger Gesichtsausdruck bleibt zurück, doch nirgendwo ist Mitleid zu sehen.

»Am liebsten würde ich Marcel verprügeln und ihm das Gleiche antun«, sage ich, obwohl ich weiß, dass ich das nie könnte oder wirklich *wollte*. »Und wegen denen musste ich mir deinen Taschenrechner ausleihen.

Wäre das nicht geschehen, wären *wir* vielleicht nie passiert.« Ich schlucke die Tränen hinunter. »Jetzt du.« Linus verlagert sein Gewicht von einem Fuß auf den anderen, Blick behält er am Boden. Schließlich öffnet er den Mund, schließt ihn wieder und leckt sich über die Lippen.

»Ich gebe dir drei Sekunden.« Mit geschlossenen Augen atme ich durch. Die Sonne strahlt so hell, dass ich durch die geschlossenen Lider ausmachen kann, wo sie am Himmel steht. Ich weigere mich, Linus' Entscheidungsfindung zu beobachten, konzentriere mich stattdessen auf den weißen Kreis, der hinter dem Schwarz tanzt und immer wieder verschiedenfarbige Flecken mit sich bringt.

»Drei.« Erdrückende Stille. Meine Augen gewöhnen sich an die Dunkelheit.

»Zwei.« *Komm schon.* Die bunten Flecken verschwinden, nur der hellste bleibt. Ich zögere. Doch ich muss beenden, was ich begonnen habe. Nicht zu Ende zu zählen, wird ihn nicht davon abbringen, zu verschwinden. Trotzdem hoffe ich, dass die Zeit einfriert, solange ich nur die Augen geschlossen halte. Ich kann ja mit geschlossenen Augen weiterleben? Blinde schaffen das schließlich auch. Doch Linus niemals wieder zu sehen, tut in meiner Seele weh. So oder so, ich kann nichts an seiner Entscheidung ändern.

»Eins.« *Bitte. Tu mir das nicht an.*

Linus' Lippen bleiben versiegelt.

»Null.« *Wow. Es ist also einfach vorbei?* Ich reiße die Augen auf und schnappe nach Luft. Ein Schluchzer entkommt meiner Kehle, woraufhin Linus mitleidig lächelt. Das erste Mal, dass er mir Mitleid entgegenbringt. Das ist es, was ich an ihm geliebt habe. *War das alles Johns Werk? Bin ich auf den gleichen Trick noch einmal reingefallen? Wie viel Geld hat er bekommen?*

Ich halte den Atem an. Ertrage ich die Antwort?

»Hast du mich jemals geliebt? War irgendwas davon echt?«

50

Ruben

Fake

Ein Kopfschütteln.

Mein Herz zerspringt in tausend Teile, überall verteilt auf dem Gehweg, unmöglich sie je alle einzusammeln. Ich falle in einen tiefen Abgrund und fürchte, nie mehr hinauszufinden.

»Tut mir leid«, sagt Linus und setzt erneut zum Gehen an.

Bitte lass mich nicht zurück. Der Gedanke an das Alleinsein schüttelt meinen ganzen Körper.

Einsamkeit begrüßt mich und verschlingt meine Denkfähigkeit. Ich sprinte hinterher, klammere mich an Linus' Hüfte und lasse mich fallen. Gemeinsam krachen wir zu Boden, Linus landet auf mir. Ich verhindere die Aufstehversuche.

»Ich tue alles, was du willst. Bitte.«

Weinend umfasse ich seinen Oberkörper fester und kralle die Finger in das Fleisch, als Linus versucht, meine Finger zu lösen. »Ich brauche dich.« Meine Sicht verschwimmt, die Umwelt verzerrt sich, bevor sie sich im Kreis dreht, wie an dem Abend, an dem wir auf Leos Dach gekifft haben.

»Du brauchst mich nicht«, murmelt Linus, während er weiterhin versucht, mich loszuwerden. »Ich bin zu nichts zu gebrauchen.«

In meinen Ohren rauscht es. *Er hat recht.* Das schlechte Gewissen rammt ein Messer in meine Brust. *Ständig hat er mich ignoriert, ich war ihm immer egal.* Mein Gewissen presst das Messer tiefer in die Wunde und dreht es quälend langsam. *Er hat mich nur benutzt.*

»Du hast recht.« Ich lasse los.

Linus' Mundwinkel zuckt. Schief lächelt er. Sanft packt er mein

Handgelenk und hilft mir auf die Beine.

»Ich dachte, du bist nicht wie Marcel.«

Linus atmet tief durch, wendet sich ab und verschwindet im Schatten der nächsten Hausecke.

Fick dich. Ich hasse mich für diesen Gedanken. Ziellos rase ich in die entgegengesetzte Richtung. Dank dem Meer aus Tränen ist meine Sicht nach kurzer Zeit so verschwommen, dass ich kaum noch etwas sehe.

Jemand rumpelt gegen mich. Ich ignorierte den Schmerz in meiner Schulter und murmele eine Entschuldigung, ohne die Augen vom Boden abzuwenden. Als ich gepackt und gegen die Wand geschleudert werde, schaue ich auf. John grinst auf mich herab und setzt eine Welle des Ekels in mir frei. Mein Körper steht in Flammen, das Herz rast.

»Kempilein!«

Ich widerstehe dem Drang, die Augen zu verdrehen und versuche, die aufkommende Panik zu ignorieren. John packt mich an den Schultern und presst mich gegen die Mauer, Devin neben ihm. Vom Rest seiner Anhänger ist keine Spur.

Frag ihn, ob er Linus bezahlt hat. Zum ersten Mal, seit ich mich erinnere, baue ich Blickkontakt mit dem Monster auf. Schiefe Zähne strahlen mir entgegen. Unter dem rechten Auge leuchtet ein fettes Muttermal.

Ich muss es wissen. Aber … Ich öffne den Mund und bringe keinen Ton heraus. *… dann würde ich Linus outen.*

»Wessen Schwanz hast du heute schon gelutscht?« Johns Atem riecht modrig, als hätte er noch nie eine Zahnbürste angerührt. Das Lachen bringt seine Brust zum Beben. Devin steht reglos neben ihm.

Das Gesicht verziehe ich zu einer angewiderten Grimasse und halte den Atem an. Trotz allem halte ich dem Blick stand, setze ein Grinsen auf und wundere mich, ob Linus sein Lächeln auch immer erzwingt.

»Den von deinem Dad«, sage ich und wie erwartet landet Johns Faust in meiner Magengrube. Abgesehen von einem Keuchen zeige ich keine Reaktion. Körperlicher Schmerz befreit mich von dem Leid der Psyche.

Er hat mich nie geliebt.

Das war alles bloß ein Spiel.

Als John ausholt, reiße ich mein Knie nach oben. Mit voller Wucht landet es in Johns Schritt. Ein schmerzerfüllter Schrei hallt gemeinsam mit unzähligen Schimpfwörtern in meine Ohren. John sucht Halt an meinen Schultern, doch ich schüttele ihn ab und ergreife die Chance. Ich schubse ihn zu Boden und versetze ihm einen halbherzigen Tritt. Einen Schritt komme ich, bevor John meinen Knöchel packt und zurückzerrt. Ich kralle mich an der Mauer fest, um nicht zu Boden zu stürzen.

Bring es hinter dich. Ich bin drauf und dran, mich dem Schmerz hinzugeben. Bis Devin sich rührt. Er stampft die Fessel, die mich hält – Johns Handgelenk – nieder. Im nächsten Moment zerrt er mich mit sich. Erleichterung paart sich mit einem schlechten Gewissen, doch ein bisschen Schadenfreude kann ich nicht unterdrücken. Lachend und weinend presche ich gemeinsam mit meinem Retter davon.

Irgendwo am Stadtrand bleibe ich stehen und stemme die Hände auf die Knie. Meine Kehle ist staubtrocken und der Geruch von verbranntem Gummi verätzt meine Schleimhäute.

Keine Spur von Devin. Ich schaue mich um, finde ihn jedoch nirgends. Er muss sich irgendwo auf dem Weg aus dem Staub gemacht haben.

Ich rufe Timo an. Noch bevor er zu Wort kommt, unterbreche ich ihn bereits.

»Stehst du immer noch auf mich? Kann ich zu dir kommen?«

»Warum?«, dringt in überraschtem Ton aus dem Lautsprecher. »Willst du etwa bumsen?« Ist das nur ein Scherz? Timo kann kaum ernst bleiben, selbst in solchen Situationen. Oder will er mich aufmuntern?

Ich wickele eine Strähne um meinen Finger und zucke mit den Schultern. Er sieht es zwar nicht, aber die Stille sagt wohl genug, denn er fragt:

»Ist das ein Ja?« Er gluckst. »Ich hol dich ab.«

Ich zögere.

Pompöse Häuser, Gärten und meterhohe Mauern zischen an uns vorbei. Wir sind auf der anderen Seite unserer kleinen Heimat, an einem Ort, an dem ich noch nie war. Ich bin froh, dass noch Semesterferien sind, sonst hätte ich den ganzen Weg zurücklaufen müssen. Und ich brauche dringend jemanden zum Reden. *Deshalb hat Timo mich bisher nie mit zu sich genommen.*

Auch Leos Haus liegt abseits, während Linus in der Mitte in einem winzigen Wohnviertel wohnt. Timo räuspert sich und setzt den Blinker. Ich schüttele mich, als der in unregelmäßigen Abständen seltsam aufschreit. Timo lacht.

»Das ist normal. Ich mache mir erst Sorgen, wenn sie das nicht mehr macht«, sagt er und streicht über das Armaturenbrett. Wir biegen links ab. Rechts und links der unendlich langen Einfahrt stehen Walnussbäume. Timo versetzt dem Radio einen Schlag und das Rauschen verschwindet.

Ich analysiere das Innere des Wagens: Kein einziges Staubkörnchen, dafür sind die Sitzbezüge löchrig, die Kurbel des hinteren Fensters rutscht über den Rücksitz und dem Ganghebel fehlt das obere Teil. Ersetzt wird es durch einen halb aufgeschnittenen Tennisball, der mit Panzertape befestigt ist.

»Das lasse ich bald reparieren.« Timo schielt zu mir. Mein Körper füllt sich mit Hitze. Ich zupfe an meinem Shirt und starre aus dem Fenster.

Durch einen Torbogen gelangen wir über einen Schotterweg zu einer Villa. Drei Garagen, aber Timo fährt um das Haus und hält dort.

Drinnen traue ich mich kaum, etwas zu berühren. Timo führt mich in sein Zimmer, das mit seiner Schlichtheit überrascht. Eine uralte Couch bildet die Mitte des Raums.

Schiefe Schränke und ein Tisch mit einer gesprungenen Glasscheibe sind drum herum platziert. Nur das Bett und der Fernseher deuten auf den Reichtum hin.

»Meine Eltern verdienen gut.« Er plumpst auf die Couch. »Ignorier es einfach.«

Ich sehe aus dem Fenster. *Ist das ein Pool?*

Timo folgt meinem Blick. »Wir können später schwimmen, wenn du Lust hast.«

Ich zucke mit den Schultern. An der Wand hängen unzählige Bilder von Menschen, die ich nicht kenne. Und Timos besten Freunden, unter anderem auch mir. Eins von ihnen zeigt zwei Jungs, die sich küssen. Ich sehe genauer hin und erkenne mich selbst und Linus. Traurigkeit kriecht in rasantem Tempo in mir empor und ich will es unterbinden, aber dann schießen die Tränen schon in meine Augen. Ein Schluchzer entkommt meiner Kehle.

Schniefend falle ich auf die Knie. Binnen Sekunden schlingen sich Arme um mich, heben mich mühelos auf und setzen mich auf dem Bett ab.

»Er hat Schluss gemacht«, bricht es aus mir heraus. Timos Wundwinkel zucken nach unten, doch von Überraschung ist nichts zu sehen. Er schiebt einen Stuhl zum Bett und setzt sich.

Hat er davon gewusst?

»Ich hätte wissen müssen, dass es ihm nur ums Geld ging.«

In Timos Augen flackert etwas. Überraschung? Verwirrung? Er beugt sich vor und legt seine Hand auf mein Knie.

»Geld?« Er hebt eine Augenbraue, die Stirn legt sich in Falten.

Ich wische mir über die Nase und nicke. Er reicht mir ein Taschentuch, das ich dankend annehme.

»Was meinst du?«

»John hat ihn bezahlt, damit er mit mir zusammen ist. So wie bei dem Video.«

»Glaubst du das oder weißt du es?«, fragt Timo.

»Ich bin mir ganz sicher.«

»So etwas würde er nie tun.«

Selbst Timo scheint nicht überzeugt von seiner eigenen Aussage. Vielleicht fragt er sich, wer sein bester Freund überhaupt ist. Nachdenklich begutachtet er die Bilderwand. Als er sich umdreht, atmet er langgezogen aus und deutet in den Raum. »Wenn er Kohle bräuchte, würde er zu mir kommen.«

Vielleicht bekommt er von seinen Eltern nichts.

Sofort holt das schlechte Gewissen ihn ein. Schließlich sind wir Freunde. Doch wie befreundet sind wir wirklich, wenn ich kein Teil mehr von Linus' Leben bin?

»Meinst du wirklich, derjenige, der den Videomacher bezahlt hat, wiederholt das alles mit Linus?«

Ich nicke, bis mir schwindelig ist. An Timos Schulter finde ich Halt.

»Warum sollte er das Gleiche zwei Mal bringen? Wenn das alles fake wäre, warum sollte Linus sich outen und dich uns vorstellen?«

Er hat Recht. Ich schnäuze. Mit einem Mal fühle ich mich noch schlimmer. *Ich habe also irgendetwas getan, weshalb er mich nicht mehr liebt.* Die Erkenntnis schwirrt schon seit Stunden in meinem Kopf. Langsam akzeptiere ich sie.

Abermals begutachte ich die Bilderwand und entdecke ein Bild, auf dem Timo einen mir unbekannten Typen küsst. Seine Haare im Bild sind blond und etwas länger und er ist oberkörperfrei. Als er neben mir auftaucht, deute ich wortlos darauf.

»Das ist Felix. Wir sind nicht zusammen, aber wir vögeln.« Verlegen kratzt er sich am Nacken und grinst. »Erzähl's Linus nicht. Er … naja.«

»Was meinst du?«

»Naja, er … ich … das darf ich nicht erzählen. Kann ich nicht. Er hat es dir wirklich nicht gesagt?«

»Nein. Was denn?«

»Es ist sein Geheimnis. Ich dachte, du wüsstest es. Tut mir leid. Aber es ist nicht deine Schuld, dass er es dir nicht gesagt hat. Auch nicht, dass er mit dir Schluss gemacht hat. Er liebt dich immer noch. Vertrau mir. Es ist nur … naja.«

Ich frage weiter nach, bekomme jedoch keine Antwort. Auf der einen Seite hasse ich Timo dafür, auf der anderen beweist er damit, dass er ein guter Freund ist. Aber es zeigt auch, dass Linus immer vor mir kommen wird. Was wiederum auch verständlich ist. Wie auch immer.

»Was hat es mit diesem Felix auf sich?«, frage ich, um uns beide von diesem beschissenen Gefühl abzulenken.

Timos Augen leuchten auf.

»Wir haben uns im Urlaub kennengelernt. Er kommt aus der Schweiz und er hat mir geholfen, als ich meinen Ski verloren habe. Er hat mich zurück ins Hotel gebracht und …« Er grinst breit. »Wir sind nicht zusammen. Das Bild ist auch schon zwei Jahre alt. Aber wir treffen uns einmal im Jahr im Skiurlaub und haben ein wenig Spaß.« Mit einem Mal sieht er traurig aus. »Komm.« Er gibt meinem Knie einen Klaps. »Wir trinken was und später düsen wir 'ne Runde durch die Stadt.«

Er steht auf und streckt mir die Hand entgegen. Ich nehme sie an und komme auf die Beine. Wir schlendern durch den breiten Flur, doch Timo wirkt angespannt. Seine Finger lässt er an der Wand entlanggleiten.

»Du magst ihn«, sage ich und stupse ihn an.

Seine Wangen erröten und er weicht meinem Blick aus. Linus hat erzählt, Timo steht jede Woche auf eine andere. Von denen hat er aber keine Fotos aufgehangen. Ein Lächeln schleicht sich auf meine Lippen, als ich mir vorstelle, wie Timo *verliebt* ist. Gleichzeitig bringt es meine Gedanken zu Linus und ich werde traurig.

»Ich stelle dich meinen Eltern vor. Sie werden dich wahrscheinlich hassen, weil sie arrogant sind. Aber das ist egal.« Er winkt ab und rennt die Treppen hinunter. Auf dem Weg zur Küche reißt Timo einen unlustigen Witz. Und zum ersten Mal lache ich nicht nur aus Höflichkeit.

Am nächsten Vormittag setzt Timo mich auf Siggies Hof ab. Vanti haben wir bei der gestrigen Runde durch die Stadt abgeholt.

Hatte ich wirklich vor, mit ihm zu schlafen? wundere ich mich während der Fahrt und lehne die Stirn gegen die kühle Fensterscheibe, bis wir ankommen. *Linus würde so etwas nie tun.*

Eine Umarmung später fährt Timo davon. Der Wind wirbelt mein Haar umher und auch Vantis Fell steht in alle Richtungen ab. Auf der Suche nach Ablenkung erledige ich den Nachmittag über alle Arbeiten, vor denen ich mich sonst drücke.

Als mir keine einzige mehr einfällt, lege ich mich mit Vanti zu den Kälbern ins Stroh, nutze Ashikas runden Bauch als Kissen und lasse mich abschlecken. Ihre raue Zunge kitzelt auf meinem Arm und nach einiger Zeit beginnt es, wehzutun, also drücke ich ihren Kopf zur Seite, bis sie aufgibt und sich meinen Haaren zuwendet.

Linus hat gesagt, er hat mich nie geliebt. Das glaube ich ihm nicht. Die Arme verschränke ich, während ich an gestern denke. *Warum hat er Schluss gemacht? Weil er seine Sexualität nicht akzeptiert?* Ich habe ja gemerkt, dass er es verbergen will, aber es ist beängstigend, sich zu outen, also verstehe ich ihn. Ich habe mich nicht einmal geoutet und wurde in der Schule gemobbt.

Außerdem gibt es genug Menschen, die uns wegen unserer Sexualität umbringen wollen. Aber seine Familie und Freunde akzeptieren ihn und in unserer winzigen Stadt ist die Chance, ermordet zu werden, sehr gering. Wovor hat er also Angst?

Ein Räuspern lässt mich zusammenzucken. Mein Kopf schießt in die Höhe. Eine Explosion von Emotionen durchflutet mich und erst danach kann ich wieder einen klaren Gedanken fassen.

Was macht er hier?

51

Ruben

Noch fünf Minuten!

Ich erstarre.

Die Zeit friert ein, mit einem Mal hört die Erde auf, sich zu drehen. Eine triefnasse Strähne fällt in mein Gesicht und hinterlässt eine schleimige Speichelspur. Linus schmunzelt.

Mein Herz rast wie verrückt. Linus' Lachen hallt durch den Stall und entspannt meine Glieder binnen weniger Sekunden, wie die Musik, die ich ab und an zum Einschlafen höre. Vanti ist längst aufgesprungen und begrüßt den Besucher. Linus streichelt ihn mit einer Hand und ein neugieriges Kälbchen mit der anderen.

Er sieht mich mit diesem Hundeblick an. Sobald er mich so ansieht, verpufft meine Wut mit einem Mal. Zumindest war es bisher so. Aber nicht dieses Mal.

Aus irgendeinem Grund habe ich immer das Gefühl, alles ist meine Schuld. Sicher habe ich etwas falsch gemacht, dass er sich so verhält, oder? Linus könnte mir die Kehle aufschlitzen und mit meinem letzten Atemzug würde ich mich noch dafür entschuldigen, dass ich auf sein Shirt blute.

Und vielleicht bin ich deshalb schwach und naiv dafür. Vielleicht habe ich es meinen Eltern zu verdanken, die mir immer die Schuld an allem gegeben haben. Die meine Wut nicht akzeptiert haben. Vielleicht habe ich meine Wut so lange zurückgehalten, dass Linus jetzt alles abbekommt. Aber in diesem Moment ist es mir egal.

Ich packe ihn am Stoff seiner Kleidung, reiße ihn zurück und wirbele uns beide herum, sodass wir vor dem Heuballen stehen. Kraftvoll stoße ich ihn nach hinten. Überrascht reißt er die Augen auf und wirbelt mit den Armen.

Schnell rappelt er sich auf und streicht Heuhalme von seinen Klamotten. Danach steht er reglos da und sieht mich an, als warte er, bis ich ihn nochmal von mir stoße.

»Schlag mich. Schrei mich an. Ich hab's verdient.«

Nein. Halt die Klappe. Hör auf, das zu wollen. Ich blinzele die Tränen zurück und wende mich ab. Seine Hand landet auf meiner Schulter, doch ich schüttele sie ab.

»Wichser«, presse ich kaum hörbar hervor.

»Wie bitte?«

Ich drehe mich um. Linus steht grinsend vor mir.

»Ich habe dich nicht gehört.«

»Wichser«, wiederhole ich etwas lauter.

»Ist das alles?« Herausfordernd blickt er mich an. Seine Augen blitzen auf.

»Ist das alles?«, äffe ich ihn nach und werfe die Arme in die Luft. Meine nächsten Worte gleichen fast schon einem Brüllen. »Du bist ein Arschloch.«

Diese Worte entfachen die Wut endgültig.

»Ich hätte von Anfang an wissen müssen, dass mit dir abzuhängen keine gute Idee ist. Erst hast du mich ständig ignoriert, dann versteckt. Hattest eine Freundin und hast sie betrogen. Deine Familie und Freunde hast du angelogen. Mich auch. Redest nicht über deine Gefühle und verhältst dich, als sei alles gut.« Mit jedem Wort rede ich mich mehr und mehr in Rage. In Linus' Gesicht kann ich keine Emotion ablesen. »Und dann trennst du dich plötzlich von mir und behauptest, du hättest mich nie geliebt. Was machst du jetzt, mh? Dich wieder entschuldigen?«

Abermals werfe ich die Arme in die Luft. Ich laufe im Kreis. Vanti sitzt einige Meter weiter und legt den Kopf schief.

»Deine Entschuldigungen sind das Schlimmste. Jedes Mal falle ich darauf herein. Dieses Mal wird es sicher dasselbe sein, weil dein scheiß Opa gestorben ist und du nichts dafürkannst, dass es dir deshalb schlecht geht und du durch den Wind bist.«

Er starrt mich wortlos an. Sein Blick ist noch immer kalt. Einen Schritt tritt er auf mich zu. Ich rühre mich nicht. Das hat sich gut angefühlt. Trotzdem verfolgt mich nun das schlechte Gewissen. Das war so unglaublich gemein und unfair. Die Vergangenheit spielt keine Rolle mehr, oder?

»Fühlst du dich besser? Jetzt, wo du alles rausgelassen hast, was du sonst zurückgehalten hast?«, fragt Linus. Ein Lächeln schleicht sich auf seine Lippen.

»Du machst es mir schwer, dich zu lieben«, flüstere ich. Gleichzeitig macht er es mir unmöglich, ihn nicht umarmen zu wollen. Ich brauche eine Umarmung, brauche seinen Geruch, seine Wärme. Ich brauche ihn.

Deshalb umarme ich ihn, als hätten wir uns nie getrennt und es fühlt sich verdammt nochmal gut an. Ich will, dass alles wieder gut ist und wir zusammen glücklich sein können. Die Vergangenheit will ich vergessen, als sei das alles nie geschehen. Als würde ich nicht viel zu schnell verzeihen.

Linus drückt mich so fest an sich wie noch nie, eine Bestätigung meines Verdachts. *Er liebt mich.* Trotzdem stelle ich eintausend Fragen.

»Was ist los? Hast du doch nicht Schluss gemacht? Habe ich es falsch verstanden? Ist etwas geschehen?«

Als Linus wortlos meine Finger mit seinen vereint, einen Kuss auf meinen Handrücken drückt und mich aus dem Stall leitet, quittiere ich sein Verhalten als Folge des Todes seines Großvaters.

Er war nur durch den Wind. Als Jan gestorben ist war ich genauso drauf. Die Schule habe ich damals schleifenlassen und meine damaligen Freunde habe ich vernachlässigt. Ich wusste zwar nicht, dass er seinem Opa so nahesteht, aber so lange kennen wir uns noch nicht. Zumindest hat er ihn nie erwähnt. Ich übe Druck auf seine Hand aus.

Heißer Atem in meinem Nacken beschert mir Gänsehaut. Ein letzter Funke Wut zischt durch mein System.

Er gibt mir nicht einmal eine Erklärung. Bevor der Hass sich gegen mich wendet und in Selbsthass verwandelt, weil ich immer und immer wieder verzeihe, erhascht Linus den Funken und löscht ihn zwischen seinen Fingern. Mit nur vier Worten.

»Es tut mir leid.« So leise, dass es auch ein Windstoß sein könnte, ein Gähnen, ein einfacher Seufzer. Ich stoße die Luft aus, öffne den Mund und klappe ihn zu, ohne etwas gesagt zu haben.

Ich frage ihn später. Wir haben Zeit.

Stroh wirbelt durch die Luft und rieselt in mein Haar. Fluchend wende ich mich ab. Ein tiefes Lachen dröhnt in meinen Ohren, doch es klingt nicht echt. Linus' Mundwinkel ziehen sich noch weiter nach oben, als unsere Blicke sich treffen, seine Augen strahlen im Sonnenlicht. Seine Haut schimmert.

Hat er geweint? Erneut fliegt Futter in seine Richtung und ich beschwere mich nicht, obwohl die Krümel jucken und ich erst kürzlich den Boden gefegt habe. Ich setze zum Gegenangriff an. Irgendwann rennen wir voneinander weg, hinterher, weg, hinterher … derjenige, der nichts in der Hand hält, flüchtet.

In diesem Moment ist es Linus, der das Weite sucht, doch er wirkt schlapp und antriebslos. Seine Füße schlurfen über den Boden und er bewegt sich langsam. Ich schieße ums Eck und werde gepackt. Das Stroh in meinen Händen landet überall – Auf mir, auf Linus, in den Haaren, unter jeglichem Stoff, den wir tragen. Ich schüttele mich, doch das unangenehme Gefühl auf meiner Haut schwindet nicht.

Linus wuschelt mir durch die Haare und reißt mich zu sich. Plötzlich ist alles still. Grün trifft Braun. Seine Finger gleiten über meinen Bauch, die andere ruht auf meinem Rippenbogen.

Sein Haar leuchtet golden, einzelne Strähnen hängen ihm in die Stirn und er sieht aus wie ein Welpe. Zwei Finger üben Druck auf meine Taille aus, dann drei. Sie drücken mich näher zu Linus.

Lass ihn nicht einfach so davonkommen.

Gegen meinen Willen bin ich derjenige, der unsere Lippen vereint und das Feuerwerk in meinem Bauch freisetzt. Ich bin mir meiner schwitzigen Handflächen bewusst und trotzdem vereine ich unsere Hände miteinander. Linus' Präsenz schickt Nervosität durch meinen Körper. Vanti springt an uns hoch.

Ich knie mich zu ihm und vergrabe mein Gesicht im Fell. Linus schlingt die Arme um mich. Die Wange presst er gegen meinen Rücken.

»Es tut mir leid«, haucht er abermals in mein Ohr. »Du hast etwas so, so, so viel Besseres verdient als mich.«

Kaum merklich schüttele ich den Kopf. Statt so etwas zu sagen, sollte er lieber sein Verhalten ändern. Aber darüber will ich heute nicht mehr nachdenken. Morgen vielleicht.

Mühsam erhebe ich mich und werfe einen Blick gen Horizont. Jetzt ist der perfekte Moment.

»Komm mit«, sage ich und hetze vom Hof.

Durch die Bäume flackern einzelne Lichtkegel, Blutorange verwandelt sich in Lila, das mit dem Blau des Himmels verschmilzt. Vanti prescht vorneweg über das Stoppelfeld, ich in zweiter Position über die frischgemähte Wiese auf der anderen Seite des Weges. Linus stolpert hinterher. Vor uns erstreckt sich Wiese um Wiese, Feld um Feld. Bergab, im Tal, schlängelt sich ein Bach durch die Landschaft und zerbricht das Bild. Talaufwärts kommt unendlich lange nichts.

»Glaubst du, der Himmel ist wie eine unendlich lange Wiese? So wie hier?«, sagt Linus und holt auf.

Es lag tatsächlich am Tod seines Großvaters.

»Ganz sicher.«

Daraufhin lächelt Linus, stoppt in seiner Bewegung und entspannt sich sichtlich. Mit dem nächsten Ausatmen lässt er sich im Gras nieder, streckt alle Glieder von sich und starrt nach oben. Doch die Traurigkeit hinter seinen Augen bleibt.

»Um elf muss ich gehen, bis dahin gehöre ich ganz dir«, sagt er mit gesenkter Stimme. »Um zwei Uhr fliegen angeblich Sternschnuppen. Verpass sie nicht.«

Werde ich nicht. Unsere Hände finden einander. Für Stunden starren wir in den Himmel, begleiten die Sonne, bis sie verschwunden ist, und begrüßen den Mond, der blass am Himmel auftaucht. Grillen zirpen um uns herum, während in der Ferne ab und an eine Kuh zu vernehmen ist. Der kühle Wind trocknet den Schweiß auf meiner Haut und trägt den Geruch von frisch gemähtem Gras und Regen zu uns. Linus redet wie ein Wasserfall, erzählt von seiner Kindheit und stellt eine Million Fragen über meine.

Und dann verstummt er. Er atmet tief ein und noch tiefer aus. In einer umständlichen Bewegung rollt er sich auf die Seite und rutscht näher. Sein Mundwinkel zuckt.

»Ich liebe dich«, haucht er gegen meinen Hals. »Danke für alles.«

Ich streiche über seine Wange, an der Kinnpartie entlang über die Lippen bis zur Nasenspitze.

»Ich liebe dich auch. Willst du mir jetzt sagen, was gestern los war?« Vorsichtig suche ich Blickkontakt und wage es kaum, einen einzigen Atemzug zu tun.

»Weißt du, was ich jetzt viel lieber tun würde?« Er beugt sich vor und flüstert etwas in mein Ohr, bevor er einen Kuss auf die Stelle dahinter drückt.

»Hier sind wir für alle sichtbar.« Mein Grunzen kann ich nicht vermeiden.

Linus deutet in Richtung der Büsche beim Bach und wackelt mit den Augenbrauen. *Nicht sein Ernst?* Ich breche in schallendes Gelächter aus. *So leicht lasse ich ihn nicht davonkommen,* sagt mein Kopf, mein Körper jedoch verlangt etwas anderes.

»Ich seh' doch, dass du es willst.« Grinsend mustert er mich und bleibt bei meiner Körpermitte hängen. Peinlich berührt bedecke ich die Stelle. *Warum schäme ich mich?*

Sanft tanzen seine Fingerspitzen über meine Seite, bis hin zum Hosenbund. Er zupft daran, ein abwartender Blick liegt auf mir. Nicht drängend oder fordernd – neugierig. Als hätte er keine Ahnung, was unter dem Stoff auf ihn wartet.

Als kenne er meine Antwort nicht.

Ich schubse ihn auf den Rücken und throne binnen eines Moments auf seiner Hüfte.

So leicht lasse ich mich umstimmen? Linus' Hände an der Innenseite meines Oberschenkels schalten meinen Kopf endgültig aus. Vanti liegt einige Meter weiter im Gras. Hitze fließt durch meine Venen und schickt Blut Richtung Körpermitte. Der Puls steigt rasant an. Als meine Hose von meinen Hüften rutscht, analysiere ich die Umgebung. Wir sind allein.

Kurze Zeit später landen wir im Heubodenversteck. Das Gras ist zu pieksig, die Gefahr, erwischt zu werden, raubt uns die Konzentration und außerdem fehlen uns die richtigen Utensilien. Ich öffne die Schublade der verstaubten Kommode, hole Kondom und Gleitgel heraus und krabbele zu Linus auf die Decke.

»Sag mal«, beginnt er, legt einen Arm um mich und drückt mir einen Kuss auf die Schläfe. »Du stehst auch auf Frauen, richtig?«

Ich nicke, woraufhin er die Geste imitiert.

»Das heißt, du würdest auch den aktiven Part übernehmen?«

»Ja. Warum?«

Röte schießt in Linus' Gesicht, er sinkt auf den Rücken und verdeckt die Augen mit dem Arm. »Nur so.«

Ein Grinsen wächst auf meinen Lippen. *Nur so.*

Ein Schleier aus dunklen Wolken zieht sich über den Himmel, als wir uns auf den Weg zum Hofeingang machen. Linus' Mutter wartet auf uns, um uns nach Hause zu bringen. Während der Fahrt spricht sie kaum, jedoch hat sie ein Lächeln im Gesicht. Bei mir zuhause setzt sie uns ab.

In meinem winzigen Zimmer singe ich ein Lied, das nur für Linus' Ohren bestimmt ist. Ein Lied, das ich nur für ihn geschrieben und einstudiert habe, bis ich jeden Ton und jede Zeile perfekt vortragen konnte. Mit der Melodie des Kindheitslieds, das Linus' Mutter so oft summt, von dem er so oft erzählt, dessen Namen er nicht kennt.

In meiner Tasche liegt die Antwort.

Stundenlang habe ich danach gesucht und es endlich gefunden, aufgeschrieben und fortan mit mir herumgetragen. Ich streiche die Gitarrensaiten, so sanft, so leise, so vorsichtig. Meine Stimme kommt einem Flüstern nahe und doch treffe ich jeden Ton. Hoffe ich zumindest. Ich singe und spiele und Linus summt und tippt mit dem Fuß. Danach kuscheln wir uns unter die Decken und halten einander.

Unsere Lippen verschmelzen miteinander, bis sie geschwollen sind, bis unsere Haut zusammenklebt, Schweiß als Kleber. Wir reden kaum, sondern kommunizieren wortlos mit Berührungen und kaum hörbarem Brummen.

Bis es Zeit ist, Abschied zu nehmen.

Bin ich eingeschlafen? Ich reibe mir die Augen.

Linus kniet sich aufs Bett, steckt sein Handy in die Tasche und stopft die Decke unter mich. Er drückt mich fest an sich. Ein letzter Kuss besiegelt unsere Liebe. Langsam entfernt er sich und ich halte ihn fest, doch kann ihn nicht am Gehen hindern. Als auch der letzte Kontakt unserer Fingerspitzen abbricht, liegt ein undefinierbarer Ausdruck in Linus' Gesicht.

»Ich liebe dich.«

Ich erwidere die Botschaft und setzte mich eilig auf.

»Bleib noch«, sage ich gegen die Stille. Der Bass, der sich hinter meiner Stimme versteckt, schüttelt mich. Unsere Zeit ist nicht endlos.

»Noch fünf Minuten?« Die Verzweiflung in meiner Klangfarbe mischt sich mit dem Schlaf, der mir noch in den Knochen sitzt. Ich will nicht, dass er mich verlässt, und mein Magen dreht sich bei dem Gedanken daran, ihn gehen zu lassen.

Linus öffnet den Mund und klappt ihn wieder zu. Er lächelt. Und schließt stumm die Tür.

52

Linus

Rache

Stöhnen dringt durch Kopfhörer in meine Ohren, dunkles Haar wippt schwerelos. Mein Blut kocht und ich wage es nicht, auch nur einen Atemzug zu tun.

Das Handy knalle ich gegen den Schrank in meinem Zimmer. Keine Sekunde später trifft meine Faust die Wand. Ich nehme das Telefon, mache mich auf den Weg zur Garage und schaue mich um. Ein Riss zieht sich über den Bildschirm, aber es ist noch funktionstüchtig.

Ich bring den Wichser um. Ich hätte das schon viel früher tun müssen. Nie habe ich mich überwunden, Ruben nach dem Video zu fragen, nach dem Mobbing und wer das alles getan hat. Bis jetzt habe ich es auch nie angesehen, jedoch war es in der Chatgruppe noch immer sichtbar.

Im Licht der flackernden Lampe durchwühle ich den unaufgeräumten Werkzeugschrank. Kaum hörbar fluche ich und trete dagegen. *Dad wollte das vor Ewigkeiten aufräumen.*

Mit einem alten Baseballschläger verlasse ich das Grundstück.

›Endlich bist du ein echter Mann‹, feuert Riot an. Ich eile durch die Straßen. Einmal rechts, zwei Mal links.

Nach zwanzig Minuten Fußweg stehe ich vor einem gelben Haus, versteckt in der Dunkelheit und geschützt durch zahllose Tannen. Ich drücke auf die Klingel und warte, bis der Flur erleuchtet. Den Schläger verstecke ich hinter meinem Rücken. Mein Gesicht verstecke ich unter der Kapuze und stopfe meine Hände in die Hosentaschen.

Als die Tür sich öffnet, unterdrücke ich ein böses Grinsen.

»Hallo?« Ein erstaunter Ausdruck liegt auf Marcels Gesicht. Dass Marcel an die Tür kommt und nicht seine Eltern ist reines Glück. »Was machst du denn hier?« Er zupft am Kragen seines weißen Shirts.

»Wir müssen reden«, sage ich und deute Richtung Straße. Marcel wirft einen Blick hinter sich in den Flur. Ich packe ihn am Shirt, zerre ihn heraus und stoße ihn Richtung Straße.

»Es ist wichtig.« Dass er mir glaubt, dass ich nur reden will, bezweifle ich. Aber er geht den Weg entlang zur Straße und überlegt sich vermutlich schon, wie er fliehen kann. Der Baseballschläger schlittert über den Asphalt, während ich ihm folge. Bei jeder Kante ertönt dasselbe Geräusch. *Klack. Klack. Klack.*

Über die Schulter schaut er zurück und bleibt stehen. Als er umdrehen will, stoße ich ihn nach vorne und halte einen Arm fest, damit er nicht wegrennen kann. Er gibt sich geschlagen und setzt sich wieder in Bewegung.

Am Ende der Einfahrt stoppt er. Umgeben von Wald und Wiesen sind wir abgeschnitten von den Nachbarn.

»Was willst du?« Sein Blick huscht zu dem Schläger, bevor er in meine Augen schaut und wieder zurück zu der Waffe. Ein Grinsen umspielt meine Lippen. Ich umfasse das Holz fester.

»Das Video.« Meine Fingerspitze verfolgt einen Riss im Holz. »Was sollte das?«

»Ich … habe Geld gebraucht, weil meine Großmutt…«

»Und deshalb hast du gefilmt, wie er deinen Schwanz lutscht?« Ich will sofort auf ihn eindreschen, bis jemand die Haustür öffnet, bis Sirenen heulen, bis ich in Handschellen liege.

»Man konnte ihn kaum sehen«, presst Marcel hervor. Mein Kiefer verspannt sich. Ich verschränke die Arme hinter dem Rücken, der Schläger liegt auf meinen Schultern. Marcel zerfrisst seine Lippe. *Wie Ruben. Mit dem Unterschied, dass Marcel wirklich einen Grund hat, Angst zu haben.*

»Ist mir scheißegal.« Ich presche vor und packe ihn am Kragen. »Kaum ist immer noch zu viel. Wer hat dich bezahlt?«

Zehn Sekunden warte ich auf eine Antwort. Dann verliere ich die Geduld.

»Wer hat dich verdammt nochmal bezahlt?«, brülle ich und werfe ihn nach hinten. Bei der Landung entweicht Marcel ein Keuchen und es bringt mich zurück zu dem Video. Blitzschnell hindere ich ihn daran, sich aufzurichten, in dem ich mich auf dessen Hüfte knie. Für einen Moment schließe ich die Lider und sauge kalte Nachtluft in meine Lungen, in der Hoffnung, sie würde mich zur Vernunft bringen. *Lass gut sein,* sagt er sich. Doch Riot ist anderer Meinung.

›Polier ihm die Fresse.‹ Er grinst diabolisch und reibt sich die Hände. *›Denk an deinen Vater.‹* Zischend öffnet er ein Bier und kickt einen Fußball zwischen seinen Füßen umher. *›Marcels Vater fährt ihn ständig zum Fußballtraining.‹* Neid flackert in meinem Körper und entzündet die Flamme der Wut erneut. *›Komm schon.‹* Riot lehnt sich vor und zeigt seine gelben Zähne. *›Du willst es doch auch.‹*

Ich hole aus, durch meine Faust zieht sich Schmerz, als meine Knöchel Marcels Nase treffen. Ein Knacken erklingt, das mir Gänsehaut beschert. Ein Knacken, das sich bis zu meinem Tod in mein Gehirn brennen soll. Der Schmerzlaut spornt mich an und lässt mich meinen eigenen Schmerz vergessen.

Ich tue das für Ruben. Ein verzweifelter Ausdruck ziert Marcels Gesicht. Er kneift die Augen zusammen, als seine Faust gegen meine Nase prallt. Der Aufprall katapultierte meinen Kopf nach hinten und für einen Moment verharre ich in der Position und starre den Sternen entgegen.

»Fuck.« Die warme Flüssigkeit und den metallischen Geschmack im Mund ignoriere ich.

»Hat es dir gefallen?« Ich spucke neben mich ins Gras.

Marcel hält sich die Nase und bleibt stumm. Rote Flüssigkeit schlängelt sich an der Kante seiner Lippe hinunter und füllt jede noch so kleine Hautfalte.

»Macht es dich geil, wehrlose Jungs zu verletzen?« Ich greife mir in den Schritt. »Mich nämlich schon.«

Verächtlich schnaubt Marcel und ich spitze die Ohren, doch auch auf Nachfrage erhalte ich keine Antwort. Riots Stimme treibt mich an und gießt Öl in mein Feuer.

›Du hast keinen Dad. Wäre es nicht toll, wenn sein Vater keinen Sohn mehr hätte?‹

Ich packe den Schläger mit beiden Händen und schwinge ihn über meine Schulter. Das Geräusch von Holz auf Knochen produziert ein ekelhaftes Knacken. Ihm entfährt ein Schrei. Ansonsten ist Marcel wie eingefroren.

»Ich habe nichts zu verlieren«, sage ich, stoße Marcel abermals zu Boden und hole erneut aus. Das dritte Knacken bringt endlich Befriedigung.

»Bitte, hör auf. Ich bereue es und …« Marcel beendet seinen Satz nicht. Er ist jämmerlich. Das schlechte Gewissen schwindet, Freude verspüre ich trotzdem keine. Marcel kriecht über den Asphalt – ein elendiger Fluchtversuch. Es dauert nicht lange, bis er sich ergibt und seine Arme schützend auf sein verunstaltetes Gesicht presst. Seine Nase ist nun noch krummer als ohnehin schon, das Blut mischt sich mit Dreck. Ich versetze ihm einen Tritt in die Seite, gegen das Schienbein, gegen die Schulter … Marcel bettelt weiter um Gnade und murmelt eine Entschuldigung nach der anderen. Dabei rutscht seine Stimme mit jedem Wort und mit jedem Tritt eine Oktave nach oben.

Glaubst du ernsthaft, eine Entschuldigung macht es wieder gut? Ich hebe den Schläger, lasse ihn fallen und ziehe mein Handy aus der Tasche und öffne die Kamera. *Ruben verdient Rache.* Im Blitzlicht kommt zum Vorschein, was ich angerichtet habe: Marcels Gesicht ist voll Blut, seine Wange ist geschwollen und sein Blick gibt mir Macht. Tränen fließen über sein Gesicht und er zittert. Er kann nichts gegen mich tun. So muss auch Ruben sich gefühlt haben, als das Video herumgeschickt wurde.

»Ausziehen.«

Das Weiß seiner Augen schimmert im Licht.

»Na los«, dränge ich und stupse ihn mit dem Fuß in die Seite, als sei er ein verendetes Tier. Esme taucht vor meinem inneren Auge auf. Traurigkeit erstickt die Flamme. Ich schlucke, als helfe es gegen meine brennende Lunge. Das tut es nicht. Trotzdem schlucke ich erneut. Alles ist stockduster, keine Menschenseele in der Umgebung, außer dem Typen am Boden im Kameralicht. Ich mustere den letzten Zeugen meiner Tat – mich selbst. Die Hände blutig, die Fingerknöchel gerötet, das Holz des Schlägers verschmiert mit Dreck, Blut und Schweiß. Jede Bewegung meiner Fingergelenke setzt eine neue Welle des Schmerzes frei.

Was tue ich hier?

Mit zittrigen Fingern zieht Marcel sein Shirt aus und öffnet den Hosenstall.

Alter. Geh nach Hause, sage ich mir selbst, doch Riot protestiert lautstark. Marcel wimmert. Der Stoff rutscht über seine knochige Hüfte. Wir starren uns entgegen. Zögerlich umfasst Marcel den Bund seiner Unterhose.

Tue ich das für Ruben oder für mich selbst? Würde er das wirklich wollen? Ich wende mich ab, will es nicht sehen, aber das Handy filmt weiter. Riot lacht.

›Du tust es, damit du dich nützlich fühlst.‹

Ich deute Marcel, sich wieder zu bedecken, ohne ihn anzusehen.

Ich weiß. Unsanft zerre ich ihn auf die Beine. Ein ersticktes Keuchen verlässt seine Kehle, als ich mein Knie in seinen Bauch ramme. Erst jetzt erlaube ich ihm, auf den Boden zu sinken. Die Kapuze zerre ich tiefer in mein Gesicht. Der Holzschläger landet auf meiner Schulter. Marcel rollt sich zusammen, die Hände dienen als Schutzschild.

Gedämpftes Weinen dringt in die Nacht. Ich will abziehen, als er mich stoppt.

»Ich …« Hustend wischt er Blut von seinen Lippen. »Ich würde so etwas nie tun, wenn ich nicht müsste.«

»Wie bitte?« Mein Griff um das Holz verfestigt sich. Marcel bleibt stumm, seine Hände zucken vor seiner Visage.

Ich stecke das Handy weg und wische mit dem Ärmel über meine Nase. Stechender Schmerz begleitet diese Bewegung. Das Blut kitzelt. Es schlängelt sich über meine Haut und bildet Tropfen, bevor es den Stoff meines Hoodies färbt.

»Hab' ich mir gedacht.« Im Schutz der Bäume verschwinde ich.

›Du bist noch nicht fertig‹, sagt Riot und setzt alles daran, mich zu überzeugen. *›Bring es zu Ende. Du kannst nicht fliehen.‹*

Ich schüttele den Kopf. Riot nickt. *›Wenn du mich töten willst, musst du dich selbst opfern. Ich bin du.‹* Ich fahre mir durch die Haare und färbe somit einzelne Strähnen rot.

Das nehme ich in Kauf.

53

Verlockend süss...

Dunkelheit verschlingt mich, als ich die Straße entlangschlendere. Das Mondlicht spiegelt sich auf der von Regen benetzten Straße und setzt Akzente auf die strahlenden Sterne.

Mein Herz pumpt in gleichmäßigem Tempo Blut durch meine Venen. Mein Körper kümmert sich um den Sauerstoff, atmet selbstständig und ich muss nicht darüber nachdenken, zu blinzeln. Alles nur, damit ich am Leben bleibe. Ich lege die Finger an meine Halsschlagader, doch finde keinen Puls.

Als wäre ich schon tot. Eine dünne Schicht Schweiß klebt auf meiner Haut, kühlt rasant ab und beschert mir Gänsehaut.

Der Nieselregen verschwindet in dem aufsteigenden Nebel. Über den Bäumen löst er sich auf, steigt weiter nach oben und gibt dem ewigen Kreislauf nach.

Innere Leere verdrängt die Wut auf Riot. Sich leer zu fühlen ist das Schlimmste auf Erden, ein tiefes Loch, das mich einsaugt und nie wieder freigibt. Trauer, Wut und Freude sind fassbar – Leere ist einfach nur … einsam, unbelebt, frei. Ich denke an mein Zimmer zurück und stelle zufrieden fest, dass ich nichts vergessen habe.

Mein Rucksack liegt leicht auf meinen Schultern, meine Mitbringsel füllen die Tasche nicht einmal zu einem Viertel. Ruben tut mir leid. Er sah so glücklich aus, mich wieder zu haben. Aber ich konnte nicht anders, als ihn ein letztes Mal zu sehen und zu fühlen. Der Weg ist körperlich anstrengend und doch erklimme ich den Berg mit Leichtigkeit. Motivation, welche mich schon seit Jahren nicht ergriffen hat, treibt mich an. Erst, als ich oben ankomme, bemerke ich die Müdigkeit in meinen Knochen wieder. Hannahs Worte echoen in meinem Kopf.

»Morgen räumen wir das Baumhaus aus«, hat sie gesagt, als ich nach Hause kam, um meine Sachen zu holen – das sagt sie schon seit Monaten, aber nie zerrt sie mich mit nach draußen und zwingt mich, endlich anzufangen.

Der Film in meinem Kopf spielt weiter: Wettrennen mit Timo und Leo, Fußballspielen mit Hannah, das Baumhaus mit Ruben wiederbeleben. Sie alle werden morgen einen Brief lesen. Vor mir blitzen Scheinwerfer auf und blenden mich. Der Fahrer gibt mir Lichthupe und signalisiert, dass ich mich nachts nicht auf der Straße herumtreiben sollte. Zumindest ist das meine Interpretation der wilden Gesten des Fremden.

Ruben war der Einzige, der die Monotonie in meinem Leben besiegt hat. Zumindest eine Zeit lang. Es ist immer dasselbe Muster, egal ob mit Timo und Leo, allein oder wie zuletzt mit meinem Sonnenschein. Wir treffen uns, lieben uns, verabschieden uns. Fast jeden Tag. Was zu Anfang aufregend war und gegen die Leere kämpfte, wurde von Tag zu Tag schlimmer. Als sei Riot der Endgegner, mit dem ich mich bekriegen muss. Entweder siege ich oder ich verliere. Erst als es beginnt zu schmerzen, erwische ich mich dabei, wie ich auf meinen Fingernägeln kaue.

Der Wind trägt den Schrei einer Eule in meine Ohren. Ich falte die Hände zu einer Kugel mit Hohlraum und hebe sie zu meinen Lippen. Den Ton des Vogels imitiere ich und warte auf eine Antwort. Zufrieden setze ich mich wieder in Bewegung, als ich eine Reaktion erhalte. Den Vorgang wiederhole ich, bis der Dialog mit dem Nachtgeschöpf verstummt. Während des Laufens lege ich den Kopf in den Nacken. Die kühlen Regentropfen küssen meine Haut und wirken therapeutisch wie eine Massage.

So viele Monate habe ich es ausgehalten. Reue schlägt mir ins Gesicht. *Von Anfang an wusste ich, dass es so kommen wird. Warum hab' ich ihm das angetan?* Die Reue verwandelt sich in Selbsthass und ich verspüre den Drang, mir ein Messer in die Brust zu rammen. Dann verdrängt die Leere alles andere, so wie immer, und der Wunsch nach Normalität, der Möglichkeit, Schmerz zu empfinden, irgendetwas zu spüren, wächst mit jedem Schritt.

Also führe ich mir Ruben vor Augen.

Er schafft es immer, mir ein kleines bisschen von seinem Sonnenschein zu geben. Die vergangenen Monate kann mir keiner mehr nehmen – außer ich selbst. *Alles hat ein Ende. Manchmal kann man nicht gewinnen.*

Ich stehe kurz vor meinem Ziel. Tief atme ich durch und lege die letzten Schritte in dieser Stadt zurück. Ich trage Rubens Hoodie. Er ist weich und liegt eng an meinem Körper an. Ich plumpse auf die Bank und ignoriere die Gänsehaut, die das nasse Holz meinen Rücken hinaufjagt.

Nur ein paar Male habe ich Ruben hierhergebracht. Viel öfter war ich allein hier. Dennoch erinnere ich mich genau daran, wie wir hier oben herumgerannt sind. Wie wir stundenlang auf der Bank saßen und geredet haben. Die Aussicht ist erstaunlich. Lichter der Stadt funkeln, in der Ferne rauscht ein Zug über die Gleise. Der Geruch von Kiefer und Erde und Regen und Rubens Eigengeruch vom Hoodie vermischen sich zu einem unschlagbaren Duft. Noch einmal atme ich tief ein, bevor ich den Stoff von Rubens Hoodie, den er trug, sinken lasse. Ein schrilles Piepen schickt einen Blitz durch mein System.

Fix krame ich mein Handy aus der Hosentasche und schalte den Wecker aus.

Noch fünf Minuten. Instinktiv presse ich meine eiskalten Hände zusammen und reibe sie gegeneinander. Mit einem letzten Blick über die Stadt verabschiede ich mich von ihr. Von allem: Von der Schule, die reine Zeitverschwendung war, vom Bahnhof, Esme, Rubens Lieblingskuh Ashika, meiner Familie, den Jungs und von dem riesigen Rohbau auf der anderen Seite des Tals, der mir schon seit Monaten ein Dorn im Auge ist. Ernsthaft, wer baut so einen hässlichen Betonklotz da oben hin? Der ist unübersehbar.

Ich lasse all meine Erinnerungen los, sie entgleiten mir wie Rubens Finger vor einigen Stunden und verwandeln sich in Nebel, der immer weiter gen Himmel steigt. Ein ewiger Kreislauf.

Meine Lippen bestehen nur noch aus Fetzen, so lange kaue ich bereits auf ihnen herum und mein Puls macht ab und zu einen Satz, wenn mich die Realität abermals packt. Jedes einzelnen Herzschlags bin ich mir bewusst. Mit zittrigen Fingern krame ich meine einzigen Mitbringsel aus dem Rucksack.

Der Wecker verdeutlicht mir abermals, dass der Moment gekommen ist. Ich ertappe mich dabei, mit den Augen zu rollen.

Drängle nicht. Ich habe alle Zeit der Welt. Ich stocke. Stutzig fahre ich mir durch die Haare. Plötzlich habe ich es nicht mehr eilig. Gleichzeitig packt mich aber die Nervosität und treibt mich an, den Plan durchzuziehen. Mit einem Mal wünsche ich mir die Leere zurück.

Etwas Schwieriges zu tun, ist einfacher, wenn man nichts fühlt. Die Ungewissheit bringt Frieden mit sich und als die Eule wieder aufschreit, lächele ich, umfasse die Gegenstände in meinen Händen fester und nehme Abschied von meinem alten Ich.

Gibt es ein Leben nach dem Tod? Werde ich in die Hölle kommen? In den Himmel? Wird einfach nichts mehr von meiner Seele übrig sein? Ich weiß es nicht. Niemand weiß es. Das ist beruhigend. Friedlich. Auch wenn ich glaube, dass nach dem Tod nichts mehr geschieht. Zumindest nichts, das ich noch fühlen oder erleben kann.

»Es tut mir leid«, flüstere ich und führe mir mein dreizehnjähriges Ich vor Augen.

Endlich. Die ersten Sternschnuppen tanzen zwischen den Sternen. Wolken ziehen über den Himmel und verdecken die meisten. Mit einem gekonnten Fingerschnippen schieße ich den Deckel der Dose davon. Mit einem fast tonlosen Platschen landet er im Matsch.

»Ich wünsche mir, dass Rubens Wunsch in Erfüllung geht«, flüstere ich. Mein Puls steigt nun rasant an. Riot drängt mich ungeduldig. Ich schütte die weißen Kugeln in meine Handfläche und atme abermals tief durch.

Bist du dir sicher? will ich wissen. Riot bejaht. Ich lege die erste Tablette auf meine Zunge und schlucke sie. Eine nach der anderen verschwindet in meinem Mund. Der bittere Geschmack legt sich auf meine Zunge wie ein Pelz und auch das Wasser hilft nicht. Panik.

Ich kann das nicht mehr rückgängig machen, wende ich mich an Riot, doch der wehrt jegliche Kommunikationsversuche ab. Also beruhige auch ich mich, mein Herzschlag verlangsamt sich, der Magen grummelt. Meine Atmung bleibt weiterhin abgehackt, die Hände zittrig. Ruben taucht vor meinem inneren Auge auf.

Ich spüre seine Lippen auf meinen und höre das schönste Lachen der Welt. Mein Bauch kribbelt. Jede weitere Tablette gibt mir ein kleines bisschen Frieden. Die Dose lasse ich fallen. Einige der weißen Teile kullern in die Pfütze und verschwinden.

Nach einiger Zeit dreht sich mein Magen, also nehme ich mein Telefon und öffne die Galerie. Ich klicke auf den Ordner, den ich allein für Ruben angelegt habe, und begutachte das letzte Foto, das wir gemeinsam geschossen haben. Ich analysiere jedes Detail – ein Versuch, mich von dem Schmerz abzulenken, der sich allmählich in meinem gesamten Körper ausbreitet.

Auf dem Foto habe ich einen Arm um meinen Sonnenschein geschlungen und unsere Lippen sollten eigentlich aufeinander gepresst verharren, doch wir beide müssen so sehr lachen, dass dies kaum möglich ist. Rubens Augen strahlen in dem goldenen Abendlicht.

Während ich einen schlichten schwarzen Hoodie trage und die Kapuze aufgezogen habe, trägt Ruben einen weißen Sweater. Seine Haare hängen ihm in die Stirn und verstecken seine dunklen Augenbrauen. Ich kann den Blick kaum abwenden, reiße mich schlussendlich jedoch los und wische weiter. Wir liegen im Bett, die Decke der einzige Stoff, der uns bedeckt.

Das Bild habe ich nach dem Sex aufgenommen. Übelkeit trifft das Kribbeln und bringt mich fast dazu, die Schmetterlinge in meinem Bauch auszukotzen. Es widert mich an und ich hasse mich dafür. Schnell wische ich weiter.

Die Erinnerung durchzuckt mich, als das Video aufploppt. Ich habe es erst vor einigen Stunden aufgenommen. Ich wage es nicht, die Melodie zu summen, denn ich will Rubens Stimme keinesfalls übertönen. Schwindel wühlt meinen Kopf auf.

Ich liebe ihn. Etwas Warmes fließt durch meinen Körper. Noch einige Stunden zuvor habe ich es ausgehalten. In diesem Moment, wie jeden Abend, holt mich die Vergangenheit ein.

Angewidert von mir selbst, mit Reue in den Knochen und dem Drang, es nie wieder zu tun. Nie könnte ich das mein ganzes Leben aushalten. Und nie mehr werde ich die Zeit einer Frau vergeuden, indem ich ihr Liebe vorspiele. Aber für immer allein zu bleiben, ist genauso beschissen.

Ich wische weiter und weiter und weiter und Schmetterlinge flattern in meinem Bauch, ausgelöst durch Liebe – oder die Tabletten. Seufzend lege ich den Kopf in den Nacken, mein Bauch grummelt ab und an. Bei jeder Sternschnuppe falte ich die Hände und wiederhole meinen Wunsch. Mit zittrigen Fingern reibe ich über meinen Bauch und warte.

Wenigstens habe ich mich nützlich gemacht und ihm zumindest ein bisschen geholfen mit seiner Angst. Ich hätte nicht gedacht, dass es so schwer wird, sich von ihm loszureißen.

›Natürlich kommst du nicht von ihm weg‹, sagt Riot und lacht sarkastisch. *›Deswegen sitzt du ja hier und tust, was du tust. Weil du es nicht schaffst.‹*

Es ist die Wahrheit.
Ich bin süchtig.
Ruben gleicht einer Droge.
Verlockend süß und doch so tödlich.

54

Noch fünf Minuten.

Schrilles Piepen reißt mich aus dem Schlaf.

Sofort zerren die Gedanken mich zurück in die Welt der Lebenden. Zurück in der Traumwelt bleibt Jannik. Noch immer winkt er vor meinem inneren Auge. Ich schaue zum Fenster und denke an die Sternschnuppen und an Linus und unsere Trennung und die Wiedervereinigung.

Heute war er komisch drauf. Scheinbar hat er sich doch nicht von mir getrennt. Ein Blick auf die Uhr verrät, dass mein Kopf mir bereits fünf Minuten gestohlen hat.

Ich sollte aufhören, so viel nachzudenken, nehme ich mir vor und überlege, wie viele Stunden, Tage und Wochen ich in meinem Leben bereits mit dem Überdenken des Sinnlosen verbracht habe. Dann erst merke ich, dass ich es schon wieder tue. Eilig sammle ich meine Klamotten vom Boden auf und bekleide mich.

Schaut er gerade die Sterne an? Falls ja, warum wünschen wir uns nicht gemeinsam etwas? Halb unter dem Bett finde ich meine graue Jogginghose. Ein Grinsen schleicht auf meine Lippen.

Ich kann nicht fassen, dass wir hier nochmal miteinander geschlafen haben.

Ich gehe zum Fenster und schaue in den Himmel. Draußen rauscht eine Sternschnuppe durch die Nacht. Blitzschnell falte ich die Hände und wünsche mir etwas.

Das Fenster ist nur angelehnt. Seltsam. Ich erinnere mich nicht daran, es geöffnet zu haben. Wahrscheinlich hat Linus es aufgemacht, als ich auf dem

Klo war.

Ich stocke. Eine Kiste, umwickelt mit regenbogenfarbenem Geschenkpapier und einer goldenen Schleife ruht auf der anderen Seite des Betts, halb darunter geschoben. Auf dem Kärtchen steht mein Name mit einem Herz.

Ich öffne es, nachdem ich draußen war, beschließe ich und schaue abermals auf die Zeit. In Eile husche ich zur Tür. Meine Finger umschließen die Türklinke, das Metall raubt mir die Wärme, die das Bett mir geschenkt hat.

Etwas stoppt mich. Ein mulmiges Gefühl in meinem Magen, ein Jucken im Gehirn, wie ein Stromschlag. Ein Knacksen in meinem Ohr. Es scheint, als trägt der Wind meine eigenen Gedanken zu mir, federleicht und kaum hörbar.

Ich sollte …

Auf dem Absatz mache ich kehrt, zerre das Paket zu mir und reiße es auf. Ich falle auf die Knie. Ist er nochmal nach Hause gegangen, um es zu holen? Hat er es hierhergebracht, als ich geschlafen habe? Das Fenster … Warum sollte er ein Geschenk hier hereinschmuggeln? Mit zittrigen Fingern nehme ich den Deckel ab. Linus' Geruch schlägt mir entgegen. Ein Hoodie, Bilder, irgendeine CD …

Tausend Gegenstände liegen in der Box, perfekt eingeordnet, als sei es Tetris. Mit jeder Sekunde klopft mein Herz schneller. Und dann setzt es einen Schlag aus.

Hey Sonnenschein,

Die Sache mit Depressionen ist, dass sie irgendwie die Zeit zusammenbricht, weißt du?

Plötzlich verschmelzen die ganzen Tage zu einer einzigen endlosen und erstickenden Schleife. Es fühlt sich an wie eine ewige Panikattacke – du ringst nach Luft. Aber es hört nie auf …

Meine Lunge droht zu explodieren, die Kehle schnürt sich zu. Mein Kiefer verspannt sich. Die Nägel grabe ich in die Haut. Sie hinterlassen tiefe Furchen. Der Brief flattert zu Boden und verursacht keinen Ton.

Wo ist er?

Tränen schwellen in meine Augen.

Keine Zeit. Ich wische sie weg. Binnen eines Momentes formt sich ein Plan in meinem Kopf, eintausend Fragen durchfluten mich. Ich schnappe mein Handy und wähle Linus' Kontakt.

Nummer nicht erreichbar.

Habe ich mir gedacht. Er hat mir ein Bild von mir geschickt. Er muss es aufgenommen haben, bevor er gegangen ist. Als nächstes rufe ich Linus' Mutter an und schildere ihr die Situation. Gepolter und ein Klopfen dringen durch den Lautsprecher. Am anderen Ende der Leitung wird eine Tür geöffnet.

»Er ist nicht hier.«

Keine Überraschung, trotzdem sinkt mein Herz ein kleines bisschen mehr. Verzweiflung holt mich mehr und mehr ein, nur noch ein Fehlversuch und die Panik wird mich lähmen. Während Linus' Mutter zeitgleich mit Timo und Leo telefoniert und anschließend mit dem Rettungsdienst, jagen Bilder durch meinen Kopf. Innerlich klappere ich alle Orte ab, an denen wir jemals waren.

Es ist sowieso schon zu spät, sagt der Pessimist in mir, doch den ignoriere ich. Und da ist es; ein Bild, verschwommen und doch so klar, wie es sonst nur in Filmen existiert.

»Ich weiß, wo er ist.«

Die Luft um mich herum verschluckt jeden Ton, sodass ich fürchte, die Wörter haben meine Kehle nie verlassen.

Während ich die Informationen durch das Telefon weitergebe, stehle ich die Schlüssel meiner Alten, sprinte aus dem Haus und werfe mich ins Auto. Die Tür knallt zu, den Schlüssel drehe ich und der Motor springt schnurrend an. Irgendein überspielter Song dröhnt aus den Boxen. Ich schalte es aus. Ich lege den ersten Gang ein, nehme den Fuß von der Kupplung und … die Karre macht einen Satz nach vorne und macht keinen Mucks mehr.

Verdammt! Meiner Kehle entweicht ein Schluchzer. Ich starte den Motor erneut. Vorsichtig nehme ich den Fuß von der Kupplung – ganz langsam und doch hastig.

Der Wagen setzt sich in Bewegung. Meine Sicht verschwimmt, doch das Anschalten des Scheibenwischers ändert nichts daran.

»Bitte, tu's nicht.« Mein Blick huscht für eine Sekunde zu den Millionen Sternen. »Bitte.«

Jannik kommt da oben ohne dich klar.

Mit quietschenden Reifen kommt das Auto zum Stehen. Ich stolpere hinaus und presche auf die Bank zu. Eine Silhouette, nur etwa 15 Meter entfernt von mir. So laut ich kann, brülle ich Linus' Namen. Die Figur sitzt auf dem Boden vor der Bank und lehnt daran. Er dreht den Kopf in meine Richtung, gibt jedoch auf und starrt wieder geradeaus.

Mit dem Notruf am anderen Ende der Leitung bleibe ich neben Linus stehen. Ich schlittere über den durchnässten, matschigen Boden. Ein Knie rechts von Linus, das andere links, das Handy in der rechten Hand, die linke fühlt seinen Puls. Linus' Augen wirken dunkel im trüben Mondlicht, seine Haut glänzt weiß. Seine Pupillen sind kaum sichtbar, so klein sind sie, und sie wandern ziellos umher.

»Scheiße«, entfährt es mir. Ich schaue mich um und finde eine Tablettendose. Stotternd lese ich das Etikett vor. Die Frau am anderen Ende der Leitung hämmert auf der Tastatur herum und gibt mir Anweisungen.

Als Linus sich regt, lasse ich die Dose achtlos fallen. Er packt mich am Stoff meines Hoodies und zwingt mich auf sich.

»Sonnenschein …«, nuschelt er und wirkt völlig neben der Spur. »Hast du dir was gewünscht?« Seine Stimme bebt.

»Wir müssen di…« Linus' Lippen verschlucken meine Worte.

Plötzlich ist alles ruhig, nur die Regentropfen prasseln lautstark auf uns ein. Auf meiner Zunge breitet sich ein bitterer Geschmack aus. Ich löse mich. Linus schließt die Augen und reagiert nicht, als ich ihn anspreche. Ich hole aus, bereit, ihn bei Bewusstsein zu halten. Linus öffnet die Augen, sein Kopf rollt von links nach rechts und von oben nach unten.

»Du bist wie Nikotin: Ich will dich immer auf meinen Lippen spüren.« Mit einer schmerzerfüllten Grimasse bricht er ab. Stöhnend hält er sich den Bauch, die andere Hand krallt sich fester in meinen grünen Hoodie. »Du fickst meinen Kopf, Ruben.«

Ich bin schuld, wenn er stirbt. Die Erkenntnis rauscht so schnell wie eine Kugel. Genauso schnell verpufft sie. Panisch schiele ich zur Straße. Nichts. Nirgendwo tauchen die blinkenden Lichter auf, nirgends tönt ein Martinshorn, nicht einmal in der Ferne.

»Du darfst nicht sterben.« Die Verzweiflung verberge ich nicht, kann es nicht, will es nicht.

Eiskalte Finger finden meine und ich reiße mir den Hoodie vom Körper und lege ihn über Linus' pitschnassen Oberkörper. Das Handy ruht neben mir auf der Bank. Martinshorngeschrei durchschneidet die Stille und hallt durch das Tal. Hoffnung wächst zusammen mit meiner Herzschlagrate.

»Der Krankenwagen ist gleich da. Du musst wach bleiben«, sage ich, als Linus mehrmals blinzelt.

»Ich will, dass es endet«, haucht er und strengt sich sichtlich an, Blickkontakt mit mir zu halten. »Ich halte das nicht mehr aus.«

Ich tätschele seine Wange und schniefe.

»Nur fünf Minuten«, versichere ich und streiche die nassen Strähnen aus seiner Stirn. Abermals fühle ich seinen Puls. »Versuch es nur noch fünf Minuten.«

»Du hörst mir nicht zu«, sagt Linus, nimmt eine Hand vor den Mund und hustet. »Ich hab' versucht, glücklich zu sein.« Die Hand plumpst in den Matsch. »Aber ich kann es nicht.«

Seine Worte verschwimmen ineinander und sind kaum zu verstehen. Ich kann nicht ausmachen, ob die Tropfen auf Linus' Gesicht Regen oder Tränen sind. Es spielt keine Rolle.

»Nur noch ein einziges Mal. Versuch es noch einmal. Ich weiß, dass du es kannst.«

Linus krampft und nimmt abermals meine Hand. Ich lasse ihn gewähren, führe die Hand zu meinem Mund und drücke einen Kuss darauf. Linus' Lider flattern. Sein Mund ist einen spaltbreit geöffnet und er atmet ruhig, als schlafe er. Ich habe Probleme, ihn zu fassen zu bekommen. Als ich es endlich schaffe, stemme ich die Füße gegen Steine, die aus dem Boden ragen, und versuche, Linus hochzuhieven. »Du kannst mich nicht allein lassen.«

Ein Stück habe ich ihn bereits angehoben. Das Heulen des Martinhorns schwillt an.

»Der Krankenwagen ist gleich da. Hörst du das Martinshorn?« Meine Finger rutschen von dem triefenden Stoff ab. Schlaff sackt Linus in die Tiefe, doch es gelingt mir, meinen Griff zu verstärken, bevor er auf den Boden knallt.

»Du darfst nicht sterben.« Ein Schluchzen dringt aus meiner Kehle. Linus' Gliedmaßen baumeln hinab, der Kopf lehnt an meiner Schulter. *Bitte.*

Vorsichtig setze ich ihn auf der Bank ab. Braune Augen kommen zum Vorschein, nur für einen Moment. Der Kopf wippt langsam hin und her. Ab und zu kippt er nach vorne, aber ich gebe ihm Halt.

Blau erleuchtet die Straße. *Endlich.* Das Rauschen in meinen Ohren wird durch den Schmerz ersetzt, den der Krach verursacht. Abermals hebe ich Linus an. Mit den Gedanken bei den Sanitätern achte ich nicht auf meine Umgebung. Meine Füße verlieren den Halt und rutschen ab. Linus' Rücken knallt auf die Kante der Bank. Ein Keuchen entweicht seiner Kehle. Er rührt sich. Unsere Blicke treffen sich. Mein Herz sinkt. Ich mustere die dunklen Augenringe, die blasse Haut, den freudlosen Ausdruck. *Bitte,* fleht Linus mit diesem Blick. Ich presse die Zähne aufeinander.

Unsere Lippen tanzen ein letztes Mal im Rhythmus, zumindest stelle ich es mir so vor, denn Linus' eiskalte Lippen bewegen sich kaum.

»Ich liebe dich«, flüstere ich.

»Ich liebe dich auch. Aber ich will nicht in einer Welt leben, in der es falsch ist, dich zu lieben.«

Ich schlinge meine Arme um ihn. Unsere Körper pressen gegeneinander und lassen keinen Platz mehr, als seien wir füreinander geschaffen. Als sei dieser Moment, diese Situation für uns gemacht, als hätte das Universum nichts anderes für uns vorgesehen. Linus vergräbt seine Nase in meinen tropfend nassen Strähnen. Ein weiteres Mal atmet er tief ein, saugt Luft in seine Lungen. Ein weiteres Mal übt er Druck auf meine Hand aus.

»Ich liebe dich«, wiederhole ich immer und immer wieder weinend und klammere mich an ihm fest, bis der Krankenwagen anhält.

Mit der Botschaft im Kopf verliert Linus das Bewusstsein. Die blinkenden Lichter blenden mich und die Menschen, die mir Linus entreißen, erscheinen mir als verschwommene Gestalten. Kälte umhüllt mich, obwohl ich Sekunden später im Rettungswagen sitze und durch die Glasscheibe nach hinten starre.

Die Zeit bleibt stehen. Linus kommt nach, auf einer Trage, die Türen knallen zu und wir fahren los. Meinen Freund so zu sehen ist wie ein Schlag in die Magengrube – nur tausend Mal schlimmer. Also tue ich das Einzige, das mir einfällt: Die Arme schlinge ich um mich selbst, schaue den Sanitätern bei ihrer Arbeit zu und beginne, zu summen.

Der Gedankenkreislauf fängt von vorne an, alle Anzeichen wirken plötzlich offensichtlich. Es sind drei Worte, die mich zurück in die Realität katapultieren:

»Kein Puls mehr«, sagt eine Dame mit kurzen, grauen Haaren und einer schwarzen Brille. Das Ringen in meinen Ohren ist nicht dazu in der Lage, die gleichmäßigen Töne des Reanimationsversuchs zu übertönen. Ein Knacken. Rippenbruch. Ich zucke zusammen und heule auf. Meine Hand versucht, den Ton abzudämpfen.

Es ist meine Schuld, hallt pausenlos durch mein Gehirn. Regungslos liegt Linus da – friedlich. Der Anblick zwingt mich, tief durchzuatmen. Ich zähle die Sekunden und bete, dass die Retter nicht aufgeben werden. Mein Herz droht, mir aus der Brust zu springen und ich bin mir sicher, dass auch meins jeden Moment aufhören wird zu schlagen.

Dann sind wir wenigstens wieder zusammen. Dieser Gedanke bringt Erleichterung mit sich. Doch das Zittern meines Körpers hört nicht auf. Auch nicht die Anspannung oder das Gefühl der Leere. Urplötzlich verstehe ich ihn.

Jeder, den ich liebe, stirbt. Unruhige Stimmen hallen durch den hinteren Teil des Wagens. Eine Frage wird in den Raum geworfen, doch ich kann es nicht erfassen. Die Grauhaarige schüttelt den Kopf, ohne aus dem Rhythmus zu fallen. Das graue Haar wippt mit der Bewegung auf und ab. Als sie den Mund erneut öffnet, zerspringt mein Herz in eine Million Einzelteile. Und diesmal bin ich mir sicher, dass niemand es je wieder flicken kann.

»Immer noch kein Puls.«

55

Ruben

Hey Sonnenschein

Die Erde drehte sich weiter.

Vögel singen und Bienen summen und Menschen leben und sterben, die Sonne brennt auf mich hinab, Vanti liegt zwischen meinen Füßen und mein Kopf ist ein einziges Chaos, wie immer. Der Grabstein glänzt im Sonnenlicht. Ich tausche die welkenden Rosen mit weißen Chrysanthemen. Das Knacken von Linus' Rippen echot in meinem Kopf. Ich halte den Atem an, meine Finger graben tiefe Furchen in meine Haut.

Tief durchatmen. Ich lege den Kopf in den Nacken und schlinge die Arme um mich selbst. Ich will weinen, habe jedoch keine einzige Träne mehr übrig. Meine Schläfe schmerzt. Ersticktes Lachen dringt aus meiner Kehle.

»Du wolltest ihn unbedingt kennenlernen, mh?« Abermals gleitet mein Blick in das Meer aus Blau über mir. »Ich hätte es merken müssen.«

Einige Reihen weiter wässert Chanelle Pflanzen und sammelt alte Blumen ein. Als sie mich sieht, durchfährt mich ein Schock. Ich rappele mich auf und leine Vanti an. Der Kies knirscht unter meinem Gewicht. Schuldgefühle und schlaflose Nächte zehren von/an meinen Kräften, trotzdem werde ich mit jedem Schritt schneller. Es ist erst vor zwei Tagen geschehen, doch achtundvierzig Stunden ziehen die Unruhe in die Länge.

»Ruben«, sagt Chanelle.

Ich bleibe stehen.

»Esme ist gestorben, aber ihr Stierkalb hat überlebt. Linus hat es nicht übers Herz gebracht, es dir selbst zu sagen. Er hat vorgeschlagen, dass dein Onkel ihn als Deckbullen nehmen kann, aber …«

»Danke.« Der Grabstein steht verlassen an seinem Platz und liegt im Schatten einer Wolke.

»Tut mir leid, dass er dich mit mir betrogen hat«, sage ich. Das schwirrt mir schon seit unserem ersten Kuss durch den Kopf. Ich kann mir nicht vorstellen, wie sie sich fühlt. Ich weiß, dass Linus sich deshalb genauso schlecht gefühlt hat – nicht, dass es das besser macht. Aber ich verstehe, warum er es getan hat. Ohne auf eine Antwort zu warten, mache ich mich auf den Weg.

Linus' Haus wirkt einsam, obwohl sich nichts verändert hat. Lediglich der Garten liegt im Chaos. Altes Spielzeug befindet sich überall verteilt im Gras. Schniefen dringt aus dem Baumhaus. Aus dem Fenster fliegt ein Plüschelefant. Ich schlüpfe durch das Gartentor. Hannah klettert aus dem Baumhaus und sammelt die Erinnerungen auf.

Wortlos helfe ich. Es dauert nicht lange, bis ein Haufen im Feuerplatz in der Mitte des Gartens gammelt. Alle Plastikteile haben wir in einem Sack entsorgt, sodass lediglich Holz und Stoff in der Mulde lagern.

Hannah schnieft erneut, also überreiche ich ihr ein Taschentuch. Seit einigen Tagen trage ich immer eine Packung mit mir herum, denn die Trauer kommt in Wellen und ich weiß nie, wann sie mir wieder Tränen in die Augen treibt.

Wir fallen uns in die Arme und obwohl ich Hannah kaum kenne, fühle ich mich geborgen.

Für eine Ewigkeit stehen wir so herum. Kaum ein Wort wechseln wir, die erstickten Schluchzer verhindern es. Hannahs Kinn verweilt auf meiner Schulter.

Erst, als wir voneinander ablassen, endet die Stille. Zu jedem anderen Zeitpunkt würde ich diese Umarmung seltsam finden, weil ich Hannah kaum kenne. Aber angesichts der Situation wäre es wohl seltsam, unseren Schmerz *nicht* zu teilen. Und sie ist Linus' Schwester. Ein Stück weit fühlt es sich an, als würde ich einen Teil von ihm umarmen.

»Vor dem Camp war er ein aufgedrehter Witzbold.«

Camp? Ich wage es nicht, nachzuhaken.

»Danach war er still und traurig. Bis du kamst.« Lautstark stößt sie die Luft aus. Sie legt die Hand auf meine Schulter.

»Auf seinem Bett wartet etwas auf dich.« Mit diesen Worten dreht sie sich um und klettert die Leiter hoch.

Als ich an der Haustür ankomme, dringt bitterliches Weinen aus dem Baumhaus. Ich stocke, entscheide aber weiterzugehen. Linus' Zimmer ist seltsam.

Ein Koffer voll Klamotten steht vor dem frisch gemachten Bett. Darauf sitzt ein riesiger Teddybär, der zwischen seinen gigantischen Pfoten ein Kärtchen mit meinem Namen hält. Verbittert lache ich.

»Soll das ein Ersatz sein?« Ich schmeiße mich aufs Bett und klammere mich an das Plüschtier.

Vollidiot.

Ich zupfe an dem Hoodie, den der Bär trägt.

Er duftet nach Linus. Ich drücke meine Nase in den Stoff, schnüffele daran und fürchte schon jetzt den Tag, an dem der Geruch verblasst. In der Bauchtasche des Pullovers finde ich ein Feuerzeug, das Linus vermutlich dort vergessen hat.

In meiner Hosentasche krame ich nach dem Zettel, den ich sorgfältig zusammengefaltet habe. Die krakelige Schrift wird von Zeile zu Zeile unleserlicher.

Ich vermisse die Hände, die die Worte auf das Papier gebracht haben. Oben steht dick unterstrichen **To-Do**.

[x] Strandausflug
[x] Sex
[x] ~~Freundin~~ Freund haben :)
[x] Bungee Jumping
[ ] In einem Flugzeug fliegen
[x] Initialen in einen Baum ritzen
[ ] Familienabend, bei dem niemand über Dad redet
[ ] Über den Wolken sein und den Sonnenuntergang ansehen.
[x] In einer Hüpfburg huepfen
[ ] Baumhaus abbauen
[ ] Ruben stolz machen

Danke für alles, Sonnenschein : (:

Mein Kopf ist leer, als ich nach einem der vielen Stifte greife, die wirr verteilt auf dem Schreibtisch herumliegen. Ich entscheide mich für den, mit dem Linus stets in seinem Block herumgekritzelt hat.

Ich bilde mir ein, dass der Stift noch warm von seiner Hand ist. Aber das ist alles nicht echt.

Kraftlos lächele ich.

Und hake den letzten Punkt ab. Sorgfältig räume ich das Zeug in das Mäppchen, das umgekippt auf der Holzplatte liegt. Jede Stiftkappe schaut dabei in dieselbe Richtung.

Anders stört es Linus. Die halbleere Packung Zigaretten stecke ich gemeinsam mit dem Feuerzeug aus dem Hoodie ein. Linus' Klang steckt in meinem Kopf fest. Inzwischen kenne ich den Brief auswendig.

Hey Sonnenschein,

Die Sache mit Depressionen ist, dass sie irgendwie die Zeit zusammenbricht, weißt du?

Plötzlich verschmelzen die ganzen Tage zu einer einzigen endlosen und erstickenden Schleife. Es fühlt sich an wie eine ewige Panikattacke – du ringst nach Luft. Aber es hört nie auf.

Du hast auf PAUSE gedrückt und mir Zeit gegeben. Neben dir konnte ich schlafen, mit dir konnte ich atmen. Mit dir konnte ich träumen, von einer Zukunft, die ich nie hatte.

Ich habe mich also bei dem Versuch ertappt, mich an die Dinge zu erinnern, die mich glücklich gemacht haben. Aber langsam beginnt mein Gehirn, jede Erinnerung zu löschen. Jede Erinnerung, die mir jemals Freude bereitet hat. Zurück bleiben die traumatischen. In Dauerschleife zirkulieren sie in mir.

Und irgendwann konnte ich nur noch daran denken, dass das Leben immer schon so war. Und auch weiterhin so sein wird. Die Leere in mir lässt sich nicht heilen. Nicht einmal du schaffst das, Sonnenschein.

Aber du hast es versucht. Und zumindest temporär hast du es geschafft. Und dafür bin ich dir auf ewig dankbar.

Die endlosen Nächte mit dir waren wundervoll, als sei ich durchgehend high. Das Down danach ertrage ich nicht. Ich will noch, aber ich weiß, dass ich nicht mehr kann.

Ich weiß, dass du deine Angst überwinden wirst. Du versteckst dich hinter deinem eigenen Licht und lebst in deinem eigenen Schatten. Sei mutig. Tritt ins Licht und du wirst die Wärme auf deinen Schultern spüren. Sie wird die Fesseln deiner Angst lösen und du wirst frei sein. So wie ich es jetzt bin.

Die Erde dreht sich weiter, auch ohne mich.
Ich liebe dich.
Pass auf dich auf, Sonnenschein.
- Lutzi :(:

Meine Schultern heben sich, als ich so viel Luft einsauge, wie meine Lungen es erlauben.

Alles wird gut. Hauptsache, mein Wunsch geht in Erfüllung.

»Ich wünsche mir, dass Linus glücklich wird«, wiederhole ich kaum hörbar.

Zurück im Garten erzählt Hannah Geschichten aus ihren Kindertagen.

Lustige, melancholische und schlichtweg deprimierende.

»Wir wollen ihn nachher besuchen«, haucht sie tonlos, als hätten ihre Stimmbänder aufgegeben. »Kommst du mit?«

Ich zucke mit den Schultern.

Irgendwann hole ich das Feuerzeug aus meiner Hosentasche, welches ich schon die ganze Zeit zwischen den Fingern drehe. Ich ziehe es heraus.

»Darf ich?«, will ich vorsichtig wissen und schiele zu dem Haufen Holz in der Mitte des Gartens.

Der Schmerz in ihren Augen flackert im Licht der Flammen. Wir schauen zu, wie Linus' und auch Hannahs Vergangenheit im Feuer aufgeht. Ich ziehe die Zigarettenschachtel heraus. Den Filter nehme ich zwischen die Lippen und schmecke Linus. Mein Herz wird schwer. Bei den ersten Zügen huste ich. Es wird bald abklingen.

Mein Kopf ist leer, als der Rauch die Vergangenheit davonträgt.

56

Immer noch kein Puls

Verdammte Scheiße.

Ich schnaube. *Das ist ernüchternd.*

Mit angehaltenem Atem lausche ich. Im Gang erklingen und verklingen Schritte, Anweisungen zischen durch die Atmosphäre. Außerhalb des Krankenhauses dringt das Leben in meine Ohren: Vogelzwitschern, Motorenlärm, Hupen. Und natürlich Riot.

›Nicht einmal umbringen kannst du dich‹, spottet er und nippt an seinem Bier, als hätte er auf mich gewartet. Es riecht nach Desinfektionsmittel und Hackbraten, der sich unter der Abdeckung des Tabletts befindet, das neben dem Bett steht. Ich rühre es nicht an.

Ich vermisse Mamas Spaghetti, jammere ich innerlich. *Scheinbar gibt es doch etwas, das ich verpasst hätte.* Ich lache. Ein Stich durchzuckt meinen Oberkörper. Wie automatisiert führe ich eine Hand zur Brust und setze eine neue Welle des Schmerzes frei. Verwirrt taste ich die geschwollene Stelle ab. Die letzten Tage habe ich im Halbschlaf verbracht.

So ein Suizidversuch ist verdammt anstrengend.

»Ihre Rippe ist gebrochen.« Eine Pflegerin steht in der Tür und wartet, bis ich meine Aufmerksamkeit auf sie richte. »Das passiert häufig bei einer Reanimation.« Sie tritt vors Bett und untersucht mich.

»Werte sehen gut aus. Wie geht es Ihnen heute?«

Ein bitteres Lachen dringt aus meiner Kehle. Die Vibration schmerzt. »Beschissen. Und Ihnen?« Ich zwinge einen Mundwinkel nach oben. Für den zweiten reicht meine Kraft nicht aus.

Die Krankenschwester pustet eine Strähne aus ihrer Stirn und wirft einen Blick zur Tür. »Sie haben Besuch.« Sie listet auf, wer vor dem Zimmer wartet, wie immer, denn ich hake stets nach. Ich war so benebelt von den Medikamenten, dass ich nicht einmal gemerkt habe, dass meine verdammte Rippe gebrochen ist.

»… und Ruben Kemp.« Inzwischen kennt sie seinen Namen auswendig. Sie sieht aus, als wolle sie mich nachäffen, denn sie kennt meine Reaktion bereits.

»Er nicht.«

Die Schwester öffnet die Tür einen spaltweit, schließt sie einen Moment später wieder und kehrt zurück.

»Sind Sie si…«

»Ja.«

Gedehnt stößt sie die Luft aus, ihre Schultern sinken. »Hören Sie …« Die Strähne flattert zurück in ihre Stirn. »Ihre Gründe sind mir unbekannt. Außerdem handelt es sich hierbei um Ihre Privatangelegenheit. Aber dem jungen Mann scheint es sehr wichtig zu sein, Sie zu sehen. Seit Tagen sitzt er hier und wartet stundenlang.« Abermals schickt sie einen Windstoß zu ihrem Haar und pustet es davon.

Es dauert lange, bis ich antworte. Als ich es endlich tue, wird mir übel. Die Nervosität ist erst der Anfang. Darauf folgt Wut, ein schlechtes Gewissen und tiefe Traurigkeit, die mir Tränen in die Augen treibt. Ich blinzle sie weg und gebe mich geschlagen. *Ich schulde es ihm.*

Das Erste, das mir auffällt, sind Rubens geschwollene Augen und die davon umgebene blasse Haut. Seine Haare stehen wirr ab, die Wangen sind eingefallen und lassen seine Kinnpartie noch schärfer wirken. Seine Schultern wirken knochiger, als wäre er in den Hungerstreik gezogen. Noch nie in meinem Leben habe ich einen solch gebrochenen Menschen gesehen – nicht einmal, wenn ich mich selbst im Spiegel betrachte. Das ist es, das mir Sorge bereitet hat, was ich hatte vermeiden wollen – zu sehen, was die dunklen Wolken mit meinem Sonnenschein anrichten. Sie verschlingen ihn regelrecht, ersticken ihn und geben ihm keine Chance mehr, sein Licht zu verbreiten. Und es ist alles meine Schuld. Von Anfang an habe ich gewusst, dass es so kommen würde. Warum habe ich nicht von Anfang an auf Riot gehört?

Rubens Lippen deuten ein Lächeln an. Stumm trägt er einen Stuhl zum Bett und setzt sich. Er hebt die Hand und beobachtet, wie seine Finger im Schoß miteinander rangeln.

»Hi«, krächzt er.

Ich strecke den Arm nach der Wasserflasche aus, gebe jedoch auf, bevor ich sie erreiche. Das Ziehen in meinem Rippenbereich presst einen Schmerzlaut aus mir heraus. Rubens Kopf schießt in die Höhe. Blitzschnell nimmt er die Flasche und reicht sie mir. Ich deute auf ihn.

»Trink«, sage ich tonlos. Ich klinge genauso ausgetrocknet wie Ruben. Die Angst vor dem Schmerz hält mich davon ab, mich zu räuspern.

»Das waren die schlimmsten dreiunddreißig Sekunden meines Lebens.« Das Wasser bahnt sich gluckernd einen Weg zu seinem Magen.

Redest du über unser erstes Mal? hätte ich wahrscheinlich geantwortet, wenn die Aussage in anderem Kontext stünde. Angesichts der Situation, in der wir uns befinden, lasse ich es. Für dreiunddreißig Sekunden hat mein Herz aufgehört zu schlagen.

»Wie … Wie hat es sich angefühlt?«

»Friedlich« hauche ich, ohne zu zögern. Rubens Kehle entkommt ein Schluchzer. Das schlechte Gewissen reißt mich tiefer in die Dunkelheit.

»Bereust du es?«

Während ich meine Antwort abwäge, zupfe ich an dem Stoff der dünnen Decke. Mein Inneres steht in Flammen, wie damals, als wir uns gerade erst kennengelernt haben. Der Schweiß, der sich auftut, kühlt rasant ab und sendet Gänsehaut über meinen Rücken.

»Ich bereue, dass ich dir diesen Ort gezeigt habe.«

Rubens Augen werden glasig.

›Gut so‹, feuert Riot an. *›Bring ihn dazu, dich zu hassen.‹*

Reue erstickt mich und ich stehe kurz davor, die Krankenschwester zu rufen und um eine Sauerstoffmaske zu bitten.

Ruben erhebt sich, trägt den Stuhl zurück zum Ausgangsort und wischt sich übers Gesicht.

»Wir sehen uns nächstes Mal.«

»Es gibt kein nächstes Mal.« *Warum hat er mich nicht einfach sterben lassen?* »Das war's.«

»Was?« Ein Krächzen, voller Verzweiflung und Schmerz. Die Augen weit aufgerissen und mit sinkenden Schultern steht er da, während er die Worte verarbeitet.

»Ich bin nicht der Typ, in den du dich verliebt hast. Der war ich nie. Alles hat irgendwann ein Ende.«

Ruben öffnet den Mund, klappt ihn zu und öffnet ihn abermals. Er befeuchtet seine Lippen und fährt sich durch die Haare, wodurch diese noch wilder abstehen. Raschelnd holt er eine Packung Taschentücher hervor und schnäuzt. Seine Haltung fällt noch mehr zusammen und ich fürchte, er wird jeden Moment zusammenbrechen.

Den Griff über dem Bett umfasse ich, bereit, den Rufknopf zu drücken. Am liebsten will ich mich hochziehen, Ruben umarmen und ihm zuflüstern, dass wir es schaffen können. Die gebrochene Rippe und der geschwächte Körper erlauben es mir nicht. Auf der anderen Seite bin ich froh darum und hoffe, Ruben wird aus meinem Leben verschwinden und den Selbstekel, den ich in mir trage, mitnehmen.

»Pass auf dich auf, Linus.« Mit diesen Worten kramt er ein Blatt Papier hervor, legt es auf den Tisch und schenkt mir ein letztes Lächeln. Er drückt die Türklinke hinunter, ohne den Blick abzuwenden. Seine Hand zittert kaum merklich. Den Raum verlässt er, ohne sich noch einmal umzudrehen. Meine Hand sinkt. Es fühlt sich an wie ein Schlag in die Magengrube. Nur tausend Mal schlimmer. Enttäuschung macht sich in mir breit.

Er ist einfach gegangen. Hat nicht einmal um mich gekämpft.

›Das wolltest du doch. Nach all dem, was du ihm angetan hast, ist das kein Wunder.‹

Endlich verstehe ich, wie sich ein gebrochenes Herz anfühlt und betrachte die Infusion in meinem Handrücken, welche ich mit jeder Bewegung zu spüren bekomme.

Ich wünschte, er hätte mich nie kennengelernt. Vorsichtig zupfe ich das Pflaster ab, das die Nadel fixiert. *Dann hätte ich endlich Frieden.* Der Zugang gleitet aus meiner Haut und bringt Blut mit sich. Es tropft auf den Boden. *Ich will endlich frei sein. Wie ein Geist, der umherwandert und seine Geliebten aus der Ferne beobachtet.*

Ich taste nach meiner Halsschlagader. In regelmäßigem Abstand pumpt der Muskel Blut durch meinen Körper. Ich bin am Leben, doch irgendwie auch nicht. Was bedeutet es überhaupt, zu leben? Ein schlagendes Herz? Glücklich sein? Einen Traum zu haben? Eine Bestimmung? Ich habe einen

Herzschlag und eine funktionierende Lunge, Blut transportiert Sauerstoff, meine Augen blinzeln selbstständig, das Atmen übernimmt der Körper. Das bedeutet also, dass ich am Leben bin. Aber wer bestimmt, dass ich *lebe*? Es gibt nichts mehr, wofür mein Herz schlagen muss.

Da ist immer noch kein Puls.

Hannah besteht darauf, allein mit mir zu sprechen. Danach werden sicher die Jungs reinkommen. Der Stuhl kratzt über den Boden, als sie ihn zum Bett zerrt. Sie ruft eine Schwester, welche den Zugang erneut legt und das Blut aufwischt. Kurz darauf sind wir wieder unter uns. Ich deute zum Tisch. »Der Zettel. Was ist das?«

Hannah entfaltet und analysiert ihn. Ihre Lippen presst sie zu einem schmalen Strich zusammen.

»Eine Liste.« Ohne Erklärung stopft sie es in ihre Hosentasche, obwohl ich meine Hand danach ausstrecke. Sie wechselt das Thema. Und ich lasse es zu.

»Warum hast du ihn da mit reingezogen?«, fragt sie unvermittelt und doch mit Bedacht. Ihre Stimme zittert.

»Du wusstest, dass du deine Sexualität nicht akzeptierst.« Ihre Stimme hebt sich, als stelle sie eine Frage. Ich weiß nicht, wie ich auf den Angriff reagieren soll. Die Tatsache ist mir bekannt, trotzdem finde ich keine Antwort. Mein erster Gedanke ist Abwehr, aber die Müdigkeit steckt in meinen Knochen. Außerdem ist es mir schlichtweg egal.

Mein ganzes Leben besteht aus Lügen. Ich habe Chanelle angelogen, meine Familie, meine Freunde, Ruben und mich selbst. Habe ihnen erzählt, ich wäre hetero und dass es mir gut geht. Mir selbst habe ich eingeredet, dass ich es mit Ruben schaffen kann, glücklich zu werden und habe ihn mit in den Abgrund gerissen. *Ich pack das nicht mehr.*

Den Frosch in meinem Hals schlucke ich herunter.

»Ich dachte, ich könnte ein Heteroleben führen. Aber dann habe ich ihn getroffen. Ich habe mir nicht ausgesucht, mich in ihn zu verlieben. Ich war nicht bereit für eine Beziehung mit einem Mann.«

»Das ist dem Universum scheißegal. Willst du immer warten, bis du bereit bist?«

»Ich werde nie bereit sein.« Mein Kiefer verspannt sich. Ich knirsche mit den Zähnen und fixiere die Wand. Hannahs Finger umfassen meine. Im Gegensatz zu meinen sind ihre warm und zierlich.

»Es ist nicht deine Schuld«, sagt sie und drückt meine Hand, ihre Haut seidig weich, als sei sie ein Engel. Es hat eine beruhigende Wirkung auf mich. »Aber es ist jetzt deine Verantwortung.«

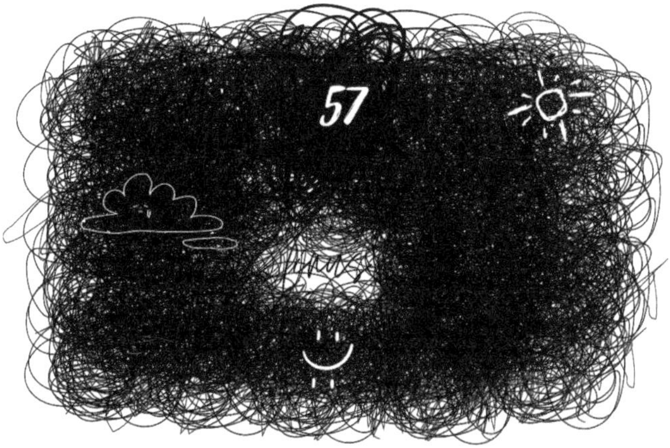

Sie hat wieder geweint.

Mamas Augen sind blutunterlaufen, ihre Haare gleichen einem Vogelnest. Erst seit Kurzem ist es mir erlaubt, nach Hause zurückzukehren und seither bin ich hier eingesperrt. Keine Sekunde lässt sie mich allein. Die Schlösser in meinem Zimmer und im Bad hat sie entfernt.

Ich seufze, als sie mir den Weg versperrt und mir die Hausschlüssel abnimmt.

»Ich gehe nur spazieren, Mama.«

Sie runzelt die Stirn und gibt der Haustür einen Schubs. Klackernd landet sie im Schloss. Aus der Küche schwebt der süße Duft von Mamas Spaghetti und ich schmecke die Tomaten jetzt noch, obwohl wir bereits gegessen haben.

»Ich dachte, spazierengehen hilft? Du willst doch, dass es mir besser geht, oder nicht?« Meine Schulter prallt gegen den Türrahmen. Abwartend mustere ich sie. Als sie sich abwendet, packe ich sie so sanft ich kann und zwinge sie in eine Umarmung. Mama spendet mir Wärme in der Kälte meines Körpers, der innerlich längst tot scheint.

Ich klettere aus dem Fenster. Keine Minute länger halte ich es in diesem Gefängnis aus. Mit aufgesetztem Welpenblick bitte ich sie erneut und erhalte dieselbe Antwort.

Erst will sie mich in die Klapse stecken und jetzt das. Vorsichtig drückt sie mich an sich, doch es ist offensichtlich, dass sie mich am liebsten an sich pressen will, als seien wir auf einem Drahtseil und müssten uns aneinanderklammern. Sie schluchzt.

»Kannst du mir versprechen, dass du wiederkommst, wenn ich dich gehen lasse?«

Lebendig?

»Ich verspreche es.« Behutsam löse ich mich.

Ein Ziehen in meiner Brust, so heftig, wie ich es nur ein einziges Mal in meinem Leben gespürt habe - das Resultat der Überdosis. Der Gedanke an diese Nacht bringt meine Aufmerksamkeit zu meinem schmerzenden Hals, den ich dem Beatmungsschlauch zu verdanken habe.

»Soll ich dich begleiten?«

»Ich muss den Kopf freibekommen.«

Mama schaut zu, wie ich sie zurücklasse. Bis das Telefon klingelt. Sie hastet zur Kommode und hebt ab.

Ich stelle meinen Fuß zwischen Tür und Angel.

»Den Umständen entsprechend gut … Wo treibst du dich denn herum?«

Wer fragt denn nach mir? Die Frage schüttele ich ab, als mehr Wortfetzen den Weg in meine Ohren finden. »Von dir hat er nichts gesagt … Was? Ich verstehe dich kaum … Ich war überrascht, dass er überhaupt …« Fast tonlos rastet die Tür im Schloss ein. *Eigentlich ist es mir auch egal.* Ich schnaube grinsend und trabe das Pflaster entlang. *Eigentlich.* Tief sauge ich den Duft von frisch gemähtem Gras ein, recke dabei die Arme in die Luft – soweit es meine Verletzung zulässt – und ignoriere den Drang, das Telefonat weiter zu belauschen. Sowieso, der Hausschlüssel ist nicht mehr in meinem Besitz.

Hat sie es Omi erzählt? Ich hüpfe über die Pfütze, die, seit ich denken kann, nach jedem Regen an derselben Stelle auftaucht. Mit einem schlechten Gewissen schlendere ich auf dem Bürgersteig entlang.

Wie es Ruben wohl gerade geht? Ich inhaliere das Leben. Gegenüber spielt der Nachbarsjunge mit seinem Hund. Ihr Geschrei und das Bellen lassen es jeden wissen. Die Äste wiegen sich im Wind, die Blätter schimmern im Licht der Sonne. Schnecken hinterlassen Schleimspuren. Ich folge einer, finde sie am Fuße eines Strauchs und verspüre den Drang, sie zu zeichnen.

So scheiße ist das Leben gar nicht, wenn man die kleinen Dinge wertschätzt. Aber wenn man nicht man selbst sein kann, bringt einem das auch nichts.

Meine Gedanken schweifen zu Ruben.

Er hat so viel Scheiße durchlebt und bleibt trotzdem immer positiv. Wie schafft er das?

Gemächlich zünde ich eine Kippe an - die einzige Konstante in meinem

Leben.

Alle zwingen mich weiterzuleben. Trotzdem bin ich der Egoist?

Mein Handy habe ich vor Tagen stummgeschaltet. Unzählige Nachrichten erreichen mich, teilweise von Menschen, die ich kaum kenne. Sie behaupten, dass es ihnen leidtut, dass niemand etwas gemerkt hat und so weiter. Nur von Ruben kam keine Nachricht. Seine Nummer habe ich gemeinsam mit allen damit verbundenen Social-Media Kanälen blockiert.

Ich hätte ihm nicht sagen sollen, dass die Sternschnuppen fliegen. Ich vergrabe eine Hand in der Hosentasche.

Ich wollte doch nur, dass er an mich denkt, während ich sterbe. Bitter lache ich auf.

›*Du scheiß Sadist*‹, sagt Riot, woraufhin ich schmunzelnd die Augen verdrehe – ich habe das Gleiche gedacht.

Ich sollte mich vor den nächsten Zug schmeißen. Mit einem Bier in der Hand stimmt er zu. Weniger ziellos als einige Minuten zuvor mache ich mich auf den Weg zum Bahnhof. Ohne mich sind sie alle besser dran. Erst wird es wehtun, aber dann werden sie insgeheim froh sein, dass ich endlich weg bin.

Kilometer um Kilometer bringe ich in Rekordzeit hinter mich. Mit jedem Schritt beschleunigt sich mein Herzschlag. Vorfreude mischt sich mit Nervosität. Meine Fingernägel unterliegen meinen unkontrollierbaren Zähnen.

Mein geschwächter Körper bettelt nach einer Pause, die ich ihm verwehre. Mein Kopf rächt sich mit Schwindel, der mich taumeln lässt. Ich werfe einen Blick aufs Handy.

In drei Minuten fährt ein Zug durch. Gehen verwandelt sich in Traben und dann zu einem Sprint, den ich nicht lange aushalte. Zurück zum Traben. Ich krame Kopfhörer aus meiner Hosentasche, stopfe sie in meine Ohren und habe schon bald Rubens Gesang im Ohr.

Ich will mit seiner Stimme im Kopf sterben.

»Ich liebe dich«, sage ich laut - ein Versuch, die Kontrolle über meine letzten Worte zu behalten.

Ich hab's Mama versprochen. Für einen Moment verlangsame ich mein Tempo. *Aber ich pack das nicht mehr.* In der Ferne kündigt sich der Schnellzug an, während die Rinder nebenan ihr Leben fristen, unwissend, was sie früher oder später erwarten wird. Ich führe mir das kreisrunde Loch in Esmes Stirn vor Augen und erschaudere.

Nur noch über eine Straße, an der Wiese vorbei über den Parkplatz und dann …

Ruben? Ich taumele, mein Sichtfeld verschwimmt. Der nächstbeste Baum gibt mir Halt. Hier habe ich neben meinen Freunden gepinkelt, einige Meter weiter habe ich Ruben um ein Haar geküsst. Genau an der Stelle steht eine schlanke Gestalt wie angewurzelt, wie eine Statue, paralysiert. Zu weit weg, um Details auszumachen.

Das muss er sein. Mein Herz rutscht mir in die Hose. Eine Hand klatscht gegen meine Tasche. Ein Knistern bestätigt, dass ich den Zettel, den Ruben mir im Krankenhaus dagelassen hat, noch bei mir trage. Das Video läuft in Dauerschleife, endet mit einem leisen Lachen und beginnt keine Sekunde später wieder mit ›Okay. Lach mich nicht aus‹.

Zusammen mit dem Rauschen in meinen Ohren ist das das einzige, das ich höre. Bis ich es nicht mehr tue. Lautes Geknatter befreit mich aus der Starre.

Chance verpasst. So schnell er gekommen ist, so schnell ist der Zug verschwunden. Ich schüttele den Frust ab. Zwischen den Fingern drehe ich das Papier.

Ich war mir sicher, dass er mich noch einmal besuchen würde. So verdammt sicher.

Meine Füße tragen mich zu der Gestalt. Ich stolpere über einen der kleinen Felsen, die überall hinausragen. Wie damals. Doch diesmal halte ich keine Hand, die mich hochzieht, bevor ich den Boden küsse. Ich fange mich und eile weiter.

Wenn ich schon leben muss, dann nicht ohne ihn. Ich kneife die Lider zusammen, wische mir übers Gesicht. *Es ist falsch, widerlich, krank.*

Mein Herz hämmert gegen meine Brust.

Aber ich brauche ihn.

Warum kann ich keine Entscheidung treffen? Gehen oder bleiben? Mit Ruben oder ohne?

Unglücklich glücklich mit Ruben, mich mein Leben lang widerlich fühlen oder mit einer Frau glücklich unglücklich sein?

Angewidert von meinen Gefühlen, getrieben von Selbsthass. Ein Stein siegt und bringt mich zu Fall. Diesmal kann ich mich nicht fangen. Diesmal zieht mich niemand hoch. Diesmal küsse ich den Boden. Habe ich mir das Knacken eingebildet oder ist es der Grund für den pulsierenden Schmerz in meiner Rippe? In meinem Fuß bahnt sich der Schmerz bis zum Knie.

Ich brauche Hilfe, schießt es mir durch den Kopf – etwas, das Mama mir seit Jahren subtil versucht einzureden. Doch ich war dumm genug, mich zu wehren, habe mich in der Depression versteckt wie ein Feigling. Und irgendwann hat sie aufgegeben. Irgendwann haben sie mich alle aufgegeben. Ich rappele mich auf. *Ruben.*

Ich brauche dich, schreie ich innerlich. Meine Lippen bleiben versiegelt. Fieberhaft humpele ich weiter - schwer atmend, mit verschwommener Sicht.

»Ruben …« Ich bin noch zu weit weg. Er hört mich nicht. Ich will nicht aufgeben, will kein hoffnungsloser Fall mehr sein, will keine Grundlage für Schmerz und Lügen mehr sein. Mein Hals bettelt nach Wasser, die Lunge nach Sauerstoff, das Herz nach einer Auszeit. Mein Kopf verhilft dem Herz zum Sieg.

Denn plötzlich wird alles schwarz.

Ich reiße den Kopf Richtung Weide, als ich die Augen aufschlage. Die schlaksige Figur steht noch immer da wie zuvor.

Wie lange war ich bewusstlos? 30 Sekunden? Zwei Minuten? Der Schmerz kehrt zurück und breitet sich bis zu meiner Schläfe aus. Panik packt mich und zwingt mich zu Boden, als die Figur sich bewegt. Ich ducke mich.

Was soll das? Verzweifelt raufe ich mir die Haare. *Ich habe ihm schon genug angetan.*

›Entscheide dich verdammt nochmal.‹ Riot schnaubt. *›Und entscheide dich für das Richtige!‹*

Ich humpele zum Bahnsteig und halte mir die Ohren zu. *Lass ihn einfach in Ruhe. Ohne dich ist Ruben besser dran.* Die nächste Bahn kommt 30 Minuten später.

Ohne darüber nachzudenken, steige ich ein und mustere mein Spiegelbild im Fenster. Kratzer ziehen sich über meine Wange – der Beleg, dass mein Körper mich tatsächlich im Stich gelassen hat. Meine Jogginghose ist besudelt von Grasflecken. *Warum kann ich nicht einfach akzeptieren, dass ich schwul bin?*

Nächster Halt: München, liest der Bildschirm in der Mitte der Bahn. *Scheiße.* Ich springe auf und falle sofort zurück, als sich ein Stechen durch meinen Fuß bis hoch in mein Knie zieht. *Nonstop?* Seufzend sinke ich tiefer in den Sitz und akzeptiere mein Schicksal.

Nach einer Weile döse ich weg. Weder weiß ich, wie lange ich hier lungere, noch wie lange ich es noch tun muss, als ein Satz mich in Panik versetzt.

»Die Fahrkarten bitte.«

Der Kontrolleur ist noch einige Reihen entfernt. Ich humple – ohne gehetzt zu wirken – zur Toilette und sperre mich ein. Es dauert lange, bis mein Puls sich normalisiert und die Langeweile mich dazu bringt, Klopapier zu falten. Als auch das zu eintönig wird, ergreife ich das Schloss, doch die Angst packt mich erneut, deshalb lasse ich den Arm sinken und plumpse zurück auf das Klo. Ich stelle mir vor, wie Fahrgäste sich empören, weil ich die Toilette belagere. Die Vorstellung bringt mich zum Lachen.

Das ist das erste Mal, dass ich seit der Nacht lache. Fühlt sich irgendwie gut an. Ich muss … Blitzschnell hole ich mein Handy hervor und rufe Mama an. Nebenbei lese ich ihre besorgten Nachrichten. Zwölf verpasste Anrufe. Noch bevor Mama ihren Satz beenden kann, bricht die Verbindung ab. Flink tippe ich eine Nachricht.

Ich: Es geht mir gut. Ich war spazieren, bin in einen Zug gestiegen und dann eingeschlafen. Ich fahre zurück, sobald ich aussteigen kann. Tut mir leid. Wollte nicht, dass du dir Sorgen machst.

Erst Minuten später ist die Nachricht verschickt. Abermals tippe ich auf das Display, zögere jedoch, die zweite Mitteilung abzuschicken.

Ich: Vielleicht sollte ich doch in diese Klinik.

Tue ich das wirklich? Gibt es überhaupt irgendjemanden, der mir helfen kann, Riot loszuwerden?

›Wie bitte?‹

Ich krame Rubens Zettel hervor und lese die unzähligen Namen.

Einer davon muss mir helfen können … Auf der anderen Seite wird es Mamas Herz brechen, wenn ich wieder versage.

Ich lese die Nachricht auf meinem Handy wieder und wieder und lösche sie schlussendlich, ohne sie je abgeschickt zu haben. *Wenn ich das absende, gibt es kein Zurück mehr. Das wäre mein Todesurteil. Oder eher das Gegenteil?* Ich gluckse. Mein Handy klingelt. Ohne zu zögern, hebe ich ab.

»Wo und wann kommt der Zug an? Ich hole dich ab.«

In München muss ich einige Zeit warten. Als die Sonne sich verabschiedet, finden wir uns auf Gleis 7. Eine lange Umarmung, Erklärung und Tadel später landen wir in einem kleinen Restaurant.

»Du wolltest es wieder tun, oder? Was sonst wolltest du beim Bahnhof?« Ihre Augen leuchten gläsern. Stumm senke ich den Blick, das schlechte Gewissen frisst mich auf, der Selbsthass bricht mir das Genick. *Wenn ich für sie lebe, dann kann ich auch tun, was sie wollen.* Ich schlucke den Frosch in meinem Hals hinunter.

›So einfach gibst du auf?‹

Ich gewinne. Ich lächele. *Egal was. Ich tue es. Hauptsache, ich werde dich los.* Ich nehme Mamas Hände.

»Ich sollte in diese Klinik, von der du geredet hast.« Hastig krame ich nach dem Zettel, den Ruben mir gegeben hat, und breite ihn auf dem Tisch aus. Mamas Augen strahlen heller als ihre Zähne.

»Ruben hat mir eine Liste von Therapeuten in der Umgebung gegeben und …«

Der Satz bleibt unbeendet, als Mama dieselbe Liste durch die Luft wedelt. »Nicht nur dir.«

»Glaubst du, die können mir da wirklich helfen?« Seufzend umfasse ich die Kaffeetasse rühre darin herum. Mit dem Klackern aus Löffel gegen Keramik spiele ich ein Lied.

»Um glücklich zu werden, musst du lernen, mit dir selbst glücklich zu sein.«

Ich will mich nicht mehr selbst hassen. »Stimmt. Schließlich muss ich bis zum Ende meines Lebens mit mir klarkommen.«

Mit dem nächsten Aufatmen rennt die Zeit weiter. Ich schaue mich um. Die dunkelgrüne Tapete an der Wand ist schön und ich bin froh, sie gesehen zu haben.

»Wenn du nur das Negative sehen willst, wundere dich nicht, wenn du auch nur das findest«, höre ich Rubens Stimme in meinem Kopf und lächele. *›Ich kapier's‹* will ich in die Welt hinausschreien – oder zumindest will ich es Ruben wissen lassen. Ich bleibe stumm und suche weiter nach Kleinigkeiten, die einen Funken Freude in mir auslösen.

Wenn ich genug Funken finde, entzünden sie sich zu einem Feuer der Freude?

Unter dem Tisch im Eck schlummert ein Hund, der wie eine fette Ratte aussieht. Glucksend stupse ich Mama an und zeige subtil darauf. Noch vor einer Woche hätte ich auf mein Handy gestarrt, um jegliche Gefühle zu verdrängen.

Einige Meter weiter stürzt ein Kleinkind und ich reiße lachend den Mund auf und schiele zu Mama. Dafür ernte ich einen tadelnden Blick, doch auch sie kann sich das Lachen nicht verkneifen. Seufzend rutsche ich tiefer in den Sitz und löffele den Schaum von meinem Kaffee. Ich wünsche mir Rubens Kaffee und lache. *Nicht übertreiben.* Kopfschüttelnd erzähle ich Mama von Rubens Kondensmilch-Kaffee.

Danach werden wir ruhig. Mama schaut legt den Kopf in den Händen ab und beobachtet, wie ich die Menschen um uns herum beobachte. Ein Hauch von Traurigkeit schwirrt an mir vorbei. *Vielleicht sollte ich ihr erzählen, dass ich bi bin und ein Heteroleben führen? Oder ich bleibe bei Ruben und bin glücklich, während ich mein Leben lang gegen Riot kämpfe?*

Die Traurigkeit verfliegt. Und endlich begreife ich, was Ruben gemeint hat, fühle es, mache es zu meinem Lebensmotto.

Es kommt auf die Sichtweise an.

Eilig krame ich einen Edding aus meiner Hosentasche und zeichne den fast verschwundenen Smiley nach. Nie habe ich die Kunst meines Sonnenscheins verblassen lassen und habe nicht vor, es jemals so weit kommen zu lassen.

Ich werde Riot vielleicht nie los, aber vielleicht kann ich irgendwann mit ihm leben? Ich muss es zumindest versuchen. Das schulde ich Ruben.

Lächelnd begutachte ich den Smiley auf meinem Handgelenk. Ich werde das schaffen.

Man kann glücklich und unglücklich sein.

Vielleicht sogar zur gleichen Zeit.

:):

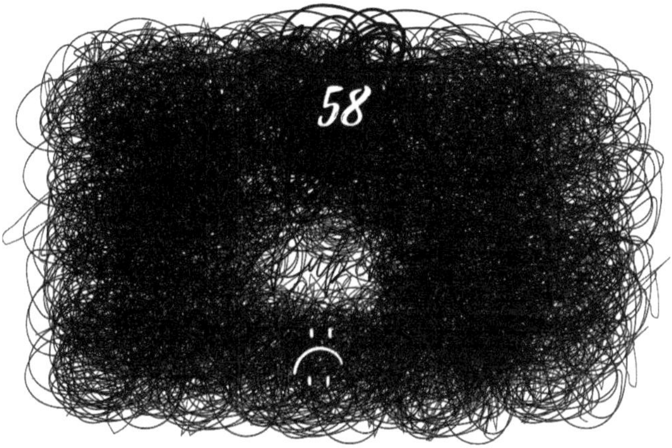

Kennst du diesen Moment, in dem man sich verliebt?

Jans Grab liegt dunkel und verlassen im Schatten der Nacht. Ich stelle mir vor, mit ihm zu sprechen, obwohl ich weiß, dass es ein Selbstgespräch ist.

Und immer bleiben wird.

Wenn Schmetterlinge in deinem Bauch flattern und zu einer üblen Überdosis an Liebe und Gefühlen führen?

Ja, ich auch.

Es fühlt sich unglaublich an, nicht wahr?

Es fühlt sich so gottverdammt hoffnungsvoll an.

Und deine Familie lacht dich aus, denn wie kann Verliebtsein so schmerzhaft und doch so begehrenswert sein?

Liebe ist so begehrenswert, verdammt, so begehrenswert.

Bis sie es nicht mehr ist.

Denn alle Dinge sterben, alle Dinge verblassen. Die Rosen vor Jans Grab sind längst verwelkt. Die in meiner Hand werden es auch bald tun. Und ich werde neue bringen, obwohl dasselbe wieder geschehen wird.

Und ich werde mich irgendwann wieder verlieben, obwohl es wieder schmerzen wird.

Zumindest, wenn ich über Linus hinwegkomme.

Denn wenn man sich zu sehr verliebt, dauert es ewig. Und Linus hat mir ein Loch gegraben, ein sehr tiefes. Vielleicht werde ich nie herauskommen. Und wenn er derjenige ist, der mir irgendwann die Hand reicht, um mich herauszuziehen, dann werde ich so dumm sein und seine Hand nehmen, nie mehr loslassen und ihn verehren, wenn er mich wieder fallenlässt.

Gott, ich bin so dumm.

Und er ist so krank. Wie kann ich es ihm übelnehmen, wenn er nichts dafürkann? Bin ich zu naiv?

Von jemandem im Rollstuhl erwartet man auch nicht, dass er aufsteht und Treppen steigt.

Nein, man hilft ihm und wenn man sich selbst dabei kaputtmacht, weil man die Person nach oben trägt, obwohl man keine Kraft hat, dann ist es trotzdem nicht die Schuld der Person.

Ich schüttele den Kopf und seufze langgezogen. Es ist keine Entschuldigung, mich so zu behandeln. Linus hätte wissen müssen, dass er es nicht packt. Er hat kein Recht darauf, mich zu verletzen. Aber er war genau wie ich verliebt.

Und Liebe ist wie eine Flamme, schön und warm.

Und sie brennt.

Und wenn der Regen kommt, brennt sie vor Erschöpfung aus.

Und was hast du dann?

Verkohltes Holz, das zwischen deinen Fingern zerkrümelt.

Liebe ist nicht begehrenswert.

Liebe ist nicht schön.

Liebe ist grausam.

Und Liebe ist, als würde man einem Bettler einen schönen Edelstein vor die Nase halten, und wenn er danach greifen will, wird er ihm entrissen.

Und das Schlimmste ist, wenn man sich in jemanden verliebt, den man nicht haben kann.

Oh, das tut so sehr weh.

Mühsam rappele ich mich auf, lege die roten Rosen auf Jans Grab und nehme die alten mit. Meine Hand verweilt einen Moment lang auf dem kalten Grabstein.

Vanti tapst hinter mir her, als ich mich entferne. Der Schotter knirscht unter meinen Füßen, ansonsten ist es still.

›Richtige Person, falscher Zeitpunkt‹ tut verdammt weh, schlimmer als jede Verbrennung.

Und ich verstehe nicht, was ich falsch gemacht habe. Was Linus falsch gemacht hat. Was *wir* falsch gemacht haben. Gibt es für Liebe jemals einen richtigen Zeitpunkt?

Und falls ja, wann kommt unserer?

:(:

DANKSAGUNG

Zu aller erst danke an dich, weil du Linus und Ruben kennenlernen wolltest. Ich hoffe, du liebst sie genauso sehr wie ich. Großer Dank auch an Sabine Pöstinger für das wundervolle Buchcover und Samantha Halama, die das Beste aus Linus' und Rubens Geschichte geholt hat. Ein besonderer Dank gilt Sebastian Pieknik, der mir immer zur Seite steht mit Feedback, Ideen und einem offenen Ohr. Ohne dich wäre ich nie so weit gekommen.

Nicht zu vergessen sind meine Familie und meine besten Freunde Isabell und Asya, die mich ebenfalls immer unterstützt haben. Dank euch bin ich auf die ein oder andere Idee gekommen.

Zu danke ich meinem Hund Blue von ganzem Herzen, weil sie als perfekte Inspiration für Vanti gedient hat – dafür gibt es ein extra Schmacko <3

Über den Autor

Im Jahr 2002 hat Miro im bayrischen Altmühltal das Licht der Welt erblickt und studiert seit 2020 Ressortjournalismus. Seit seiner frühen Jugend schreibt er und verbringt viel zu viel Zeit in seinem Kopf. In seinen Romanen thematisiert er unter anderem das Erwachsenwerden, Liebe, mentale Krankheiten und vor allem alles, was queer ist. In seiner Jugend hätte er sich mehr queere Romane gewünscht, die detaillierter auf mentale Probleme eingehen – jetzt schreibt er sie selbst. Da er ein großer Tierliebhaber ist, tapsen auch Vierbeiner durch jeden seiner Romane.

www.mirolippoldt.com

miro_lippoldt

miro_lippoldt